FRANCES FYFIELD · *Dunkle Strömung*

Frances Fyfield

Frances Fyfield, Jahrgang 1948, steht mit ihren psychologisch ausgefeilten Krimis an der Spitze von Englands Krimiautoren. Die in London lebende Autorin arbeitet neben ihrer schriftstellerischen Tätigkeit als Anwältin. Zuletzt auf deutsch erschienen sind ihre Romane: »Blind Date« (1999) und »Bruderkuss« (2000).

FRANCES FYFIELD

Dunkle Strömung

ROMAN

Aus dem Englischen
von Pociao und
Roberto de Hollanda

Weltbild

Die Originalausgabe erschien 2000 unter dem Titel
Undercurrents im Verlag Little, Brown & Company, London.

Besuchen Sie uns im Internet:
www.weltbild.de

Genehmigte Lizenzausgabe für Verlagsgruppe
Weltbild GmbH, Steinerne Furt, 86167 Augsburg

Übersetzung: Pociao und Roberto de Hollanda
Umschlagkonzept: Patricia Büdinger, Augsburg
Umschlaggestaltung: Manuela Drechsler, Augsburg
Umschlagmotiv: photonica/amana Germany GmbH, Hamburg
Autorenfoto: Jerry Bauer
Gesamtherstellung: Freiburger Graphische Betriebe
GmbH & Co. KG, Bebelstraße 11, 79108 Freiburg
Printed in Germany
ISBN 3-8289-7082-6

2005 2004 2003
Die letzte Jahreszahl gibt die aktuelle Lizenzausgabe an.

Für Jill und Robin Stockwell,
in Liebe von eurer Fyfield-Kusine

Selig, den die Wahrheit durch sich selbst unterweist, nicht durch Bilder, die verschwinden, nicht durch Worte, die verschallen. Selig, dem sie sich offenbart, wie sie ist. Denn unser Meinen trügt uns oft, und unser Sinn reicht nicht weit. Was nützt es denn, dass wir uns den Kopf zerbrechen über Dinge, die verborgen und dunkel sind und verborgen und dunkel bleiben dürfen, ohne dass wir deshalb am Tage des Gerichtes zur Verantwortung gezogen werden?

Thomas à Kempis

VORWORT

Plitsch, platsch. Ich höre das Plätschern der sanften Wellen. Leichter Seegang, die Möwen kreischen. Ein HEISSER Sommer am Strand.

Jemand nahm den Schal, und jemand brachte ihn zurück. Eine merkwürdige Höflichkeit herrscht hier. Es gibt mehr Toleranz als ich dachte, und ich entdecke Verhaltensweisen an mir, die ich niemals vermutet hätte. Ich genieße zwar einen gewissen Status, musste jedoch die Illusion begraben, mich unter Kontrolle zu haben. Ich darf nicht zu viel sprechen, ich sollte mehr schreiben. So kann ich die Dinge vielleicht verarbeiten. Wenigstens bin ich allein in meiner Zelle.

Mein Vater brachte mir bei, wie man sich ausdrückt, aber Worte können verräterisch sein. Man läuft immer Gefahr, zu viel preiszugeben. Würde ich ihnen alles sagen, so vernähmen sie zwar ein Gewirr von Worten, aber zuhören würden sie nicht. Ich kann sie sehr gut verstehen; ich kann es ihnen nicht mal verdenken. Warum soll man jemandem zuhören, der von seinen Schuldgefühlen gezwungen wird, einen Berg von Lügen zu erfinden? Bei dem, was wir hier drin sagen, handelt es sich mit hoher Wahrscheinlichkeit eher um Lügen als um Wahrheiten. Wir müssen lügen; es wird beinahe zu einer Pflicht, um der Tyrannei des Gewissens zu entkommen. Aber stehlen tun wir nur selten. Jemand hat mir den Schal zurückgebracht, und ich habe mich darüber geradezu lächerlich gefreut. Wenn ich den Mund aufmache, rede ich belangloses Zeug, als wäre ich auf einer Party, auf der ich mich gut benehmen muss.

Am meisten vermisse ich das Meer, so schrecklich dieser Gedanke auch sein mag. Denn eigentlich müssten mir die Kin-

der mehr fehlen. Ich hätte mit meiner Liebe viel ausschließlicher umgehen müssen, um eine bessere Mutter zu sein. Es gibt keine Rechtfertigung; nur Schuldgefühle, und doch, und doch …
vermisse ich am meisten das Meer …

Francesca Margaret Chrisholm

EINS

Man hätte ihn davon abbringen sollen, im Februar herzukommen. Er wusste, wie der Winter zu Hause war: kalt, heftig und trocken, aber auszuhalten, selbst bei Minusgraden. Die Vorstellung, dass es an der englischen Küste richtig kalt werden könnte, wäre ihm im Traum nicht eingefallen. *Sie* hatte es nie erwähnt. Sie hatte von Lagerfeuern und Spaziergängen erzählt, und wie der Wind einem in den Augen brannte, wenn man von der Brustwehr einer Burg aus aufs Meer blickte. Beschreibungen, die durch Dickens' Erinnerungen oder bunte Postkarten noch lebendiger wurden. Sie beschworen Bilder von einer sanften Schneedecke oder leichten Nebelschleiern herauf, alles geschickt arrangiert, um das Kaminfeuer im Innern der Häuser tröstlicher und den heißen Toast noch köstlicher erscheinen zu lassen. Die Art angenehmer Kälte, mit der Innenarchitekten hantieren, um einen Kontrast zu gemütlichen Zimmern herzustellen.

Als er aus dem Bahnhof trat, zerrte der Wind wie ein Straßenköter an seinem Mantel. Der Regen peitschte gegen sein Gesicht und durchnässte den Hut. Seine Reisetasche war ein Ballast, der ihm immer wieder von der Schulter rutschte, so dass er gezwungen war, in schiefer Haltung den Parkplatz zu überqueren. Das minderte den Anflug von Triumph darüber, dass er es immerhin geschafft hatte, den Zug überhaupt zu verlassen. Denn als der mit einem heftigen Ruck vor dem Bahnhofsschild zum Stehen gekommen war, hatte Henry zuerst mit einer antiquierten Waggontür kämpfen müssen. Es war so dunkel, dass er das Schild kaum hatte lesen können: WARBLING – wie der Name eines zerzausten Vogels. Doktor Henry Evans, Wissenschaftler mit einer Passion für Gedichte, tadellosen transatlantischen Zeugnissen und einem bequemen nordamerikanischem Lebensstil, fühlte sich vom Wetter ungerecht behandelt. Das Gefühl, zum Narren gehalten zu werden, gefiel ihm nicht. Trotzdem beglückwünschte er sich zu seiner perfekten Reisevorbereitung. Das war eine seiner besonderen Fähigkeiten. Er hatte eine Landkarte gekauft; er hatte bei den telefonischen Anweisungen genau aufgepasst, und er wusste, wo er hinwollte.

Der Regen spie ihm mit frischer Kraft ins Gesicht. Sie können das Haus nicht verfehlen, mein Herr. Die Straße am Bahnhof immer geradeaus, bis Sie zum Meer kommen, dann nach links. Ein großes Hotel. Nelson hatte da mal übernachtet, lange bevor der Pier gebaut wurde. Henry hatte die Zugfahrt genossen, trotz des verdreckten Abteils. Zumindest hatte er das Fenster öffnen können, um frische Luft hereinzulassen. Er hasste kleine geschlossene Abteile, in denen er die Beherrschung verlor.

Er konnte es kaum erwarten, zum ersten Mal das Meer zu sehen. Er war eine echte Landratte, liebte jedoch das sanfte Rauschen des Meeres. Im Geiste hatte er es bereits vor sich, ruhig und dunkel, launisch im Mondschein und voller Inspiration. Die Geschäfte an der Straße waren klein und wirkten in der Dunkelheit fast malerisch. Er kam an einem menschenleeren Kino vorbei, dessen Plakate ihn an Filme erinnerten, die er vor zehn Jahren gesehen hatte, an einem einsamen Weinlokal mit einem einzigen Gast und einem Postamt, das scheinbar gleichzeitig als Apotheke und Blumenladen ohne Blumen diente. Abgesehen von wenigen Leuchtreklamen fielen ihm nur die gelben Blinklichter an der Stelle auf, wo die Straße ein wenig abschüssig wurde und in einen Fußgängerüberweg mündete, ehe sie zum Meer aufstieg. Die gelben Lichter blinkten einer einsamen Frau zu, die da stand, als wartete sie auf eine Extraeinladung, um die leere Straße zu überqueren. In einiger Entfernung folgte ein großer schwarzer Hund. Er *schien* nicht zu ihr zu gehören. Henry nickte und sagte »Hi«. Er erhielt keine Ant-

wort, und das erinnerte ihn an ein weiteres Merkmal, das ihm am Verhalten der Inselbewohner aufgefallen war. Sie waren nicht unhöflich, aber sie schienen mit ihren Gedanken immer woanders zu sein. Sie würden eine ausgestreckte Hand nicht ignorieren, wenn man sie ihnen direkt vor die Nase hielt, doch jede Geste, die nicht von ihnen selbst ausging, bedurfte einer Wiederholung, ehe sie wahrgenommen wurde. Sie sind nicht unfreundlich, sprach er sich selber Mut zu, sondern nur reserviert. Vermutlich wollten sie ihn mit ihrer natürlichen Zurückhaltung zu einer spontanen und durchaus zweckmäßigen Herzlichkeit animieren. *Du musst lernen, dein Schneckenhaus zu verlassen, Henry, niemand wird dich herauspulen.* Er versuchte sich zu erinnern, was *pulen* bedeutete.
Die Straße, die am Fußgängerüberweg ihren tiefsten Punkt erreicht hatte, stieg jetzt wieder an und führte zur Seeseite und ihren Geräuschen. Er hatte die starken Windböen auf dem Parkplatz vor dem Bahnhof fast vergessen, jetzt, da er relativ geschützt vor Regen und Wind war. Doch dann verpasste der Sturm ihm erneut eine Reihe von Schlägen, die mit einer solchen Wucht erfolgten, dass er aufschrie und sich am Geländer festhielt. Der Schrei wurde von einem Atemzug eisiger Luft erstickt; der Wind zerrte an seinem Arm, und das Geländer fühlte sich klebrig und nass an. Er suchte in einem Hauseingang Zuflucht und stieß mit der Nase gegen die Glastür. Sein Blick fiel auf ein Poster auf der anderen Seite. Es zeigte einen hohen Eisbecher mit einer Kirsche obendrauf vor dem Hintergrund eines blauen Sommerhimmels. Der Wind heulte ihm um die Ohren. Er war froh, dass er seinen Hut hatte. An einem anderen Tag hätte er über die Ironie des Schicksals gelacht, die ihm ausgerechnet einen Eisbecher vor die Nase gesetzt hatte, doch nun musste er mit dem Wind fertig werden, der ihn von hinten ansprang. Das Meer war ein verrückter Chor animalischen Gebrülls, gefolgt vom bösen Zischen des aufgewühlten Wassers, das gegen die Felsen prallte und vor lauter Frust tobte und fauchte. Dann der nächste Ansturm, das nächste Krachen

und Zischen, eine zornig brodelnde Schlacht, in der sich helle Wut und der tiefe Bass des Echos die Waage hielten.
Henry zog den Hut tief ins Gesicht, löste sich aus dem Schutz des Hauseingangs und überlegte. Links abbiegen, das hatte er schon getan. Straße überqueren; das würde er jetzt tun. Drüben war wieder der Hund, aber vielleicht war es auch ein anderer. Er trottete auf der anderen Straßenseite über den Bürgersteig. Sie können es nicht verfehlen, mein Herr, es ist das einzige Gebäude auf dieser Straßenseite. Nelson hatte hier übernachtet. Er erinnerte sich an die Gänsehaut, die er bei der Vorstellung gehabt hatte, in einem Gebäude zu schlafen, in dem schon Nelson die Nacht verbracht hatte, obendrein mit Lady Hamilton. Er stellte sich die Sitzbadewanne mitten im Zimmer vor, den Paravent, über dem Kleidungsstücke hingen, die Lady, *déshabillé*, den Helden in einer Chaise longue mit einem Glas Portwein in der Hand, satt von seinen Eroberungen. Dichte Vorhänge, die den Mondschein dämpften ... In einem Anflug von Güte schubste der Wind ihn unversehrt über die Straße. Der Himmel leuchtete, die Gischt peitschte ihm ins Gesicht. Vor ihm tauchte das Hotelgebäude auf, unbeleuchtet und nicht sehr einladend, und als er näher kam, wetteiferten andere Geräusche um seine Aufmerksamkeit: brüllende Stimmen, summende Maschinen.
Der Schein der Kerzen an der Rezeption lullte ihn ein und gaukelte ihm vor, er sei willkommen. Er seufzte erleichtert, doch dann jagten ihm die seltsamen Geräusche und die eisige Zugluft einen Schauer über den Rücken. Im ganzen Raum gab es nur einen wuchtigen alten Empfangsschalter und den dicken roten Teppich, der unter seinen Schuhen gluckste, als stakste er durch weinroten Morast. Langsam setzte er einen Fuß vor den anderen; seine Tasche kam ihm plötzlich furchtbar schwer vor. Die Treppe führte in eine Bar hinab, die in der Hotelbroschüre als besonders stilvoll und mit Blick auf den Ärmelkanal beschrieben war. Jetzt aber stapften dort Männer mit Gummistiefeln durch zentimeterhohes Wasser. Einer löste sich vom

Rest, watete auf den schmalen Durchgang vor der Treppe zu, wo Henry stand, und reichte ihm einen Stapel Kissen nach oben. Komische Begrüßung.

»Stehen Sie hier nicht im Weg, ja? Was wollen Sie überhaupt?«

»Ich habe ein Zimmer gebucht …«

»Sie wollen ein *Zimmer?* Hier? Das soll wohl ein Witz sein, was? Hier will jemand ein *Zimmer*!«, rief der Mann den anderen zu. Allgemeines Gelächter drang von unten herauf.

»Die Nelson-Suite, um genau zu sein«, sagte Henry kleinlaut. Aus dem tiefer gelegenen Raum hörte man splitterndes Glas, und dann schien das Dröhnen des Meeres noch näher. Das Gelächter des Mannes verstummte. Er roch nach Whiskey, ansonsten wirkte sein Gesicht erschreckend nüchtern.

»Haben Sie noch nie eine verdammte Überschwemmung gesehen? Kommen Sie nächste Woche wieder.«

»Meine Tasche … mein Zimmer …«

»Nächste Woche.«

»Aber wo soll ich denn hin?«

Noch während er dies sagte, wurde ihm bewusst, dass er die typische und ständig wiederkehrende Klage seines Lebens zitierte. Der Jetlag war keine Entschuldigung. Er wusste, dass er diese Worte schon unzählige Male zuvor ausgesprochen hatte, und jetzt erschienen sie ihm selbst geradezu kindisch und fordernd. Er sollte lieber was tun – die Ärmel aufkrempeln und sich der Herausforderung stellen, sich, wenn schon nicht nützlich machen, so doch wenigstens nicht im Weg stehen. Plötzlich überkam ihn das Gefühl einer riesigen Enttäuschung, und er fühlte sich erschöpft. Zwanzig Jahre lang hatte er seine Reise ins romantische England vor sich hergeschoben, und jetzt diese Pleite. Er wollte seinen Optimismus wiederhaben, der bereits von einer langen schlaflosen Nacht im Flugzeug geschwächt, von dem verdammten Zug mit seinen mutwillig zerstörten Klos auf eine harte Probe gestellt und von einer Stadt, die abends um acht bereits *ausgestorben* war, Herrgott noch mal, vollends zugrunde gerichtet worden war. Das Donnern des bedrohlich wirkenden Meeres machte ihn taub. Außerdem hatte er nasse Füße, und seine Reisetasche führte ein Eigenleben. Sie wurde von Minute zu Minute schwerer, aber absetzen konnte er sie nicht, bei dem nassen Boden ... Wie sollte er da helfen? Er war am Ende seiner Kräfte, er brauchte selbst Hilfe.

»Wo *könnte* ich denn hin?«

»Ja, mein Gott, überall, nur nicht ausgerechnet hierhin.« Der Mann stieß ihn vorwärts. Henry konnte sich nicht rühren. Seine Füße schienen größer und schwerer geworden zu sein. Außerdem wusste er, dass er sein Miesepetergesicht aufgesetzt hatte. Der Mann drängte sich an ihm vorbei und bahnte sich einen Weg zum Schalter.

»Halten Sie mal die verdammte Fackel.«

»Die was?«

»Die *Fackel,* Sie Dummkopf.«

»Ach, Sie meinen die Taschenlampe. Klar.«

Eine Fackel besaß eine Flamme. Sie beleuchtete ein Barbecue an Sommerabenden und diente als Symbol für den Frieden bei Olympischen Spielen. Er hielt die Taschenlampe, während der Mann in einem Buch blätterte. Seine Bewegungen machten keinen Hehl aus seinem Ärger.

»Wahrscheinlich alle voll. Zu spät, Sie waren der Letzte. Ah ja, natürlich. Warten Sie mal ...« Im Strahl der Taschenlampe blitzte ein Funke von Boshaftigkeit in seinen Augen auf. Henry spürte die starke Ablehnung, die ihm entgegenschlug, und ärgerte sich. Es war einfach ungerecht. Der Mann musterte seinen Mantel. Er hätte lächeln, irgendwas tun, einen Witz reißen sollen. Ein kluger, ein diplomatischer Mensch hätte es getan.

»Für Sie und Ihren Hut kommt nur eins in Frage«, sagte der Mann schließlich, während er das Buch zuklappte und Henry zur Tür drängte. »Das House of Enchantment. Ein reizendes Etablissement«, setzte er maliziös hinzu.

»Das was?«

»Das House of Enchantment, oder auch Zauberhaus. Sie haben doch keine Vorurteile, oder? Leiden Sie an Homophobie, haben Sie Angst vor Gespenstern, oder was? Sie werden sich sehr wohl fühlen.« Jetzt stieß er Henry förmlich hinaus. »Gehen Sie nach rechts. Folgen Sie der Seepromenade etwa neunzig Meter weit. Nummer 196 einhalb. Halten Sie sich links, und achten Sie auf die Hausnummern. Sie können das Haus nicht verfehlen, mein Herr. Vielleicht hat Lady Di mal dort übernachtet. Wir hatten nur den ollen Nelson.«
So landeten Henry und seine Reisetasche wieder auf der Straße. Er schlug den Kragen seiner Jacke hoch. Es war eine besondere Jacke aus weichem grauen Leder mit vielen Taschen und pelzgefüttert, ein dezentes, sportliches Luxusstück, und er war froh, dass sie so warm hielt. Er bog nach links und ging die Seepromenade entlang. Zu seiner Rechten donnerte, rauschte und krachte das Meer. Auf der anderen Straßenseite sah er die unregelmäßigen Umrisse der Häuser, einige dunkel, einige erleuchtet, aber alle unbeeindruckt vom Wetter oder der Schlammschlacht im Hotel. Die offene Gleichgültigkeit der erleuchteten Fenster war seltsam beruhigend. Die Kleider in seiner Tasche wogen nur halb so viel wie die Vitaminpillen, Mineralpräparate und Medikamente, die so wichtig für seine Gesundheit waren. Die Tasche selbst fühlte sich an wie ein unförmiger Stein, der schmerzhaft gegen seinen Rücken schlug. Seine Kopfbedeckung (eine vorn und hinten spitz zulaufende Mütze mit aufgestellten Ohrenklappen im Stil von Sherlock Holmes, die er in einem Jagdgeschäft erstanden hatte und die an jedem anderen Ort der Welt lächerlich wirkte) flog ihm plötzlich vom Kopf wie ein Vogel. Im Schein einer Straßenlaterne beobachtete er, wie sie sich ins Meer stürzte. Für den Bruchteil einer Sekunde tanzte sie noch auf dem Schaum der Wellen, dann war sie verschwunden. Er konnte nichts tun. Der Abhang, der zum Strand hinunterführte, war zu steil, die Wellen zu hoch, und er war bis auf die Knochen durchgefroren. Es war nur eine Mütze, aber offenbar war er nicht mal imstande,

die zu behalten, und so erschien sie ihm wie wie ein Symbol für seine Ungeschicklichkeit. Er war verloren.
Auf der anderen Seite tauchten jetzt die Umrisse einer hohen Mauer auf. Hier gab es keine Häuser. Er ging an der Mauer vorbei, und dann setzten die Häuser wieder ein. *Wie Kraut und Rüben,* hätte sie gesagt. Er zählte langsam die Hausnummern, einundachtzig, zweiundachtzig, dreiundachtzig, ehe sie plötzlich wieder bei fünfzig anfingen. Er versuchte zu pfeifen, um nicht loszuheulen, grässlich, und schmeckte Salz auf den Lippen. Er hatte den ganzen Weg zurückgelegt, nur um eine Frau zu finden, was war er bloß für ein Idiot!

Das House of Enchantment lag am höchsten Punkt der Straße direkt vor dem Meer. Die Einrichtung der Halle wirkte elegant, aber überladen. Das einzig Moderne war der Fernseher, über dessen Bildschirm eine Reihe von ruhigen Sommerbildern ohne Ton flimmerte. Peter Piper saß in einem Sessel am Erkerfenster des Wohnzimmers im ersten Stock, hatte den Hund auf dem Schoß und zeigte auf das Meer. Besser gesagt, auf die Schaumkronen der Wellen, die sich zurückzogen, und die Lichter in der Ferne. »Sieh dir das an, Senta, das da drüben ist wahrscheinlich ein Tanker. Das Leuchtschiff ist es jedenfalls nicht. Schön, wie es glitzert, nicht wahr? Wie ein Christbaum. Es scheint stillzustehen, was? Junge, Junge, die müssen aber froh sein, Land zu sehen. Wahrscheinlich würden sie am liebsten ans Ufer schwimmen. Wetten, dass sie viel lieber hier bei uns wären statt dort auf ihrem Schiff? Was meinst du: Ob wir wohl heute noch was zu essen kriegen? Tim lässt sich ja mächtig viel Zeit. Man könnte glatt verhungern, bevor er mit dem Essen kommt.« Er kraulte die weichen Hundeohren. »Noch eine, meine Kleine. Aber das ist die Letzte.«
Er nahm eine Walnuss aus einer Schüssel, und Senta schnappte geschickt danach. Sie hielt sie zwischen den Pfoten, knackte mit den Zähnen vorsichtig die Schale auf und holte den Kern so geschickt heraus, dass er nur noch staunen konnte. »Eines

Tages wirst du auch noch lernen, wie man die Schalen wegfegt«, sagte Peter stolz. »Harry haben wir das auch beigebracht, nicht wahr? Damit seine Hände was zu tun hatten, das arme Kerlchen.« Er stand auf und warf ein Holzscheit und ein paar alte Dielen auf das Kaminfeuer. Es war eine Schande, so gutes Holz zu verfeuern, aber es hatte nichts gekostet, und alles, was sie umsonst bekamen, fand auch eine Verwendung. Strandgut zu sammeln, war eine Kunst, eine Herausforderung, ein integraler Bestandteil ihrer Lebensweise. Das Feuer knisterte. Es gab immer diesen entscheidenden Augenblick beim Feuermachen: wenn man entscheiden musste, ob man es noch mal anfachen oder lieber drosseln sollte. Das gehörte dazu. »Das Leben der Menschen besteht aus Ritualen«, murmelte Peter zu dem Hund gewandt und hielt ihm noch eine Nuss hin. »Ich bin ja so froh, dass es dich gibt und dass niemand hier ist außer uns. Wen interessiert schon das Geld?«
Peter stieg die Treppe hinunter, der Hund folgte ihm. An dem beschlagenen Treppenfenster lief das Wasser herunter. Er knöpfte sich die Strickjacke zu. Die Wohnräume wurden geheizt, aber im Treppenhaus oder in den Fluren war es bitterkalt. Gegensätze sind gut für die Gesundheit. Er durfte nicht vergessen, heiße Ziegelsteine in die Betten zu legen. Die Steine steckten in Bezügen, die er aus einem alten Pelzmantel seiner Mutter genäht hatte. Eine Erfindung, auf die er besonders stolz war. Und es passte zum Geist der Zeit, in der Tim und er gern gelebt hätten. Außerdem konnten sie, im Gegensatz zu herkömmlichen Wärmflaschen, nicht auslaufen.
Eine lange, ziemlich imposante Treppe führte vom ersten Stock ins Erdgeschoss. Das Esszimmer befand sich zur Linken, dort brannte auch ein Kaminfeuer. Aus der Küche dahinter, die man über einen weiteren eiskalten Gang erreichte, duftete es nach Curry. Auf dem Tisch lag eine weiße Leinentischdecke. Drei Gedecke fürs Abendessen, bemerkte er aus dem Augenwinkel. Manchmal übertrieb Timothy es maßlos, und deckte den Tisch mit Kristallgläsern und Silberbesteck für fünf oder sechs Per-

sonen. Dann wusste Peter, dass es am nächsten Tag Reste geben würde, leicht variiert. Heute Abend schien er nur einen fremden Gast oder Geist zu erwarten. Er würde links neben einem kunstvollen Arrangement aus Zweigen und Blättern sitzen, auf dem Platz, der dem Kamin am nächsten war. Sie aßen immer sehr stilvoll, Tim bestand darauf. Essen, so behauptete er, sei viel zu wichtig, um ihm den nötigen Respekt zu verweigern. Es hatte eine heikle Zeit gegeben, als Tim sich in den Kopf gesetzt hatte, im Garten hinter dem Haus ein Schwein und ein paar Hühner zu halten. Aus Rücksicht auf die Nachbarn hatte er schließlich darauf verzichtet, aber bis heute nährte er die Hoffnung, eines Tages einen Strauß halten zu können. Das bedeutete mindestens eine Monatsration fettarmes Fleisch. Wenn wir Tiere halten würden, müssten wir sie verstecken, hatte Peter gemurmelt, und ich hasse es, Leute hinters Licht zu führen, du nicht? Trotzdem müsste es möglich sein, einen Strauß in einem Haus unterzubringen, das über vier Stockwerke verfügte, ganz zu schweigen vom Keller. Ein Haus, das wie geschaffen dafür war, Menschen zu verstecken oder ihnen einen Ort der Ruhe zu bieten, und das schloss zahlende Gäste ein. Wenn sie erst einmal im Dachzimmer oder im zweiten Stock waren, wisse man gar nicht mehr, dass sie da seien, meinte Tim, doch Peter beharrte darauf, dass ein Strauß zu viel Lärm auf der Treppe machte.
Außerdem würde er die Privatsphäre der Gäste stören. Timothy liebte Gäste, aber er neigte dazu, die Sorge um ihr Wohlergehen zu übertreiben. Er glaubte, dass jeder, der durch die Tür trat, auf Gottes Geheiß hin kam. Peter behielt es für sich, aber er hatte das komische Gefühl, dass manche Gäste vielleicht glaubten, man wollte sie verführen statt verwöhnen, aber das war vollkommen abwegig. Sie waren da, weil sie gebraucht wurden.

Tims Abendgarderobe variierte je nachdem, welche Laune er hatte und welche seiner unzähligen Klamotten aus dem Second-Hand-Laden gerade sauber waren. Es gehörte zu ihrem Ritual, dass sie sich zum Abendessen umzogen, allerdings bedeutete das keineswegs, dass sie gezwungen waren, im Abendanzug zu erscheinen. Es musste bloß etwas sein, das sie nicht tagsüber getragen hatten. Shorts oder Badehose waren tabu, selbst wenn sie an einem ungewöhnlich heißen Sommertag vorhatten, nach dem Essen noch schwimmen zu gehen – eine Möglichkeit, die bei den heutigen Temperaturen unvorstellbar erschien. Peter trug einen Tweedanzug, der über seiner breiten Brust spannte, und dazu ein halb aufgeknöpftes Hemd, das einen Blick auf seine unauffälligste Tätowierung erlaubte. Abgerundet wurde das Ganze von makellos weißen Socken und Turnschuhen. Timothy trug zur Feier des Tages und in Erwartung des annähernd asiatischen Gerichts eine schwere Dschellaba aus Baumwolle, die ihm bis zu den Knöcheln reichte. Um nicht darüber zu stolpern, wurde sie um die Hüften mit einer geflochtenen gelben Kordel festgehalten, die sich von dem scharlachroten Stoff absetzte. Mit seiner schlanken Figur und der Hakennase sah er aus wie ein deplatzierter Kardinal. Selbst gemachtes Brot und Salat wurden aufgetischt, frische Spinatblätter, wie Peter bemerkte. Bei ihrem Anblick lief ihm das Wasser im Mund zusammen, und er nickte anerkennend. Es gab genug für eine ganze Kompanie. Dann klingelte es an der Tür. Schepperte, um genau zu sein. Es war eine alte, an einer Feder befestigte Schulklingel, die betätigt wurde, wenn man an einem hervorstehenden, von der Salzluft verrosteten Griff zog. Die alten Einrichtungen waren immer noch die besten. Peter warf einen Blick auf das leere Gedeck und grinste Timothy aufmunternd zu, während der leise mit der Zunge schnalzte und auf die Uhr sah, die er um den Hals trug.

»Er ist ganz schön spät dran, was? Es ist schon halb neun, und ich bin am Verhungern. Was, wenn er vor dem Essen noch ein Bad nehmen will?«

»Tja, das wird leider nicht möglich sein. Das Essen kann nicht warten.«

Das musste das House of Enchantment sein. Henry wusste es gleich, als er darauf zuging. Es unterschied sich von allen anderen durch die spitzen Türmchen auf dem Dach und sah aus wie ein Märchenschloss. Die Einzelheiten verschwanden in der Dunkelheit, irgendwie ein Segen, denn er hatte schon wieder angefangen zu denken, versuchte sich, so gut es ging, vom Gewicht seiner Füße abzulenken, schlimme Vorahnungen zu zerstreuen und das ewige Gefühl abzuschütteln, ein Idiot zu sein, während er gegen die wachsende Depression ankämpfte, die zum Rhythmus der Wellen in seinem Kopf dröhnte. Er nahm sich zusammen und zählte die Hausnummern, warf im Vorbeigehen einen Blick auf die Türen und stellte sich vor, wie es im Innern eines Hauses mit einem solchen Namen aussehen könnte. Sobald die Türmchen in Sicht gekommen waren, hatte er sich gewünscht, dass es nicht ausgerechnet *dieses* Haus sein würde. Er sehnte sich nach Gemütlichkeit, nach etwas, das aussah wie ein Lebkuchenhaus, groß genug, um eine Wirtin zu beherbergen, die ihm wenigstens eine heiße Suppe vorsetzen könnte als Entschädigung dafür, dass er die Suite, in der sich Nelson mit Lady Hamilton vergnügt hatte, nicht bekommen konnte. Ein Funken konventioneller Freundlichkeit würde lange vorhalten. Er spürte, wie ihm die Tränen in die Augen stiegen und entschied, dass es völlig egal war, ob er jetzt heulte oder nicht. Der Regen hatte sein Haar an die Kopfhaut geklatscht, und die Gischt hatte ihn von oben bis unten durchnässt. Angeblich war Julius Caesar irgendwo hier in der Nähe gelandet. Er konnte sich beim besten Willen nicht vorstellen, was die Italiener sich davon versprochen hatten.

Was für ein Haus. Schwarz gestrichen, soweit er sehen konnte, und da war eine mit Nägeln beschlagene Tür, zu der zwei Stufen hinaufführten. Als er an dem Griff mit der Aufschrift KLINGEL zog, packte ihn eine neue Befürchtung. Was, wenn es auch hier keine Zimmer gab? Denk nicht dran. Geh zurück zum Bahnhof, steig wieder in den grässlichen Bummelzug.

Der nächste Halt ist Dover. Fahr nach Frankreich. Fahr. Er hatte sich sein Leben lang die Option des Rückzugs vorbehalten. Er hörte das Scheppern der Klingel und dann wütendes Hundegebell.

Die Tür tat sich einen Spaltbreit auf. Vor ihm stand eine Erscheinung, von Kopf bis Fuß in Scharchlachrot. Sie lächelte, wenn auch ein wenig ungeduldig, wie jemand, den man bei einer wichtigen Tätigkeit gestört hatte, der es aber aus Höflichkeit nicht zugab.

»Oh, kommen Sie rein, kommen Sie rein. Draußen stürmt es. Kommen Sie.«

Mit einem lauten Schlag fiel die Tür hinter ihm ins Schloss. Man bugsierte ihn in die Halle. Er stand am Treppenpfosten und betrachtete die steile Treppe, die in einer endlosen Welle aus poliertem Mahagoni nach oben führte. Die Halle selbst erstreckte sich in unbekannte Regionen, Teppiche schmückten die Wände, flackernde Gaslampen steckten in Wandhaltern, und köstliche Düfte kamen von irgendwoher. Die priesterliche Erscheinung half ihm aus der Jacke, schüttelte den Kopf über den Regen, der seine Kleider aufgeweicht hatte, und bewunderte das Leder. Die Reisetasche wurde ihm von der Schulter gehoben. Ehe er auch nur ein Wort sagen konnte, hatte er ein Handtuch in der Hand, um sich das Haar und die Tränen zu trocknen, was immer es war, das ihn so durchnässt hatte. Und plötzlich fühlte er sich schwerelos.

»Wir müssen sofort essen, sonst wird alles kalt. Ja, ich sagte *sofort*. Nehmen Sie den Platz am Kamin und ziehen Sie die Schuhe aus. Ich würde es jedenfalls tun an Ihrer Stelle. Hier entlang. Timothy, schenkst du schon mal den Wein ein?«

Noch mehr Gaslampen, ein Kaminfeuer wärmte ihm den Rücken. Der Wein war violett und schimmerte durch das schwere Kristall. Er vergaß nicht, das Glas zu erheben und jeden seiner beiden Gastgeber anzusehen, ehe er trank. Mein Gott, war das gut. Das Brot, das plötzlich auf seinem kleinen Teller lag, schmeckte nach Nüssen und war warm, der Salat hinterließ einen angenehm scharfen Nachgeschmack, und schon wurde der Teller wieder abgeräumt. In der Mitte des Tisches standen zwei elegante Terrinen. Berauscht von dem köstlichen Duft starrte er auf den aufsteigenden Dampf. Der Kerl im Tweedanzug und der Kardinal tischten ihm auf, als sei er ein hilfloses Baby, und ermunterten ihn zu essen.

»Einfach nur Reis, das passt *auf jeden Fall* besser zu scharfen Gerichten, finden wir. Nehmen Sie *reichlich*.« Das tat er. Der Nachschlag wurde nur von wenigen Worten unterbrochen. »Kommen Sie von weit her? Amerika. Oh ja, das ist weit. Ist es da wärmer? Nein. Es stört Sie doch nicht, wenn Senta an Ihnen schnüffelt, oder?«

»Aber nein. Ich habe zu Hause selbst einen Hund.«

Die letzte Bemerkung, die er mit vollem Mund machte, war eine von der Höflichkeit diktierte Lüge. Er hatte keinen Hund; er hatte gar nichts, was er gerne gehabt hätte, abgesehen von ausreichend Geld, aber einen Hund hatte er sich schon immer gewünscht, und er wollte nicht unhöflich sein. Die Lüge war eine Möglichkeit, akzeptiert zu werden. Er hatte den Hund gesehen, als er reinkam, ein süßer gescheckter kleiner Hirtenhund, der zur gleichen Zeit dasselbe wie sie zu fressen bekam, aber etwas abseits in einer Ecke und aus einem eigenen Napf. Dafür war Henry dankbar. Teller, Besteck und Terrinen verschwanden auf die gleiche geheimmisvolle Art, wie sie aufgetaucht waren. Henry konnte sich nicht erinnern, dass irgendwelche Namen gefallen waren. Ach doch, ja, Timothy, Peter, Henry. Komisch. Keine Nachnamen, kein Wort über die Bezahlung. Morgen wäre auch noch ein Tag.

»Und was hat Sie hierher verschlagen, Henry?«

»Oh … mich? Ich bin Pharmazeut. Die Arbeit … aber das ist nicht der Grund, warum ich hier bin. Vermutlich die Tatsache, dass ich ein Liebhaber von Schlössern und Burgen bin. Ich weiß selbst nicht, warum ich hier bin. Ich war schon überall auf der Welt, aber noch nie in England. Mein Vater ist gestorben, ich brauchte einen Tapetenwechsel und …« Wieder stiegen ihm Tränen in die Augen, gerade jetzt, wo seine Kleider beinahe trocken waren. Er versuchte, die halb verbrannten Füße wieder in die Schuhe zu zwängen, suchte sein Taschentuch und fand es nicht.

»Sie sind müde, Henry. Sie müssen sich ausruhen. Sie sollten jetzt nicht reden. Kommen Sie.«

Er war benommen und folgte ihnen bereitwillig. Man hätte ihn in ein sadomasochistisches Bordell führen können, und er hätte sich nicht gewehrt, aber so ein Gedanke kam ihn nicht. Henry hatte gar nicht diese Art von Phantasie. Die Treppen schienen endlos zu sein. Die Robe des Kardinals raschelte. Endlich ein Zimmer unterm Dach, das sie erst erreichten, als er schon völlig außer Atem war. Einer trug seine Tasche, der andere seine Schuhe und die Lederjacke, die er eigens für diese Reise gekauft hatte. Beide Männer murmelten Erklärungen. Ihre Stimmen waren so sanft wie das Murmeln von Spatzen.

»... das einzige Badzimmer ist das hinter der Küche ... wir lassen das Licht brennen ... Das Wasser wird bald heiß sein.«

»... die Toilette ist auf dem Treppenabsatz ... Ihre Toilette, heißt das ... Peter, du hast die Nachttischlampe vergessen ... ach, hier ist sie ja ...«

»Handtücher sind hier ... die elektrische Heizung lässt sich an diesem Knopf abschalten. Morgen machen wir Ihnen ein richtiges Kaminfeuer.«

Die Heizung widersprach seiner Vorstellung von Altertümlichkeit. Zwei elektrische Stangen, die glühten wie parallele Leuchtkäfer und eine Wärme erzeugten, die sich auf das Bett zubewegte, es aber nie erreichte. Und was für ein Bett. Nicht groß, kein Himmelbett, aber ziemlich hoch. Wenn er nachts rausfiel, würde er sich ein Bein brechen. Henrys müder Blick schweifte über mehrere Tagesdecken, die auf dem Bett verstreut waren, grün und blau mit einem seidigen Schimmer. Sie bildeten den einzigen Blickfang in dem ansonsten kargen Zimmer. Seine Gefährten machten sich noch eine Weile im

Zimmer zu schaffen und schlossen dann die Tür hinter sich. Es war, als hätte sich mit ihnen die ganze Welt zurückgezogen. Die Stille, die sie zurückließen, war vollkommen.

Sie sollten jetzt nicht reden, die Worte hallten wie ein Echo nach. Wann würde er jemals reden können? Seit er denken konnte, war er nicht in der Lage, sich auszudrücken, jedenfalls nicht so, dass ein richtiges Gespräch zustande gekommen wäre. Er hatte nie gewusst, was er sagen sollte, außer zu seinem Vater. All diese Jahre der Sprachlosigkeit, als hinderte ihn irgendwas, das auszudrücken, was sein Gehirn ihm eingab. Es war wie eine Art Maulkorb, der Fluch des Schüchternen. Das Fenster, das sich leicht öffnen ließ, und die Decken auf dem Bett gefielen ihm. Er fuhr mit der Hand darüber und war ungeachtet der Kälte im Zimmer plötzlich unglaublich dankbar, hier zu sein. Der Gedanke, er könne ein wenig schroff zu diesen beiden komischen Käuzen gewesen sein, schoss ihm durch den Kopf. Er hatte es nicht vermocht, seine Dankbarkeit zu zeigen oder auch nur welche zu *empfinden,* obwohl sie in solcher Windeseile auf den Anruf aus dem überfluteten Hotel reagiert hatten. Er hätte auch dem Mann danken sollen, der angerufen und es ermöglicht hatte, dass sein Gast so freundlich aufgenommen worden war. Und während er sich auszog und sich zu erinnern versuchte, wo die Toilette war, sagte er sich, dass alles Zeit bis morgen hatte, *alles,* sogar seine Einschätzung der Lage. Es war immerhin möglich, dass der Mann aus dem Hotel gar nicht angerufen, sondern ihn vergessen hatte, sobald er aus der Tür war ... Aber das spielte jetzt keine Rolle.

In Unterwäsche und mit mittlerweile trockenen Socken trat er jetzt nur noch leicht frierend ans Fenster. Der Mond warf einen silbrig schimmernden Streifen auf die nun glatte Wasseroberfläche. Man hatte das Gefühl, als wollte das Meer sich selbst unsichtbar machen. Heimlich, mit kleinen schaumigen Bissen knabberte es am Kieselstrand, als wollte es nur spielen, in Wirklichkeit aber fraß es mit derselben stummen Entschlossenheit wie der Hund aus seinem separaten Napf in der Ecke. Das Ganze war erfüllt von poetischer Ruhe, einer Normalität, die ihn beruhigte und ihn vor der Schlussfolgerung bewahrte, dass nichts von all dem normal oder auch nur annähernd normal war. Er warf einen Blick auf die Zimmertür, und plötzlich überfiel ihn das Gefühl, man habe ihn eingesperrt. Er wusste selbst nicht, wie er auf eine so absurde Idee kommen konnte, und fummelte lautlos an dem Riegel herum, bis er überzeugt war, dass er sich getäuscht hatte. Er war in einem exzentrischen Haushalt gelandet, weiter nichts. Es gab nichts, was ein wackeres Herz aus der Ruhe bringen könnte. Er zog die Socken aus und legte sich ins Bett. Die kalten Leinenlaken und die schweren Decken fühlten sich gut an. Sie sollten ihn in den Schlaf wiegen, ihn alles vergessen lassen, doch als er sich streckte, um die Größe des hohen Bettes zu ertasten, berührten seine Füße ein warmes Fell, und er schrie auf. Ein Tier im Bett!

Henry warf die Decken zurück und stürzte zur Tür. In den unteren Stockwerken war es still, er warf einen Blick durch das Treppenhaus und sah Licht brennen. Lächerlich, wegen einer Katze einen solchen Aufruhr zu machen. War er denn ein Kind? Er hielt die Nachttischlampe hoch wie eine Waffe und untersuchte, was seine Füße berührt hatten. »Raus da«, rief er. Aber das Ding rührte sich nicht von der Stelle. Er stieß es vorsichtig an und packte es schließlich erzürnt. Er *brauchte* sein Bett. Das Fell war warm, das Tier musste krank sein. Dann ertastete er die Form des Ziegelsteins, hob ihn hoch und drehte ihn um. Ein Ziegelstein mit einem Fellüberzug. Raffiniert. Er stieg wieder ins Bett und schmiegte seine Füße daran. Langsam nickte er ein.

Das Mondlicht fiel auf seine Augen und weckte ihn auf. Er schwitzte unter den Achseln, und wieder hatte er den Eindruck, als sei das Fell unter seinen Füßen lebendig. Er hörte, wie *sie* ihn auslachte und sagte, er brauche sich vor nichts zu fürchten. Jetzt war er hellwach und hatte große Lust, eine Dusche zu nehmen.

Er versuchte sich daran zu erinnern, was der Kardinal und der Mann mit dem Tweedanzug und den Tätowierungen über die Dusche gesagt hatten. Es gab keine Dusche, nur ein Bad neben der Küche. Ihm war heiß; sein Waschzwang war die ganze Zeit von der Erschöpfung unterdrückt worden, jetzt aber fühlte er sich schmutzig. Er zog die Socken wieder an, schnappte sich ein Handtuch und begann das Haus zu erkunden.

Tiefer, tiefer, tiefer … immer der flackernden Gaslampe in der Halle nach. Auf dem dritten Treppenabsatz blieb er stehen, weil er ein Geräusch vernahm. Aus einem Zimmer, das er nicht gesehen hatte, kam jemand mit federleichten Schritten. Eine große, schlanke Gestalt mit dichtem hellem Haar stand auf dem Treppenabsatz unter ihm und wirkte einen Augenblick lang unschlüssig, als wäre die letzte Treppe zu viel, dann rutschte sie mit flatterndem weißem Gewand rasch das Treppengeländer hinunter. Mit einem fast lautlosen Plumps erreichte sie den Fuß der Treppe. Sie blies sich kurz in die Hände, streckte die Finger und verschwand.

Henrys warme Füße hatten mittlerweile dort, wo sie waren, Wurzeln geschlagen. Es kam ihm vor, als hätte er schon seit einer Ewigkeit da gestanden, und jetzt wurden sie allmählich wieder kalt. Schließlich stieg er die Treppe weiter hinunter, umklammerte das Handtuch fester und wischte sich damit über die Augen, als wollte er die Erscheinung, die er zu sehen geglaubt hatte, vertreiben.

Über dem Pfosten am Fuß der Treppe hing ein feiner indischer Schal. Er fühlte sich unglaublich weich an, so weich wie das Fell in seinem Bett. Es hätte der Schal sein können, den er Francesca geschenkt hatte. Aus der Tiefe des Hauses hörte er, wie Wasser in eine Badewanne lief und jemand sang. Henry Evans fühlte sich unbehaglich und ging wieder zurück ins Bett.

Das Fell war immer noch warm. Er zog es an seine Brust.

Sie sollten jetzt nicht reden.

Hier ist es immer warm. So warm wie in einem Krankenhaus oder wie im Kinderzimmer eines Babys. Ich habe Kinder immer gern gehabt. Was für ein Klischee für eine Lehrerin. Bevor mein Vater starb, versuchte er mich davon abzubringen, Lehrerin zu werden. Er meinte, es würde meine Auffassung von kindlicher Unschuld ruinieren und mir die Fähigkeit zum Spielen rauben. Ich war drauf und dran, seinen Rat zu befolgen (das habe ich immer so gehalten, und er hatte fast immer Recht), aber dann starb er. Seither sehne ich mich nach seinem Rat. Es scheint nur ein kleiner Schritt von der Rolle des Ratsuchenden zu der des Ratgebenden.

Ich frage mich, was er von mir halten würde, wenn er mich jetzt sehen könnte. Und ich glaube, es zu wissen. Hier drin greifen wir alle auf die Kindheit zurück. Wir schieben ständig und manchmal sogar mit Recht alles auf die Kindheit. In meinem Fall ist es anders, abgesehen davon, dass sie mir das brennende Verlangen einflößte, anderen Kindern dieselbe Art von Sicherheit zu bieten, die mir vergönnt war.

Wir saßen am Fenster, meine Kusine und ich, und versuchten, Gedichte auswendig zu lernen. Es gibt Schlimmeres, als Gedichte auswendig zu lernen, sagte mein Vater. Harry wäre wahrscheinlich nicht dazu in der Lage gewesen; er liebte das Meer und wollte angeln lernen. Ich habe versucht, ihm Kinderlieder beizubringen, diese altmodischen, bedeutungslosen Lieder, weil ich alles liebe, was sich nicht ändert, wie das Meer.

Es war eine Frau, die verschluckt eine Spinne
Die zappelt nun in ihr vom Fuß bis zum Kinne
Die Spinne im Innern sollt' töten die Fliege
Doch war es nichts weiter als böse Intrige
Und so beginnen die übelsten Kriege!

Bei Kinderliedern muss ich an Geburtstagsfeiern denken, und das sollte ich lieber nicht tun. Man hat mich gewarnt, Jahrestage seien gefährlich; die Trauer löst die Zunge. Und hier will ich über meine Gedanken berichten, als Beweis dafür, dass ich immer noch an andere Dinge denken kann. Ich muss die Fakten RUHEN lassen.

FMC

ZWEI

Er starb zuerst; sie hat's durchaus versucht
Das Leben ohne ihn, dann gab sie's auf, verflucht!

Mit diesen Worten, die ihm sein Gedächtnis aus der Ferne zumurmelte, wachte Henry auf. Ein ziemlich undurchsichtiger Vers, aber einer, der ihm unerträglich nahe ging. Er probierte, ob man ihn auch umdrehen konnte. Zuerst starb sie usw., aber das funktionierte nicht. Die Geräusche, die ihn verwirrten, und die Worte, von denen er hätte schwören können, dass jemand sie ihm ins Ohr geflüstert hatte, waren bloß das Geschrei der Seemöwen und der ungleichmäßige Herzschlag des Meeres, die in seinem Zimmer widerhallten. Die Wellen zerrten stöhnend am Kiesstrand und lockten ihn ans Fenster.

Das Fenster war ein kleiner vorspringender Erker im Dach, der sich an die Mauer eines Türmchens lehnte. Wenn man am Fenster stand, hatte man das Gefühl, Teil des Himmels zu sein. Die Möwen schwirrten um seinen Kopf, sie kreischten und stritten so nah, dass er sich automatisch duckte, weil er meinte, er sei es, der ihren Ärger provozierte. Ein Flecken Vogeldreck auf der Fensterscheibe beeinträchtigte den Blick auf die milchige Sonne. Sie war blasser als ein heller Eidotter, trübe und fast farblos. Er war künstliche und knallige Farben gewohnt, wie die auf den Packungen seiner Medikamente. Farben, die als Blickfang dienten, damit man sich an sie erinnerte. Ganz anders als diese. Wolken schoben sich zwischen ihn und die Eidottersonne. Das Meer war zu groß, als dass man es hätte beobachten können; der Horizont verschwamm im Dunst. Henry sah nach unten auf die Straße. Sie war nicht halb so weit weg, wie er gedacht hatte.

Nach unten zu blicken war angenehmer als nach oben. Angesichts der Weite des Meeres und des Himmels kam er sich klein vor, die Aktivitäten da unten aber vermittelten ihm das Gefühl, ein Mensch zu sein. Ein Jogger in einem roten Trainingsanzug lief rückwärts die Seepromenade gegenüber dem House of Enchantment entlang, vermutlich, um seine Muskeln gleichmäßiger zu belasten. Jetzt blieb er stehen, atmete tief durch und sah, die Arme in die Hüften gestemmt, aufs Meer, bevor er die Beine streckte, sie abwechselnd auf die kleine Mauer stützte und sich mit dem Oberkörper bis zu den Schenkeln vorbeugte. Gut gemacht, applaudierte Henry. Eine Frau mit einer Schar von schnatternden Kindern und einem Baby im Kinderwagen ging an dem Jogger vorbei und hatte nur ihre sanften Ermahnungen für die Kinder im Kopf. Sie verlangsamte ihren Schritt, um einem Pärchen mit zwei keuchenden Hunden auszuweichen, einem kleinen gescheckten und einem großen braunen, die aufgeregt an der Leine zogen und heftig mit dem Schwanz wedelten. Der Jogger setzte seine Dehnübungen fort. Von rechts tauchte ein weiterer Läufer auf. Ein kleines Mädchen kuschelte sich in seinen Mantel und wartete auf den Bus. Am Strand zog ein schwarzer Hund ein braunes verkrumpeltes Etwas aus dem Wasser und schnupperte dran. Einen Augenblick lang dachte Henry, es könnte seine Mütze sein, und hoffte, dass er Unrecht hatte. Ein kurzer, unerklärlicher Anflug von Freude durchfuhr ihn. Immerhin, die Stadt war bevölkert. Ein Jogger, der rückwärts lief, Leute, die sich fit hielten, alles ganz normal. Die Hundebesitzer schimpften mit ihren Tieren.

Hunde machten ihn sentimental. Er hätte nicht schwindeln sollen, dass er einen besaß, nur um sich anzubiedern. Der schwarze Hund, dessen Schwanz so heftig wedelte, dass er kaum zu erkennen war, bellte und knurrte das Wasser an. Das Meer war groß und mächtig, und insgeheim fürchtete er sich davor. Henry kratzte sich die Brust und lächelte ihm aufmunternd zu. Immer wenn eine große Welle kam, zog sich der

Hund zurück und bellte. Ich weiß, wie du dich fühlst, mein Alter. Wir müssen alle bellen, ob wir wollen oder nicht.
Dann tauchte von links eine seltsame Gestalt auf, die so hastig marschierte, dass sie es ohne weiteres mit dem Jogger hätte aufnehmen können. Sie war groß und hager, und nichts an ihr schien zu passen. Anzug und Mantel schlotterten um den Körper wie eine Reihe von Lumpen. Die Arbeitskleidung eines Bestattungsunternehmers, dachte Henry, oder ein Rabbi, der einen schlechten Tag erwischt hatte, ein verwirrter, unorthodox orthodoxer Jude, der rauchte, Selbstgespräche führte, nur mit sich beschäftigt war und hin und wieder zwischen seinen wütenden Zügen vergaß, dass die Zigarette brannte. Wie konnte man bei dem Wind überhaupt rauchen? Sein Haar war völlig zerzaust, schwarz wie seine Kleider, die Haut der Hände hingegen so weiß wie Alabaster. Er eilte durch Henrys Gesichtsfeld, schwang dabei die Arme und fuchtelte mit der Zigarette, als führte er ein Streitgespräch mit einem unsichtbaren Gegner, einem Mandanten oder einem Beichtkind, die er zurechtwies oder beriet. Seine Ernsthaftigkeit war zum Totlachen. Henry lächelte erneut und genoss den Anblick. Plötzlich merkte er, wie die Scheibe beschlug von einem Atem, der nicht der seine war. Er gehörte jemandem, der direkt neben ihm stand, der noch näher war als die Möwen.
»Man verbringt hier *eine Menge* Zeit damit, aus dem Fenster zu sehen«, sagte Timothy seufzend und zeigte auf den Mann. »Dieser Kerl da unten ist verrückter, als die Polizei erlaubt, aber verdammt gerissen, wissen Sie. Wo soll ich das hinstellen?«
Er trug ein zierliches Tablett, von dem die vielfältigsten Gerüche aufstiegen: Kaffee, süß duftender Toast, silberne Töpfe, halb versteckt unter einer gestärkten Leinenserviette. Wie bereits letzte Nacht schoss Henry der belanglose Gedanke durch den Kopf, wie seltsam es war, dass es in einem Haus so elegantes Geschirr aus Kristall, Silber und feinstem Porzellan gab, aber keine Zentralheizung. Hätte er die Wahl gehabt, hätte er wahrscheinlich alles verkauft und sich eine ordentliche Hei-

zung zugelegt. Timothy trug eine dicke Kordhose, Stiefel, Hemd, Pullover und eine Strickjacke, ziemlich gewöhnlich und ein beruhigender Kontrast zu der Aufmachung von letzter Nacht, mal abgesehen von einer gelben Mütze, die ziemlich gewagt auf seinem Schädel saß. Hinter ihm kam Senta mit einer Zeitung im Maul, die sie Henry vor die Füße legte.

»Oh, mit einem Frühstück hatte ich nicht gerechnet. Wie nett von Ihnen. Ich hätte etwas früher aufstehen sollen, nicht wahr?« Er zwang sich zu einem Lachen. Plötzlich hatte die Schüchternheit, die von der Müdigkeit letzte Nacht unterdrückt gewesen war, ihn wieder gepackt.

»Es ist kein richtiges Frühstück, nur Toast. Frühstück ist etwas ganz anderes, das müssen Sie extra bestellen. Aber es kommt uns ganz gelegen, wenn die Gäste so lange im Bett bleiben, bis Peter unten aufgeräumt und zumindest den Kamin angeworfen hat. Was für ein Durcheinander. Wir dachten, wir könnten anschließend einkaufen gehen. Haben Sie Lust mitzukommen? Wir könnten Ihnen ein wenig die Stadt zeigen.«

»Gibt es eine Dusche?«, fragte Henry.

»Nein, das haben wir doch schon gesagt, oder? Nur ein Badezimmer mit Badewanne hinter der Küche. Im Augenblick ist es frei; warmes Wasser ist auch da, und zwar reichlich. Essen Sie Ihren Toast, bevor er kalt wird.«

Einen Augenblick dachte Henry schon, dass Timothy bei ihm stehen bleiben würde, bis er den Toast aufgegessen und den Kaffee getrunken hatte, wie ein ungeduldiger Vater bei einem quengeligen Kind. Oder den Hund bei ihm lassen würde, um sicherzugehen, dass Henry folgsam war. Doch dann rückte er nur seine Mütze zurecht und verließ das Zimmer, nachdem er dem Hund die Tür aufgehalten hatte, damit dieser voranging. Henry hörte ihn pfeifen, bis er den zweiten Stock erreicht hatte, dann verstummte das Geräusch.

Er rüstete sich für seine Reise nach unten. Als er später, leicht außer Atem, wieder oben ankam, dachte Henry, dass der Raum, in dem er gerade eine hastige Katzenwäsche gemacht hatte, wahrscheinlich das archaischste Badezimmer war, das er jemals gesehen hatte. Die Badewanne war so groß wie eine Familiengruft, das Waschbecken hatte ähnlich verschwenderische Ausmaße, die Hähne waren uralt, die Wasserrohre grollten wie Donner, und die Temperatur erinnerte an die Arktis. Er war zwar sauber, aber alles andere als erfrischt. Immerhin war es eine Tortur, sich die Hemdknöpfe mit tauben Fingern zuknöpfen zu müssen. Die passende Kleidung aus der Reisetasche zu wählen (sorgfältig gefaltete Kaschmirpullover, wissenschaftlich verpackt: Henry war äußerst pingelig mit seiner Garderobe) versetzte ihn in Unruhe. Wollte er wirklich mit den zwei Typen in die Stadt gehen?

Er setzte sich auf das hohe Bett, knöpfte sich die Manschetten zu und dachte darüber nach. Er litt ja nicht an Homophobie, sagte er sich, gegen Schwule hatte er nichts, nicht wirklich. Er kannte nur keine, in seinen Kreisen bewegten sie sich nicht, und wenn doch, dann hingen sie es nicht an die große Glocke und blieben unter sich. Er kannte sich mit ihrem Kode nicht aus. Er wusste nur, dass er nicht als schwul gelten wollte. Er hatte keine Lust, in dieser komischen kleinen Stadt mit den beiden Paradiesvögeln gesehen zu werden. Womöglich würden die Leute glauben, er sei auch einer von denen. Henry sah wieder aus dem Fenster. Die Seepromenade erstreckte sich in die Ferne und mündete schließlich in einen verrückten Pier. Er wusste nicht, wo es zum Zentrum ging, und konnte sich auch nicht mehr an den Plan erinnern oder welchen Weg er durch den Regen genommen hatte, in dem jede Orientierung unmöglich geworden war. Er nahm eine Hand voll Pillen aus seinem riesigen Waschbeutel und schluckte sie schaudernd hinunter.

Ja, er brauchte einen Führer. Er konnte es sich nicht leisten, wählerisch zu sein oder auf seine snobistischen Eigenheiten Rücksicht zu nehmen, er musste sich führen lassen. Ist es das, Henry? *Du bist ein Snob, weißt du.* Er schloss die Augen, um sich ihre Stimme besser vorstellen zu können. Francesca Chisholm mit dem messerscharfen britischen Akzent, die von ihrem Leben in einer Burg schwärmte und anschließend *ihn* als Snob bezeichnete.

»Er starb zuerst; sie hat's durchaus versucht
Das Leben ohne ihn, dann gab sie's auf, verflucht!«

zitierte Maggie Chisholm.

So sollte es eigentlich *nicht* sein, vor allem nicht, wenn *derjenige welcher* gar nicht tot war. *Sie*, eine emanzipierte Frau aus dem einundzwanzigsten Jahrhundert, würde sich vielleicht eine Weile grämen, aber dann würde sie an die Entschädigung denken, Freiheit zum Beispiel, und einfach *weitermachen*. Nach einer Weile würde sie erkennen, dass das Leben mehr war als emotionales Vakuum, ja, so würde es sein. Eines Tages würde der Augenblick kommen, wo sie abends nicht mehr in ihrem möblierten Zimmer sitzen und ihm vorwurfsvolle Briefe schreiben müsste, die eigentlich an sich selbst gerichtet waren. Sie würde sich nie mehr auf einen Mann verlassen, sondern sich in ihre Arbeit versenken. Allerdings war das im Augenblick gar nicht so einfach.

Das Büro, in dem Maggie saß, war alles andere als gemütlich, was sie normalerweise nicht gestört hätte, denn Maggie machte sich nicht viel aus Komfort. Aber an einem kalten, trüben Februarmorgen wie diesem förderte ein wackliger Stuhl nicht gerade die Konzentration, die bereits durch einen leichten Kater und eine Unzahl von Akten, die sich alle irgendwie klamm anfühlten, beeinträchtigt war. In einer anderen Zeit hätte sie darauf bestanden, manches zu verändern, sie hätte ihren Protest hinausgeschrien oder zumindest vor sich hin geschimpft. Sie hätte sich mit einer Aura von Autorität umgeben und alles Mögliche unternommen, um ihre Stellung zu verbessern oder auch nur die Büroeinrichtung, aber dies war weder der Ort noch die richtige Zeit dafür. Sie unterschrieb den Brief mit einem schwungvollen Schnörkel und zuckte zusammen, als sie die blassen Schreibmaschinenbuchstaben und die gelegentlichen Tippfehler sah, die sie eigenhändig berichtigt hatte, mit derselben blauen Tinte, mit der sie unterschrieben hatte. Margaret F. Hooper, ihr Name aus erster Ehe, den sie für berufliche Zwecke benutzte. Die Unterschrift verlief von links oben schräg abwärts, als wäre auch sie auf der Flucht. So, das reichte fürs Erste. Niemand würde es bemerken, wenn sie für eine Stunde verschwand. Teilzeitjobs waren nicht so wichtig. Sie schlug hier nur die Zeit tot; sie wollte keine wichtigen Fälle übernehmen. An diesem Punkt ihres Lebens wollte sie nichts anderes als auf das Meer sehen und gar nichts tun.

Maggie zündete eine Zigarette an und beobachtete, wie der Rauch sich emporkräuselte und in einer ungleichen Schlacht mit der Kälte im Raum wieder nach unten gedrückt wurde. *Philip, du Arschloch, warum hast du mich verlassen? Warum? Warum? Warum?*

Er hätte ihr helfen können, doch so blieb ihr jetzt gar keine andere Wahl. Sie würde zum Pier gehen. Der untergehende Pier tat der Seele gut, weil er langsam aber sicher verrottete. Von Anfang bis Ende war er genauso lang wie die *Titanic*. Sie würde vor Kälte zittern und alles Unangenehme vergessen, dann würde sie im Café frühstücken und in einer Stunde wieder da sein. Eine Sekunde später hatte sie das Hinterzimmer verlassen, ging durch die Eingangstür und knallte sie hinter sich zu. Die Tür war groß; das ganze Gebäude erzitterte unter dem Stoß. Nicht gerade ein heimlicher Abgang. Ganz kurz blieb sie stehen und polierte mit dem Ärmel ihres Mantels das Messingschild. Das Ding war eine Schande, genauso wie die verzogene Eingangstür der Kanzlei, die sich im Winter derart schwer öffnen oder schließen ließ, dass man mit einem Tritt oder der Schulter nachhelfen musste. Alles andere als ermutigend für verzweifelte Mandanten, die dringend juristischen Rat suchten. Genau die Art von Mandanten, denen sie nur allzu gern aus dem Weg ging. Zehn Uhr morgens, viel zu viele Menschen auf der Straße für ihren Geschmack. Zu viele bekannte Gesichter. Sie war in dieser Kleinstadt geboren und aufgewachsen, war geflüchtet und reumütig zurückgekommen, und im Augenblick wollte sie auf keinen Fall erkannt werden. Von niemandem.

Beim Knall der Tür hatte er kurz aufgeblickt. Henry war von der High Street begeistert. Es gab einen Metzger, einen Bäcker, einen Kerzenleuchtermacher, klärte Timothy ihn auf, einen Fischhändler sowie all das, was man so *brauchte*. Es gab Dixons für Fernsehgeräte, einen *entzückenden* Laden für feine Stoffe und einen Gemüsehändler, der Vollmilch und weiße Eier von glücklichen Hühnern verkaufte. Tim war aber vor allem auf die Second-Hand-Läden stolz, vier oder fünf, von denen er zu Henrys Erstaunen jeden einzelnen so begeistert beschrieb, als sei er wichtiger als alles andere. Keine Supermärkte?, murmelte Henry, als könnte er sich gar nicht vorstellen, wie man ohne sie lebte. Als sie dann an der Tür vorbeikamen, die gerade so laut geknallt hatte, war er ebenso angetan von den vielen unterschiedlichen Geschäften wie auch verwirrt über die Second-Hand-Läden, vor allem aber gereizt, weil es Stunden dauerte, bis sie alles unter die Lupe genommen hatten. Mittlerweile brummte Henry der Kopf von all den Informationen und dem Klatsch. Sie kamen nur langsam voran. Es gab ausführliche Kommentare zu jedem Haus, das ihm genauestens, bis auf den letzten Bewohner beschrieben wurde, und verwirrende Pausen zwischendurch. Dabei wollte er lediglich wissen, ob die Straße parallel zum Meer verlief. *Wo ist die Burg, in der sie aufgewachsen ist? Wo bin ich? Wie komme ich zurück?* Er klopfte gegen die Karte in der Innentasche seiner eleganten Lederjacke. Sie war kaum zu spüren, aber er musste sich vergewissern, dass sie da war, nur um sich zu beruhigen. Schließlich hatte er die lange Reise gemacht, um sich selbst zu finden, und sogar in diesem leicht desorientierten Zustand wollte er plötzlich allein sein. Wieder überkam ihn das Gefühl, sich daneben zu benehmen. Die Straße wimmelte von fröhlichen, geschäftigen Pas-

santen. Ein wohltuender Kontrast nach dem einseitig schlechten Eindruck, den er am Abend zuvor von der Stadt erhalten hatte. Es regnete nicht mal, aber er war trotzdem ungeduldig.
»Und da drüben ist die Kirche«, sagte Timothy, nahm ihn beim Arm und zeigte so eindringlich auf das nicht zu übersehende Gebäude am Ende der Straße, als könnte es jeden Augenblick davonfliegen. »Nun ja, eine von mehreren Kirchen. Es gibt jede Menge …« Sie standen jetzt vor einem schmalen Gebäude, das wegen seiner viel zu großen Tür und seinem blank polierten Messingschild auffiel.
CHISHOLM, LAWTON AND COOPER, Commissioners for Oaths. Es war der Name *Chisholm*, der seine Aufmerksamkeit erregte und ihn erstarren ließ. Eine Mahnung, als hätte er eine nötig, die ihn an sein wahres Anliegen erinnerte. Nein, sagte er sich verärgert, das ist nicht das wahre Anliegen meiner Reise. Er war hier, um sich seinen Lebensunterhalt zu verdienen, den Teil der Welt zu sehen, den er nur vom Hörensagen kannte, um *Tourist* zu sein. Doch als er den Namen las, brach plötzlich die ganze verborgene Triebkraft dahinter hervor und schlug ihm ins Gesicht.
»Was soll das sein?«, fragte Henry und zeigte mit dem Finger auf das Messingschild. »*Was* heißt hier *Commissioner*?«
»Wie bitte? Ach so, das sind Anwälte. Notare.«
Henry räusperte sich. Seine Kehle war wie zugeschnürt. »Heißen viele Leute hier Chisholm? Ich meine, ist der Name geläufig?« Er gab sich Mühe, seine Frage beifällig klingen zu lassen. Peter schüttelte den Kopf, ohne stehen zu bleiben.
»Nur wenige«, sagte er vorsichtig.
»Ich glaube, ich werd' mal reingehen.«
»Weshalb?«
Henry zuckte die Achseln. Peter war gekränkt, aber nur kurz. Dann fing er sich wieder und lächelte breit. »Nun, vergessen Sie nicht, einen Spaziergang auf dem Pier zu machen, bevor Sie nach Hause kommen.«
Nach Hause? Glaubten die denn wirklich, er würde bleiben?

Bei so einem Badezimmer?
Peter und Timothy hakten sich ganz selbstverständlich unter und winkten ihm aufmunternd zu. Henry zögerte, ehe er die Tür mit Gewalt aufdrückte und das Gebäude betrat. Ein mit Bleistift gezeichneter Pfeil auf einem an die Wand gepinnten Blatt zeigte nach links. Er blieb stehen, zögerte und fragte sich, warum er das getan hatte. Er hätte sich lieber erst mal vorbereiten sollen. Jetzt war er verunsichert. Aber Anwälte waren Anwälte: Es gab keinen Auftrag, den sie nicht annahmen, egal wie knifflig. Sie wussten in regionalen und überregionalen Angelegenheiten Bescheid, und die Anwälte, die Henry kannte, gaben dem Mandanten immer Recht. Niemand wurde abgewiesen, es sei denn, er hatte kein Geld. Henrys Desorientierung, die mit der Zeit zu einem Dauerzustand geworden war, als liefe er mit einer leichten Grippe herum, steigerte sich noch, als er stehen blieb und festzustellen versuchte, woher das *Rattattattatt* kam, das schließlich vom *Rrrring!* einer Klingel unterbrochen wurde.
Er kam in ein helles Zimmer. Das Tageslicht fiel durch das Fenster auf zwei Schreibtische, an denen zwei Frauen saßen und auf zwei altertümliche Schreibmaschinen einhämmerten, die so groß waren, dass ihre üppige Oberweite dahinter verschwand. Er dachte kurz an seinen Vater, der auf einer dieser Höllenmaschinen getippt hatte, als er noch ein Kind gewesen war, und dabei genauso viel Kraft hatte anwenden müssen wie beim Pflastern einer Straße. Staunend sah er sich um. Die Frau mit dem blond gesträhnten kurzen Haar und dem freundlichen Gesicht, die ihm am nächsten saß, hielt plötzlich inne und nahm ihre Brille ab.
»Yessir. Was kann ich für Sie tun?«
Es klang wie ein Befehl, ratterratter, im gleichen Takt, wie ihre Kollegin auf der Schreibmaschine tippte. Das dazugehörige Lächeln gab ihm zu verstehen, dass sie ihn entweder hochkant hinausbefördern oder willkommen heißen könnte, je nachdem, wie er sich benahm.

»Kann ich mit Mr. Chisholm sprechen?«

»Der ist seit fünfzig Jahren tot, aber wenn Sie den augenblicklichen Sozius sprechen wollen, sehe ich nach, ob ich ihn ausgraben kann. Nicht auf dem Friedhof, wenn Sie verstehen, was ich meine. Ich bin sicher, er steckt irgendwo im Haus. Einigermaßen sicher. Darf ich fragen, worum es geht? Vielleicht ist Mr. Chisholms Nachfolger gar nicht der Richtige für Sie.«

»Das kann ich Ihnen nicht sagen. Es ist … irgendwie persönlich.«

Sie nickte verständnisvoll. In ihren Augen spiegelte sich das Wort *Scheidung* wider, als sie zum Foyer ging und ins Treppenhaus hinaufrief: »Mr. Burns!« Die Antwort war ein undefinierbares Echo. Sie nickte. »Nehmen Sie bitte im Wartezimmer Platz. Er wird gleich fertig sein.« Aus ihrem Mund klang es so, als sei Mr. Burns bedauerlicherweise auf der Toilette eingeschlossen und niemand wisse, wie lange der Mandant warten müsse, ehe er in den Genuss der Aufmerksamkeit dieses großen Mannes kam. Trotzdem war Henry dankbar.

Das Zimmer, in das man ihn führte, schien im harten Licht einer nackten Glühbirne, das durch einen Papierschirm kaum gedämpft wurde, fast ausschließlich aus Stahl zu bestehen. Auf der einen Seite standen drei massive Tresore nebeneinander. Der in der Mitte diente als Stütze für die beiden kleineren Versionen seines gepanzerten Selbst. Sie wirkten wie alte Vettern, die miteinander plauderten. Sie rochen metallisch; sie wirkten eiskalt; sie waren zwei Meter hoch und ließen nur einen schmalen vergilbten Streifen Wand zwischen ihren Köpfen und der noch vergilbteren Decke frei. Der grünliche Stahlschimmer gab einem das Gefühl, dass sie leicht verderbliche Waren enthielten. Henry wandte den Blick ab und sah sich nach einem Stuhl um.

Zwölf an der Zahl, und jeder war anders. Sie standen an der Wand aufgereiht, die nicht von den drei Tresoren in Beschlag genommen wurde. Ein paar ganz aus Plastik, zwei weitere, die seine ungeschulten Augen sich als Exponate in einem Museum vorstellen konnten, wo sie aufgrund ihrer leicht schäbigen georgianischen Eleganz einen Ehrenplatz bekamen. Drei aus der nicht ganz so alten, aber erlesenen viktorianischen Epoche, trotz des einen oder anderen morschen Stuhlbeins. Der ungebohnerte Holzboden war schief, und die allgemeine Sauberkeit ließ zu wünschen übrig. Als er den Stuhl zurechtrückte, entdeckte er ein kaltes Kaugummi, das unter dem Sitz klebte. Er wartete. Die Haustür fiel mit demselben lauten Knall zu, bei dem er vorhin aufgehorcht hatte. Das Rattern der Schreibmaschinen setzte sich fort, unterbrochen nur von einem Telefonklingeln und einem Schwall gereizter Worte. Er wartete. Dann tauchte ein Kopf in der Tür auf.

»Kommen Sie rauf, Mr. …«

»Evans. Henry.«

»Guten Morgen. Kalt, wie?«

Die schwarzen Beine vor ihm nahmen immer zwei Stufen auf einmal, und dann betraten sie einen größeren Raum mit Blick auf die Straße. Er war hell und Gott sei Dank warm. Nicht warm genug, als dass Henry die Jacke hätte ausziehen wollen, aber erträglich.

»Amerikaner, Mr. Evans?«

»Oh … Wie haben Sie das erraten?«

»Ihre Kleidung, mein Lieber. Daran erkenne ich es. Und an Ihrer Kopfhaltung. Sind Sie zum ersten Mal hier?«

»Ja, genau. Ich hatte es schon lange vor, aber es kam immer was dazwischen …«

Dabei nickte Henry gedankenverloren. Als er es merkte, hörte er damit auf. Außerdem stand sein Mund offen. Er versuchte, sich zusammenzureißen. Mr. Burns war der Mann mit der blassen Haut, dem entsetzlichen Haarschnitt und den schlampigen Klamotten, den er heute Morgen so unbeholfen hatte vorbeilaufen sehen. Das Haar stand ihm immer noch zu Berge. Der Hemdkragen war durchgescheuert, wenn man genau hinsah, und die Manschetten waren unsichtbar, weil ihm die Ärmel seiner Jacke bis über die Handknöchel reichten. Daher erweckten die langen schmalen Finger den Eindruck, als wollten sie über den Tisch flüchten. Der große Schreibtisch musste früher mal ein Prachtstück gewesen sein, jedenfalls hätte Henry ihn keinesfalls mit diesem Mann in Verbindung gebracht, doch die mit Leder bespannte Oberfläche war von Dunkelrot zu Staubrosa verblasst und sah aus, als würde sie entweder von Burns selbst oder einem seiner Haustiere jeden Tag gründlich bearbeitet. Zwei Tassenuntersetzer waren strategisch positioniert, eine Vorsichtsmaßnahme, die weiteren Verschleiß verhindern sollte, aber völlig zwecklos war, denn die Oberfläche war bereits mit zahllosen runden Rändern und Spuren von Feuchtigkeit übersät.

Henry vergewisserte sich, dass er den Mund wieder geschlossen hatte, und versuchte Burns in die Augen zu sehen, von Mann zu Mann. Doch sein Blick wurde wie von selbst nach oben gelenkt, zu einem großen, ausgestopften Fisch, der vor einem Hintergrund aus erschreckend grünem Tang reglos in seinem Glasbehälter schwebte. Burns' Blick suchte den von Henry.

»Ich habe ihn nicht gefangen, Gott bewahre. Wahrscheinlich war es der alte Mr. Chisholm. Auf jeden Fall einer meiner Vorgänger, circa 1910. Hat sich gut gehalten, wie? Sie lebten für diesen Sport, die Anwälte damals, so wie viele meiner Kollegen sich heute für Golf zu begeistern scheinen. Hier kann man prima Golf spielen. Ich nehme an, Sie sind hergekommen, um bei Fergusons anzufangen?«

»Ja, richtig. Schon wieder ein Volltreffer, Mr. Burns.«

»Das war nicht allzu schwer zu erraten, mein Lieber. Wenn man in Warbling einem Amerikaner begegnet, arbeitet er entweder für Fergusons oder er ist Tourist, und von Letzteren kommen nicht sehr viele im Winter, es sei denn, sie sind verrückt. Ich nehme an, Sie sind auf der Suche nach einem Haus.«

Henrys Stuhl wackelte gefährlich. Er schärfte sich ein, sich nicht nach hinten zu lehnen, sondern nach vorn. Mr. Burns hatte etwas herrlich Hinterhältiges, warum wäre er sonst wohl in dieser Aufmachung herumgelaufen?

»Nein, Sir. Ich suche kein Haus, jedenfalls noch nicht. Ich habe noch ein oder zwei Wochen Zeit, bis ich bei Fergusons anfange, und weiß noch gar nicht, wie lange ich hier bleiben werde, aber …«

»Arbeiten Sie an einem neuen Medikament? Einer verbesserten Version von Viagra vielleicht?«

Burns lachte. Warum bloß immer alle kichern müssen, wenn man auf das bekannteste Medikament zu sprechen kommt, das Fergusons vertreibt, dachte Henry ärgerlich. So wie Kinder, wenn sie einen neuen Kraftausdruck lernen. Er wartete ein paar Sekunden auf die Frage, die unweigerlich folgen würde – Haben Sie vielleicht ein paar übrig? –, entschied dann jedoch, dass Mr. Burns nicht vulgär genug dafür war. Er gab sich Mühe, dieses Ungeheuer mit den Anwälten zu vergleichen, die er von zu Hause kannte: tadellose Anzüge, Stiefel und kräftiges, gut gepflegtes Haar. Er beugte sich noch etwas weiter vor. Der Stuhl ächzte. Der Raum stank nach Zigarettenrauch.

»Mr. Burns, ich will nichts kaufen. Eigentlich suche ich jemanden. Eine Frau. Sie ist hier geboren und aufgewachsen, und ich habe sie kennen gelernt vor …« er hustete verlegen, »…na ja, zwanzig Jahren. Wir reisten damals beide mit dem Rucksack durch die Welt, so wie man es damals eben tat, oder ich jedenfalls. Wir sind uns in Indien über den Weg gelaufen, waren ein paar Monate lang ziemlich eng befreundet und haben uns dann aus den Augen verloren, so wie es manchmal geht, Sie wissen schon. Jedenfalls vermute ich, dass sie hierher zurückgekommen ist. Sie sagte mir, sie könne nirgendwo anders leben.« Wieder hustete er verlegen und sah zu dem Fisch auf. »Ich hatte damals den Eindruck, dass ihre Familie zu den oberen Zehntausend gehört, zur Creme, der Familienname ist Chisholm, wie der Ihrer Kanzlei. Francesca Chisholm. Sagt Ihnen der Name was? Und wenn nicht, könnten Sie Nachforschungen für mich anstellen? Ich dachte, Sie als Anwalt in dieser kleinen Stadt müssten wissen, wer hier alles wohnt.«

Seine Stimme verlor sich. Für den Bruchteil einer Sekunde sah er Francesca vor sich, wie sie, eingehüllt in ihren Schal, in einem klapperigen Bus an ihm vorbeifuhr. Es war eine Frage von Minuten gewesen. Er hatte sich steif und zögernd von ihr verabschiedet und war zum Bahnhof gefahren. Henry änderte einen einmal gefassten Plan niemals. Doch damals hatte er den Mut gehabt, genau das zu tun, zurückzulaufen, sie abzufangen, bevor sie in den verfluchten Bus stieg, und ihr zu sagen, entweder kommst du mit mir oder ich mit dir, okay? Es spielt keine Rolle, Hauptsache, wir bleiben zusammen. Ich will nicht, dass du allein fährst, es geht dir nicht gut, ich liebe dich. Ich bringe dich nach Hause. Zu spät. Wie ein Berserker war er in der sengenden Hitze den Hügel hinaufgelaufen, als der Bus ihm entgegenkam. Sie hatte ihn nicht gesehen, er aber hatte ihr Gesicht am Fenster erkannt, sie weinte in den Schal, den sie sich um den Hals geschlungen hatte. Er hatte sie im Stich gelassen, und das war ihm nie mehr aus dem Kopf gegangen.

»Ich habe sie gehen lassen, Mr. Burns«, sprudelte es aus ihm heraus. »Ich habe zu lange gezögert. Ich hätte ihr nachfahren sollen. Sie musste damals zurück, weil ihr Vater gestorben war. Ich habe das nicht verstanden. Wir hatten noch so viel vor. Ich kämpfte mit mir. Aber ich kam zu spät. Ich hätte die Reise abbrechen müssen.«

Stille, die nur vom Trommeln der Finger auf der ruinierten Oberfläche des Schreibtisches unterbrochen wurde.

»Vor zwanzig Jahren, Mr. Evans? Zwanzig Jahre? Das ist ein ganzes Leben, verdammt.« Burns zog seine ungewöhnlich schwarzen, buschigen Augenbrauen hoch, bis sie fast das zerzauste Haar erreichten. Henry dachte plötzlich an den Fisch im Glaskasten und fragte sich, ob sich im Ärmelkanal wirklich solche großen Tiere tummelten, Ungeheuer der Tiefe. *Deine Gedanken springen wie ein Frosch, Henry,* hatte Francesca ihm vorgeworfen. *Sie hopsen mehr oder weniger geradeaus, aber immer wieder machen sie kleine Sprünge zur Seite. Du bist unentschlossen, Henry, du kannst dich nicht lange genug konzentrieren.* So wie er an den Ursprung des Fisches dachte, um von seiner eigenen Verlegenheit abzulenken, so fragte er sich auch, ob es tatsächlich der Wahrheit entsprach, dass Francesca dies gesagt hatte, oder ob es nicht eine romantische Verklärung seinerseits war. Sie hatten viel gelacht, eigentlich immer. Seitdem hatte er nie wieder eine Frau getroffen, die ihn so zum Lachen gebracht hatte, und zugleich war sie ihm viel älter erschienen als er selbst. Im Nachhinein schien sie damals bereits eine erwachsene Frau gewesen zu sein, während er noch ein großer Junge war.

Burns zündete sich verstohlen und ungeschickt wie ein Jugendlicher eine Zigarette an. Der Tabakgeruch brachte Henry wieder auf den Boden der Tatsachen zurück und machte ihm klar, dass er sich in einem altmodischen Büro befand, das entweder völlig baufällig oder absichtlich exzentrisch war und wo das Rauchen nicht nur die Gesundheit gefährdete, sondern obendrein ein Brandrisiko darstellte. Burns suchte im Durcheinander des Schreibtischs flüchtig nach einem Aschenbecher, und als er keinen fand, schnippte er die Asche auf den Boden. Unten knallte die Haustür zu, und das ganze Gebäude wackelte, bevor es erneut in einer Art Halbschlaf versank.

»Wirklich *schade*, dass Sie kein Haus suchen, Mr. Evans«, plauderte der Anwalt weiter. »Dabei hätte ich Ihnen eine große Hilfe sein können. Testamente, Grundstücke und Immobilien, darauf sind wir spezialisiert, vor allem auf den Häuserkauf. Ein Teil der besser verdienenden Leute in diesem Land verbringt die meiste Zeit damit, umzuziehen. Sie ziehen um und kaufen neue Häuser, bis sie eines Tages sterben, und dann geht der Spaß erst wirklich los. Hin und wieder ein Verbrechen, klar. Wir haben in dieser Stadt drei Dutzend Pubs, jede Menge Alkohol und jede Menge Arbeitslose. Da kommt es schon mal zu Konflikten. Die sollten lieber nach Hause gehen und Ihre Viagrapillen schlucken, ha, ha, ha! Dann gäbe es weniger Ärger …«

»Ich will weder ein Haus kaufen, noch mein Testament machen«, erklärte Henry.

Die Zigarette fiel Burns aus der Hand und landete auf dem

Teppich, wo sie vor sich hin schwelte. Den Brandflecken auf dem Holzboden neben dem Schreibtisch nach zu urteilen, mussten mindestens ein Dutzend weitere denselben Weg genommen haben. Henry zuckte zusammen, als er sah, wie Burns sich plötzlich geschickt wie ein Raubvogel darauf stürzte, die Kippe aufhob, hastig einen letzten verzweifelten Zug nahm und sie anschließend hinter sich in den Kamin warf. Henry verrenkte den Hals, um zu sehen, wo die Zigarette gelandet war. Die kleine pantomimische Einlage des Mannes hatte ihn besänftigt. Jetzt beobachtete er seine Bewegungen mit heimlicher Faszination. Burns schien aus überlangen Beinen und Armen und einem winzigen Torso zu bestehen. Schließlich lehnte er sich wieder zurück, etwas, das Henry lieber nicht riskierte, und verschränkte die langen Finger. Sie verschwanden in den Manschetten des verstaubten Bestattungsanzugs. Sein Ton war plötzlich präzise und trocken.

»*Selbstverständlich* kenne ich Francesca Chisholm. Man muss kein Anwalt sein, um sie zu kennen. Man braucht nur die Zeitung zu lesen. Aber gerade weil ich Anwalt *bin* und Miss Chisholm meine Mandantin ist, habe ich Ihnen nichts zu sagen, Mr. Evans. Ich darf hinzufügen, dass ich sehr misstrauisch bin, was Ihre Motive anbelangt. Wenn das, was Sie gesagt haben, zutrifft – und dann wären Sie nur einer von vielen Männern, die in die Wechseljahre kommen und eine alte Liebe wiederfinden wollen –, würde ich Ihnen keinen Penny abknöpfen für ein paar Informationen, die Sie genauso gut in unserer exzellenten Stadtbücherei finden können. Ich bin kein Detektiv, den man anheuern kann. Wenn das, was Sie sagen, wahr ist, dann kann ich Ihnen nur den guten Rat geben, sie als TOT zu betrachten.« Er zündete sich eine weitere Zigarette an und zuckte die schmalen Achseln, als sei er verärgert oder täusche es zumindest vor. »Es geht uns nicht darum, Geld zu verdienen, Mr. Evans. Wir wollen das Vertrauen unserer Mandantin erhalten, soweit dies möglich ist. Kommen Sie wieder, wenn Sie ein Haus brauchen oder Ihr Testament machen wollen.«

Henry war auf unerklärliche Weise beschämt und zugleich wütend. »Ich wollte Sie nicht belästigen« – mehr fiel ihm nicht ein. »Ich habe Sie nur um eine Kleinigkeit gebeten, Mr. Burns.«
Er wurde mit einem strahlenden Lächeln belohnt. »In diesem Fall haben Sie wenig gemein mit meinen üblichen Mandanten. Finden Sie allein hinaus?«
Er stieg die Treppe hinunter. Die Temperatur sank mit jeder Stufe, und plötzlich überfiel ihn die Panik, als er die Tür nicht öffnen konnte und befürchtete, er müsse um Hilfe bitten. Doch er nahm sich zusammen, drückte die Klinke kraftvoll nach unten und knallte die Tür hinter sich zu. Als er auf die belebte Straße trat, konnte er sich lediglich daran erinnern, dass alle Straßen zum Meer führten. Und dass Francesca Chisholm genauso gut tot sein könnte.
Vielleicht hätte er nicht die ganze Zeit auf den Fisch starren sollen. Vielleicht hätte er ihm das Geld einfach auf den Schreibtisch blättern müssen, aber im Großen und Ganzen hatte er den Eindruck, dass das nicht viel geholfen hätte.
Ich glaube, dass ich sie gesehen habe, Mr. Burns. Natürlich lebt sie. Sie hat ihren Schal auf dem Treppengeländer vergessen.

Maggie schlängelte sich mit zwei Tassen Kaffee herein, die sie auf die abgenutzte Lederoberfläche des Tisches stellte. Sie schnalzte missbilligend mit der Zunge und wühlte in den Papieren auf dem Schreibtisch, bis sie den Aschenbecher fand und ihn Edward vor die Nase stellte. Dann nahm sie ihm die Zigarette aus den Fingern, zog einmal hastig dran und drückte sie aus.
»Du hättest ihm zumindest ein Beratungshonorar abknöpfen können, Edward. Wenigstens das.«
»Warum?«
»Keine Ahnung. Dämlicher Vorschlag, ja wirklich. Was wollte er überhaupt?«
»Gar nichts.«
»Na schön. Wetten, dass du es mir gleich sagst? Mir ist nur auf-

gefallen, dass du, na, sagen wir, etwas kurz angebunden warst. Nicht wie sonst, Edward, ich meine, es passt nicht zu dir.«
Sie hob die Zeitung auf, die in einer Ecke lag, setzte sich auf den Stuhl, wo eben noch der Mandant gesessen hatte, und fing unbekümmert an zu lesen. Die Nachrichten von vor zwei Tagen taten es auch. Edward Burns stürzte den Kaffee hinunter und verbrannte sich die Zunge. Er war unübersehbar aufgewühlt.
»Mrs. Forbes meint, er mache einen netten Eindruck«, sagte Maggie. »Er ist im House of Enchantment abgestiegen, weil das Nelson ihn nicht aufnehmen konnte, habe ich gehört. Smith hat ihn hingeschickt, um sich an der Welt zu rächen, weil seine Bar wieder mal überflutet worden ist. Ich zitiere: ›Der Kerl hatte einen verdammt beschissenen Hut auf. Ein verklemmter kleiner Wichser‹.«
Edward nickte. »Ich weiß. Ich war heute Morgen da und habe mir den Schaden angesehen. Er ist einfach nicht in der Lage, dieses Hotel zu führen, obwohl wir, das heißt, du, zweimal in der Woche die Buchführung und die Anmeldeformulare kontrollierst. Er ist bei der kleinsten Sache überfordert, und im Übrigen hat er einen unerklärlichen Hass auf Fremde. Nicht gerade die beste Visitenkarte, um ein Hotel zu führen, oder?«
»Sieht der Amerikaner gut aus?«, fragte Maggie beiläufig. Sie schien rastloser als sonst und bewegte sich auf dem Stuhl hin und her wie ein Katze, die versucht, ein Nest zu bauen. Außerdem wich sie seinem Blick aus.
»Erschreckend gut gekleidet. Ansonsten unauffällig. Geht in der Menge unter. Ich weiß nicht. Ich achte nie auf so was.«
»Das stimmt, Ed.«
»Er *scheint* ganz nett zu sein. Wird bei Fergusons arbeiten. Aber was hätte ich ihm sagen sollen? Er sucht Francesca. Er behauptet, er sei ein Freund aus alten Zeiten. Will sie in Indien kennen gelernt haben. Vor meiner Zeit.«
»Aha. Ja. Das ist eine Ewigkeit her. Bevor das Leben begann oder endete, je nachdem, wie man es sieht. Möglich, dass es

stimmt. Er ist wohl kaum ein verkappter Journalist, was? Francesca ist längst aus den Schlagzeilen. Wir alle versuchen, sie zu vergessen. Als ginge das so einfach, obwohl es besser wäre. Aber ich schaffe es nicht.«

»*Du* hast sie verteidigt«, sagte er flach.

»Ja. So gut ich konnte, mein Lieber, wie man so schön sagt. Runzel nicht so missbilligend die Stirn. *Ja*, deine Einschätzung ist völlig richtig, Edward. Ich habe zwar eine Ausbildung als Anwältin, aber ich bin verdammt unbesonnen und werde es immer bleiben. Daraus folgt nicht unbedingt, dass ich inkompetent bin. Ich bin nur fest entschlossen, jeder Art von Verantwortung aus dem Weg zu gehen. Ich weiß, was Karriere ist, und ich weiß, was Ehe ist, und beides ist mir scheißegal. Ich habe nicht mal ein Dach über dem Kopf, und du fragst mich, ob ich Verantwortung will? Dass ich nicht lache. Sechzehn Stunden in der Woche arbeite ich für dich ... Das reicht mir vollauf. Die Verbrechen hier sind *stinklangweilig*. Saufen, alles vollkotzen und sich prügeln. War es die rechte Faust oder die linke ...?«

»Mit einer Ausnahme. Francesca Chisholm. Deine Kusine, deren Vorfahren die Kanzlei gegründet haben.«

Sie nippte geziert an ihrem Kaffee. Ihre sonst so blasse Haut war rosig von der Kälte.

»Francesca war es völlig *egal*, wer sie verteidigte. Jeder wäre ihr recht gewesen. Und *zwei* Stunden die Woche war mehr als genug, um die Verteidigung einer Frau aufzubauen, die partout schuldig sein wollte und keinen Widerspruch duldete. Bist du ganz sicher?, hab ich sie gefragt, bist du dir absolut sicher? Und sie hat geantwortet, selbstverständlich bin ich mir sicher, schließlich war ich dabei, oder etwa nicht? Ich muss es wissen. Zwanzig Pence kostet es, wenn man am Pier angeln will, sagte sie noch, als wäre das das Einzige, was sie überrascht hätte. Und er ist genauso lang wie die *Titanic*. Verschwende kein Geld, jemand anders braucht es. Aber mach es kurz, mir zuliebe, und sag' allen, es täte mir Leid. Ich meine, letztlich hab ich nicht mehr getan, als einen Mann damit zu beauftragen, es dem Gericht so schonend wie möglich beizubringen. Ich besuche ihren Schützling und ihre Freundin, und sie sagt nicht mal danke. Ich berichte ihr von ihrer verlorenen Welt. Sie hat eine Menge Arbeit delegiert, und ich hab sie erledigt.«

»Meinst du, dass du dich mehr hättest engagieren können, wenn du nicht gerade mitten in der Scheidung gesteckt hättest?«

»Du kannst mich mal, Edward! Es lief schließlich alles unter deiner Regie. Wir hatten unsere Anweisungen. Und die haben wir wortwörtlich befolgt. Mehr konnten wir nicht machen. Und ich nehme an, dass du diesem Ami nichts verraten hast. Du hast ihn mit leeren Händen weggeschickt, stimmt's? Schweigepflicht gegenüber Mandanten. Sie braucht Freunde, auch wenn sie keine hat, und er könnte so einer sein. Ist doch egal, ob er ein Idiot ist.«

»Sie verdient keine Freunde.«

»Verdienen? Was hat das damit zu tun? Sie sagt immer, ich kann jetzt nicht sprechen, als würde sie das jemals tun. Ist dir klar, dass sie jetzt schon fast ein Jahr da drin ist? Ich hasse Jahrestage. Sie bestimmt auch. Wo ist der Kerl überhaupt hin?«

Edward überlegte vorsichtig. »Er wollte zum Pier gehen. Hör mal, Maggie, *offiziell* dürfen wir ihm nichts sagen.«

»Offiziell«, erwiderte sie, nahm die Kaffeetassen und warf einen Blick aus dem Fenster. Edward seufzte und griff nach den Zigaretten.

»Er sieht nicht mal gut aus, Maggie. Es gibt keinen Grund, ihm nachzulaufen.«

»Er ist nur einer von vielen, die sich in Francesca verliebt haben«, antwortete Maggie. »Und sie dann sitzen ließen. Wie sie es alle getan haben. Wie sie es alle tun. Ihr Männer seid doch wirklich Arschlöcher.«

»Nicht alle«, entgegnete Edward.

Ich liebe diesen Schal, weil er ein Geschenk war. Nicht wegen seiner Eigenschaften, so nützlich er auch ist. Trotzdem glaube ich, dass ich mir aus Gefühlen nichts mache, oder besser gesagt, aus sentimentalen Gesten. Sie verhindern wahre Gefühle und verschleiern alles. Gestern habe ich versucht, eine Liste zu machen von allen Menschen, die ich in meinem Leben GEMOCHT habe. Nicht geliebt oder bewundert, nur GEMOCHT. Es gab mal einen Mann vor langer Zeit, den ich bewunderte, weil er keine Ahnung hatte, wie außergewöhnlich er war. Ich hätte den Kontakt zu ihm nicht abbrechen sollen, aber genau das habe ich getan.

Damals waren Menschen noch entbehrlich. Man sagte sich, es wird schon jemand anders kommen vom selben Kaliber. Irrtum. Kannst du Pferde mit ihm stehlen?, hätte mein Vater gefragt. Ja, aber trotzdem habe ich bewusst extrovertierte und lockere Typen vorgezogen. Dann gibt es welche, die ich ins Herz schloss, weil es sonst keiner tat und ich das ungerecht fand. Ich ertrage den Anblick von Einsamkeit nicht, solange ich was dagegen tun kann, aber Mitleid mit Menschen, die einen brauchen, ist nicht dasselbe wie sie zu MÖGEN. Ich glaube, dass mögen und respektieren verwandt sind, aber respektieren ist wichtiger. Es war oft nicht leicht, Angela zu mögen, aber sie hat großen Respekt verdient. Ich mag Maggie, sie weiß gar nicht, wie großzügig sie ist, und ich darf sie nicht ausnutzen. Ich habe eine Telefonkarte. Ich könnte sie anrufen, aber es wäre nicht in Ordnung. Stattdessen kritzele ich lieber weiter das Papier voll und versuche, Fakten und Daten zu vermeiden.

Einmal nahm uns Vater zu einem seiner Freunde nach Hause mit. Er war beim Militär gewesen und von der alten Schule. An den Wänden hingen ausgestopfte Tiere. Maggie und ich müssen noch ziemlich klein gewesen sein, und wir waren wie erstarrt vor Angst. Maggie sagte, der Rest des Tigers würde hinter der Wand lauern und durch sie hindurchbrechen, sobald wir das Haus verließen. Und ich habe ihr geglaubt.

FMC

DREI

Henry ging die High Street entlang und bog bei der nächsten Gelegenheit nach links ab in Richtung Meer. Die steife Brise zerzauste sein Haar. Er nahm sich vor, auf dem Rückweg einen neuen Hut zu kaufen. Er hatte einen Laden gesehen, der sich offensichtlich auf das spezialisiert hatte, was die Männer hier trugen: komische Mützen ohne Ohrenklappen. Außerdem war ihm aufgefallen, dass die Männer, die Hüte trugen, sie die meiste Zeit nicht auf dem Kopf hatten. Wenn sie einen Laden betraten, setzten sie den Hut ab; wenn sie einer Frau begegneten, zogen sie den Hut. Ständig wurde der Hut auf und ab gesetzt, als störte er. Und es gab noch etwas, das ihm aufgefallen war. Wenn man sich im Gedränge der schmalen Bürgersteige anrempelte, sagten beide Parteien »Verzeihung«, egal, wer Schuld hatte. Es war so etwas wie ein Passwort, eine Einleitung für etwas, das folgte. »Verzeihung, könnten Sie mir die Tür aufhalten? ... Verzeihung, aber heute habe ich kein Wechselgeld. ... Verzeihung, Sie haben mich angerempelt.« Offensichtlich musste man um Verzeihung dafür bitten, dass man überhaupt da war.

Henry fand, dass seine Begegnung mit dem Anwalt im Großen und Ganzen auf merkwürdige Weise belebend gewesen war, trotz der damit verbundenen Kränkung, und als er jetzt durch die vielen kleinen Gassen auf das Meer zuging und jedes Mal, wenn ihm jemand entgegen kam, »Verzeihung« murmelte, suchte er nach dem Grund. Er hatte das Gefühl, als sei ihm ein Stein vom Herzen gefallen, weil er wenigstens einem Menschen auf der Welt, selbst wenn es ein völlig Fremder war wie Edward Burns, von seinem wahren Anliegen erzählt hatte. Dass er in allererster Linie Francesca Chisholm

finden wollte. Und er hatte es geschafft; er hatte sich einem wildfremden Menschen anvertraut; er war ein spontanes Risiko eingegangen und sich dabei gar nicht mal so blöd vorgekommen, wie er befürchtet hatte. Das war sein erster Gedanke. Der nächste war, dass er sich irgendwie erleichtert fühlte, weil der Anwalt nicht gefragt hatte, Francesca wer? Oder gemurmelt hatte, mein lieber Mann, natürlich lebt Francesca und ist wohlauf, aber wie um Himmels willen kommen sie auf die Idee, dass sie die Freundschaft mit einem lausigen kleinen Langweiler wie Ihnen erneuern will? Und drittens empfand er ein seltsames Gefühl des Triumphes, etwas, das er sich am allerwenigsten erklären konnte. Francesca Chisholm lebte, sie lag nicht irgendwo begraben, so wie manch einer seiner Zeitgenossen, die mit Drogen experimentiert hatten, ihrem Ehrgeiz erlegen waren oder sich zu Tode gerast hatten. Francesca hatte nichts Selbstzerstörerisches, aber er konnte sich durchaus vorstellen, dass sie in ihrer leichtsinnigen Art einen Unfall baute. Sie war überschwänglich in ihrer Begeisterung, aber sie hätte nie gewusst, wie ein Motor funktioniert. Sie hätte einfach Gas gegeben und gesagt: Auf geht's.
Woher willst du das wissen?, fragte er sich. Du hast doch keine Ahnung. Du hast sie nicht wirklich gekannt; es war ganz offensichtlich eher umgekehrt. Was ihm an dem Anwalt mit dem toten Fisch am meisten gefallen hatte, war das, was er über Francesca offenbart und nicht so sehr das, was er verschwiegen hatte. Die Frau lebte nicht nur, sondern hatte auch noch Schlagzeilen gemacht. Sie hatte etwas getan, das ihren Anwalt nötigte, auf der Hut zu sein. Sie hatte traurige Berühmtheit erlangt, auf die Pauke gehauen. Wahrscheinlich hatte sie Demonstrationen angezettelt, ein wildes Leben geführt, Skandale verursacht oder sich zumindest merkwürdig benommen und die Einheimischen auf irgendeine Weise schockiert. Er war ungeheuer stolz auf sie. Das Gefühl, irgendwie an dieser Leistung beteiligt zu sein, wuchs mit jedem Schritt. Du bist *berühmt*, Francesca; die Leute *wissen*, wer du bist; sie sprechen über dich.

Du bist jemand; du bist kein Nobody wie ich mit einem langweiligen Job. Du hast nichts von deiner Ausstrahlung eingebüßt.
Vor zwanzig Jahren hatte sie eine derartige Ausstrahlung besessen, dass man sie im Dunkeln sehen konnte; so war es ihm jedenfalls damals vorgekommen. War sie wirklich so schön gewesen, oder hatte sie eine andere Art von Einzigartigkeit besessen, der niemand widerstehen konnte, nicht mal vor der dramatischen Kulisse des indischen Kontinents? Ein strahlend blauer Himmel, die fast surrealen Farben der Vegetation und die pfauenbunten Kleider der Menschen vor dem stumpfen Braun der trockenen Palmwedel, die den Dorfhütten Schatten spendeten ... das lebhafte Kirschrot gespaltener Wassermelonen ... das Gelb der täglichen Ananas ... Er konnte sich noch so anstrengen, sich an die berauschende Farbenfreude des allgegenwärtigen visuellen Festes zu erinnern – er sah immer nur sie, ihre eintönige Khakihose und ihr langes nach hinten gebundenes Haar. Nur mit Mühe konnte er sich die indischen Frauen ins Gedächtnis zurückrufen, die vielen Armen im Land, die Reichen in den Hotels, alle gleich wunderbar, aber auf schmerzliche Art unnahbar. Sie blieben ihm fremd durch ihre Augen, ihre Kleider, die Sprache, ihr Benehmen und vor allem durch ihre Gleichgültigkeit einem großen unbeholfenen Jungen gegenüber, der in der Sonne krebsrot wurde und das Essen nicht vertrug. Einem jungen Mann, der sie heimlich beobachtete und um seine Tollpatschigkeit und ihre Zerbrechlichkeit wusste. Er hätte sie im Gedächtnis behalten müssen, so wie die herrliche Landschaft, die seine Kamera gewissenhaft festgehalten hatte, aber er konnte sich nur an sie erinnern, an diejenige, die er niemals hatte fotografieren dürfen.
Henry schlenderte langsam durch die Straßen, ohne etwas zu sehen. Er selbst war nicht gerade in Topform gewesen, als sie sich kennen lernten, doch sein Magen hatte sich mit der Zeit wenigstens so weit erholt, dass er bestimmte Dinge essen und literweise Flaschenwasser trinken konnte. Die Vorräte an

Trinkwasser in seinem Rucksack wogen schwerer als alles Übrige, und er war so geschwächt, dass er sich den Rucksack nicht mehr über den Rücken werfen konnte. Am meisten aber hungerte er danach, nach der selbst auferlegten Isolation seiner bisherigen Reise, endlich wieder mit irgendwem zu reden. Er war fest entschlossen gewesen, die Massen von Rucksacktouristen zu meiden, die ständig mit ihrem Wissen über die billigsten Unterkünfte, den billigsten Dope und die besten Schnäppchen prahlten. Er wollte Berge besteigen und unbekannte Aussichten entdecken, und er hätte es fast geschafft; aber dann hatte er es satt, hatte sein eigenes Nichtstun satt. Überall, wo er hinkam, arbeiteten die Menschen. Sie arbeiteten unaufhörlich und fleißig, während er seit drei Monaten nichts anderes fertig gebracht hatte, als einer sorgfältig ausgearbeiteten Route zu folgen und die Menschen bei ihrer schweißtreibenden Arbeit zu beobachten. Ihre Großzügigkeit demütigte ihn, ihre unheilbare Armut machte ihn wütend. Er war einsam, nervös und krank und reagierte auf ein *Hallo, wie geht's?* mit der einzig möglichen Antwort, *Danke, gut*. Diese Lüge wiederholte er unzählige Male pro Tag. Als er Zuflucht in einem kühlen Hotel suchte und sie auf der Veranda sitzen sah, wo sie Kindern Geschichten erzählte, fand er ihre Anziehungskraft nicht nur unvergleichlich, sondern auch unwiderstehlich. Vielleicht, weil sie Poesie mochte und ganz selbstverständlich einen Gedichtband bei sich trug, obwohl eine Packung Nüsse nützlicher gewesen wäre. Der Abend war kühl; sie trug einen billigen Schal, um die schmalen Schultern zu bedecken. Von hinten hätte er sie für eine ältere Dame gehalten. Jetzt stand Henry vor dem Pier. Er hatte sich keines der Häuser gemerkt, an denen er vorbeigekommen war, während er in Gedanken in einer anderen Zeit und an einem anderen Ort gewesen war. Er fluchte leise. Sein ganzes Leben schien in diesen Bahnen zu verlaufen, er reiste in fremde Länder, lief überall herum und sah doch nichts, weil er ständig den Blick auf den Boden gerichtet hatte und mit seinen Gedanken woanders war.

Das war der Grund, warum er seit Jahren, schon damals in Erinnerung an Francesca, keine Kamera mehr mitnahm, denn er erkannte nach seiner Rückkehr keines der Fotos wieder. Es war, als könne er durch seine Linse nichts mehr sehen, so wie Nelson durch sein Fernglas. Er hatte nie das Gefühl, wirklich da gewesen zu sein. Und jetzt war er hier, und es ging ihm genau so.

Du siehst gar nicht wirklich hin, Henry, nicht wahr? Du hakst deine Liste ab und gehst weiter.

Francesca hatte ihn nicht kritisieren wollen, als sie das sagte. Sie war nur neugierig gewesen, so wie immer. Es war ein wesentlicher Teil ihres Charmes.

Am Morgen hatte er vom House of Enchantment aus den Pier gesehen und sich gefragt, was das wohl für ein seltsames und hässliches Konstrukt war. Es bestand aus farblosem Beton mit spindeldürren, ungelenkigen Beinen, die dem Druck des Wassers nachzugeben schienen. *Die Beine eines Piers haben doch keine Knöchel oder Knie*, fielen ihm ihre Worte wieder ein und schwirrten durch seinen Kopf, als wären sie damals genauso wichtig gewesen wie das Lachen in ihrer Stimme. Am Pier gab es vier Unterstände für Angler, eine Reihe von zweckmäßigen Straßenlaternen, die zu einem niedrigen Gebäude am Ende führten, wo ein Café und Toiletten untergebracht waren, flankiert von zwei halbrunden, tiefer gelegenen Plattformen. Das Café sah aus wie eine Miniaturfabrik, die unrechtmäßig ihren Geschäften nachging, der Pier insgesamt hingegen wie ein Versehen, eine Straße über das Meer, die abrupt endete. Der halbherzige Anfang einer Fußgängerbrücke, die plötzlich abbrach, weil irgendwer irgendwann beschlossen hatte, es sei genug. Henry ging auf den Pier zu, fest entschlossen, nicht auf den Boden zu starren und die Kälte an seinen Ohren zu ignorieren.

Es war gar nicht nötig, nach Informationen zu suchen: Alles war da, auf zwei Tafeln geschrieben, die sorgfältig platziert waren, um unvorsichtige Besucher am Eingang abzufangen. Ausgesuchte Informationen, vermutete Henry, denn die Tafeln erlaubten es demjenigen, der für den Pier verantwortlich war, sie jeden Tag auszutauschen. Er brauchte sie bloß mit einem Schwamm abzuwischen und sie in mühsamer Kleinarbeit nach Gusto neu zu beschriften. *Dieser Pier ist genau 313,96 Meter lang und wurde 1957 eröffnet. Er ersetzt den alten Pier, der im Zweiten Weltkrieg von einem Kriegsschiff zerstört wurde. Der Eintritt ist frei, es sei denn für Angler, in dem Fall 20 Pence. Die Windstärke beträgt heute 1–2, die Wassertemperatur null Grad Celsius.*

Eisig. Henry kuschelte sich in seine Jacke, erinnerte sich daran, dass er einen Hut kaufen wollte, und ermahnte sich gleichzeitig, nicht ständig daran zu denken, was er als Nächstes tun wollte, sondern nur daran, was er gerade tat. Er spazierte über das Betondeck eines verrückten Bauwerks, das völlig kahl war, abgesehen von den schwarzen Regenschirmen der Angler, den Holzbänken an den Seiten und anderen Fußgängern. Es war relativ ruhig; keine laute Musik, keine Freudenschreie, aber Menschen, die versuchten, gegen das Donnern des Meeres anzuschreien. Er liebte die Weite und verspürte plötzlich Hunger. Das war immer so, wenn er an Indien dachte. Die Erinnerung daran, nie Hunger zu haben, aber auch nie richtig satt zu sein, sorgte dafür, dass sein Magen wütend knurrte. Er schob es auf die Meeresluft. Aus einem Lüftungsschacht neben der Tür des Gebäudes am Ende des Piers kam der verbotene Duft nach gebratenem Speck, und das Wasser lief ihm im Mund zusammen. Henry vergaß die Aussicht. Die Wärme im Innern war muffig und feucht, und er ertappte sich dabei, wie er die Hand auf den Bauch unter die Jacke legte und ihn mit kreisförmigen Bewegungen beruhigte, ehe er die Pölsterchen auf den Hüften betastete. Er war ziemlich dick gewesen, fünf Jahre lang sogar fett, und in den sieben Jahren, die seitdem vergangen waren, hatte er sich immer nach der unnatürlichen Magerkeit seiner Rucksackjahre zurückgesehnt. Ohne diese Last hätte er vielleicht früher versucht, sie wiederzutreffen. Er hatte den Ballast seiner Vitaminpillen, Mineralpräparate, Spurenelemente und Aufbaumittel durch mehrere Kontinente geschleppt und diesen bis ganz zuletzt aufgehoben. Heute wogen seine diversen Medikamente mehr als zwanzig Jahre zuvor seine Wasserreserven. Er überflog die Speisekarte nach einem vegetarischen Gericht. Am Eingang hing ein Schild mit den Öffnungszeiten. *Manchmal früh, manchmal spät*, stand da.

»Könnte ich ein vegetarisches Gericht bekommen?«

»Das wird hier so gut wie nie verlangt, mein Herr.«

Es klang nicht herablassend, nur geduldig. Der Tee hatte die Farbe von Rost. Henry schloss die Augen, trank ihn mit Zucker, trat wieder an die Theke und bat um mehr. Danach bestellte er Eier mit Speck und weichen, weißen Toast. Bei jedem Bissen stand er Höllenqualen aus. Seinem Vater hätte es geschmeckt. Es gab keinen Tag, an dem er nicht an ihn dachte.

Henry beobachtete den ruhigen Horizont und dachte an seinen Vater. Vor drei Monaten war er gestorben, aber wie Francesca Chisholm besetzte er mindestens die Hälfte seiner Gedanken und viele seiner Träume. Nur wenn er an seinen Vater dachte und daran, was er im Hinblick auf persönliche Qualitäten möglicherweise von ihm geerbt hatte, erlaubte sich Henry Evans die Vorstellung, selbst ein anständiger Mann zu sein. Er warf einen Blick auf die tiefer gelegene Plattform für die Angler und bemerkte, dass einige Planken fehlten und das Wasser darunter hochspritzte. Wieder überkam ihn eine leise Müdigkeit.

Im Schlaf sah das Kind aus wie ein Engel. Jedes Mal, wenn Angela die Kleine so sah, lief ihr ein Schauer der Erregung über den Rücken. Erstaunlich, wie ruhig und entspannt sie schlief. Kein Strampeln, kein Hin- und Herwälzen, keine Zeichen von Kummer in ihrem Unterbewusstsein. Sie lag flach auf dem Bauch, die vollkommenen kleinen Hände über dem Kopf ins Kopfkissen vergraben, das Gesicht auf der Seite, die dichten dunklen Locken über das weiße Leinen gebreitet. Angela bewunderte ihr natürlich rotbraunes Haar. Die Farbe von reifen, glänzenden Kastanien, die erstaunlicherweise nicht mit der blassen Haut und den blauen Augen herkömmlicher Rotschöpfe einherging, sondern mit einem dunkleren Teint, der stets von der Sonne geküsst schien. Außergewöhnlich braune Augen über einer zierlichen Nase, die im Profil einfach umwerfend süß war. Leise wie ein kleines Tier atmete sie ein und aus. Die Lippen waren leicht geöffnet, die Fingerspitzen gekrümmt. Sie hatte keine Alpträume, sie war der Inbegriff von Vollkommenheit und verdiente es, im Mittelpunkt des Universums zu stehen. Sie verdiente jedes Opfer, und sie würde mehrere Stunden schlafen. Angela wandte sich mit einem Gefühl von Zufriedenheit ab. Der Schlaf der Kleinen zeugte von gesunder Erschöpfung, frischer Luft, Sport, Anregung und guter Ernährung. Sie war ein zähes kleines Ding. Nicht mehr ganz so klein und unglaublich stark. Möglich, dass sie mal Sportlerin werden würde; in der Schule war sie die Beste in Sport und zu Höchstleistungen bereit, Hauptsache, sie langweilte sich nicht. Aber sie hatte auch Schwierigkeiten, sich an die Regeln zu halten. Warum nicht schneller sein als alle anderen und den Ball ins Netz tragen? Auf dem kürzesten Weg, selbst wenn man dabei ins Aus geriet oder andere einfach umrannte? Warum auf den Schiedsrichterpfiff hören, wenn man vorn lag? Warum nicht Schädel, Füße, Fäuste und alles, was nützlich sein konnte, einsetzen, obwohl man nur die Hände oder einen Stock verwenden durfte? Aber sie lernte dazu. Und sie lernte schnell. Angela lächelte stolz, berührte das Kopfkissen, als sei es Weihwasser, und anschließend das eigene Haar, das unter einer knisternden Badekappe versteckt war. Zeit, es auszuspülen. Zwanzig Minuten höchstens, oder es wäre nach dem Trocknen ein flammendes Inferno. Dabei sollte es wenigstens halbwegs so aussehen wie das rotbraune Haar ihrer Tochter. Tanya hatte erzählt, ein Mädchen in der Schule habe sie gefragt, warum ihre Mummy nicht dieselbe Haarfarbe hätte wie sie. Die liebevoll-logische Antwort, dass nur die Hälfte aller Mütter, die ihre Kinder von der Schule abholten, dieselbe Haarfarbe wie ihr Nachwuchs hätte oder auch nur ihre eigene, hatte Tanya nicht überzeugen können. Es gab Lücken in ihrer Logik, außerdem hatte sie ihre Empfindlichkeiten, und wenn sie wollte, dass Mummy dieselbe Haarfarbe hatte wie sie, dann würde Mummy eben dafür sorgen. Angela warf einen Blick in den Spiegel und fragte sich, ob Onkel Joe den Unterschied bemerken würde, wenn sie ihn nächstes Mal besuchte. Jede Wette, dass ja. Henna war wirklich eine Schweinerei. Als steckte man den Kopf in einen Eimer warme Kuhscheiße. Jedenfalls fühlte es sich so an, und es roch auch so. Auf Porzellan hinterließ das Zeug üble Flecken; sie hatte die Hälfte der Wartezeit damit verbracht, das Waschbecken zu reinigen. Und das Handtuch um den Hals war auch hin. Sie würde es aussortieren und zu den Sachen legen, die sie im Sommer mit an den Strand nehmen konnten. Falls sie jemals wieder an den Strand gingen. Aber natürlich würden sie das tun. Ende letzten Sommers konnte Tanya auf dem Wasser treiben wie ein Korken und schwimmen wie ein Fisch, allerdings kannten sich Fische mit den Gezeiten besser aus.

Angela verrenkte sich fast den Hals, als sie sich, unbequem über das Waschbecken gebeugt, mit der Handbrause die breiige Masse aus dem Haar spülte. Als sie fertig war, konnte sie es kaum abwarten, dass es trocknete, um das Ergebnis zu sehen. Wenn Tanya es nicht gut fand, musste sie alles noch mal machen, aber wenn das kleine Ungeheuer nächstes Mal eine blonde Mummy wollte, würde es auch die kriegen.

Nein. Nicht blond. Das war Francescas Haarfarbe. Es könnte sie an sie erinnern.

Kaffee; zu früh für einen Drink, solange es noch hell war. Sie warf einen nervösen Blick in den Kühlschrank, was gab es noch? Kaltes Hühnchen, eine Flasche billigen bulgarischen Wein, ein Dutzend Becher von dem Joghurt, den Tanya so mochte. Das würde reichen fürs Essen später. Die Feinschmeckerzeiten waren vorbei, sie hatten geendet, wie sie begonnen hatten, mit Francesca. Als es an der Tür klingelte, warf sie einen hastigen, wütenden Blick auf die Kaffee- und Teevorräte und hoffte inständig, dass es niemand war, dem sie Höflichkeit oder Gastfreundschaft schuldete. Als gäbe es einen Menschen auf der Welt, dem sie nichts schuldete. Als hätte sie die Möglichkeit, einfach nicht aufzumachen, um nicht erklären zu müssen, warum ihre Tochter am hellichten Tag schlief. Weil wir so früh aufstehen, verstehen Sie? Auf dem Weg zur Tür (der Teppich war zwar abgewetzt, aber peinlich sauber, bloß nicht den Eindruck erwecken, es würde ihnen finanziell schlechter gehen) schaltete sie schnell das Radio ein und erfüllte die Wohnung mit den ruhigen Klängen des Klassik-Senders. So sah es aus, als hätte sie alles im Griff. Entspannt, selbstsicher, nicht, als rechnete sie ständig mit einem Kontrollbesuch. Maggie, umwerfend wie immer, strahlte sie an. Sie hatte eine reife, wohl proportionierte Figur und trug einen passenden leichten, aber warmen Mantel, eine enge Hose, tolle kleine Stiefel, eine Mischung aus Bequemlichkeit und Eleganz, und begrüßte sie mit einem leicht atemlosen *Hallo! Wollte nur nachsehen, ob alles okay ist …* Dieses Miststück! Ich hasse sie. Kommt her, um ihre Streicheleinheiten zu verteilen, die Sorte, die man verschenkt, ohne sich groß anstrengen zu müssen. Angela hatte das Gefühl, minderwertig zu sein. Es fiel ihr nicht leicht, Mitgefühl von jemand anzunehmen, der selbst nie welches nötig hatte. Angela wusste, was sie sagen würde, noch ehe sie es aussprach. Die Worte waren schon fertig, wie ein Päckchen, das man auf die Post bringen will. *Hallo, Maggie, schön dich zu sehen, komm doch rein.* Das Lächeln klebte auf ihrem Gesicht wie die Briefmarke auf dem Paket. Dabei hoffte sie nur, sie würde gleich wieder gehen.

»Ich bin auf dem Sprung«, sagte Maggie, so als sei sie irgendwohin unterwegs. Typischer Nachbarschaftskode; es schickte sich nicht, ihn allzu offen in Zweifel zu ziehen. »Ich hab eine Verabredung«, fuhr Maggie fort. »Bin jetzt schon zu spät dran. Ich wollte dir nur was vorbeibringen …« Schon besser. Gleich zu Anfang die Versicherung, nicht bleiben zu wollen. Diese Art von Besuchern waren Angela am liebsten, und deshalb lächelte sie besonders herzlich, als sie die Blumen entgegennahm. Winterblüten; bei näherer Betrachtung in braunes Papier gewickelte Schneeglöckchen, vor kurzem gepflückt und kunstvoll arrangiert. Angela wusste nie, was sie mit Blumen anfangen sollte. Die hier waren geschmackvoll, aber ungenießbar.

»Ich wollte Francesca welche schicken«, erklärte Maggie. »Aber dann fiel mir ein, dass man dort keine haben darf. Keine Ahnung, warum. Infektionsgefahr oder so was. Irgendeine neue Bestimmung.«

»Arschlöcher«, sagte Angela inbrünstig. »Was für Arschlöcher.« Sie straffte die Schultern, legte das Geschenk auf den Stuhl neben der Tür und nickte zum Dank, ohne wirklich dankbar zu sein. »Ich muss mir das Haar föhnen. Geh doch rein und sieh nach Tanya. Sie schläft, das arme Ding.«

Es war wichtig, dass sie das Kind jedem zeigte, der es sehen wollte. Deshalb machte sie stets die Tür auf und war höflich. Sie musste allen zeigen, dass sie nichts zu verbergen hatten. Maggie lief mit ihren langen Beinen rasch durchs Wohnzimmer ins Kinderzimmer. Angela hörte ein leises, bewunderndes Ahhh, als Maggie neben dem Bett stand, und hätte ihr dafür beinahe Sympathie entgegengebracht. Niemand, der das Kind so liebte, konnte wirklich böse sein. Und dieses Gefühl verstärkte sich noch, als Maggie kurz darauf wieder auftauchte, sich den weißen Schal um den Hals schlang und sich auf den Weg machte. Keinerlei Anstalten, doch länger zu bleiben. Sie hatte eine Skimütze mit kleinen Bommeln dabei, die aus ihrer Tasche lugte. Sie passte zu den braunen Stiefeln und würde sich großartig machen auf ihrem schönen kräftigen Haar. Und mit dem Schal würde sie bestimmt nie frieren. Angelas unverhohlene Abneigung kehrte zurück. Sie kamen zur Tür. Maggie öffnete sie und stand mit einer Hand auf dem Türgriff elegant vor ihr.

»Hast du Neil in letzter Zeit mal gesehen?«
»Ja. Er hat sie am Samstag abgeholt. Gott sei Dank liebt sie die Burg.« Als wüsste Maggie das nicht. Als hätte sie nicht auch ein Auge auf Neil.
»Ach, übrigens. Gestern ist so ein Typ hier angekommen. Hm, er sagt, er habe Francesca vor vielen Jahren gekannt. Jetzt will er sie wiedersehen. Ich ... hmm, hast du eine Idee, was ich ihm sagen soll? Ich meine, ich bin ihre Kusine, aber du warst ihre beste Freundin, und du, nun ja, du kennst sie irgendwie am besten. Was glaubst du, was ich tun sollte?« Sie sagte es beiläufig, als sei es eine völlig belanglose Frage, und dennoch stockte sie und zitterte sogar ein bisschen, was ungewöhnlich für sie war. Es machte Angela noch misstrauischer. Sie zuckte die Achseln, dachte an das schlafende Kind und verschränkte abweisend die Arme, achtete jedoch darauf, sich ihre Irritation nicht anmerken zu lassen.
»Wie soll ich das wissen? Am besten sagst du ihm die Wahrheit, nicht? Erzähl ihm, wohin er ihr schreiben kann. So würde ich es machen. Ich nehme an, sie mag Briefe. Jedenfalls hat sie früher selbst viele geschrieben. Sie schleppte ständig Papier und Bleistift mit sich rum.«
Maggie nickte, lächelte und war weg. Angela nahm die kunstvoll verpackten Schneeglöckchen. Einen kurzen Augenblick spielte sie mit dem Gedanken, sie zu zertrampeln, doch dann packte sie sie vorsichtig aus und steckte sie in eine Vase, mit Wasser, damit sie sich hielten. Sie musste sie an einer auffälligen Stelle platzieren, bis sie verwelkt waren. Halb erblühte Winterblumen, die in einem kühlen Raum noch tagelang frisch bleiben würden. Am besten nahm sie sie mit zu Onkel Joe. In diesem Augenblick wachte die Kleine auf und fing an zu weinen. Unvorhergesehene Geräusche erschreckten Angela. Als dieses Kind zu ihr gekommen war, hatte es frisch verheilte Knochenbrüche und Narben. Angela hatte nicht geglaubt, dass sie je heilen würden.
Die Annahme, man könne ein adoptiertes Kind nicht genauso

lieben wie sein eigenes Fleisch und Blut, war völliger Schwachsinn. Keine Mutter liebte ihr Kind mehr als sie. Bloß brauchten richtige Mütter, egoistische, schlampige Mütter nicht jedesmal aufzumachen, wenn es klingelte. *Sie* konnten ihre Kinder nach Strich und Faden misshandeln, und niemand würde es merken.

Das Kreischen der Möwen ließ Henry aus seinem Halbschlaf aufschrecken. Er hatte das vage Gefühl, beobachtet zu werden. Er hatte lange gedöst, und als er jetzt auf die Uhr sah, wurde ihm klar, dass der Tag zu Ende ging. Die letzte Bank war windgeschützt und hatte in der Sonne gestanden. Sie war so einladend gewesen, dass er sich hingesetzt hatte, aber nur kurz. Er war einfach müde. Wahrscheinlich hatte das Cholesterin dieselbe Wirkung auf seine Arterien wie die militanten Demonstranten in irgendwelchen Ländern Europas, jenseits des Horizonts, die irgendwelche Verhandlungen blockierten. Er war ganz plötzlich eingenickt, wie ein erschöpfter, alter Mann. Jetzt hatte ihn der Nachmittag überrascht. Um seine Augen hatte sich eine trockene Salzkruste gebildet. Er stand steif auf, warf einen Blick über das Geländer nach unten auf die Plattform und bemerkte erneut die kaputten Planken und das Meer, das friedlich darunter schwappte. Er erinnerte sich an die Dinge, die er erledigen wollte – einen neuen Hut kaufen, sich nach einer anderen Bleibe umsehen –, und konnte sich nicht entscheiden. Er war noch benommen vom Schlafen und schämte sich dafür. Ganz langsam ging er die *Titanic* entlang wieder zurück in Richtung Stadt.

Die Küste beschrieb einen weiten Bogen um das Meer. Er blieb stehen und hatte das Gefühl, als sähe er die Welt zum ersten Mal. Links in der Ferne erkannte er die Umrisse einer Klippe, die nicht zu der ansonsten flachen Küste passen wollte, als markierte sie eine Meile entfernt den Beginn eines neuen, fremden Territoriums. Nicht ganz so weit weg entdeckte er die untersetzte Silhouette einer der Burgen, die er hier hatte besichtigen wollen. Er erkannte sie von den Prospekten wieder und war einen Augenblick lang enttäuscht. Sie wirkte heruntergekommen und klein, als sei sie wie eine Kröte in die Hocke gegangen, statt sich in den nebligen Himmel zu recken wie die Schlösser in Märchen. Sie verblasste beinahe neben den benachbarten großen Backsteinhäusern.

Doch Henry wollte nichts wissen von Enttäuschungen, also ließ er seinen Blick weiter schweifen, weg von den dunklen Mauern der Burg über eine ansehnliche Reihe weißer Gebäude bis zur Kreuzung und den Häusern, die sich jenseits davon nach rechts erstreckten. Sie waren alle unterschiedlich hoch und in verschiedenen Farben gestrichen. Rosa, Blau, Weiß und Rot, Dachziegel, Schieferdächer und jede Menge Schornsteine. Sie vermittelten den Eindruck, als seien sie wahllos gebaut worden, jedes nach einem eigenen Entwurf, und hätten sich anschließend zusammengetan auf der Suche nach Wärme und Gesellschaft und um sich besser gegen das Meer zu schützen. Rauch stieg aus den schiefen Schornsteinen in den Himmel. Als Henry die Mitte des Piers erreicht hatte, stellte er sich vor, wie die Häuser enger zusammenrückten, um die Lücken zu füllen. Jetzt sah er auch Einzelheiten; viele unterschiedliche Fenster und breite Fassaden, prächtige Blumenkästen vor dem satten Grün der Vorgärten. Mit einem merkwürdigen Gefühl des Stolzes machte er in der Ferne das House of Enchantment aus. Es war größer als seine Nachbarn, und seine auffallenden Türmchen hoben es von allen anderen ab, obwohl hier kein Haus dem anderen glich. Er erinnerte sich an die Gassen von heute Morgen, die sich hinter diesen Fassaden zu einem malerischen Labyrinth vereinigten. Jedes Haus hatte seinen eigenen Schornstein für den Weihnachtsmann. Aus der Ferne wirkten sie, als seien sie von Elfen bewohnt; aber aus der Nähe machten sie einen höchst menschlichen und für Menschen dimensionierten Eindruck. Henry ertappte sich bei einem Grinsen. Das prunkvolle große Hotel, das mit seiner aufdringlichen Präsenz am Ende des Piers sein Blickfeld trübte, erschien ihm plötzlich völlig Fehl am Platz. Warum sollte er dort wohnen wollen? In diesem Augenblick fühlte er sich gestärkt von dem seltsamen Gefühl, ein Zuhause zu haben.

Am Eingang zum Pier stand eine wulstige Skulptur, die ihm zuvor gar nicht aufgefallen war. Männer, Boote und Fische, alles in runden Formen ineinander verschlungen. Sie bestand aus Metall, war jedoch verwittert wie Stein. Henry versetzte ihr einen anerkennenden Klaps.

Die Brise, die verebbt war und ihn dabei in den Schlaf gewiegt hatte, frischte wieder auf, und er vermisste den Hut. Er stapfte den Hügel hinunter und vertraute darauf, den Weg an den Geschäften vorbei zu dem Haus zu finden, das er für ein oder zwei weitere Tage zu seinem Zuhause ernannt hatte – trotz des schrecklichen Badezimmers. Er wollte wieder am Erkerfenster stehen und beobachten, wie sich der Himmel rosa färbte, das Panorama von oben genießen, lange bevor die Sonne unterging. Jetzt erst fielen ihm an den Gebäuden Details auf, die er zuvor übersehen hatte. Aha, dort drüben war die Bücherei, aber sie hatte Zeit bis morgen. Und dann sah er, wie eine schlanke, hoch gewachsene Frau aus einer Seitengasse bog. Sie ging raschen Schrittes vor ihm her, Kopf und Hals in einen weißen Schal gehüllt, der hinten über ihren langen dunklen Mantel fiel. Er hörte das Klappern ihrer Absätze auf dem Bürgersteig, das alle anderen Geräusche übertönte, doch er nahm lediglich die leuchtende Helligkeit des Schals wahr. Ein feiner Wollstoff, der im Zug ihrer Bewegungen hinter ihr her schwebte. Ein eigentümlicher Gang; war sie es etwa? Er zögerte, verlegen und unentschlossen; sie beschleunigte ihren Schritt, als wolle sie den Abstand zwischen ihnen vergrößern, und dann rannte Henry plötzlich los. Was machte es schon, wenn er ihr auf die Schulter klopfte? Man würde ihn deswegen ja nicht gleich festnehmen.

Doch seine Glieder waren noch steif vom langen Sitzen, und sein Körper, den er zu Hause zum Joggen zwang, weil es gesund war, verweigerte ihm die Zusammenarbeit. Seine Disziplin hatte seit dem Tod seines Vaters nachgelassen. Wie alles andere auch. Und jetzt hatte er viel zu viele Sachen an, um sich locker bewegen zu können. Die weiche Lederjacke war schwer. Das Weiß des Schals blendete ihn. Henry glaubte, er könne sie einholen, zumindest bis zu ihr aufschließen und einen Blick in ihr Gesicht werfen, ehe er es wagte, sie anzusprechen. Er könnte *Verzeihung, aber* ... sagen, das würde genügen. Doch dann stolperte er, schwankte und und ging im Zeitlupentempo zu Boden. Er dämpfte den Aufprall, indem er sich an einer Wand abstützte, spürte einen heftigen Stich am Handgelenk und schrie auf, dann landete er auf der Seite und blieb, keuchend und blind vor Schmerz, reglos liegen. Das würde eine Beule an der Stirn geben. Sein Herz schlug heftig.

Die Seitenstraße war so gut wie leer gewesen, meinte er sich zu erinnern, aber im Nu hatte sich eine kleine Menschentraube um ihn gebildet.

»Holla! Das war ja ein Ding! Wozu die Eile? Alles in Ordnung?«

»Na, das war aber ein Sturz! Hoch mit Ihnen! Aber sachte, immer sachte ... So, das hätten wir!«

Er hatte das Gefühl, als würde ihm ein Dutzend Hände auf die Beine helfen. Plötzlich sah er sich dem runzligen, wettergegerbten Gesicht einer alten Frau gegenüber, die ihn schützend am Arm nahm. Er lächelte mechanisch. »Verzeihung ...« sagte er.

Sie grinste zurück. »Wenn ich Sie wäre, mein Sohn, würde ich das Zeug mit mehr Wasser mischen«, riet sie, und die anderen drei lachten vor Erleichterung. Henry schämte sich, als sei er tatsächlich betrunken auf der Straße umgekippt wie ein Penner. Eine Frau, die mindestens dreißig Jahre älter war als er und im Augenblick auch doppelt so kräftig, hatte ihm auf die Beine geholfen. Hätte er tatsächlich nach Alkohol gestunken, hätte sie ihn womöglich wieder fallen lassen.

»Ich würde nach Hause gehen und den Kratzer verarzten, wenn ich Sie wäre«, sagte sie streng. »Wo wohnen Sie denn?«

»Am Ende der Straße. Das Gästehaus mit den Türmen. Dort drüben.« Er zeigte es ihr.
»Ich bringe Sie hin.« Das war kein Angebot, sondern ein Befehl.
Und so gelangte Henry schließlich nach Hause, zu einem Ort, an dem er gar nicht hatte bleiben wollen, und das nicht in Gesellschaft der Gestalt, die durch seine Träume gespukt war, sondern in Begleitung einer Frau, die seine Großmutter hätte sein können.
Er ertappte sich dabei, wie er ihr von Francesca Chisholm erzählte. Wahrscheinlich war er nicht ganz bei sich. Er redete wie ein Wasserfall, er würde sich lächerlich machen und später dafür schämen. War das der ganze Sinn seiner Reise? Wildfremde Leute vollzuquatschen, nachdem er sich seinen Freunden nicht hatte anvertrauen können? Aber was waren das für Freunde? Wer von ihnen hatte seine überwältigende Trauer über den Tod seines Vaters verstanden, der genauso schüchtern gewesen war wie er? Nimm dir eine Woche frei, Henry, das geht vorüber. Doch es ging nicht vorüber; die Trauer wurde unterdrückt, aber sie machte ihn wahnsinnig. Hol dir Rat, Henry. Nein, nein, nein. Wenn ich jemanden dafür bezahlen muss, dass er mich wieder hinbiegt, dann sterbe ich lieber so krumm wie ich bin. Ich will nicht zurechtgestutzt werden. Ich will mit *ihr* sprechen. *Ihr Vater ist auch gestorben*. Und ich hatte keine Ahnung, wie das ist.
»Wieso?« Die Alte hielt seinen Arm fest. Er vergaß, was er gerade gesagt hatte. Sie gingen auf der dem Land zugewandten Seite; das unruhige, aber sanfte Meer lag im sicheren Abstand auf der anderen Straßenseite, es war da, stellte aber keine Bedrohung dar. Wenn er sich doch bloß darauf konzentrieren konnte, wo er war. Dann sah er in der Ferne die Türmchen des House of Enchantment auftauchen. Der Heilige Gral.
»Weil sie wüsste, wovon ich rede. Wissen Sie, worüber man redet, wenn man zweiundzwanzig oder dreiundzwanzig ist? Über seine verdammten Eltern. Ich habe auf meine Eltern ge-

schimpft, sie hingegen war stolz auf ihre. Sie liebte ihren Vater. Er muss damals ungefähr so alt gewesen sein wie ich jetzt, ich meine Francescas Vater.«

»So?« Sie gingen stetig, aber langsam. Jetzt führte nicht sie ihn, sondern er sie, also ging er noch etwas langsamer, weil er nicht aufhören wollte zu reden. Er fühlte sich wie ein aufgedrehter Kran, nein, halt, die Engländer sagten Hahn, Wasserhahn.

»Sie brachte mich zum Sprechen. Und erst heute ist mir klar, wie sehr ich ihr wehgetan habe. Weil sie mich kannte und mich liebte, und als sie die Nachricht vom Tod ihres Vaters erhielt, wusste ich nicht, was ich tun sollte. Sie wollte weg, verstehen Sie? Und ich hatte meine Pläne. Also hielt ich mich daran. Ich ließ sie allein nach Hause fahren. Ich hatte keine Ahnung, wie sie sich fühlte. Keine Ahnung, was sie verlor, was sie durchmachte. Jetzt weiß ich es. Ich denke, ich will mich bei ihr entschuldigen. Ihr sagen, dass ich damals versucht habe, mich zu ändern.«

»Natürlich«, sagte die Alte und blieb stehen, um Luft zu holen. Er sah sie zum zweiten Mal an. Sie hatte ein feines altes Gesicht, das ihn durch aufmerksames Schweigen zum Weitersprechen ermutigte.

»Sie wird heute selber Kinder haben. Erwachsene Kinder. Sie konnte mit Kindern umgehen, wissen Sie.«

Sie kamen zur Tür. Die letzten Schritte hatte er sie fast hinter sich her gezerrt, und während er immer weiter sprach, hatte sie diskret versucht, sich loszumachen, als wollte sie sich rücksichtsvoll abwenden, um zu niesen.

»Alles in Ordnung?«, fragte er.

»Mit mir? Oh ja, selbstverständlich. Sie sind jetzt zu Hause. Die Jungs werden sich um Sie kümmern.« Sie holte ein Taschentuch aus der Tasche und schnäuzte sich die Nase. Sie waren ziemlich weit gegangen; Henry hätte sie am liebsten zum Tee eingeladen und ihr angeboten, sie anschließend nach Hause zu fahren. Aber es war nicht sein Haus, und er hatte auch kein Auto. Möglicherweise wohnte sie meilenweit weg. Er wusste nicht, was er machen sollte. Er hatte zu viel geredet. Er hatte keine Ahnung, ob er ihr Geld anbieten sollte oder was. Er hätte nicht mal sagen können, ob er es mit einer wohlhabenden oder armen Frau zu tun hatte. Er war derart verwirrt, dass er ihren schroffen Tonfall zunächst überhörte. Sie stand vor ihm, die Hände fest in den Taschen vergraben, und schien etwas loswerden zu wollen.

»Francesca Chisholm hat ihren Sohn von zwei *Schwuchteln* beaufsichtigen lassen. Armes kleines Kerlchen. Wie kann man solchen Typen ein Kind anvertrauen?« Die letzten Worte spuckte sie ihm fast ins Gesicht. Doch dann nahm sie sich wieder zusammen. Sie klopfte ihm auf den Arm und versuchte zu lächeln.

»Ach was, hören Sie nicht auf mich. Sie scheinen ein netter Mann zu sein. Passen Sie auf sich auf. Und dass Sie mir nicht noch mal hinfallen, es sei denn, Sie sind wirklich voll. Sonst gibt es doch keinen Anlass, oder?«

»Sie waren sehr freundlich ...«

Sie zog an der Klingel und war verschwunden, ehe die Tür aufging. Er sah ihr nach.

Die Halle war farbenfroh und angenehm warm, als er eintrat. Der gescheckte Hund bellte, um ihn willkommen zu heißen, und schnüffelte an seinem Hosenbein. Tim trug dieselbe schwere Dschellaba wie gestern, doch diesmal hielt er sie mit einer dicken grünen Seidenschärpe fest. Seine Brille hatte er auf den Kopf geschoben, und in der Hand hielt er einen Schöpflöffel.

»O Senta, hör schon auf damit. Er weiß, dass du dich freust, ihn zu sehen. Tun wir das nicht alle? Kommen Sie herein, Henry. Wir haben uns schon Sorgen gemacht. Wir befürchteten, Sie hätten sich verlaufen. Seit Stunden haben Sie sich nicht blicken lassen. Wie waren die Eier mit Speck? Oh je, was haben Sie denn angestellt?«

Henry war ein mittelgroßer Mann (Henry Evans, Mr. Normal, so hatte man ihn mal in seiner Gegenwart beschrieben). Tim dagegen war groß und starrte nun besorgt auf die Beule an seiner Stirn herab. »Sie haben sich doch nicht etwa geprügelt?«, fragte Tim. »So schnell? Peter!«, schrie er dann mit einer überraschend tiefen und lauten Stimme. »Komm mal runter und hilf mir!«

Im flackernden Gaslicht der Halle verarzteten sie ihn. Dreck an der Hose, eine Beule auf der Stirn und Schürfwunden an der Hand. Sie schienen zu einem unausgesprochenen Entschluss gelangt zu sein und besiegelten ihn mit einem einvernehmlichen Nicken. »Ein heißes Bad, was meinst du, Tim? Mittlerweile kannst du dich um das Abendessen kümmern und ich um seine Kleider?« Wieder nickten beide. So wurde Henry den Gang entlang durch die Küche zum Badezimmer geführt. Heute Morgen hatte er es noch verflucht, jetzt aber erschien es ihm gemütlich warm. Tim drehte den Hahn geschickter auf als er, der nur ein Tröpfeln zustande gebracht hatte. Das Wasser rauschte in die Badewanne wie ein wütender und lauter Wasserfall; Dampf stieg auf.

»Legen Sie Hemd und Hose vor die Tür, wenn Sie so weit sind«, sagte Peter. »Ich werde sie bügeln. Und wenn Sie in der Wanne liegen, versuchen Sie, sich das hier an die Stirn zu drücken. Es wird die Schwellung lindern.« Er reichte Henry einen feuchten Musselinlappen, der nach Lavendel duftete.

Henry tat wie geheißen. Es war schon mehr als eine Gewohnheit geworden. Schüchtern reichte er die Kleider durch einen Spalt in der Tür, spürte, wie sie ihm vorsichtig abgenommen wurden und die Tür wieder ins Schloss schnappte. Dann versank er in der riesigen Wanne und presste den Musselinlappen gegen die Stirn. Der Raum war voller Dampf. Es war als badete man im Nebel, als schwebte man völlig losgelöst im warmen tiefen Wasser. Aus der Küche hörte er die Zeitansage im Radio, piep, piep, piep, pieeeeep… dann Big Ben und den Sprecher im Hintergrund: *Hier ist Radio Vier mit den Nachrichten.*

Plötzlich fiel ihm ein, dass er nie in seinem Leben von Männern versorgt worden war, abgesehen von seinem Vater, als er noch ganz klein gewesen war, ehe sie beide rauere Umgangsformen angenommen hatten. Das Gefühl, dass man sich um ihn kümmerte und so viel Theater um ihn machte, dass es schon fast intim erschien, hätte ihm unangenehm sein müssen. Und für einen kurzen Augenblick war es das auch. Dann tat sich die Tür einen Spalt breit auf, und der Dampf wirbelte hinaus. Er beobachtete, wie ein Bügel mit seiner gebügelten Hose und dem Hemd an die Klinke gehängt wurde und die Tür anschließend wieder zufiel. Er sagte sich, dass er auf der Hut sein sollte. Männer waren nie nett zu Männern, vor allem, wenn sie sich nicht kannten. Es war seltsam, vielleicht sogar unheimlich, aber am Ende war es ihm einfach gleichgültig und er dachte nicht weiter darüber nach.
Es gab zu viele andere offene Fragen. Zum Beispiel, warum sie, wer immer sie gewesen sein mag, nicht stehen geblieben war und sich umgedreht hatte, als er auf der Straße hinfiel? Schließlich hatte er die Aufmerksamkeit aller anderen Passanten geweckt. Francesca wäre stehen geblieben. Sogar, wenn sie geglaubt hätte, dass sie von einem Feind verfolgt würde, wäre sie stehen geblieben – aus reiner Neugier.
Im Radio liefen immer noch die Nachrichten. Das perfekte Oxford-Englisch sorgte dafür, dass alles bedeutsamer klang, als es in Wirklichkeit war. Wahrscheinlich hatte sie ihr Englisch im Radio gelernt. Henry stieg aus der Wanne, trocknete sich mit einem großen rauen Handtuch ab und warf dabei einen Blick aus dem Fenster. Draußen war es bereits dunkel. Allmählich gefiel ihm das Haus. Es strahlte eine ansteckende Ruhe aus. Keine Spur von der Klaustrophobie, die ihn sonst an fremden Orten befiel.

Ich glaube, dass die Umgebung, in der wir gelebt haben, uns sehr stark beeinflusst. Manchmal glaube ich sogar, dass uns Gebäude, in denen wir gelebt haben, am meisten prägen, mehr noch als Menschen, mit denen wir zu tun hatten. Nicht, dass irgendjemand hier drin existieren könnte, ohne der Umgebung gegenüber völlig gleichgültig zu sein. Es gibt keine Ausblicke, nur Gesichter.
Ich darf nicht an das Meer denken, und trotzdem tue ich es ... ich vermisse es am allermeisten. Sogar das aufgewühlte Meer im Sturm und sein Dröhnen.
Ich lerne neue Fertigkeiten. Das Ganze heißt Beschäftigungstherapie. Man kann sogar wählen, deshalb habe ich mich für eine nicht intellektuelle Tätigkeit entschieden, als Alternative zur Arbeit in der Bibliothek, die nahe liegend gewesen wäre. Jetzt verbringe ich den ganzen Tag in der Küche, wo die Leute nicht neugierig sind und der Krach so laut, dass ich das Meer nicht hören kann. Allmählich weiß ich, wem ich aus dem Weg gehen muss. In der Küche habe ich eine Freundin; die Gerüche gefallen mir.
Mein Gott, was schreibe ich für einen Unsinn. Kann ich es denn nicht besser? Doch. Aber ich habe Angst, es besser zu machen. Ich muss nur mehr fabrizieren. Muss mich wappnen für den ersten Jahrestag meiner Einweisung in dieses Grand Hotel und für all die Abschiede, die ich jetzt noch einmal durchmachen muss.
Besser, ich schreibe nicht allzu viel. Ich sollte an die Burg denken und an die Stadt, aber nicht an die, die darin wohnen. Mich eingeschlossen.

FMC

VIER

»Es ist sehr nett von dir, dass du mir hilfst, Maggie«, sagte Neil, wie üblich.

»Ach was, mach ich doch gern.«

»Ich hab sie beim Reingehen gezählt und beim Rausgehen gezählt«, fuhr er fort, »genau wie der Vikar in der Kirche. Wusstest du, dass er ein Notizbuch hat, wo er eine Strichliste über seine Gemeinde führt, um ›saisonbedingte‹ Abweichungen festzuhalten? Komischer Kauz. Ich hätte gedacht, das liegt auf der Hand, so wie hier. Je kälter es ist, desto weniger gehen die Leute aus dem Haus. Dabei spielt es keine Rolle, ob sie auf Kultur, Geschichte oder religiösen Trost aus sind. Oder bloß eine Rechtfertigung brauchen, um ihren Hut aufzusetzen. Also, los.«

Sie traten durch den Eingang, der vom Andenkenladen der Burg auf den dahinter liegenden Hof führte. Die Stahlkappen seiner Schuhe hallten auf den Pflastersteinen wider. Sie kletterten die Stufen zur ersten zinnenbewehrten Brustwehr empor und folgten dem Touristenpfad, an den Kanonen vorbei und dann die an der runden Mauer des inneren Turms verlaufende Treppe hinab. Neil hob ein paar Bonbonpapierchen auf, die auf dem Boden lagen, und brummte vor sich hin. »Was die Leute so alles in den Taschen haben«, schimpfte er. »Glauben sie denn wirklich, auf ein bisschen mehr Dreck käme es nicht an? Warum nehmen sie ihre Abfälle nicht wieder mit nach Hause? Was glauben sie wohl, wer hier hinter ihnen her räumt?«

Die Brummelei gehörte zum Standardrepertoire der letzten Runde durch die Burg, bevor Neil am Abend das Tor abschloss. Nicht durch die gesamte Burg, das hätte den halben Tag gedauert, nur den Teil, der für Besucher zugänglich war, also einen Bruchteil des Ganzen. Nach Einbruch der Dunkelheit wurde er von Flutlicht beleuchtet. Sie betraten den düsteren Teil der dritten Brustwehr, gingen an den Schautafeln vorbei und folgten dem langen Tunnel zur Küche. In diesem Raum, der so groß wie eine kleine Kirche war, gab es mehrere, tief in die Wand eingelassene, schwarz verbrannte Backöfen und eine überdimensionale offene Feuerstelle, ansonsten war er völlig leer. Mehrere kleinere Räume gingen von ihm ab, mit Öffnungen in den Wänden für die Kanonen und Ritzen in der Decke, damit der Rauch abziehen konnte. Dann ging es die Treppe hinunter ein Stockwerk tiefer. Sie befanden sich in einem Abschnitt des blütenförmig angelegten Innenteils der Burg, fünf halbrunde äußere Brustwehren, die auf einen leeren Wassergraben hinausgingen, und fünf innere zum Schutz des Hauptturms. Die Furcht vor einer französischen Invasion hatte King Henry bewogen, eine listig angelegte, uneinnehmbare Festung zu bauen. Von oben erinnerte sie an eine aus Stein gemeißelte offene Rose, von unten aber sah sich der Soldat, der es tatsächlich geschafft hatte, den äußeren Wall zu überwinden, mit der nächsten Mauer konfrontiert und dann wieder der nächsten. Kein Eindringling hatte sie je alle überwunden. Kein Fremder hatte die Sicherheit des Hauptturms gefährdet, jetzt aber kamen sie in zahmen Massen, die Eintritt zahlten, um sich alles anzusehen.

Für Maggie lag etwas unbeschreiblich Bewegendes in diesem Ort, der einst eine aggressive Horde von hungrigen Kriegern beherbergt hatte und heute bloß noch ein paar Andenken an sie enthielt. Als könnten die Mauern nur leben und atmen, wenn Bewohner sie wärmten, und bei Nacht versank die ganze Anlage in enormer Düsterkeit. Sie wusste, warum Neil bei der letzten Runde des Tages über jede Gesellschaft froh war, besonders als sie jetzt ins Fundament der dritten Brustwehr hinabstiegen. Sicher, er konnte die Touristen nicht ausstehen und liebte die Burg, solange es Tag war; nach Einbruch der Dunkelheit aber hatte er Angst. Neil wusste, dass hier Geister auf jene lauerten, welche die Gabe hatten, sie zu erkennen, und es war ihm klar, dass er selbst mit dem Fluch dieser Eigenschaft geschlagen war. Er sah überall Gespenster, und das machte ihn zu einem hervorragenden Erzähler, der seine Geschichten für die Touristen aufs Herrlichste ausschmücken konnte. Aber jedesmal, wenn er eine Gespenstergeschichte zum Besten gab, hatte er einen neuen Geist erfunden, und wenn er ein solches Wesen erst mal geschaffen hatte, wurde es unweigerlich zu einer Realität. Inzwischen wimmelte es hier von ihnen, besonders in den *Runs*.

Die *Runs* waren ein System von Gängen am tiefsten Punkt der Brustwehr, unterhalb der Meeresoberfläche, die vom Zentrum aus in einem weiten Bogen um das Fundament der Anlage verliefen und am anderen Ende wieder hinaufführten. *Sie werden an dreiundfünfzig schmalen Fensteröffnungen vorbeikommen, bevor Sie den nächsten Tunnel erreichen … zählen Sie mit.* Maggie hörte im Geiste die Worte des Tonbands, das den Touristen die Anlage erklärte, und konnte sich ihre schlurfenden Schritte vorstellen. Das Licht der Lampen fiel auf die weißen Feuchtigkeitsflecken an den Wänden. An einer Stelle entdeckte sie einen Klumpen von schimmelartigem Zeug, das sie lieber nicht berührte. Neil warnte sie vor einer Wasserpfütze, während sie ihm durch den schmalen Gang folgte. Er ging voraus, selbstsicher, bewusst geräuschvoll und mit angespannten Schultern. Sie wusste, wenn er allein gewesen wäre, hätte er laut vor sich hin gepfiffen, um *sie* zu warnen, wer immer *sie* waren, damit *sie* sich rechtzeitig aus dem Staub machten. Er war ein gut aussehender Mann, jedenfalls von hinten. Es war eine Schande, dass Angela und er sich getrennt hatten. Eine schreckliche Verschwendung. Seine Schultern berührten hier in den Runs beinahe die Mauern zu beiden Seiten. Die Menschen im Mittelalter waren viel kleiner gewesen. Sie sah winzige Soldaten vor sich, kleiner noch als sie mit ihren eins siebzig, die rasch durch diese Gänge eilten, bereit, jeden Moment ihre Musketen durch den Fensterschacht zu schieben und sie abzufeuern. Dreiundfünfzig für jede Brustwehr, das machte zweihundertfünfundsechzig Mann nur mit Musketen, und ein Stockwerk höher kamen die Kanonen dazu. Im Fall eines Angriffs hätten sie allein von dem Krach tot umfallen müssen, jetzt aber hörte man nur die eigenen Schritte.

Es gab keine Bonbonpapierchen mehr, keine Anzeichen von Vandalismus, keine Besucher, die sich verirrt hatten. Sie bogen in den Gang ein, der zum Ausgang und zum äußeren Tor führte. Offensichtlich erleichtert, schloss Neil die Tür mit einem befriedigenden Scheppern. Sie fragte sich, was er tun würde, wenn nachts der Feuer- oder Einbrecheralarm losging und er der Einzige war, der den Schlüssel hatte. Ein nächtlicher Besuch ganz allein hier oben würde ihm gar nicht gefallen, und sie vermutete, dass er die Polizei anrufen würde, damit sie ihn begleitete, falls er wirklich angepiepst würde. Wahrscheinlich wären auch die Polizisten nicht gerade begeistert; anscheinend waren es immer Männer, die Angst vor Gespenstern hatten.

Neil versetzte dem Tor noch einen Extrastoß, um ganz sicher zu sein. Es war mit Nägeln beschlagen und mit so viel Eisen verstärkt, dass es eine ganze Armee von feindlichen Barbaren hätte abhalten können, doch Geister und Gespenster spotteten nur über solch lächerliche Hindernisse. Kein Tor hätte sie im Innern festhalten können. Sie war immer ein wenig erstaunt über die vielen Widersprüche seines Aberglaubens. Es erschien ihr so unvernünftig, einerseits an Geister zu glauben und andererseits nicht einsehen zu wollen, dass sie sich aufgrund ihrer überirdischen Natur nicht einsperren ließen. Wenn sie seine Gesellschaft gesucht oder ihn einfach nur hätten ärgern wollen, hätten sie mit Sicherheit eine Möglichkeit gefunden, ihm nach Hause zu folgen. Aber vielleicht glaubte er, dass Geister genau wie Einbrecher sich lieber auf ihr eigenes Revier beschränkten. Bestimmt hätten sie sich in Neils kleinem Reihenhaus nahe dem Freizeitzentrum unwohl gefühlt. Ähnlich

wie für einen Soldaten, der vom Graben zum inneren Bergfried gelangen wollte, war das ein weiter Weg.
Wie sehen sie aus, diese Geister, hatte sie ihn gefragt. Klein und bleich, weil sie im Dunkeln leben, hatte er geantwortet. Und immer aufgebracht. Sie halten jedermann für einen Feind. Vielleicht waren sie Gefangene hier drin. Eine Burg hat viele Verwendungszwecke. Aber Neil war ein verwirrender Mann. *Er ist überhaupt kein Mann,* hatte Angela in ihrem Scheidungsantrag geschrieben. *Das ist nicht seine Schuld, schließlich hat er Diabetes, der arme Kerl. Er kriegt einfach keinen hoch. Oder höchstens alle Jubeljahre einmal.*
Sie stiegen die Treppe zu den Brustwehren auf der anderen Seite wieder hinauf und blieben stehen, um die Aussicht zu genießen.
Die Laternen am Pier brannten, zehn Paar insgesamt, wie freundliche Wächter. Sie beleuchteten ihn in voller Länge. Ein leichter Dunst verwischte ihren Schein und auch das Licht, das aus dem Café drang. Samstag abends war hier der Teufel los. Weit draußen auf dem Meer beobachtete Maggie die verschwommenen, tanzenden Lichter einer Fähre am Horizont, die in weitem Bogen um das Leuchtschiff herum fuhr. Das hob ihre Stimmung.
»Und was hast du heute noch Schönes vor, Neil?«
Er zögerte. Manchmal war er übertrieben redselig, fast so, als säße er im Beichtstuhl, aber nicht immer. Einmal hatte er ihr die Geister bis in die kleinste Einzelheit geschildert und sie dann nie wieder erwähnt. Oder er sprach von Angela und sich, gelegentlich mit einer solch wütenden Empörung, dass sie anfing, sich Gedanken über sein unberechenbares Temperament zu machen. *Ich weiß verdammt gut, warum sie mit mir zusammengeblieben ist. So sahen wir nach außen aus wie ein Paar und konnten die Kleine adoptieren …* und im nächsten Augenblick, *ach, das arme Ding, ich kann es ihr nicht verdenken, verstehst du das? Jedenfalls hilft sie hier manchmal aus, und Tanya kommt so gern her. Sie kennt sich hier genauso gut*

aus wie ich. Ich kann mich nicht beschweren, nein, wirklich nicht. Die Offenheit, mit der er ihr alles Mögliche erzählte, hing davon ab, wie viel er getrunken hatte, wo sie gerade waren, wie das Wetter war und der Zustand seiner latenten Depression – nicht unbedingt in dieser Reihenfolge. Er konnte einem mitten auf einer belebten Straßenkreuzung mehr anvertrauen als in einem geschlossenen, abgedunkelten Zimmer, darauf würde sie wetten. Die Brustwehr war ideal; hier oben fühlte er sich frei, und das löste im Normalfall seine Zunge.

»Tja, es könnte ein toller Abend werden. Aber auch ein Reinfall.«

»Dann steckt eine Frau dahinter«, stellte Maggie fest.

»Wie hast du das erraten? Kannst du Gedanken lesen, oder was?«

»*Ich*? Du hast sie ja nicht alle! Das liegt doch wohl auf der Hand, oder? Was könnte besser über Erfolg oder Niederlage entscheiden als ein Abend mit einer Frau, egal, ob man ausgeht oder zu Hause bleibt.« Sie zuckte die Achseln. »Oder einem Mann, in meinem Fall. Es ist dasselbe Risiko, dieselbe –«

»*Nein*. Es ist absolut nicht dasselbe. Nicht für einen Mann wie mich. Du hast ja keine Ahnung, wie das ist. Ich kann eine Frau klasse finden bis zum Gehtnichtmehr, ich merke, dass sie sich auch für mich interessiert, aber ich kann nie sicher sein, ob ich es schaffe, es ihr zu zeigen. Unberechenbare Reaktionen, verstehst du? Chaotische, unvorhersehbare Reaktionen, wenn du es genau wissen willst. Absolut unzuverlässig und peinlich, und sie verstärken sich, wenn Gefühle im Spiel sind. Je mehr ich will, umso weniger kann ich tun. Erektile Funktionsstörung, ausgelöst durch Diabetes. Versuch das mal einer Frau zu erklären, wenn du sie zum ersten Mal küsst.«

»Schwierig.«

»Praktisch unmöglich.«

Sie blickten schweigend aufs Meer. Die Fähre verschwand blinkend in der Dunkelheit. Das Leuchtschiff drehte langsam ab.

»Ich war beim Arzt«, fuhr Neil fort, ohne dass sie ihn gedrängt hätte. Sie wusste, dass sie mit Drängen nicht weiterkam. »Nicht zum ersten Mal, das kannst du mir glauben. Du rennst ein Dutzend Mal zu einem Dutzend verschiedener Quacksalber, ehe du einen findest, der nicht lacht. Und dir dann was vorschlägt, was weder wehtut noch krank macht. Gott sei Dank gibt es auch schwule Ärzte. Die wiehern wenigstens nicht gleich los.«

»Was hat er dir denn gegeben?«

»Viagra. Nur eine kleine Dosis, zum Ausprobieren. Was hast du denn gedacht?«

»Ich habe gefragt, nicht gedacht. Diese Frau – weiß sie davon?«

»Wovon?« Neil war auf der Hut.

»Weiß sie, was ihr ... bevorsteht?«

Er zuckte die Achseln. »Nicht mehr als ich auch. Neulich hat sie gesagt, es gefiele ihr, dass ich so ein Gentleman sei, so sensibel und so weiter, aber ob es nicht allmählich Zeit würde ...? Ich hoffe nur, dass sie keine Wunder im Bett erwartet. Das ist alles. Und das«, setzte er hinzu und schlug so fest mit der Faust gegen die Mauer, dass er vor Schmerz zusammenfuhr, »wäre schon verdammt klasse.«

Maggie lächelte ihm zu und trat einen kleinen, unauffälligen Schritt zurück. Es gab Dinge, die sie interessierten, und andere, die sie lieber nicht wissen wollte, aber die Einladung, sich ihr anzuvertrauen, schloss nun mal alles ein. Sie konnte sich nicht aussuchen, was sie zu hören bekam und was sie hören wollte, und er war trotz allem ein anständiger Mann. Ein ziemlich gewissenhafter Vater, obwohl das Kind nicht seins war. Darauf beharrte er hartnäckig, selbst wenn Angela versuchte, ihn auszuschließen, und das tat sie meistens dann, wenn alles gut lief. Nur wenn Tanya und sie Neil brauchten, bezog sie ihn ein.

»Na, dann kann ich dir nur Glück wünschen, lies dir die Packungsbeilage durch und nimm keine Überdosis. Mehr kann ich dir auch nicht raten«, sagte sie leichthin.

Jetzt waren sie wieder in der Eingangshalle der Burg, die auf die Brücke über den ehemaligen Wassergraben hinausging. Er schaltete das Licht aus und brachte das Vorhängeschloss an. Das Rauschen des Meeres, das dort oben so laut gewesen war, wurde hier von dem stoßweise auftretenden Verkehrslärm auf der Straße verschluckt. Sie wollte ihn nach seinem Hund fragen, aber das war auch so ein wunder Punkt.

»Und du? *Saturday Night Fever* im Kino?«

»Ich habe meinen eigenen Fernseher, Neil. Vielleicht schaue ich es mir da an.«

Sie hatte ihren eigenen Schlüssel und ihr eigenes Handy in diesem Haus ohne Telefon, und ihre Ankunft war beinahe geräuschlos. Das Einzige, was sie mit Sicherheit verraten würde, wäre der Geruch der eingepackten Fish and Chips in ihrer Tasche oder eine zufällige Begegnung auf dem Weg zu den abgeschiedeneren Regionen im zweiten Stock, über der Küche, fern von allem anderen. Auf dem Weg nach Hause hatte sie sich Zeit gelassen und ein Glas Wein in einem Pub getrunken, nur um zu zeigen, dass sie noch lebte und dass es ihr gut ging. Leute in Pubs stellten keine Fragen, vorausgesetzt, man fragte zuerst – dann hatten sie viel zu viel mit der Antwort zu tun –, aber wenn sie der Gesellschaft weiterhin aus dem Weg gehen wollte, sollte sie sich lieber einen Hund zulegen. Hinter einem Hund konnte sie sich verstecken; ein Hund würde signalisieren, dass sie nicht allein war. Hunde lenkten mehr von Fragen ab als die Beulenpest. Hunde wären ein Dauerthema. Wenn sie einen Hund hätte, könnte sie sich mit anderen Hundebesitzern zusammentun und müsste über nichts anderes reden.

»Psssst«, machte sie zu Senta, als sie zur Tür hereinkam. Sie blieb auf dem Treppenabsatz stehen und horchte auf die Stimmen im Speisesaal. Der Vikar, der Bäcker, der Kerzenleuchtermacher, aber vor allem der Amerikaner, der mit seinem schüchternen Akzent irgendwas sagte, worüber alle lachten. Sie flüchtete in den Schutz ihres Zimmers und verschloss fest die Tür. Flaschenöffner, Salz, Pfeffer, TV, alles da. Der Rest der Welt, inklusive Meer, konnte machen, was er wollte, Hauptsa-

che, sie würde bis morgen früh in Ruhe gelassen. Morgen früh hätte sie mehr Mut.
Doch das Fernsehprogramm war so blöd, dass es nicht mal ansatzweise ihre Aufmerksamkeit fesselte. Sie schenkte sich ein neues Glas Wein ein und fing den Brief noch mal von vorn zu schreiben an.

Lieber Philip
ich hoffe, es geht dir gut, und deine Affäre hat gehalten. Ich wollte dir nur sagen, dass ich dir nicht böse bin, egal, was ich damals gesagt habe. Ich will nur, dass du glücklich bist …

Sie nahm einen großen Schluck Wein. *Nein, ich will ÜBERHAUPT nicht, dass du glücklich bist. Am liebsten wäre mir, wenn du gar nicht da wärst. Wenn ich die Nase nicht so voll hätte von Beerdigungen, würde ich von deiner träumen, aber das wäre nicht dasselbe, oder? Als Ex-Partner dabeistehen und zusehen, wie eine andere Schlampe den Löwenanteil des ganzen Kummers abkriegt?*

Wenn du also glücklich bist, schrieb sie weiter, *dann freue ich mich für dich … alles Gute, Darling …*

Du Mistkerl, du kaltschnäuziges Arschloch. Du hast mich nie gekannt, und du wolltest mich auch gar nicht kennen. Aber es geht nicht nur um mich. Du hast mich ABGELENKT, als ich mich um jemanden hätte kümmern müssen, der viel wichtiger ist als du. Du hast mir nie geholfen. Ich brauchte jemand, der mir HILFT.

Sie putzte sich die Nase. Kritzelte etwas zwischen die Zeilen und schrieb weiter.

Über die Berge,
Über die Wellen,
Unter den Gräbern
Unter den Quellen,
Über Fluten und Seen
In der Abgründe Steg,
Über Felsen, über Höhen,
Find't Liebe den Weg!

Ihre Hand schrieb schneller, und das Glas war frisch gefüllt.

Bin ich auch einsam und verlassen
Verschlossen bleibt mein Mund
Nur die darf sich betrauern lassen
Der nie ein Liebster bot den Bund.

Das war viel besser. Außerdem gab es anderes, worüber sie nachdenken musste. Zum Beispiel, was sie als Nächstes tun sollte. Wie sie die nächste Phase am besten anging. An Philip zu denken hieß nur Lücken füllen. Es war der Versuch, die Löcher im Herzen zu stopfen.

»Was sind Sie doch für ein außergewöhnlicher Mensch, Henry! Ein Wissenschaftler mit Interesse für die Kunst, Kenntnissen in englischer Dichtung, wie Sie sagen, und dem brennenden Wunsch, englische Burgen zu erforschen! Welche Freude, Sie bei uns zu haben! Wie lang läuft Ihr Vertrag mit Fergusons?«
»Nun, Sie könnten mich genauso gut fragen, wie lang ein Stück Bindfaden ist. Das kommt ganz drauf an«, antwortete Henry ernst. »Ich meine, ich muss sehen, ob es mir gefällt, und sie müssen entscheiden, ob sie mich brauchen …«
»Werden Sie ein neues Medikament entwickeln?«
»Eher ein altes verbessern, schätze ich …«
»Er erforscht wahrscheinlich streng *geheim* die Möglichkeit,

Viagra auch für Frauen oder andere reinrassige Tiere zu nutzen, die ansonsten nicht brüten wollen«, sagte Peter milde. »Oder, wie man Gemüse genetisch verändern kann«, setzte er hinzu, ließ die Schüssel mit Kartoffeln herumgehen und drohte dem Vikar mit dem Finger. Der Vikar, so bemerkte Henry, war genau so, wie man sich einen englischen Vikar vorstellte. Er hätte geradewegs aus einem Agatha-Christie-Roman stammen können, mit seiner hohen Stimme, den präzisen Gesten, der halbmondförmigen Lesebrille und der gewölbten Stirn, die im Hochsommer den Schutz eines Panamahutes brauchte. Außerdem hatte er eine Abneigung gegen Sherry und eine große Vorliebe für Wein, die von den übrigen Gästen geteilt wurde, was ihn, zusammen mit seinem Handy in der Brusttasche, ein wenig vom Klischee abweichen ließ.
Zu der Dinner-Party im House of Enchantment war auch eine ziemlich arrogante Frau eingeladen worden, die Henry an eine heruntergekommene Schauspielerin erinnerte, an eine Frau, deren Gesicht bessere Zeiten gesehen hatte und deren hagere Figur von mehreren Schichten Gaze umhüllt war. Die Witwe eines in der Gegend bekannten Künstlers, hatte Tim auf dem Weg nach unten geflüstert, nachdem er Henry aus seinem Zimmer im obersten Stock gelockt hatte. Sie müssen sie unbedingt kennen lernen. Verraten Sie niemandem, dass Sie es von mir haben, aber immer, wenn ihr das Geld ausgeht, fälscht sie ein paar von seinen Gemälden und behauptet, sie hätte sie auf dem Dachboden gefunden. Und dann gab es noch einen gut aussehenden jungen Mann, der nicht viel sagte, dafür aber umso herzhafter aß und trank. Offenbar war ihm das unablässige Stimmengewirr gleichgültig. Es war ein lebhaftes Hin und Her; keiner der sechs Anwesenden unterhielt sich ausschließlich mit einem anderen, ohne ständig unterbrochen zu werden, und meistens redeten alle durcheinander. Der Effekt war ein wenig Schwindel erregend, und Henry amüsierte sich köstlich. Es war erst sein zweiter Abend in der Stadt, und schon war er Mittelpunkt einer Party. Es musste an seinem Charme liegen.

»Haben Sie Frau und Kinder zu Hause, Henry? Werden sie nachkommen?«
»Nein. Nein.« Es klang ein bisschen schärfer, als er es gemeint hatte. Einen Augenblick lang herrschte Schweigen.
»Ich glaube immer, dass es ein verborgenes Motiv für das Reisen gibt«, fuhr der Vikar geschliffen fort. »Eine seelische Reise, die man nicht länger aufschieben kann. Irgendein *Bedürfnis*, das von nichts anderem gestillt wird. Warum sollten wir sonst unser gemütliches Heim und die Segnungen der Familie verlassen?«
»Ach, Unsinn!«, mischte sich die Künstlerwitwe ein. »Die Menschen reisen, weil es ihnen Spaß macht. Oder aus ganz simplen Gründen. Mein Mann reiste ins Ausland, weil er behauptete, dort sei das Licht besser. In Wirklichkeit konnte ihn zu Hause niemand ausstehen. Er war ein schrecklicher Mensch. Und ich reise, um vor meinen Kindern zu flüchten. Sonst bringe ich sie eines Tages noch um.«
Darüber mussten alle lachen. Die Witwe hatte eine charmante, leicht gedehnte Ausdrucksweise.
»Schade, dass Francesca Chisholm es nicht auch so gehalten hat«, sagte der Vikar ernst. Er schien wild entschlossen, dem Abend einen gewissen Tiefgang zu verleihen. »Arme Frau.«
»Arme Frau!«, schrie die Witwe. »Arme Frau, was für ein Quatsch! Sie hatte es schwer, ja, hatte nicht gerade das große Los gezogen mit diesem Kind, aber wer hat das schon? Alle Kinder sind Ungeheuer. Trotzdem ist das kein Grund, sie *umzubringen*. Wenn es so schlimm war, hätte sie sich um jemanden kümmern können, der auf ihn aufpasst.«
Der schweigsame junge Mann, der dabei war, seinen Teller zu leeren, blickte auf und fuhr theatralisch zusammen. »Ich finde wirklich nicht, dass *Mord* ein geeignetes Thema für eine Dinner-Party ist«, bemerkte er mit melodischer Stimme. »Besonders in Gegenwart unseres verehrten Gastes. Mr. Evans wird denken, so etwas käme hier ständig vor, aber so ist es nicht, glauben Sie mir. Im Gegenteil. Nur äußerst selten, im Gegen-

satz zu New York.« Und dann lächelte er glückstrahlend, als erwartete er Widerspruch.
»New York ist sicherer als London«, sprang Peter hilfreich ein, um Henrys Schweigen zu überbrücken. Henry sah komisch aus. Er verzog das Gesicht zu einem Lächeln, brachte aber kein Wort heraus. Seine Kehle war plötzlich wie angeschwollen, jeden Augenblick würde er ersticken. Er nickte sprachlos.
»Wie soll das möglich sein, bei all den Waffen?«, fragte die Witwe kampflustig.
Henry war plötzlich kalt, und er fühlte sich ein bisschen weniger willkommen als noch vor einer halben Stunde, als er sich mit dem Vikar über die Dichtung des siebzehnten Jahrhunderts und alte Schlösser unterhalten hatte. Der Raum wurde von einem prasselnden Feuer erwärmt; sein Gesicht war erhitzt, die Füße waren kalt. Und die Prellung auf der Stirn pochte schmerzhaft.
»Was spielen Waffen schon für eine Rolle?«, erwiderte der junge Mann, der plötzlich sehr gesprächig war, als sei er bis zu diesem Zeitpunkt nicht imstande gewesen, gleichzeitig zu essen und zu sprechen. »Auf die Haltung zum Leben kommt es an. Ich meine, wenn man jemanden umbringen will, wird man es tun, oder? Francesca Chisholm musste bloß ihr Baby vom Pier werfen –«
»Es war kein *Baby*«, fiel Peter ihm ins Wort. Sein Gesicht war rot angelaufen; offensichtlich war er wütend. »Es war ein fünfjähriges Kind, das sehr geliebt wurde.«
Dieses Mal hielt das Schweigen länger an. »Sorry«, murmelte der junge Mann. »Sorry, ich hatte ganz vergessen. Sie haben gelegentlich auf ihn aufgepasst, nicht wahr?«
»Ja«, antwortete diesmal Tim. Es klang schroff.
»Sprechen wir ein Gebet für seine verstorbene Seele«, schlug der Vikar diplomatisch vor, indem er sich bekreuzigte und den Kopf senkte. »Und dann wollen wir uns erfreulicheren Dingen zuwenden.«
»Dem Pudding zum Beispiel«, sagte Tim fröhlich. »Würden

Sie mir bitte alle Ihre Teller reichen?«
Daraufhin klapperten sie mit den Tellern, murmelten, wie *köstlich* das Essen gewesen sei, sammelten Messer und Gabeln ein und gaben sie von Hand zu Hand weiter, bis alles bei Tim am Ende des Tisches angekommen war. Senta, die in die Halle verbannt worden war, fiepte hinter der Tür in Erwartung der Reste, und in der allgemeinen Geschäftigkeit und der Wiederaufnahme der Unterhaltung beugte sich Henry zu dem jungen Mann vor, schluckte rasch und fragte flüsternd:
»Diese ... Francesca ... Ist das schon lange her? Wo lebt sie jetzt?«
»Oh, nicht weit weg.« Sein Gegenüber zupfte eine Traube aus der Obstschale, die in der Mitte des Tisches stand. »Im Gefängnis von Cookham, seit letztem Jahr schon. Lieber Himmel, es ist fast auf den Tag ein Jahr her. Ich nehme an, dass sie lebenslänglich bekommen hat. Wo könnte sie sonst sein, wenn nicht im Gefängnis?«
»Und sie hat das Kind wirklich getötet? Es war kein Unfall oder so was?«
Der junge Mann nahm sich noch eine Traube und kaute sie sorgfältig. Offensichtlich schmeckte sie ihm.
»O nein. Es war ganz bewusst geplant. Sie hat ihn durch eine Lücke in der Angler-Plattform am Pier gedrückt. Haben Sie unseren Pier schon gesehen? Das dürfen Sie sich nicht entgehen lassen. Ein ziemlich verrücktes Teil aus den fünfziger Jahren. Und er droht zu versinken.«
Henry war übel. Er wartete den Pudding noch ab, dann entschuldigte er sich höflich.

Es war der Wein. Ein schlechtes Frühstück, ein üppiges Abendessen, *verdammte Ausländer*. Der französische Wein, den sie auf der anderen Seite des Ärmelkanals gekauft hatten, wo die Preise und die Qualität besser waren. Sie hatten über Schnäppchen geredet, egal wer und wo, alle redeten nur von irgendwelchen Schnäppchen. Aber nicht im selben Atemzug wie über

Francesca. Schon gar nicht über *seine* Francesca. Natürlich war es der Wein. Sein chronisch gereizter Magen vertrug nun mal keinen Wein, aber wenigstens machte er ihn müde. Sein Magen mochte Bourbon und Vitamine und sonst nichts. Vielleicht hätte er *ihr* das erzählt, wenn er die Gelegenheit dazu gehabt hätte. Hey, Frannie, weißt du noch, wie ich in Indien immer krank geworden bin, und du hast mir einen ayurvedischen Arzt besorgt, der mich wieder auf die Beine brachte? Du warst gut darin, die Dinge in Ordnung zu bringen… du hast dein ganzes Geld ausgegeben, damit auch diese Kinder zum Arzt konnten. Das war der Tag, an dem ich dir den Schal geschenkt habe, weil du deinen weggegeben hattest. Ideal für Rucksackreisende, ein Ringschal, der sich winzig klein zusammenlegen lässt. Verstehst du? Man kann die ganzen zwei Meter durch einen Ehering ziehen; der Stoff fällt weicher als Seide, aber er hält einen wärmer als … Toast, hast du gesagt. Und er ist viel zu teuer, hast du hinzugefügt. Vor allem, weil ich gleich zwei gekauft hatte, einen zum Tragen und einen für besondere Anlässe.

Henry torkelte zu dem winzigen Klo, das für die abgeschiedenen beiden oberen Stockwerke bestimmt war. Unbequemerweise lag es auf einem Zwischenstockwerk, so dass man entweder eine Treppe hinauf oder hinunter musste, wenn man es benutzen wollte. *Reisen bildet. Zum Teufel mit allen Reisen.* Und weißt du was, Francesca, weißt du, was ich gemacht habe, als mein Vater starb? Ich bin losgegangen und habe noch einen Schal gekauft, nicht für mich, nur als eine Art Talisman, der mich daran erinnern sollte, dass ich einmal großzügig war. Ich habe ihn gekauft, um ihn dir zu schenken, und ja, du hast Recht mit dem Preis. In Boston kosten sie ein kleines Vermögen.

Er würgte und erbrach das geschmorte Lamm vom Abendessen in einem Schwall in die Kloschüssel. *Klo, Klosett, WC, Damen, Herren, Abort, Bad, stilles Örtchen, aber NIE Toilette. Warum nennt ihr das so*? Alte Frage in einem indischen Innenhof. *Wir nennen es Toilette, weil man darin Toilette ma-*

chen kann. Was? Auf dem Klo? Kein Mensch macht Toilette auf dem Klo.
Henry wartete einen Augenblick. Dann zog er die Spülung, wickelte den Bademantel enger um sich und lehnte den Kopf an die eiskalte Mauer des kleinen Raums. Es war der Wein, das Unterwegssein und das Rausgeschmissenwerden überall. Es hatte nichts mit Kummer zu tun. *Kummer wie bei Trauer?* Kummer. Er hatte sich den Magen verdorben, das war alles, und doch stand er jetzt hier und heulte wie ein verrückter Teenager, der von irgendeiner Droge runterkommt und Nachschub braucht. Er heulte um seinen Vater und die Worte, die sie ihm an einem Abend voller Glühwürmchen vorgesungen hatte:

In Ritzen, in Falten,
Wo der Glühwurm nicht liegt,
In Höhlen, in Spalten,
Wo die Fliege nicht kriecht
Wo Mücken nicht fliegen
Und schlüpfen hinweg,
Kommt Liebe, sie wird siegen
Und finden den Weg.

Gefühle, nichts als dumme Gefühlsduselei. Er wusste, dass sein Schluchzen laut und unkontrolliert war. Mit Sicherheit wäre er nach oben verschwunden, wenn er die leiseste Ahnung gehabt hätte, dass er einen zufälligen Zuhörer damit in Verlegenheit bringen würde, und sei es nur den verdammten Hund. Henry hatte Manieren, selbst *in extremis*, und das war mehr, als er bei den Engländern beobachtet zu haben glaubte, die er so lange aus der Ferne bewundert hatte. Schließlich kehrte er steif vor Kälte ins Zimmer zurück, nachdem er sich überzeugt hatte, dass er alles sauber zurückließ, auch so eine mechanische Reaktion, und kletterte in das hohe Bett. Das Feuer, das sie in seinem Zimmer angezündet hatten, war erloschen und hatte eine schwache Restwärme zurückgelassen. Die pelzige Wärmflasche tat seinen Füßen gut. Er konnte sich vage erinnern, dass er im Treppenhaus bei einem Blick nach unten den Schal wieder über dem unteren Pfosten hatte hängen sehen. Er nahm den Schal, den er gekauft hatte, aus der Reisetasche und drapierte ihn über der Bettdecke. Er wirkte blass und unbedeutend neben der Seide.

Es war der Wein. Nur ein Glas zu viel, aber es genügte, um sie aufwachen zu lassen. Ruhelos bewegte sie sich durch ihr möbliertes Zimmer und dachte ohne Bedauern an das Haus, das sie einmal besessen hatte. Dann fiel ihr Blick auf das Blatt mit ihrer schiefen und krummen Handschrift, auf den vor Selbstmitleid triefenden Schwachsinn und das Gedicht aus ihrer Schulzeit, das sie in der Schule gelernt und in den Ferien ihrer Kusine Francesca vorgetragen hatte. Immer auf der Suche nach Anerkennung, hatte sie alles getan, um anderen zu gefallen. Und genauso hatte sie immer auf Francesca gehört, diesen Quell der Weisheit, sogar als Francesca gesagt hatte, bleib bei deinem Mann, Maggie, er wird über diese Verliebtheit hinwegkommen, und Männer brauchen nun mal das Gefühl, dass man ihnen verzeiht. Schon möglich, aber verdienen tun sie es nicht unbedingt, nicht wahr? Deiner hat dich doch auch verlassen, oder etwa nicht? Hat dich verlassen, weil er sein Ebenbild in diesem schrecklich behinderten Kind nicht ertragen hat. Woher nimmst du also das Recht, gute Ratschläge zu verteilen?
Maggie wollte nicht über Francesca nachdenken. Sie wollte sich nicht daran erinnern, wie Francesca über die Straße gelaufen war und den Jungen, der sie – Maggie – mit einem Feuerwehrkskörper beworfen hatte, verprügelte, oder wie Francesca ihr immer genau die richtigen Klamotten für den jeweiligen Anlass geliehen und gesagt hatte, sie sähe umwerfend aus, auch wenn das überhaupt nicht stimmte. Wie Francesca sie gedrängt hatte, ihr Examen zu machen oder einen Klassenausflug mit den Kindern aus der Grundschule, wo sie selbst als Lehrerin ar-

beitete. Und sie ertrug es nicht, daran zu denken, wie Francesca sich für die neurotische Angela Hulme und ihre Adoptivtochter aufgeopfert hatte, oder an all das Durcheinander, die Scham und die Verpflichtungen, die Francesca zurückgelassen hatte. Maggie wollte lieber über ihr eigenes Leben nachdenken, das ein einziger Scherbenhaufen war. Sie musste endlich anfangen, es zu kitten, ohne eine Menge neuer Komplikationen heraufzubeschwören, wie sie es im Moment tat. Außerdem musste sie dringend mal durchschlafen und nicht mitten in der Nacht mit rasendem Durst und einem unwiderstehlichen Verlangen nach einem Bad aufwachen.

Oder entdecken, dass sie nicht aufs Klo konnte, weil der Mann, der sich darin eingeschlossen hatte, so jämmerlich schluchzte. Maggie horchte eine Zeit lang, verstört und beunruhigt von seinem Elend. Sie war drauf und dran zu klopfen, wartete aber, bis das Schluchzen sich ein wenig beruhigte und kehrte dann leise in ihr Zimmer zurück. Sie legte sich den Schal um das Nachthemd, schnappte sich ein Handtuch und stieg die lange Treppe hinunter.

Timothy saß am Küchentisch, rauchte eine Zigarette und starrte vor sich hin. Saubere Teller waren neben ihm aufgestapelt. Maggie hatte gesehen, wie viel Zeit es kostete, das Geschirr mit der Hand zu spülen, sie hatte sogar dabei geholfen, und wie immer staunte sie auch jetzt über den Fleiß, den dieses verarmte Paar in die Aufrechterhaltung eines eleganten und exzentrischen Lebensstils legte. Es ist angenehm, hier zu leben, aber wenn man sich vergegenwärtigte, welche Anstrengungen dahinter stecken, kommt man schnell wieder auf den Boden der Tatsachen zurück, dachte sie leicht gereizt. Sie war überrascht, ihn überhaupt hier zu sehen, erst recht mit einer Zigarette. Tim erlaubte sich solchen Luxus gewöhnlich nicht: Luxus wurde für andere aufgespart oder für den Hund.

»Ist noch heißes Wasser da?«

»Ein bisschen vielleicht. Das meiste habe ich für das Geschirr gebraucht.«

»Ach, Mist.«
Er wedelte mit der Zigarette. »Der Vikar hat sie liegen lassen.«
Sie setzte sich.
»War es eine schöne Party?«
»O ja. Bis jemand anfing, von Francesca zu reden. Das hat unseren zahlenden Gast etwas aufgewühlt. Und Peter und mich auch.«
»Verdammt. Aber was soll's, er musste es so oder so erfahren. Es war zwar etwas überstürzt, aber so hat die Entdeckung wenigstens zufällig gewirkt. Ist es sehr schlimm, ihn so zu missbrauchen?«
»Nein. Doch. Nein. Ich weiß nicht, was du vorhast, du hast es nicht gesagt, daher bezweifle ich, dass es dir selbst klar ist.«
VERFLUCHTE Francesca. Wenn die Leute doch nur aufhören würden, sich über sie den Mund zu zerreißen. Francesca und Harry, ihr Sohn, die bösen Geister aller Partys. Sie machte sie alle zu Verschwörern, ohne dass sie es wollten.
»Es ist wie beim Kochen«, fuhr Tim fort. »Experimente sind gestattet, solange sie funktionieren. Aber Menschen sollte man nicht als Zutaten missbrauchen.«
»Nein«, sagte sie langsam. »Es sei denn, sie bieten sich an.«

Das Licht weckte ihn auf. Ein unvergleichliches Licht, das er noch nie zuvor gesehen, sich aber immer so am Meer vorgestellt hatte. Es war einer von mehreren Gründen, warum er sich danach sehnte, am Meer zu wohnen. Es bannte die Angst, sich eingeschlossen zu fühlen. Ein See war nicht dasselbe. Man konnte immer die andere Seite sehen, und das begrenzte ihn in Henrys Vorstellung. Seen und Flüsse waren für ehrbaren Handel zwischen den beiden Seiten bestimmt, nicht für das Risiko, jegliche Orientierung zu verlieren, kein Land mehr zu sehen und sich von der Strömung treiben zu lassen. Nur das Meer taugte für große Entdeckungen und zur Flucht.
Der Himmel, der da draußen glühte, war leuchtend weiß. Mit seinem Licht presste er sich gegen die Scheiben, so dass das

kaum Widerstand bietende Glas sich nach innen zu wölben schien. Er zwang ihn, die Augen aufzuschlagen, er war wie weißer Rauch, dick, undurchdringlich, unnachgiebig, heller fast als die Sonne. Es war schon der zweite Morgen in Folge, dass Henry aus dem Bett sprang und zum Fenster trat, um hinauszusehen. Nichts. Ein weites, leeres Nichts. Die Intensität des Lichts schmerzte in den Augen. Er warf einen Blick auf die Uhr: sieben Uhr. Nicht früh für einen hart arbeitenden Pendler, doch alles Leben, alle Bewegung war erloschen. Bis er das Donnern des Meeres hörte und dann das klarere Geräusch eines Motors. Weiter unten auf der Straße machte er einen rumpelnden Müllwagen im Nebel aus, der mit laufendem Motor darauf wartete, weiterzufahren. Dann war das scheppernde Geräusch von Metall zu hören. Henry sah das Gefährt jetzt deutlicher und versuchte, die Farbe zu erkennen. Irgendein kommunales Grün. Es setzte sich in Bewegung und hielt ein paar Häuser weiter wieder an. Henrys Blick wanderte über die Straße hinaus und nach rechts, wobei er bewusst den ganzen Kopf drehte, damit ihm nur ja nichts entging. Aber es gab nichts zu sehen. Nur dichten Nebel, da, wo sonst Himmel war, der sich bis auf die Erde herabsenkte, keine Konturen, keine Orientierungspunkte, kein sichtbares Leben, nichts. Er kniff die Augen zusammen und blinzelte, um zu erkennen, ob der Pier aus dem himmlisch weißen Nichts auftauchen würde, aber es deutete nichts darauf hin. Der Anblick war wie die Aufforderung, sich einem angenehmen, geheimnisvollen Vergessen zu überlassen. Ein kleines bisschen aufgeregt zog er sich an und suchte nach dem Hut, bevor ihm einfiel, dass er ihn verloren und noch keinen neuen gekauft hatte. Ohne seine tägliche Dosis Vitamine und Mineralien zu nehmen oder zu überlegen, wie er wieder ins Haus kommen würde, falls noch niemand wach war, schlich er auf Zehenspitzen nach unten und zur Vordertür hinaus, bevor der Hund anfangen konnte zu bellen. Er musste unbedingt wissen, wie es sich da draußen anfühlte, mittendrin, ohne eine lebende Seele weit und breit.

Die Luft piekste im Hals wie eine dornige Distel. Sie war so rau und scharf, dass es ihm den Atem verschlug. Von oben hatte der Nebel warm ausgesehen. Die Kälte war durchdringend, bis er anfing zu gehen; dann war sie eher feucht als eisig. Er wusste genau, wo er hin wollte, war aber nicht sicher, warum. Anscheinend ging es einem so in dieser Stadt. Es war eine andere Welt, und alles darin erschien ihm surreal.

Er ging rasch. Langsam wurden die Umrisse der dem Meer zugewandten Häuser deutlicher. Hin und wieder erkannte er eine Tür und tropfende Blätter in Blumenkästen, die im Dunst wie bleiche Schatten wirkten. Er ging über die Straße, ohne nach rechts oder links zu sehen. Es war nicht nötig, man hörte nichts, doch jetzt erkannte er den Anfang des Piers. Selbst das Rauschen der wogenden Wellen war gedämpft vom Gewicht des Nebels. Das gefiel ihm. Henry liebte das Gefühl, nicht von Schranken oder Mauern behindert zu sein, Entfernungen ignorieren zu können und sich von nichts in seiner Umgebung eingeengt zu fühlen. Das Monument des Fischers, das so großartig mit dem Fisch und dem Boot verschmolz, sah aus wie ein Torwächter. Henry ging weiter. Es war das richtige Wetter, um die Welt von einer hohen Warte aus zu betrachten, etwa von einem Schiffsdeck. Die Augen stellten sich auf alles ein, auf die Extreme von Licht ebenso wie von Dunkelheit, und je mehr er sich anstrengte, und je weniger die feuchte Luft in seinem Hals kratzte, umso mehr konnte er erkennen. Unheilverkündende Zeichen wie die Schilder, die an den dicken kleinen Laternenmasten angebracht waren: ACHTUNG: TODESGEFAHR. SPRINGEN UND TAUCHEN VERBOTEN. Und die weniger bedrohlichen Aufforderungen an den darunter postierten Abfallkörben: BITTE HALTEN SIE DEN PIER SAUBER. Bevor Sie springen. Ein grüner Schirm und ein Picknickkorb lagen vergessen auf einer Bank.

Er musste sich die Plattformen ansehen, die das Café am Ende des Piers flankierten. Er musste das, er musste das … Er konnte sich noch vom vorherigen Tag an sie erinnern und dachte daran, wie sehr Dad das alles gefallen hätte, wie er mit diesen alterslosen Anglern geplaudert hätte, die grinsend Platz machten und immer ganz genau hinsahen, bevor sie ihre Angel auswarfen. Er musste sehen, wie es dort wirklich war. Wissen, ob der Nebel alles weich und sanft machte.

Als er über das geschlossene Tor blickte, das zu der Plattform links von dem Café führte, konnte er sehen, dass die Flut jetzt viel höher war als gestern. Die dumpfe See sah aus, als wäre sie geölt, so dass sich keine Welle auf ihr brechen konnte, glatt auf der Oberfläche, aber darunter heftig stampfend und brodelnd, wie eine überdimensionale, künstlich gedämpfte Waschmaschine, die auf ihre Arbeit konzentriert war und sich jegliche Störung verbat. Die ganze Konstruktion befand sich dichter über dem Wasser, als er es in Erinnerung hatte: Die Pfähle schienen kürzer, und das Meer war so nah, dass es durch die kaputten Bretter spritzte. Er war dicht genug dran, um die Dimensionen erkennen zu können. Jetzt löste sich der Nebel allmählich auf und bildete einzelne Schwaden wie Zuckerwatte. Die Löcher, die durch die fehlenden Planken entstanden waren und aussahen wie Zahnlücken, waren nicht zu übersehen, doch die übrigen Bretter hatten, was Form und Größe betraf, genauso wenig Ähnlichkeit wie Schneide- und Backenzähne. Als der Nebel sich spielerisch lichtete, sich dann in prächtigen Schwaden zurückzog und um das eiserne Geländer wickelte, an das er sich klammerte, konnte er sehen, dass der Boden der Plattform aus einer bunten Mischung von Holz- und Eisenplanken bestand, die unterschiedlich alt und groß waren und offenbar nur dann ausgewechselt oder repariert wurden, wenn es nötig war und das Wetter es zuließ. Auch hier ein Schild: ZUTRITT VERBOTEN.

Wie konnte ein fünfjähriger Junge von durchschnittlicher Größe durch eine dieser Lücken *fallen*? Den Fünfjährigen, der er selbst einmal gewesen war, hätte es jedenfalls einige Mühe gekostet. Seine Schultern wären im Weg gewesen, selbst wenn die Hüften und der kleine dicke Bauch es irgendwie geschafft hätten. Er hätte die Luft anhalten und sich hin- und herwinden müssen, um mutwillig hindurchzuschlüpfen, was beim Spielen durchaus möglich war. Man stellte alles Mögliche an, wenn es um ein Spiel oder eine Mutprobe ging und man sich keine Blöße geben wollte. Doch selbst dann wäre es nicht leicht gewesen; das Meer hätte einem fast die Fußsohlen gekitzelt, und die Holzsplitter ... aber doch ja, ein Junge hätte es geschafft. Ein Junge ist wie ein Aal, seine Haut ist immun gegen Schrammen.

Besonders ein Junge, der an einem Morgen wie diesem zum Spielen herkam; allerdings hätte es warm sein müssen, nicht so kalt wie heute. Ein Junge aus einem der nahe gelegenen Häuser, der an einem schönen Sommertag die gesamte Länge der *Titanic* entlang gerannt wäre und geschrien hätte, *du traust dich nicht, du traust dich nicht*! Du gehst zuerst, du bist älter, dann *muss* ich. Das Eisengeländer hätte ihn nicht aufhalten können. Auch Henry hatte Dummheiten gemacht. Einmal hatte er sich an einem Seil, das in der Eiche eines fremden Gartens hing, klammheimlich in ein Schrecken erregendes Nichts geschwungen. Er hatte sich einige Prellungen geholt, klar. Und er wäre selbst ein schrecklicher Vater geworden, denn er hätte seinen Sohn so verzärtelt, dass er nie so was Dummes hätte anstellen können. Sein Vater war anders gewesen, und trotzdem war er heute noch überängstlich.

Er konnte es sehen. Klammerte sich an das Geländer und zwang sich, hinunterzuschauen. Die Entfernung war gering, das Meer hingegen riesig. Die chronischen Ängste in seinem Leben reichten von Ehrfurcht, wenn er mit offenen Räumen konfrontiert war, bis hin zu der weit akuteren, klaustrophobischen Angst, eingeschlossen zu werden. Letztere war der Nagel zu seinem Sarg, der Teufel, der auf seiner Schulter saß und die meiste Zeit einigermaßen in Schach gehalten wurde. Wenn er in der Logik Zuflucht nahm und nicht von seinem Buch oder der Zeitung aufblickte, schaffte er es, Aufzüge und Flugzeuge zu benutzen; er konnte in kleinen Räumen voller Menschen sitzen, wenn er den Blick starr auf ihre Gesichter geheftet hielt und sich einredete, dass es gleich vorbei war; er konnte in einen langen Tunnel hineinfahren, vorausgesetzt, er sah das Licht am anderen Ende. Er konnte sich sogar vormachen, dass der Teufel gestorben war – und im nächsten Augenblick packte ihn eine so blinde Panik, dass er nicht mal mehr schreien konnte. Er holte tief Luft. Es kratzte nicht mehr im Hals. Er fühlte sich ruhig. Es gab eine Erklärung. Er holte noch tiefer Luft. Es tat nicht weh. Nichts konnte hier wehtun. Ein Kind war tragisch gefallen. Der Nebel würde alle Wunden verbinden.

Zumindest dämpfte er alle Geräusche. Er meinte, denselben schwarzen Hund wie gestern gesehen zu haben, der dann plötzlich wieder verschwunden war. Aber abgesehen von dieser Vision war er in der Viertelstunde, die er bis hierher gebraucht hatte, keiner Seele begegnet, und hören konnte er auch nichts. In seiner augenblicklichen Verfassung hätte er sich einreden können, der einzige Mensch auf einem kleinen Planeten zu sein. Und so stand er jetzt gedankenverloren da und betrachtete die Stelle, wo das Kind *ausgerutscht* war. Erst in letzter Sekunde wurde er sich ihrer Gegenwart bewusst. Er drehte sich um und sah, wie sie aus dem Nebel auf ihn zukam. Eine hoch gewachsene Person mit einem hellen Schal um den Kopf, die entschlossen und rasch auf ihn zuschritt. Er sah sich verzweifelt um wie eine in die Enge getriebene Ratte auf der Suche nach einem Unterschlupf. Die Schritte, die Gestalt – sie kamen näher.

Sie war es leibhaftig, mit ihrer ausgebeulten Khakihose, der zerknitterten Jacke und ihrer Aura von Autorität. Francesca. *Du musst nach Hause, Henry. Wie kannst du dich damit zufrieden geben, lediglich ungewöhnlich zu sein? Wenn du wissen willst, wer du wirklich bist, Henry, musst du nach Hause zurück.*

Dieser Inbegriff aristokratischer Weiblichkeit kam jetzt mit großen Schritten auf ihn zu. Es war die Art von Frau, die ihn immer eingeschüchtert hatte, bis er Francesca traf. Größer als er sich erinnerte. Er wollte wegrennen, doch auf diesem schmalen Weg, der aufs offene Meer führte, gab es keine Zuflucht. Gleichzeitig musste er lachen über die Verkehrung der Taktik: Am Tag zuvor hatte er *sie* verfolgt, und nun kam sie auf ihn zu wie ein Geist. Er hatte plötzlich den Eindruck, dass sie geradewegs durch ihn hindurchwandern und über die Plattform schweben würde. Und dann stand die Erscheinung neben ihm, näher als ihm angenehm war und musterte ihn. Bei näherer Betrachtung hatte sie denselben Teint wie Francesca. Nase, Augen und Mund hatten eine gewisse Ähnlichkeit, aber sie war jünger, als er sie sich vorgestellt hatte und älter als Francesca in seinen Träumen. Aber ihre Stimme erinnerte vage an sie. Sie hatte lockiges, weiches Haar mit gefärbten Strähnen; sie war elegant und gepflegt, der Mantel passte zu ihren Schuhen. Sie war ganz anders. Francesca hatte Kameras nicht leiden können, deshalb war dieses letzte Bild von ihr umso unvergesslicher. Er fürchtete sich vor ihrem schrecklichen Ebenbild, doch als sie dann sprach, klang sie höchstens besorgt, nervös und schüchtern.

»O Gott, Mr. Evans! Sie haben mir einen ganz schönen Schrecken eingejagt. Was zum Teufel machen Sie hier draußen?«

»Wer sind Sie?«

»Ich bin Maggie. Sie klangen so verzweifelt gestern Abend, Sie haben so schrecklich geschluchzt ... Ich dachte ... na ja, ich dachte, Sie würden vielleicht springen. Aber das tun Sie nicht, oder?«

»Natürlich nicht.«

Die Ähnlichkeit mit Francesca verflüchtigte sich und verblasste zu Unsinn. Dieses Gesicht war bleich, ihres war nussbraun gewesen. Die Stimme war vollkommen anders. Seine Erinnerung an Francescas Gesicht war möglicherweise lückenhaft, aber diese Frau war kräftiger und ganz sicher größer. Er konnte nie vergessen, wie er neben Francesca gestanden hatte und sie ihm gerade bis zur Wange reichte. Es war nur ihr Gang und der flatternde Schal. Das hellbraune Haar mit den goldenen Lichtern krönte einen anderen, größeren Kopf.

»Was machen Sie dann hier?«, fragte sie scharf.
Ein unbestimmtes Gefühl von Hysterie packte ihn, als hätte sie ihn an seine lange unterdrückte Angst erinnert, sich lächerlich zu machen. Diese hoch gewachsene Frau schien andeuten zu wollen, dass jeder, der allein auf dem Pier herumspazierte, an Selbstmord dachte. Als gäbe es sonst nichts zu tun, angeln zum Beispiel, Nebelfotos schießen, warten, dass das Café aufmachte, oder einfach nur die Aussicht bewundern. Er wollte schon mit einem dämlichen Spruch antworten, schließlich war es ein freies Land, doch dann fiel ihm ein, dass der Grund für seine Anwesenheit auf dem Pier in den Augen der meisten Leute, ihn eingeschlossen, fragwürdig wirken würde.
»Ich wollte mir ansehen, wo das Kind durch die Planken gefallen und ertrunken ist.«
Sie sah ihn an, zögerte und nickte dann, als sei sie zu einem Entschluss gekommen. Erleichtert ließ sie ihre Schultern sinken, und ein kurzer ärgerlicher Ausdruck huschte über ihr Gesicht. Dann zuckte sie die Achseln. Bei der kleinsten Bewegung wippte ihr Haar mit. Sie hatte üppiges Haar.
»Da drüben. Sie reparieren die Plattformen abwechselnd alle zwei Jahre.« Sie ging die paar Schritte über die betonierte Fläche des Piers voran und beugte sich auf der anderen Seite über das schwarz lackierte Geländer. Die Planken sieben Meter unter ihnen waren glatt und nass, solide, ausgebleicht und vollständig. Ihr Ärmel berührte den seinen.
»Letztes Jahr fehlten ein paar Planken. Der Kleine ist allein aus dem Haus gelaufen, das muss sie geärgert haben. Er ist nicht gefallen. Die Obduktion hat ergeben, dass er gestoßen wurde. O ja, schon möglich, dass er zuerst hingefallen ist, aber dann hat jemand kräftig nachgeholfen und ihn geschubst. Richtig gestoßen, daran gibt es nicht den geringsten Zweifel. Seine Schultern waren ausgerenkt, ein paar Rippen gebrochen. Jemand hat ihn durch das Loch gestoßen. Er lebte noch und hat eine Menge Blut verloren, als er ins Wasser fiel. Dann ist er ertrunken, aber nicht sofort. Er hat furchtbar geblutet. Das Fischerboot hat ihn

aufgenommen, obwohl niemand Alarm geschlagen hatte. Es war etwa um diese Zeit, frühmorgens. Sie wohnte in einem der Apartments in der Nähe der Burg. Ein ziemlicher Kontrast zur Burg selbst, wo sie aufgewachsen ist. Francesca muss nach der Tat direkt wieder nach Hause gegangen sein.«

»Nein«, sagte er. »Das ist *Schwachsinn*. Kompletter *Schwachsinn*.« Er blickte auf das brodelnde Wasser, horchte auf dessen Gurgeln, stellte sich seine eisige Umarmung vor. Der Junge war verletzt gewesen und hatte Todesangst gehabt, als er ins Wasser fiel. Die Frau beugte sich näher zu ihm und sprach dicht an seinem Ohr, sprach jedes Wort klar und deutlich aus.

»*Doch*. Francesca beharrte hartnäckig darauf, dass es so gewesen ist. Sie hat es *zugegeben*, Mr. Evans. Sie hat darauf bestanden. Der Junge hatte cerebrale Bewegungsstörungen, spastische Hemiplegie, um genau zu sein. Es war die Hölle, ihn zu versorgen, sie hat es einfach nicht mehr ausgehalten. Sie hat genau geschildert, wie es passiert ist. Sie hat sich des Mordes schuldig bekannt. Sie *bestand* darauf.«

Maggie hielt inne. Henry konnte ihre weißen Fäuste sehen, die aus den Mantelärmeln hervorlugten und sich um das Geländer krampften.

»Francesca stößt den Jungen also durch eine Lücke, die zu schmal für seinen Körper ist«, sagte er überraschend ruhig, als wäre die Frage nur von wissenschaftlichem Interesse. »Sie *schubst* ihn. Das Kind ist fünf Jahre alt. Kinder sind stark. Verdammt stark.«

Ohne dass er es sah, spürte er, wie sie den Kopf schüttelte und ihre Locken fast sein Gesicht berührten.

»Er nicht. Nicht besonders. Er war auf der ganzen rechten Seite gelähmt, er konnte weder den Arm noch das Bein bewegen. Sie sagte, sie habe ihn auf die rechte Seite getreten, und dann sei er gefallen. Sanftes Nachhelfen nennt man so was.«

Henry rückte plötzlich ein Stück von ihr weg und übergab sich. Sein Magen war leer; die unwillkürliche Anstrengung förderte nur Galle zutage.

»Ich habe vor Gericht mein Bestes für sie getan«, fuhr Maggies unvertraute, feste Stimme fort. »Zumindest konnte ich sie dazu bringen, *einige* der gruseligen Tatsachen wegzulassen. Was bei einem Schuldbekenntnis in einem Mordfall allerdings keine große Rolle spielt. Lebenslänglich, egal, wie alt das Opfer war. Na, wenigstens hängen wir hier niemanden mehr auf.«
Er wollte ihr nicht glauben, und er wünschte sich woanders hin, weg von ihr. Henry setzte sich in Bewegung und ging zum Strand zurück. Dann verschränkte er die Arme und klammerte sich an das tröstliche Leder seiner Jacke. Er sah, wie seine blank gewienerten Schuhe einen Schritt nach dem anderen machten und konzentrierte sich darauf, gleichmäßig und in gerader Linie zu gehen. Trotzdem merkte er, wie er immer schneller wurde. Jeden Augenblick würde er anfangen zu rennen und gegen irgendein Hindernis prallen, es sei denn, er ging bewusst langsamer und sah auf. Von der Straße kam das Geräusch eines Wagens. Dann merkte er, dass sie die ganze Zeit Schritt gehalten hatte. Er hatte große Lust, ihr einen Stoß zu versetzen, sie aus dem Weg zu schlagen und sie stürzen zu hören, doch dann erinnerte er sich vage an die Gewalttätigkeit, von der er gerade erst gehört hatte, und schämte sich über diesen Impuls. Nicht, dass er ihr auch nur ein Wort geglaubt hätte. Henry war auf der Suche nach einer guten Frau gekommen, oder zumindest einer *interessanten* Sünderin, nicht einer Schlampe, die Kinder umbrachte.
Er wehrte sich nicht, als sie nach seinem Arm griff. Sie lächelte, doch er hätte sie am liebsten angespuckt.
»Sie müssen mir nicht glauben, Henry«, sagte sie. »Sie können alles selbst in der Bücherei nachlesen. Sie müssen niemals glauben, was Sie *sehen*. Und dann können Sie nach Hause kommen, wenn Sie mögen.«
Er stand gegen den Laternenmast gelehnt, der Pier lag hinter ihm. Er hatte einen Stein im Schuh.
»Sie werden doch nach Hause kommen, nicht wahr?«
Es klang wie eine Bitte, aber er hatte nicht die leiseste Ahnung,

was sie von ihm erwartete. Henry sah seine Tasche in der Halle stehen, heute oder morgen, auf jeden Fall bald. Er zögerte.

»Ich kann einfach nicht glauben, dass eine Frau wie Francesca so brutal sein soll.«

»Wir haben alle Probleme damit, Mr. Evans. Das spielt aber überhaupt keine Rolle, verstehen Sie? *Sie* glaubt es.«

»Aber ich *kannte* sie«, sagte Henry. »Ich habe sie *geliebt*.«

»Jemanden zu lieben war noch nie eine Garantie dafür, dass der Betroffene ein Ausbund an Tugend ist«, antwortete Maggie bitter. »Nicht mal dann, wenn er sich benimmt wie ein Kind.«

Man darf seine Liebe nicht allzu freigiebig verteilen. Oder auch nur seine Sympathie. Man darf nicht versuchen, jedermann zu helfen, weil man am Ende doch die Hälfte enttäuschen muss. Man muss nicht gut sein, nur loyal, und darauf aufbauen, Stein für Stein.
Habe ich irgendwelche Anhaltspunkte für meine verbrecherische Existenz hinterlassen? Nein. Ich habe alles fein säuberlich eingepackt und an Leute geschickt, die es nicht mal angesehen haben, alles. Das war die Zeit, als ich noch Herr meiner Lage war.
Irgendwie ist es eine Erleichterung, nicht mehr GEBRAUCHT zu werden. Überflüssig zu sein. Ich hielt mich für unentbehrlich. Aber das Gefühl, jede wirkliche Rolle verloren zu haben, regt mich dermaßen auf, dass ich Beruhigungsmittel brauche. Sie sollten mich daran hindern, um diese Zeit auf und ab zu rennen. Stattdessen sollte ich schreiben. Ich hätte sie in meinem anderen Leben gebraucht, um meine Rechthaberei zu unterdrücken, aber wenn sie mich ruhig halten, kann ich vielleicht mehr schreiben. Über alles Mögliche, bloß nicht Harry und T.
Es ist so HEISS hier drin. Ich sehne mich nach Kälte.

FMC

FÜNF

Abgesehen von den Leuten, die ihre Hunde ausführten, war niemand auf der Straße. Doch für Henry sah es eher so aus, als sei es umgekehrt, als zerrten die Hunde ihre unterwürfigen Herrchen ausgetretene Pfade entlang. Die Hunde wirkten wachsam, die Herrchen, als hätten sie auf Autopilot geschaltet. Henry konzentrierte sich auf die Hunde, um die Galle zu unterdrücken, die ihm immer noch im Hals steckte.

Es waren die Hunde, die ihre Besitzer aus den Häusern lockten. Henry merkte, dass er kaum wusste, wie andere Menschen leben. Er müsste eine vierundzwanzigstündige Überwachung ansetzen und sie zu allen Jahreszeiten in regelmäßigen Abständen wiederholen, um auch nur ansatzweise eine Vorstellung von ihren Gewohnheiten zu bekommen, und selbst dann hätte er bloß das Verhalten in der Öffentlichkeit beobachtet, das irgendwie zwar typisch, aber nicht besonders aufschlussreich war. So hätte er vielleicht gelernt, wie man in ein Haus einbricht, nicht aber, was es verbirgt. Im Augenblick konnte er nur sehen, dass die wenigen wetterfesten älteren Leute und Frühausteher von Warbling, die auf dem Weg zum Zeitungskiosk waren, ungefähr dieselbe Schattierung von Grau aufwiesen wie ihre Hunde. Alle machten einen ungepflegten Eindruck. Er fühlte sich missmutig und krank.

»Kaffee?«, schlug Maggie munter vor und griff erneut nach seinem Arm, als gehörte sie zu ihm oder als sei er ein störrisches Haustier. »Schreckliche Brühe, aber wenigstens warm.«

»Wie war nochmal Ihr Name?«

»Hab ich Ihnen schon gesagt. Ich heiße Maggie.« Sie stand da, die Hände in die Hüften gestemmt – ungeduldig, aber nicht ohne Mitgefühl. Und da war wieder dieser ärgerliche Ausdruck, als hätte er sie enttäuscht. »*Per definitionem* nicht mal eine Halbtagsanwältin in dieser Gemeinde und Kollegin von Edward Burns. Stand: frisch geschieden und bewusst obdachlos. Eine Mitbewohnerin von Ihnen, falls Sie es nicht bemerkt haben. Aber Berühmtheit habe ich als Francesca Chisholms Kusine erlangt. Wollen Sie nun diesen widerlichen Kaffee oder nicht? Oder möchten Sie lieber hier Wurzeln schlagen und weiter bleich und interessant aussehen?«

Er nickte.

Ein Etablissement hatte bereits geöffnet. In einem lichteren Augenblick hätte Henry wahrscheinlich »war in Betrieb« gesagt, wenn auch nur gerade so. Ein Hamburger-Restaurant mit beschlagenen Fenstern, die zur Straße zeigten, direkt neben dem Zeitungskiosk, der die Hunde anlockte. Es gab drei Gäste. Sie hatten ihre Nasen in der *Mail*, der *Times* und dem *Express* vergraben. Unter einem Schild mit der Aufschrift HUNDE VERBOTEN traten sie über ein großes, nicht angeleintes Exemplar, das auf der Eingangsstufe lag und traurig durch die Scheibe starrte. Henry setzte sich und spürte die kummervollen Augen des Hundes im Rücken. Maggie kam mit einem Tablett zurück. Als sie ihm gegenüber Platz nahm, fragte er sich, wie er sie je mit Francesca hatte verwechseln können.

»Wo haben Sie den Schal her?«, war alles, was er herausbrachte. Er nippte an dem Kaffee, der noch schlechter war, als sie gesagt hatte, schwach, aber gleichzeitig bitter. Sie betastete die feine, weiche Wolle um ihren Hals mit der unauffälligen Stickerei, die in den Falten verborgen war, und sah ihn überrascht und eine Sekunde sprachlos an.

»Francesca hat ihn mir geschenkt«, antwortete sie hastig. »Sie hatte mehrere davon. Sie waren zu ihrem Markenzeichen geworden. Als Harry noch ein Baby war, wickelte sie ihn in einen –«

»*Harry*? Er hieß *Harry*? Wieso um alles in der Welt hat sie ihn Harry genannt?«

»Keine Ahnung«, sagte Maggie. »Aber ich glaube kaum, dass es die Erinnerung an einen lange verschollenen Freund war. Er kam im Schatten der Burg zur Welt, sie hatte einst in dieser Burg gelebt, und ein König namens Henry hatte sie gebaut, nehme ich an. Außerdem haben wir einen Prinzen Harry ...«
»Oh.« Er kam sich dämlich vor, weil er sich tatsächlich eingebildet hatte, es könne eine noch so winzige Verbindung zwischen diesem toten Kind und ihm selbst geben, irgendeine bescheuerte, sentimentale Erinnerung an seine Existenz, die ihre Namensgebung beeinflusst hatte. Eine lächerliche Vorstellung, die nur von Maggies Bemerkung über Schals ausgelöst worden war. Wenigstens hatte er etwas richtig gemacht, als er Francesca diese Schals schenkte. Offensichtlich hatten sie ihr gefallen und waren zu einem lebenslangen Bestandteil geworden. Wahrscheinlich hätte sie sich über den neuen Schal gefreut. Sie hatte ihr Baby in einen Schal gewickelt, sie hatte es getötet ...
Henrys Hand zitterte um den Rand seines Bechers. Wut. Er war unglaublich wütend auf sie, weil sie ihr eigenes Andenken besudelt hatte. Dann fiel ihm der Rat ein, den der andere Anwalt ihm ungebeten mit auf den Weg gegeben hatte: *Betrachten Sie sie lieber als tot.* Er trank seinen Kaffee in kleinen Schlucken. Es roch nach verbranntem Toast. Auf dem Tresen lag ein riesiges labbriges Weißbrot. Henry schauderte. Im House of Enchantment hatte er das beste Essen bekommen, zwischendurch hatte er mit dem Schlimmsten vorlieb nehmen müssen. Nicht nur seine Psyche war vergiftet.
»Ich kann Sie zur Burg bringen, wenn Sie wollen«, sagte Maggie übertrieben munter. »Sie ist sehr interessant, wenn man sich für so was begeistert. Ich gehe davon aus, dass Sie das tun, sonst wären Sie nicht hier. Ich meine, Sie haben doch nicht den ganzen Weg gemacht, nur um Francesca zu finden, oder? Es muss noch irgendwas anderes an uns geben, ich meine an diesem Ort, das Ihre Neugier erweckt.«
Sie sprach so schnell, dass er Schwierigkeiten hatte, ihr zu fol-

gen. Ihre Stimme war so knapp und mühelos aristokratisch, dass er Lust hatte, sie zu imitieren, so wie er einmal versuchte hatte, Francesca nachzumachen und sie ihn. Er hatte es nie geschafft, Sätze so zu bilden wie sie, Sätze, die nichts offen ließen. Sie hatte nie gesagt, es ist ungefähr so, wenn du weißt, was ich meine … Sie hatte nie gesagt, keine Ahnung, oder, darüber muss ich erst mal nachdenken. Ihre Äußerungen und Beobachtungen waren immer so formuliert, als hätte sie vorher darüber nachgedacht, selbst wenn sie sie später zurücknahm. Damals war ihm ihre klare und sichere Ausdrucksweise archaisch erschienen, aber im Grunde war sie einfach nur flüssig.
»Darf ich Sie was fragen?«
»Na klar.«
»Sie hat mir gesagt, ich meine, Francesca hat mir erzählt, ihr Vater habe sie immer korrigiert, wenn sie beim Abendessen saßen und die Kinder mit der Grammatik durcheinander kamen. Ich meine, er hat wohl schon damit angefangen, als sie drei oder vier waren. Und angeblich ließ er sie Gedichte auswendig lernen. Wissen Sie, ob das stimmt? Mir kommt das ziemlich tyrannisch vor.«
Sie schüttelte den Kopf. Ein loses Haar flog an seinen Augen vorbei und landete auf der Resopalplatte des Tischs. Er starrte darauf und versuchte im Geiste, die Farbe zu bestimmen und gleichzeitig, sich an einige Anekdoten zu erinnern, die Francesca über ihren Vater erzählt hatte. Sie hatten seine Meinung über jenen Mann derart gefärbt, dass er nicht verstanden hatte, warum sie so verzweifelt gewesen war, als man ihr die späte Nachricht vom Tod ihres Vaters überbrachte. Dann erinnerte er sich, wie oft er sich selbst über seinen Vater geärgert und ihn als reaktionären Trottel beschimpft hatte, der sich nur fürs Angeln interessierte und *keine Ahnung* von der Welt hatte. Erst mit der Zeit hatte sich seine Wahrnehmung verändert, und ihm war bewusst geworden, dass sich auch Bewunderung hineinmischte.
»Stimmt das?«, wiederholte er.

Sie zuckte die Achseln. »Ja. Ich war nicht seine Tochter, und außerdem bin ich ein paar Jahre jünger als sie. Ich weiß nur, dass er seine Frau und Tochter ständig verbesserte, ja. Er war pingelig, wenn es um das Protokoll ging, egal welches, sogar am Frühstückstisch, aber er verband es mit einem geradezu unheimlichen Charme. Er bestand auf guten Manieren und *deutlicher* Aussprache, bloß kein Nuscheln. Da war er ungeheuer streng. Sprich in ganzen Sätzen, Kind, dafür sind sie da, du musst darauf achten, dass man dich *versteht*. Davon abgesehen, hat er mir an einem einzigen Nachmittag beigebracht, wie man beim Kartenspielen schummelt oder eine Melodie auf der Blockflöte hinkriegt. Er war ein ziemlich charismatischer Mann, das weiß ich noch, ein Zug, den seine Tochter mit Sicherheit geerbt hat. Aber er hatte nichts Tyrannisches. Er war ein geborener Lehrer, genau wie sie. Er hätte Schweinen das Fliegen beibringen können. Wahrscheinlich hat er das sogar getan.«

Henry löffelte sich Zucker in den Kaffee. Eindeutige Geschmacksverbesserung, dachte er, als hätte er damit irgendeine Verbindung im Hals geschmiert.

»Ich könnte Ihnen alles Mögliche über die Gegend erzählen«, fuhr Maggie fort. »Und über Francescas Familie, wenn Sie wollen. Sie ist hier allgegenwärtig. Da drüben« – sie deutete auf einen dunkelhaarigen Mann, der mit seiner Zeitung da saß – »das ist Neil. Er war mit Angela verheiratet, Francescas bester Freundin.« Sie winkte ihm; er winkte mürrisch zurück. »Er ist nicht besonders gesellig heute Morgen, wahrscheinlich denkt er ans Angeln. Und dann gibt es noch – oh, tut mir Leid, Sie sind ja ganz durcheinander.« Sie nippte genüsslich ihren Kaffee. »Verzeihen Sie, dass ich Ihre Unterhaltung mit Edward Burns gestern belauscht habe, aber Lauschen ist manchmal notwendig.«

»Ja, kann ich mir denken.«

»Es gibt noch so viel zu sehen, bevor Sie wieder abreisen, Henry. Darf ich Sie so nennen? Sie sollten auf der Stelle damit anfangen. Die Burg macht um neun auf. Angela arbeitet dort sonntags morgens, deshalb werden sie uns früh reinlassen, und überhaupt haben Sie jetzt so viel Zucker in sich reingestopft, dass Sie ein Pferd damit auf Trab bringen könnten. Sollen wir los?«

»Warum nicht?« Sie war gebieterisch, aber er wollte nicht allein sein. Alles war besser als das. Allein würde er zusammenbrechen; in Begleitung konnte er zuhören und sein Gleichgewicht wieder finden.

Der Nebel hatte sich in Dunst aufgelöst, und die Sonne steuerte einen wohltuenden, sanften Glanz bei. Das überheizte Hamburger-Restaurant hatte ihnen eine Illusion von Wärme vorgegaukelt, die augenblicklich verflogen war, als sie an die frische Luft kamen. Die Februarsonne strahlte noch ohne Kraft, es war nur ein trügerischer Vorgeschmack auf den Frühling.

»Wir können fahren oder zu Fuß gehen«, sagte Maggie. »Ich bin mit dem Wagen da, aber normalerweise gehe ich überallhin zu Fuß.«

»Wie die meisten Leute hier, schätze ich.«

»Kommt Ihnen das komisch vor?«

»Nein. Doch. Nicht komischer als alles andere auch. Ich meine, es *ist* komisch, aber es fühlt sich nicht so an«, sagte Henry in Gedanken an die tägliche Routine, die er zu Hause zurückgelassen hatte. Morgens ins Auto, abends im Auto nach Hause, und dann die Angst, wenn er im Stau stand. Seit Tagen hatte er nicht mehr am Steuer gesessen, und es gefiel ihm, nicht darüber nachdenken zu müssen. Er war nicht in der Lage, sich zu beeilen, so wie er am Tag zuvor nicht hatte rennen können. Er warf einen Blick auf Maggie, die links von ihm an der Außenseite des Bürgersteigs ging, als wollte sie ihn beschützen, und ihr Tempo drosselte, um sich dem seinen anzupassen. Normalerweise wäre er derjenige gewesen, der flink und präzise war, jetzt aber fühlte er sich belastet von einem grässlichen Wissen.

»Am leichtesten erreicht man die Burg über den Strand«, sagte

sie. Er folgte ihr die Stufen hinunter. Der Strand fiel steil ab; das Meer war nah und ruhig. Jetzt gingen sie noch langsamer. Der mühsame Marsch über die losen Steine war für Henry wie eine Strafübung. Bei jedem Tritt gab die Oberfläche knirschend nach; es hörte sich an, als verspeiste jemand Cornflakes zum Frühstück. Es war ein befriedigendes Geräusch, denn es markierte ihr stetiges Vorankommen. Schneller ging es nicht. Er blieb stehen, bückte sich nach einem Kieselstein und warf ihn über das Wasser. Sie folgte seinem Beispiel: Ihrer flog weiter. Henry suchte sich einen größeren, flacheren Stein und warf ihn. Diesmal ließ er den ihren hinter sich und verschwand mit einem hörbaren PLOP, was ihn ermutigte, weiterzumachen. Sie tat es ihm nach. Schließlich warfen sie zusammen, und die Steine fielen fast gleichzeitig an der gleichen Stelle ins Wasser.
»Unentschieden«, sagte sie ein wenig atemlos und kletterte den Abhang hoch, den sie heruntergerutscht waren.
»Jetzt sind wir quitt«, antwortete er. *Knirsch, knirsch, knirsch.* Das werde ich jetzt immer machen, wenn ich müde bin, dachte Henry. Zum Meer hinuntergehen und Kieselsteine werfen. Eine sinnlose, therapeutische Beschäftigung; man müsste ein Medikament entwickeln, das genauso wirkt.
»So richtig leise kann man sich der Burg aber nicht nähern, wie?«, fragte er über den Lärm ihrer Schritte hinweg. »Wie könnten Angreifer nah genug herankommen, um sie zu überraschen? Man würde sie doch sofort hören.«
»Und sehen.«
»Wenn ich der Feind wäre«, antwortete Henry, »würde ich die verdammte Burg links liegen lassen, meine Jungs ein bisschen weiter unten an der Küste absetzen und dann von hinten angreifen.«
»Und wie würden sie hineinkommen?«
»Dafür gibt es Schmiergelder.«
»Wissen Sie was, Henry? Sie reden wie eine Frau.«
Sie gingen um die massive Außenmauer herum, die so niedrig war, dass sie über den zwanzig Meter breiten Streifen Winter-

gras blicken konnten, der sie vom Hauptgebäude der Burg trennte. Die Burganlage begann weit unter ihnen, unterhalb der Meeresoberfläche, und es sah aus, als hätte man sie aus der Erde gegraben, als sei sie als vollständiges Gebäude, so wie sie jetzt war, entdeckt worden. Henry blieb stehen, um einen Stein aus dem Schuh zu schütteln, und als er wieder aufsah, erschienen ihm die graugrünen Mauern der Bastion höher und dunkler als zuvor. Der Lauf einer schwarzen Kanone lugte über eine schmucklose Brustwehr hinweg neugierig auf ihn herab, die Mündung war rot gefärbt. Sie sah aus wie ein Spielzeug, das sorgfältig in eine Kulisse platziert worden war und nur darauf wartete, dass jemand kam, um damit zu spielen. Die hölzerne Zugbrücke war malerisch, und das große, mit Nägeln beschlagene Eichentor beinahe schön unter dem mit roten Ziegelsteinen verzierten gewölbten Vordach. Maggie zeigte auf die Löcher in der gelben Steinfassade darüber.

»Die dienen dazu, den Angreifern kochendes Öl auf den Kopf zu schütten, wenn sie so weit vorgedrungen sind. Hat sie Ihnen erzählt, dass sie hier gewohnt hat?«

»Ja.«

»Es stimmt.«

Und dann wurde sie zur Mörderin, dachte Henry, und versuchte, den Gedanken zu verscheuchen. Maggie trat gegen das Tor, als gehörte die Burg ihr. Wie als Antwort auf ihren Befehl öffnete sich jetzt der rechte Flügel ganz langsam nach außen, als würde er aufgedrückt. Nicht ganz, nur so weit, dass ein Kind hindurchpasste. Es war das hübscheste kleine Mädchen, das er je gesehen hatte, mit einem so klassisch mittelalterlichen Gesicht, dass er, angesichts des Ambientes, schockiert war. Die Haut war weiß und der Mund so rot, dass er hätte geschminkt sein können. Sie hatte riesige furchtlose Augen, die ihn feindselig musterten, und kastanienrote Locken, die eine dichte Masse um ihren feinen Kopf bildeten. Dazu trug sie schwarze Turnschuhe, Leggings und eine schwarze Bomberjacke. Alles in allem ein elegantes Outfit, das sie mehr wie eine kleine Er-

wachsene wirken ließ. Stimme und Schmollmund aber waren typisch für eine Zehnjährige.
»Hallo, Tanny. Was machst du denn hier?« Maggies Stimme klang warm.
»Ich mache das Tor auf«, antwortete das Mädchen sachlich. »Ich habe Dienst, zusammen mit Mummy. Nur bis Neil kommt, aber vielleicht bleibe ich auch den ganzen Tag, Mummy fährt zu Onkel Joe …«
»Dürfen wir reinkommen?«
»Okay.«
Noch eine abweisende Tür, dann ein freundlicher Laden, in den warme Sonnenstrahlen durch ein tief in die Wand eingelassenen Fenster eindrangen. Hinter der Theke stand eine Frau mit kastanienroten Locken. Sie war dabei, Wasser für den Tee zu kochen und sah jetzt auf, ohne zu lächeln.
»Ach, du Sch – … Maggie! Was machst du denn hier?«
Den Kraftausdruck schluckte sie herunter. Nicht vor den Kindern. Dabei sah Tanya nicht aus, als wäre das neu für sie. Sie grinste zustimmend. Henry ließ sich von Kindern leicht einwickeln und fand sie hinreißend. Die Kleine platzte vor angestauter Energie, von Kopf bis Fuß ein Kind trotz ihres modebewussten Outfits. Das Mädchen musterte sie abwechselnd, als wollte es herauskriegen, wer von beiden ihr mehr Aufmerksamkeit schenken würde.
»Ich bringe dir einen frühen Touristen«, sagte Maggie und redete schon wieder zu schnell. »Angela, das ist Henry Evans, unser amerikanischer Gast, von dem ich dir gestern erzählt habe. Henry, das ist Angela Hulme, und das ist ihre Tochter Tanya.«
»Hallo.« Angelas Gruß war flüchtig. Sie kam Henry nicht gerade vor wie ein glücklicher Mensch.
»Ich will raus. Ich will *raus*«, quengelte Tanya und hüpfte von einem Bein aufs andere.
»Also, bisher habe ich weder die Bänder rausgesucht noch das Licht angeschaltet. Es ist noch viel zu früh für einen richtigen

Rundgang. Was zum Teufel denkst du dir dabei, Maggie? Vermutlich lässt dich dieser Idiot von Neil machen, was du willst.«

»Hören Sie, es tut mir Leid«, sagte Henry und hob entschuldigend die Arme. »Das ist vermutlich meine Schuld.«

»Vielleicht könnte Tanya Henry die Kanonen zeigen«, fiel Maggie ihm sanft ins Wort. »Und Mummy kann ihren Tee zu Ende kochen.«

»Au ja«, kreischte Tanya. »Ja, ja, ja, ja!« Angela warf Maggie einen giftigen Blick zu. Ihr Haar glänzte tizianrot in der Sonne und ließ ihre kantigen Züge noch härter erscheinen. Henry wollte weg von hier. Er mochte Kinder, obwohl er sich in ihrer Gegenwart immer so ungeschickt vorkam, dass er sich nicht aktiv um sie bemühte, aber alles war besser, als Frauen dabei zuzusehen, wie sie einen Streit unterdrückten. Es gab ihm das Gefühl, dass die Wände des Raums sich zusammenzogen, dagegen musste er etwas unternehmen. Er zog einen imaginären Hut und verbeugte sich schwungvoll bis zum Boden.

»Würde Mademoiselle vorangehen?« Sie lachte, hob anmutig einen imaginären Rock, stellte den linken Fuß hinter den rechten und versank wie eine Hofdame in einem eleganten Hofknicks.

»Das habe ich für das Scheißstück in der Schule gelernt. Na los, komm. Ich kann über die Kanonen springen.«

»Du sollst nicht solche Ausdrücke benutzen! Und lassen Sie sie ja nicht –« Aber da waren sie schon draußen und gingen durch den angrenzenden Hof. Das Mädchen lief vor ihm her und flitzte die Stufen hoch, während er vorsichtig folgte und vor Erleichterung langsam und gleichmäßig atmete. Die Stufen waren grün und feucht, aber sie war sicher auf den Beinen, im Gegensatz zu ihm. »Komm«, kreischte sie. »Na los, *komm* schon!« Dann erreichten sie die Plattform der südöstlichen Bastion mit Blick über das Meer, die von einer schulterhohen Mauer gesäumt war. Henry stellte den Fuß in eine Lücke im Stein, zog sich hoch und beugte sich ein wenig über die Mauer, um zu erkunden, was es dort zu sehen gab. Der obere Teil der

Mauer war so breit, dass sein Arm nicht bis zum anderen Ende der bepflasterten Oberfläche reichte. Außerdem senkte sie sich ein wenig nach außen ab und fühlte sich leicht glitschig an. Himmel und Meer erfüllten sein Blickfeld, doch als er nach unten blickte, erschien ihm der Grund des ehemaligen Wassergrabens wirklich enorm tief. Henry zog sich hastig zurück.

Das Mädchen, dessen Name ihm schon wieder entfallen war, obwohl ihn ihr Gesicht faszinierte, würde ihm ganz offensichtlich nicht als Fremdenführer dienen und schien seine Existenz vergessen zu haben, außer als Zuschauer, und das war ihm nicht Unrecht. In der nächsten Bastion stand eine Kanone auf einem steinernen Sockel. Sie lief darauf zu, kletterte hinauf und kroch über den Mechanismus bis zum Hals. Dann beugte sie sich vor, klammerte sich mit Armen und Beinen um den Lauf und bewegte sich langsam, Zentimeter für Zentimeter auf die Mündung zu. Dort ließ sie die Beine baumeln und hielt sich nur noch mit den Armen fest, während der schmale Körper sich streckte und die Zehen anderthalb Meter über dem Boden baumelten. Am Ende sprang sie herunter, lief um die Kanone herum und fing wieder von vorn an. Es war, als beobachtete man einen gelenkigen Affen bei einer horizontalen Klettertour, doch als sie diesmal die Mündung erreichte, verschränkte sie beide Beine um den Lauf und schwang den Oberkörper nach unten, so dass ihr loses Haar und die ausgestreckten Arme über dem Boden baumelten. Sie wirkte trügerisch hilflos, bis sie sich wieder aufrichtete, das Metall umfasste und genauso elegant wie vorher absprang. Henry ging ein wenig nervös auf sie zu, klatschte ihr jedoch anerkennend Applaus.

»Das ist großartig, junge Dame, aber jetzt reicht es, okay?«

Er wollte sie an der Schulter berühren, um sie vielleicht ein wenig zu bändigen, aber schon war sie weggesprungen und weitergelaufen. Er sah, wie sie auf die Mauer kletterte. Sie stand auf der leicht geneigten Oberfläche, streckte beide Arme aus, um das Gleichgewicht zu halten, und begann, sie entlang zu hüpfen. *Um Gottes willen!* Henry wäre am liebsten hingerannt, hätte sie an den Fußknöcheln gepackt und festgehalten, aber er konnte nur zusehen. Sie hüpfte graziös, als existierte für sie weder Höhe noch Gefahr, und ihre Bewegungen wurden immer schneller. Er stellte sich vor, wie ihr kleiner, biegsamer Körper auf der anderen Seite in den Abgrund stürzte, erinnerte sich an die abscheulichen Dinge, die er gerade über einen Jungen namens Harry gehört hatte, stellte sich vor, wie sie auf dem Weg nach unten schrie und schloss eine volle Sekunde die Augen. Als er sie wieder aufschlug, war sie verschwunden. Blind stolperte er vorwärts, und wieder saß ihm die Galle im Hals. Er hielt sich die Hand vor den Mund, um nicht zu würgen. Er merkte, wie er schrie *Wo bist du?*, ohne zu wissen, ob die Worte tatsächlich aus seinem Mund kamen. Am liebsten hätte er *Daddy, hilf mir!* gerufen, ein halb vergessener Hilfeschrei aus seiner Kindheit. Er fing an zu rennen, an den anderen beiden Kanonen vorbei, die wie stumme Wächter dastanden und ins Leere zeigten. Auf der Suche nach Halt scharrte sein Schuh verzweifelt an der Mauer. Er versuchte, sich hinaufzuschwingen, um hinüberzuschauen, doch die spitzen Steine schrammten ihm die Hände auf, und zweimal fiel er zurück. Dann spürte er, wie ihm die Tränen kamen. Er glaubte ein Wimmern zu hören, wusste aber, dass es sein eigenes war, und wandte sich verzweifelt von der Mauer ab. Was hatte das für einen Sinn? *Hilfe. HILFE!* Aus dem Blickwinkel sah er die Kanone und eine verstohlene Bewegung dahinter. Er drehte sich wieder zu der Mauer um. Dann hörte er leise schnelle Schritte von hinten, das Kind schlang die Arme um seine Taille und lachte. »Reingelegt!«, schrie sie. »Ich hab dich ganz schön reingelegt, stimmt's?«

Henry löste ihre Hände, drehte sich zu ihr um und zog sie an sich. Sie wehrte sich kurz, als gefiele ihr die Nähe nicht. Sie wusste nicht, dass er sie lediglich aus einer Mischung von Erleichterung und Angst festhielt. Hätte er die Hände frei gehabt, hätte er sie womöglich aus schierer Wut geschlagen, deshalb hielt er sie weiter umschlungen, während sie sich wand wie ein

Aal. Dann gab sie nach. Ihre Arme schlangen sich um seinen Hals, ihr sauber duftendes Haar kitzelte sein Gesicht, und sie seufzte leise gegen seine Schulter. Henry verschränkte die Arme hinter ihrem Rücken. Er würde sie nicht loslassen, bis er sie wieder bei ihrer Mutter abgeliefert hatte, und als das heftige Schlagen seines Herzens nachließ, gefiel ihm die Umarmung und die Tatsache, dass der kleine Racker seine kalte Wange gegen die seine presste und ihm ins Ohr sang, als sei er alles, was zählte. Als könnte er ihre Welt beschützen, während sie ihr Bestes tat, um sie zu gefährden. So verharrten sie eine Weile. Sie summte ein unmelodisches Lied, das er nicht erkannte.

»Es wird zu kalt hier oben«, murmelte er schließlich. »Und weißt du was, Schätzchen, du solltest wirklich nicht auf die Mauer klettern. Es geht ziemlich steil da runter.«
Sie schob ihn zurück und legte die Hände auf seine Schultern, um ihn genauer zu mustern. Ihr Lächeln war umwerfend. Er empfand es wie einen Segen, es rührte ihn zu Tränen.
»Warum nicht? Neil lässt mich.«
»Wer ist Neil? Ach, *der* Neil.«
»Er ist so was wie mein Daddy. Er lässt mich spielen.«
Vielleicht wünscht er dir ja den Tod, dachte Henry. Jetzt gingen sie Hand in Hand, brav und ruhig. Er empfand ein absurdes Bedürfnis, sie zu beschützen und fühlte sich auf eigentümliche Art privilegiert.
»… Und Francesca ließ mich auch, als ich noch klein war, weißt du« – ein weiser Tonfall hatte sich in ihre Stimme geschlichen; sie erinnerte ihn an eine alte Frau, die von einer völlig anderen Zeit spricht –, »aber nur, wenn ich ein Seil um den Bauch gebunden habe und sie das andere Ende festhielt und die ganze Zeit aufgepasst hat. Cesca war so was wie meine Mummy, aber jetzt ist sie für lange Zeit weggegangen. Neil sagt, sie wird mir eines Tages ihr ganzes Geld vermachen. Ist doch scheißegal, findest du nicht?«
Er spürte, wie sein Blutdruck wieder stieg. Er drückte ihre

Hand, blieb stehen und sah sie aufmerksam an. Sie begann, übertrieben sorgfältig ihre Schuhe zu säubern, sie auf Flecken zu untersuchen und mit dem Ärmel abzuwischen. »Warum hat sie sich denn die Mühe mit dem Seil gemacht?«, fragte er beiläufig. »So wie du auf den Kanonen rumturnst, kannst du doch bestimmt auch die Mauer entlanglaufen, ohne runterzufallen, oder?«
Tanya zog die Nase kraus und zuckte die Achseln, ohne seine Hand loszulassen. Er spürte die ihre, sie war klein, kühl und vertrauensvoll. Er versuchte sich zu erinnern, in welchem Alter Kinder anfangen zu schwitzen. Es war noch zu früh.
»Sie sagte, nur ein Trottel würde von der Mauer in den Graben fallen. Ich könnte mir von ihr aus gern Arme und Beine brechen, aber nicht aus Dummheit. Mutig zu sein ist prima, hat sie immer gesagt, aber dumm zu sein nicht.«
Er konnte diese Sätze und ihre autoritäre Stimme förmlich hören. Tanya zog die Konsonanten in die Länge, um den Stimmfall nachzumachen. Auf der Brustwehr war es kälter, sie gingen langsamer. Er steckte ihre Hand in seine Tasche.
»Warum läufst du denn so gern über die Mauern?« Sie wühlte in seiner Tasche und stieß auf Gold. Schokolade! Er hatte keine Ahnung, wie sie dorthin gelangt war, konnte sich nicht im Geringsten an ihre Existenz erinnern. Sie hielt sie in die Luft, tat so, als gehörte sie ihr, steckte sie in die eigene Tasche und legte dann zu seiner Erleichterung ihre Hand wieder in die seine.
»Freut mich sehr, dass du sie gefunden hast«, sagte er im Plauderton. »Sie gehört ganz eindeutig dir, weil du so clever bist, was? Aber ich hatte dich gefragt, warum du so gern auf den Mauern herumhüpfst und mir einen Heidenschreck einjagst. Ich meine, warum?«
»Weil ich es *kann*. Deshalb. Sie konnte es auch, als sie noch klein war.«
»Okay.«
»'Cesca hat immer behauptet, ›okay‹ sagen heißt nachlässig mit Sprache umgehen«, setzte sie hinzu. »Ich sag' das nicht mehr.«

»Okay«, wiederholte er. »Das ist ihre Meinung. Du musst ihrem Beispiel nicht folgen. Für mich wäre das ganz okay.«

»Du bist okay«, sagte sie, und Henry fühlte sich angenehm geschmeichelt.

Sie waren einmal um alle Brustwehren gegangen, und er hatte eigentlich nicht viel wahrgenommen, außer dass sich, nachdem sie noch ein paar Kanonen auf der dem Meer zugewandten Seite passiert hatten, hinsichtlich der Einrichtung oder der Szenerie nicht mehr viel änderte und sie fast wieder da angekommen waren, wo sie losgegangen waren, nur ein bisschen höher. Seine Begleiterin hatte genug von diesem und jenem, plauderte noch mehr als vorher und führte ihn zurück zu der verglasten Tür mit der Aufschrift ANDENKEN/AUSGANG. Dahinter hörte man den durchdringenden Klang zweier Stimmen, die schnell und ärgerlich miteinander sprachen, ohne zu schreien. Sie waren so schrill, dass sie eine Wand hätten durchdringen können. Extrem widerwillig ließ er Tanyas Hand los und verzieh ihr den Schrecken, den sie ihm eingejagt hatte. Sie war ein hübsches Kind. Er wäre in den Graben gesprungen, um sie aufzufangen, wenn es nötig gewesen wäre.

Als sie den Laden betraten, veränderte sich die Temperatur von einer auf die andere Sekunde, aber mittlerweile begann er sich daran zu gewöhnen. In merkwürdiger Übereinstimmung hatten beide angefangen zu husten, als sie die Treppen hinabstiegen. Daraufhin war Schweigen eingekehrt. Maggie und Angela begrüßten sie mit einem angestrengten Lächeln. Henry musste an die Leute denken, die er am Strand gesehen hatte, als sie auf die Rückkehr ihrer Hunde warteten, um sie wieder an die Leine nehmen zu können.

»Hallo«, sagte Maggie. »War es schön? Wir haben Tee getrunken. Leider ist er schon alle.«

Angela bückte sich hinter die Theke und suchte nach etwas. Tanya, die Henrys Hand losgelassen hatte, wirkte verwirrt. Henry wandte sich zu Maggie.

»Ich glaube, ich habe gerade eine Ahnung davon bekommen, was es heißt, Kinder zu haben«, sagte er. »Aber ich weiß nicht, ob es mir gefällt. Es muss so ähnlich sein wie ein in die Länge gezogener Herzanfall.« Maggie lächelte schwach. Sein Blick wanderte über die Regale und heuchelte Interesse. Dann fiel er auf runde Schokoladentaler, die wie eine Rolle Münzen in weißes Papier verpackt waren. Er erinnerte sich daran, wie sie sich in seiner Tasche angefühlt hatten, bevor sie sie in die ihre transferiert hatte, aber er konnte sich nicht erinnern, dass er sie gekauft hatte. Das arme Kind hatte sie geklaut, und er empfand große Bewunderung für ihre Geschicklichkeit. Er tastete in seiner Tasche nach Kleingeld. »Ich glaube, ich schulde Ihnen …«

»Mummy!«, rief Tanya schrill dazwischen. »Mummy! Er hat mich umarmt und Schätzchen und Süße zu mir gesagt und mir Schokolade geschenkt, und er wird bald wiederkommen, nicht wahr, Mummy?«

Jetzt herrschte vollkommenes Schweigen.

Angela tauchte hinter ihrer Theke auf. Ihr Gesicht war weiß. »Er hat *was*?«

Maggie zupfte Henry am Ärmel. Mit der anderen Hand griff sie nach dem Stapel Touristenprospekte, stopfte einen in ihre Innentasche und sagte:

»Ich glaube, wir sollten jetzt lieber aufbrechen, oder, Henry?«

»Mr. Evans kann ein andermal wiederkommen«, sagte Angela mit zusammengepressten Lippen. »Es gibt noch vieles hier, das er sich ansehen könnte. Zum Beispiel das alte Stadtgefängnis. Vielleicht sollte er dort einziehen.«

Die Sonne hatte den Dunst vertrieben. Der Verkehr hatte zugenommen. Henry hörte das Läuten der Kirchenglocken. Maggie und er gingen schweigend zurück zum Strand. Er wollte den Kies unter den Füßen spüren. Sie setzten sich auf eine Bank und blickten aufs Meer.

»Haben Sie Kinder, Henry?«

»Nein. Ich habe es nie geschafft, lange genug mit der richtigen

Frau zusammenzubleiben. Oder die richtigen Fragen zu stellen. Sie?«

»Nein. Und ich weiß auch nie so ganz genau, was ich mit ihnen anstellen soll. Besonders mit diesem.«

»Es ist ein ungewöhnliches Kind. Ich kann verstehen, dass die Mutter so ängstlich ist.«

Maggie nahm den Schal ab und faltete ihn sorgfältig zusammen. Es war etwas wärmer, und der Hauch von Frühling schien weniger trügerisch. Sie deutete auf den Horizont. »Schauen Sie«, sagte sie. »Man kann Frankreich sehen. Das heißt, es wird regnen.« Ihre Stimme klang traurig, mit einem Anflug von Resignation.

Er wartete. Henry hatte die Gabe, abwarten zu können, bis die Informationen von selbst kamen. Er hatte in Vorlesungssälen, auf Wissenschaftler, Geschäftsleute und verwirrte Schüler gewartet; er war ein geduldiger Verwerter von Informationen und ein guter Zuhörer.

»Tanya war Francescas Schützling«, erklärte Maggie und strich den Schal glatt. »Sie wurde von Neil und Angela adoptiert. Francesca kannte die beiden natürlich, machte ihnen Mut, und schließlich bekamen sie dieses Kind, das niemand haben wollte. Sie war kein Baby, sondern eine auffallend hübsche Fünfjährige mit schrecklicher Vergangenheit. Missbrauch und so weiter. Ein extrem verletzliches Kind. Angela und Neil trennten sich wenig später. Francesca übernahm eine Menge Verantwortung, obgleich Harry noch ein Baby war, als Tanya kam. Ich vermute, dass Angela und sie noch engere Freundinnen wurden, nachdem Francescas Mann sich verdrückt hatte.«

»Warum ist er gegangen?«

»Wer weiß? Es war eine schwierige Schwangerschaft, vermutlich fühlte er sich vernachlässigt. Francesca hatte immer alle Zeit der Welt für andere gehabt. Er war nicht der Einzige, der ihre Schwangerschaft als Störung empfand.«

»Idiot«, sagte Henry heftig.

»Sind sie das nicht alle?«

Maggie fand eine Packung Zigaretten und hielt sie ihm hin. Henry nahm gedankenverloren eine und ließ sich Feuer geben. Ein bisschen mehr oder weniger Gift, um die Unterhaltung zu erleichtern, spielte jetzt auch keine Rolle mehr. Er hatte heute Morgen seine Vitamine vergessen. Das Nikotin benebelte ihn, aber selbst wenn die neue Umgebung seine sozialen Gewohnheiten auf den Kopf stellte, wusste er, dass es wichtig war, die Zigarette anzunehmen.

»Also. Francesca ist Ende Dreißig. Sie hat einen Job und ein kränkliches Kind und kümmert sich obendrein noch um ein verletzliches wie Tanya? Wollte sie sich unbedingt bestrafen oder was?«

»Francesca hatte enorm viel Energie und noch mehr Charakter. Ihr Vater war Burgverwalter gewesen. Sie hatte tatsächlich in einer Festung gelebt; sie war dazu bestimmt, sich um andere zu kümmern und ihre eigenen Gefühle zu verbergen. Sie *wirkte* ungeheuer kompetent und zäh. Aber sie war es nicht, verstehen Sie? Sie war es einfach nicht. Irgendetwas in ihr ging immer mehr kaputt.«

»Dann hätte sie damit rausrücken und zugeben müssen, dass sie es nicht schafft«, erklärte Henry ärgerlich, trat die Zigaretten aus und zerdrückte sie mit dem Schuhabsatz. Er meinte etwas anderes. Sie hätte mich BITTEN sollen, bei ihr zu bleiben und nicht wegzufahren. Sie hätte sich darauf verlassen sollen, dass ich der Ältere bin. Sie hätte sagen müssen, dass sie Angst hatte. Nicht: *Du musst tun, was du für richtig hältst, Henry,* sondern: *Ich brauche dich.*

»Ja, das hätte sie«, sagte Maggie.

Ein Hund blieb stehen, um an der Bank zu schnüffeln. Auch der Besitzer blieb stehen. Die Rangordnung war offensichtlich: Einer führte, der andere folgte.

»Ich könnte Francesca fragen, ob sie Sie sehen möchte.«

»Nein.«

Sie stand auf und warf sich die Handtasche über die Schulter. Aus der Innentasche ihres Mantels fischte sie die Touristenprospekte und warf sie ihm zu. »Dann widmen Sie sich wenigstens den Sehenswürdigkeiten. Versuchen Sie das städtische Gefängnis, wie Angela gesagt hat. Dann sehen Sie, was für brutale Barbaren wir sind. Harrys Krankheit war wirklich schlimm. Zu anderen Zeiten hätte man ihn von der Burgmauer gestoßen. Vielleicht hatte sie einen Grund.«

Henry ging weiter. Zuerst über den Kiesstrand, weg von der Stadt, bis er sich umdrehte und sah, dass die Umrisse der Burg im erneut zunehmenden Dunst verschwanden. Er ging und beobachtete seine Füße, die mit sattem Knirschen über die Kieselsteine schlurften, bis seine Beine glühend heiß waren und die Schuhe seine Füße nicht länger schützten. Die Steine wurden größer, die Küste steiler, und zuweilen war er von allen Seiten von Felsen umgeben, so dass er weder das Meer noch das Land sehen konnte. Es passte zu seiner Stimmung. Er war an einer unordentlichen Reihe von Fischerbooten vorbeigekommen, die mit ihren schweren Rümpfen und klobigen Formen zum Segeln gänzlich ungeeignet erschienen. Er war stehen geblieben und hatte zugesehen, wie eine Gruppe von Männern ein Boot auf den Strand zog, das ächzte wie ein halb toter Wal. Etwas weiter entdeckte er einen Spielplatz, hörte das hohe Kreischen der Kinder auf den Schaukeln und ging rasch weiter. Eine Mutter würde zwischen Freuden- und Schmerzensschreien wahrscheinlich unterscheiden können. Und dann war auch die Straße, die am Strand entlangführte, plötzlich verschwunden. Die Küste fiel hier so steil ab, dass die Aussicht, zum Auto zurückklettern zu müssen, nicht gerade verlockend war. Jetzt konnte er sich endlich vorstellen, ganz allein zu sein. Der Küstenweg oberhalb des Strandes führte durch ebenes Land, das mit vereinzelten, vom Wind abgeflachten Sträuchern und kleinen Kiefern gesprenkelt war. Außerhalb des Stadtgebiets wirkte die Gegend düster; sie hatte nichts Grünes oder Tröstliches an sich. Eine Meile weiter erhob sich das flache Land zu einer Klippe, die sich um eine kleine Bucht wand und drohend über ihr hing. Der Pfad brach plötzlich ab. In der Bucht hallte der unheimliche Lärm eines Luftkissenboots wider, das sich auf dem Weg nach Frankreich befand; es war ein seltsames, diffuses Dröhnen, das er am gestrigen Morgen schon aus der Ferne gehört hatte. Es erfüllte das Meer bis zum Horizont. Er wünschte, er wäre auf diesem verdammten Schiff, Luftkissen hin oder her. Er wünschte, er hätte diesen Küstenstreifen nie gesehen oder mit der Romantik verbrämt, die sie in ihren Beschreibungen heraufbeschworen hatte. *Man kann meilenweit sehen, man kann sogar ein anderes Land erkennen*. Ja. Aber nur, wenn man in einer Burg lebte, die dazu bestimmt war, die armen Kerle abzuknallen, die hinein wollten. Henry machte kehrt und ging zurück nach Hause. Der verdammte schwarze Köter war ihm schon wieder gefolgt. Er schrie ihn an, und als er sich verdrückte, tat es ihm Leid.

Nach Hause. Er musste aufhören, das zu sagen. Er klingelte, murmelte einen Gruß und ging in sein Zimmer. Er wollte keine Gesellschaft. Oben hievte er die Tasche aufs Bett und machte Inventur: Pass, Reiseschecks, Tickets, der Name seines Ansprechpartners bei Fergusons, Tagebuch. Weiß denn keiner von den Leuten hier, wie wichtig ich bin? Das Licht im Raum nahm ab. Die auf dem schönen Seidenüberwurf verstreuten Dokumente taugten offensichtlich nicht dazu, seine Identität und den Zweck seines Hierseins überzeugend zu erklären. Sie waren so klein. Er hatte das Bedürfnis, einen Blick auf das Meer zu werfen, das so dunstig und so absolut grenzenlos wirkte, dass es beinahe abstoßend war. Außerdem war die Sonne weiter gewandert, weg vom Meer. Sie schien jetzt durch das Fenster gegenüber seiner offenen Tür. Das Schiebefenster ließ sich ohne Schwierigkeiten öffnen. Er stützte die Ellbogen auf das Fenstersims und beugte sich hinaus.

Hier gab es schiefe, rot gefärbte Dächer in einem Dutzend verschiedener Formen, Schornsteine, große und kleine, aus denen

Rauchfahnen stiegen. Nichts von dem, was er sah, war einheitlich. Er konnte die abgenutzten, vom Alter verzogenen Dachziegel sehen, glänzende Fensterscheiben, ein Durcheinander von warmen Farben und tausend verschiedene Eingänge für Mary Poppins. Er sah die weiß getünchten Mauern und den abgerundeten Giebel des gegenüberliegenden Hauses und die kleine Gasse dazwischen. Dann hörte er das Plätschern von Wasser und sah in den Garten des House of Enchantment hinunter.

Tropisch. Eine wirre Masse von Laub, irgendwelche komischen Dinger mit Blumen, ein großer knospender Busch mit winzigen weißen Blüten. Ein kleiner Teich an einer Seite, in dem sich die Sonne spiegelte, und Wasser, das aus einem Terrakotta-Mund in einen klaren Springbrunnen strömte. Ein Pfad aus alten Ziegelsteinen schlängelte sich hindurch, überall wuchs Unkraut zwischen den Steinen, prächtige immergrüne Büsche, die die Beete, aus denen sie gesprossen waren, vollkommen verdeckten, und leuchtendes Enzianblau in einem Steingarten mit Alpenblüten neben dem Teich. Ein weiterer Pfad führte zu einer überwucherten Pergola vor einer kleinen Holzbank für zwei, und selbst sie sah aus, als sei sie da gewachsen, wo sie jetzt stand. Aus solcher Höhe war es der Inbegriff der Vollkommenheit mit nur einem einzigen Schönheitsfehler. Henry sah, wie sich Tim, mit einem Overall bekleidet, in ein Spielzeughaus für Kinder bückte, das mitten im Garten stand, bis nur noch sein Hinterteil herausschaute. Das Plastikhaus war zitronengelb, hatte rosa Fensterläden, ein grünes Dach und eine königsblaue Tür. Es wirkte so hässlich und fehl am Platz wie eine Warze auf einem sorgfältig manikürten Finger und widersprach sämtlichen Regeln des guten Geschmacks. Tim kniete davor und fegte es aus. Henry vergaß alles andere, lief die Treppe hinunter, durch die Küche und zur Hintertür hinaus. Dort stand Peter und füllte Körbe mit Holz für die Kamine.

Von hier war der Garten noch beeindruckender. Der relativ hässliche Geräteschuppen und der Kompostbehälter wurden von der Pergola verdeckt. Der Garten war größer, als er von oben gewirkt hatte; Henry konnte das Ende nicht sehen, und selbst in der Trostlosigkeit des Winters gab es hier einzelne Farbtupfer.

»Das ist *großartig.*« Henry hatte eine Leidenschaft für Gärten, las viel über sie, studierte sie und träumte davon, eines Tages etwas zu schaffen, das sich von seiner langweiligen Rasenfläche zu Hause unterschied.

»Das haben wir selbst gemacht«, erklärte Tim. »Alles erbettelt oder wieder verwertet, wissen Sie. Die Ziegelsteine stammen aus einer abgerissenen Mauer, das war echte Schwerarbeit, die meisten Pflanzen haben wir selbst gezogen, und sogar den Teich haben wir angelegt. Wir sind sehr dankbar für das, was andere Leute wegwerfen.«

»Und was ist *das*?« Henry deutete mit zitterndem Finger auf das hässliche Spielzeughaus mit den künstlichen Rosa- und Blautönen. Tim war fertig mit dem Fegen und Reinigen und betrachtete zufrieden sein Werk. Das Plastikhäuschen war verdächtig sauber und hatte nichts von der Traurigkeit anderer Sommergegenstände, die in der Kälte vergessen worden waren. Es sah aus, als könnte man jederzeit einziehen. »Ah, ich verstehe«, sagte er, erleichtert, als der Hund kam und am Eingang des Hauses schnüffelte. »Es ist Sentas Hütte, nicht wahr?«

»Lieber Himmel, nein. Sie darf es nur mit besonderer Genehmigung betreten.« Die beiden Männer warfen sich einen Blick zu, als suchten sie nach einer passenden Erklärung, die ihn nicht beleidigte. Dann ergriff Peter mit Tims stillschweigendem Einverständnis das Wort.

»Nun, ich hoffe, es macht Ihnen nichts aus, aber wir wissen, dass Sie sich heute Morgen mit Maggie unterhalten haben. Darüber, dass Sie Francesca kannten und all das, also können wir es Ihnen ruhig sagen. Das ist Harrys kleines Haus. Er hat immer darin gespielt, wenn Fran ihn herbrachte, und wir haben es für ihn in Schuss gehalten. Er kann es jederzeit benut-

zen. Er lebt in diesem Garten, wissen Sie. Nicht immer, aber gelegentlich, wenn die Sonne scheint.«
Tim nickte zustimmend angesichts dieser unbestreitbaren Tatsache. Peter zeigte auf die geöffneten Fensterläden des Spielzeughauses. »Er hat seinen kleinen Schlafsack da drin, den er so geliebt hat, und seinen kleinen Schal, auf dem er gekaut hat, und seinen Teddy, mit dem er ganz schrecklich umgegangen ist. Ständig hat er ihn weggeworfen und dann so lange geschrien, bis er ihn wieder hatte. Hassliebe, könnte man sagen. Natürlich holen wir das Bettzeug über Nacht ins Haus. Draußen im Dunkeln hätte er ja Angst.«
»Das Kind ist seit über einem Jahr tot«, sagte Henry roh. »Es ist ertrunken, eingeäschert, beerdigt. Tot.«
»Ja-aa«, sagte Tim nachdenklich. »Ja-aa, so könnte man sagen.«
»Dann kommt also sein Geist zurück, um hier zu spielen? Rutscht auf einem verdammten Mondstrahl vom Himmel herunter?«
»Wir wussten, dass Sie es verstehen würden, Henry«, strahlte Tim. »Sie sind ein kluger Mann. Wir hatten eine *schreckliche* Zeit, nachdem er ermordet worden war, wissen Sie. Wir durften nicht wirklich um ihn trauern. Es gab eine Menge Leute hier, die Francesca für verrückt hielten, weil sie ihn an vier Nachmittagen in der Woche zu uns brachte, aber er war so *gern* hier. Wir *wissen* nun mal, wie man Leute verwöhnt, besonders kleine Leute, und wir haben ihn angehimmelt.«
»Wissen Sie, Henry«, fuhr Peter fort, »es gibt viele Leute, die schwul mit *pädophil* verwechseln. Oder auch mit *zügellos*, Sie wissen schon, wie die Kaninchen. Statt sich ein altes verheiratetes Paar vorzustellen, das ein Kind vor Schaden behütet wie liebevolle Großeltern. Als Harry verschwand, war die Polizei in null Komma nichts hier, glauben Sie mir. Sie hätten wahrscheinlich den ganzen Garten umgegraben, wenn er nicht so schnell gefunden worden wäre und Francesca gestanden hätte. Ich nehme an, dafür müssen wir ihr dankbar sein.«

»Und für so manches andere«, murmelte Tim. »Zum Beispiel, dass wir ihn kennen lernen durften. Er war so ein süßes Kind.« Die emotionale Turbulenzen des Tages und der Kummer am Abend zuvor hatten ihm keine Zeit gelassen, über die Identität des toten Kindes nachzudenken, und auch jetzt hatte er nicht die geringste Lust, sich damit zu beschäftigen. Nur die Grausamkeit seines schrecklichen Todes war von Bedeutung. Allmählich verstand er: Dieser »Mord« hatte das Leben einiger Menschen auf den Kopf gestellt, nicht zuletzt das der Mörderin, und die Nachbeben waren noch nicht vorbei. Bisher hatte niemand so liebevoll von dem Kind selbst gesprochen. Tim weinte jetzt ganz offen, und Peter klopfte ihm auf die Schulter.
»Ach, gehen wir rein, meine Lieben, wir brauchen jetzt alle unseren Tee«, sagte er. »Und für den Fall, dass Henry anfängt, Gespenster zu sehen, zeigen wir ihm lieber, wie Harry aussah. Nur damit er nicht auf falsche Ideen kommt.«
Henry hatte keine Lust auf so was. Er fand die ganze Unterhaltung entsetzlich, doch er sah keine Möglichkeit, ihr zu entkommen. Immerhin hatte er sich selbst in den Garten eingeladen und damit seine Distanz aufgegeben. Jetzt saß er in der Falle. Eine angenehme Falle, diese warme Küche, während die Welt draußen sich verfinsterte, er stützte die Ellbogen auf einem sauberen Tisch, und ein zahmer Hund zu seinen Füßen döste. Der Tee kam aus einer großen braunen Kanne, die aussah, als könnte man sie kaum heben. Es war ein herrlich duftender Earl Grey, und in jede Tasse gaben sie eine Spalte Zitrone. Der Tee löste den Kloß, der sich nach dem schlechten Essen des Tages in seinem Magen gebildet hatte, und erfrischte ihn, während die Hitze des altmodischen Herdes ihn für die Übung in Höflichkeit wärmte. Peter kam mit einem tragbaren Fernseher zurück.
»Wir haben ein Video, obwohl ich die Fotos lieber mag. Sehen Sie, was ich meine? Er war ein *Engel.*«
»Hat man eigentlich nie an die Möglichkeit gedacht, dass jemand anders den Mord begangen haben könnte?«, fragte Henry verzweifelt.

»Doch. Jemand hatte vorher vom Pier aus geangelt. Er hatte sein Zeug liegen lassen und ist nie wieder aufgetaucht. Es gab eine ganze Menge Leute, die Francesca nicht mochten. Und wir haben ein paar wirklich *böse* Menschen hier. Oh, schauen Sie!«
Henry sah Francescas Kopf. Ihr Gesicht wurde vom Haar verdeckt, als sie sich hinter das Kind kniete und es unter den Achseln festhielt. Dabei winkte sie mit den Fingern in die Kamera. Sie hielt den Kleinen aufrecht, der so aussah, als wollte er jeden Moment loslaufen. Und dann tat er es tatsächlich, mit angewinkeltem rechten Arm und verdrehtem Handgelenk. Der Winkel vergrößerte sich mit jedem Schritt. Er taumelte wie ein Betrunkener, der den Arm zum nächsten Drink ausstreckt, mit einem Ausdruck schmerzlicher Entschlossenheit auf dem Gesicht. Seine Nase lief, und auf der Stirn hatte er eine Prellung.
»Das ist er mit zwei, als wir ihn zum ersten Mal sahen«, sagte Peter leise. »Später war er noch viel hübscher. Nachdem er gelernt hatte, wie man richtig fällt.«
Henry zwang sich, den Tee zu trinken, während sein Hals wie zugeschnürt war. In ihm kämpfte Mitleid mit Ekel. Das Gesicht des Kindes, das er vor sich sah, war hässlich. Es hätte einem alten, einem uralten Mann gehören können. Es war verkniffen und hutzelig, das Lächeln verzerrt. Bestenfalls unansehnlich. Etwas, das man unter einem Laken versteckt und schnell durch die Straßen trägt. Ein körperlich verfluchtes Kind, das darum bettelte, verschont zu werden. Hässlich wie die Sünde. Er suchte verzweifelt nach einer passenden Antwort. Er dachte an Tanyas Vollkommenheit und erinnerte sich an das Gefühl, als er sie in den Armen gehalten hatte. Das Kind auf dem Bild sah aus, als platzte es vor Wut, als könnte es jeden Augenblick beißen.
»Armes Würmchen«, sagte Tim mit zitternder Stimme. »Und wenn Sie ihn jetzt sehen, Henry, werden Sie zustimmen, dass es sehr wichtig ist, herauszufinden, wer ihn getötet hat. Ansonsten wird er immer wieder in sein kleines Haus zurückkommen. Aber machen Sie sich keine Sorgen, er wird nicht bei

Ihnen herumspuken. Warum auch? Er verfolgt nur *uns*, weil wir ihn nicht loslassen wollen.«

»Seine Mutter hat ihn getötet.«

»Nun, so heißt es leider offiziell. Er glaubt allerdings nicht so recht daran, das hat er uns gesagt. Dummerweise konnte er sich nie besonders gut ausdrücken, er hatte Sprachschwierigkeiten, verstehen Sie, deshalb kann er es nicht genau erklären. Aber er hat völlig Recht, wenn er Vorbehalte anmeldet. Immerhin hat er seine Mutter besser gekannt als jeder andere.«

Henry hielt sich die Ohren zu, um die Worte auszulöschen. Am liebsten hätte er so heftig auf den Tisch gehauen, dass die Teetassen klapperten. Dann nahm er die Hände von den Ohren und legte sie flach vor sich auf den Tisch, als wollte er sie zwingen, ruhig zu bleiben. Tim klopfte ihm tröstend auf das Handgelenk.

»Deshalb ist es so gut, dass Sie da sind, Henry. Wir haben Sie schon lange erwartet. Irgendwer muss es rauskriegen, und da wir es nicht können, müssen Sie es tun. Stimmt's, Peter?«

Sie strahlten ihn an, als sei er der wiedergekehrte verlorene Sohn, als sei alles vergeben und das gemästete Lamm schmore schon im Ofen.

Henry schüttelte den Kopf, als er ging. Er stieg die Treppe hinauf in sein Zimmer. Das Feuer, das sie am Nachmittag angezündet hatten, ohne zu wissen, wann er zurückkam, glühte noch sanft. Die Hemden, die er in eine Ecke geworfen hatte, lagen gewaschen und gebügelt auf dem Stuhl. Er setzte seine Bestandsaufnahme fort, packte die Reisetasche um und ließ sie aufgeklappt auf dem Boden liegen. Er wünschte, er hätte außer seiner Batterie von Vitaminen auch Beruhigungsmittel eingepackt.

Er schaltete den Laptop an und schrieb sich selbst eine Nachricht: VERSCHWINDE, HENRY. KEIN MENSCH BRAUCHT DICH HIER.

DU HAST NICHT DAS GERINGSTE ZU BIETEN.

Heute ist es leichter. Leichter zu atmen und leichter zu schreiben. Diese kleinen Pillen gefallen mir.
Ich könnte meiner Freundin in der Küche ebenso wenig erzählen, dass ich in einer Burg aufgewachsen bin, wie, dass ich über den Mond fliegen kann. Sie würde glauben, ich wollte sie auf den Arm nehmen, aber wenn ich ihr erklärte, dass mein Vater nur der Hausmeister war und ich die Tochter des Hausmeisters, wäre es vielleicht einfacher. Anfangs mochte sie meine Ausdrucksweise nicht. An meinem Akzent kann ich nichts verändern, und das Talent meiner Familie, andere nachzumachen, das alle Kinder so lieben, habe ich zwar geerbt, kann es aber nicht ständig beibehalten. Mittlerweile hat sie sich an meine Sprache gewöhnt, und das ist gut, denn man kann sich hier schnell Feinde machen, und sie ist größer als ich und hat mehr zu sagen. Ich glaube, sie hat mir meinen Akzent und meine Ausdrucksweise verziehen, weil ich sie mag. Ja, das tue ich wirklich, und sie weiß nicht recht, was sie davon halten soll.
Ich BIN nun mal in einer Burg aufgewachsen, auch wenn es nur ein kleiner Bereich in der Mitte war, und als Kind empfand ich nichts Besonderes dabei. Natürlich konnte ich mich weder heimlich hinausstehlen, noch bekam ich je einen eigenen Haustürschlüssel. Und die Räume, die wir bewohnten, waren auch nicht riesig oder luxuriös, sie entsprachen so gerade den Ansprüchen eines ehemaligen Soldaten, der Zweckmäßigkeit weit über Komfort stellte, und seiner Frau, die entdeckte, dass sie einen exzentrischen Spätzünder geheiratet und es aufgegeben hatte, irgendwelche Entscheidungen zu treffen. Wir spielten die Landung in der Normandie nach, und sie saß daneben und strickte. Stricken und gleichzeitig die Aussicht bewundern konnte sie nicht, denn die Fenster waren so hoch, dass man aufstehen musste, wenn man hinaussehen wollte. Der Hauptturm war zweckmäßig und spartanisch eingerichtet. Er eignete sich wunderbar für Partys und Familienfeste (ich kann mich nicht erinnern, wann Onkel Joe ausgeschlos-

sen wurde) und war ein herrlicher Spielplatz, außer für eine übertrieben ordentliche Hausfrau – kein Wunder, dass sie den Bungalow vorzog.

Privilegiert? Natürlich war ich das, aber damals habe ich nicht darüber nachgedacht. Ich liebte Schlachten, ich liebte es, die Flagge zu hissen, und ich liebte es, mit dem Meer auf gleicher Höhe zu sein. Wir haben keine Fremden abgewiesen, im Gegenteil, wir luden sie ein, besonders Maggie, aber wir schlossen die Tür hinter ihnen ab, wenn sie wieder gingen. Mein Vater sagte, dass wir die Welt beherrschten, und er hatte absolut Recht. Er meinte damit nicht die Briten, sondern er meinte uns. Der Psychiater, der mich hier anfangs betreute, fragte einmal, ob mir das eine bestimmte Haltung dem Leben gegenüber vermittelt hätte. (Er war sehr erpicht darauf, meinen Hintergrund und meine Klassenzugehörigkeit aufzudröseln.)

Ich fange an zu schwafeln. Ich muss aufhören.

Es machte mich sparsam, tüchtig, brachte mir Kochen, Waschen, Nähen bei und schenkte mir eine gewisse Sorglosigkeit in Bezug auf Äußerlichkeiten, denn wir taten alles und besaßen nichts. Wir waren die Verwalter für die nächste Generation. Ich erzählte ihm, dass es in mir gelegentlich den Wunsch erweckte, in einem Baumhaus in einem fremden Garten zu wohnen.

Ich erbte ein ungeheures Verantwortungsgefühl. Ich erzählte ihm auch, dass es mich vor allem unglaublich bescheiden gemacht hätte. Aber auch arrogant und fähig, andere zu manipulieren. Meine Sehnsucht nach gesellschaftlicher Anerkennung in einer größeren Umgebung war so groß, dass ich mein Scheitern im normalen Leben und als Mutter nicht ertrug. Ich wollte alles kontrollieren und stets das Sagen haben. Da ich mit Kanonen und im Gedenken an den Krieg aufwuchs, konnte ich grausam und aggressiv sein.

Ich bin froh, dass ich mich daran erinnern konnte. Er fand das alles vollkommen einleuchtend.

FMC

SECHS

Am späten Nachmittag, gerade als es zu regnen anfing, fuhr Angela Hulme los, um Onkel Joe zu besuchen. Er wohnte in einem Altersheim, das passenderweise direkt neben dem Golfplatz lag, wo er den größten Teil seines Lebens verbracht hatte. Als Francesca Angela damit beauftragte, diesen Unbekannten zu besuchen, hatte sie ihr versichert, dass sie ihn sofort erkennen würde. Er sei der nichtsnutzige Überlebende dreier Brüder, der Einzige aus dieser Generation und ihren Frauen, der noch lebte. Das schwarze Schaf der Familie. Nachdem er viele Jahre nur Gin getrunken und Golf gespielt habe, erinnere sein Gesicht an rotes Schmirgelpapier. Angela hatte es Francesca versprochen, und obwohl sie nun ihren Wagen fuhr, war es ein Gelübde, das sie häufig bedauerte, denn es bedeutete nur eine weitere Verpflichtung. *Der noch lebende Bruder meines Vaters ist das Einzige, was ich von meinem Vater habe; bitte tu das für mich, Angela.* Francesca hätte Anwältin werden sollen, so gut konnte sie einen überreden, ohne dass es zu sehr nach einem Befehl klang. Aber als Lehrerin machte man es vielleicht genauso.

Francesca hatte auch vorgeschlagen, sie solle Tanya mitnehmen, aber an diesen Teil des Versprechens hielt Angela sich nicht. Sie hatten es versucht; Tanya mochte Onkel Joe, aber die Kleine redete zu viel, und dann war er schnell erschöpft. Francesca war der Meinung, dass es gut für Kinder sei, Kontakt zu Alten zu haben, aber Tanya gehörte nicht in die Gesellschaft solcher Relikte vergangener Zeiten, obgleich diese sich immer freuten, Kinder zu sehen. Angela teilte Francescas Meinung nicht. Im Allgemeinen neigten die Alten zum Nörgeln und Kritisieren, wenngleich man das von Onkel Joe nicht behaupten

konnte. Er war immer nur liebevoll und leicht angeheitert. Auch das war ein Grund, Tanya bei Neil zurückzulassen, denn insgeheim genoss Angela es, Onkel Joe für sich allein zu haben. Sie hatte zu selten andere Erwachsene um sich. Außerdem gab es nichts, was er nicht verstand, und er war ungeheuer tolerant.
Sie fuhr Richtung Ramsgate, ließ die nächste Stadt hinter sich und bog dann ins flache Hinterland ab. Die Straße führte durch das große Industriegebiet von Fergusons. Sie hätte hier einen Job haben können, alle anderen arbeiteten auch dort. Die Anlage war groß und verbreitete sich über die Felder wie ein Ausschlag. Selbst sonntags parkten hier Unmengen von bunten neuen Wagen. Tausende von Kranken waren nötig, um neue Medikamente zu entwickeln und herzustellen, das wusste jeder. Maggie hatte ihr in der Burg erzählt, dass Henry Evans, der Tourist, dort arbeiten würde. Kein Wunder, dass sie ihn nicht mochte, und das noch ehe er anfing, ihrer hübschen Tochter schöne Augen zu machen. Was war er bloß für ein Trottel, wenn er glaubte, man könne Tanya mit Schokolade bestechen? Ein Trottel eben. Möglicherweise würde sie Onkel Joe davon erzählen. Vielleicht kannte Henry Evans ein Mittel, um ihre Tochter alles Unangenehme vergessen zu lassen, das ihr je passiert war, und nur das Gute zu behalten, zum Beispiel, dass sie überhaupt noch lebte. Ein Medikament, das sie ein für allemal von der Erinnerung an das Kind erlöste, dessen rauschgiftsüchtige Eltern ihm die Schenkel mit einer brennenden Zigarette malträtiert und die es in seinem eigenen Erbrochenen hatten liegen lassen, bis das ganze Gesichtchen von einem Ausschlag entstellt war. Sie sollten ein Mittel gegen so was erfinden, diese verdammten Wissenschaftler, statt Medikamente, welche die Menschen noch kränker machten, als sie ohnehin waren.
Sie fuhr an den nichts sagenden Gebäuden vorbei und beruhigte sich allmählich. Tanya bei Neil zu lassen, machte ihr nicht die geringsten Sorgen. Zwar war er ein unberechenbarer Kerl mit der Potenz einer Schnecke, aber ein guter Teilzeitva-

ter für ein hübsches Kind, das ungeteilte Aufmerksamkeit und eine extrem lange Leine brauchte. Neil konnte seine Gereiztheit zumindest in Schach halten und war aufmerksam genug, um Gefahren zu erkennen. Zwar glaubte Angela, dass Tanya auch sehr gut ohne all die Flüche und Gespenstergeschichten auskommen konnte, aber selbst das war nicht weiter schlimm, denn die Kleine glaubte ihm ohnehin kein Wort. Keine schlechte Kombination übrigens, denn einerseits vertraute sie Neil, und andererseits fand sie ihn die ganze Zeit ein bisschen albern. Auf diese Art konnte er nichts kaputt machen, was ihnen wahrscheinlich allen zugute kam.

Sie fuhr die Ramsgate-Klippe hoch, ein trostloser Ort im Winter, der nichts zu bieten hatte, nur Schafe und dieses Gebäude, das so eindrucksvoll war, wie ein vom Seeklima verwittertes Haus, das dringend einer Renovierung bedarf, nur sein kann: an den Rändern ausgefranst und um die Fenster herum ramponiert, besonders um diese Jahreszeit. Der weiße Anstrich wirkte grau und blätterte ab. Das ganze Ding hatte nicht mehr viel mit einem vornehmen Landhaus zu tun. Das neue Clubhaus stand ein paar hundert Meter weiter weg auf der anderen Seite der sanft gewellten, vom Regen getränkten Greens. Dieses Haus, auf das sie vom Parkplatz aus jetzt in gebückter Haltung zulief, um sich vor dem Regen zu schützen, war früher eine Bar für die Golfer gewesen. Kein Wunder, dass Onkel Joe es liebte. Als sie den Eingang erreichte, der vom Regen geschützt war, denn es dauerte immer eine Ewigkeit, bis jemand aufmachte, erinnerte sie sich an ihren Groll, als sie vor einem Jahr mit verschränkten Armen hier gestanden hatte, um einem Befehl zu gehorchen. Was hatte sie hier zu suchen, warum sollte ausgerechnet sie Francescas Onkel besuchen, obendrein an einem regnerischen Tag wie diesem? Nur um sich von einer unfreundlichen Mitarbeiterin aus der Verwaltung fragen zu lassen: Wie war der Name noch? Es tut mir Leid, aber ich kenne sie nicht alle. Aber ja, da war er, der da drüben, der mit dem roten Gesicht und dem feinen weißen Haar. Der, der in seinem

Lieblingssessel saß und eine Zeitung las, haargenau wie Francesca gesagt hatte. Dic Präzision der Beschreibung und die Verlegenheit, mit der sie sich vorstellte, waren der Beginn eines kleinen Spiels gewesen, das sie heute noch spielten.

»Sind Sie Onkel Joe?«, fragte sie zur Begrüßung und zog den Mantel aus.

»Wer fragt das?«, antwortete er, genau wie beim allerersten Mal. Er saß allein im warmen Foyer, und wann immer ihm die Zeitung in den Schoß sank, sah er durch die doppelverglasten Scheiben des Eingangs. Sie wusste es zu schätzen, dass er ihr nur seine pergamentartige Wange hinhielt für einen flüchtigen Kuss. Diesmal hatte sie ihm Maggies Schneeglöckchen mitgebracht. Sie wusste, dass er Sherry oder Schokolade vorgezogen hätte, aber sie hatte sie gerade, und im Übrigen protestierte er ohnehin immer, wenn sie ihm etwas mitbrachte.

»Aber das wäre doch nicht nötig gewesen, meine Liebe … wie schön, Sie zu sehen. Bildhübsch. Die neue Haarfarbe steht Ihnen gut.«

Onkel Joe bemerkte solche Dinge immer und musterte sie stets derart anerkennend, dass sie sich sogar etwas herausputzte. Sie ertappte sich dabei, dass sie einen Rock für Onkel Joe anzog, Ohrringe anlegte oder ein Armband, um zu sehen, ob er es merkte, und nie entging es ihm. »Wie hübsch, wo haben Sie denn das her?« Es war Teil ihres regelmäßigen, wenn nicht gar unvermeidlichen Sonntagsrituals, diese Gewohnheit, sich ein klein wenig für ihn aufzutakeln, so wie andere es für die Kirche taten. Wenn sie mal eine Woche nicht kam, machte er ihr nie Vorwürfe, noch etwas, das sie enorm schätzte. Er behauptete, er wisse durchaus, was ein Leben mit Kindern bedeutete. Im Großen und Ganzen war es eine soziale Verpflichtung, von der sie nicht gerade begeistert war, die sie aber dennoch genoss. Vor allem, weil er so gern zuhörte. Er zog es dem eigenen Reden vor, fand Geschmack an Geschichten aus der Welt draußen, die er mit milden Kommentaren versah, besonders wenn es um irgendwelche Anekdoten von Tanya ging. Francesca wurde nie wieder erwähnt, nach jenem ersten Mal, als Angela erklärte, sie ersetze Francesca, die anderweitig beschäftigt sei. Er hatte diese Umstellung nicht nur bereitwillig, sondern auch sehr geschickt akzeptiert – »Was für ein *Glück* für mich, dass ich stattdessen Sie habe ...« – und falls er im Lokalblättchen gelesen haben sollte, dass seine Nichte eine Mörderin war, so erwähnte er es nicht. Andererseits verachtete Onkel Joe das Lokalblättchen und ließ sich nur die überregionalen Zeitungen bringen. Als sie erklären wollte, was passiert war, hatte er nur traurig den Kopf geschüttelt, als könne ihn nichts auf der Welt mehr erstaunen. »Wie schrecklich für *Sie*«, war sein erster Kommentar. »Aber machen Sie sich nichts draus. Es ist sehr traurig, aber vermutlich das Beste für alle.« Maggie wusste zwar, dass diese nüchterne Reaktion alles andere als angemessen war, doch insgeheim musste sie ihm schlechten Gewissens zustimmen. In vielerlei Hinsicht war das Leben ohne Francescas beharrliche und großzügige Hilfe härter, andererseits aber auch unendlich viel leichter. Zumindest war sie nicht mehr da, um mit ihrer unermüdlichen Energie Tanyas Zuneigung und Aufmerksamkeit in Anspruch zu nehmen und das Kind zu beeinflussen, wie sie es immer getan hatte. Nach einer Weile würde Tanya aufhören, von ihr zu sprechen. Sie würde sie vergessen, so wie sie es geschafft hatte, vieles andere zu vergessen.

Sie hatten das Foyer für sich, aber wenn sie es zeitlich richtig einteilte, kam eine der Schwestern, die am Wochenende Dienst hatten, mit Tee und einem Teller ungenießbarer, trockener Plätzchen vorbei, die sogar Tanya abgelehnt hätte. Angela fragte sich, ob die Plätzchen vom Personal oder von Patienten ausgesucht worden waren, die man möglicherweise so erzogen hatte, dass sie aromatischen Tee oder Ingwerkekse für was Besonderes hielten.

»Warum sitzen Sie denn hier draußen ganz allein, statt gemütlich am Kamin im Wohnzimmer?«

»Mir gefällt es hier. Ich kann nicht ständig mit den anderen zusammen sein.« Heute blinzelte er ihr zu.

»Es ist so kalt da draußen. Es ist furchtbar nett von Ihnen, bei dem Wetter hier raus zu kommen. Ich bin wirklich ein Glückspilz.« Er nahm wieder Platz. Seine Hände zitterten, und in den Beinen hatte er so gut wie keine Kraft mehr, aber er konnte sich noch allein anziehen. Die Kleider waren rührend altmodisch und gepflegt, er selbst wirkte rosig und frisch. »Wie geht's der süßen Kleinen?«

»Nun ja, sie wird immer aufmüpfiger, aber das ist ja nichts Neues. Ich habe mir das Haar gefärbt, um ihr einen Gefallen zu tun, und sie hat doch tatsächlich die Frechheit, mir zu sagen, dass sie es blöd findet ...«

»Tsss, tsss«, bemerkte er nachsichtig lächelnd.

»Und sie spricht immer noch von Francesca. In der Schule, vermute ich. Zu Hause, sogar zu wildfremden Leuten. Erst heute Morgen zu ...«

»Lassen Sie ihr Zeit, lassen Sie ihr Zeit, meine Liebe.«

»... einem Amerikaner, ich bitte Sie, oben in der Burg. Ein Tourist, den Maggie angeschleppt hat. Ich glaube, Tanya hat ein bisschen mit ihm geflirtet, aber was wichtiger ist – er hat ganz sicher mit ihr geflirtet ...«

»Also wirklich!«

»Ich möchte nichts Falsches sagen. Sie soll keine Angst vor Fremden haben, aber auch nicht allzu vertrauensselig sein. Man kann nie wissen, finden Sie nicht?«

»Nein. Man kann nie wissen.«

»Na, wenigsten ist sie bei Neil sicher. Ich versuche, sie irgendwann wieder mal mitzubringen.«

»O ja, irgendwann.« Nicht *Sie müssen* oder *Sie sollten.*

»Na ja, ich weiß nicht. Vielleicht macht sie gerade Purzelbäume im Regen. Sie kann einfach nicht stillsitzen. Manchmal schafft Neil es, sie ruhig zu halten. Aber ich muss immer mit ihr raus, wo sie herumrennt und springt, bis sie nicht mehr kann, und gelegentlich ist es ganz schön anstrengend, weil sie so störrisch wird, wenn sie müde ist. Neulich haben wir nach der Schule eine Reihe von Hindernissen am Strand aufgebaut. Sie muss sich einfach richtig austoben können. Sie rennt über die Kieselsteine, als wäre es eine Aschebahn. Erstaunlich. Manchmal kommt es mir vor, als trainierte ich einen großen Hund.«

»Einen Hund!«

»Ja. Es ist so, als würde man einen Hund haben. Gnadenlos. Zweimal am Tag muss man raus, und dann das Füttern. Sie hätte gern einen Hund, sagt sie, aber bestimmt hat sie noch keinen Gedanken daran verschwendet, was so was kostet. Um ehrlich zu sein«, und damit senkte sie vertraulich die Stimme, obwohl niemand da war, der mithören konnte, »ich bin nicht mal sicher, ob sie die Geduld aufbringen würde. Ich wahrscheinlich auch nicht. Was meinen Sie?«

»Hunde, ja ... Hunde sind gut.«

»Ja, aber ich denke – wenn ich sie ganz allein mit einem Hund raus lasse, werden alle Leute stehen bleiben und sie ansprechen. Es sei denn, ich nehme einen grässlichen Köter, den niemand mögen würde. Einer, der jeden beißt außer uns ...«

»Genau!«

»Das würde die Leute abhalten, nicht wahr? Eine Art Wachhund, ja, das ist keine schlechte Idee, wenn ich es so recht bedenke. Aber nicht diesen blöden Köter, den Neil uns aufschwatzen wollte. Wissen Sie was, heute Morgen war er richtig gut gelaunt. Normalerweise ist er nicht so. Normalerweise ist er nervös und jammert, wie üblich. Aber trotzdem habe ich mich über ihn geärgert. Ich habe ihm von dem Amerikaner erzählt, der sich an Tanya rangemacht hat, und er hat bloß die Achseln gezuckt. Ich sagte, der Kerl hätte was Unheimliches an sich ...«

»Ein *unheimlicher* Amerikaner?«

»Ja. Unheimlich. Männer wie er gehören hinter Gitter.«

Onkel Joe richtete sich im Sessel auf und strahlte die Schwester an, die den Tee brachte. Sie strahlte zurück. Es bereitete ihm einige Mühe, die Tasse zum Mund zu heben. Dann landete sie klirrend wieder auf der Untertasse. Er beugte sich zu Angela und legte weise den Finger an die Nase.

»Dieser Amerikaner … Sie sollten ihn einsperren. Mit einem Hund!« Dann lachte er laut los, und Angela fiel ein. Er heiterte sie immer auf, manchmal kicherten sie alle beide wie zwei Kinder. Sie konnte ihm alles erzählen. Eigentlich war er gar keine Last für sie. Er schob die Schneeglöckchen an die Seite des Tabletts, denn auch er machte sich nicht viel aus ihnen und wusste, dass sie es ihm nicht übel nahm; im Grunde dachten sie ähnlich über so unwichtige Dinge. Sie kam nicht her, weil Maggie sie vielleicht fragen würde, ob sie ihr Versprechen erfüllte, sondern weil er sie mochte und ihr immer beipflichtete, auch wenn es sonst niemand zu tun schien. Es war einsam hier oben, wenn man die ganze Zeit beobachtet wurde, damit man nur ja nichts falsch machte.

»Wir zwei sind besser dran ohne Francesca und Harry, nicht wahr?«, fragte sie nervös und nahm sich zwei Plätzchen auf einmal. Das Mittagessen war spärlich ausgefallen.

»Besser? Viel besser.«

»Ich bin kein schlechter Mensch, nicht wahr, Onkel Joe? Ich bin eine gute Mutter, stimmt's?« Er tätschelte ihre Hand und sah sie liebevoll an.

»Ja. Sehr gut. Wie Hunde.«

Er sagte immer genau das, was sie hören wollte, und vergaß alles.

Es goss in Strömen, und wieder veränderte sich die Landschaft. Jetzt war sie bleigrau vor dem Schwarz der Nacht, und das Unwetter draußen bot Henry eine angenehme Rechtfertigung, um einfach nur still dazuliegen, Musik zu hören und nichts zu tun. Dann, als der Regen nur noch ein anhaltendes, unregelmäßiges Hintergrundgeräusch war, fiel er in tiefen Schlaf. Einmal wachte er auf, als die letzten rot glühenden Holzscheite zusammenfielen, sah den Schal auf dem Bett, wo er ihn hingelegt hatte, und schlief weiter.

Er würde Maggie überreden, Francesca den Schal zu geben. Und dann wäre Schluss.

Beim Anblick des Morgenhimmels dachte er daran, welche Annehmlichkeiten das Leben in einem solchen Haus bot, wo man niemals die Jalousien herunterzulassen musste und sich nackt vor dem Fenster recken und strecken konnte. Henry betastete die kleine Wulst, die sich um seine Hüften bildete, kniff sie wehmütig und dachte dann, ach was, zum Teufel damit. Lieber einen Bauch haben als an Geister glauben, lieber dick als verrückt.

Er sprach ein Gebet für seinen Vater; keines, das sich an irgendeine bekannte Gottheit wandte, nur ein Stoßgebet an irgendwen, der imstande wäre, es zu verstehen und die Nachricht weiterzuleiten. *Ich hoffe, es geht dir gut, Dad. Dir würde es hier gefallen, besonders das Angeln, aber ich bin nicht sicher, ob es mir auch gefällt …* Es war einfach die Fortsetzung ihrer täglichen Gespräche, mit denen er seinen Vater auf dem Laufenden hielt, seinen Rat suchte, ohne eine wirkliche Antwort zu erwarten, mehr als Ansporn für sich selbst, die Dinge mit der Weitsicht seines Vaters zu sehen. Sie hatten regelmäßig telefoniert, und es erwies sich als eine Gewohnheit, die er nur schwer ablegen konnte. Häufig hatte Henry nachmittags am Schreibtisch gesessen und den Hörer schon in der Hand gehabt, bevor ihm aufging, was er da tat. Als wartete er darauf, mit seinem Dad zu plaudern, nichts Besonderes, nur ein paar Worte, gelegentlich eine Diskussion. Dad hatte nichts mehr zu schätzen gewusst als eine Debatte.

In diesem Moment kam es Henry so vor, als hätte sein Verstand seit dem Tod seines Vaters im Tiefschlaf gelegen, begraben unter Trauer, Hoffnungslosigkeit, Selbstvorwürfen und irgendwo dazwischen, in einer dunklen Schicht, hatte sich die Sentimentalität eingeschlichen, die ihn letztlich dazu gebracht hatte, den Atlantik zu überqueren. Entsetzt dachte er daran, dass er Gedichte gelesen und Tränen darüber vergossen hatte, als sei er vierzehn, sich immer wieder in seinen Kummer hatte fallen lassen, der ihn an *sie* erinnert hatte und daran, wie elend sie sich gefühlt haben musste. Er hatte sich zum Weinen gezwungen, nur um endlich seine Gefühle loszuwerden und auch den Kloß, der ihm ständig im Hals steckte. Jede Frau, die auch nur halbwegs bei Verstand war, hätte ihn verlassen; jedes Kind hätte ein solch unverantwortliches Umsichschlagen, wie es ihn auch jetzt gepackt hatte, verachtet. Dad hätte ganz sicher den Kopf geschüttelt. Henry setzte sich im Bett auf und schlang die Arme um die Knie. *Das* war es, woran er sich in der Nacht zu erinnern versucht hatte, den verlorenen Verstand und seine gewohnte wissenschaftliche Vorliebe für *Fakten. Akzeptieren Sie niemals so genannte Fakten. Gehen Sie den Sachen immer auf den Grund, bevor Sie so arrogant sind, sie einfach zu glauben.* Er schlug sich mit der Hand vor die Stirn. Also wirklich, Henry. In den letzten Tagen hatte er nur vermeintliche Fakten, schockierende Fakten, vielleicht aber auch nur Märchen gehört, und warum sollte er sie glauben? Sicher, er würde nach Hause fahren, aber bestimmt nicht aufgrund dessen, was ein paar angeheiterte Gäste bei einem Abendessen von sich gegeben hatten, oder diese verrückte Kusine von Francesca, die möglicherweise ihre eigenen Gründe dafür hatte ... Hörensagen hat *nichts* mit Fakten zu tun, ebenso wenig wie Träume; Fakten haben keine Motive und keine persönlichen Interessen. Fakten gab es in Bibliotheken, und man tut gut daran, sich an Regeln zu erinnern, die für das eigene Wesen von Bedeutung sind.

In dieser neuen, von guten Vorsätzen geprägten Stimmung schluckte Henry seinen ausgeklügelten Cocktail aus Vitaminen und Mineralien, die eine Tonne seines Gepäcks ausmachten. Reine Platzverschwendung auf einer so kurzen Reise. Er plante den Tag und fand dabei langsam wieder zu sich selbst, zu dem Zustand, bevor all dieser *Unsinn* dazwischen gekommen war. Kein Alkohol mehr, kein fettes Essen. Verdammt nochmal, von jetzt an würde er sich auf die Sehenswürdigkeiten konzentrieren und sich von all diesem *Unsinn* nicht länger verrückt machen lassen. Den Weg zur Bücherei kannte er. Henry kam sich vor wie ein Trinker, der die Erfahrung macht,

wie es ist, keinen Kater zu haben, aber trotzdem stahl er sich leise aus dem Haus, statt großes Gepolter zu machen. Ein Umschlag mit seinem Namen hatte neben der Kaffeekanne gelehnt; er enthielt einen Schlüssel. *Damit Sie nicht klingeln müssen*. Eine Geste, die ihn rührte.
Bücherei. Alte Zeitungsberichte. Die Verzeichnisse waren computerisiert, doch die eigentlichen Quellen waren Zeitungen. Sie waren noch nicht alt genug, um vergilbt zu sein und wurden ihm von einem Mann ausgehändigt, den er schon auf der Straße gesehen hatte.

> *Ein Fischerboot aus Ramsgate hat am gestrigen Vormittag die Leiche eines toten Kindes geborgen, die schwere Verletzungen aufwies. Einer der Fischer hatte den Jungen in der Strömung entdeckt und zuerst geglaubt, dass er zu schwimmen versuchte. Nachforschungen ergaben, dass es sich um Henry Chisholm handelt, Sohn von Francesca Chisholm und ihrem Mann Jonathan Saunders, der getrennt von ihr im Ausland lebt. Das Kind war kurz vor seiner Entdeckung von der verzweifelten Mutter als vermisst gemeldet worden. Ms Chisholm, die ein großzügiges Zwei-Zimmer-Apartment an der Küste von Warbling bewohnt, gab bei der Polizei an, die Tür der Wohnung geöffnet zu haben, »um frische Luft hereinzulassen«. So habe sie das Verschwinden des Kindes nicht bemerkt. Es war teilweise gelähmt, aber äußerst beweglich. Die Mutter erlitt einen Schock und musste medizinisch betreut werden. Die genaue Todesursache steht noch nicht fest. Der Fischer, der seine Ausrüstung auf dem Pier vergessen hat, wird gebeten, sich bei der Polizei zu melden.*

Okay. FAKTEN. Er spürte die Fakten in der Magengrube. Sie hatten Recht. Das Kind war tot. Das hässliche kleine Ungeheuer war in einen anderen Zustand übergegangen. *Mrs. Saunders hat die Leiche ihres Sohnes identifiziert … Auf die*

Frage nach der Ursache seiner Verletzungen gab sie an, sie könne sie sich nicht erklären. Und ein Leitartikel mit der Überschrift MÖGE ES UNS ALLEN EINE LEHRE SEIN!!! wies darauf hin, *dass man Kinder immer und überall im Auge behalten müsse* …

Er las weiter. Am nächsten Tag hatte ein kurzer Artikel über die anhaltenden Ermittlungen berichtet und mit vorgehaltenem Zeigefinger hinzugesetzt, dass Mord an Kindern oder ihre Vernachlässigung nicht auf Unterschichten beschränkt seien, sondern in den besten und reichsten Familien vorkämen. Allein erziehende Mütter oder Väter seien eine Seuche, die alle gesellschaftlichen Schichten betreffe, etc. pp. Es folgte eine Beschreibung von Francescas großzügigem Apartment in einem Wohnblock neben der Burg mit herrlichem Blick aufs Meer, als hätte das etwas mit der Tragödie zu tun. Henry konnte sich nur erinnern, dass der Wohnblock vom Pier aus langweilig und stinknormal ausgesehen hatte, trotzdem vermittelte der Artikel den Eindruck von einem privilegierten, lockeren Lebenstil. War Francesca wohlhabend gewesen? Bestimmt nicht. Jedenfalls nicht reich genug, um sich eine regelmäßige Hilfe leisten zu können, so schien es. *Sie ließ den Jungen von zwei Schwulen beaufsichtigen.* Sie war eine Grundschullehrerin aus gehobenen Kreisen, und Henry hatte bereits gelernt, dass nach englischen Normen Klasse und Kasse nicht unbedingt eine Einheit bilden. Dann der Tag danach. *Eine Frau wurde festgenommen in Verbindung mit … und wird morgen vor dem Dover Court aussagen.* Das Foto mit der kurzen Unterschrift am folgenden Tag erweckte seine Aufmerksamkeit. *Mutter zur eigenen Sicherheit in die Untersuchungshaft zurückgeschickt,* und da war sie, mit einer Decke über dem Kopf, als sie in einen Polizeiwagen verfrachtet wurde, während grimmig aussehende Beamte eine kleine, aufgebrachte Menge von kreischenden Frauen abhielten, die offenbar entschlossen war, sie an Ort und Stelle zu lynchen. *Schlampe, Schlampe, Schlampe.* Henry schloss die Augen, als er sich die Szene vorstellte.

Beim Datum des Urteilsspruchs stutzte er. Er war erst ein knappes Jahr her, so kurz erst und doch so weit weg, dass es ihm um so näher erschien. Das Schuldeingeständnis kam keineswegs unerwartet, obgleich auch hier der moralische Zusatz nicht fehlte, dass Francescas letzter Rest von Anstand sie dazu bewogen habe, ihre schreckliche Tat nicht zu leugnen und sie dem Steuerzahler damit eine Menge Geld gespart habe. Freunde und Verwandte hatten sich standhaft geweigert, Reportern Interviews zu geben. Weniger vorsichtige Nachbarn, die meisten alt und im Ruhestand, erzählten, die Angeklagte sei *eigentlich sehr nett* gewesen. Keine Fotos von dem Jungen. Er war eingeäschert und dann im engsten Kreis der Familie und Freunde beigesetzt worden; auch davon gab es keine Bilder. Es folgte eine kurze Beschreibung seiner Krankheit, die Henry aufmerksam studierte. Dann kehrte er zu dem Foto von Francesca zurück, als sie vor dem Gerichtssaal in den Polizeiwagen gestoßen wurde. Er fand es unglaublich bewegend. Ohne lange nachzudenken, abgesehen davon, dass er sich über seine vandalistischen Anflüge wunderte, riss Henry es vorsichtig heraus, faltete es zusammen und steckte es in die Tasche.
Dann trat er zu den Regalen mit Gedichten, die an einem Montagmorgen kaum beachtet wurden, und suchte nach einem, das ihm plötzlich eingefallen war.

Entzückend Unordnung im Kleid
Verleihet ihm Begehrlichkeit …
Ein Schuhband mit viel Lässigkeit
In Schleifen wilder Artigkeit
Behexen mehr mich als die Kunst,
Die zu genau wirbt um die Gunst.

Eine Decke über dem Kopf konnte unmöglich entzückend sein. Es war nicht dasselbe wie ein Schal. Warum hatten sie ihr nicht ihren Schal gelassen? Warum hatte man ihr in ihrem Elend nicht mal den kleinsten Trost gegönnt?

Henry fühlte sich ziemlich alt und ein wenig blöd, an diesem Regal herumzulungern. Es kam ihm vor, als seien Gedichte eine Sache der ganz Jungen, die gezwungen waren, sie als Teil ihres Erbes zu studieren, oder aber der ganz Alten, die begriffen hatten, dass nichts anderes so lange überdauert. Nur die am Leben *Gescheiterten* nahmen auch im Erwachsenenalter Zuflucht zu solchem Zeug und schleppten selbst in Indien einen Band Gedichte im Rucksack mit herum, um ihre Reise romantischer zu gestalten. Oder Frauen wie Francesca Chisholm, deren Vater sie so viele Gedichte hatte auswendig lernen lassen, dass sie eine ganz unbefangene Liebe zu ihnen entwickelt hatte. Nicht immer waren sie feierlich; es gab auch ganz alberne. *Der Donnergott ritt durch das Feld, auf seiner Lieblingstute. Ich bin ein Held! klingt's stolzgeschwellt, pardauz – da lag er auf der Schnute!* Henry ertappte sich dabei, dass er lächelte. Er stellte das Buch zurück. Er hatte das Gefühl, Verdacht zu erregen, wenn er noch länger hier herumstand, obwohl er nicht allein war. Auch andere strichen auffällig unauffällig um die Regale herum. Henry legte die Hand auf die Tasche mit dem ausgerissenen Zeitungsfoto. Er würde es später wegwerfen.

Schließlich trat er hinaus auf die Straße und folgte einem Schild mit der Aufschrift ALTES GEFÄNGNIS. Es war genau die Atmosphäre, die er brauchte, um die Fakten zu verdauen, und abgesehen davon würde er mit Hilfe dieser Fakten vielleicht sogar früher nach Hause fahren. Er würde etwas zu berichten haben, aber auch etwas, das die Erinnerung an jene anderen FAKTEN milderte. Er konnte nicht einfach kehrtmachen und nur mit der Erinnerung an eine alte Freundin nach Hause fahren, die einem Schicksal ausgeliefert war, das der Todeszelle entsprach. Er war ein Tourist, kein gefühlsduseliger Idiot. Die Reste der Vergangenheit zu besichtigen und sie zu verstehen hatte ihn schon immer interessiert. Er hatte einen Plan gemacht, bevor er hierher kam: Er wollte sich Schlösser, Burgen und andere Dinge ansehen, die es sonst nir-

gendwo gab, und genau das würde er verdammt noch mal jetzt *tun*.
Vom touristischen Standpunkt aus machte das Alte Stadtgefängnis nicht viel her. Er war der einzige Besucher. Es gab einen altmodischen Gerichtssaal mit lebensgroßen Modellen, so unheimlich beleuchtet, dass die Einzelheiten der verstaubten Westen und Perücken in voller Pracht zu sehen waren. Dies, so las Henry in einem Prospekt, war der Ort, an dem zu viktorianischen Zeiten die Diebe aus der Gegend verurteilt worden waren. Der Mob hatte ihn einmal kurz und klein geschlagen, um ein paar Schmuggler zu befreien, die hier eingekerkert gewesen waren. Der Gestank war so überwältigend gewesen, dass der Magistrat sich übergeben musste, wenn die Bodenluke geöffnet wurde und das Gefängnis darunter voller Gefangener war.
Henry stieg die Treppe zu den Zellen hinab, interessiert, aber keineswegs fasziniert, und hatte irgendwie das Gefühl, nur seine Pflicht zu erfüllen. Das ging ihm bei Besichtigungen häufig so. Er kam zu der verriegelten Tür der ersten Zelle und berührte das kalte, rostige Metall, als er den winzigen, spartanisch eingerichteten Raum dahinter betrachtete. Kalte Steinwände, ein eisernes Bettgestell, ein Regal und eine matt auf dem Bett ausgestreckte Wachsfigur, die eine Bibel umklammerte. Henry spürte, wie die Kälte vom Steinboden nach oben stieg; es gab genügend Platz zum Stehen, nicht aber zum Gehen, die Zelle war höchstens so breit wie die gespreizten Arme eines nicht allzu großen Mannes. Er schritt den Gang, von dem Zellen zu beiden Seiten abgingen, entlang; überall schmachteten die Modelle klapperdürrer Häftlinge. Er berührte seine Stirn und spürte Schweiß. NEIN.
Einmal hatte er mit Francesca die Höhlen besichtigt, und sie hatte ihn schlotternd und halb tot vor unergründlicher Angst ins Freie gerettet. Häufig hatte er sich mit Gewalt einen Weg aus einem Eisenbahnabteil bahnen müssen, ohne darauf zu achten, wen er dabei aus dem Weg stieß, weil er absolut zweifelsfrei wusste, dass er sterben würde, wenn er nicht sofort die

Flucht ergriff. Dasselbe Gefühl überkam ihn auch jetzt, eine heiße Attacke von Klaustrophobie schnürte ihm die Kehle zu. Da war etwas, ein kleines Wesen, das an seinem Schenkel entlangstrich. Hastig lief er weiter, an noch mehr Zellen vorbei, auf der Suche nach dem Ausgang. Er stolperte über steinerne Stufen nach oben, stürmte an der verdutzten Kartenverkäuferin vorbei und hinaus auf die Straße. Er ging mit lächerlich abgehackten, schnellen Bewegungen, bis er in Sichtweite des Meeres kam. Dort lehnte er sich gegen eine Mauer, holte tief Luft und ballte die Hände zu Fäusten, damit sie aufhörten zu zittern. Die Seemöwen kreisten über ihm und kreischten spöttisch; Henry beobachtete sie, bis das Gefühl nachließ, aber er war vollkommen kraftlos. Er stolperte weiter bis zum Wasser und wartete, dass er seine Umgebung wieder scharf sah.

Niedriger Blutzucker, kein Frühstück. Ein Kaffee irgendwo zwischen Bibliothek und Gefängnis, um auf Touren zu kommen, und dann die Lichter und die muffige Wärme, der Staub und die Düsterkeit, alles Faktoren, von denen er wusste, dass sie zu diesem vollständigen Verlust der Beherrschung beitragen konnten; alles Teile einer Erklärung, aber nicht die *Ursache* und schon gar keine Rechtfertigung. Er hatte die Hand des toten Jungen gespürt, die über sein Bein strich und ihn zurückhalten wollte, doch er wusste, es war nur die Vision von Francesca gewesen, Francesca mit ihrem Schal, die für immer und ewig in einer Zelle saß, zu keiner Bewegung fähig und ihren Mund öffnete, um zu flüstern, ich kann jetzt nicht reden, ich *kann* jetzt nicht *reden*. Und er *hatte* sie gekannt.

Sie hätte ein solches Schicksal niemals riskiert, es sei denn, sie war vollkommen durchgedreht. Wäre sie erwischt worden, hätte sie auf Teufel komm raus gelogen.

»Ich schulde dir nichts«, rief er. »*Gar nichts*! Lass mich in Ruhe, warum lässt du mich nicht endlich zufrieden?«

Ich bitte dich um nichts, Henry. Das habe ich nie getan.

»Wenn du diesen verdammten ausgestopften Fisch aus seinem Glaskasten befreien würdest, Eddie«, sagte Maggie, »könnte ich ihn wenigstens mit Pfeilen bewerfen. Ich verstehe nicht, wie du damit leben kannst.«
»Ich sehe ihn gar nicht. Ich sitze immer mit dem Rücken zur Wand. Und außerdem – was hast du denn gegen ihn?«
»Er wirkt so unglaublich blasiert. Und er ist alles andere als der passende Schmuck für das Büro eines intelligenten Juristen. Er symbolisiert das Primitive, den Jagdtrieb, und außerdem zeugt er von schlechtem Geschmack und von Faulheit.«
»Faulheit?«
»Genau. Als wärst du einfach zu faul, aufzustehen und ihn von der Wand zu nehmen. Aber auch unsensibel. Es ist dir offensichtlich egal, was deine Mandanten davon halten.«
Aus dem Aschenbecher auf seiner Seite des abgewetzten Schreibtischs kräuselte sich der Rauch einer Zigarette. Edwards gequälter Ausdruck verzerrte sein Gesicht zu einer komischen Grimasse. Sie fürchtete schon, dass er jeden Augenblick anfangen würde, das Schmalz aus den übergroßen Ohren zu pulen, doch vorerst beschäftigte er sich damit, eine Kette aus Büroklammern zu basteln. Dann hielt er inne, drückte die Zigarette aus und zündete sich eine neue an.
»Meinen Mandanten ist das Dekor scheißegal. Sie sind hier, weil sie mich brauchen. Mir ist es auch nicht wichtig, aber ich schätze doch eine gewisse Kontinuität. Wieso um alles in der Welt muss sich denn alle zehn Jahre etwas völlig verändern? Oder auch nur alle hundert Jahre, scheißegal. Ich finde, es tut den Leuten gut, etwas zu sehen, das ihnen im Vergleich zu ihrem eigenen jämmerlichen Wohnzimmer wie ein Palast vorkommen muss. Abgesehen davon, dass wir uns eine Renovierung gar nicht leisten könnten.«
»Nein«, seufzte sie. »Vermutlich nicht.«
Plötzlich verknotete er den mottenzerfressenen Schal um seinem Hals und setzte ein geschäftsmäßiges Gesicht auf. Seine schwarzen Halbhandschuhe lagen auf dem Schreibtisch, ein

Tribut an die Tatsache, dass der Raum zwar noch keineswegs warm war, es aber zumindest draußen wärmer wurde.
»Jonathan Saunders hat seit sechs Monaten keinen Unterhalt mehr für seine Frau gezahlt. Die Vereinbarung wurde getroffen, als der Junge zwei Jahre war, erinnerst du dich? Eine separate Summe für ihn, die frei verhandelbar ist, je nachdem, was er braucht, für sie aber eine feste Summe auf zehn Jahre, beginnend ab Unterzeichnung. Sie war nicht großzügig, aber *fest vereinbart*, sozusagen in Stein gemeißelt. Ich hatte ihr geraten, sich auf eine einmalige Zahlung zu einigen, aber das wollte sie nicht. Erstens, sagte sie, weil er das Geld nicht aufbringen könnte; denn er hatte zwar sein Einkommen, aber kaum was gespart, und zweitens, weil sie damals keine größere Summe brauchte, sondern lieber immer etwas für den Jungen zurücklegen würde, für den Notfall, und es darüber hinaus die einzige Möglichkeit war, ihn überhaupt zum Zahlen zu bewegen. Die Hälfte der Unterhaltszahlungen legte sie auf die hohe Kante, und den Rest verteilte sie an ihre Freunde. Ich dachte, das könnte einfach so laufen, um in den nächsten sieben Jahren etwas anzusparen, dann hätte sie wenigstens eine winzige Grundlage, wenn sie eines Tages rauskommt und eine Anzahlung für irgendwas braucht. Bloß hat unser lieber Jonathan – was hat sie an dem schmierigen Scheißkerl nur gefunden? – jetzt einen scheinheiligen Brief aus Bahrain oder was weiß ich woher geschickt. Darin schreibt er, dass er nicht einsieht, warum er Geld für eine Frau zahlen soll, die seinen Sohn ermordet hat, und außerdem könnten wir ihn sowieso zu nichts zwingen.«
Die lange Rede hatte Edward ermüdet. Er war wütend, soweit man davon bei ihm überhaupt sprechen konnte. »Dieser verdammte Unterhalt könnte unter anderem uns dafür entschädigen, dass wir uns weiterhin um ihre Angelegenheiten kümmern. Falls sie es sich doch mal anders überlegen sollte.«
Maggie schwieg einen Augenblick.
»Hast du dir schon *immer* gewünscht, dass sie es sich anders überlegt, Edward, oder fällt dir das erst jetzt ein?«

»Es hat sich langsam so ergeben«, antwortete Edward einfach. »Aber nach einem Schuldspruch kann man keine Berufung einlegen, es sei denn, die Mandantin würde dich damit beauftragen. Besonders, wenn sie sich schuldig bekannt hat und der Polizei die Tat in allen Einzelheiten geschildert hat. Es geht nicht. *Wir* können es nicht. Besonders *ich* nicht. Die Kanzlei entwickelt sich noch zu einem verdammten Wohltätigkeitsverein, wenn es so weitergeht. Reiche Anwälte, dass ich nicht lache. Aber natürlich bleibt immer noch Onkel Joe«, setzte er hinzu, und seine Miene hellte sich sichtlich auf, als sei der letzte Zug an der Zigarette entschieden besser als der Rest.

»Er ist auch mein Verwandter, wenn auch ein entfernter«, sagte Maggie. »Angeblich hat er sich früher an kleine Mädchen rangemacht. Angela besucht ihn, nicht ich. Ich habe ihn nie kennen gelernt.«

Edward spielte wieder mit seinem Kettchen aus Büroklammern und unterbrach sich nur einmal, um mit dem Ende der roten Krawatte seine Brille zu putzen.

»Besucht ihn wo? Und wer?«

In diesem Augenblick betrat Henry Evans das Büro, ohne vorher anzuklopfen. Er setzte sich auf einen wackligen Stuhl und grinste sie beide an. Durch die offene Tür zog es, und man hörte Schreibmaschinengeklapper von unten. Einen Moment lang herrschte Schweigen.

»Hallo, Henry«, rief Maggie mit so übertriebener Munterkeit, dass Edward zusammenfuhr. »Was machen Sie denn hier?«

Henry schien zu überlegen. »Ich hab das Futter meiner Jacke zerrissen«, antwortete er. »Es hing hinten raus, und ich dachte, es sei jemand ...«

Seine Stimme brach mit einem Seufzer ab. Die Brille beschlug. Er nahm sie ab, blinzelte und musterte den Raum Punkt für Punkt, als wollte er sämtliche Gegenstände registrieren, bis sein Blick an dem Fisch hängen blieb, länger, als an jedem anderen Stück. In seiner Miene spiegelte sich vager Ekel. Sein Haar war windzerzaust, und er wirkte ein wenig lächerlich, als hätte er keine Ahnung, ob er tatsächlich da war, fühlte sich aber offensichtlich ganz zu Hause.

»Nehmen Sie doch Platz«, sagte Edward sarkastisch. »Wir haben ja sonst nichts zu tun.«

Henry wandte sich an Maggie. Sie war rot geworden. Seine Hände waren in eine Zwiesprache mit den Münzen in seiner Hosentasche vertieft. Vielleicht war er ein wenig durcheinander.

»Ich bin noch mal auf den Pier gegangen«, erzählte er. »Ich glaube, ich mag ihn. Oder ich mochte ihn. Einen Pier baut man vermutlich dann, wenn man keine Klippen oder andere hohen Aussichtspunkte hat. Wenn man schon nicht nach unten blicken kann, dann wenigstens in die Ferne.«

Maggie nickte verständnisvoll. Sie warteten. Henry schien vor sich hin zu träumen und verließ sich auf die höfliche Nachsicht seiner Gastgeber.

Es war aussichtslos, etwas erklären zu wollen, das stand für ihn fest. Henry kniff die Augen zu und rieb sich die Nase. Edward war plötzlich ganz zufrieden, während er darauf wartete, dass der Mann die richtigen Worte fand, sein Äußeres begutachtete und zu dem Schluss gelangte, dass er endlich jemanden gefunden hatte, der ihm in punkto Verschrobenheit das Wasser reichen konnte. Der Mann wirkte auch nicht mehr so verdammt gepflegt wie vorher. Ein tröstlicher Gedanke. In den beiden stummen Minuten war Henry wieder auf den Pier zurückgekehrt, wo er den Strand und die Angler mit ihren schwarzen Schirmen betrachtet hatte und ihm klar geworden war, dass die geisterhafte Berührung seines Beines das Futter aus seiner Jacke gewesen war und kein Gespenst, das es auf ihn abgesehen hatte. Er dachte daran, wie er sein ganzes Leben lang wohlweislich vor Ereignissen und Dingen, aber auch vor Menschen weggelaufen war. Dachte an die überstürzte Flucht aus engen Räumen und den allmählichen Rückzug aus Liebesaffären und Beziehungen im gegenseitigen Einverständnis. An die vielen Male, da er Konfrontationen aus dem Weg gegangen war, und an seinen Spitznamen: Schildkröte. Und wie einmal jemand zu ihm gesagt hattte, er habe beim Schwimmen tatsächlich Ähnlichkeit mit einer Sumpfschildkröte, er solle seine Sanftmut nicht mit Toleranz verwechseln, und seine äußerliche Gelassenheit sei im Grunde nichts anderes als Angst vor Chaos und daher Feigheit. Immer war er derjenige gewesen, der ging, um seine Würde zu bewahren. Henry Evans, der Weise, der sich wieder mal in Winterschlaf begab. Obwohl er den leisen Verdacht hatte, dass Francesca, egal, was sie getan hatte und was aus ihr geworden war, dass diese Francesca Chisholm, die ihn einst aus der Höhle gerettet hatte, anders gehandelt hätte.

»Ich mach es nicht.«

»Was, Henry?«, hakte Maggie nach. Ihre Stimme erreichte ihn aus weiter Ferne, wie die sanfte Stimme seines Vaters, die ihn von der Haustür über den großen Hof hinweg zum Essen rief. *Garten hätte sie gesagt, du meinst Garten.*

»Ich meine, ich fahre nicht nach Hause«, erklärte Henry geduldig, als sei die Bedeutung seiner Worte sonnenklar. »Ich meine, nein, ich kaufe euch diesen Quatsch nicht ab, dass Francesca eine Mörderin ist. Ich glaube noch nicht mal, dass überhaupt irgendjemand zu so was fähig wäre. Ich jedenfalls nicht, eher würde ich abhauen.«

Man hörte das Klicken von Edwards Feuerzeug, ein dumpfes Scheppern, als er es wegwarf, und dann das Aufflammen eines Streichholzes.

»... Und deshalb möchte ich wissen, wie sie gelebt hat. Sie wissen schon, wen sie gekannt hat und wen nicht. Und wenn sie den Kleinen umgebracht hat, dann will ich wissen, warum. Ich muss rauskriegen, was da nicht stimmt. Ich möchte den Grund wissen. Maggie könnte mir helfen. Ich bezahle Sie für diese Arbeit. Sieht so aus, als könnten Sie es brauchen.«

»*Ihr* Fall geht Sie nicht das Geringste an«, erwiderte Edward.

Henry zuckte die Achseln.

»Ich bin jedenfalls schon zu oft weggelaufen, wenn ich lieber hätte umkehren sollen«, antwortete er.

Umkehren? Wenn man das nur könnte. Aber weglaufen, ja, das würde ich.

Ach, der erste Jahrestag kommt näher, wirft seinen Schatten schon voraus, löscht alles andere aus und macht mich geschwätzig.

Sie sagen hier, der erste Jahrestag der Einlieferung ins Gefängnis sei der schlimmste deines Lebens.

Zuerst merkten wir gar nicht, dass mit Harry etwas nicht stimmte. Vielleicht weil zwischen uns so vieles nicht stimmte. Ein Kind zu haben war meine Idee, es war ein Muss, ich war spät dran, und meine Hormone spielten verrückt. Am liebsten hätte ich gehabt, dass alle Leute möglichst viele Kinder in die Welt setzten, dann hätte ich sie alle um mich geschart und eines Tages so was wie eine Fußballmannschaft gehabt. Mein Mann war absolut dagegen, aber ich glaubte, es seien nur seine Nerven, die nicht mitmachten. In das Ergebnis würde er sich verlieben, besonders, wenn es ein Mädchen wäre. Ich hätte ihn so akzeptieren sollen, wie er war, statt davon auszugehen, dass er sich ändern würde. Aber ich wollte ein Kind, und ich bekam es. Natürlich ist das Baby wichtiger als der Mann, wenn man schwanger ist. Das gefiel ihm nicht, aber richtig schlimm wurde es erst am Ende der Schwangerschaft, als plötzlich alles schief ging. Es war keine leichte Geburt, und Harry war kein hübsches Kind. Er hatte so viel mitmachen müssen, bevor er zur Welt kam – wie sollte ich erwarten, dass er lächelnd herausflutschte.

Das unbeschreiblich Grausame an dieser Art von cerebraler Bewegungsstörung ist die wunderbare Zeit, bevor irgendwer merkt, dass etwas nicht stimmt. Harry war einfach nur ein süßes, ruhiges Baby. Deutlich wurde es erst, als er anfing, sich zu bewegen. Er konnte nicht sitzen, ohne umzukippen, und immer auf dieselbe Seite. Irgendwann fiel mir auf, dass er sich nur in eine Richtung fallen ließ. Im Nachhinein ist es fast rührend, dass er versuchte, so zu fallen, dass er sich schützen konnte. Dann gab es diese seltsame Bevorzugung der einen

Hand; ich glaubte schon, er sei Linkshänder und fragte mich, woher er das wohl habe. Als er dann anfing zu krabbeln, zog er sich mit dem linken Arm vorwärts und schleifte den anderen hinterher. Zuerst fand ich es süß und lustig, aber es hörte nicht auf.

Und dann kam der Moment, als ich ihn ansah und wusste, dass irgendwas ganz schrecklich schief gelaufen war. Es war ein Moment, den ich nicht beschreiben kann. Schon damals hatte ich entsetzliche Angst um ihn. Am liebsten hätte ich ihn in meinen Schoß zurückgestopft und ihm gesagt, er soll da bleiben, wo er in Sicherheit war.

Ich hatte mehrere Bücher über cerebrale Bewegungsstörungen und wusste alles darüber. Ich habe sie doch weggeworfen, oder? Und die Tagebücher, die ich über seine Entwicklung führte? Ja, habe ich, ich bin ganz sicher.

Wir hatten eine gute Zeit zusammen, Angela, Tanya und ich. Wir spielten mit Harry. Er war zäh und entschlossen, Eigenschaften, die ich an einem Jungen liebe. Komischerweise gab es mit zwei behinderten und sehr anspruchsvollen Kindern einfach zu viele Krisen, als dass man den Abschied eines Ehemannes groß bemerkt hätte. Es war, als hätten beide nie existiert. Meiner muss gewusst haben, dass ich nicht um ihn trauern würde. Der arme Mann, er hatte Recht, als er ging.

Und er hat uns ja auch nicht im Stich gelassen, egal, wie es manchmal aussah, sondern genügend Geld geschickt, um uns allen dreien zu helfen. Er hat mich auf seine Art geliebt; ich war diejenige, die ihn abgelehnt hat.

Es hat eine Weile gedauert, bis ich merkte, wie sehr er Harry hasste. Und Angela auch, obwohl Hass der falsche Ausdruck ist. Gleichgültigkeit, durchsetzt von Gereiztheit, kommt der Sache näher. Noch so eine Entdeckung, bei der einem das Herz stehen bleibt, doch die ist eher traurig als bitter. Ich betete ihr Kind an, und so nett sie auch zu meinem war, lieben konnte sie es nicht.

Und andere Menschen auch nicht. Ich war nicht mehr die

Freundin der ganzen Welt, die Zeit für alles und jeden hat.
Harry und ich, wir waren diejenigen, die Hilfe brauchten.
Wer tötete Cock Robin
Ich, sagte der Spatz,
Er starb in meiner Hatz, ich tötete Cock Robin.

Hör auf damit, hör auf, niemand hat Schuld als du selbst.

FMC

SIEBEN

Reim und Melodie gingen Maggie durch den Kopf.

Du glaubst sie zu verlieren
Wenn du sie einsperrst wie ein Kind
Willst Kummer nicht riskieren
Denn Liebe macht blind
Doch was du auch tun magst
So sehr du sie pflegst
Wie schnell du sie jagst:
Die Liebe findet Ihren Weg

»Die Lösung«, hatte Henry gesagt, »liegt immer in den Fakten.«
»Nein, das stimmt nicht, Henry. Sie liegt in den Gefühlen. Glauben Sie mir, ich bin Anwältin.«
»Warum habe ich bloß immer das Gefühl, dass Sie sich über mich lustig machen?«
»Weil Sie Amerikaner sind, Henry. Sie haben keinen Sinn für Humor.«
Das Gespräch fiel ihr ein, als sie auf Laura Pains uralter Sonnenbank lag, diesem integralen Bestandteil der Pain Beauty Clinic – ich bin die Pein in deinem Leben, ha ha –, die halb die Thistle Road hinauf auf der linken Seite lag. Sie war nicht zu übersehen. Maggie dachte an Henry, wie er oben in seinem Zimmer saß, umgeben von Papieren. So hatte er die letzten vier Tage verbracht, außer wenn er das Haus verlassen und sich zum Narren gemacht hatte mit seiner schrecklich direkten Art sich auszudrücken und seiner ebenso verhängnisvollen Unfähigkeit zu lügen. Als das Licht in der Sonnenbank erlosch

und ihr lautes Dröhnen seufzend zum Stillstand kam, drückte sie gegen die Haube. Sie knarrte wie der Deckel eines Sargs.

»Bist du so weit? Dann komm rüber.«

Eine kurze Entfernung, der Weg zwischen dem Erker des kleinen dunklen Wohnzimmers und der gegenüberliegenden Wand. In der Mitte hing ein bodenlanger, mit Blumen bedruckter Plastikvorhang. Maggie verließ die harte Sonnenbank, zog sich im Gehen etwas über und legte sich auf die weichere und höhere Massagebank.

»Die Sonnenbank muss aus der Zeit stammen, als wir noch zur Schule gingen, Linda.«

»Du willst mir wohl sagen, dass du was Besseres gewohnt bist, was? Schicke Sonnenstudios in London, wo die Hauben von allein aufgehen. Ich weiß auch nicht, warum machen wir uns bloß all die Mühe?«

Geschickte Hände verteilten eine Reinigungslotion auf ihrem Gesicht. Maggie blickte hinauf zur Decke. Das hässliche Spiralmuster auf der dicken Tapete verschwamm ihr vor den Augen. Im Radio diskutierten die Hörer live über irgendeine Krise. Wattebäusche glitten über die Oberfläche ihrer Haut.

»Ich habe auch mal daran gedacht, von hier wegzugehen«, sagte Linda. »So wie ihr alle. Dann wurde ich schwanger, und hier bin ich. Stattdessen ist er abgehauen. Kommt letztlich aufs selbe raus, was? Nirgends ist es so wie zu Hause. Man kann den Mädchen ihre BHs verbrennen, und sie wollen sie wiederhaben. Genau wie das Korsett. Mit Arroganz kommt man hier nicht weit, meine Liebe.«

»Hab ich auch nie geglaubt.« Die Hände entfernten sich einen Augenblick. Außerhalb ihres Gesichtsfeldes hörte sie das Geräusch energischen Händewaschens.

»Nein, du nicht. Und deine Kusine auch nicht, das muss man fairerweise zugeben.« Dann trug sie eine kühle, adstringierende Lotion auf Maggies Kinn auf und verrieb sie bis zur Stirn. »Aber du warst ziemlich romantisch, nicht? Hast immer getan, als wärst du eine Prinzessin, und pausenlos Gedichte rezitiert. Ich wusste nie, wer du am nächsten Tag sein würdest. Du warst verdammt lustig, Maggie Chisholm. Das bist du immer noch, auch wenn du deinen Namen geändert und den falschen Mann geheiratet hast. Scheint, als wäre es uns allen so ergangen.«

»Damals war er nicht der falsche Mann.«

»Nein, das waren sie damals alle nicht. Trotzdem hätte ich nie gedacht, dass es dir auch passieren würde, nicht nach mehr als zwölf Jahren. Aber das ist noch lange kein Grund, den Kopf hängen zu lassen. Du tust so, als wärst du die Einzige in diesem Boot. Du solltest mal mit mir und den anderen Frauen losziehen. Mach die Augen zu.« Linda nahm einen frischen Wattebausch, um einen Rest Wimperntusche von Maggies Augenlid zu wischen. »Stattdessen kannst du ums Verrecken nicht sesshaft werden, kannst dir für all dein Geld nicht mal ein Haus kaufen. Lieber lebst du mit diesen Schwuchteln zusammen, und jetzt gehst du auch noch mit einem Ami aus. Na, wenigstens achtest du noch darauf, wie du aussiehst. Was will dieser Kerl überhaupt? Hat er Geld?« Als Nächstes folgte ein Klacks Peeling-Gel, das etwas kräftiger in die Haut einmassiert wurde. Maggie bemerkte ein Stück Hornhaut auf Lindas Mittelfinger und fragte sich beiläufig, wie es wohl entstanden war. Sie erinnerte sich daran, wie sie irgendwann in der Vergangenheit einmal mit rauen Händen massiert worden war, konzentrierte sich auf die Hornhaut und nahm sich zusammen. Sie mochte nicht, dass die Leute über Henry sprachen, es sei denn, mit Respekt.

»Habe ich dir doch gesagt«, entgegnete sie. »Er will mehr über Harrys Tod rausfinden. Er war früher mal in Francesca verliebt und kann nicht glauben, dass sie es getan hat.«

»Pah! Und wo war er, als er gebraucht wurde? Er ist ein bisschen spät dran, meinst du nicht? Ich weiß, was er macht, ich hab davon gehört. Letzten Endes kriege ich hier alles mit, mehr als du in deinem Büro jedenfalls, das kannst du mir glauben. Und ich bin nicht die Einzige, die ihm raten würde, keine schlafenden Hunde zu wecken. Dummer Kerl. Schon damals sind mir jede Menge Gerüchte zu Ohren gekommen. Zum Beispiel, dass Frannys Mann seine Frau zurückhaben wollte und eine kurze Stippvisite hier einlegte, mit der Absicht, den armen Jungen um die Ecke zu bringen. Angeblich soll er es ja auch versucht haben, als er ihn allein zu Hause antraf. Und dann meinte irgendwer, dass es Neil gewesen war. Oder Angela Hulme ...«

»Hör doch auf, Linda ...«

»Tja, Franny hatte viel mehr Zeit für ihre süße Kleine, bevor Harry laufen und sprechen lernte, oder etwa nicht? Als er klein war, ging es ja noch, aber dann wurde er größer. Irgendwer hat sogar behauptet, es wären die Schwulen gewesen, aber er ist nie über Nacht bei ihnen geblieben, und außerdem ist es am Sonntagmorgen passiert, nicht wahr? Ich selbst hab geglaubt, dass es einer von den perversen Kiffern war, davon haben wir hier ja eine ganze Menge, was? Bis sie sagte, dass sie es selbst getan hätte. Und plötzlich ergab alles einen Sinn. Dieser blöde Kerl sollte lieber aufhören, Fragen zu stellen, bevor ihm jemand eins auf die Nase gibt oder noch schlimmer. Tu mir einen Gefallen und hör auf, deine Hände zu Fäusten zu ballen, okay? Du sollst dich hier entspannen.«

Die winzigen Körnchen einer feinen, sandigen Substanz, die auf ihren Wangen verteilt wurde, lösten die letzten Schmutzreste aus ihren Poren. Die Wirkung war überwältigend. Der Raum war angenehm warm, und die Welt draußen ausgesprochen ungemütlich. Maggie gehorchte und streckte die Finger.

»Ich kann ihn nicht dran hindern, Fragen zu stellen«, erklärte sie. »Er ist Wissenschaftler.«

»Das ist keine Entschuldigung. Oh, verdammt, es hat geklingelt. Sie ist zu früh dran.«

Gemurmel im Gang. Dann Gelächter. Linda kam zurück. Maggie rieb sich die Augen. Die Sonnenbank dröhnte los, und hinter dem Vorhang hörte man, wie sich jemand auszog. Die kosmetische Behandlung wurde wortlos fortgesetzt.

Du warst so lustig, Maggie. Das ist lange her. Bald wird niemand mehr mit dir reden. Sie konnte es an den Fingern abzählen, während Linda ihren Nacken und ihre Schultern massierte und sie leise und dankbar seufzte. Ein Lieferwagen fuhr die schmale Straße hinauf.

Besorg Henry die Schlüssel zu ihrer Wohnung. Ist erledigt.

Bring Neil dazu, mit ihm zu reden ... Weigert sich, aber ich bleib' dran.

Bring Angela dazu, mit Henry zu reden ... Unmöglich. Sie weigert sich kategorisch. Er wird selbst versuchen müssen, sie einzuwickeln.

Sag ihm, dass er den Internetanschluss in der Bücherei benutzen kann ... Das weiß er bereits, hat es gewittert wie ein Spürhund.

»Er ist wie ein Hund«, flüsterte sie Linda zu, während die Feuchtigkeitsmaske um ihre Nase starr wurde.

»Wer? Der Amerikaner?«

»Ja, ein süßer großer Hund mit einem dichten Fell und sanften Augen.«

»Ich weiß nicht, Maggie. Wirklich nicht. Du hast kein gutes Händchen. Fällst immer wieder auf irgendeinen Trottel rein. Was treibt er jetzt wohl, wenn du nicht auf ihn aufpasst?«

»Weiß der Himmel.«

Sie sah ihren Mantel, der an einem Haken hinter der Tür hing. Ein Ärmel lugte hervor, als wollte er salutieren.

Hier schneit es nie oder nie sehr lange, hatte Maggie gesagt. Als er sein Zimmerfenster öffnete, war ein ganzes Heer von Schneeflocken auf dem Ärmel seiner schwarzen Jacke gelandet. Er hatte ihr den Arm hingestreckt und gefragt, Und wie würden Sie das hier nennen? Es hatte zwei Stunden lang geschneit; Maggie konnte also keine besonders zuverlässige Informationsquelle sein. Dafür war sie zu einem angenehmen Inventar seines Zimmers geworden und bewunderte die Ordnung, mit der er es eingerichtet hatte. Sie brachte das Frühstück für sie beide nach oben, begutachtete die Schneeflocken, als seien es seltene Insekten und schwang sich auf sein seidenbezogenes Bett, von dem alle Prozessakten im Fall *Der Staat gegen Chisholm* sorgfältig entfernt worden waren.

Die Welt hinter dem Haus, in die er nun widerwillig hinaustrat, nachdem er auf dem Weg nach unten noch einmal umkehren musste, um seine Handschuhe zu holen, war das trostlose Gegenteil davon. Auf dem Bürgersteig lag Schneematsch, nicht gerade einladend, eher ein lästiges Ärgernis so nah an der Küste, im Landesinneren musste es dagegen so stark geschneit haben, dass die Straßen unpassierbar waren. Lange bevor seine feuchten Schuhe die Viertelmeile zwischen dem Haus und der Kirche bewältigt hatten, wollte Henry umkehren; als er schließlich doch ankam, stellte er zu seiner großen Erleichterung fest, dass das Innere des Gebäudes angenehm warm war. Von draußen hatte es so ausgesehen, als müsste es kalt sein. Peter war schon da.

»Francesca kam regelmäßig hierher«, erklärte er und warf einen bewundernden Blick auf Henrys Lederstiefel, während Henry sich gleichzeitig wünschte, er wäre so vernünftig gewesen, das Angebot anzunehmen, sich Gummistiefel zu leihen.

»Nicht als Gläubige, verstehen Sie«, unterbrach ihn der Vikar mit seiner hohen Stimme, die in eine warme, menschenleere Kirche besser passte als auf eine Abendgesellschaft. Die Stimme gehörte hierher; sie hallte wider und verführte zum Gebet. Die übertrieben präzise Aussprache der einzelnen Silben schien in diesem Raum einen Zweck zu erfüllen. »Eher wie jemand, der unverhohlen auf der Suche nach einer Lebensversicherung ist. Nicht für sich selbst, obwohl ihr das Ambiente gefiel, wie sie mir gestand, sondern für die Kinder. Sie brachte Tanya Hulme her, kurz nachdem sie adoptiert worden war und später auch Harry als Baby auf dem Arm. Sie war immer ganz ehrlich, was ihre Motive anging.«

»Motive?«, fragte Harry. Er warf einen Blick auf die Schnitze-

reien an der Kanzel und stellte sich vor, wie sich der Priester an seinen Gewändern ergötzte.
»Kommen Sie schon, Mr. Evans. Jeder Mensch, der sich religiösen Vorschriften unterwirft, hat ein Motiv. Das kann die Mitgliedschaft in einem Club sein, eine Gelegenheit, seinen Hut zu tragen, Frieden und Ruhe zu genießen oder die Möglichkeit, andere zu sehen und gesehen zu werden. Vielleicht auch nur die Gelegenheit, eine Stunde an einem angenehmen Ort zu verweilen. Immerhin geben wir uns mit den Blumen alle Mühe, nicht wahr, Peter?«
Peter war dabei, einige Winterblumen in einer großen Vase zu arrangieren. Er trat ein paar Schritte zurück, um sein Werk zu bewundern, und nickte. Die Kirche war im alten viktorianischen Stil gebaut, eher wuchtig als elegant, aber die Kirchenbänke waren frisch poliert und die Kniekissen sorgfältig gearbeitet. »Ich bin sicher, dass sie zu den Methodisten gegangen wäre, wegen der schöneren Hymnen, wenn wir uns nicht so viel Mühe gegeben hätten. Jedenfalls wollte sie die Kinder mit dem Glauben vertraut machen. Sie sollten Gottes Segen erhalten, falls es einen gab, das hat sie mir selbst gesagt. Später könnten sie sich anders entscheiden, aber nicht, weil sie keine vernünftige Anleitung erhalten hätten. Ich habe das gut verstanden. Wenn ich meinen Schäfchen vorschreiben wollte, woran sie zu glauben haben, hätte ich keine Gemeinde mehr.«
»Jetzt weiß ich also, was sie am Sonntagmorgen gemacht hat …«
»Was *wir* gemacht haben«, unterbrach ihn Peter.
»Trotzdem hilft es mir nicht weiter, was ihr Problem angeht«, fuhr Henry ernst fort. »Ich meine, wenn Sie ihr Priester waren, in welcher Form auch immer, und Harry eins Ihrer Schäfchen, warum hat sie nicht Sie um Hilfe gebeten? Sie haben nicht viel für sie getan, oder?«
Der Priester und Peter wechselten einen resignierten Blick: zwei Menschen, die gemeinsam zur Kenntnis nahmen, dass Henrys Fragen nicht gerade diplomatisch waren.

»Ich habe ihr geholfen. Ich habe sie mit Menschen in Verbindung gebracht, die sie aufrichtig liebten. Sie hatte keine Familie, wissen Sie. Wenn Kinder so spät geboren werden wie sie, verlieren sie ihre Eltern im Allgemeinen früh. Ich habe diese beiden aufgetan«, und er deutete mit dem Kinn auf Peter, »damit sie sich um Harry kümmerten, aber gegen die dunklen Seiten ihres Lebens gab es nichts, was ich hätte tun können. Gar nichts. Ich konnte sie nicht dazu bringen, Rat bei einem Gott zu suchen, an den sie nicht glaubte. Jedenfalls war *Hilfe* nicht das Problem.«

Er ließ sich schwerfällig in einer der glatt polierten Kirchenbänke nieder, umfasste mit einer Hand den geschnitzten Holzknauf und strich darüber. Seine Hand war von harter Arbeit rau, trocken und rissig, was Henry sofort für ihn einnahm. Peter und Timothy hatten ebenfalls solche Hände, und die Jünger Christi, so stellte er sich vor, wahrscheinlich auch. Die Hände verliehen dem Vikar Glaubwürdigkeit und rückten ihn noch weiter weg von dem alternativen Bild des Kunstliebhabers, des Dinner-Party-Gastes mit einem Glas Wein in der Hand. Henry wartete. Der Priester fuhr fort, das Holz zu streicheln, als sei es eine Wunderlampe, die sprechen konnte.

»Das Problem lag darin, dass sie so ein guter Mensch war. *Ist* oder war, ich weiß es nicht, aber *gut*. Ich meine, sie war mit einer natürlichen Tugend gesegnet, die keine Impulse von außen benötigt. Sie war kein guter Mensch, weil sie Angst vor irgendwelchen Konsequenzen hatte, sie war einfach von Natur aus gut. Sie hatte eine spitze Zunge, na schön, aber sie war einfach nicht imstande, Böses zu tun. Sie konnte sich beklagen, aber unter gar keinen Umständen Gemeinheiten ausbrüten oder Groll empfinden. Sie besaß eine einzigartige Fähigkeit, für andere zu sorgen. Sie zu lieben, könnte man sagen. Und wenn es keine Gotteslästerung wäre, würde ich sogar behaupten, dass der christliche Gott, was Vergebung und Großzügigkeit angeht, noch einiges von ihr hätte lernen können. Sie hatte es nicht nötig, dafür zu beten.«

Peter hüstelte, die lange Predigt war ihm peinlich. Henry zuckte zusammen. »Und wo liegt das Problem?«
Der Vikar setzte sich aufrecht und verschränkte die Hände im Schoß seiner Soutane. Es war kein besonders elegantes Gewand und leicht speckig.
»Menschen, die mit natürlicher Güte und großem Einfühlungsvermögen gesegnet sind, ziehen die Schwachen und Lahmen an wie ein Magnet, vor allem, wenn sie obendrein über ein hübsches Gesicht und körperliche Anmut verfügen. Auch die Kranken, die Geschlagenen und Bedürftigen. So werden sie mit der Zeit unentbehrlich. Aber sie werden auch abgelehnt, Mr. Evans. Tugend ist schwer zu ertragen. Die Menschen ärgern sich über das grelle Scheinwerferlicht reiner Güte. Es gibt ihnen das Gefühl, unzulänglich zu sein. Genau aus diesem Grund bin ich ein guter Vikar.« Er grinste, und Henry spürte erneut einen Anflug von Sympathie für ihn. »Meine Fehler und mein Mangel an Geduld sind allzu offensichtlich. Mir fehlt das Charisma der Güte, verstehen Sie? Ihr Segen und ihr Fluch. Niemand ärgert sich über mich, wenn ich mal keine Zeit habe. Bei Francesca war es so.«
Peter stieg von der kleinen Leiter hinunter, die er aufgestellt hatte, um die Vase hinter der Kanzel zu erreichen. Er bewegte sich geräuschvoll und stöhnte heftig.
»Dieses Arrangement funktioniert nicht«, sagte er. »Es wird nicht lange halten in dieser schrecklichen Hitze.« Es war ein übertrieben aufwendiges und wackliges Gebinde aus Stechpalmen und Lorbeer. Henry rückte seine Brille zurecht und nickte. »Ja, das ist Quatsch«, sagte er und wandte sich wieder dem Priester zu.
»Und aus reiner Güte brachte sie also viel Zeit und Energie für Tanya Hulme und ihre Mutter auf. Wie ich gehört habe, bildeten Sie ein ziemlich unzertrennliches Quartett. War das Güte? Und wem *nutzte* diese Güte?«
»Ach, das war einfach nur Liebe, denke ich. Sie war in das Kind vernarrt. Und es tat dem hübschen kleinen Mädchen gut, das

uneingeschränkte und bedingungslose Liebe so dringend brauchte, um den Schaden, der ihm zugefügt worden war, wettzumachen. Wenn Sie diesen verstörten kleinen Wildfang gesehen hätten, hätten auch Sie ihn ins Herz geschlossen.«
»Kommt sie jetzt in die Kirche?«
»Um Gottes willen, nein. Ich glaube nicht, dass die Mutter irgendeinen Einfluss neben sich toleriert. Möglich, dass sie Recht hat: Man darf sich nicht beirren lassen.«
In diesem Moment kippte Peters Arrangement um und fiel zu Boden. Henry kam ihm zu Hilfe, um die Scherben einzusammeln.
»Ich glaube, die hätten wir lieber am Baum hängen lassen sollen«, sagte Peter bedauernd.
»Ja, vielleicht«, antwortete Henry, klopfte ihm auf die Schulter und bemerkte, dass er ihn zum ersten Mal angefasst hatte. Peter grinste breit.
»Sehen Sie, wir beißen nicht«, sagte er. »Kommen Sie zum Abendessen? Aber wir haben einen musikalischen Abend geplant.«
»Lieber nicht«, antwortete Henry. »Aber trotzdem, danke.«

Niemand hatte bisher die Herausforderung gemeistert, die Burg zu heizen. Es schien vollkommen natürlich, es gar nicht erst zu versuchen. Die Burg war nicht dazu bestimmt, geheizt zu werden oder gar blitzblank zu sein, dachte Neil, während er eine Plastiktüte, die sich am Sockel der Kanone verfangen hatte, aufsammelte und hastig wieder hineinging. Die Unterkünfte der gemeinen Soldaten waren bestimmt nie sauber gewesen, und in der Küche hatte es wahrscheinlich gestunken. In den Zimmern der Offiziere, die etwas mehr Komfort verlangten, hätten Wandteppiche und Vorhänge allzu starken Luftzug verhindert. Daneben gab es noch einige holzvertäfelte Zimmer für ranghohe Offiziere. An den lackierten Paneelen hingen die Porträts oder Fotografien von Burgverwaltern mit dichten Schnurrbärten, angefangen im Jahre 1800, bis der letzte über-

flüssig geworden war. Chisholms Gesicht war nicht nur das letzte, sondern auch das einzige glattrasierte, und es besaß die Dreistigkeit zu lächeln. Keine gute Idee, die Wohnräume aus dem Hauptturm der Burg zu verbannen, dachte Neil, obwohl er wusste, dass die Unterhaltskosten sündhaft teuer gewesen sein mussten. Aber das Fehlen einer Familie, die im Herzen der Burg wohnte, förderte natürlich die Verbreitung der Gespenster, die durch die dunklen Räume spukten und die Porträts ihrer ehemaligen Herren mit obszönen Gesten ärgerten. Ihr Burgverwalter könnt uns mal, jetzt regieren wir.
Heute war die Burg offiziell geschlossen. Er war nur gekommen, um nach dem Rechten zu sehen, die Postkarten und Burgführer für den nächsten Tag zu ordnen und alles vorzubereiten für seinen freien Tag. Obwohl er in seine Arbeit vertieft war, verspürte er eine innere Unruhe. Es gab Besseres zu tun außerhalb dieser schweren Mauern. »Eine Nummer schieben«, sagte er zu sich selbst. *Immer wieder*. Das Wochenende war großartig gewesen; sie war wunderbar, und die Zukunft machte ihm große Sorgen. Viagra. Der Arzt hatte gesagt, dass er nur auf drei oder vier Behandlungen Anspruch habe, danach müsse er die Kosten selber tragen, und die entsprachen einem kleinen Vermögen. Würde sein blöder, unkooperativer Penis endlich kapieren, dass sein Körper den Kode geknackt hatte, und beschließen, von allein zu funktionieren? Würde er die Dosis erhöhen müssen? Würde er auch nur genug für eine Woche haben? Wo konnte er sich eindecken, jetzt, da sein Leben ohne Viagra unvorstellbar war? Würde er seine Geliebte verlieren, so wie er seine Frau verloren hatte?
Er steckte drei Erdnusspackungen ein und ignorierte die leichten Gewissensbisse, weil er unten keinen Rundgang mehr machte, denn er wollte sich nicht verspäten. Warum auch? Er durfte Tanya nicht zu spät abholen. Angela würde ihn umbringen. Er lief über die Zugbrücke und zog sich die Kapuze seines Anoraks über den Kopf. Am Eingang drängte sich eine Menschengruppe.

»Verzeihung, aber haben Sie geöffnet?«
Neil beugte sich vor und atmete die salzige Brise ein.
»Tut mir Leid. Wegen *Exorzismus* geschlossen.«
Für morgen hatte er noch genug Viagrapillen, vielleicht für ein paar Mal noch, aber dann war Schluss.

Maggie wandte ihr glänzend sauberes Gesicht vom Meer ab und näherte sich der Stadt von der anderen Seite. Auf dem Bürgersteig schmolz der Schneematsch, und der Himmel war bleiern. Sie liebte es so. Sie wünschte, sie hätte nichts anderes zu tun, als spazieren zu gehen. Sie gelangte zu der buckeligen Brücke, die über die Eisenbahngleise führte. Der Zug, der in der Ferne auf sie zurumpelte, sah aus wie eine Modelleisenbahn. Sie blieb an der höchsten Stelle der Brücke stehen, um zu spüren, wie er unter ihren Füßen entlangfuhr. Als er abbremste, zitterte die Brücke leicht. Von hier aus hatte sie einen Blick auf den Park und die Stadt, die friedlich und vom Schnee besänftigt vor ihr lagen. Ihre innere Unruhe erstarb. Sie wünschte sich nicht, im Zug zu sitzen und wegzufahren. Wohin sollte sie auch? Und wenn sie ankam, würde sie niemanden kennen. Das Leben war bemerkenswert gleich bleibend.
Im Park neben dem Turnverein lag Schnee. Angesichts dieser Sensation hatte man die Aktivitäten im Innern unterbrochen und die Kinder zum Spielen nach draußen geschickt. Auf dem Rasen war der Schnee liegen geblieben, und die Büsche an den Wegesrändern strahlten weiß. In der Mitte der Rasenfläche war ein Schneemann entstanden, ein großer Rumpf und die Andeutung eines Kopfes, der im Verhältnis viel zu klein war. Jemand hatte eine Möhre als Nase in das leere Gesicht gesteckt. An den über dem Bauch verschränkten Händen trug der Schneemann Handschuhe, dafür hatte er weder Ohren noch Augen, die ihm Ausdruck verliehen. Die Kinder stritten sich lautstark darüber, was noch fehlte, während Tanya mit ihrem weichem kastanienroten Haar etwas abseits stand. Dünne Beinchen lugten aus einer bauschigen Jacke und führten zu

riesigen Füßen in schwarzen Turnschuhen, die nervös den Schnee lostraten. Das bestangezogene Kind in der Stadt, und keiner wollte etwas mit ihm zu tun haben.
Maggie stapfte durch den Schnee auf sie zu, ohne darauf zu achten, dass ihre Hosenaufschläge nass wurden.
»Was gibt's Neues, Tanya?« Maggie ermahnte sich, keine Kosenamen zu benutzen. Wenn man sich mit Kinden nicht auskannte, wusste man nie, worauf sie Wert legten, abgesehen von ihrer eigenen Würde, vielleicht. Tanya wirbelte den Schnee auf, bis sie zum Rasen darunter gelangte, und dann trat sie gegen den Boden. Die Schnürsenkel ihrer Turnschuhe waren aufgegangen. »Jemand anders hat die Möhre gefunden«, flüsterte sie und zeigte auf ein Mädchen in der Gruppe. »Ich wünschte, ich hätte sie gefunden. Ich habe versucht, sie ihr wegzunehmen, und dann haben sie mich verjagt.«
»Hmm. Ich sehe ein paar schwarze Steine, die wären wie geschaffen für die Augen«, erklärte Maggie und beugte sich hinunter zum Boden. »Und dann könnten wir ein paar Blätter für die Ohren nehmen, es gibt jede Menge Blätter. Und für seinen Kopf kannst du meinen Hut haben.«
»Warum?« In ihren Augen erschienen Tränen der Wut.
»Weil er dich anlächeln wird, wenn du ihm ein Gesicht gibst.«
Tanya starrte sie misstrauisch an, nahm die Steine und trat einen Schritt zurück, als müsse sie sie beschützen. Dann drehte sie sich rasch um und lief zu der Gruppe, um Steine als Augen vorzuschlagen. Anschließend kam sie zurück wie ein Hündchen, *Was ist nun mit den blöden Ohren*? Am Wegesrand wuchsen Lorbeerbäume: Maggie schüttelte den Schnee ab und pflückte ein paar Blätter, deren ausgefranste, braune Spitzen sich nach innen rollten. Sie sahen aus wie Ohren, und Tanya riss sie ihr aus der Hand, als hinge ihr Leben davon ab, bevor sie zu ihrem Stamm zurücklief. Plötzlich klebten die Ohren am Kopf. Sie eilte zu Maggie zurück, immer noch voller Aufregung.
»Den Hut! Ich *brauche* deinen Hut. *Biiiiiiitte*!« Maggie beugte den Kopf.

»Jetzt reicht es aber, Tan.«
Tanya hielt kurz inne und sah Neil an, der plötzlich vor ihnen stand. Dann flitzte sie mit dem Hut in der Hand davon und rief der Gruppe etwas zu, während sie damit winkte. Kurz darauf thronte der Hut auf dem Kopf des Schneemanns, und eine Sekunde lang erklang abgerissener Beifall.
»Tut mir Leid«, sagte Neil. »Ich bringe ihn dir gleich zurück.«
»Macht nichts«, antwortete Maggie. »Ich mag sowieso keine Hüte. Schals sind besser.«
Sie beobachteten die Kinder. Diese hatten mittlerweile einstimmig beschlossen, dass die plumpe Schöpfung ihrer Hände eine prima Zielscheibe für ihre Zerstörungswut abgeben würde. Sie formten klobige Schneebälle und bewarfen den Schneemann damit. Auffälligstes Ziel war der Hut, und Tanya war die Einzige, die ihn traf. Anschließend setzten sie ihn dem Schneemann in einem kecken Winkel wieder auf den Kopf, und weiter ging es unter schrillem Gekreische.
»Da wird man ja ganz meschugge«, sagte Neil.
»Ich glaube nicht, dass ich es bereue, keine Kinder zu haben«, antwortete Maggie.
»Hör mal«, sagte Neil jetzt zögernd, »der Amerikaner, wegen dem du mich angerufen hast, wird doch für Fergusons arbeiten. Wenn du ihn darum bittest, meinst du, er könnte mir Viagra besorgen?«
»Es wirkt also.«
»Und wie.«
»Sei vorsichtig. Mit Medikamenten muss man aufpassen.«
»Mein Gott, du hörst dich schon genauso an wie Francesca. So entsetzlich fürsorglich. Aber was meinst du, könnte er …«
Sie errötete vor lauter Wut. »Oh, ich bin sicher, dass er es kann. Er hat eine Tasche voller Pillen in seinem Zimmer, die er hütet wie seinen Augapfel.«
»Wahrscheinlich verscherbelt er sie an die Schwuchteln. In seinem Zimmer? So ist das also, Maggie? Du bist wohl oft in seinem Zimmer, was?«

»Nein, Neil, es ist nicht so, wie du denkst. Und ich weiß auch nicht, ob Henry Evans dir helfen kann. Vielleicht kann er dir sagen, wie man dran kommt. Du musst nur mit ihm reden.«

»Ich? Was soll ich ihm sagen? Ich hatte doch keine Ahnung, was los war, oder? Ich wurde doch ausgeschlossen. Oh, nein, nicht von Francesca, sie hat versucht, uns wieder zusammenzubringen, aber von Angela. Sie wollte keinen Mann in der Nähe des Kindes.« Er scharrte mit den Füßen an der Stelle im Gras, wo Tanya den Schnee weggetreten hatte. »Ich wusste so gut wie nichts über Frans Leben. Nur, dass Angela irgendwie sauer auf sie war. Harry nahm Zeit in Anspruch, die Francesca früher Tanya gewidmet hatte, dabei war Angela gar nicht immer davon begeistert. Man kann es ihr nie recht machen.«

»Na ja, dann lass dich von Henry zu einem Drink einladen. Überrede Angela, dass sie sich mit ihm unterhält.«

»Soll das ein Witz sein? Ich sag dir was, morgen ist keine Schule, und sie übernimmt mit Tanya meinen Dienst in der Burg. Schick ihn hin. Ich an deiner Stelle würde es tun.« Neil schloss die Augen und dachte daran, was er sich für seinen freien Tag vorgenommen hatte. Einen Ausflug nach Frankreich, ein Abendessen und … Er zeigte auf Tanya. »Aber die Kleine macht sich allmählich. Sie bringt mich zum Lachen.«

Die Kinder wurden langsam müde. Ihre Würfe erlahmten, die rauen Hände brannten, die Mütter am Wegesrand riefen sie, bis nur noch Tanya übrig war und mit unvermindertem Enthusiasmus weiter machte. Missgestaltet und gleichmütig widerstand der Schneemann dem Angriff. Maggies Hut war verschwunden.

»Ich gebe zu, dass mir der kleine Harry unheimlich war«, fuhr Neil fort. »Er war wie ein Schwamm, der sich mit Energie vollsaugte, aber nie was zurückgab, soweit ich das beurteilen kann. Aber was soll's, ich war nicht sein Vater, also kann ich nicht mitreden. Trotzdem habe ich nie begriffen, wie er allein bis zum Ende des Piers laufen konnte.«

Jetzt war auch Tanya erschöpft und hörte auf, sich in die Hände zu blasen, um sie zu wärmen. Neil wandte sich Maggie zu. »Was immer Francesca für uns getan hat, sie hat alles wieder zurückgenommen, alles zerstört. Zuerst hat sie sich unentbehrlich gemacht und dann *peng* ... dann hat sie doch tatsächlich den Nerv ... O sieh mal, sie ist fertig ... Es ist besser, ich bring sie nach Hause. Ich will noch zum Angeln raus.«
Tanya kam auf sie zugelaufen und wedelte mit Maggies Hut. Zu Maggies verlegener Überraschung machte sie einen Knicks und gab ihr den Hut mit einer Umarmung zurück. »Lass mich fliegen«, sagte sie dann an Neil gewandt. Sie hatte genau die richtige Größe und das richtige Gewicht, um sie im Kreis herumzuwirbeln, während die Beine strampelten und sie schrie, als würde sie gekitzelt. Atemlos setzte er sie schließlich wieder ab. »*Noch mal, noch mal*!«, schrie Tanya. »Genug«, erwiderte er, und sie ging gehorsam voraus.
»Das hätte sie vor einem Jahr nie getan«, murmelte Neil.
»Was? Jemanden zu umarmen?«
»Nein. Den Hut zurückzubringen.«

Sie verabschiedete sich von den beiden. Sie konnte es nicht länger ertragen. Jetzt sah sie alles ganz klar vor sich. Neil, der fürsorglich und verantwortungsbewusst mit einem Kind umging, das er niemals hätte zeugen können. Und sich selbst als diejenige, die zwischen ihnen allen stand und nur hin und wieder zur Kenntnis genommen wurde, als wäre sie ein Gespenst. Francescas Gehilfin, die eine Nebenrolle spielte und sich nie einmischte, so etwas wie eine zweite Besetzung, die den Text auswendig lernte, den jemand anders sprach und bis zum Ende blieb, um aufzuräumen. Die Henry half, in der Asche rumzuwühlen auf der Suche nach irgendeinem unidentifizierbaren Knochen, und genau wusste, dass ihr gar nichts anderes übrig blieb.
Sie brauchten ihn. Sie brauchten einen Fremden.

Eine unscheinbare Treppe führte zu Francescas Wohnung in der Nummer 40. »*Hier ist sie eingezogen, als ihr Mann sie verlassen hatte. Auf der anderen Seite des Gebäudes wohnt eine Freundin mit ihrer Tochter.*« Ein kluges und bequemes Arrangement, die Wohnung neben einer Freundin zu beziehen etc., aber jetzt wollte sie niemand mehr haben. Ich werde sie nicht mehr los, kann sie weder vermieten noch verkaufen, hatte Edward Burns geklagt. Großzügiges Apartment, dass ich nicht lache. Ein Ladenhüter trotz Meerblick. Das Türschloss war ungewohnt. Von irgendwoher dröhnte, durch die Wände gedämpft, ein Fernseher, während Henry mit dem Schlüssel herumfuchtelte und sich vorkam wie ein Einbrecher. Die Inneneinrichtung war eine Riesenenttäuschung, aber wahrscheinlich war er nur verwöhnt nach dem House of Enchantment. Die Temperatur war angenehm, der Stil anonym. Ein großes Wohnzimmer mit Blick aufs Meer und ein paar unscheinbare Möbel, die sie wahrscheinlich vom Vormieter übernommen hatte. Nichts Neues oder Besonderes, und alles abgewohnt. Regale voller Bücher, Einbauschränke mit angeschlagenen Türen und ein Teppich, der so fleckig, verblichen und abgewetzt war, dass man hätte meinen können, er habe als Spielfeld gedient. Am Fenster ein Drehstuhl, daneben ein Couchtisch. Über der Lehne gefaltet ein Schal. Henry nahm den Schal und hielt ihn an sein Gesicht. Minderwertige Ware, leicht muffig. Er versuchte, sich zu erinnern, ob Francesca einen besonderen Geruch gehabt hatte. Wahrscheinlich, aber er hatte kein Gedächtnis für Gerüche. Geschmack hatte sie jedenfalls besessen, einen eigenen Stil und ein Händchen für Kleidung, sogar auf Reisen, außerdem die Begabung, ihr Haar auf unzählige Arten aufzustecken.

Er sah sich die Bücher an, fand ein paar Romane, ein Regal voller Bücher mit Kinderliedern, doch sonst nichts, was einen Hinweis darauf gab, wer hier gewohnt hatte, abgesehen von ein paar Fußabdrücken und -spuren. Wo waren die Gedichtbände, die er erwartet hatte? Wo waren die Dichter? Henry setzte sich in den Drehstuhl und betrachtete den grauen Himmel. Das Schimmern des Meeres konnte man nicht sehen; die Lage des Fensters war völlig abwegig, viel zu hoch, als dass man im Stuhl sitzend bequem hätte hinaussehen können. Der Fernseher war immer noch zu hören, ein irritierendes Summen, als wäre eine Fliege im Raum. Des Meerblicks beraubt zu sein, erschien ihm als Gipfel der Geschmacklosigkeit für jemand, der bewusst an den Strand gezogen war. Das würde ihn verrückt machen.

Also stand er wieder auf und sah sich weiter um. Eine relativ große Küche mit Esstisch, für transatlantische Maßstäbe ausreichend ausgestattet mit Herd und Kühlschrank, die einen ziemlich alten, ramponierten und verbrauchten Eindruck machten. Ein Badezimmer, das ihm einfach nur rudimentär erschien. Allmählich kam Henry dahinter, dass die Briten nicht allzu viel von modernen Duschen und ähnlichem Schnickschnack hielten. Alle *nützlichen* Gegenstände wie Fernseher, Telefon oder Mikrowelle waren entfernt worden und hatten Spuren ihrer Anwesenheit hinterlassen. Ein Abdruck an der Wand, ein leeres Regal und ein kleiner Tisch mit Telefonbüchern. Offensichtlich war die Wohnung einer kontrollierten und autorisierten Plünderung unterzogen worden.

Überleg mal, Henry. Verdammt nochmal, DENK NACH. Die Stimme seines Vaters, die ihn stets zur Rationalität ermahnte, leistete Widerstand. Hey Dad, wenn ich es mir recht überlege, mag ich sie nicht besonders. Die Frau, die ich kannte, wäre niemals in so eine Wohnung gezogen. Hätte sie hier gewohnt, dann hätte man es bemerkt, aber sie hat keine einzige Spur hinterlassen. Ich glaube, ich gehe lieber wieder. Alles ist so GEWÖHNLICH. *Nein, das wirst du nicht tun. DENK NACH. Versuch, dahinter zu kommen. Mach keine halben Sachen. Sieh dir die Regale an. Ja, vielleicht fällt ein Brief aus einem Buch. So was passiert. DENK NACH.* Der Schal war der einzige persönliche Gegenstand, der übrig war, und er fragte sich, warum. Es sah so aus, als hätte ihn jemand absichtlich dahin gelegt, er passte überhaupt nicht zu dem sonst unpersönlichen Eindruck. Henry war häufiger umgezogen, als er zählen konnte, stets auf der Suche nach einer Wohnung, die ihm ein Gefühl von Weite gab. Er hatte leere Räume gesehen, in denen noch genügend Möbel standen, um sie wohnlich erscheinen zu lassen, so dass man einen Eindruck von der Größe des Zimmers erhielt, aber derart neutral war ihm noch keins erschienen. Nur ein Besitzer war in der Lage, alles fortzuschaffen, niemand sonst wäre so gründlich.

Er setzte sich wieder ans Fenster, doch seine Augen starrten nur auf die gerade Linie des Fensterbretts und die finsteren Wolken am Himmel, was ihn so irritierte, dass er wieder aufstand. Die Hände in die Hüften gestemmt, schlich er durch die Wohnung wie ein potenzieller Käufer. Maggie hatte erzählt, Francesca habe in den Tagen zwischen Harrys Tod und ihrer Festnahme die Wohnung ausgeräumt. Sie befand sich in diesem Zustand, als man sie zum dritten Mal zum Verhör abholte. Francesca hatte damit gerechnet, nicht mehr zurückzukommen. Der Wagen und alles Übrige gingen später auf ihre Anweisung hin an bestimmte Empfänger, aber die Korrespondenz, die kleinen Andenken, die Schnappschüsse von der Familie, die Weihnachtskarten, sogar die Geburtsurkunden und Haushaltsrechnungen waren längst verschwunden, so wie die meisten ihrer eigenen und Harrys Kleider.

Ein systematisches Verhalten, das man gemeinhin nicht mit jemandem in Verbindung brachte, der von Schuldgefühlen zerrissen wurde … oder von Kummer. Henry spürte, dass sich seine Abneigung ihr gegenüber wie ein leichter Schweißfilm über seine Haut legte.

Maggie hatte erzählt, dass sie im Gefängnis nur Bücher und jede Menge Papier haben wollte. Vielleicht schrieb sie im Gefängnis ihr Leben um. Aber wenn man einmal erlebt hat, wie sich die Arme eines Kindes in grenzenlosem Vertrauen um den eigenen Hals schlingen, wie konnte man einem solchen Wesen dann schaden? Er wusste es nicht; er konnte es einfach nicht

begreifen. Er war nicht fähig, es zu begreifen, und er wollte mit einer solchen Verzweiflung oder Versuchung auf keinen Fall Bekanntschaft machen.
Das Dröhnen des Fernsehers war verstummt und hatte ein Vakuum von Stille hinterlassen. Die Geräusche von draußen wurden durch die Doppelglasfenster gedämpft. Im House of Enchantment gab es so etwas nicht, und Henry hatte langsam an fremden Geräuschen Gefallen gefunden. Er warf einen Blick aus dem Wohnzimmerfenster nach unten und sagte sich, dass er den aus seinem eigenen Fenster vorzog. Zweiter Stock, nicht gerade ideal für ein Kind. Es musste die Treppen hinunter, ehe es draußen war. Zu seiner Linken sah er die wuchtige Burg, und vor ihm lag dunkel das Meer.
Dann fiel ihm sein Laptop ein. Die schmuddelige Bücherei mit Internetanschluss. *Cerebrale Bewegungsstörung … kein typisches Erscheinungsbild für ein fünfjähriges Kind … abhängig von der Schwere … epileptische Anfälle*?
Im Geiste sah er, wie ein Kind über den Boden kroch. Es schleppte sich mit einem Arm vorwärts, während der andere schlaff herunterhing. Henry stand mit dem Rücken gegen die Eingangstür gelehnt und kramte in seinen Taschen nach dem Schlüssel. Es war, als habe das leise Klopfen von außen ihn direkt an der Wirbelsäule getroffen. Er fuhr zusammen und schüttelte sich. Er hatte jedes Recht, hier zu sein. Er war ein potenzieller Mieter. Mindestens ein oder zwei Dutzend Interessenten hatten sich letztes Jahr die Bude angesehen. Einer von ihnen hatte eine Kippe in den Mülleimer geworfen, er hatte sie gesehen.
Francesca hatte geraucht. Milde indische Zigaretten, eine Einladung zum Plaudern. Das war ihr Geruch gewesen. Henry öffnete die Tür.
»Ach, Sie sind es.«
Auf der Türschwelle stand die alte Frau von der High Street, die ihm nach seinem Sturz auf die Beine geholfen und erzählt hatte, sie wohne um die Ecke, eine Dreiviertelmeile weit weg,

gerade Strecke, aber immerhin. Sie hatte eine brennende Zigarette in der Hand, die sie hinter dem Rücken versteckte.

»Dachte ich mir, dass Sie es sind«, sagte sie nüchtern. Dann ging sie geradewegs in die Küche und drückte ihre Zigarette in der Spüle aus. »Ich wohne unten«, sagte sie, als erklärte das alles. »Ich habe Sie gehört. Sie sind doch nicht wieder hingefallen, oder?«

»Nein, passiert mir normalerweise nicht.«

»Eines Tages, vielleicht. Hübsche Wohnungen sind das. Wollen Sie sie kaufen?«

»Nein.«

Sie trat ans Fenster und klopfte aufs Fensterbrett. Die Wolken draußen und das abnehmende Licht schienen ihre Billigung zu finden. »So sah es hier nicht immer aus, wissen Sie. Man kann eine Wohnung nicht sauber halten, wenn man Kinder hat, und das war ihr natürlich klar. Aber hier am Fenster hatte sie eine Leiter mit Kissen drauf. Da saß sie immer und las, wenn sie dazu kam.«

»Was hat sie gelesen?«

»Bücher, was sonst? Die meisten hat sie mir gegeben. Sie hat ja ständig was verschenkt.«

Er spürte ein leichtes Herzflattern.

»Sie meinte, in meinem Wohnzimmer würden sie sich gut machen, und sie hatte Recht. Nie hätte ich gedacht, dass sie nicht mehr zurückkommen würde. Genauso wenig wie das arme Würmchen. Nicht, dass ich mir etwas aus Büchern machen würde. Meine Augen sind zu schlecht.« Sie starrte ihn an und wandte dann den Blick ab. »Ich habe die Bücher bekommen und die Schwulen das Video. Mit dem Video hätte ich eher was anfangen können. Ständig das Getrampel und Geschrei der beiden Kinder über mir, und dann bekomme ich ein paar lumpige Bücher, mit denen ich nichts anfangen kann. Ich vermisse sie bis in den Tod. Sie hat alles verkehrt gemacht, aber sie war fabelhaft. Wollen Sie die Bücher haben, oder nicht? Schließlich waren Sie ein Freund von ihr.«

Er war ratlos und nickte. Sie machte sich sofort auf den Weg, nahm ihn ins Schlepptau und forderte ihn auf, die Tür abzuschließen. Sie war eine einleuchtende Erklärung dafür, warum die Wohnung nicht verkauft werden konnte. Er folgte ihr nach unten.

»Mich hätte Sie bitten sollen, auf den Kleinen aufzupassen, statt die beiden Schwuchteln«, sagte sie über die Schulter. »Aber ehrlich gesagt, mir hätte die Kraft gefehlt. Ich werd ja nicht mal mit dem Köter fertig. Der läuft mir immer wieder weg. Harry war stark, wissen Sie, und halsstarrig. Aber eins will ich Ihnen sagen. Er wäre nie von allein die Treppen runter und zum Pier gelaufen, nicht an so einem Morgen. Wenn es was gab, das Harry hasste, dann war es die Kälte. Wollen Sie nicht reinkommen?«

Eine Stunde später war Henry, das Meer zur Rechten, auf dem Heimweg und schwang die Arme, so dass die Finger in der Kälte schön taub wurden. Die eisige Luft war herrlich. In der Wohnung der Alten war es durch die Doppelglasfenster wärmer gewesen als in Florida, eine hermetisch abgedichtete, feuchte Hitze, in der man kaum Luft bekam. Sie hatte eine Todesangst vor der Kälte. Die dschungelartige Temperatur in ihrer Wohnung hatte ihn gelehrt, die Kälte zu schätzen. Ihr Satz ging ihm nicht aus dem Kopf.

Er hasste die Kälte, dieser Junge. Henry wusste, weshalb Harry die Kälte gehasst hatte. Jetzt ging Henry in der Kälte nach Hause, das Futter der guten Jacke war immer noch zerrissen, aber wenigstens die Schuhe glänzten. Er dachte über Fakten nach und warum ein Mensch seine Bücher weggeben würde. Er dachte an all die kleinen Anspielungen, die Maggie gemacht hatte, und wie wenig er gelernt hatte.

Da war er wieder, dieser verflixte schwarze Hund, der aus dem Nichts auftauchte, mit wedelndem Schwanz auf ihn zukam und dann wieder weglief. Er passte zu seiner Laune, die genauso undefinierbar war wie die Fakten.

Heute habe ich den Kaplan gesehen. Er hat mich von den Fakten abgelenkt, die ich niederschreiben wollte.
Ich war immer überzeugt, dass die Schöpfung weder durch Zufall noch durch die Kräfte der Natur entstanden sein kann, aber wenn man sich das Meer lange genug ansieht, muss man bezweifeln, dass es etwas mit menschlicher Logik zu tun hat. Möglich, dass das Meer uns ernährt, aber es ist uns fremd, weil seine vorrangige Aufgabe darin besteht, sich selbst zu ernähren und die Wesen, die in ihm leben. Zuweilen führt es ein strenges Regiment; es kommt zu Zwangsauslesen von Raubfischen und Passagieren. Der Mensch wird toleriert, er darf die Ozeane räubern, und er darf sie überqueren, aber wenn es zu viel wird, schüttelt das Meer ihn ab und verschlingt ihn. Als hätte es einen Befehl von Neptun erhalten.
Ich glaube an mehrere Götter; es ist ganz unmöglich, nur an einen einzigen zu glauben. Es gibt so etwas wie ein göttliches Parlament mit Ministerien, das gewiss nicht demokratisch gewählt wurde und wo jeder gegen jeden kämpft. Es gibt zu viel zu tun für einen einzigen Gott. Nach den ersten Fehlern musste er bestimmte Aufgaben delegieren, das Ganze in Herzogtümer und Lehngüter aufteilen, die sich gegenseitig als Rivalen betrachteten. Ich kann es förmlich vor mir sehen. Jemand schreit, ICH WILL MINISTER FÜR DAS MEER SEIN, aber das geht nicht. Stattdessen wird er für diese Legislaturperiode Minister für das Wetter.
Deshalb habe ich dem Kaplan Folgendes zitiert:

Der Donnergott ritt durch das Feld
Auf seiner Lieblingstute.
Ich bin ein Held!
Klingt's stolzgeschwellt,
Pardauz – da lag er auf der Schnute!

Das war eines von Maggie. Ja, ein Kabinett aus lauter Göttern und deren Delegierten, inklusive Neptuns Dreizack.

Ich schweife ab. Ich MUSS abschweifen.
Es blieb mir nichts anderes übrig, als zu sagen, dass die Tür offen gestanden hat und er hinausgelaufen ist. Das hatte ich ganz am Anfang behauptet, und später musste ich dabei bleiben. Keiner kannte das Ausmaß seiner Krankheit oder sein Temperament so gut wie ich. Sie hätten es verstanden, wenn sie dieselben Bücher und Berichte gelesen hätten wie ich, als ich nach einer Prognose suchte. Deshalb habe ich die Bücher weggegeben. Ich erzählte ihnen, ich sei aus dem Haus gegangen, um ihn zu suchen, da sei ich schon böse auf ihn gewesen, und als ich ihn dann fand und er wie üblich bockig wurde, hätte ich die Nase endgültig voll gehabt. Ich sagte sogar, ich hätte schon häufiger daran gedacht, als ich sah, wie seine Glieder anschwollen, oder las, was noch kommen könnte, und begriff, dass er kein leichter Fall war. Als ich sah, dass er niemals Freunde haben würde, auch wenn er sich noch so sehr darum bemühte.
Aber er hatte doch Freunde, sagten sie, und du auch. O ja, aber nicht die, die ich brauchte, und nach denen er sich sehnte. Er liebte Menschen, die ihm gegenüber bestenfalls gleichgültig waren. Er betete Onkel Joe an, der, obwohl er damals bereits harmlos war, nur Augen für kleine Mädchen hatte. So weit zur Familie. So weit zu vermeintlichen Freunden. Es dauert seine Zeit, und die Wahl ist das reinste Glücksspiel. Ich freundete mich mit Onkel Joe an, als er alt war, weil ich fand, dass es schlimmer ist als der Tod, von der eigenen Sippe getrennt zu sein, vor allem von Kindern. Alt werden ohne Besucher, seinen guten Ruf verloren zu haben – was für eine Qual! Wie prophetisch. Ich wollte ihm das Schicksal ersparen, das ich mir selbst eingebrockt habe.
Der Kaplan hält mich für leichtfertig. Er sagt, ich müsse mich den Fakten stellen.

FMC

ACHT

KNIRSCH, knirsch, knirsch. Die Schritte auf dem Kieselstrand hallten so laut wider, dass sie Tote hätten wecken können. Ihre waren fest und sicher; er dagegen rutschte ständig aus, und sie griff nach seinem Arm.

»Da drüben die Stufen hoch, Henry.«

»Danke.«

Maggie gefiel es, wie er sich führen ließ. Keine Machotour. Das Meer war ungewohnt ruhig und sanft, es umgarnt den Strand, als flirtete es auf einer Party, sagte er. Ziemlich ungewöhnliche Beschreibung für ihn.

»*Haute cuisine* wird es nicht gerade sein«, warnte sie.

»Mittlerweile bin ich völlig verwildert. Kohlenhydrate und Zigaretten tun es auch.«

Sieben Uhr abends und dunkler als auf der Straße. Es war ihm egal, was er aß. In einvernehmlichem Schweigen stiegen sie die Stufen aus der Dunkelheit des Strandes empor, gingen eine Gasse entlang, die er nie bemerkt hatte, bogen um mehrere Ecken, die er auch nicht kannte, und betraten schließlich das Souterrain eines Gebäudes. Heute Abend war er nicht besonders aufmerksam, und dafür war sie ihm gebührend dankbar. *Sie* durfte das Essen von Warblings Restaurant kritisieren, weil sie hier wohnte; wenn *er* es tat, würde sie es verteidigen.

»Es gab nur Medizinbücher«, sagte er gleichgültig, als sie Platz genommen hatten. »Zudem verwechselt die Alte Bücher mit Zeitschriften, für sie ist es ein und dasselbe. Bücher über Kinderkrankheiten, Kinderpsychologie, Missbrauch und mehr als zwei Dutzend Aufsätze über cerebrale Bewegungsstörungen. Kein einziger Gedichtband. Keine Briefe. Wo hat sie bloß ihre Seele gelassen?«

Man brachte ihnen eine Flasche vom Wein des Hauses, die in ein kariertes Tuch gewickelt war. Er hob sein Glas. Sie wartete, dass er beim Kosten zusammenfuhr, aber die Qualität war ihm völlig egal, und sie seufzte erleichtert und war gleichzeitig wütend auf sich selbst, weil es ihr nicht egal war, ob ihm der Wein zusagte oder nicht.

»Kinder waren für sie nicht nur Beruf, sondern auch Leidenschaft, Henry. Eine solche Büchersammlung ist überhaupt nicht merkwürdig, selbst wenn es Harry nicht gegeben hätte. Sie war sehr gewissenhaft. Es war klar, dass sie besser über Harrys Bewegungsstörung Bescheid wusste als jeder andere.«

»Besser jedenfalls als der Staatsanwalt. Oder der so genannte *Verteidiger*, wie es aussieht«, sagte er leise.

»Ein englischer Verteidiger ist kein Schriftsteller, Henry. Wir erfinden unsere Verteidigung nicht, und wir schreiben auch keine Romane. *Falls* wir einen Mandanten haben, der verantwortungsbewusst und intelligent ist und sich ausdrücken kann, und das ist ein großes *Falls*, dann fällt uns die bescheidene Rolle eines Übersetzers zu.« Sie rückte Messer und Gabel auf eine Linie mit der Tischkante. »Es geht darum, die Fakten und mildernden Umstände zu klären und sie selbst für die verbohrtesten Gerichte verständlich und nachvollziehbar zu machen. Für vorsätzlichen Mord gibt es nur eine Strafe, Henry. Lebenslänglich. Als Übersetzer der Fakten bleiben einem nicht viele Möglichkeiten, das Ergebnis zu beeinflussen. Vor allem, wenn man es mit einer derart sturen Mandantin zu tun hat. Einer, die fest entschlossen war, ihr Heil in einer Verurteilung zu suchen. Hier kann man übrigens wählen zwischen Pizza oder Pizza.«

»Richtig international.« Sein Gesicht verzog sich zu einem Lächeln, und so gesehen war es ein extrem freundliches Gesicht, voller Grübchen und beinahe spitzbübisch, das man nicht so schnell vergessen würde. Im Schlaf war es völlig undurchschaubar. Im Übrigen wisse man nie, hatte Timothy einmal bemerkt, ob er froh, neugierig, ärgerlich oder den Tränen nah sei.

Man hoffte einfach das Beste. Doch sein Lächeln war ansteckend, und sie erwiderte es. Für zwei Menschen, die sich stundenlang unterhalten hatten, gingen sie nun, da er sie zum ersten Mal formell zum Abendessen eingeladen hatte, ziemlich steif miteinander um.

»Was ist denn so komisch, Henry?«

»Sie«, antwortete er. »Sie sind plötzlich so pädagogisch. Sie erteilen mir Lektionen. Ich verstehe ja, dass Sie die Rechtsanwältin spielen wollen, aber es passt nicht zu allem anderen.«

»Wozu passt es nicht?«

»Zu Ihrem Kleid, zum Haar, zu den Augen.«

Sie verdrehte die Augen und zog eine Grimasse.

»Lassen Sie die Augen aus dem Spiel. Sie sind nichts weiter als mein genetisches Erbe. Das Haar wird alle sechs Wochen gefärbt. Und auffallende Kleidung ist durchaus erlaubt, sogar für Teilzeitanwälte. Es ist ein schönes Rot, nicht wahr? Wie alte Ziegelsteine. Dieses Ensemble heißt bei mir ramponierter English-Rose-Look.«

Er musterte das einfache Strickkleid mit dem dezenten runden Ausschnitt und den langen Ärmeln. Um den Hals trug sie eine Perlenkette, ihre Wangen waren gerötet vomSpaziergang , das Haar zerzaust. Er sah an ihr vorbei auf die Tür. Ständig musste er nach dem Ausgang sehen, vor allem in Kellern, wie ein Geheimagent. Dann entspannte er sich, obwohl der Tag deprimierend gewesen war. Aber morgen war auch noch ein Tag, und außerdem konnte er sich nicht erinnern, wann er das letzte Mal einer Frau gegenüber gesessen hatte, die ihn auf so merkwürdige Art fesselte. Er genoss es, auch wenn sein Verhalten ihr gegenüber durch ein tief verwurzeltes Misstrauen geprägt war. Er müsste sie wirklich besser kennen lernen; zumindest gut genug, um sie necken zu können.

»Hören Sie, Maggie. Wenn wir uns durch eine Kontaktagentur oder einen gemeinsamen Bekannten kennen gelernt hätten …«

»Das haben wir.«

»Angenommen, es wäre unser erster Abend allein …«

»Das ist er.«
»Sie sind nicht kooperativ, Maggie. Sie sollen nur Ihre Phantasie benutzen. *Wenn* wir eine Verabredung hätten, um uns besser kennen zu lernen, ohne das Wissen, das wir jetzt haben und all die verschlüsselten Informationen, die Sie so überaus sparsam verteilen, was würden Sie mir über sich erzählen wollen? Ich meine, worüber würden wir uns unterhalten?«
»Na schön. Ich spiele mit, aber nur, wenn Sie nicht kneifen.«
Er nickte. »Sie fangen an.«
Sie verschränkte die Hände unter dem Kinn, versteckte die langen Finger und klimperte theatralisch mit den Wimpern.
»Ich würde Ihnen einen leicht selbstkritischen Bericht bis zum heutigen Tag geben. Die Beschreibung wäre sorgfältig auf die Gelegenheit zugeschnitten und würde das Schlimmste weglassen. Wahrscheinlich würde ich die Kindheit unterschlagen, weil Sie sowieso nicht daran interessiert wären. Ich würde Ihnen erzählen, dass ich diese kleine Stadt verließ, um beruflich weiterzukommen, aber ich würde Ihnen wahrscheinlich nicht verraten, dass ich eigentlich auf der Suche nach einem besseren Ehemann war, der mich dann sitzen ließ wegen ... nein.« Sie hielt inne. »Nein, das würde ich Ihnen nicht verraten. Ich würde Ihnen erzählen, dass wir uns in aller Freundschaft haben scheiden lassen, damit Sie nicht den Eindruck gewinnen, ich sei ein streitsüchtiges Biest. Irgendwo würde ich beiläufig erwähnen, dass ich mich für Inneneinrichtung interessiere und auch gern koche. Ein bisschen auf Hausfrau machen. Und am Ende meines kleinen Vortrags würden Sie wissen, dass ich tapfer, bescheiden, tüchtig, romantisch und zu haben bin. Durchaus zu haben bin. Das würde ich genauso betonen wie das Kochen. Und ich würde nicht dieses Kleid tragen.«
Er lachte. Sie fuhr sich mit den Fingern durchs Haar, warf ihm einen schmachtenden Blick zu und klimperte übertrieben mit den Wimpern, als sei sie schüchtern und zaghaft zugleich.
»Wenn ich recht darüber nachdenke, würde ich Ihnen

bestimmt nicht verraten, dass ich beim zweiten Treffen mit meinem Mann versucht habe, ihm mit einem Steak zum Abendessen in meiner kleinen Gartenwohnung zu imponieren. Allerdings bekam der Hund das Fleisch zu fassen und versuchte, es im Blumenbeet zu verbuddeln. Ich rettete es in aller Stille, wischte es ab und servierte es ihm. Er aß es brav wie ein Lämmchen und überredete mich dann, den Hund wegzugeben. Das hätte mir eigentlich alles sagen sollen, was ich wissen musste.«

Umständlich notierte der Kellner ihre Bestellung. Henry hatte das Gefühl, dass es länger dauern würde, bis das Essen kam. Drei andere Gäste, die zwischen ihm und dem Ausgang saßen, machten einen resignierten und halb verhungerten Eindruck. Maggie knabberte ein Grissini.

»Ich würde lügen, dass sich die Balken biegen, Henry. Das Verhältnis von Lüge und Wahrheit würde ganz davon abhängen, wie sehr Sie mir gefallen. Jetzt sind Sie dran.« Ihr Gesicht war wieder normal: das einer intelligenten Zuhörerin ohne jeden Funken von Koketterie.

»Tja …« Er hustete und räusperte sich.

»Keine Ausflüchte.«

»Ich schätze, ich würde Ihnen zu Anfang meinen vollen Namen, Beruf und Familienstand verraten. Einfließen lassen, dass ich ganz gut verdiene, keine Schulden habe, viel reise. Dass ich klug bin, nicht mit offenem Hosenschlitz rumlaufe. Keine sexuellen Probleme habe, auch wenn ich kein Weiberheld bin, dafür mag ich die Frauen zu sehr. Dass ich ein paar gescheiterte Beziehungen hinter mir habe, aber nicht, weil ich untreu oder boshaft bin. Und alles wäre wahr, auf seine Art.«

Er spielte mit der Papierserviette und faltete sie geschickt zu einem Hut, während sie ihn aufmerksam beobachtete.

»Ich würde Ihnen anvertrauen, dass ich nicht besonders gut über mich reden kann und etwas schüchtern bin, weil ich jedes Mal, wenn ich den Mund aufmache, das Falsche sage. Was auch stimmt. Ich lüge nicht gern. Habe Schwierigkeiten im Umgang mit Menschen. Aber ich glaube, ich würde weglassen, dass ich Angst vor der Dunkelheit habe und mich zu Tode davor fürchte, eingesperrt zu werden. Dass ich vor Konfrontationen und Verpflichtungen förmlich weglaufe. Wahrscheinlich würde ich so tun, als sei ich nicht ganz zu haben, sondern hätte irgendwo noch ein Eisen im Feuer. Ich würde zugeben, dass ich äußerst komplexer Natur bin.«

»Und sind Sie das wirklich?«

»Nein. Nicht dass ich wüsste. Bloß durch und durch feige.«

Es folgte eine unkomplizierte Stille, die nur vom Knirschen der Grissini und dem Stimmengewirr ringsum unterbrochen wurde.

»Ich frage mich, ob wir Lust gehabt hätten, uns wiederzusehen.«

Henry zuckte die Achseln und grinste. Dann wurde die Pizza vor ihnen auf Tisch geknallt. Es klang wie eine Herausforderung an ihre Verdauungsorgane.

»Wahrscheinlich nicht. Eine derartige Musterfrau wäre eine Gefahr für mein Selbstvertrauen. Wenn sie gesagt hätten, dass sie gern im Garten arbeiten, sähe die Sache schon anders aus.«

»Und mir«, entgegnete sie, »würde Ihr Haarschnitt Sorgen machen und Ihre gottverdammte Geheimnistuerei.«

Sie begannen in aller Ruhe zu essen. Henry mühte sich mit einem stumpfen Messer ab, betrachtete das Problem aus logischer Sicht und beschloss dann, die Pizza in vier Stücke zu schneiden, was leichter gesagt als getan war. Eine Portion neoneapoletanischer Käse-mit-Tomate schoss von seinem Teller über den schmalen Tisch und landete auf ihrem Schoß. Sie schnippte sie unauffällig auf den Boden.

»O Mist, tut mir Leid. Habe ich die Tollpatschigkeit erwähnt?«

»Wenn dies ein Date wäre, Henry, hätten Sie es verkorkst.«

Er kämpfte schweigend und mit angewinkelten Ellbogen weiter, bis er schließlich ein Stück in die Hand nahm und hinein biss. Es war bloß eine Pizza, eine von vielen. Pizzas waren nun mal so. Sollte er sich je im Leben etwas aus Essen machen, so schwor er sich jetzt, dann würde er sich für viele Häppchen auf einem großen Teller entscheiden, die man während einer unpersönlichen Unterhaltung verspeisen konnte.

»Ich glaube, dass Francesca aus einem ganz bestimmten Grund ihre Medizinbücher weggegeben hat«, sagte Henry. »Damit niemand erfährt, wie schlimm Harrys Zustand tatsächlich war. Oder wie bedeutsam sein Zustand für die Art seines Todes gewesen sein könnte.«

»In der Akte befindet sich ein medizinisches Gutachten, Henry«, entgegnete sie geduldig und ein klein wenig resigniert, dass er das Thema wieder aufgegriffen hatte. »Es gab nichts zu verbergen. Die Prognose war nicht gut. Sie wollte unbedingt, dass er auf eine normale Schule geht, aber es sah nicht so aus, als könne er das schaffen.«

»In diesem Gutachten findet sich aber nichts über die alltäglichen Kleinigkeiten. Was genau er konnte oder nicht. Was er machte und was nicht. Wussten Sie darüber Bescheid?«

Wieder schüttelte sie den Kopf. Das Haar wippte. »Ich kam etwa einen Monat, ehe es passierte, zurück und fing an, bei Edward zu arbeiten. Ich besuchte die beiden ein paar Mal, aber ich war so voller Selbstmitleid, dass ich nicht viel mitbekam. Außer dass es verdammt kalt war. Ich wartete auf den Frühling.«

»Haben Sie sie geliebt, Maggie?«, fragte er zögernd und wartete, bis sie zu Ende gekaut hatte. Das stumpfe Messer schien sie nicht daran zu hindern, ihr Essen klein zu schneiden. Es musste einen Trick geben. Die Stille dauerte so lange, dass er schon Angst hatte, er sei allzu aufdringlich gewesen, oder noch schlimmer, sentimental, aber es war nur ihre Art und die Zeit, die sie brauchte, um einen Bissen herunterzuschlucken.

»Oh, ja. Mehr als alle anderen. Aber ich habe sie auch beneidet.«

»Warum?«

»Weil sie einen unfehlbaren Sinn für Richtig und Falsch zu haben schien. Weil sie loyal und gut war und weil jeder sie mochte.«

Als er nach unten sah, war sein Teller leer, ihrer halb voll. Noch etwas, was er an den Briten bemerkt hatte, sie aßen sehr langsam, und alles dauerte seine Zeit. Und nie ergab das, was sie sagten, einen Sinn.

Im House of Enchantment hatten die Jungs die Tür nur angelehnt, als erwarteten sie noch einen späten Gast. Jemand schlich die Treppen hoch. Speisesaal und Wohnzimmer hallten wider von Timothys wildem Klavierspiel und Peters Stimme, die gegenseitig wetteiferten.

»Say, gentle ladys, if love you know.
Is love this fever troubling me so?
Ees love this fe-evah troubling me so?«

Der Mann blieb auf dem Treppenabsatz stehen, öffnete verschiedene Türen und vergewisserte sich mit einem einzigen kurzen Blick, dass es die falschen waren. Das Zimmer im zweiten Stock war zu weiblich, und die darunter waren offensichtlich im Besitz der Hauseigentümer. Noch ein Stockwerk. Er keuchte, als er ganz oben ankam. Man brauchte kaum Licht bei dem Himmel draußen, dem Mond und dem Kaminfeuer. Die Holzdielen knarzten, er ging auf Zehenspitzen und durchsuchte die ordentlich im Schrank hängenden Kleidungsstücke und die leere Reisetasche darunter, sah sich nach irgendeinem Hinweis im Zimmer um und stahl sich auf Zehenspitzen weiter zu der Schachtel neben dem Schreibtisch. Er leerte den Inhalt auf dem Bett aus, knipste das Licht an und durchsuchte ihn hastig. *Ginseng, Säuretabletten, Milchtabletten, Distelpillen, Vitamin E, Eisenersatz* ... Graubraune Verpackungen und Döschen für wertvolle undefinierbare Waren. Nicht die vertrauten blauen Pillen; nichts, das ihm vor Aufregung ein Flattern im Magen verursacht hätte. Fahrig schob er alles in die Schachtel zurück und stellte sie frustriert stöhnend wieder dahin, wo er sie gefunden hatte.
Der Mann schlich im Zimmer umher, sah unter dem Kopfkis-

sen nach, fluchte, tastete unter der Decke nach irgendeinem Versteck. Als seine Finger das warme Fell berührten, zog er sie hastig zurück und unterdrückte einen Schrei. Schwer atmend trat er mit der Hand vor dem Mund einen Schritt zurück. Nichts.

Er entdeckte den Schal am Ende des Bettes und strich mit der anderen Hand darüber. Er fühlte sich angenehm an. Der Mann griff nach dem Schal, steckte ihn in die Jackentasche und ging langsam die Treppen hinunter. Im ersten Stock blieb er wie erstarrt stehen, als plötzlich die Tür zum Wohnzimmer aufging und lautstark Begrüßungen ausgetauscht wurden. Dann schloss sich die Tür wieder, und die Musik begann von neuem.

»*Cold first attacks me … Then ardour burns … Then in a trice, my misery returns.*«

Als der Mann auf die Haustür zueilte, fing der Hund im Wohnzimmer an zu bellen. Das Bellen ging in jaulenden Protest über, als die Stimmen immer lauter sangen und schließlich in schallendes Gelächter ausbrachen. Der Mann war mittlerweile durch die Tür gehuscht und stand in der Kälte. Der Schweiß auf seinem Gesicht kühlte sich ab, die Erleichterung machte ihn schwindelig. Das letzte Stück war das Schlimmste gewesen. Um ein Haar hätte er dem Hund einen Tritt verpassen müssen. Die Wut jedoch war immer noch so stark, dass Neil Hulme sie jetzt an seinem eigenen Hund ausließ und dann zum Strand lief, um gegen die Kieselsteine zu treten. Er hatte noch genug für dieses Wochenende, aber genug war niemals genug.

Sie gingen am Ufer entlang zurück und mieden den Kieselstrand. Die Stille war beeindruckend, und der Himmel sternenübersät. Henry wusste nicht so recht, ob er einen Blick in die Fenster riskieren oder lieber das gleichmäßige und ruhige Auf und Ab der Wellen beobachten wollte, also entschied sie für ihn. In einem Haus, das verglichen mit dem Nachbarhaus klein erschien, saß eine Frau mit einem Hut an einer Staffelei und malte, während ein Fernseher in der Ecke das Zimmer in bläuliches Licht tauchte. Hinter einem anderen, nur leicht von Gardinen verschleiertem Fenster, nähte ein Mann und unterhielt sich dabei; in einem Dritten wurde der letzte Gang eines Abendessens mit vielen Gästen serviert. In schweigendem Einverständnis überquerten Maggie und Henry Arm in Arm die Straße und erreichten die dem Meer zugewandte Seite. Er wünschte sich, in eines dieser Häuser eingeladen zu werden. Er könnte einfach nur dasitzen und dazugehören, ohne dass irgendjemand etwas von ihm wollte. Sie bemerkte sämtliche Details.

»Sie haben die Vorhänge gewechselt«, erklärte sie. »Und die da haben einen neuen Sessel …«

Auf der Meerseite konnte er drei kleine Lichtquellen sehen, die am Ende des Strandes leuchteten.

»Was ist *das*?«

»Fischer.«

»Die müssen ja verrückt sein.«

»Wieso? Es ist nicht kalt.«

Es war mild, sie hatte Recht: Das Wetter hatte sich erneut verändert. Die Kälte war nun erträglich. Sie kehrten auf die andere Seite der Straße zurück. Vor der Tür des House of Enchantment hörten sie Klaviermusik, einen Chor rauer Stimmen und Sentas Bellen. Wann sie sich eingehakt hatten, wusste er nicht mehr. Erst jetzt, als sie den Mantel abnahm und ihn aufhängte, fiel ihm der große Fettfleck in Schenkelhöhe auf ihrem Kleid auf. Im Gang war die Musik lauter, Stimmen wetteiferten mit den Instrumenten. Er schreckte zurück, doch Maggie summte bereits.

»Nacht Henry. Es sei denn, Sie wollen mitsingen?«, sagte sie, aber es war keine Einladung, eher eine Art Entlassung, so als hätte sie jetzt genug von ihm.

»Gute Nacht.«

Er stapfte die Treppen zu seinem Zimmer hinauf, wo der Kamin brannte. Und wieder staunte er über die grenzenlose Fürsorge seiner Gastgeber. Das perfekte Zimmer für einen Mann wie ihn. Ein überschaubarer Raum, der geradewegs in den Himmel zu wachsen schien. Es fehlte nur noch die Zimmerbar; er würde eine Flasche Sherry kaufen. Vom Fenster aus suchte er nach den kleinen Lichtern, die er am Strand gesehen hatte. Aus der Geborgenheit seines warmen Zimmers wirkten sie noch romantischer. Dad wäre draußen bei ihnen gewesen, egal ob es regnete oder die Sonne schien.

Direkt gegenüber dem Haus saß ein einzelner Mann mit einer Lampe an einem Lagerfeuer auf dem Kieselstrand. Henry beobachtete ihn. Der Mann stand auf und warf eine Angelschnur über das Wasser, die im Licht des Feuers und Mondes glänzte und hinter den sanften Wellen ins Wasser fiel. Henry war müde, aber er hatte eine seltsame Lust, noch einmal aus dem Haus zu gehen, sich neben den Angler zu setzen und ihn zu fragen, wie er angelte und warum, ihm in den Stunden vor dem Morgengrauen Gesellschaft zu leisten. Doch der Mann war so in sich versunken, dass er sich über einen Fremden ärgern würde. Vielleicht sollte ich angeln lernen, dachte Henry. Die ideale Beschäftigung für einen introvertierten Mann. Daraus entwickelte sich ein weiterer Gedanke. *Der Junge mochte die Kälte nicht*, hatte die alte Frau gesagt. *Er konnte mit der rechten Hand nicht zupacken, aber er wollte unbedingt angeln lernen*. Plötzlich war er derart von Mitleid überwältigt, dass er sich kaum rühren konnte.

Die Lösung lag in den Fakten. Henry schaltete den Laptop an und las die Notizen, die er sich vor dem Abendessen gemacht hatte. *Die von der Hemiplegie betroffenen Glieder sind gewöhnlich kleiner als die gesunden, was sich vor allem an den Händen bemerkbar macht. Vasomotorische Veränderungen treten in den betreffenden Gliedern stärker auf, sie sind kälter als üblich … Die motorischen Störungen der Hände können bei kalter Witterung stark zunehmen …* Folglich war kaltes Wetter nicht gut, um angeln zu lernen. Armer kleiner Junge. Henrys Konzentration war verflogen. Die Antwort lag wahrscheinlich im Internet.

Henry gähnte. Er war traurig, aber er wollte nicht, dass emotionale Einflüsse sein chronisches Verlangen nach Schlaf durchkreuzten. Er suchte nach dem verdammten Sweatshirt, das er nachts trug, und bemerkte, dass der Schal nicht mehr am Fußende des Bettes lag. Er nahm es ohne Bedauern oder besondere Neugier zur Kenntnis. Er war nicht da, das war alles. Henrys Gedanken waren mehr damit beschäftigt, warum er so zögerte, noch einmal hinauszugehen und einen der Angler zu fragen, wie man angeln lernte. Bestimmt kannten sie sich aus mit den Gezeiten und anderen Dingen, von denen er sonst nie erfahren würde. Und jetzt war er hier und hatte Angst, zurückgewiesen zu werden, Angst vor dem Geräusch, das seine Schritte auf den Kieseln machen würden. Vielleicht hatte Maggie sich den Schal ausgeliehen. Er musste ihr sagen, dass sie ihn gern behalten könne.

Er stieg die Treppe hinunter, einen Stock tiefer. Stille herrschte in diesem unerschütterlichen Haus. Er ging noch einen Stock tiefer zu der Tür ihres Zimmers, das er zwar kannte, aber nie richtig ausgekundschaftet hatte, obwohl sie ständig in seinem war. Ein unordentliches Zimmer, etwa ein Drittel so groß wie seins, voller herumliegender Kleider und Schuhe und mit einer sterbenden Pflanze. Schäbige Stapel von Papieren, Zeitschriften, Zeitungen und Angeboten von Grundstücksmaklern; ein kleines Regal mit einem Strauß welker Schneeglöckchen in einer Vase und ein paar schmalen Gedichtbändchen. Ein Schal, nicht seiner, auf einem Sessel neben dem Bett.

Er zog die Tür hinter sich zu und warf am Treppenschacht einen Blick nach unten, um zu sehen, ob sie da war. Aus dem Erdgeschoss dröhnte Klaviermusik; er hörte sie singen. Was für eine Frau, sie war fest entschlossen, sich keine Gefühle zu erlauben. Entschieden leichtsinnig.

Am Morgen starrte Edward Burns auf den Fisch an der Wand seines Büros und wartete ungeduldig auf Maggie. Die tägliche Kanzleikorrespondenz, bemerkenswert wenig für die Jahreszeit, lag auf dem Schreibtisch. Er begann sie so gut es ging zu öffnen, denn er trug noch Handschuhe, während er darauf wartete, dass die elektrische Heizung den Raum etwas erwärmte. Er öffnete die Briefe vollkommen wahllos, ungeachtet dessen, ob sie an ihn selbst, seinen zurückhaltenden, unbedeutenden Partner unterm Dach oder seine Hilfskraft Maggie adressiert waren. Edward sah dies einerseits als Teil seiner Aufsichtspflicht aber auch als *aide mémoire* an. Wenn er die Korrespondenz nicht las, würde er nämlich nicht mitbekommen, was los war. Nachdem er alles gelesen hatte, machte er saubere Stapel, die er an die entsprechenden Adressaten weiterleitete, abgesehen von den Schreiben, in denen sich Mandanten über Verzögerungen beklagten. Diese behielt er ein, um der Sache nachzugehen. Beschwerden über Verzögerungen kamen am häufigsten vor und wurden höflich, doch letztendlich mit absoluter Gleichgültigkeit beantwortet. Alles brauchte seine Zeit, und für die, die sich beschwerten, dauerte es noch länger. Edward hatte die Kunst, mit behandschuhten Fingern eine Zigarette zu halten, perfektioniert, war aber der Meinung, dass der Geschmack dadurch nicht besser wurde. Es gab zwei Schreiben, die ihn nicht wirklich alarmierten, denn das war ein Gefühl, dem er möglichst aus dem Weg ging, ihm aber doch Anlass zur Besorgnis gaben. Alarmiert war er höchstens angesichts der Zeugnisse seines Sohnes. Ein Brief war für Maggie mit der Aufschrift »Persönlich und vertraulich«, eine Anweisung, die er geflissentlich ignorierte. Der Brief war von ihrem verflossenen Ehemann, der verzweifelt erklärte, dass er nun, nach ihrer Scheidung, tief unglücklich sei und fürchte, einen schrecklichen Fehler gemacht zu haben. Der Musikgeschmack seiner neuen jungen Freundin und ihre Art, sich zu kleiden, sei ihm zuwider. Sie sei zu laut; sie sei unersättlich und wahrscheinlich mache sie sich insgeheim über seine Geheimratsecken lustig. Das meiste hiervon las Edward zwischen den Zeilen, da der Ehemann sich erheblich zurückhaltender und umständlicher ausdrückte, aber Edward sah sich nicht zum ersten Mal mit den Nachwehen einer Scheidung konfrontiert und glaubte, er könne die Details seiner Jammerei entschlüsseln, egal wie subtil sie verfasst waren. Maggies Reaktion hingegen konnte er keineswegs voraussehen. Er hoffte, dass sie wütend würde, aber er war so unsicher, dass er starken Widerwillen empfand, ihr den Brief überhaupt zu geben. Maggie mochte sich für unverantwortlich halten, konnte nicht pünktlich sein, besaß keinen Funken von Engagement, aber wenn man ihr ihren Willen ließ, war sie unbestreitbar tüchtig, und er mochte sie. Sehr sogar. Im Übrigen war da noch diese offene Sache mit Francesca Chisholm, die ihn beunruhigte und für die der Amerikaner eine bescheidene, aber nützliche Summe zahlte. Das brachte ihn auf den zweiten Brief.

Unter dem wachsamen Auge des Fischs las Edward den Brief erneut, diesmal ohne Handschuhe. Ein Schreiben des Altersheims auf den Klippen von Ramsgate. Joseph Chisholms Zustand habe sich derart verschlechtert, dass es unumgänglich sei, ihn in ein Pflegeheim zu überweisen. Die Leiterin des Heims war freundlich, ohne jede Spur eines Vorwurfs. Onkel Joe war einer von mehreren Heimbewohnern, deren einzige Verbindung zur Außenwelt über einen Anwalt zustande kam. Sie wende sich heute an ihn mit der Bitte, diejenigen Ausgaben zu begleichen, die von der Pension nicht gedeckt wurden. Sie allein habe praktisch die Verantwortung für ihn, es gebe niemanden sonst, der diese Entscheidung treffen könne, also werde er in ein Pflegeheim überwiesen, in dem medizinische Pflege rund um die Uhr gewährleistet sei. »*Da er so gut wie gar nicht mehr spricht und sein schlechter Allgemeinzustand nun schon mehrere Monate anhält, ist eine Besserung nicht zu erwarten, und wir gehen davon aus, dass er unter seiner Verlegung nicht leiden wird.*«

Edward Burns fungierte als Betreuer für eine Reihe von alten Menschen, die keine Verwandten hatten oder deren Verwandte räumlich oder geistig so fern waren, dass sie keine Rolle spielten. Für ihn hatten die Bande des Blutes genauso wenig Bedeutung wie die der Ehe, und deshalb wollte er nicht einsehen, warum sich beispielsweise Maggie mit einem Onkel abgeben sollte, vor dem man sie als kleines Mädchen ferngehalten und den sie seitdem nie wiedergesehen hatte. Blut war nicht dicker als Wasser; entweder man mochte seine Verwandten oder man mochte sie nicht, basta. Nur echte Zuneigung schuf letztendlich eine Verbindung zwischen zwei Menschen. Und da war noch was: Angela Hulme hatte den Auftrag übernommen, den guten alten Onkel Joe zu besuchen, so wie es zuvor Francesca getan hatte. Was zum Teufel erzählte sie sich mit einem bettlägerigen alten Mann?

Er ließ das Schreiben des Altenheims deutlich sichtbar ganz oben auf seinem unordentlichen Schreibtisch liegen und steckte den Brief von Maggies Ex-Ehemann in die Jackentasche. Sie hatten kein Glück mit den Ehemännern, diese Chisholms. Edward liebte und bewunderte seine eigene gelassene Frau, die sein Haus so sauber hielt, wie sein Büro es nie wäre, und sich nie aufregte, wenn seine Socken nicht zusammenpassten.

Die Tür unten fiel mit einem so gewaltigen Krachen zu, dass das ganze Haus wackelte. Maggie kam singend die Treppe hinauf, viel zu aufgedreht für den frühen Morgen. Gerade als sie mit zwei Kaffeetassen in sein Büro trat, fasste er den Entschluss, ihr den Brief in seiner Tasche erst am *Ende* des Tages zu geben, *nachdem* sie ihre Arbeit getan hatte, nicht vorher. Es gab zwei neue Mandanten, die sie im Lauf des Vormittags empfangen musste, kleine Gauner mit Alkoholproblemen, die den Antrag auf Strafminderung, den sie nächste Woche vor dem Gericht in Dover stellen würden, mit ihr durchgehen wollten. Edward sah sich in seinem schäbigen Büro um und fragte sich, ob er nicht lieber Bankräuber hätte werden sollen, aber irgendwie passte es nicht zu ihm. Das Streben nach Reichtum ließ ihn völlig kalt. Ein dicker Fisch am Ende seiner Angelschnur, das war für ihn wichtiger, und er ärgerte sich, dass er an diesem wunderschönen Morgen nicht zum Angeln gehen konnte und über die schlechten Wettervorhersagen für das Wochenende.

»Wunderschöner Tag«, sagte sie und machte es noch schlimmer. Er zeigte auf den Brief des Altenheims. Sie überflog ihn rasch.
»Hat Angela dir erzählt, dass er bettlägerig ist?«
»Nein. Sie sagte, er futtert jede Menge Plätzchen, liest die Zeitung und ist sehr amüsant.«
»Ich frage mich«, sagte Edward, während der andere Brief ihm ein Loch in die Jackentasche brannte, »wen sie da eigentlich besucht?«
»Keine Ahnung. Spielt es eine Rolle?«
»Vielleicht.«

»Na los, Tanya. Mach schon. Freust du dich nicht, dass du heute nicht in die Schule musst? Na los, iss auf.«
Kinder dazu zu bringen, etwas zu essen, das ihnen nicht schmeckt, ist das Problem vieler Mütter. Angela teilte es mit verheirateten Müttern und denen, die nie an Elternseminaren hatten teilnehmen müssen, um ihre Fähigkeiten zu beweisen. *Keine Bestechung und keine Erpressung*. Quatsch. Ein langer Marsch am Strand entlang an diesem etwas milderen Morgen, wo Tanya mit den Anglern schwatzen und dann die Entfernung zwischen den Wellenbrechern messen würde, um immer wieder hin und her zu laufen. Zum Pier gingen sie nicht mehr; Tan zog die Herausforderung des steilen Strandes vor. Mit rosigen Wangen ließ sie sich das Haar zu Zöpfen flechten. Ein paar einzelne Locken entwischten Angelas strenger Hand. Tan würde nie glattes Haar haben, trotzdem wäre es immer wunderschön.
»Iss dein Porridge auf. Dann bekommst du später auch Schokolade. Wenn du artig bist.«
»Egal welche Sorte?« Sie hielt den Löffel in der Luft.
»Egal welche«, seufzte Angela und streichelte ihren Kopf, als sie wieder zu essen begann und sie den Zopf zu Ende flocht. Alles war so friedlich.
»Aber ich geh *gern* in die Schule, Mum, ich mag die Schule.

Warum darf ich heute nicht?«
»Ach wirklich, Schätzchen? Seit wann denn, hm?« Die Äußerung des Kindes entzückte sie, und deshalb fiel ihre Reaktion beherrscht aus. Es war ihr natürlich auch schon aufgefallen, aber das war nicht dasselbe, wie wenn ihre geliebte Tochter diesen Stimmungswechsel selbst eingestand. Er bedeutete ein Ende der fast täglichen Wutanfälle und aufreibenden Streitereien, die sich bis zur Schultür hingezogen hatten.
»Ich kriege immer noch Ärger, aber manche Mädchen sind viel schlimmer als ich.«
»Das glaub ich gern. Hast du deinen Mantel, die Bücher und das übrige Zeug? Heute haben wir Zeit zum Zeichnen. Ich werde nicht viel zu tun haben.«
»Dann können wir doch zu Hause bleiben.«
»Nein Schätzchen, können wir nicht.«
Angela sagte nicht, wir brauchen das Geld. Wir brauchen das Geld von meinen kleinen Jobs und Neils gelegentlichen Almosen, auch wenn wir Francescas Wagen und die anderen Sachen haben, die sie uns hinterlassen hat.
»Mummy, wann kommt Francesca zurück?«
Zum zweiten Mal blieb ihr das Herz stehen. Wer zum Teufel hatte noch gesagt, dass Kinder einem das Leben verkürzen? Die Frage war seit drei Monaten ausgeblieben, und jetzt schlug sie ein wie eine Bombe. Irgendwas musste sie daran erinnert haben: vielleicht ein Telefongespräch, das sie belauscht hatte, als sie sich mit der blöden Maggie zankte und laut geworden war. Oder der verdammte Amerikaner, aber warum hatte sie auch mit ihm gesprochen? Angela nahm sich zusammen.
»Keine Ahnung, Schätzchen, vielleicht im Sommer.«
Es war schwer, sich den Sommer vorzustellen, als sie die Brücke überquerten und auf den Eingang der Burg zugingen. Tanya trödelte, mehr oder weniger glücklich über ihre Zöpfe, hinterher. Den einen hielt sie mit einer Hand fest. Mit der anderen umklammerte sie ihren Schulranzen, Markenartikel und Statussymbol zugleich, um den alle Kinder sie beneideten

und den sie hütete wie ihren Augapfel. Die Burg war einer ihrer Lieblingsorte. Normalerweise ließ sie sich von der Düsterkeit beeindrucken und wurde in der warmen, gemütlichen Umgebung des Ladens zum gefügigsten Wesen der Welt. Es war Francesca gewesen, die ihr beigebracht hatte, auf die Mauern zu klettern, und das war auch im Sommer gewesen. Blöde Francesca.

In der Küche des House of Enchantment sah sich Henry, jetzt, da er mehr wusste, das Video mit anderen Augen an. Der Junge auf dem Bildschirm lief mit angewinkeltem Ellbogen, die rechte Hand war zum Körper hin verkrampft und die rechte Schulter höher als die linke. Er hatte aufgeschürfte Knie; der rechte Fuß berührte den Boden nur flüchtig, als hätte er Angst vor dem Kontakt. Henry musste an die schiefe Gangart eines dreibeinigen Hundes denken, obwohl er sich für diesen Vergleich tadelte. Als der Junge näher an die Kamera kam, erkannte Henry, dass sein Gesicht nicht so hässlich war, wie er es auf den ersten Blick empfunden hatte. Es war nur vor lauter Anstregung verkrampft. Als es nun in Großaufnahme erschien, fuhr ein schlanker Arm darüber und wischte ihm die Nase mit einem Taschentuch sauber.

»Es gab bestimmte Dinge, die schaffte er nicht«, erklärte Timothy. »Dinge, die man nicht tun kann, wenn die rechte Hand nicht mitmacht. Sich die Nase oder die Zähne putzen zum Beispiel. Oder sich abstützen, wenn man hinfällt. Er war immer ein schmuddeliger kleiner Kerl.«

»Und er wollte unbedingt angeln lernen.«

»Das hätte er auch getan. Wir hätten es ihm beigebracht, selbst wenn es viel Zeit gekostet hätte. Wir arbeiteten an der Entwicklung einer Spezialangel für ihn, wissen Sie«, erklärte Timothy und schenkte Kaffee nach. »Er wollte etwas, das er allein machen konnte, obwohl Fran stets darauf bedacht war, dass er Kontakt zu anderen Kindern hatte. Sie *drängte* ihn, mit anderen Kindern zu spielen, damit er von ihnen lernte. Aber für

die war er frustrierend. Er liebte sie, er *himmelte* sie an, aber er wusste auch, dass er ihnen manchmal auf den Wecker ging.«
»Was ganz natürlich ist«, sagte Peter. »Kinder sind grausam.«
»Sie üben erwachsen werden«, wandte Timothy sarkastisch ein. »Wie könnte es anders sein?«
»Hat einer von Ihnen einen Schal gesehen, den ich in meinem Zimmer rumliegen hatte?«, fragte Henry beiläufig.
»Am Fußende Ihres Bettes, nicht wahr?«, sagte Tim. »Möglicherweise ist Harry reingekommen und hat sich ihn ausgeliehen. Er liebt indische Schals über alles.«
Henry sah das verdammte Ding schon aus dem verdammten Puppenhaus flattern.

Gespenster, pah, Humbug, Blödsinn. FAKTEN. Er verabscheute Hokuspokus und setzte sich in die Bücherei, um Fakten über Burgen zu lesen, bis der Nachmittag vorgerückt und die Wahrscheinlichkeit gering war, auf Besucher zu treffen. Diese Burg, entschied er aufgrund seiner neu erworbenen Kenntnisse und persönlichen Einschätzung, war bloß ein Miniaturmodell, ein Spielzeug für einen König, das in diesem Licht besonders reizvoll wirkte. Gleich hinter dem Hauptportal hing ein gerahmter Brief aus dem Jahre 1842 an der Wand.

> *An Ihre Majestät, die Königin … Verehrteste Herrscherin, wir, Eure getreuen Untertanen, der Bürgermeister, alle Amtspersonen und die einfachen Bürger, erlauben uns, Ihrer Majestät unsere aufrichtigsten Gefühle der Loyalität und Zuneigung zu bekunden. Wir heißen Ihre Majestät willkommen und hoffen inbrünstig, Ihre Majestät möge den höchsten Grad an Zufriedenheit und Glück erfahren und sich herablassen, den Aufenthalt hier in angenehmer Erinnerung zu behalten. Unsere Stadt war im Verlauf ihrer Geschichte mit den Besuchen von prominenten Persönlichkeiten reich gesegnet, doch niemals hatte sie Gelegenheit, eine solch erlauchte Gesellschaft*

willkommen zu heißen ... Wir beten innig und aufrichtig, daß Gott in seiner unermeßlichen Güte auch weiterhin Ihre Majestät mit seinem Segen beglücken möge ...

Mann o Mann, nahmen die ihren Monarchen ernst. Bestimmt war der Brief ironisch gemeint. Oder hatte sich das Komitee am runden Tisch versammelt, um eine Orgie der Kriecherei zu feiern? Dann erinnerte sich Henry an das Schreiben eines Bürgers an einen Senator in seiner Demokratie, und schon kam ihm der Brief nicht mehr so schleimig vor. Teufel auch, er hatte mit eigenen Augen gesehen, wie man dem Chef eines Konzerns die Füße geküsst hatte. Er betrat den Laden.

»Entschuldigen Sie, aber hätten Sie vielleicht eine Kopie des Briefes am Eingang? Oh, hallo ... Mrs. Hulme, nicht wahr?«

Sie saß hinter der Theke, genau wie beim ersten Mal, adrett und steif, als wäre sie aus Plastik. Ihre Augen hatten einen müden Ausdruck. Das hübsche Kind saß daneben und baute auf der Theke an dem Pappmodell der Burg, das in einer Schachtel für fünf Pfund verkauft wurde und ziemlich kompliziert wirkte. Tanya sah ihn und lächelte auf ihre atemberaubende Art, dann wandte sie sich drei Teenagern zu, die sich darüber unterhielten, welche Postkarten sie nehmen sollten. Sie trugen alle drei dieselben modischen Turnschuhe, und im dunklen Haar steckten Sonnenbrillen, die nur als Dekoration dienten. Tanya starrte sie bewundernd an. Angela nahm ihr Geld entgegen, und sie traten durch den Eingang in die Burg, während sie gleichzeitig die Kopfhörer aufsetzten.

»Der Eintritt kostet vier Pfund fünfzig«, fauchte sie. »Letztes Mal haben Sie weder für den Eintritt noch für die Schokolade bezahlt.«

»Tut mir aufrichtig Leid«, murmelte Henry, verstört über die stählerne Härte in ihrer Stimme. Es fiel ihm schwer, Verständnis dafür aufzubringen. Maggie hatte ihn gewarnt, sie sei unberechenbar. Aber hatte sie nicht ein Recht dazu? Schließlich war sie ohne eigenes Verschulden in eine Tragödie hineinge-

zogen worden und musste das Kind obendrein ganz allein erziehen. Trotzdem, er hatte ihr doch nichts getan. Noch nicht.
»Interessante Burg«, sagte er wenig überzeugend und legte das Geld auf den Tresen. Die Einpfundmünzen erinnerten ihn an die in Goldpapier verpackten Schokoladentaler, die er als kleines Kind gegessen hatte. Er zögerte. Belanglose Konversation zog hier nicht. »Ich muss mit Ihnen sprechen, Mrs. Hulme, darf ich?«
»Nein. Worüber?«
Wie auf ein Stichwort schlüpfte Tanya durch die Beine des Tresens und folgte den Teenagern. Angela hielt sie nicht zurück. Vor dem Tresen stand ein Hocker, auf dem Henry sich niederließ.
»Ich muss etwas über Francesca wissen, Mrs. Hulme. Ich war ihr Freund, o ja, vor langer Zeit. Ich kam her, um sie zu besuchen und über alte Zeiten zu reden. Ich wünschte, ich wäre früher gekommen. Vielleicht hätte ich ihr helfen können. Nicht, dass ich eine große Hilfe wäre …«
»Ich habe Ihnen nichts zu sagen«, fiel sie ihm ins Wort. »Warum kümmern Sie sich nicht um Ihre eigenen Angelegenheiten? Wieso müssen Sie hier rumschnüffeln, Fragen stellen, alte Wunden aufreißen? Sie sind ein Mistkerl. Wenn *meine* Tochter etwas davon mitbekommt, bringe ich Sie um. Ich wette, dass Sie daran noch keinen Gedanken verschwendet haben, Sie verdammter Schnüffler. Was glauben Sie, wie es für sie ist, wenn sie hört, wie sich die Leute über den kleinen Harry auslassen, ihren besten Freund? Dabei hatte sie *gerade* aufgehört, über ihn zu sprechen. Sie haben immer zusammen gespielt … sie hat auf ihn aufgepasst … können Sie sich nicht vorstellen, wie sie sich gefühlt hat, als er umkam? Kinder sollten mit so etwas nicht belastet werden, vor allem nicht Kinder wie sie. Sie fing gerade an, sich davon zu erholen.« Ihre Stimme war lauter geworden. Henry hob hilflos die Hände.
»Ich bitte Sie, lassen Sie uns in Ruhe.« Sie hatte Tränen in den Augen.

»Okay, okay, tut mir Leid. Sprechen wir nicht über den Jungen, erzählen Sie mir von der Mutter. Sie beide waren lange Zeit befreundet, eng befreundet, ich weiß.«

»Was zum Teufel geht Sie das an? Was für ein Recht haben Sie, danach zu fragen?«

»Gar keins, Mrs. Hulme. Nicht das geringste Recht.«

Sie schien sich zu beruhigen, aber es war eine trügerische Ruhe, fand er, wahrscheinlich die Ruhe vor dem Sturm. Mit den roten Fingerknöcheln der rechten Hand wischte sie sich die Tränen aus den Augen. Sie hatte keine Zeit für Tränen. »Ja, das waren wir, wie Schwestern. Ich half bei ihr in der Schule aus.« Sie lachte bitter. »Ich musste immer Kinder um mich haben. Ich hatte sie einfach gern. Ich versuchte, mich damit abzufinden, dass ich kein eigenes haben würde: Es klappte nicht. Sie hat mir – uns – bei der Adoption geholfen. Es ist leichter, wenn man bereit ist, ein Kind zu adoptieren, das schon größer ist, statt ein Baby. Ich denke, dass wir die Bewilligung bekamen, weil sie wussten, dass Francesca uns helfen würde. Und das tat sie auch. Obwohl sie *ihn* hatte. Und dann machte sich ihr Kerl aus dem Staub. Ja, wir hatten eine Menge gemein, und Tanya liebte das Baby. Aber jetzt verschwinden Sie.«

»Bitte ... Das kann ich nicht, noch nicht. Verstehen Sie doch ...«

»Sie wissen ja nicht mal, wonach Sie suchen, oder? Sie haben keine Ahnung, was Sie eigentlich herausfinden wollen. Ihnen ist es egal, wen Sie damit verletzen. Selbst Francesca. Sie sind wie diese Möwen, die im Aas picken und überall hinscheißen. Hier ist Ihre Eintrittskarte, und wenn Sie meine Tochter sehen, wagen Sie ja nicht, ein Wort zu ihr zu sagen, außer dass sie zurückkommen soll. Wir schließen bald.«

Es war das *Bitte* und die Tränen, die ihn aus dem Gleichgewicht brachten. In einem hat sie Recht, dachte Henry mit einem mulmigen Gefühl, als er dem Touristenpfad in den Hof folgte. Er wusste nicht, wonach er suchte, und diese niederschmetternde Beobachtung machte ihm zu schaffen, während er an der Mauer entlangging. Okay, Henry, bring die Besichtigung hinter dich; akzeptiere die Rüge; du hast kein Recht, irgendwen unglücklich zu machen. Es sei denn, du hättest ein lohnendes, moralisch vertretbares Ziel, etwa Kranke heilen, Tote wieder zum Leben erwecken, Leid lindern, Hungrige speisen, Verletzte trösten, doch keine dieser Ambitionen, die ihm während seiner idealistischen Phase, als er durch Indien getrampt war, so wichtig gewesen waren, traf auf sein jetziges Vorhaben zu. Was wollte er denn wissen? Die Befriedigung seiner persönlichen Neugier erschien ihm als ziemlich kindische Rechtfertigung, eine solcheAufregung zu verursachen, und doch spürte er, dass er bereits mehr wusste als alle anderen.

Indien: das Juwel in Königin Viktorias Krone; kein Wunder, dass der Bürgermeister und die Stadtratsmitglieder ihr solche Briefe geschickt hatten.

Er hörte Stimmen in der Nähe der Kanonen und ging in entgegengesetzter Richtung an der Mauer entlang. Er schaltete die Audiokassette an und dann wieder aus, beugte sich vor und sah auf die flatternde Fahne. Dann folgte er dem Schild in das prächtige Innere der Burg. *Bitte,* hatte sie gesagt, lassen Sie uns in Ruhe.

Das Hauptgebäude, das er nun betrat, schien aus einer Reihe von riesigen, höhlenartigen Räumen mit gewölbten Decken zu bestehen. Es war trocken, in Flutlicht getaucht, staubig und überraschend warm. Ehrfürchtig blieb er vor dem großen Kamin aus Ziegelsteinen in verblichenem Rosa stehen. Die Steine waren wunderbar zu einem Bogen gemauert und hielten einen Holzsturz, der so alt und blass war, dass er zu zerbröckeln drohte, wenn man ihn anfasste. Er berührte ihn: hart wie Eisen. Er versuchte sich vorzustellen, wie groß das Feuer gewesen sein musste, das eines derart massigen Kamins bedurfte, und wie man sich dem Feuer hatte nähern können. Wo hatten sie die Königin hingesetzt? Er stieg eine Treppe hinauf und kam zu einem holzgetäfelten Raum mit Porträts und gerahmten Fotos, in dem sonst keinerlei Möbel standen. Er schlenderte eine Zeit lang durch den Raum und fragte sich, warum keiner der Männer in diesem Alter eine Brille trug und wo in diesem verrückten Gebäude die Chisholms wohl ihre Wohnräume gehabt haben mochten. Die Atmosphäre beruhigte ihn; die Stille machte ihn aufmerksam, und er zwang sich zu husten, nur um den Klang zu hören. Es war ein äußerst friedlicher Hort des Krieges.

Als er wieder im Küchenbereich stand, sah er in den Plan, den er mit der Eintrittskarte bekommen hatte, und merkte dabei, dass es langsam dunkel wurde. Er war den anderen nicht begegnet, hatte nur ihre Stimmen in der Ferne gehört. Es war keineswegs eine Miniaturburg, wie es den Anschein hatte. Hier gab es Platz ohne Ende, wie die jungen Leute von heute sagen würden. Diese hübsche Formulierung musste er Maggie mitteilen, die ihn für altmodisch hielt. Aber ganz abgesehen von alledem war die Besichtigung noch nicht abgeschlossen. Ohne die Hilfe der Audiokassette mit der Stimme eines Mannes, dessen glasklarer Akzent ihn an einen typischen Hollywoodschurken erinnerte, wappnete sich Henry für den Rundgang durch die unteren Stockwerke. Von hier hatten sie mit Musketen auf ihre Feinde geschossen, durch kleine Schlitze in der Mauer, die er von draußen gesehen hatte, dort, wo früher wahrscheinlich der Burggraben gewesen sein musste. Dort unten wäre es noch dunkler. Hier in den höhlenartigen Räumen gab es Flutlicht; Strahler an den Wänden warfen ein warmes Licht auf die Wände, deren Farbe von Ocker bis Granitgrau variierte. Eine quälend lange Minute wünschte sich Henry, sein Vater wäre da, würde bedächtig die Brille von der Hakennase nehmen und sagen, *Sieh dir das an, mein Junge, sie haben jeden verdammten Steinbruch, den sie finden konnten, geplündert, nur um diesen undefinierbaren Kasten zu bauen.* Aber selbst dann, das wusste Henry genau, würde er keine Lust haben, hinunterzugehen. Er würde den Burgführer lesen und so tun, als sei er da gewesen. Er kannte seine Grenzen.

Henry durchquerte den großen Raum, an dessen Ecke ein

Schild mit der Aufschrift AUSGANG hing. Am oberen Ende des Gangs – und dieses Ding hatte mehr Gänge als Treppen, als wären die damals noch nicht erfunden gewesen – entdeckte er jetzt ein großes schwarzes Tor. Während er mühsam aufwärts stieg und darauf zuging, konnte er einen einladenden Fetzen des wolkigen grauen Himmels und eine Lampe draußen sehen. Es war eine Sicherheitslampe, die auf den Anbruch der Dunkelheit reagierte; zuerst leuchtete sie schwach, wurde aber mit der einbrechenden Nacht heller. Diese Art von Erfindungen hätte sein Vater ebenfalls unter die Lupe genommen. *Nicht schlecht,* hätte er vielleicht gesagt und sie vorsichtig berührt, wie üblich erstaunt darüber, wie die simpelsten Dinge funktionierten. Als er die Hälfte des Wegs nach oben geschafft hatte, schloss sich das Tor. Im gleichen Augenblick erloschen die Strahler.

Er stolperte aufwärts zum Tor und hämmerte dagegen. Er war nicht beunruhigt, bloß ärgerlich, so wie immer, wenn er sich über die Zerstreutheit seiner Zeitgenossen aufregte. Er hämmerte erneut gegen das Holz und erzeugte nur einen harmlosen Widerhall, während er sich den Handballen an einem Eisenbeschlag verletzte. Henry sagte nichts, er schrie auch nicht; es war nicht seine Art, so auf kleine Fehler zu reagieren. Ärger war etwas, das er unterdrückte. Er wollte nur raus. Das dicke Tor dämpfte die Geräusche, aber jetzt war auf der anderen Seite ein Scharren zu hören. Er klopfte erneut, und diesmal schrie er: ENTSCHULDIGEN SIE! ENTSCHULDIGEN SIE! Seine Stimme hallte in seinen Ohren wider, sie klang fremd und falsch. Als er verstummte, hörte er, wie das Scharren auf der anderen Seite lauter wurde, dann das Kind, das halb hysterisch schrie: »*Nein, Mummy, nein. Er ist noch da drin. Wenn er da bleibt, wird er frieren. Schließ nicht ab. Henry hasst die Kälte. NEIN. Nein, nein, hör auf, hör auf. LASS IHN RAUS.*« Und dann presste er den Kopf gegen das Tor und hörte ein beschwichtigendes Murmeln. »Was bist du bloß für ein Dummerchen! Da ist niemand, hörst du. Der nette Mann ist nach

Hause gegangen. Ich habe ihn gebeten, nach Hause zu gehen. Er ist schwerhörig. Das Ding da drin ist nur eins von Neils albernen Gespenstern.«

Die Kleine hörte nicht auf zu protestieren, Angelas Stimme wurde schriller. »Was willst du? Sollen sie mich etwa auch abholen? Ist es das, was du willst? Komm schon, Schätzchen. Es ist Zeit für den Tee.«

Ich verstehe den Sinn einer Haftstrafe nicht wirklich (es sei denn als eine Art Rache), und ich glaube auch nicht, dass ich ihn jemals verstanden habe. Sie ändert gar nichts. Ein Urteil wie das meine ist nur eine Warnung, keine erzieherische Maßnahme. Ich wurde nicht eingesperrt, weil ich sonst die Straßen unsicher machen und nach Lust und Laune Kinder umbringen würde. Niemand geht davon aus, dass mein Verbrechen zu einer Gewohnheit wird. Das einzige Kind, das ich verletzen konnte, war mein eigener Sohn. Ich bedrohe niemanden, außer mich selbst. Genauso wenig wie meine Freundin aus der Küche. Sie hat ihren Ehemann getötet und lässt alle anderen im Glauben, ich hätte dasselbe getan.
Ich glaube, ich war so naiv zu denken, dass nach meiner Verurteilung und den notwendigen Sprüchen über Gerechtigkeit und Strafe irgendjemand den Sinn des Ganzen in Frage stellen würde. Warum sollte man eine für die Gesellschaft nützliche Frau wegsperren und sie zum Nichtstun verurteilen? Dass jemand denken würde, was das für eine Geldverschwendung wäre und mich durch die Hintertür wieder rausließe. Maggie ist der Meinung, dass sie im Grunde genommen genau das tun werden, aber erst in fünfzehn Jahren. Es sind die Jahre, die mich bedrücken, nicht die Gegenwart. Man kann einer Haftstrafe nur begegnen, wenn man sie Tag für Tag angeht. Nicht mal einen ganzen Tag auf einmal: stundenweise, minutenweise. Und ich kann sie nur ertragen, wenn ich mir ständig vor Augen führe, dass es einen Sinn ergibt, auch wenn dieser nur mir bekannt ist. Ohne das würde ich verrückt, da bin ich sicher.
Nicht alles, was ich im Leben getan habe, hatte einen Sinn. Die meiste Zeit hat man kein richtiges Ziel, aber das ist in Ordnung. Offenbar war ich immer dann am entschlossensten, wenn ich auf dem größten Holzweg war. Armer Harry. Du hattest etwas Besseres verdient.
Ich habe um mehr Tabletten gebeten. Sonst schreie und heule ich nur. Vergiss die Selbstbeherrschung.

FMC

NEUN

Onkel Joe, Tom Cobbley und alle anderen konnten warten. »*Das Leben ohne dich ist nicht dasselbe …*« las Maggie in dem Brief. Sie warf ihn auf den abgetretenen Büroteppich und stampfte auf den Umschlag, statt ihrem inneren Impuls zu folgen und ihn zu zerreißen. Irgendein komischer Aspekt ihrer Juristenausbildung hinderte sie daran, einen Brief zu zerstören, wegen seiner potenziellen Beweiskraft, aber man konnte es auch übertreiben. Das Papier war zerknüllt, da es den ganzen Tag über in Edwards Jackentasche gesteckt hatte. Das war dem schwülstigen Stil bestimmt zugute gekommen. »*Ich weiß nicht, was mich zu der Überzeugung getrieben hat, ich könnte ein besseres Leben mit jemand haben, der dir in jeder Hinsicht unterlegen ist …*«

»Das Leben ohne dich ist nicht dasselbe«, äffte sie für Edward nach und hielt ihm den Brief unter die Nase. »Was hat der Mistkerl denn erwartet? Er wollte es doch unbedingt anders haben. Und was ihn *getrieben* hat, liegt auf der Hand. Eine Schlampe mit dicken Titten, sechzehn Jahre jünger als ich. Was für ein billiges Klischee. Hätte er sich doch einen drei Meter großen Transvestiten geangelt, dann hätte ich wenigstens was, worüber ich reden kann.«

»Was sagst du zu dem Stil?«, murmelte Edward.

»Er hat keinen Stil!«, schrie sie.

»Ich meine den Brief.«

Sie sah sich den Brief an. Der Satzbau war tadellos, und auch die Zeichensetzung stimmte. Er hatte sich Zeit genommen, seine Gedanken darzustellen und der Bitte um ein Treffen den richtigen Grad an Pathos und Würde zu verleihen. *Ich denke unablässig an dich und bin von Schmerz erfüllt …*«

»Ziemlich gekünstelt, finde ich«, erklärte Edward. »Du hättest keinen Anwalt heiraten sollen. Wir sind alle aufgeblasene Arschlöcher. Was willst du jetzt tun?«
Sie sah ihn an und dann den Fisch an der Wand, der im Zigarettenrauch verschwand.
»Mich betrinken«, antwortete sie.

Henry dachte über die Worte nach. *Zeit für den Tee*. Seltsam. Er zitterte vor Wut und versuchte sein Beben mit Willenskraft abzustellen, während seine Augen sich an die Dunkelheit gewöhnten. Innerhalb weniger Minuten blinkten sich ein paar Sicherheitsfunzeln hoch oben an der Mauer ins Leben, für die er zutiefst dankbar war. Er hatte Platz, um sich zu bewegen; es gab ein wenig Licht, das ausreichte, um die große Schrift auf den Wegweisern zu lesen, ihm war nicht kalt, und bald würde sie auftauchen und die verdammte Tür aufschließen. Er tastete in seinen Hosentaschen nach seiner Schachtel Zigaretten, zündete sich eine an und fing an, auf und ab zu gehen, wobei er seine Schritte zählte, eins, zwei, drei. Er zuckte die Achseln unter seiner warmen Lederjacke und dem weichen Pullover. Er würde einfach von hier aus die inneren Gemächer der Burg abgehen, fünfzehn Mal, und dann wäre sie wieder da. Oder irgendwer anders; bestimmt gab es einen Nachtwächter. Irgendwen.
Als er die siebte Runde durch die leeren Räume drehte, die Küche mit den Öfen, den Speisesaal mit der Feuerstelle und die Durchgangszimmer dahinter, begann er sich zu fragen, ob ein Nachtwächter hier überhaupt notwendig war. Es gab nichts zu stehlen, abgesehen vom Gemäuer, und das wirkte durchaus stabil genug, um jedem Versuch zu trotzen. Die Zicke würde zurückkommen, wenn sie ihrem Kind den Tee serviert hatte. Was für eine komische Art, zu umschreiben, was vermutlich Abendessen war, und bei dem Gedanken fiel ihm auf, dass er Hunger hatte. Er vergaß, die wievielte Runde es war; außerdem verbesserten sich seine Aussichten durch

das Umherlaufen kaum. Er setzte sich neben einen Kamin und döste eine Weile. Als er wieder wach wurde, fühlte er sich steif und unterkühlt. Sein dumpfer Ärger ging in eine Art geistige Verstimmung über, verbunden mit Langeweile und dem Gefühl, selten dämlich zu sein. So was konnte wirklich nur ihm passieren, er war wie geschaffen dafür, Opfer eines blöden Streichs zu werden.
Das Schlimmste, was passieren konnte, war, dass er eine einsame Nacht ohne etwas zu Essen verbringen musste und eine Erkältung bekam. Er konnte nach oben gehen und die Porträts beschmieren oder in der Mitte des Raumes eine Art Zelt daraus bauen und Campingplatz spielen. Schade, dass er sich nicht ihre Klamotten ausleihen konnte. Allmählich wurde es ziemlich kalt.
Dann dachte er nicht länger darüber nach, was die Nacht bringen würde, sondern stellte sich den nächsten Tag vor, wenn knarzend die Tür aufging und man ihn entdeckte, so jämmerlich und blöd. Sie würde es fertig bringen, eine Gruppe von Zuschauern zu versammeln, und sie würden sich über einen dummen Touristen lustig machen, der nicht mal die Uhrzeit lesen konnte. Sie könnte einen Haufen von Idioten anheuern, die ihn wie einen Tanzbär auf einer mittelalterlichen Illustration quälten. Ein armer gefangener Bär, der nicht versuchte, zu beißen oder sich von seinen Ketten zu befreien. Dem die liebevolle Fürsorge seiner Gastgeber in dieser Stadt dermaßen gleichgültig war, dass er sie und ihre möglichen Ängste ignorierte. Ein Trottel, der nur dasaß und irgendwo in die Ecke pinkelte. In der Menge wäre auch Maggie mit ihrem metallischen Haar und ihrem süßen spöttischen Lächeln, und es war Maggies Meinung, auf die es ihm am meisten ankam.
Die Zeit verging. Henry versuchte sich daran zu erinnern, was er in der relativen Gemütlichkeit der Bücherei über die Burg gelesen hatte und aus dem Plan wusste, den er jetzt nicht mehr lesen konnte. Nichts davon half ihm weiter, doch es war anzunehmen, dass ein Ort, an dem so viele Menschen gelebt hat-

ten, ein Dutzend Ausgänge hatte, auch wenn sie so angelegt waren, dass sie von außen nicht zugänglich waren. Schau mal unten auf Höhe des Grabens nach, Henry, wo du die vielen kleinen Fenster gesehen hast. Du bist nicht so dick, dass du dich nicht durch eins hindurchzwängen , eine Tür finden und rausgehen könntest, und wenn du erstmal draußen bist, kannst du um Hilfe schreien. Besser die Verachtung eines einzelnen Spaziergängers, der ihm ein Seil zuwerfen könnte, als der Spott des Bürgermeisters und der anderen Dorfbewohner am nächsten Morgen. Sie würden bestimmt nicht lange um Erlaubnis ersuchen, ihm ihre ehrerbietige Loyalität und Zuneigung entgegenzubringen.
Außerdem konnte er den Anblick der Wände hier nicht mehr ertragen. Jede Abwechslung, und seien es andere Wände, wäre eine Verbesserung. Er nahm den Weg, der aus dem Kaminraum nach unten führte. Ein Schild wies den Weg zu den RUNS. Wenigstens hatte er noch genügend Sinn für Humor, um zu merken, wie wenig einladend diese Beschreibung war. Komische Leute, dachte er, *Ausgang via Runs*. Der Weg fiel unmerklich ab, doch dann wurde es plötzlich steiler, so dass er anfing zu stolpern und schließlich vor einer in der Wand eingelassenen Glasscheibe stehen blieb. Ein gemalter Pfeil forderte ihn auf, sich für links zu entscheiden. Was war das? Eine politische Anweisung? Er fühlte sich leicht hysterisch und folgte dem Pfeil.
Nach einer Weile ging er durch einen schmalen Durchgang, der nach rechts abbog. Kleine Fenster waren in die dicken Mauern eingelassen, und aus reiner Gewohnheit begann er, sie zu zählen. *Eins, zwei ... fünf, sechs, zwölf, dreizehn.* Manche hatten Rahmen aus rostigem Metall, die er lieber nicht mehr berührte, denn die Kälte und die Feuchtigkeit der Kondensation schreckten ihn ab. Die letzte Sicherheitslampe war jetzt nur noch eine Erinnerung. Wieder berührte er jedes Fenster; manche waren geöffnet und befanden sich auf Kinnhöhe, aber die meisten waren geschlossen. Das fünfzehnte Fenster hatte

überhaupt keine Scheibe mehr, und ein kalter Luftzug streifte seine Stirn. Er wollte umkehren, andererseits würde er seinen Ausgangspunkt auf der anderen Seite in kürzester Zeit wieder erreichen. Dann trat er mit dem rechten Fuß in seichtes Wasser. Im Dunkeln wusste er nicht, ob es sich um eine Überschwemmung handelte oder nur um eine kleine Pfütze, und als er, statt sich zu beeilen, langsam und vorsichtig weiterging, hörte er plötzlich vor sich etwas rascheln.

Es war laut. Ein wütendes, flatterndes Geräusch, bei dem ihm zuerst das Herz stehen blieb und dann zu rasen begann, während sich das Blut, das durch seine Adern floss, wie kochendes Wasser anfühlte. Dann ein wildes Klopfen, tap, tap, tap, TAP, TAP, TAP, *tap, tap, tap, tap, tap, tap,* TAT. Er blickte sich um und konnte nicht erkennen, woher er gekommen war, bis er den nächsten Schritt tat und weiter vorn den tröstlichen Schein einer Lampe entdeckte. Das Klopfen erstarb; doch das Rascheln, das heftige Schleifen von hundert Schleppen, das auf ihn zukam, wurde immer lauter. Dann erstarb es einen kurzen Augenblick.

Henry konnte die Decke nicht sehen, doch er spürte, wie sich die Wände um ihn zusammenzogen. Er hatte weniger Angst vor dem, was vor ihm lag, als vor der Tatsache, dass er nicht wusste, wo er war und den Ausgang nicht mehr fand. Du Esel. Alle Symptome stellten sich ein: Das Verlangen, mit dem Kopf gegen die Wand zu rennen, damit wenigstens der Schmerz ihn ablenkte; der Impuls wegzulaufen, zu stöhnen, sich hinzulegen, das Gefühl eines heftigen Schlags in die Magengrube, das Gefühl, keine Luft mehr zu kriegen, und der Wahn. Das überwältigende Bedürfnis zu kämpfen, um sich zu treten, sich einen Weg zu bahnen. Er war nicht fähig zu atmen oder gar zu schreien. Wäre das Fenster groß genug gewesen, er wäre gesprungen, selbst auf die Gefahr hin, dreihundert Meter in die Tiefe zu stürzen. Hätte er ein Messer gehabt, hätte er sich verstümmelt, er hätte alles versucht, um diesen Zustand zu beenden. *Alles.* Aber es hätte nichts gebracht; er wusste, dass es gar nichts nützte. Klaustrophobische Angst, jedes Mal ein kleiner Vorgeschmack auf den Tod, eine derart entsetzliche Panik, dass er sich lieber die Hand abhacken wollte, als diesen Zustand zu ertragen. Dann schrie er, schrie und schrie, versuchte in die Richtung zu torkeln, aus der er gekommen war, versuchte, logisch vorzugehen, doch er war wie gelähmt. Es war reine Panik. Er stemmte sich gegen die schmalen Wände, um wieder zu Atem zu kommen, schlug mit der Hand gegen das Fenster, steckte die Finger in den Mund und biss so hart zu, dass er Blut schmeckte. Er kauerte sich in die Wasserpfütze, schnappte nach Luft und begann, manisch an den Fingernägeln zu kauen. Geräusche spielten keine Rolle mehr. Er konnte nichts hören. Dafür sah er alles doppelt. Die Wände waren verschimmelt, er streckte die Hand aus und berührte sie. Dann verlor er das Bewusstsein.

Eine Sekunde. Vielleicht eine Stunde. Als er wieder zu sich kam, war er wie betäubt, UUUH, UUUH, *uuuh, uuuh,* UUUH. Er wollte schreien, aber es ging nicht. Abgesehen von dem Dröhnen seines Atems war die Stille vollkommen, bildete nur den Hintergrund für das schreckliche Keuchen, das sich pfeifend seiner Kehle entrang, so wie damals bei seinem Vater, dessen ganzer Körper gegen den Tod gekämpft hatte. Henry starrte auf den Fetzen dunkelblauen Himmel, der nur deshalb in dem hohen Fensterschlitz über ihm sichtbar war, weil er sich vom schwarzen Mauerwerk abhob. Er zwang sich, nicht zu blinzeln, bis seine Augen vor Anstrengung tränten. Das kalte Wasser, das seine Jeans durchnässt hatte, bekam allmählich eine vage Bedeutung. Er lag im Wasser, er musste aufstehen. Das gelang ihm auch, aber die Panik ließ nicht nach. Er konnte aufstehen, und er wusste, dass ihm kalt war, aber das war auch schon alles. Dann vernahm er erneut dieses Flattern, es kam auf ihn zu und zog sich dann wieder zurück. Er stolperte zwei Schritte vorwärts. *Eins von Neils albernen Gespenstern, Harry ist hier, um dich zu suchen, um dich zu töten.* Er machte noch einen Schritt. Er konnte nur vorwärts gehen, auf das nächste Licht zu. Der Vogel streifte seinen ausgestreckten Arm, flog weiter und begann, mit den Flügeln zu schlagen und immer wieder gegen das nächste vergitterte Fenster anzufliegen.

Ein Vogel. Ein verirrter Vogel, der in einem aussichtslosen Tanz gefangen war.

Er hätte nicht sagen können, was es für ein Vogel war. Ein Star vielleicht; ein winziges Geschöpf verglichen mit dem Lärm, den es verursachte. Henry bewegte sich unsicher auf ihn zu. Der Vogel spürte ihn und flatterte in Panik gegen das nächste und dann das übernächste Fenster. Seine Gegenwart ängstigte den Vogel, das laute Flattern wurde noch heftiger. Henry blieb stehen, und das Flattern brach ab, doch sobald er sich bewegte, regte sich auch der Vogel. Dann wieder vergaß ihn das Tier und flog auf ihn zu, berührte seine Stirn und flog dann wieder gegen das Fenster an. Nach und nach war Henry von dem Geschehen fasziniert und zwang sich, reglos zu verharren. Sein Atem beruhigte sich. Er beobachtete den Umriss – wie ein verirrtes, wahnsinniges, lebendiges Geschoss.

Es gab Fenster, die geöffnet waren; er erinnerte sich, dass er vorne welche gesehen hatte. Und als er an das glaslose Fenster dachte, fiel ihm ein, dass er nur umkehren und Schritt für Schritt zurückgehen musste, wenn nötig mit geschlossenen Augen und auf allen Vieren. Irgendwann würde er in die größeren Räume kommen, wo er wieder atmen konnte. Der Vogel war dumm, er konnte nicht einfach in die Richtung zurückfliegen, aus der er gekommen war. Stattdessen hämmerte er gegen ein vergittertes Fenster, das sich nie öffnen würde. Das arme Ding musste völlig erschöpft und verzweifelt sein. Erschöpfter als er selbst. Wenn er nicht aufgetaucht wäre, hätte es sich vielleicht ausgeruht. Henry fand die Vorstellung unerträglich, dass der Vogel sich seinetwegen einen Flügel brechen oder aus purer Panik das Leben nehmen und noch vor Morgengrauen sterben könnte. Er war wütend vor Mitleid mit ihm. »Psst«, sagte er leise, »psst.«

Sobald er sich dem Vogel näherte, würde das Geräusch seiner Stiefel das Tier verscheuchen. Und er müsste schon verdammt viel Glück haben, um es mit bloßen Händen zu fangen. Er würde es mit etwas anderem erwischen müssen; etwas, das er über ihn stülpen konnte. Henry stand genauso still da wie die Wände und dachte über das Problem nach. Es war das einzige Problem. Das Einzige, was im Moment zählte, war, wie er den Star fangen und in die Freiheit entlassen konnte.

Take these chains from my heart and set me free … Die Musik, die Neil ausgewählt hatte, gefiel ihr nicht. Es war insgesamt kein allzu erfolgreicher Tag gewesen, jedenfalls nicht so, wie er es sich vorgestellt hatte. Vielleicht war er es einfach nicht mehr gewohnt, längere Zeit mit einer Frau zusammen zu sein, und ein ganzer Tag war anstrengend. Angela und er waren nicht viel ausgegangen, auch nicht, als sie sich gerade erst kennen gelernt hatten. Ach Scheiße, er wollte doch nicht an Angela denken. In den Tagen, als sie ihn noch liebte, hatte sie immer beteuert, dass Sex nicht so wichtig sei und es schon besser werden würde, Hauptsache, er bekam seine Wutausbrüche in den Griff. Hin und wieder war es ja auch zu einem fast erfolgreichen Geschlechtsakt gekommen, und er wusste, wie er sie befriedigen konnte, aber es war weniger der Orgasmus, nach dem sie sich sehnte, als ein Kind. Er hätte König sein können, Millionär, Künstler, Olympiawettkämpfer und wäre doch nichts anderes als ein Diabetiker unter ärztlicher Kontrolle mit ungenügender Spermabildung und *Erektionsstörungen*. Vielleicht war er nur deshalb so überfordert, weil er all das seiner neuen Freundin nicht erzählen konnte. Die schlimmsten Aspekte seiner Geschichte enthielt er ihr vor, und irgendwie ahnte sie, dass etwas nicht stimmte. Frauen mögen keine Versteckspiele, aber noch weniger würde ihr die Wahrheit gefallen. Dass es einmal geklappt hatte, machte es nur noch schlimmer; es war das zweite Mal, das zählte.

Deshalb war er jetzt zum Einbrecher geworden, und dabei hatte er nicht mal Erfolg gehabt. Sie hatten einen Ausflug nach Frankreich gemacht, der von seinen nervösen Erwartungen an die Nacht und seinem Schamgefühl wegen des vorherigen Abends getrübt gewesen war. Jetzt saß sie in der Küche seines Hauses ihm gegenüber am Tisch, lächelte ihn an und bewunderte seine Kochkünste. Dazu tranken sie den Wein, den sie unterwegs gekauft hatten. Zumindest sie trank, vielleicht nur, um ihm einen Gefallen zu tun, denn er hatte ihn ihr praktisch aufgezwungen. Er wollte die Spannung lösen, die sich offenbar zwischen ihnen aufbaute. Er hingegen trank nur wenig, da er Angst hatte, der Alkohol könne sich nicht mit der blauen Pille vertragen, die er bald nehmen wollte. *Versuchen Sie es mit 50 mg,* hatte der Arzt ihm geraten. *100 mg ist die normale Dosis.* Besorgt wie er war, glaubte Neil, es sei sogar noch besser, wenn er 300 mg, den ganzen Vorrat, auf einmal nahm. Drei kleine Pillen und zum Teufel mit der Angst um Vorräte. Morgen wären alle Pillen weg, aber morgen war ein anderer Tag, und der Rest seines Lebens konnte auf sich selbst aufpassen, Hauptsache, er könnte sie ein paar Stunden lang bei sich behalten.

»Ich habe ein Geschenk für dich«, sagte er, als er aus dem Badezimmer zurückkam. Der Wein und das Essen hatten gewirkt; sie war sanft und beschwipst und lehnte sich an ihn, als er ihr den Schal um die Schultern legte. Vor dem Hintergrund seiner kleinen, unscheinbaren Wohnung sah sie wunderschön aus; sie hatte weiche, warme Haut, und sie sollte niemals glauben, dass sie was Besseres verdiente.

»Ich kann nicht die ganze Nacht bleiben«, eröffnete sie ihm. »Irgendwann muss ich wieder nach Hause.« Sie lebte bei ihren Eltern. *Irgendwann,* das war in Ordnung. Es würde sowieso nicht die ganze Nacht dauern.

Maggie verbrachte eine Stunde in einem anonymen Pub mit Blick aufs Meer, fachsimpelte mit alten Männern über deren Hunde und trank ein paar Gläser schlechten Wein, bis sie zu dem Schluss kam , dass sie etwas Besseres verdiente. Kurz vor Ladenschluss ging sie in ein Spirituosengeschäft und erstand zwei Flaschen eisgekühlten Sancerre und drei Packungen Erdnüsse. Dann schleppte sie ihre Beute nach Hause, warf Timothy und Peter, die gerne ein Schwätzchen mit ihr gehalten hätten, angesichts der Lage der Dinge jedoch Abstand hielten, ein strahlendes, nichts sagendes Lächeln zu und ging die Treppe hinauf. Als Erstes räumte sie hektisch das Zimmer auf, um sich das Gefühl zu geben, alles im Griff zu haben, erst dann setzte sie sich hin und dachte nach. Die Erinnerung an Onkel Joe nagte an ihr, aber das war im Großen und Ganzen so unwichtig wie eine Fliege, die im Zimmer herumsummte. Sie wollte nichts weiter als den Triumph auskosten, als sie jetzt den Brief zum dritten Mal las. *Darf ich dich besuchen*? Er hätte auch schreiben können: *Warum kommst du nicht her und besuchst mich*? Er wollte vermutlich andeuten, dass *er* die Mühe auf sich nehmen würde, in das schäbige Nest zu kommen, das er stets verachtet hatte. Männer sind einfach blind, hatte Francesca mal gesagt. Ich hasse es, wenn sie einen verlassen und dann zurückkommen, um sich auszuheulen. Hör mal, Philip, ich habe mich hier arrangiert, hätte Maggie ihm gern erklärt. Ich lebe mein kleines Leben auch ohne deine Essenseinladungen. Kannst du dich überhaupt noch daran erinnern, wie gut wir gegessen haben, Philip? So ausgefallen und verschwenderisch, wie die Besitzer meines Hotels hier für ihre Gäste kochen, nur dass sie es für einen Bruchteil der Kosten tun, die Anstrengung verdreifachen und das einzigartige Bedürfnis haben, zu gefallen statt zu beeindrucken. Du hast versucht, aus mir einen kultivierten Klon von dir selbst zu machen, aber mein Lieblingsgemüse sind immer noch tiefgefrorene Erbsen, und ich ziehe Männer vor, die eine verbrannte Pizza genießen, ohne zu merken, dass sie verbrannt ist. Aber natürlich bin ich selbst Schuld daran, dass du unser ganzes Leben diktiert hast, und so wurde ich eben zu einem austauschbaren Ersatzteil, als du zu dem Schluss kamst, dass ich überflüssig war.

Sie verschlang die Nüsse und suchte Papier und ihren Füller; der Wein war nicht besonders gut. Er war ein Weinsnob gewesen, hatte ein Riesentheater darum gemacht und stundenlang die Etiketten studiert. Lieber Philip, andere Menschen haben was Besseres zu tun und trinken, was man ihnen vorsetzt, damit sie sich weiter unterhalten können. Wieso habe ich zugelassen, dass du mich von den Dingen ablenkst, die mir wirklich wichtig waren? Warum vergeude ich meine Zeit mit lausigen Entscheidungen? Sie würde ihm einen gepfefferten Brief schreiben, wenn sie nur den Füller finden konnte, nicht einen der Kugelschreiber, die zu Dutzenden ihre Handtasche verstopften, sondern den Füllfederhalter, der ihrer Handschrift Würde verlieh. O ja, sie würde ihm die Leviten lesen, eine Tirade, die ihn vom hohen Ross seiner schnöseligen Prosa runterholte und ihm vor Augen führte, was für eine miese Ratte er war. Und dann fiel ihr eins der Gedichte ein, die sie als junges Mädchen, lange vor ihrer Heirat, mit solcher Leichtigkeit auswendig gelernt hatte.

Ja, als ich dich liebte, ich muss es gestehn,
Da hatt ich viel fröhliche Stunden:
Doch der Hohn, der jetzt für dich füllet mein Herz
Ist mehr als ich damals empfunden.
So ob wir vereint sind oder getrennt
Stets scheint dich ein Zauber zu fassen:
Dich lieben ist schon Freude genug
Doch Wollust ist es – dich hassen!

Die Nüsse waren alle, und sie spürte einen leichten Übelkeit erregenden Hunger, den sie mit einem weiteren Glas Wein vorübergehend stillte. Unten würden sie sich vermutlich Sorgen um sie machen, aber diese Abende, die sie sich in ihrem Zimmer verbarrikadierte, waren nichts Neues, obgleich in letzter Zeit seltener. »*Doch Wollust ist es – dich hassen*!«, schrieb sie erneut, als sie sah, wie ungleichmäßig ihre Handschrift war.

Der Füller hatte fast keine Tinte mehr, und sie hatte keine Ahnung, wo sie die Patronen hingelegt hatte. Oder ob sie wirklich wollte, dass Philip herkam und sah, was sie in den fünfzehn Monaten, die sie in einem winzigen Zimmer eingesperrt gewesen war, aus ihrem Leben gemacht hatte. Sie wusste nur eines, selbst als sie das Wort beim Schreiben unterstrichen hatte, nämlich, dass sie ihn *nicht* hasste. Sie hatte noch nie jemanden länger als einen Tag gehasst; sie brachte es einfach nicht fertig. Möglich, dass sie durch die winzigste Andeutung von Abweisung schrecklich verletzt war, aber hassen konnte sie nicht. Vielleicht bedeutete das, dass sie Männer auch nicht lieben konnte. Selbstverständlich kannst du das, hatte Francesca gesagt, aber nur, wenn sie dich ansehen. Wenn sie erkennen, wer du wirklich bist. Alles andere ist eine Beleidigung.
Ja, er hatte sie beleidigt. Noch war es zu früh, um schlafen zu gehen, und der Wein gewann allmählich die Oberhand. Maggie wollte nicht, dass irgendwer sie in dieser unentschlossenen, sentimentalen Verfassung sah. Sie machte Katzenwäsche in ihrem Waschbecken, dachte mit einem Anflug von schlechtem Gewissen an all die anderen Dinge des Tages, bürstete sich das Haar, bis die Kopfhaut genauso schmerzte wie ihr Kopf, räumte alles säuberlich wieder auf und ging ins Bett. Wirre Gedanken huschten wie Ratten vorbei, Angela, Harry, Henry, Harry, Neil, war Neil mit diesem Köter zum Angeln gegangen, Henry. Angeln. Philip und wie wortgewandt sie das Scheitern ihrer Ehe erklärt hatte. Nicht ganz der Erfolg, den wir uns erhofft hatten.

Nicht ganz der Erfolg, den er sich erhofft hatte. Nicht das, wonach sich eine junge Frau sehnt, oder auch ein Mann. Etwas zu hart und brutal, wenn Neil sich recht erinnerte. Auch nicht so lange, wie er erwartet hatte, obwohl er den Sinn für das Verstreichen der Zeit im Moment ein wenig verloren hatte. Bumsen war herrlich, aber nicht, wenn man ständig daran denken musste, wie lange es noch anhalten würde. Die Erektion, die Beziehung, die Leidenschaft ihrer Umarmung, die sich allmählich in eher pflichtbewusste Gesten erschöpften Ansporns verwandelt hatte, als er weitergemacht hatte und schließlich stöhnend zum Höhepunkt gekommen war. Danach rollte sie sich eingeschüchtert von ihm weg. Sie erwiderte seine Liebkosungen mit Küssen, und er bekam kaum ein Wort raus vor Dankbarkeit. Dann erklärte er ihr, wie süß sie sei. Doch es dauerte nicht lange, und sie sagte, sie müsse jetzt gehen, wie das eben so ist, und ließ sich nicht mehr davon abbringen. Und als er mühsam aufstand, um sich anzuziehen und sie den kurzen Weg zu begleiten, hatte sie ihn erneut geküsst, diesmal hastiger, und gesagt, was für ein Unsinn, es sei nur ein Katzensprung und die Straße sei beleuchtet, sie wolle nichts davon wissen. Sie seien nicht in London, sondern in Warbling. Sie redete wie ein Wasserfall, wich ihm aus und zog sich doppelt so schnell an wie er. Und noch ehe er sie überzeugen konnte, war sie schon zur Tür hinaus. Sie lief vor ihm weg. Den gestohlenen Schal ließ sie auf dem Küchenstuhl liegen. Diese übereilte Flucht hätte ihn beunruhigt und ihm die größten Sorgen gemacht, hätten die plötzlich auftretenden Symptome ihn nicht noch viel mehr erschreckt. Neil lag auf dem Bett und dachte über die Bedeutung seiner grässlichen Kopfschmerzen, verbunden mit einem Schwindelgefühl nach, die nicht nachließen, obwohl er die Augen schloss. Als er sie wieder öffnete, war alles wie von einem rosafarbenen Schleier überzogen. Es sah aus, als hätte die Nacht leicht zu strahlen begonnen, es erinnerte ihn an die Farbe der Sonne, wenn sie im Sommer über dem Meer untergeht. Er blinzelte, um das Bild zu zerstreuen, doch der rosafarbene Schleier blieb, und als er die Deckenlampe einschaltete, blendete ihn das grelle Licht. Er zitterte; sein Mund war wie ausgetrocknet.

Der Funkempfänger piepste. Irgendwer war in der Burg, und er war praktisch blind.

Henry kannte nur noch ein Ziel; er musste den Vogel fangen. Der flatterte gegen das nächste Fenster, und seine Erschöpfung zerriss ihm das Herz. Am liebsten hätte er geweint. Er trat zwei Schritte zurück, sehr langsam, bückte sich und fummelte an seinen Schnürsenkeln herum, bis er sie auf hatte und die Stiefel abstreifte. Geräuschlos zog er die Jacke aus. Sie war zu schwer, um als Netz zu dienen; er würde das arme Ding ja zerquetschen. Sein Kaschmirpullover war leicht trotz seiner wohligen Wärme. Henry hatte eine Schwäche für feine Wollsachen. Der Boden war kalt und feucht, und die Socken an seinen Füßen saugten sich voll, während er blind und auf Zehenspitzen durch die Dunkelheit tappte. Zu seiner Rechten beschrieb die Wand einen leichten Bogen. Er hatte gerade die Umrisse des Vogels ausgemacht, als er über einen losen Ziegelstein stolperte und fluchend die Hand ausstreckte, um sich abzustützen. Scheiße. Der Star erwachte zum Leben, verschwand in einem schwarzen Loch und begann wieder wie ein Gespenst gegen das nächste Fenster zu flattern. Wenn er sich doch nur unbemerkt an ihm vorbeischleichen und ihn dann in die andere Richtung scheuchen könnte, zu den Fenstern, die kaputt waren, offen standen oder keine Scheiben mehr hatten, dann würde er vielleicht von allein den Weg nach draußen finden. Andererseits war es möglicherweise doch besser, ihn noch weiter vor zu treiben; vielleicht kamen sie dann in einen offeneren Raum, wo der Vogel leichter fliegen oder sich irgendwo niederlassen konnte. Dann wäre er allerdings ganz verloren und noch schwerer einzufangen. Aber vielleicht führte dieser Rundgang nur immer tiefer in die Dunkelheit. Vielleicht mündete er in einen Graben, einen Keller oder einen Brunnen. Henry schluckte.

Er schlang sich den Pullover um den Nacken und kämpfte sich Zentimeter um Zentimeter vor, prüfte den nassen Boden mit den Füßen und stützte sich mit einer Hand an der Wand ab. Der Star war mittlerweile wieder aufgetaucht; er hatte das Gefühl, als beobachtete der Vogel ihn, als wartete er. Er nahm den Pullover ab und ermahnte sich, ganz ruhig zu atmen. Von weiter oben hörte er jetzt ein neues Geräusch, tropf, tropf, tropf, und aus dem Fenster, an dem er vorbeiging, kam ein Luftzug und das verlockende Rauschen des Regens. Der Star flatterte mit den Flügeln und flog trunken auf das nächste, verglaste Fenster zu. Er würde noch vor Panik und Erschöpfung sterben. Henrys Füße waren eisig; er spannte geräuschlos die Finger. Das Rauschen des Regens draußen würde seine Geräusche dämpfen, doch nur ein Narr konnte annehmen, dass die Sinnesorgane eines Stares so dumpf wären wie die eigenen. Noch drei Mal schlich er im Schneckentempo vorwärts, und immer entdeckte ihn der Vogel, doch jedes Mal glaubte Henry ihm ein Stückchen näher gekommen zu sein. Dann entdeckte er ihn im barmherzigen Schein einer winzigen Deckenlampe. Unter ihr schimmerte Feuchtigkeit an einem Mauervorsprung, und das Wasser tropfte. Der Vogel badete in einer flachen unwiderstehlichen Pfütze, die sich in einem von stetigem Tropfen ausgehöhlten Stein gebildet hatte. Henry war nah genug und warf sein Netz aus.

Sachte, ganz sachte trat er näher. Ein wütender Kampf spielte sich unter dem Kleidungsstück ab. Vorsichtig legte er die Hände um das zuckende Bündel, das er gemacht hatte, und hob es auf. Als er denselben Weg, den er gekommen war, zurückstolperte, spürte er das hektische Schlagen eines winzigen Herzens und fürchtete, dass es bersten könne. Schnell. Er brauchte beide Hände, um seinen Fang festzuhalten; die Füße mussten von allein zurückfinden. Er stieß mit den Zehen an und schlug sich die Ellbogen auf, als er von einer Seite auf die andere schwankte und der Wand folgte, die einen Bogen nach links beschrieb. Er stolperte über seine Stiefel und trat auf seine Jacke, die in einer Wasserlache lag, doch er blieb nicht stehen. Noch ein Fenster und noch eins und noch eins, und dann der gesegnete Luftzug.

Er streckte sich, um den Pullover durch den schmalen Fensterschlitz zu schieben, vorsichtig, dann schüttelte er ihn. Die Öffnung war so schmal, dass er nur mit Mühe beide Hände durchstrecken konnte und sich die Haut am Stein aufschürfte. Er spürte, wie der Star kämpfte und hatte schon Angst, dass er sich mit den Krallen in der Wolle verfangen haben könnte, so dass er ihn wieder reinholen müsste, und bei dem Versuch, ihn zu befreien, doch noch verletzen würde. Da er im Dunkeln nichts sah, müsste er ihn womöglich wieder in diesem Loch freilassen, und alles würde noch mal von vorn anfangen, o nein, lieber Gott, bloß das nicht. Noch einmal schüttelte er die Enden des Pullovers und ließ eine Hand los. Dann spürte er, wie der Pullover sich zuerst in die Luft hob und dann fiel, als der Vogel davonflog. Er strengte sich an, um zu sehen, wohin er geflogen war, doch er sah nur Himmel. *Fall nicht, FLIEG,* rief er. Dann redete er sich ein, durch das Rauschen des Regens den Flügelschlag hören zu können, doch er wusste, dass es nicht stimmte. Nur seinen eigenes Keuchen, *uuuh, uuuh, uuuh. Los, weiter.* Henry trat vom Fenster zurück und machte sich wieder auf den Weg. Er stützte sich mit der linken Hand an der Wand ab und fühlte mehr, als es bewusst wahrzunehmen, dass es zwei weitere Fenster gab, durch die er den Vogel hätte freilassen können. Man hätte die Fenster nicht so lassen dürfen, murmelte er, man sollte sie reparieren, damit sie nicht zu einer Vogelfalle wurden. Jemand müsste auf so was achten, man sollte jemand dafür *aufhängen,* und dann, ganz plötzlich befand er sich wieder am Fuß des Durchgangs und stieg zu dem großen Raum hinauf, wo er einen Lichtschein an der Kaminwand sah und sich auf den trockenen Boden kauerte. Er hatte noch den Pullover, den er hinter sich hergezogen hatte, und war nun mit sich zufrieden, weil er ihn nicht losgelassen hatte, sonst wäre der Star möglicherweise noch mitsamt dem Netz zu Boden geplumpst. Gedankenabwesend zog er sich den Pullover über den Kopf. Er zitterte. Die Wolle fühlte sich klebrig an, sie war mit Vogelkot beschmiert. Jede Menge Kot; ach, egal. Henry wischte ihn mit den Händen fort und rieb sie sich anschließend an der Hose ab. Jetzt hatte er den Vogeldreck überall verteilt. Aber es machte ihm nichts aus, wenn er ein bisschen stank, der verdammte Vogel, dieses dumme erschrockene Ding war frei und er selbst vorübergehend auf unerklärliche Weise glücklich.

Aber er fror. Er tastete mit schmutzigen Händen nach seinen Füßen und massierte sich die Zehen. Sie waren klebrig, wund und blutig; die Kälte tat ihm einen Gefallen, indem sie den eigentlichen Schmerz betäubte. Er sollte zurückgehen, seine Jacke und die Schuhe holen und die Füße hineinzwängen, damit sie wieder warm wurden. Die Jacke würde ihn wärmen und den Vogeldreck verdecken. Doch noch während er darüber nachdachte, wusste Henry, dass er um keinen Preis wieder hinab in den schmalen Gang gehen würde. Zum Teufel mit der Kälte und allem anderen, allein der Gedanke daran war derart entsetzlich, dass er noch heftiger zitterte.

Hier oben war es nicht mehr warm, aber erfrieren würde er auf keinen Fall. Die Frau würde nicht mehr wiederkommen. Niemand würde kommen. In seiner Jackentasche hatte er noch einen Schokoladenriegel; und in den Gängen unten tropfte es durch die Decke, es gab also genug Wasser, um sich die Hände zu waschen und den quälenden Durst zu stillen, aber nichts davon konnte ihn dazu bringen, noch einmal da hinunterzugehen. Nein. In der Hosentasche hatte er Zigaretten und ein funktionierendes Feuerzeug. Plötzlich war das Leben wieder erträglich; der Vogel war *frei*, und das war der einzige Sinn dieser Nacht in der Hölle. Nur deshalb hatte man ihn hier eingesperrt. So einfach war das.

Er stand wieder auf, überlegte sich eine Route und begann, durch die Räume zu wandern. In der Nähe der Tür zwinkerte ihm eine weitere Sicherheitslampe zu, als er die Schwelle betrat und nach der Klinke tastete. Er winkte ihr zu. Wanderte in großen Runden durch die Säle und dachte nach.

Warum hat sie mich eingesperrt?

Was habe ich getan, dass sie mich einsperrt?

Hat sie gewusst, was sie mir damit antut? Nein. Wie könnte sie? Aber sie muss gewusst habe, dass ich … Angst haben würde.

Das Kind jedenfalls wusste, dass ich frieren und mich fürchten würde. Oder dass *irgendwer* frieren und sich fürchten würde.

Ein anderer Henry.
Ob meine Füße jetzt brandig werden?
Hoffentlich kann der Star im Regen fliegen.
Ist der Instinkt, jemanden zu beschützen, stärker als alles andere?
Er versuchte, an einen dummen Vers zu denken, und begann zu singen. Er hatte sich nie eingebildet, einen Ton treffen zu können; das Singen war eine dem Badezimmer vorbehaltene Privatangelegenheit, aber er konnte sich immer an die Texte erinnern.
Ob es geregnet hatte, als Harry aus dem Haus ging? Wer hatte ihn gerufen und ihn in die Kälte gelockt?

»Wach auf, Maggie, wach auf. Wach *endlich* auf.«
Peter leuchtete ihr mit einer Taschenlampe ins Gesicht. So jedenfalls kam es ihr vor. Das Handy piepste.
»Was ist bloß los mit dir, Maggie, verdammt noch mal, nun wach schon auf.«
»Aufwachen?«, nuschelte sie. »Lass mich in Ruhe. Geh weg.«
»Dein Telefon Maggie, und …«
»Lass mich!«
»Geh ran.«
»Nein. Wozu?«
»*Geh ran*!«
Sie tat es. Drückte automatisch und zielsicher auf die richtigen Tasten, obwohl sie noch mitten in einem Alptraum schwamm. Peter und Timothy hatten keine Ahnung, wie es funktionierte, und mussten es auch nicht wissen. Es war das einzige Telefon im Haus, und das auch nur, wenn sie da war. Sie nahmen seinen schrillen Ton viel ernster als sie. Es schien ihnen noch aus großer Entfernung zuzuflüstern, aber sie hatte auch den leisen Verdacht, dass die beiden an Abenden wie diesem ein besonders wachsames Auge auf sie hatten. Sie sprach ins Telefon.
»Was soll das!«

»Francesca, ich sterbe. Ich glaube, ich werde sterben … Ich habe zu viel genommen. Alles ist rosa, mein Kopf brummt, und jemand ist in der Burg. Ich kann nicht aufstehen.«

»Neil, reg dich ab.« Sie setzte sich auf, und die Wirkung war schmerzhaft. Sie hatte schon Schlimmeres erlebt, aber trotzdem war es nicht gerade angenehm. Mit mäßiger Erleichterung stellte sie fest, dass sie wenigstens daran gedacht hatte, ein Nachthemd anzuziehen, bevor sie ins Bett gegangen war, und die Flaschen zu verstecken. Es roch nach Seife. Sauberkeit kommt direkt nach Gottesfurcht, und bei diesem kleinen Gedanken empfand sie Trost, der jedoch im nächsten Augenblick in Gereiztheit umschlug. Sie war nicht Francesca. Wenigstens Neil hätte sich daran erinnern können. Er hätte wissen müssen, dass sie nicht die allmächtige Person war, der jedermann sich anvertraute und über die jedermann sich ärgerte, wenn sie mal ausnahmsweise nicht helfen konnte. Sie war nur ein schäbiger Ersatz.

»Ich hab zu viel Viagra genommen. Ich kann nichts sehen. Habe schreckliche Kopfschmerzen. Du musst den Amerikaner holen, er ist doch Arzt. Er weiß, was man zu tun hat. Bring ihn her, Maggie, bring ihn her … Ich bitte dich, Maggie, ich flehe dich an. Er kennt sich aus. Ich bin sicher, dass er sich auskennt … Blaue Pillen. Rosa Pillen, damit es besser wird. Bitte, Maggie, ruf ihn.«

»Er ist kein Arzt. Er hat nur einen Doktortitel. Er kann keine Kranken behandeln. Ruf lieber einen richtigen Arzt an, Neil.«

»Kann ich nicht. Ich sterbe. Hilf mir.« Ende des Gesprächs. Der Inhalt hallte wie ein Querschläger im Raum wider.

»Jemand, der Henry sprechen will«, sagte sie lässig, als sei sie seine Sekretärin, und sah Peter an auf der Suche nach Inspiration. Timothy wartete in der Tür, und sie zwang sich, nicht grob zu werden. Sie waren immer höflich, sie waren die nettesten Menschen auf der Welt, schoss es ihr durch den Kopf.

»Das geht nicht.«

»Warum nicht?«

»Weil er nicht da ist«, antwortete Timothy ausdruckslos. »Er ist nicht nach Hause gekommen. Zwei Uhr morgens, und er ist noch nicht zurück. Er hat sich wohl verlaufen.«
Mit klopfendem Herzen lief sie die Treppe zu seinem Zimmer hinauf. Es war leer. Von dem Feuer, das sie für ihn angezündet hatten, war nur ein Hauch von Wärme geblieben. Der Laptop war zugeklappt, das Zimmer tadellos aufgeräumt, als lebte er in der Kajüte eines Schiffes, das in Kürze auslaufen würde. Ganz anders als ihr Zimmer, das wie das eines Schulmädchens aussah und nur gelegentlich disziplinarischen Maßnahmen unterworfen wurde. Eine Reihe von Möglichkeiten schoss ihr durch den Kopf. Die Burg, Neils Haus, Angelas Wohnung. Bilder von Orten, die in ihrer Vorstellungskraft aufeinander prallten wie Fahrzeuge an einer Kreuzung, und sie stöhnte laut auf. Verdammte Verantwortung. SIE WOLLTE SIE NICHT. Die beiden netten Männer standen erwartungsvoll auf der Schwelle des Zimmers, und ihre Körpersprache verriet, *Sag uns, was wir tun sollen, und wir werden es machen.* Maggie seufzte. Ihr Kopf war wie ein Schwamm. Alkohol war ein Reinfall. Freiheit ebenfalls. Der Kopf wurde schwammig, die Zunge pelzig, und nie war er gnädig genug, einen vergessen zu lassen. Ihr Nachthemd war sauber; darin lag ein schrecklicher Stolz, der stark genug war, um ihr Autorität zu verleihen. Was für ein dummes, oberflächliches und verwöhntes Ding sie doch immer gewesen war. Sie musste ruhig bleiben und dafür sorgen, dass sich ihre schreckliche Angst in Energie verwandelte, anstatt sich von ihr lähmen zu lassen.
»Ich ziehe mir schnell was an«, sagte sie. »Ist es kalt draußen? Tut mir wirklich Leid, ihr beiden, aber eigentlich sollten wir um diese Zeit längst alle im Bett liegen, wie?« Sie hatte keine Ahnung, wie spät es war, aber am besten machte sie sich gleich auf den Weg. Tu es für England. »Kannst du dich erinnern, wo ich meinen Wagen geparkt habe, Peter? Keine Angst, ihr müsst nicht mit, wenn ihr keine Lust habt.«
»Harry ist in der Burg, nicht wahr?«

»Nicht der Harry, den du meinst, aber es sieht ganz so aus, ja. Neil geht es nicht gut, und er hat die Schlüssel. Keine Ahnung warum, aber so ist es.«

Sie war wieder unten in ihrem Zimmer, zog das Nachthemd aus und streifte ein grässliches Sweatshirt und einen Pullover über. Dann griff sie nach den Sportschuhen ohne Schnürsenkel, die am nächsten standen und nahm die Autoschlüssel, die hinter irgendetwas versteckt waren. Das alles ohne zu überlegen, so dass sie zu ihrem eigenen Erstaunen plötzlich mit Schuhen an den Füßen und nackten Beinen dastand. Also zog sie die Schuhe wieder ganz aus und fing noch einmal von vorn an. Im Verlauf des alkoholisierten Abends war etwas passiert, ohne dass sie bewusst darüber nachgedacht hätte. Irgendwann während sie im Zimmer herumkramte und schrieb, hatte sie einen Hosenanzug aussortiert, inklusive Stiefel, Sporen, Mantel und allem. Die Art von Kleidung, in der man sich mit einem reumütigen Ex-Ehemann traf, um ihn mit Stilbewusstsein einzuschüchtern. Er war und blieb nun mal ein echter Anwalt, nicht wahr? Sie schlüpfte hinein, zündete sich eine Zigarette an und drückte sie sofort wieder aus, schaffte es gerade noch zum Aschenbecher. Die Sache war schlimmer, als sie gedacht hatte. Die beiden Männer warteten in ihren bunt gemusterten Morgenmänteln vor der Tür, die süßesten und friedfertigsten Männer der Welt. Nur wenn sie ein Kind gewesen wäre, hätten sie alle Geschichten über Geister ignoriert und sie mit selbst gemachten Knüppeln bewaffnet begleitet. Allein die Vorstellung erschöpfte sie noch mehr. Peter und Timothy waren äußerst beruhigt, als sie sie in ihrer Uniform sahen. Sie machte den Eindruck, als könne sie es mit einer ganzen Armee aufnehmen.

Es goss in Strömen. Der Schnee schmolz, der Regen prasselte, es war zum Verzweifeln, ekelhaft, wie konnte man hier leben … entlang der Küste, links zu Neil, Halt. Alles totenstill, sie hätte am liebsten losgeschrien. Sie klopfte an seine Tür, bis sie etwas hörte. Er öffnete und blinzelte sie an; in seinem Blick

stand Beschämung. Der rosafarbene Schleier vor den Augen war verschwunden, aber die schrecklichen Kopfschmerzen hatten sich nicht gebessert. Es gab sonst niemanden, den ich hätte anrufen können, bitte, bring das in Ordnung, ja, Franny? *Ich bin nicht Francesca.* Meine Kusine gleichen Namens wohnte in der Burg, und da ich ihre Kusine war, kam ich oft dorthin und weiß genauso gut wie sie, wie man rein kommt. Sie brach ihre Verbindungen zur Burg nie wirklich ab.
Sie stand im Wohnzimmer über Neil gebeugt und dachte gleichgültig darüber nach, dass er schlimmer aussah, als sie sich fühlte, aber er würde es überleben. »Es geht mir schon besser«, murmelte er. »Es tut mir wirklich Leid.« Auf dem Tisch blinkte der Funkrufempfänger, der mit der Alarmanlage der Burg verbunden war. »Er blinkt schon seit einer Ewigkeit. Ich kann da nicht hin. Die Geister ...«
»Ruf die Polizei an.«
»Sie werden mich auslachen. Und dann verliere ich meinen Job. Das geht nicht.«
»Verdammt noch mal, gib mir den Schlüssel. Angela hat ihn doch zurückgebracht, oder?« Er nickte. Ihr Blick fiel auf den Schal, der gefaltet über dem Stuhl hing, sie nahm den Schlüssel und ging zurück zum Wagen. Sie hatte einfach nichts übrig für Leute, die sich vor Geistern oder vor der Burg in der Nacht fürchteten. Sie hatte so oft Verstecken darin gespielt, obwohl sie längst nicht so viele Verstecke gekannt hatte wie ihre Kusine. Sie versuchte die Gewissheit abzuschütteln, dass Henry wie eine Motte in der Burg umherkreiste. *Ich sollte nicht darüber nachdenken, dass er sich vor der Dunkelheit fürchtet und panische Angst hat, eingesperrt zu werden.* Sie beeilte sich.
Den Wagen ließ sie am Burgtor stehen, hörte das Knirschen ihrer eleganten Absätze auf der Holzbrücke und spürte den Regen auf ihrem Gesicht. Der Schlüssel war leicht, das Tor schwer. Auf dem Boden des Andenkenladens lagen Schokoladenpapierchen. Offenbar hatten die Gespenster in Neils Ab-

wesenheit ein Festessen veranstaltet und ihren Müll zurückgelassen, um ihn zu ärgern, was sonst. Oder Angela Hulme und Tanya waren hastiger als sonst aufgebrochen. Maggie fluchte. Sie hätte Henry niemals herschicken dürfen.
Sie nahm die Schlüssel zum Burghof unter dem Tresen weg, wo sie immer lagen, schaltete die Hauptsicherung an und ging im Regen über das glitschige Steinpflaster zum inneren Tor. Wenn sie niemanden fand, würde sie vor Wut platzen, aber wenn er da war, wäre sie vielleicht genauso wütend. Das Licht blendete. Unten im Saal war tatsächlich einer. Er ging ganz langsam im Kreis, die Hände auf dem Rücken verschränkt. Sein Pullover war kotverschmiert, die Socken schmutzig. Er sang. Dann wurde ihm scheinbar plötzlich klar, dass er sehen konnte. Er blieb stehen und drehte sich langsam um, während er blinzelnd weiter sang.
»Hallo«, sagte sie.
»Manch einer sagt, sie sei ein Kind, andere wissen, die Liebe macht blind«, sang Henry und dann verstummte er, drehte sich um und sah eine Frau, die mit ihren perfekt aufeinander abgestimmten Kleidern für ein wichtiges Treffen gewappnet zu sein schien und im Licht der Scheinwerfer entsetzlich entschlossen wirkte. Oh, Scheiße.

Es half nicht, dass er die Kälte nicht mochte. Es half auch nicht, dass er alt genug war, um zu wissen, was Eitelkeit ist. Ich frage mich, wann die Eitelkeit beginnt? Wenn sich ein kleines Kind im Spiegel erkennt, nehme ich an. Und erst recht half es nicht, dass er Schwierigkeiten beim Sprechen hatte und sich nicht richtig ausdrücken konnte, denn all das trug nur noch mehr zu seiner Frustration bei. Es half dem armen Wurm nicht, dass er so leicht lieben konnte, auch wenn er finster wie ein Drache dreinblickte. Das tat er, wenn er sich beim Lernen konzentrieren musste, und ich fand es immer rührend. Auch ich hatte Schwierigkeiten beim Lernen gehabt, und es gab immer etwas, das mich ablenkte. Ich verstand seine Anstrengung. Ich konnte mich damals nicht länger konzentrieren als ein Spatz, bis zu einem gewissen Alter, und deshalb hielt mir mein Vater immer Maggie als Beispiel vor, weil sie sich mühelos alles merken konnte.

Ich glaube, ich hätte mir gewünscht, dass Tanya für Harry das wäre, was ich einst für Maggie war. Eine ältere Kusine, die ihn liebte und immer für ihn da war, so wie er für sie. Ich vergaß, wie viel Konkurrenz und Ungeduld im Spiel waren. Ich wollte, dass wir eine Familie werden, ein Clan. Hört sich an, als wäre ich ein Hirtenhund. Natürlich war alles ganz anders.

FMC

ZEHN

Sie lief zu ihm hinunter und hörte nur das Geräusch ihrer Stiefel auf den trockenen Steinen. Auf ihrem Haar glänzten Regentropfen, die davonflogen, wenn sie den Kopf schüttelte. Als sie näher kam, entdeckte sie, wie schmutzig er war. Für einen so pingeligen Mann mit einer Leidenschaft für saubere Kleidung und Körperpflege sogar schockierend schmutzig.

»Wie ging dieser Vers bloß weiter?«, fragte Henry im Plauderton. »Vielleicht kennen Sie ihn. Es ärgert mich, dass ich ihn vergessen habe.«

»*Und schließt ihn durch Riegel vom Tagelicht hinweg* …«, zitierte Maggie tonlos.

»*… durch Schlösser und Siegel find't Liebe ihren Weg* …«, schloss Henry und strahlte vor Freude wie ein Kind, das die richtige Antwort wusste.

»Was zum Teufel machen Sie hier?« Sie war kurz davor zu explodieren. Am liebsten hätte sie ihm eine Ohrfeige verpasst, aber sein Gesicht war ihr einfach zu schmutzig.

»Ach dies und das. Ich bin ein sehr gewissenhafter Tourist, ich muss alles sehen.«

»Nun, ich glaube, dass die Burg geschlossen ist, Henry. Gehen wir lieber nach Hause. Wo haben Sie denn Ihre Jacke und die Schuhe gelassen?«

»Die sind auf der Strecke geblieben, ha, ha … Irgendwo da unten«, sagte er und zeigte vage in eine Richtung.

»Wollen Sie nicht runtergehen und sie holen?« Ihre Stimme war jetzt sanft und überzeugend.

»Nein«, entgegnete er und schüttelte den Kopf entschuldigend. »Auf keinen Fall.«

»Es gibt hier keine Geister«, sagte sie. Er wirkte ein wenig überrascht von dieser Äußerung.

»Natürlich nicht. Aber ich gehe trotzdem nicht.«
Sie stöckelte mit ihren Absätzen los und verschwand in der Dunkelheit. Ihre wütenden Schritte verloren sich auf dem Weg nach unten zu den Runs. Henry hörte sie mehr, als dass er sie sah, und verspürte kaum Gewissensbisse. Wozu brauchte er Jacke und Schuhe? Er fühlte sich wohl , so wie er war. Es verging eine Minute, dann noch eine halbe, und die Kälte kroch ihm wieder in die Knochen. Noch ein Vers, und dann würde er ihr nachgehen müssen, falls sie sich verirrt hatte wie der Vogel. »*Wenn Phönix und Adler sich unter euch beugen, wenn Drache, wenn Tiger gefällig sich neigen, die Löwin lässt stehlen den Raub sich hinweg, kommt Liebe, sie wird siegen und finden den Weg.*« Siebzehntes Jahrhundert, schien er sich zu erinnern. Die Schritte kehrten zurück, langsamer als sie losgegangen waren. Schließlich stand Maggie vor ihm, mit seiner Jacke in der einen und seinen Schuhen in der anderen Hand. Sie hielt sie mit spitzen Fingern von ihrem weichen Kamelhaarmantel weg, als seien sie verseucht, während er immer noch vor sich hinsummte. Unter Schmerzen zwängte er die müden Füße in die Schuhe, ohne sie zubinden zu können, und hatte größte Mühe, die Jackenärmel zu finden. »Ich habe nachgedacht …« sagte er, während er hinter ihr den Gang nach oben humpelte und durch die offene Tür trat. Dort wartete er, während sie mit den Schlüsseln herumhantierte, atmete die frische, kalte Luft draußen ein und spürte den Regen auf seinem Gesicht.
»Hören Sie auf zu denken, Henry. Da kommt nichts Gutes bei raus, lassen Sie es lieber.« Maggie spürte, dass sich ekelhafte Kopfschmerzen hinter ihren Augen zusammenbrauten wie die schwarzen Wolken eines Gewitters. Sie hatte keine Lust, den Mund aufzumachen, und noch weniger, sich zu streiten. Sie schob Henry in den Wagen, fuhr zu Neil, steckte die Schlüssel in den Briefkasten und schaltete auf der kurzen Strecke zur Strandpromenade zweimal in den falschen Gang. Henry summte immer noch, wenn auch etwas kläglich.

»Was macht man bei einer Überdosis Viagra?«, fragte sie, um seine Aufmerksamkeit zu gewinnen und sich einer weiteren Sorge zu entledigen, während sie im Licht der abgeblendeten Scheinwerfer ihres uralten Wagens die schimmernde Oberfläche der Straße im Auge behielt.

»Man wartet, dass es vorbeigeht, schätze ich. Hat es an dem Tag, als Harry ertrank, geregnet?«

»Um Himmels willen Henry, woher soll ich das wissen?«

Das House of Enchantment war so hell erleuchtet wie ein Weihnachtsbaum. Henry erwartete, die Halle festlich geschmückt zu finden, und war leicht enttäuscht, als er keinen Unterschied zu sonst bemerkte. Das Meer auf der anderen Straßenseite rauschte tröstlich, der Regen fiel. Peter und Timothy umarmten ihn einer nach dem anderen, und er erwiderte die Umarmung mit heftiger Zuneigung. Auf seine stille Art war er dankbar und fühlte sich wie ein Paket, das ins Reich der Männer und zu einer randvollen Badewanne zurückgeschickt wurde. Die Morgendämmerung kündigte sich an. Später lag er auf seinem hohen Bett. Hände und Füße prickelten und pochten, während er an den Star dachte. Die Worte des Liedes wollten nicht verstummen. Worin bestand eigentlich der Unterschied zwischen einem Lied und einem Gedicht? Bevor der Schlaf ihn überwältigte, ertappte er sich dabei, wie er dachte, dass Maggie die ganze Episode inszeniert hatte, oder Maggie und Angela zusammen. Weiberkram. Mach dem dummen Penner klar, dass er sich um seinen eigenen Dreck kümmern soll. Dass man seine Nase nicht in anderer Leute Angelegenheiten steckt. Doch dann verflog dieser Gedanke wieder. So etwas hätte sie nie getan. Sie waren grundverschieden, die beiden Frauen. Außerdem geht es nicht nur um Fakten, Henry, es geht auch um *Instinkte*. Vertraue *ihnen*, ermahnte er sich. Instinkte. Da war noch eine letzte Kleinigkeit ... hätte er sich genauso rührend um den eingeschlossenen Vogel gekümmert, wenn es eine hässliche, fette Seemöwe gewesen wäre und kein

Star? Na klar, aber es wäre ihm bestimmt schwerer gefallen. Außerdem hätte sich für den scharfen Schnabel einer Möwe ein Sack besser geeignet, während für den Star nur die Leichtigkeit eines Schals in Frage kam.

Happy birthday to you, Marmelade im Schuh, Aprikose in der Hose, happy birthday to you. Das gleichmäßige Plätschern des Regens weckte Maggie auf. Sie sah mit einem Auge auf den fleckigen, grauen Himmel, der den neuen Wintertag ankündigte. Sie schloss das Auge wieder und versuchte zu schätzen, wie spät es war. Den Kopf zu heben und einen Blick auf den Wecker auf dem Nachttisch zu werfen, erforderte zu viel Anstrengung. Es musste ungefähr halb neun sein. Sie könnte sich noch einmal umdrehen und weiterschlafen, wenn sie wollte, doch die pochenden Kopfschmerzen hatten sich in ihrem Schädel festgekrallt, und je länger sie so dalag und dem Regen lauschte, desto schlimmer wurde die Erinnerung, schmerzhafter als der Kater und das dumpfe Gefühl von Scham, das damit verbunden war. Sie stöhnte. Die Kleider, die sie in der Nacht getragen hatte, hingen ordentlich im Schrank, einsatzbereit, als warteten sie nur darauf, wieder loszumarschieren. Ihr letzter Akt der Disziplin, bevor sie sich hingelegt hatte. Sie streifte den dicken Morgenmantel über, ein wollenes Ding mit Schottenmuster, das sie mehr wegen seiner Wärme als seiner Eleganz gekauft hatte, schlüpfte mit den Füßen in die Pantoffeln, warf einen Blick aus dem Fenster auf das Spielzeughaus im Garten und stöhnte erneut, ehe sie nach unten in die Küche ging.

Happy birthday to you … wieder dieses Summen. Die Küche eines Hauses mochte sie am liebsten, auch nach hinten gelegene Schlafzimmer oder kleine Gärten. Francesca hatte ihr das House of Enchantment empfohlen, seitdem wohnte sie hier. Diese Entscheidung hatte viel mit anderen Sorgen und ihrer Trägheit zu tun, aber nichts mit der Tatsache, dass sie dadurch in der Lage gewesen wäre, ihren Neffen zweiten Grades mit

Peter und Timothy im Garten spielen zu sehen, an den paar Tagen in der Woche, wenn die beiden auf ihn aufpassten. Vermutlich hätte sie die Gelegenheit gehabt, Harry in dem kurzen Zeitraum zwischen ihrer Rückkehr und seinem Ableben besser kennen zu lernen, aber sie hatte sie nicht genutzt, und das nagte nun an ihr. Sie war überzeugt gewesen, dass ihr Mann nicht weggegangen wäre, wenn sie auf einem Kind beharrt hätte, und deshalb wollte sie sich jetzt nicht mit den Kindern anderer Leute beschäftigen. Sie hatte sich auch nicht an Francescas Schulter ausweinen wollen, weil sie dort schon viel zu oft Zuflucht gesucht hatte. Allmählich ärgerte sie sich darüber, wie oft sie ihr angeboten worden war. Schade, dachte sie jetzt, dass wir uns immer von den Menschen abwenden, die uns geholfen haben. Sie wissen zu viel. Jeder schwere Schritt auf dem Weg ins Erdgeschoss brachte einen neuen Schub von Traurigkeit mit sich, *ich hätte dies; ich hätte jenes; ich hätte es so machen sollen … ich hätte merken müssen*. Ich hätte auf meinen Mann eingehen sollen, statt ihn wegzuekeln; ich hätte netter zu dem kleinen Harry und jetzt zu dem erwachsenen Henry sein sollen, dabei weiß ich nicht mal, was zum Teufel ich als Nächstes tun soll oder was ich angefangen habe oder warum überhaupt.

»Du solltest frühstücken«, sagte Timothy. »Möchtest du Speck?«

»Igitt.«

»Dann Toast. Tee.«

»Hör auf, *nett* zu sein, um Himmels willen, du bringst mich noch zum Heulen. Du bist so verdammt nett, dass du ein grässliches Vorbild für eine Frau mit schlechtem Gewissen abgibst. Toast, bitte.« Toast und Marmelade markierten einen Punkt, an dem das Leben erträglich wurde. Nicht unbedingt angenehm, aber annehmbar.

»Henry hat uns erzählt, dass er nach Ende der Öffnungszeit in der Burg eingeschlossen wurde. Wahrscheinlich ein Versehen, meint er«, erklärte Peter.

»Sehr diplomatisch von ihm. In dieser Burg ist noch nie einer aus Versehen eingesperrt worden. Und es gibt noch etwas, das ich ihm sagen muss. Dieser elende Neil war neulich Nacht hier, ich weiß nicht, wann, und hat Henrys Sachen durchstöbert. Er hat den Schal mitgenommen, der auf dem Bett lag. Der Schal befindet sich in seinem Haus. Schöne Freunde habe ich. Einer so falsch wie der andere.«

»Und was ist mit uns? Wir sind ganz unkompliziert ... was in aller Welt hat er gesucht?«

»Kleine blaue Viagrapillen, nehme ich an. Wahrscheinlich hat er geglaubt, dass Henry einen ganzen Vorrat davon hätte, und das ist womöglich auch meine Schuld.« Timothy kicherte. Senta kam und legte ihre Schnauze auf Maggies Schoß. Ein nettes, sensibles Tier, das nur dafür da zu sein schien, bedingungslos Zärtlichkeiten auszuteilen, wann immer es nötig war. Vielleicht wollte sie aber auch nur etwas von Maggies Toast abhaben. Doch selbst wenn sie berechnend war – jede Art von Liebe tat jetzt gut.

»Wenn Angela Hulme ihn eingesperrt hat, was wollte sie damit sagen?«, fragte Peter, der erstaunlich munter war, dafür, dass er nur ein paar Stunden geschlafen hatte.

»Halt dich fern von mir und meinem Kind. Geh nach Hause, Yank. So was in der Art«, erklärte Timothy mit weisem Ausdruck. »Und übrigens, unser kleiner Harry hat im Moment gar keine Meinung dazu. Jedenfalls war es letzte Nacht viel zu kalt für ihn. Möglich, dass er zum Tee reinschaut.« Sie sagte nichts. Ein neuer Duft breitete sich in der Küche aus und begann den des frischen Toastes zu verdrängen. Tim lief zum Ofen. Es gab Zeiten, vor allem jetzt, wo seine fahrigen Bewegungen Maggie schwindelig machten und jede Gemütlichkeit in der Küche ruinierte. Die Früchte seiner kulinarischen Betriebsamkeit waren köstlich, aber der Preis war die Hektik, mit der er alles vorbereitete, zwischen Spüle, Herd und Tisch hin- und herhetzte und dabei die ganze Zeit vor sich hin murmelte, *o je, o je, o je,* als könnte ihm tatsächlich je eines seiner Manöver misslingen und in einer Katastrophe enden. Mit erhitztem Gesicht und beschlagener Brille holte er zwei herrliche goldbraune Biskuitkuchen aus dem Ofen, die er mit Hilfe eines feuchten Tuchs aus der Form stürzte und zum Abkühlen auf ein Blech stellte. Für Maggie sahen sie aus wie zwei gelbe Hügel, die man aus einer anderen Landschaft geklaut hatte. Die Luft war von ihrem süßen Aroma erfüllt. Sie schluckte das letzte Stück Toast hinunter.

»Was meinst du? Erdbeermarmelade oder Brombeeren für die Füllung? Weiße Glasur, er kann rosa nicht ausstehen. Und Kerzen, natürlich.«

»*Kerzen?*«

»Harrys Geburtstag«, sagte Peter geduldig. »Er liebt Viktoriatorte. Bist du zum Tee wieder da?«

»Ach, *Unsinn*«, sagte Maggie.

Der Duft nach Kuchen breitete sich durch das gesamte Erdgeschoss aus, während sie nach oben in ihr Zimmer flüchtete. Sie kleidete sich schnell an und dachte beiläufig daran, wie viele Stunden sie im Leben damit vertrödelt hatte, zu überlegen, was sie anziehen sollte. Philip hätte den Morgenmantel gehasst. Bestimmt erwartete er, dass sie seinen Brief sofort beantwortete. Na, dann musste er sich eben gedulden. Sollte sie den Anzug anziehen, in dem sie aussah wie jemand, der Strom, Gas oder Luft abstellen wollte, oder sollte sie lieber einen freundlichen Eindruck machen? Doch das bleiche Gesicht im Spiegel verriet ihr, dass ein Kleid die Laune seiner Trägerin niemals verbergen kann.

Der Regen hatte aufgehört, doch solche Erleichterungen schienen plötzlich unwichtig. Sie ging zu Fuß, um einen klaren Kopf zu bekommen. Ihr Wagen, der vor dem Meer geparkt war, wirkte einsam und salzig. Der Pier sah aus, als sei er ohne Baugenehmigung und aus völlig unerfindlichen Gründen errichtet worden, und trotz ihrer selbstquälerischen Depression empfand Maggie in diesem Augenblick Zuneigung für ihn. Er passt zu deinem ganzen Leben, dachte sie. Du liebst unnütze

Dinge: hohe Absätze, Ehemänner, überflüssige Burgen, lästige, zu lebenslanger Haft verurteilte Kusinen, dumme kleine Hunde und Gedichte. Sie blieb stehen, um das Meer zu betrachten und entdeckte eine Fähre, die in der Ferne von links nach rechts fuhr, auf dem Weg nach Hause oder weiß der Teufel wohin. Der Himmel kämpfte sich durch die dichte Wolkendecke, und sie wünschte, sie wäre auf dem Schiff.

Hatte es am Tag, als Harry starb, geregnet? Warum war das wichtig? Maggie setzte sich auf eine Bank, um Zeit zu gewinnen, stand schnell wieder auf, als sie die Feuchtigkeit spürte, und ging dann langsam weiter. Vom Zugang zum Pier würde sie die Burg sehen können und auch das Fenster der ehemaligen Wohnung ihrer Kusine. Dort wollte sie sich ausruhen. Angela müsste jetzt zu Hause sein. Der Strand war menschenleer. Sie musste Angela aus dem Haus und in ein ruhiges Café locken, wo sie nicht wagen würde, die Stimme zu erheben, und angesichts der gleichgültigen, aber schwatzhaften Dorfbewohner so tun würde, als hätte sie nichts zu verbergen.

Die neue Skulptur auf dem Pflaster am Eingang zum Pier wurde nur deswegen als neu bezeichnet, weil sie die Mehrheit der Bewohner überhaupt nicht ansprach. Sie war, wie alle bezeugten, modern. Daher wurde sie toleriert, nachdem der anfängliche und unvermeidbare Widerstand verebbt war und das glänzende Metall ihrer Konstruktion (das den Zweck hatte, einen bei Sonnenschein zu blenden) von Grünspan, Rost und Salz stumpf geworden war. Der Protest war jedoch von der überraschenden Tatsache, dass die Kinder sie liebten, bereits im Keim erstickt worden. Sie fanden das Fundament aus metallischen Wellen und Fischen ideal, um drum herum zu laufen und auf den Rand des kleinen Bootes zu schlagen, in dem der unerschütterliche Fischer mit seinem übergroßen Kopf saß und mit großen traurigen Augen den dicken Fisch betrachtete, den er in der Hand hielt. Anscheinend plagte ihn ein schlechtes Gewissen. Die Skulptur war zu rund, als dass man darauf hätte herumklettern können, aber kleine Hände hatten irgendwie immer das Bedürfnis, darüberzustreichen oder daran zu klopfen. Das Geräusch war angenehm, und die Oberfläche fühlte sich warm an, wenn die Sonne schien. Die kleinsten Kinder spielten Verstecken und Nachlaufen in ihrer Nähe, ohne auf das Schild zu achten, das Laufen und Springen auf dem Pier untersagte. Als sich Maggie der Skulptur näherte, um ihre strapazierfähige Oberfläche und die geballte Kraft, die sie ausstrahlte, zu bewundern, lugte ein Kopf mit nur allzu bekanntem Haarschopf dahinter hervor und duckte sich schnell wieder. Aha. Das war eine merkwürdige Überraschung und obendrein ein wenig schockierend. Sie blieb stehen und ging dann lässig um die Skulptur herum, bis sie Tanya fand, die mit dem Rücken gegen das gekrümmte Rückgrat eines Fisches gekauert dasaß, als versuchte sie, sich daran den Rücken zu reiben. Ihre Pose hatte etwas bewusst Unbekümmertes, nicht, als schwänzte sie die Schule und wollte es verbergen, sondern als gehöre sie trotz ihrer makellosen Schuluniform zu einer Exkursionsgruppe, von der sie sich nur kurz getrennt hatte. So früh am Morgen waren sonst keine zehnjährigen Kinder auf der Straße. Maggie kam es vor, als versuchte Tanya, ihre Anwesenheit offiziell erscheinen zu lassen. Daher war sie so klug, nicht wegzulaufen. Sie wirkte eher beunruhigt als trotzig, was Maggie während ihrer flüchtigen aber regelmäßigen Begegnungen mit ihr bisher selten erlebt hatte. Keine von beiden wusste, was sie sagen sollte, bis Maggie etwas Passendes und Harmloses einfiel.

»Wartest du auf den Bus, Tanya?«

»So ähnlich. Ich bin ein bisschen zu früh dran«, antwortete sie schnell und erleichtert.

»Ich leiste dir Gesellschaft.« Das Kind hob die Schultern, aber es war keine selbstbewusste Rutsch-mir-den-Buckel-runter-Geste, sondern eher ein resigniertes Achselzucken von einem kleinen Wesen, das insgeheim den Tränen nahe war. Beide lehnten sich zurück, die Stille war unangenehm. Maggie zog Philips Brief aus ihrer Handtasche, nicht, weil sie ernsthaft daran dachte, ihn nochmals zu lesen, sondern nur, um vorzutäuschen, sie hätte etwas zu tun. Sie hatte nichts anderes zu lesen in ihrer Handtasche, außer einer Liste mit Besorgungen. Die Worte verschwammen ihr vor den Augen und ließen für einen Augenblick die Wut in ihr hochstiegen, *wir alle machen schreckliche Fehler, ich mehr als die anderen* ... jämmerliches, egoistisches Gewinsel, so verdammt *gekünstelt*. Sie blickte eine Weile über den Rand des zerknüllten Briefes auf den Sandstrand, dann steckte sie ihn wieder in die Tasche. Sie hörte, wie Tanya neben ihr einen langen zitternden Seufzer der Erleichterung ausstieß. Maggie folgte dem Blick des Kindes bis zu der Fahne, die über dem mittleren Turm der Burg wehte. Sie wurde gerade langsam gehisst, die Flagge von St. George, ein rotes Kreuz auf weißem Hintergrund. Sie flatterte ohne Begeisterung und hing dann schlaff am Mast herunter. Unsichtbare Hände zurrten sie fest. »Das ist *gut*«, murmelte Tanya. »Sie macht nicht gerade einen fröhlichen Eindruck«, erwiderte Maggie im Plauderton. »Aber das soll sie wahrscheinlich auch nicht. Ich weiß nie so richtig, wozu Flaggen eigentlich gut sein sollen.« Wie dumm das in ihren eigenen Ohren klang. Sie schwatzte einfach nur, um die Leere zu füllen und um sie am Weglaufen zu hindern. Tanya nickte, wischte sich mit dem feuchten Ärmel der Jacke über die Nase, was einen Flecken darauf hinterließ, bemerkte ihn und wischte mit dem anderen Ärmel darüber. Sie sah so viel glücklicher aus jetzt, wo sie es sich leisten konnte, einer dummen Freundin ihrer Mutter gegenüber gönnerhaft zu sein. »Sie sind zu gar nichts gut. Es bedeutet nur, dass jemand reingegangen ist, wahrscheinlich Neil, weil man drinnen sein muss, um die Fahne zu hissen. Falls jemand da drin eingesperrt gewesen wäre, ist er jetzt gerettet, verstehst du.«

»Vermutlich ist er einigermaßen wütend«, sagte Maggie beiläufig. »Aber er wird es verkraften. Das geht den meisten Leuten so, nicht? Schließlich ist er selbst Schuld. Vermute ich mal.« Die Kleine schüttelte den Kopf.

»Nein, ist er nicht. Mummy hat ihn eingeschlossen. Ich habe

geschrien und geschrien, aber sie hat nicht auf mich gehört. Ich konnte die ganze Nacht nicht schlafen und …«

»… du hast also die Schule geschwänzt, um ihn zu befreien? Willst du vielleicht auf dem Pier was trinken, bevor du zurückgehst? Eine Cola oder was anderes?« Sie konnte unmöglich sagen, bleib hier bei mir, rede mit mir. Dazu hatte sie kein Recht. Tanya blickte sehnsüchtig an der *Titanic* entlang und rieb mit der Hand über die Nase eines Fischs.

»Geht nicht«, antwortete sie schließlich. »Ich mag den Pier nicht. Er ist so verdammt langweilig. Ich mag ihn nicht. Aber ich mag *das* hier.« Sie streichelte die Nase des Fischs. »Harry spricht mit ihm«, fügte sie zusammenhanglos hinzu. »Er versucht, ins Boot zu steigen, und dann fällt er hin, immer wieder. Ich muss jetzt los.« Doch sie war unschlüssig, ob sie tatsächlich gehen sollte. Sie stand mit gekreuzten Beinen da und blickte zuerst auf die Fahne, dann sehnsüchtig am Pier entlang auf das kleine Café, das Wärme und etwas Süßes versprach. Aber in die Sehnsucht mischte sich Unentschlossenheit. *Erwähne niemals Harry vor dem Kind, hörst du? Es wäre grausam.* Maggie erinnerte sich an die Worte, ohne sagen zu können, woher oder wer sie wann zu wem gesagt hatte, Angela oder Francesca, ob sie in einem Fax gestanden hatten, ob es geschriebene Worte oder gesprochene Worte gewesen waren. Sie verschwammen zu einem strengen Befehl, bei dessen Erinnerung sie nun innehielt. Was hatte sie schon alles versprochen.

»Soll ich dich begleiten?«, fragte sie. »Falls sie dich in der Schule vermisst haben? Was werden sie sagen?«

»Ich erzähle ihnen, dass sich Mummy nicht gut gefühlt hat und ich deshalb zu spät bin. Aber ich bin gar nicht reingegangen, hab nur so getan, und ich darf nicht flunkern, oder?« Maggie beugte sich zu ihr hinüber und sehnte sich plötzlich danach, ihr das Haar aus den blinzelnden Augen zu streichen und ihr die zuckende Nase zu putzen, da sie jeden Moment niesen musste. So ein Kind konnte man nicht wie ein Haustier be-

handeln, obwohl es auf sanfte, eigensinnige Art an ein liebesbedürftiges Kätzchen erinnerte.
»Flunkern ist im Großen und Ganzen schlecht«, sagte sie ernst und kramte nach einer Münze. »Aber manchmal muss man es für eine gute Sache tun. Dein Magen knurrt. Kauf dir einen Schokoriegel unterwegs.«
Während sie zusah, wie Tanya über die Straße lief, fragte sie sich, ob Kinder anderen Erwachsenen erst trauten, wenn sie die Fehlbarkeit der eigenen Eltern entdeckten. Sie spürte ein dumpfes Ziehen in der Herzgegend und wünschte, sie hätte die Gelegenheit genutzt, um das Kind auszuquetschen, und dann wünschte sie erneut, dass sie auf dem Schiff wäre, das nun außer Sichtweite war. Niemand hatte die Kleine nach Harry gefragt; jedenfalls nicht damals, als es passiert war. Sie war zu verletzt, zu gestört, und rein praktisch gesehen wären alle Informationen von ihr nicht brauchbar gewesen. Das Beste, was man tun konnte, war, sie zu ermutigen, das Ganze zu vergessen.
In Angelas Wohnung machte keiner auf. Sie kehrte in den gemütlichen Schutz der Skulptur zurück und beobachtete, wie die Nachbarn ihrer Kusine ein und aus gingen. Harry *spricht* mit der Skulptur hieß: Harry hatte mit der Skulptur *gesprochen*. Kinder brachten Zeiten und Personen durcheinander, zumindest erinnerte sie sich, dass es ihr selbst so ergangen war. Vielleicht meinte Tanya auch, dass *sie* gerne mit der Skulptur sprach, und vielleicht bedeutete es nur, dass es die Sehnsucht nach dem stummen reglosen Mann im Boot gewesen war, die Harry dazu getrieben hatte, an einem kalten Tag, an dem es vielleicht geregnet hatte, aus dem Haus zu gehen. Sie blickte auf den langen Pier und sah, was Henry gemeint hatte. Kein Kind würde eine Straße überqueren und so weit laufen, es sei denn, es liefe, vor etwas weg.

Es gab immer einen Vorwand, um nicht zu arbeiten. Der Zustand des Zimmers, die Höhe des Stuhls, das Bedürfnis nach einer Zigarette, Essen, Gesellschaft und die Lust, angeln zu gehen. »Liebe Mrs. Dodder«, schrieb Edward, strich es durch und schrieb »Hodder«: »Ich schreibe Ihnen diesen Brief lediglich, weil ich keine Lust habe, irgendetwas anderes zu tun. Ich bin nicht geneigt, mich um die Änderung Ihres Testaments zu kümmern, nur weil Ihr Neffe Ihnen keine Weihnachtskarte geschrieben hat. Das ist natürlich bedauerlich, aber noch lange kein Grund, ihn zu enterben. Ihr letzter Wille weist bereits sechzehn Nachträge auf ... ich schlage vor, dass Sie abwarten, ob er Ihnen zum Geburtstag gratuliert ...« Er könnte dem Neffen auch einen Brief schreiben, aber das wäre eine Einmischung. Mrs. Hodder hatte jedes Teil ihrer umfangreichen Porzellansammlung mit einem Stück Klebeband am Boden versehen, auf dem der Name des jeweiligen Erben verzeichnet war. An guten Tagen staubte sie sie ab, an schlechten Tagen änderte sie die Etiketten. Wenn er alt und klapprig wäre, würde er nur noch angeln und sich in den Fluss stürzen, falls er sich dabei ertappte, wie er die Löffel zählte. Es war schwer, in den Angelegenheiten anderer Prioritäten zu setzen. Anwälte waren theoretisch objektiv und behandelten ihre Mandanten aus der Distanz ihrer eigenen, geheimnisvollen Qualifikation alle gleich, aber damit wollte er nur den Eindruck vermitteln, dass er die Mehrheit seiner Mandanten nicht verachtete und einige wenige sogar wirklich schätzte.

In seinen Tagtraum versunken, der ihn von der morgendlichen Arbeit abhielt, glitt Edwards Blick von den Rissen an der Decke herunter, und er entdeckte Henry, der ihm gegenüber am Schreibtisch saß, als gehöre er dahin. Er trug dieselbe Jacke wie letztes Mal, aber sie war irgendwie eingelaufen, Stoff und Farbe hatten etwas Reptilienhaftes angenommen. Er saß da wie jemand, der in einer Zwangsjacke steckte und die Arme nicht einfach hängen lassen konnte. Entweder war die Jacke geschrumpft, oder ihr Besitzer war gewachsen. Er wirkte erbärmlich abgerissen und fehl am Platz, doch offensichtlich hatte er eine gewisse Autorität ausgestrahlt oder eine List er-

sonnen, um an der Phalanx von Brüsten unten im Vorraum vorbeizukommen, und nach kurzer sarkastischer Begutachtung wurde Henry Evans in die Ränge der Mandanten erhoben, die er aufrichtig schätzte anstatt sie einfach zu tolerieren. Er beugte sich über den Schreibtisch und streckte den Arm aus, um ihm die Hand zu schütteln, als hätte er auf ihn gewartet. Henrys Versuch, den Gruß zu erwidern, war derart tollpatschig, dass er einen Haufen Briefe vom Tisch fegte. Beide ignorierten es. Es folgte weder eine Entschuldigung noch der Versuch, sie wieder aufzuheben. Edward war jede Möglichkeit willkommen, sich Anstrengung zu ersparen. Sie lehnten sich in ihren Stühlen zurück und musterten einander freimütig.
»Haben Sie jemals das Gefühl gehabt, dass Sie ihre Berufung verfehlt haben könnten?«, fragte Henry.
»Ja, mehrmals. Aber ich weiß nicht recht, wozu ich sonst berufen gewesen wäre, daher macht es mir nichts aus. Man ist immer geneigt zu glauben, dass die richtige Berufung Langeweile ausschließt, aber das stimmt nicht ganz, nicht wahr?«
»Nein, da haben Sie Recht. Wissenschaftler langweilen sich; Millionäre vermutlich ebenfalls ...«
»Schreiner bestimmt auch. Oder Polizisten. Es gibt wohl keinen vernünftigen Menschen, der sich nicht vorstellen kann, dass er etwas anderes und Besseres machen könnte. Ich werde noch auf dem Totenbett überzeugt sein, dass ich nicht genügend Spaß im Leben hatte. Oder genügend Fische gefangen habe. Was kann ich für Sie tun?«
»Ein Kaffee wäre nicht schlecht.«
Edward trat zur Tür und schrie nach unten, »KAFFEE! ZWEI!« Er nahm wieder Platz. »Möglich, dass es klappt«, sagte er, während er wie üblich nach einer Zigarette suchte. »Die Frauen hier halten es nicht für unter ihrer Würde, Kaffee zu kochen. Aber vielleicht wäre Ihnen ein Tee lieber? Kommt oft vor bei Amerikanern.«
»Danke, nein. Ich wollte eigentlich nur ein paar Fakten mit Ihnen besprechen.«

»Das dachte ich mir«, sagte Edward und wusste sofort, worum es ging. »Fakten sind das Einzige, worauf wir uns verlassen können.«

»Ich hatte gerade angefangen, Instinkte zu bevorzugen.«

»Zum Teufel mit Instinkten. Sie sind fast genauso unzuverlässig wie Prinzipien. Jedes Mal, wenn ich jemand von der Frage des Prinzips reden höre, könnte ich schreien. Genauso wenn jemand sagt, ich *habe das Gefühl*, dass dies richtig ist, oder, ich habe es *im Blut*. Am Ende hat es nämlich selten etwas mit Gefühlen zu tun, sondern mit Geld, und das steckt einem nicht gerade im Blut, es sei denn man ist nicht von dieser Welt.«

Der Kaffee wurde gebracht, ein paar nutzlose Untersetzer hervorgezaubert, um die strapazierte Schreibtischoberfläche zu schonen, und dann rauschte die rundliche Mitarbeiterin eingehüllt in eine Parfümwolke, wieder hinaus. Henry kämpfte sich aus der Jacke. Er hätte sich sonst nicht vorbeugen können, um die Tasse zu heben. »Und aus diesem Grund«, folgerte Edward, »kann ich keine weiteren Erklärungen für das vorzeitige Ableben von Harry Chisholm erkennen, als die bereits bekannten. Niemand anders hatte ein Motiv, ihn zu töten, vor allem kein finanzielles Motiv. Gäbe es einen Kusin oder einen Erben, dann könnte ich es verstehen, aber das ist nicht der Fall. Dafür gab es Verzweiflung, Mitleid mit einem Geschöpf, das keine Zukunft hatte, eine Mutter, die gegenüber ihrem ungezogenen Kind einen Augenblick die Nerven verloren hat. Ein anderes Motiv ist nicht zu erkennen, Instinktgesteuerter Mord. Das Ganze hat mir schon lange bevor Sie auftauchten zu schaffen gemacht. Es macht mir heute noch zu schaffen, Tag für Tag. Mein eigener verdammter Instinkt sagt mir, dass sie viel zu beherrscht war, um derartig die Kontrolle zu verlieren. Oder ihr Kind unbeaufsichtigt zu lassen.« Eine kleine Rauchfahne kräuselte sich an die gelbe Decke hoch. Henry zündete sich ebenfalls eine Zigarette an. Rauchen war ansteckend.

»Was ich an sich schon für ziemlich unwahrscheinlich halte«, erklärte Henry, »ist die Tatsache, dass ein Junge, der die Kälte

derart hasst, allein hinausgeht. Hat es geregnet? Wissen Sie das? Ich finde niemanden, der mir sagen kann, ob es an dem Tag regnete oder nicht. Ich halte es für wichtig. Er hätte noch weniger Grund gehabt rauszugehen, und es wäre ein weiteres Indiz dafür, dass er ausgerutscht sein könnte. Die Nachbarin von unten meint, dass er nie ohne seine Mutter rausgegangen ist, außer wenn ihn jemand anders abgeholt hat. Ich weiß nur, dass es nicht geregnet hat, als man ihn fand. Das steht in den Akten.« Der Kaffee war vorzüglich. Bei solchem Kaffee konnte Henry verstehen, wie Edward den Tag in diesem ungemütlichen Büro überlebte. Wahrscheinlich schwebte er in seiner eigenen, seltsamen Dunstwolke von einem Fall zum nächsten.
»Herrgott, Mann, das Wetter ändert sich hier alle fünf Minuten, ist Ihnen das entgangen? Wer soll sich daran noch erinnern? Und nehmen wir an, er wäre *rausgescheucht* worden. Ein lautstarker Streit wegen irgendwas oder auch wegen nichts, ein Befehl, RAUS MIT DIR – so was passiert bei mir zu Hause mindestens ein Mal pro Woche. Eine strenge Mutter, vielleicht ist sie sogar grausam. Verstehen Sie, Mr. Evans, vielleicht sollten Sie akzeptieren, dass Ihre ungeschickten Nachforschungen, wenn man sie so bezeichnen darf, Francesca Chisholm in einem noch übleren Licht erscheinen lassen könnten als zuvor. Ich hoffe, dass Sie sich dessen bewusst sind. Ach übrigens, was ist mit Ihrer Jacke passiert?«
»Ich weiß nicht mal mehr, ob sie mir gehört«, antwortete Henry. »Ich wollte mir gerade eine neue kaufen. Und einen Hut. Hier gibt es ja jede Menge Trödler.«
»Trödler? Ach so, ich verstehe. Second-Hand.« Ein leicht verträumter, leidenschaftlicher Blick eines Liebhabers huschte über Edwards Gesicht, und Henry glaubte zu wissen, woher er seine schlecht sitzenden Klamotten hatte. Er stellte sich vor, wie Edward an jedem Monatsende seine gesamte Garderobe entsorgte und sich eine neue beschaffte. Der Gedanke, es genauso zu machen, war durchaus verlockend.
»Außerdem fiel mir ein, dass in diesen Läden jede Menge Mist

landet«, fuhr Henry unerbittlich fort, ohne jedoch hinzuzusetzen, *wie Ihr Anzug zum Beispiel,* »und dass ich vielleicht Francescas Kleider finden könnte, wenn ich ein bisschen herumstöbere. Sie hat ihre und seine Klamotten weggeschafft, aber wohin? Irgendwo müssen sie ja sein. Die Leute hier werfen nicht so schnell was weg.«
»Keine schlechte Idee, aber ich bezweifle, dass jetzt noch welche da sind. Gab es noch andere Fakten, über die Sie mit mir reden wollten? Und wenn wir schon mal dabei sind, ich glaube, unsere Mandantin hat sich aus dem Gefängnis gemeldet. Ich habe ihr ein Fax geschickt, und sie hat an Maggie geantwortet. Das wird ihr gestattet. Nur an ihre Anwälte. Alte Anwälte sterben nicht, wissen Sie, sie verlieren nur ihre Anziehungskraft.«
»Schreibt sie selbst? Was steht drin?« Er wollte ihre Handschrift sehen. Edward bückte sich unter den Schreibtisch, wo die Papiere zu Boden gefallen waren, und tauchte auf der anderen Seite mit dem glänzenden Blatt Faxpapier in der einen Hand und einer Zigarette in der anderen wieder auf. »Was steht drin?«, wiederholte Henry.
Edward rückte seine Brille zurecht und blinzelte auf das zerknüllte Papier. *Henry? Wer ist Henry?*, las er, während sein Mund die Worte formte, die er nicht auszusprechen wagte, ehe er das Papier zerknüllte und in die Hosentasche steckte. »Nichts«, seufzte er theatralisch. »Das verdammte Faxgerät funktioniert nur freitags.« Er ging um den Tisch herum und ließ sich wieder auf seinen Stuhl fallen, der ein eigenes Leben zu haben schien und sich drehte, bis Edward mit dem Rücken zu Henry saß und den Fisch im Blick hatte. Henry musterte die schwarzen Haarbüschel über der Rückenlehne des Stuhls und den Rauch, der sich emporkräuselte. »Dieser Onkel Joe ist ein ziemlich merkwürdiger Kerl«, erklärte er. »Anscheinend gibt es ihn zweimal. Ich glaube, es wäre in jedermanns Interesse, wenn Sie einem von beiden einen Besuch abstatteten.«
Edward drückte sich viel klarer aus, wenn man allein mit ihm

war. Für Henry war das sehr einleuchtend. »Onkel Joe?«, fragte er.

»Der in Ungnade gefallene Onkel Joe. Francesca besuchte ihn regelmäßig. Sie kümmerte sich nicht um seinen schlechten Ruf. Seit einigen Monaten besucht ihn Angela Hulme. Ich frage mich, warum. Sie sitzt stundenlang da und redet mit irgendwem, das hat man mir gesagt, aber wie auch immer, ein Chisholm ist er nicht. Na, der Mann stürzt sich offenbar auf Fremde, Sie werden also willkommen sein. Aber zuerst sollten Sie ihre Einkäufe machen. Ich an Ihrer Stelle würde es tun.«

In der High Street von Warbling gab es genügend Kram, um Kleingeister bei Laune zu halten. Ein eingefleischter Stadtmensch wäre wohl anderer Meinung, aber die Bond Street war so weit weg wie ein anderes Land. Oder so weit weg wie die Frau, dachte Maggie nun, die sich den Kopf darüber zerbrochen hatte, welche neutrale Teppichfarbe in welches Zimmer einer Filiale von John Lewis passen würde, die so groß gewesen war, dass sie hier die gesamte Häuserreihe verdeckt hätte. In Warbling gab es hervorragend eingerichtete Häuser und ein paar elegant gekleidete Menschen, die nicht hier einkauften. Erst wenn sie ihre alten Sachen weggaben, kamen andere in den Genuss. Die reichen Leute von Warbling (mit großen, vor dem Wind geschützten Häusern hinter der Stadt, mit Villen und Vorgärten abseits der kleinen Gassen, mit unterschiedlich teuren Wohnungen direkt am Strand) gaben ihre Kleider, Geschirr, Töpfe und Pfannen, Stoffe und überflüssigen Nippes, zumeist jedoch Kleidung, pflichtgemäß an Second-Hand-Läden weiter.

Es hatte eine Zeit in ihrem Leben gegeben, da hätten keine zehn Pferde sie in einen Second-Hand-Shop gekriegt, doch jetzt erschien Maggie ihre Freude an ihnen als Indikator dafür, wie sehr sie sich verändert hatte: Sie liebte sie vorbehaltslos, so wie alle anderen auch. Es war schon fast zur Pflicht geworden, sie ein Mal pro Woche auszukundschaften. Einkaufen ohne Risiko. Ein gemeinsamer Nenner für Rentner in Harris-Tweed-Anzügen und mittellose junge Mütter mit Babys auf dem Arm, die sich höflich hineindrängten. Drinnen schlug jeder eine andere Richtung ein und niemand hatte etwas gegen die Tatsache, dass die violetten Vorhänge der toten Tante Ethel jetzt im Schaufenster hingen oder dass Jimmy in den ausrangierten Kleidern von jemand herumlief, der zwei Nummern größer getragen hatte als er. An anderen Leuten waren die Kleider nicht wiederzuerkennen; sie veränderten sich mit jedem neuen Besitzer. Wiedergeboren, verjüngt, ein neues Leben, sagte Peter immer. Die Second-Hand-Läden waren eine akzeptable Form von Veränderung, Verfall und Tod, aber es gab auch noch einen anderen Aspekt. Auf Bügeln arrangiert, zusammengepfercht wie eine Menschenmenge, die versuchte, sich hintereinander durch eine Tür zu quetschen, war es unmöglich sich vorzustellen, wer sie als Letzter getragen haben könnte. Grauhaarige Damen, alle mit derselben Frisur, kauften hier ein, zählten peinlich genau das Wechselgeld und genossen die Aufregung eines Schnäppchenkaufs. Maggie hatte eine besondere Vorliebe für einen der fünf Läden. Timothy zog Oxfam vor wegen der Handtücher und Laken, sie hingegen Age Concern wegen der großen Auswahl an Kleidern und der frivolen Leidenschaft des Besitzers für Hüte aller Art.

Sie hatte Wichtigeres zu tun, das war ihr klar, doch das, was sie vorgehabt hatte – Angela zu finden –, war ihr nicht gelungen, und im Übrigen wollte sie gar nicht erst anfangen, über ihre Begegnung mit Tanya nachzugrübeln. Eigentlich wollte sie gar nichts tun. Sie befand sich in einem Zustand nicht weiter definierter Unschlüssigkeit, halbwegs zwischen Elend und sinnloser Selbstbeobachtung, also drückte sie sich die Nase am Schaufenster des Ladens platt. Lieber Gott, da drüben war ein Badeanzug kunstvoll über eine Plastikpflanze drapiert und oben drauf lag eine Mütze mit Ohrenschützern, Träume von Winter und Sommer in einem. Irgendwer würde den Badeanzug kaufen, um einen Wetterwechsel zu beschwören, und wenn er nicht passte, so machte das nichts, denn das Warenangebot wurde nicht von den Jahreszeiten diktiert. Neben Wintermänteln hingen leichte Sommerkleider aus Baumwolle, Wollschals neben Rosenkränzen, auf dem Boden lagen Stiefel und Sandalen nebeneinander. Maggie liebte dieses organisierte Chaos. Dort drüben, ganz hinten, neue Hüte. Sie waren bei irgendwelchen Hochzeitsfeiern und Taufen vergessen und nicht bis zur nächsten Beerdigung aufgehoben worden. Dass sie Dellen hatten, machte sie nur noch interessanter. Sie brauchte einen Hut genauso wenig wie ein Loch im Kopf. Sie brauchte Gebete, aber Henry brauchte einen Hut, und solange jemand einen Hut brauchte, hatte sie einen Vorwand, sich umzuschauen.

Wenn man vom Teufel spricht … Nirgendwo war dieser Spruch so treffend wie in einer Kleinstadt. Als sie eine Sekunde später aufschaute, entdeckte sie Henrys Spiegelbild im Schaufensterglas. Er stand neben ihr und blickte verdutzt in das Fenster, als hätten ihre Gedanken ihn herbeigezaubert. Er hatte den Schmutz auf seiner Lederjacke bemerkt und versuchte, ihn wegzuwischen. Sie berührte seinen Ärmel, das Leder fühlte sich rau und kratzig an, und seine Arme hingen steif herab. Er lächelte sie auf seine ansteckende, versöhnliche Art an, und sie ertappte sich dabei, wie sie zurückgrinste. O Gott, was hatte sie ihm bloß angetan?

»Haben Sie auf mich gewartet?«

»Nein, aber ich bin froh, dass Sie hier sind. Ich war noch nie bei einem Trödler. Ich weiß gar nicht, wie man sich hier benimmt.«

»Henry. Wo haben Sie gelebt? Es gibt keinen Benimmkodex.«

Eine Welle von Wärme und eine Unzahl von Gerüchen schlugen ihnen entgegen. Aus der provisorischen Umkleidekabine im hinteren Teil drang Gelächter. Dann tauchte eine Frau in einem Rock auf, der ihr bis zu den Knöcheln reichte und um die Hüften spannte. Henry begriff, dass man hier Menschen, die lächerlich aussahen oder zu dick waren, feierte. Vielleicht waren gut aussehende Menschen in dieser Stadt auch einfach rar. Er zwängte sich aus der Jacke, deren Farbe und Größe sich durch das Wasser oder was auch immer verändert hatten. Jedenfalls kam er sich dicker vor als alle anderen Anwesenden. Sein Blick fiel auf die Mütze mit den Ohrenschützern. Er griff danach und setzte sie auf. Sie war viel zu groß, selbst für einen ausgewachsenen Mann. Die Krempe reichte bis zur Nase und saß auf seinem Brillengestell, so dass er den Kopf nach hinten kippen musste, wenn er etwas sehen wollte. Im Standspiegel entdeckte er eine ziemlich alberne Gestalt, die aussah wie ein geistig Zurückgebliebener, den man gerade aus einer Anstalt entlassen hatte, wo man ihn genauso gut auch hätte behalten können. Daneben war Maggie zu sehen, unter einem großen schwarzen Hut mit überdimensionalem Schleier und einer kaputten Feder, mit dem sie erheblich größer wirkte. Sie hielt den Kopf in einem ähnlichen Winkel und musterte sie beide. Der schwarze Hut sah aus wie ein Stück dickes Ofenrohr, das sich aus einem vertrockneten Vogelnest erhob. Die Feder war einmal türkisfarben gewesen. Ernsthaft studierten sie ihr Spiegelbild und nickten. Die Hüte schwankten mit. Langsam nahm Maggie ihren Hut mit einer schwungvollen Bewegung ab und reichte ihn Henry. Er nahm die Mütze ab und reichte sie ihr. Dann setzten beide die Kopfbedeckung des anderen auf. Größen waren trügerisch. Unter seiner Mütze verschwand die Hälfte ihres Gesichts. Die Spitze war auf die Seite herunter gerutscht, so dass ihr Profil jetzt Ähnlichkeit mit dem einer Ente hatte, während das Ofenrohr auf seinem Scheitel saß wie ein Unterteller auf einer Tasse.

»Ich nehme zwei«, sagte Henry.

»Die sind auch nicht lächerlicher als der, den Sie verloren haben«, erklärte Maggie.

Er reichte ihr eine dunkelrote Baskenmütze, mit der sie aussah wie ein müdes Freudenmädchen aus einem französischen Film der Fünfziger. Er dagegen erinnerte an einen idiotischen Gelehrten, als er die blaue bretonische Kappe aufsetzte, die sie für ihn gefunden hatte. Die Wollmütze, die er als Nächstes anprobierte, war so verrückt, dass ihm als Ehrenmann nichts anderes übrig blieb, als sie zu kaufen, obwohl er sie bestimmt nie tragen würde. Von seiner vorübergehenden Blindheit erlöst, entdeckte er, dass Maggie mit einer Schottenmütze auf dem Kopf am Tresen lehnte und sich vor unterdrücktem Lachen schüttelte, während der Besitzer dabei war, Henrys Lederjacke zu verkaufen. Ohne ein Wort des Protestes sah Henry zu, wie ein Mann, der erheblich kleiner war als er selbst, mit der Jacke unter dem Arm den Laden verließ, und fragte sich, was er je an ihr gefunden hatte. Und als die Tür ins Schloss schnappte, überlegte er einen Augenblick lang ganz ernsthaft, ob es überhaupt seine Jacke gewesen war.

»Woher wissen Sie eigentlich, dass ich meinen Hut verloren habe, Maggie?«, fragte er über die Schulter, während er jetzt, da er den Dreh raus hatte, eine Kleiderstange mit lauter hässlichen, modrig riechenden Wollsachen durchsah. Hier konnte man sich aufführen wie es in anderen Läden kaum angebracht gewesen wäre. Man behandelte die Kleider so, als gehörten sie einem bereits, und niemand erhob Protest. »Sie haben es mir selbst erzählt«, antwortete sie beiläufig, und er versuchte sich daran zu erinnern, ob das stimmte.

Er fand eine Jacke: braun, praktisch, sauber und unauffällig, sieben Dollar und groß genug, um in Anbetracht dieser Summe ungestraft einlaufen zu können. Sie hatte nichts gekauft und erklärte, darum gehe es auch nicht. Neben der Verkäuferin, die das Wechselgeld abzählte und irgendwelche lauten Kommentare in Richtung der winzigen Umkleidekabine abgab, stand ein Korb, aus dem Unmengen von Schals quollen. Er wühlte darin und betastete die rauen synthetischen Stoffe, bis seine Finger auf etwas Weiches stießen. Er zog es heraus und erkannte den Rand eines cremefarbenen bestickten Schals. Er befühlte den Stoff, legte den Schal wieder zurück und zog ihn dann erneut heraus. Er war alt und vergilbt, aber immer noch weich. Henry hielt ihn gegen das Licht, entdeckte Mottenlöcher und dann ein

Preisschild, fünf Pfund. Kein Wunder, dass keiner ihn mitgenommen hatte. Fünf Pfund war viel Geld für einen Second-Hand-Shop. Dann erinnerte er sich vage, dass er selbst viel mehr bezahlt hatte, sogar vor zwanzig Jahren in Indien. Er bildete sich ein, dass er nach Hitze, Staub und Gewürzen roch. Maggie lachte nicht mehr und sah ihn beunruhigt an. Tränen brannten in seinen Augen. »Man darf Menschen nicht einfach wegwerfen«, erklärte er. »Nicht mal ihre Klamotten.«

»Wäre es Ihnen lieber, wenn sie alle mit Ihnen sterben, Henry?«

»Nein. Ich hasse nur Vergeudung.«

»Es wird Zeit, dass wir uns ernsthaft unterhalten, Henry. Wir reden ständig um den Brei herum.«

»Es wird Zeit, dass Sie mich nicht ständig abwimmeln.«

»Ja.«

Er fand die Jacke nicht billig, sondern preiswert, und sie verlieh ihm eine gewisse Anonymität. Jetzt, da er seine Schuhe eingelaufen hatte und das Haar vom Wind zerzaust war, konnte er sich ganz einfach seiner Umgebung anpassen, indem er die Kleider eines anderen trug. Vielleicht würde er sich von nun an genauso umständlich ausdrücken und nie richtig auf den Punkt kommen wie die anderen hier auch. Menschen, die wie Edward aussahen, schienen Respekt einzuflößen; Menschen, die so aussahen wie er, sicherlich nicht. Aber jetzt würde ihn niemand mehr wiedererkennen. Draußen auf der Straße blendete ihn die Sonne. Sie spiegelte sich auf dem nassen Pflaster und stach ihm ins Auge. Er stopfte die Wollmütze in die Jackentasche und beschloss, sie bald wieder loszuwerden, dann hielt er das Gesicht in die Sonne und sog aus schierer Freude über das Gefühl relativer Wärme geräuschvoll die Luft ein. Maggie zog ihn am Ärmel. Gereizt widerstand er dem Bedürfnis, sie abzuschütteln. Nicht, weil er sie nicht in seiner Nähe mochte, trotz all ihrer verschlüsselten Kommentare, sondern weil sie wirklich aufhören musste, ihn ständig herumzuführen. Er war doch kein Hund.

»Hier entlang«, drängte sie.

»Wo entlang?« Und er musste aufhören, ständig Fragen zu stellen. Sie zog, er wehrte sich und prallte gegen eine Passantin, die im Gegenlicht gesichtslos wirkte. »Verzeihung«, sagte er automatisch.

»Angela«, sagte Maggie förmlich. »Wie nett. Ich wollte dich gerade besuchen.«

Angela Hulmes Silhouette fuhr zusammen, die Einkaufstüten raschelten ärgerlich.

»Ach wirklich? Mach dir nicht die Mühe. Und erst recht nicht mit ihm.« Sie beugte sich vor und schob ihr Gesicht so dicht an das von Maggie heran, dass ihr Atem sie streifte. Dann fauchte Angela mit zusammengebissenen Zähnen und so laut, dass jeder es hören konnte: »Weißt du, was er am Sonntag gemacht hat? Er hat meiner Kleinen mit seinen schmutzigen Pfoten unter den Pullover gefasst, jawohl. Er lässt sie nicht in Ruhe. Offenbar legt er es drauf an, dass man ihn hinter Schloss und Riegel bringt. Also halt ihn von uns fern, sonst sorge ich dafür, dass er eingesperrt wird. Hast du mich verstanden?«

Henry erkannte sein Spiegelbild für den Bruchteil einer Sekunde im Schaufenster des Wettbüros auf der anderen Straßenseite, wo ein rundes Dutzend Männer sich die Nasen an der Scheibe platt drückten. Er wirkte mindestens so harmlos wie sie, und alles, was ihm entgegenschlug, waren ihre eiskalten Blicke. Er hatte das Verlangen, eine Grimasse zu ziehen und ihnen die Zunge herauszustrecken, aber nur kurz. Die Passanten, die durch das Nadelöhr des Fußgängerüberwegs strömten, teilten sich wie eine Welle an einem Wellenbrecher. Dieses Mal ließ Henry sich willenlos von ihr wegführen. Mittlerweile fühlte er sich nicht mehr so anonym.

Innerhalb dieser Mauern ist Kleidung von entscheidender Bedeutung. Wir werden ermutigt, auf unser »Aussehen zu achten« und haben unsere eigenen Kleider. Auf Sauberkeit und sein Äußeres Wert zu legen, bedeutet gleichzeitig sich selbst wertzuschätzen, sich nicht völlig gehen zu lassen, auch wenn die Versuchung groß ist. Es gibt immense Unterschiede in der Reaktion auf Komplimente. Wenn ich zum Beispiel zu meiner Freundin in der Küche sagen würde, »du siehst gut aus«, könnte sie sich freuen, feindselig und argwöhnisch werden oder sogar rundweg abstreiten, dass sie gut aussieht, weil das Kleid, der Rock oder was auch immer völlig beschissen seien. Vielleicht spiegelt es nur das allgemein niedrige Selbstwertgefühl wider; ich bin kein Psychiater, ich weiß es nicht, aber ich glaube nach wie vor, dass ein Kompliment das Risiko einer Ohrfeige wert ist.

Es gibt sogar einen Frisörsalon, er ist Teil des Erziehungsprogramms. Manche Frisuren sind wirklich sehr gut. Es ist ein Salon wie jeder andere, ein bisschen altmodisch vielleicht. Der einzige Unterschied ist, dass alle Scheren und Utensilien nummeriert sind und am Ende des Tages wieder im Wandsafe landen, der doppelt und dreifach gesichert ist. So wie die Messer in der Küche hinter kugelsicherem Glas verschwinden, um einem zu zeigen, dass dieses System nur entfernt an das echte Leben erinnert, obwohl die sonderbaren Reaktionen auf Komplimente sich nicht sehr unterscheiden, wenn ich es mir recht überlege. Wenn ich früher, als Maggie noch ihre großstädtische Eleganz zur Schau trug, ein Kompliment machte, behauptete sie immer, es sei ein Sonderangebot gewesen. Tanya liebt Klamotten auf ihre wählerische und Besitz ergreifende Art. Sie waren immer absolut wichtig für sie, vermutlich, weil sie früher in Lumpen herumlaufen musste. Harry dagegen war viel zu schlampig, um Wert darauf zu legen.

Nun ist es wieder so weit, eigentlich wollte ich eine Seite schreiben, ohne einen von beiden zu erwähnen, aber da es keinen Tag geben wird, an dem ich nicht an sie denke, ist jeglicher Versuch, ihnen auf dem Papier zu entkommen, zwecklos. Ich habe versucht, dem Bedürfnis zu widerstehen, die Geschichte zu erzählen, aber sie lässt mich nicht los. Ich dachte, es würde mir nichts ausmachen, wenn niemand die Wahrheit kennt und auch nicht herausfindet, aber es nagt doch an mir. Jeden Abend schreibe ich ein wenig davon auf und bemühe mich gleichzeitig, der Versuchung einer genauen Schilderung der Geschehnisse entweder zu widerstehen oder ihr aus dem Weg zu gehen ... anfänglich nur aus Angst, jemand könnte sie finden. Jetzt weiß ich, dass es keine große Rolle spielte, wenn man diese Seiten fände. Es wäre eben meine Phantasie, aber das Bedürfnis nach einem Geständnis wächst und wuchert wie ein Krebsgeschwür.

Früher galt in Mordfällen die alte Regel, dass der Täter innerhalb von einem Jahr und einem Tag nach der Tat sterben musste.

Diese Verbrecherin aber muss am Jahrestag nur die Fakten noch einmal durchleben.

Eine sonderbar verworrene Nachricht von Edward ... ich möchte nicht, dass irgendjemand herumschnüffelt ... oder dass sie zwei und zwei zusammenzählen und auf fünf kommen ... und trotzdem wünschte ich, dass sie es tun.

Sieh da, ich habe seinen Geburtstag überlebt, ohne ihn zu küssen oder irgendwem davon zu erzählen. Ich hoffe, dass es die ganze Woche so bleibt.

FMC

ELF

»Das Schreckliche daran, seinen Ruf zu verlieren, ist, dass man sich selbst ganz fremd wird«, sagte Henry. »Nach dem Motto: Das kannst doch unmöglich du sein, mit diesem Schandfleck auf der Stirn.«

»Dass Sie an einer Straßenecke angepöbelt wurden, heißt doch nicht, dass Sie Ihren guten Ruf verloren hätten, Henry«, entgegnete Maggie scharf. »Vor allem, wenn Sie gar nicht erst einen zu verlieren hatten.«

»Na ja, mehr oder weniger schon. Ich fühlte mich jedenfalls ziemlich bloßgestellt. Sogar Sie haben mich einen Augenblick lang losgelassen.«

Maggie schwieg und dachte darüber nach. »Ich habe Sie nicht deshalb losgelassen. Ich wollte ihr eine kleben. Sie ist neurotisch. Jeder weiß das.« Henry schüttelte den Kopf.

»Aber niemand weiß, dass ich gegenüber Kindern richtig schüchtern bin«, antwortete er. »So was bleibt an einem kleben wie Hundescheiße an der Schuhsohle.«

»Es kam ihr sehr *gelegen*, Sie zu beschuldigen«, sagte Maggie wütend. »So kann sie ganz leicht rechtfertigen, warum Sie sie in der Burg eingeschlossen hat, und obendrein sorgt sie dafür, dass Sie nicht mehr in ihre Nähe kommen. Sie stellt Sie als Kinderschänder hin. Das gibt ihr das Recht, die Polizei zu rufen und zu behaupten, was sie will.«

»Sie würde doch ihre Tochter nicht zwingen, zu lügen.«

»Das wäre gar nicht nötig. So weit müsste sie nicht gehen. Sie würde nur dafür sorgen, dass Sie verhört und für ein, zwei Stunden eingesperrt werden, und …«

»Nein, NEIN!«

»… anschließend würde sie die Anzeige zurückziehen. Sie

hätte ihr Ziel erreicht, verstehen Sie? Nach einer Stunde wären Sie und Ihre Klaustrophobie kein Thema mehr für Angela.«

Henry ging nicht darauf ein. Sie saßen in dem Café am Pier. Henry hatte beobachtet, dass sie zielstrebig durch die Tür getreten war, wie jemand, der oft her kam und immer am gleichen Platz saß: abseits der Theke und des gemütlicheren Teils des Cafés, in dem spartanisch eingerichteten Sommerzimmer mit den schlichten Resopaltischen und großen metallumrahmten Fenstern, hinter denen man nur das Meer sah und sonst nichts. Die Flut war hoch, die Wellen schlugen gegen den Pier und hallten zwischen den Holzplanken wider. Da der Raum zum Meer zeigte, hatte man das Gefühl, am Bug eines Schiffes zu stehen und die anderen Schiffe und das endlose Schauspiel des Himmels zu beobachten. Die Sonne schoss Pfeile ins Meer, und das vermittelte ihm den Eindruck, das Wasser sei warm, einladend und harmlos. Zwischen ihnen stand eine große braune Kanne Tee, der so stark war, dass er unwillkürlich an den bitteren Tee in Ceylon denken musste. Er wollte es schon erwähnen, verkniff es sich aber. Über Belanglosigkeiten zu reden und Menschen dabei auf den Zahn zu fühlen, war eher Sache der Engländer.

Sie hatte ein leeres Zuckertütchen in mehrere Stücke zerrissen und die Hände im Schoß versteckt, als sie merkte, wie er sie beobachtete.

»Ich glaube, dass Sie ganz schön schief liegen mit dem, was andere Leute über Mrs. Hulme denken«, sagte er. »Die Leute halten sie nicht für neurotisch, nur Sie tun das. Die Leute finden, dass sie sich tapfer schlägt und die Kleine sich wunderbar entwickelt. Sie beklagt sich nicht. Und sie haben sogar Recht, nicht wahr? Sie ist eine vorbildliche Mutter. Das Kind ist intelligent, mutig und gewitzt. Hätte ich so ein Kind, würde ich es auch beschützen. Diese Kleine wird noch mal ein Star.«

»Sie würden bestimmt nicht rumlaufen und andere eines Verbrechens bezichtigen, das nur in Ihrer Einbildung existiert.«

»Keine Ahnung, was ich tun würde. Ich weiß nicht, wen ich lieben oder hassen und wen ich am liebsten umbringen würde. Ich glaube, ich würde alles tun, um mein Kind zu beschützen, Sie etwa nicht? Vor allem, wenn ich mich einmal für dieses Kind *entschieden* hätte, dafür verantwortlich wäre und wüsste, wie sehr es bereits gelitten hat.«

»Sie sind sehr nachsichtig, Henry. Immerhin hat diese Frau Sie in der verdammten Burg eingesperrt. Und Tanya wollte Sie retten.«

»Was das betrifft, bin ich ganz und gar nicht nachsichtig. Das gilt auch für die erfundenen Beweggründe, die sie diesbezüglich anführt. Ich kann mich nur nicht aufregen, wenn jemand so reagiert, weil er sich bedroht fühlt. Solche Leute sind wie der Vogel, den ich in den Runs fand: verrückt und lächerlich.«

»Und Sie haben ihn befreit, nicht wahr?« Er nickte. Sie sah ihn an, als wollte sie ihn beurteilen oder irgendwas entscheiden. Na los, bat er sie im Stillen, sei rücksichtslos, sei ehrlich.

»Sehen Sie, ich weiß nicht, wie die Francesca war, die Sie gekannt haben, aber ich will Ihnen sagen, wie sie war, nachdem die Polizei sie festgenommen hat. Sie war kälter als Eis. Sie wollte nicht, dass ich mich um sie kümmere oder das Verhör unterbreche, als sie eine Dummheit nach der anderen von sich gab. Sie war nicht naiv; sie wollte unbedingt, dass man sie wegen des Mordes anklagte. Sie hätte wahrscheinlich glimpflicher davonkommen können. Um jemanden des Mordes anzuklagen, muss man beweisen, dass er tatsächlich vorhatte, dem Opfer ernsthaften Schaden zuzufügen. Sie lieferte ihnen den Beweis: ›*Als ich ihn fand, sah ich, dass er durch die Bretter gefallen war und feststeckte. Ich dachte darüber nach, was ich tun sollte, und kam zu dem Schluss, dass es die ideale Gelegenheit war, dem Ganzen ein Ende zu machen. Ich wusste genau, was ich tat, und ich wusste, dass er in der Kälte nicht lange überleben würde … er würde nicht allzu lange leiden. Ich tat es im vollen Bewusstsein …*‹ Und wissen Sie was, ich habe es ihr damals abgenommen. Sie klang reuig, aber es war eine intellektuelle Reue, ich meine, sie bereute nur, dass es *unumgänglich gewesen war.*«

»Das habe ich gelesen«, sagte Henry. »Ich habe das ganze Protokoll gelesen. Auch den Teil, wo sie berichtete, wann Sie zu der Erkenntnis kam, dass es unvermeidlich war. Es war am Strand weiter oben an der Küste gewesen, im Sommer davor. Das ist ein Strand, wo die Leute aus dem Pflegeheim hingehen, weil es Rampen gibt, auf denen sie die Rollstühle hinunterschieben können. Sie hatte Kranke gesehen, die an cerebralen Bewegungsstörungen litten und dort ihre Ferien verbrachten. Dreißigjährige, die wie Greise aussahen, mit ihren Eltern oder Krankenpflegern, die ihnen immer noch den Hintern abputzten und den Sabber wegwischten und ihre knochigen und verrenkten Glieder ins Meer trugen. Manche waren blind. Und wie nett und hilfsbereit die Menschen zuerst waren, sich dann aber am nächsten Tag einen anderen Platz suchten. Wie sie als alte Frau mit einem alten Kind enden würde, das mit einer Hand Kieselsteine sammelt. Lieber wollte sie im Gefängnis enden. *Da wäre ich wenigstens noch bei Verstand*«, behauptete sie.

»Das haben Sie sich aber gut gemerkt.«

»Irgendwer musste es ja tun. Wenn man es wie einen Text auswendig lernt, erkennt man die vielen Ungereimtheiten. Ein durch und durch plausibles Motiv, um jemanden umzubringen, weil es seine eigene Logik hat und weil sie so überzeugend war. Es könnte die Wahrheit sein, es könnte aber auch auswendig gelernt sein. Sie war immer gut im Auswendiglernen, nicht wahr? Das hatte ihr Daddy ihr beigebracht. Aber dieser Junge ist nicht aus eigenem Antrieb aus dem Haus gelaufen. Das ist der Schwachpunkt.«

Sie blickte auf die Reste des rostfarbenen Tees, die Hände immer noch im Schoß. Sie hatte das Gefühl, als Francescas Mittäterin verhört zu werden, und sie war bereit, sie zu verteidigen. Sie hatte die Fragen satt und war doch bereits entschlossen, sie zu beantworten. Schließlich hatte sie das von Anfang an gewollt.

»Warum nicht?«
»Francesca hielt andere Menschen davon ab, Harrys Verhalten zu ergründen, indem sie ihnen erstens eine plausible Erklärung dafür gab, was passierte, und damit weitere Nachforschungen ausschloss, und zweitens, indem sie falsche Prognosen verbreitete. Die hat nämlich auch niemand in Frage gestellt.«
»*Ich* schon. Aber erst später. »
Henry nickte zustimmend. »Sie müssen also gewusst haben, dass seine Behinderung nicht so schlimm gewesen sein kann, wie sie es dargestellt hat. Er litt nicht an cerebralen Bewegungsstörungen in ihrer schlimmsten Form, er war halbseitig gelähmt und durchschnittlich intelligent. Er hätte nicht zwangsweise als Krüppel enden müssen, und ich wette, dass sie davon überzeugt war. Aber Indizien dafür, dass er jemals allein zum Pier ging, gab es nicht. Er hatte keine festen Gewohnheiten. Tim und Peter wären eine Hilfe gewesen, aber niemand hat sie gefragt. Angela hat behauptet, sie wisse es nicht, aber natürlich wusste sie es. Kleider, Bücher, alles, woraus man hätte schließen können, wie sie ihn therapierte, ist verschwunden. Aber ich weiß, dass er die Kälte hasste. Kranke Glieder spüren die Kälte stärker, manchmal schwellen sie an. Er war dann nicht mehr so beweglich, und das ärgerte ihn. Der Regen geht mir nicht aus dem Kopf. Regen ist kalt. Die alte Frau behauptet, die Tür habe die meiste Zeit offen gestanden. Jeder sei willkommen gewesen, der Junge sei aber nie weiter als bis zur Tür gegangen. Was also hat ihn dazu bewogen, an einem kalten Tag ohne Jacke rauszugehen?«
»Hat er das getan?«
»Na klar. Niemand hat eine Jacke gefunden. Die Jacke hätte vielleicht verhindert, dass er durch die Planken rutscht … und sich dabei verletzt. Obwohl er angezogen war, trieb er noch eine Weile auf dem Wasser. Man geht zwar nicht sofort unter. Aber eine Jacke zieht einen schneller runter. Das weiß ich.«
»Die Sonne schien«, sagte sie. »Genau wie heute. Und Ihren Hut hat auch niemand gefunden.«

Er legte die Hände flach auf den Tisch, als fordere er sie heraus, auch ihre zu zeigen. Sie starrte auf die rechteckigen Fingerspitzen, und er sah an ihrem gefärbten Haar vorbei auf das weite Meer.
»Also dann, Frau Anwältin, wo waren Sie an dem besagten Morgen? Haben Sie vielleicht ein bisschen Luft geschnappt, während andere Leute ihre Kinder in die Schule brachten? Sie sind doch so verrückt danach, in der Morgendämmerung auf dem Pier spazieren zu gehen – vielleicht waren Sie genauso verrückt danach, Ihren Neffen mitzunehmen? Ich habe Ihnen das mit dem verdammten Hut nicht erzählt; Sie haben gesehen, wie er davongeweht wurde. Sie lauschen an der Wand und Sie spionieren. Ja, das tun Sie. Sie filtern und verdrehen die Fakten. Wenn Sie nicht gerade damit beschäftigt sind, Ihr verdammtes Bündel Selbstmitleid herumzuschleppen, das Sie sich aufgeladen haben, Teufel nochmal! Was können Ihnen schon ein paar Fakten anhaben? Oder glauben Sie, dass Ihnen davon Ihr falsches blondes Haar ausfallen könnte?«
Sie stand auf, um mit ihren Absätzen besseren Halt zu haben, und verpasste ihm eine schallende Ohrfeige. Sie hinterließ einen roten Fleck auf seiner Wange, Ohrensausen und das Echo eines nervösen Lachens, das aus Richtung der Theke kam. Dann wandte Maggie sich von ihm ab und fuhr sich mit den Fingern durch die windzerzausten Haarsträhnen, als wollte sie sagen, dass sie die Diskussion für absurd hielt und Besseres zu tun hatte als sich zu streiten. Sie sah aus wie eine wütende Prinzessin in Begleitung eines Bettlers, der aufdringlich geworden war. Dann setzte sie sich wieder hin und schlug elegant die Beine übereinander.
Den Kopf vom Schlag noch gesenkt, fiel Henrys Blick unter den Tisch, wo sie mit dem hochhackigen Schuh einen unregelmäßigen Kreis zeichnete, als schmerzten ihre Zehen. Bestimmt nicht so wie sein Gesicht. Ohne dass sie darum gebeten hätten, nahm ein Händepaar die Teekanne vom Tisch und stellte um des lieben Friedens willen eine neue hin. Maggie nickte zum

Dank. Er sagte nichts. Sie steckte die Hand in ihr zerzaustes Haar und stützte sich vertraulich auf den Ellbogen.
»Man greift keine Frau an, die einen Kater vom Vorabend hat, Henry. Das hier ist kein Kricketspiel. Sagten Sie etwas?«
»Oh, nein, keineswegs. Ich habe mich nur gefragt, was Sie sonst noch anstellen würden, um mich davon zu überzeugen, dass Sie keine notorische Lügnerin sind, die nur darauf bedacht ist, ihre eigenen Schäfchen ins Trockene zu bringen, um obendrein ein schlechtes Gewissen hat, so groß wie ein Eisberg, der hin und wieder an die Oberfläche kommt.«
»Ich muss Ihnen nichts beweisen. Und Lügen sind wirklich nicht meine Sache. Ich wüsste nicht, wie. Ich mache höchstens Ausflüchte. Meine Motive sind gänzlich ehrenhaft, Henry. Nur das Ergebnis ist leider ein wenig besudelt.« Sie hatte ihre Handtasche genommen und sich den Mantel übergeworfen. Er folgte ihr aus dem Café. Die beiden Männer hinter der Theke waren plötzlich beschäftigt und sahen in die andere Richtung. Sie lief die Stufen hinunter zu der Plattform mit den intakten Brettern, und er folgte ihr. Er war noch nie so weit gekommen und sah sich um. Unten, zwischen den Trägern, auf denen das Café gebaut war, befanden sie sich in einer anderen, einer Art Schattenwelt. Von weitem machten die Plattformen den Eindruck, als seien sie nachträglich angebracht worden, wirkten wie schwebender Ballast, um das Ende des Pier festzuhalten, denn dahinter war nichts mehr. Von hier aber wirkten sie wie eine zusammenhängende Arena, umgeben von einem brusthohen Geländer, das hoch genug war, um Unfälle zu verhindern und niedrig genug, um die Angelrute darauf abzulegen. Auf einer Seite entdeckte er ein paar funktionslose, von Muscheln bewachsene Stufen, die ins Meer führten. Die Flut verdeckte sie zum größten Teil; sie schienen nicht benutzt zu werden. Der Bereich unter dem Café kam einem wie eine weite, nach einer Seite offene Zuflucht vor.
»Bevor alle Welt anfing, so viel Wert auf Sicherheit zu legen«, sagte Maggie wie ein Fremdenführer, »als die Menschen noch

herkamen, um den verfluchten Pier zu sehen, gab es Bootsfahrten von hier oder von der anderen Seite.« Die Wellen schlugen mit gelassener Neugier gegen die Stufen und Planken der Plattform. Aus der Dunkelheit des Schattens erschien das Meer vor ihnen fast leuchtend in der Sonne, während es unter ihnen saugende Geräusche von sich gab. Er folgte ihr bis zum nahe gelegenen Rand der zweiten Plattform, deren Planken teilweise zerbrochen waren. »Ich will Ihnen was sagen, Henry«, erklärte sie im Plauderton, »da Sie mir nicht für fünf Pennies über den Weg trauen, wie wär's mit einer schönen mittelalterlichen Mutprobe? Entweder bin ich eine notorische Lügnerin und Hexe oder nicht. Vertrauen Sie mir, oder ich springe ins Wasser.«

»Ach, du liebe Güte … und was wollen Sie damit beweisen?«

»Dass ich meine, was ich sage.«

Er schüttelte den Kopf, drauf und dran, sie auszulachen, und grinste verächtlich, als sie ihm ihren Mantel zuwarf und die Schuhe abschüttelte. Sie trug eine enge Hose und einen Pullover. Sein Lachen erstarb, als sie den wohl geformten Fuß auf die unterste Sprosse des Geländers setzte, sich hinüber schwang und auf das Wasser schaute. Der Höhenunterschied betrug ungefähr ein Mal ihre Körpergröße. Sie hielt sich am Geländer fest, blickte nach unten, um die Entfernung abzuschätzen und wackelte dabei mit den Zehen. Dann ließ sie los und sprang mit ausgestreckten Armen und einem gellenden Schrei in die Wellen. Der Aufprall war kaum zu hören; das Wasser gurgelte und brüllte wie ein hungriges Tier. Henry ließ den Mantel fallen und rannte zum Geländer.

Sie prallte rücklings auf dem Wasser auf, Arme und Beine sternförmig ausgestreckt, verschwand und tauchte dann wieder auf. Er spürte die Strömung und konnte die Dünung fast berühren. Heftig strampelte sie im Wasser, schüttelte den Kopf, um das nasse Haar aus den Augen zu schleudern, und gerade, als seine Augen sich an die auf dem Wasser reflektierende Sonne gewöhnten, wurde sie vom Kamm einer Welle aufge-

hoben und unter den Pier gespült. Henry stöhnte und spürte, wie sich seine Brust zusammenzog. Er starrte nach unten, hörte das saugende Geräusch der gewaltigen See unter den Stützpfeilern und stellte sich vor, wie der willenlose Körper eines Menschen gegen den Beton dort prallte. In welche Richtung verlief die Strömung? Würde sie Maggie aufs Meer hinausziehen oder ans Land zurückschwemmen? Oder würde sie nur unter die tödliche Konstruktion dieser komischen Anlage getrieben? In der Höhle hier unten waren sie völlig von der Welt abgeschnitten; niemand im Café würde etwas merken. War das ständige Auf und Ab des Meeres so laut, dass es jedes andere Geräusch übertönte? Rettungsringe? *Wo*? Rettungsschwimmer? *Wo*? Mein Gott, warum wollten sie denn bloß alle *sterben*? Er war wie gelähmt und stand einfach nur da, dann schrie er und lief in die Richtung, wohin sie verschwunden war, während er mit steifen, ungeschickten Fingern an den Knöpfen seiner neuen Second-Hand-Jacke zerrte. Er entdeckte einen Rettungsring und griff danach, doch er ließ sich nicht bewegen. Und dann tauchte der verdammte schwarze Köter wie ein Gespenst vor ihm auf und bellte ihn an. Stellte sich vor ihn hin und bellte. Henry stolperte hinter ihm her bis zu den Stufen, sein Geschrei hallte hier unten wider und wurde von den lauteren Geräuschen weggefegt. Die Stufen – er würde die Stufen, die einst für Tagesausflügler gedacht waren, hinuntergehen und ins Wasser springen, alles war besser, als gar nichts zu tun, aber die Schuhe – die Schuhe würden ihn hinunterziehen: Zum Teufel mit den Schuhen.
Er lief los, kletterte über das abgeschlossene Tor am Anfang der Stufen und taumelte hinunter. Unter seinen Füßen knirschten Muschelschalen. Er sah, wie die Stufen unterhalb der klaren Wasseroberfläche weiter nach unten führten, eine Einladung in eine andere Welt, ein anderes Leben; sie waren schief und ausgetreten, sie wirkten verzerrt und seltsam verlockend, wenn nur die Kälte nicht wäre. Sie brannte auf seiner Haut, und dann kam die Überlegung des Wissenschaftlers: *Wie lange*

würde man eine solche Kälte überleben? Vier Minuten? Eine Minute? Zwei? Eisige Kälte schwappte gegen seine Hüften; die Wucht des Wassers prallte gegen seine Brust. Du darfst nicht untergehen, du nicht, ich könnte es nicht ertragen. Und da war Maggie, zog sich am gleichen Geländer hoch, an dem er sich festhielt, und schnappte nach Luft. Er packte sie am Arm und zog. Beide fielen rückwärts auf die Stufen, scharfe Muschelschalen bohrten sich in seinen Rücken, dann ließen sie einander los und kämpften sich die Stufen hinauf. Sie zitterte und schüttelte das Wasser von den Fingern. Er hätte nicht sagen können, ob er sie oder sie ihn stützte, bis beide keuchend wieder auf der Plattform standen. Als sie ihm ein schiefes Grinsen zuwarf, konnte er sich nicht mehr beherrschen. Mit beiden Händen packte er sie am Haar und schüttelte sie heftig. Eine kurze Entgleisung. Er hätte sie lieber angebrüllt, aber er brachte keinen Ton heraus. Dann fielen seine Arme herab, und er sah, wie das Wasser an ihm herabströmte.
»Du bist ja völlig übergeschnappt. Du … du …«
»Los Henry, machen wir, dass wir hier wegkommen, bevor noch einer die verdammte Küstenwache alarmiert. Nun komm schon.«
Sie gingen zurück, nahmen ihre Mäntel und zogen sie an. Sie zwängte sich in ihre Schuhe, und dann marschierten beide die *Titanic* entlang zurück, als sei nichts geschehen, und hinterließen eine deutliche Wasserspur. Zwei Angler, die einzigen Menschen auf dem Pier, sahen ihnen nach. Maggie grinste sie an, und sie blinzelten ihr zu, als sei es ein Scherz gewesen. Henry war völlig außer sich. Der Schandfleck auf seiner Stirn war nun ein riesiger Scheißhaufen. Als sie an dem unscheinbaren Eingangsportal und dem Schild mit dem Hinweis auf die aktuelle Wassertemperatur vorbeikamen, zitterte er am ganzen Körper. Ihr Wagen stand neben dem Hotel und hatte einen Strafzettel bekommen. Nachdem sie eingestiegen waren und die Heizung voll aufgedreht hatten, kam er sich vor, als sei er einem tiefen Teich entstiegen. Das Einzige, das ihn halbwegs

versöhnte, war ihre heftig zitternde Hand, die versuchte, sich eine Zigarette anzuzünden.

»Glaubst du mir jetzt?«

»Ich habe keine Ahnung, was ich dir glauben soll, Herrgott!«, schrie er sie an. »Außer dass du völlig verrückt bist. Was sollte dieser verdammte Trick?«

»Deine Ausdrucksweise, Henry. Du wirst in letzter Zeit zunehmend britisch.«

Mit der freien Hand strich sie ihr Haar glatt und zog im Rückspiegel eine Grimasse. Dann schnippte sie die Zigarette aus dem Fenster und ließ den Wagen an. Er beugte sich vor und drehte den Schlüssel um, so dass der Motor wieder ausging. Sie solle sich erst mal beruhigen, bevor sie losfuhr. Sie protestierte nicht. Heftig zitternd und mit klappernden Zähnen sagte sie:

»Diesen Trick haben wir als Kinder gelernt, um Eltern einen fürchterlichen Schrecken einzujagen, falls man welche hatte, und ihre Aufmerksamkeit auf sich zu ziehen. Wir ließen uns von der Strömung von einer Seite zur anderen treiben. Einmal hab ich es am Weihnachtsabend gemacht, als ich zwölf war. Es war meine letzte Chance.«

»Schlampe!«

»Wäre ich doch eine«, antwortete sie. »Das Leben wäre viel einfacher.«

Ein verrückter, fröhlicher Gedanke, der ihr insgeheim gekommen war, machte alles so strahlend hell wie die Sonne. Philip wäre niemals ins Wasser gesprungen, um sie zu retten. Er hasste es, nass zu werden. Es war immer der Gedanke, der zählte.

Sie saßen in seinem Zimmer. Ordentlich gestapelte Papiere, ein Gedichtband, ein Laptop. Das Zimmer eines Mannes, der bald weiterreisen würde. Henry gefiel ihr schuldbewusster Blick und die nach hinten gestrichenen, nassen, metallisch schimmernden Locken. Sie gehörte zu den Frauen, die besser aussehen, wenn sie nass und ungeschminkt sind. Draußen säumte eine Reihe von Seemöwen den Strand und wartete darauf, was die Flut freigeben würde.

»Sieh mal, es tut mir aufrichtig Leid, Henry. Als ich gebeten wurde, Francesca zu verteidigen, und sie selbst hat das vorgeschlagen, war ich fest davon überzeugt, dass sie schuldig war. Sie ließ mich in dem Glauben. Wahrscheinlich war das der Grund, warum sie mich ausgesucht hat. Weil ich ihr immer geglaubt habe, weil mich ihre Überlegenheit immer ein bisschen eingeschüchtert hat. Sie war von Anfang an stärker als ich. Wenn sie etwas sagte, dann stimmte es. Sie besaß einen eisernen Willen. Sie war so ruhig, dass einem mulmig werden konnte. Und ihre Ruhe hätte entweder bedeuten können, dass sie sich mit der Wahrheit abgefunden hatte, dass es keinen Platz für Selbstmitleid oder sonstiges Mitgefühl gab, oder dass sie sich auf geradezu absurde Art zusammennahm. Beides hätte zu ihr gepasst. Wir sprechen immer in der Vergangenheit von ihr, als sei sie tot, nicht wahr? Ist gar nicht so abwegig. Sie will ohnehin nicht mehr mit mir reden. Ich habe mein Versprechen gebrochen.«

»Sie gefand sich nicht gerade in der Position, Versprechen einfordern zu können. Ich begreife einfach nicht, wie sie Menschen noch aus der Ferne derart manipulieren kann.«

»Wenn man sein Auto, sein Video und seine Wertsachen verschenkt, darf man doch wohl Dankbarkeit erwarten, oder? Zumindest bis zu einem gewissen Punkt, obwohl das, was sie von mir erwartete, nichts damit zu tun hatte. Ich versprach ihr bei meinem feierlichen Treueschwur, den ich mit zehn geleistet hatte – wir schlossen damals Blutsbrüderschaft, da unten im Burggraben, und so ein bisschen Blut hält ganz schön lange vor –, na ja, jedenfalls versprach ich ihr, dass ich der Sache nicht nachgehen würde. Mit anderen Worten das, was sie getan hatte, niemals hinterfragen würde. Akzeptier es einfach, das ist das Beste, sagte sie. Sie drohte, dass sie Edward und mich entlassen und behaupten würde, wir wollten andere täuschen, falls wir jemals auf die Idee kämen, Nachforschungen anzustellen. Sie wollte nur, dass ihre Wohnung verkauft wird und Angela das Geld bekommt, mehr nicht. Alles andere sollten wir vergessen. Ich hab es ihr versprochen.«

»Und?«

»Ich musste mich daran halten. Zuerst fiel es mir nicht schwer. Ich hatte andere Sorgen, verstehst du, ich hatte selbst mein Päckchen zu tragen. Dann fing es an, das Nachgrübeln darüber, wie dumm dieses Versprechen war. Manches, worüber du auch nachgedacht hast, und anderes, woran nur ich dachte. Aber *ich* konnte die Katze nicht aus dem Sack lassen. Ich hatte ihr mein Wort gegeben. Das musste jemand anders tun. Ein Außenstehender, ein Fremder. Einer, der objektiv nach der Wahrheit suchen würde. Als du in Edwards Büro aufgekreuzt bist, kamst du wie gerufen. Wir mussten nur noch ein bisschen nachhelfen.«

»Mich mit der Nase drauf stoßen«, sagte Henry.

»Du schleppst keinen Haufen Vorurteile mit dir herum und kannst das alles hier nüchterner betrachten. Das ist ein Vorteil. Du kennst niemanden, der in die Sache verwickelt ist.«

»Du hast hier gelebt und kennst auch niemanden.«

Sie zögerte. »Stimmt.«

»Tun wir das, was sie will? Das ist die große Frage.«

»Keine Ahnung. Wir könnten das Ganze vergessen. Ich habe es weiß Gott gewollt.«

Er stand am Fenster und beobachtete die Möwen, die das Ufer bewachten wie kräftige, gleichgültige Soldaten. Sie waren unfähig, sich zu zanken oder gar wegzufliegen, sondern watschelten nur umher und warteten auf Befehle. Er aber war nicht mehr so.

»Ich weiß nicht mal, ob ich versuche, ihre Schuld oder ihre Unschuld zu beweisen«, erklärte Maggie.

»Ich will, dass der Tod dieses Jungen nicht umsonst war«, sagte Henry. »Wie sonst könnte man ihn rechtfertigen?« Er sah verärgert auf die Jacke, die auf dem Bett lag. »Also erledige ich meinen verdammten Job. Mit meiner verdammten Jacke.«

»Wohin gehst du? Kann ich mitkommen?«

»Nein. Ich will einen gewissen Onkel Joe besuchen. Und du sollst nicht wieder alles kaputtmachen, nur weil …«

»Weil ich nicht objektiv bin«, beendete sie nüchtern seinen Satz. Er umfasste die Armlehnen des Sessels, in dem sie saß, beugte sich vor und küsste sie sanft auf die Wange. Sie zuckte zurück und lächelte traurig. »Natürlich bist du nicht objektiv«, sagte Henry. »Du bist Anwältin. Und außerdem würdest du dich erkälten.«

Das Taxi mit den ächzenden Stoßdämpfern fuhr durch graues Hinterland, nachdem es den Rand der Stadt verlassen hatte, wo die großen Häuser allmählich in kleinere übergingen und trostlose Felder begannen. Es sei hier weder zu kalt noch zu heiß, hatte Francesca ihm erzählt. Was Ersteres anbelangte, lag sie falsch, und Letzteres wollte er lieber gar nicht erst ausprobieren. Er dachte nicht daran, bis zum Frühling zu bleiben oder die legendäre Hitze des Sommers am eigenen Leib zu erfahren. Er konnte sich nicht vorstellen, dass man in diesem kalten Ozean je schwimmen könnte, ohne dass einem das Wasser wie ein Grab vorkam. Das flache Land ging in Felder über, die alle gleich aussahen. Drei Meilen hinter der Stadt erreichten sie die Fergusons-Niederlassung. Als er die Fabrikanlage sah, war er schockiert; sie erinnerte ihn an eine andere Welt. Sie tauchte im Dunst auf wie eine seltsame Fata Morgana aus Chrom und Stahl, die sich im Nichts ausbreitete. Die Gebäude bestanden aus funkelndem Glas, das von schimmernden Metallstreben verstärkt wurde: Das Licht unzähliger Büros und Labors erhellte den trüben Nachmittag, und auf dem riesigen Parkplatz standen Hunderte von neuen Autos. Das hier war sein Reich, hier würde er arbeiten, wenn er blieb, in einem Gebäude, das einmal nicht aus Ziegelstein bestand. Henry bat den Fahrer, die Geschwindigkeit zu drosseln. Sie krochen ächzend unter der Brücke hindurch, die sich als eleganter Stahlbogen über die Straße wölbte und einen Flügel der Milleniums-Anlage mit dem anderen verband. Durch die gläsernen Wände konnte Henry auf einer Seite eine Rolltreppe voller Menschen erkennen. Der ganze Komplex strahlte Sauberkeit, Effektivität und Wohlstand aus; der Kontrast zu der Stadt, die er hinter sich gelassen hatte, war atemberaubend. Er sah aus wie ein Raumschiff, das soeben auf fremdem Territorium gelandet war, und Henry erinnerte sich daran, dass er eigentlich dorthin gehörte: In solchen Gebäuden hatte er die Hälfte seines Erwachsenenlebens verbracht und an der Perfektionierung wissenschaftlicher Prozesse gearbeitet, um das Leben im einundzwanzigsten Jahrhundert zu verbessern. Prozesse, nicht Abläufe, sagte er sich, und Gefangene steckt man hier nicht in den Knast sondern in den Bau. Du hast den Geist eines Grashüpfers, Henry, sagte er sich, als sie die Anlage hinter sich ließen. Und die Einheimischen stellten sich vor, dass hier nur Viagra hergestellt wurde. Von ihm aus konnten die blöden Engländer zum Teufel gehen; sie hatten Scheuklappen auf und steckten voller Vorurteile. Und im Übrigen taten sie alles, um so beschränkt zu bleiben, wie sie waren.

Er hatte das Gefühl, seit einer Ewigkeit keine Rolltreppe benutzt oder ein Gebäude gesehen zu haben, das größer war als eine Burg. Oder eins, das sich so radikal der Zukunft verschrieben hatte. Bei seinem Anblick zog er eine wehmütige Grimasse. Bei Fergusons wären Hunde und Rauchen verboten. Henry verspürte einen Anflug von Panik bei dem Gedanken, wieder ins normale Leben zurückzukehren. Plötzlich schien es ihm unmöglich, je wieder einer geregelten Tätigkeit nachzugehen, die nichts mit der unmittelbaren Vergangenheit zu tun hatte, mit den Geheimnissen oder dummen Versprechen, die er oder sonst wer gegeben hatte, und doch sehnte er sich nach einer Welt voller Licht, klinischem Licht, keine Schatten, keine dunklen Ecken, keine verdächtigen Motive, nichts als der ewige Imperativ der Arbeit, die ihn gelangweilt und entsetzt hatte und ihm nun unendlich attraktiv erschien.

Warbling wirkte verstaubt und pessimistisch im Vergleich zu

dem, was sich ihm hier bot. Die Menschen waren mit ihrer kleinen Welt zufrieden und interessierten sich nicht im Geringsten für Fortschritt oder Wohlstand. Maggie zum Beispiel: Sie war klug genug, um eine brillante Karriere zu machen, aber sie nutzte die Chance nicht; Edward, ein Anwalt, der kein Geld verdiente; Francesca, die mit angesehen hatte, wie ihr unbedeutendes Dasein sie bei lebendigem Leib auffraß, nur weil sie nicht hatte fortgehen können oder wollen … hatte sie denn gar nicht weiterkommen wollen? Sie alle wichen ihrer Pflicht aus, *glücklich* zu sein. Es war das Meer, das sie in kollektive Dummheit versetzte. *Über Fluten und Seen, in Abgründen unterm Steg, über Felsen, über Höhen, find't Liebe ihren Weg.* Mach bloß, dass du von hier wegkommst, Henry.
Das Taxi kroch den Hügel hinauf, die Kupplung ächzte bei der Steigung, und nach der Straßenbiegung tauchte unter ihnen der Ozean auf. Henry blickte auf die zerklüfteten Umrisse einer weißen Kreideklippe vor dem schimmernden Wasser und ertappte sich dabei, wie er lächelte. Sein heiseres Summen alarmierte den Fahrer, der unbehaglich auf seinem Sitz hin und her rutschte und den Motor aufheulen ließ.
Henry war froh gewesen, dass sein Vater zu Hause sterben durfte. Er war mit dem Blick auf den Walnussbaum in seinem geliebten Garten gestorben, ohne all den Aufruhr, der mit einem Umzug an einen Ort wie den einhergeht, den das Taxi nun endlich auf der Landspitze erreichte. Dad hatte ein gutes Gefühl für den richtigen Zeitraum gehabt, und er hätte auch diesen Blick genossen. Ein idealer Ort, wenn man vom Fenster aus die Gewitterwolken am Horizont oder die Golfspieler auf dem Rasen beobachten wollte, doch um alte Menschen zu beherbergen, war er viel zu abgelegen, fand Henry. Er hatte das Flair vornehmer Altersschwäche, so wie seine Bewohner, doch es war vor allem seine Abgeschiedenheit, die ihn so unglaublich wütend machte. Man verbannte die Alten auf eine Landspitze, machte sie sozusagen unsichtbar, als wären sie Leprakranke. Erst das Innere versöhnte ihn wieder ein wenig. Es war warm

und voller Grünpflanzen, wie ein komfortables Hotel, und die Frau an der Rezeption wirkte sehr freundlich.
Es müsse ein Versehen sein, erklärte sie. Seit Monaten habe Joseph Chisholm keinen Besuch mehr gehabt. Er schlief in einem gemütlichen Zimmer im hinteren Teil mit Blick auf den Golfplatz, und nur wenn es Fußball im Fernsehen gab, wachte er auf, doch diese wachen Momente wurden zunehmend seltener. Er sei noch in der Lage, gelegentlich ein Späßchen mit den jungen Krankenschwestern zu machen, aber ansonsten verfiel er wie altes Gemäuer. Der Mann mit dem Sonntagsbesuch sei der da drüben, der mit dem weißen Haar und der rosigen Haut, der die Zeitung las. Er habe sich Josephs Lieblingsplatz unter den Nagel gerissen, nachdem Joseph bettlägerig geworden war. Er liebte Gesellschaft. Er sitze immer da und beobachte das Kommen und Gehen, als handele es sich um ein Theaterstück.
Henry setzte sich neben ihn. Der alte Mann hatte ein äußerst liebenswürdiges Lächeln. Seine altersfleckigen Hände falteten die Zeitung sorgfältig zusammen, und als er sie dann betrachtete, hatte Henry den Eindruck, als sei er mit dem Ergebnis zufrieden.
»Ich glaube, dass ich in diesem Stück nur eine kleine Rolle spiele«, sagte er schließlich. »Ich wusste, dass Sie eines Tages kommen würden. Oder jemand wie Sie. *Sie* wohl nicht mehr, wie? Nein, sie kommt *nicht* mehr.«
»Ich weiß nicht, wen Sie meinen.«
»Sie Schwindler, natürlich wissen Sie das. Meine schöne Angela … mit ihrer hübschen Tochter. *Diese* beiden. Sie haben sie daran gehindert.«
Henry tätschelte die fleckige Hand. Sie fühlte sich an wie warmes, trockenes Papier. Er kannte dieses Gefühl. »Warum sollte ich das tun?«, fragte er. Der alte Mann seufzte. »Das liegt doch auf der Hand, oder? Sie könnte herausfinden, dass ich George bin, und nicht Joe. Sie könnte entdecken, dass man alte Männer tatsächlich voneinander unterscheiden kann. Aber ich konnte der Versuchung nicht widerstehen, wissen Sie? Sie kam

mit diesem prächtigen kleinen Mädchen und fragte, ›Sind Sie Onkel Joe? Man hat mich geschickt, um Sie zu besuchen.‹ Ich wusste, dass der erbärmliche Chisholm nichts mit ihr hätte anfangen können, also habe ich gesagt, ja, wer sonst sollte ich sein? In meinem Alter ist es egal, wer man ist.« Er seufzte und wieder huschte ein Lächeln über das markante, rosige Gesicht, das überwältigend wirkte. »Früher sah ich ganz gut aus, wissen Sie. Genau wie die Chisholms. Ich habe immer gelauscht, als der Letzte hier saß. Ich merkte mir, wie er zuhörte. Darin waren sie unschlagbar. Gut aussehend oder verrückt, meistens beides. Und danach musste ich nur seinen Platz einnehmen und zuhören. Das hat mir eine Menge Freude gemacht.«

»Warum soll es nicht einfach weitergehen? Weshalb glauben Sie, dass es zu Ende ist?«

Das Gesicht des alten Mannes verwandelte sich in das von Henrys Vater, das vom Angeln wettergegerbt war, und die Grünpflanzen hinter ihm verschwammen zum Garten. Da war der Walnussbaum, die Gesichtszüge wurden schön, und Henry wollte diesen Mann schon nach Francesca fragen, doch dann wurde ihm klar, dass dieser Mann Francesca nie getroffen hatte und wahrscheinlich nichts wusste.

»Ich werde Sie besuchen, wenn sie wirklich nicht mehr kommt«, sagte Henry hastig.

»*Wirklich*? Wie nett von Ihnen.« Er faltete die Zeitung noch kleiner zusammen, langsam und traurig. »Mir wäre Angela lieber, das muss ich zugeben, und dieses redselige kleine Mädchen. Es erzählte und erzählte, ohne Punkt und Komma, aber dann hat Angela die Kleine nie wieder mitgebracht. Beide redeten wie ein Wasserfall, um ehrlich zu sein.« Er verschränkte die Arme und schlug die Beine übereinander. »Sie hätte das nicht tun dürfen, wissen Sie; es war furchtbar … das arme Kind.«

»Warum glauben Sie, dass sie nicht wiederkommen wird?« Henry hätte am liebsten geschrien.

»Weil sie mir zu viel verraten hat«, antwortete der Alte

schlicht. »Viel zu viel. Ich wusste, dass sie es irgendwann selbst merken würde.« Er lächelte erneut, unbekümmert und von Henrys Verständnis überzeugt. Dann ging das Lächeln in ein Stirnrunzeln über. »Liebe Güte, ihr jungen Menschen seid ja so *langsam.*« Er beugte sich vor. Henry roch seinen Pfefferminzatem, bewunderte, wie sorgfältig er rasiert und gekämmt war. Ein Mann, der nichts von seiner Eitelkeit eingebüßt hatte und immer auf Besuch vorbereitet war. »Sehen Sie, ich wusste nie so recht, worüber sie sprach, und ich kannte auch die Personen nicht, die sie beschrieb, deshalb habe ich allem, was sie sagte, zugestimmt. Habe zugestimmt und sie beschwichtigt, wie ein Echo. Ich wollte mich nicht unterhalten, ich wollte es genießen, ihr einfach nur zuzuhören. Und wenn man merkt, dass man von einem Menschen fasziniert ist, der *unbedingt* reden will, und man selbst einfach nicht *fähig* ist, irgendwas davon weiterzuerzählen, einfach weil man zu alt und verkalkt ist, dann ist man … wie heißt es noch?«

»Verschwiegen wie ein Grab«, sagte Henry.

»Richtig. Komisch, dass ein Yank diesen Ausdruck kennt. Sie bringt uns Tee, wenn Sie ihr ein Zeichen geben.«

Henry sehnte sich nach einem doppelten Espresso von Starbucks, einen Kaffee, der einen ins Schwitzen brachte. »Sie dürfen hier auch rauchen«, setzte der Alte hinzu. »Deshalb saß Chisholm immer hier. Wahrscheinlich bringt ihn das jetzt um.«

»Nun ja, manchmal tut eine Zigarette einer Unterhaltung ganz gut«, erklärte Henry und zog eine Schachtel aus der Tasche, falls es eine Anspielung gewesen sein sollte. Sein Angebot wurde abgelehnt. Henry steckte die Zigaretten wieder ein. Er hatte den Alten falsch verstanden. Das einzige Schmiermittel, das diese Unterhaltung brauchte, war der schwache Tee, den er so verabscheute. Er hätte ein Geschenk mitbringen sollen. Sie blickten den Abhang hinunter auf ein einzigartiges Panorama, dessen Zauber, je nach Standpunkt, von der Glasfassade der Fergusons-Anlage entweder noch gesteigert oder ruiniert wurde.

»Ich bin siebenundachtzig, wissen Sie«, erklärte der Alte mit einem Hauch trotzigen Stolzes. »Hab meine Frau an einen Yank verloren, als der Krieg zu Ende ging. Ihr hattet das Geld, verstehen Sie. Was sagte ich noch?« Henry räusperte sich im Versuch, seinen Akzent zu verbergen, als der Alte weitersprach. »Ich nehme an, dass Sie dort unten arbeiten.« Der alte Mann zeigte auf den Schandfleck, der den Blick beeinträchtigte. »Wo sie all die Wunderpillen herstellen, die weder mir beim Gehen helfen noch den Trottel von Chisholm am Leben erhalten.«

»Sie sagten, Sie seien verschwiegen wie ein Grab gewesen, und Angela hätte Ihnen zu viel verraten«, half ihm Henry flüsternd auf die Sprünge. Dabei spitzte er die Lippen, damit seine Stimme mehr Ähnlichkeit mit der eines BBC-Sprechers bekam.

»Sprechen Sie etwas lauter, ja? Ja. Viel zu viel, aber sie war nicht eine von denen, die nur dasitzen und auf die Uhr schielen und sich wünschen, sie könnten schon gehen. Eher ein bisschen so wie Sie. Sie sprach über dies und das, ohne ein Ende zu finden, sie hätte fürs Radio arbeiten können. Nicht, dass alles gestimmt hätte, da mache ich mir nichts vor. Die Leute erfinden gern was, um ihr Leben interessanter zu machen, als es tatsächlich ist. Der Alltag ist nie aufregend genug, finde ich. Dafür braucht man die Zeitung. Da spielt sich das wirkliche Leben ab. Nicht, dass ich den Zeitungen glauben würde. Wahnsinniger Hacker schlägt wieder zu, was für ein Quatsch. Aber nicht hier. Hier heißt es nur, seit drei Tagen Nebelbänke am Strand.«

Henry lächelte. Allmählich ging ihm auf, dass es keine unangenehme Aufgabe war, diesen alten Mann zu besuchen. Er spürte selbst, wie es ihm Vergnügen bereitete.

»Welche Geschichten hat sie denn erzählt? Ging es um Mord, Vergewaltigung und Verstümmlung? Einbrüche und Raub? Kommt in den vornehmsten Gegenden vor.«

»Ich wünschte, es käme hier vor. Aber in Warbling gibt es so was nicht. Völliger Unsinn. Genau wie das, was die Kleine am Anfang erzählt hat, na ja, ich habe es ohnehin nicht geglaubt.

Die Phantasie hat sie wohl von ihrer Mutter geerbt, schätze ich. Sehr unterhaltsam. *Matilda, die kann so gut lügen …*«

»*Dass sich im Haus die Balken biegen*«, murmelte Henry.

»… über jemanden, den ich angeblich kenne und der am Pier ein *Kind* ins Wasser gestoßen haben soll, als würde jemand so was tun. Ich sagte bloß, wie schrecklich das sei und ließ sie weiterreden, während ihre Mutter auf der Toilette war. Dann musste Angela irgendwas am Wagen reparieren, Wasser war in die Bremsanlage gelangt oder so ähnlich, als sie den verdammten Hügel hochfuhr. Na, wie auch immer, jedenfalls wurde die arme Kleine immer verstörter, als sie mir all das erzählte, und ich schnitt meine Grimassen dazu. Aber zum Glück konnte ich sie beruhigen, bevor ihre Mutter zurückkehrte. Ich brachte sie dazu, mir von ihrer Schule zu erzählen. Ich fand es nicht recht, wissen Sie.«

»Nicht recht?«

Der Alte senkte die Stimme und beugte sich vor. »Sie konnte es so detailliert erzählen, verstehen Sie? Wie das Kind am Pier von einem Hund gejagt worden war. Ihre Mutter hätte ihr nicht solche Geschichten erzählen dürfen, auch wenn sie eine verbitterte Frau ist. Sehr verbittert. Sie könnten selbst einen Hund gebrauchen. Aber verstehen Sie mich richtig, ich hätte kein Wort gesagt. Es geht mich nichts an, und außerdem wäre sie vielleicht nicht mehr wiedergekommen. Angela hat es vergessen. Sie hat andere Sorgen. Jetzt schlägt sie sich mit einem dieser Kerle herum, Sie wissen schon, einem Halunken, der Kindern nachstellt, einem …«

»Pädophilen«, sagte Henry mit zusammengebissenen Zähnen.

»Ja, so einer treibt sich jetzt in der Stadt rum. Ich bitte Sie. Ich habe ihr geraten, sich einen Hund zuzulegen!« Er brach in schallendes Gelächter über seinen eigenen Vorschlag aus. Die Teetassen klapperten, als er auf den Tisch schlug. »Soll er ihm die Eier abbeißen! In den Knast mit ihm!« Henry zuckte zusammen. Der alte Mann wurde ernst. »Vielleicht habe ich sie gekränkt«, sagte er traurig. »Kommt sie deshalb nicht mehr?«

»Nein. Ich bin sicher, das ist es nicht. Und ich glaube auch, dass sie wiederkommt. Warum nicht?« Henry stand auf. Er musste nachdenken; die Hitze hier drin war erdrückend, und die Tür verschlossen. Er spürte den Beginn einer altvertrauten Nervosität und schämte sich. »Und ich auch«, fügte er hinzu und fragte sich, welche Weisheit in einer Lüge stecken konnte. Der Alte packte ihn am Ärmel. Henry schüttelte ihm die Hand und registrierte erstaunt, wie kräftig die Knochen waren. Seine eigene Hand erschien ihm riesig im Vergleich.
»Die Dinge, die die Kleine mir erzählt hat … Die waren doch nicht wahr, oder?«
»Nein«, antwortete Henry. »Natürlich nicht. Denken Sie an Matilda: Nichts ist wahr.«
Der Alte blinzelte ihm zu, langsam und bedächtig. »Sie haben nicht mal die Hälfte gehört. Sie werden also wohl oder übel wiederkommen müssen. Bringen Sie ein paar Viagra-Pillen mit. Die könnten wir hier gut gebrauchen.«

Er stand auf der Landspitze und beobachtete, wie der Nebel sich über den Strand wälzte. Ehe sie unter ihm verschwanden, warfen die Gebäude der Fergusons-Anlage das Licht zurück und verblassten anschließend zu einem nichts sagenden Teil der weißen Landschaft. Ohne die Einzelheiten zu sehen, erahnte er die Umrisse und glaubte zu wissen, wo alles war. Wenn der Nebel sich verzog, würde ein ganz anderes Bild entstehen; dennoch würde er wissen, was da war. Und er hatte die falschen Bücher gelesen.
Offensichtlich erleichtert und mit schrecklich schleifender Kupplung setzte sich das Taxi in Bewegung. Henry hatte den Eindruck, dass der Wagen von allein, wie mit Autopilot, ins flache Land und zu einem echten Kamin in einer warmen Garage zurückfinden würde. Am liebsten hätte Henry geweint. Der Fahrer schimpfte leise über das offene Fenster, hinter dem beide zitterten.
Vor dem House of Enchantment stieg er aus und bezahlte eine

lächerlich geringe Summe, wie es ihm schien. Fast wie in der Dritten Welt. Vielleicht war das der Grund, warum er immer wieder in den Fernen Osten zurückkehrte, wenn er reiste. Die Vorstellung, dass die günstigen Preise möglicherweise ein entscheidender Faktor waren, heiterte ihn nicht gerade auf. Sie waren auf anspruchslose Weise anspruchsvoll, diese Engländer. Aber auf alle Fälle hatten sie eine Abneigung gegen das Geldverdienen.

Er überquerte die Straße und setzte sich auf die Stufen, die vom gepflasterten Bürgersteig runter zum Kiesstrand führten. Die Kälte kroch ihm in den Arsch, den Hintern, seine vier Buchstaben, ein Engländer hatte keinen Arsch, nicht mal einen, den er zur Arbeit bewegte. Dann kroch sie eben seinen Rücken hoch. Die Kälte war beruhigend und erfrischend, er fand sie angenehm.

Plötzlich steckte der Hund seine warme, feuchte Nase in den Spalt zwischen Rippen und Ellbogen, den er eng an die grässliche Second-Hand-Jacke gedrückt hielt. Er spürte den Druck der Schnauze, die sich in seine Seite bohrte. Die Schnauze: einen Riecher haben, ein Rüssel. Er hatte es nachgeschlagen. Er bewegte den Arm und legte sie dem Tier um die Schultern, ganz vorsichtig ohne Druck, es durfte nicht das Gefühl bekommen, es könne sich nicht jeden Augenblick losreißen. Der große schwarze Hund setzte sich neben ihn und ließ sich umfassen, während beide vor sich hinstarrten.

»Ich wette, dass du eine Menge Geheimnisse kennst«, sagte Henry.

Ich war schon immer stolz darauf, ein Geheimnis wahren zu können. Die Verpflichtung, für sich zu behalten, was einem anvertraut wird, lernte ich sehr früh, und es war eine der ersten Überraschungen in meinem Leben, als ich feststellte, dass es nicht alle so genau nahmen. Mit Versprechen war es dasselbe. Ich war die Einzige, die an der Bushaltestelle wartete, weil ich es versprochen hatte. Aber außer mir kam niemand, und es gibt Versprechen, die man nicht wirklich halten muss, so wie es Geheimnisse gibt, die nur dazu da sind, um ausgeplaudert zu werden. Die Anweisung »Sag es nicht weiter« kann durchaus das Gegenteil bedeuten, allerdings nur innerhalb eines ausgewählten Personenkreises und mit der richtigen Interpretation. Sie könnte aber auch genau das bedeuten, was sie besagt. Um mir ein Minenfeld der Verwirrung zu ersparen, bin ich meinem Prinzip treu geblieben, habe geschwiegen wie das sprichwörtliche Grab und das Wissen, das ich erhalten hatte, geleugnet statt das Siegel zu brechen. Die Ironie dieser edlen Gesinnung besteht darin, dass sie den, der das Geheimnis bewahrt, zum Lügner stempelt, während der, der es bricht, die Last auf seine engen Freunde und Vertrauten abwälzt, fünfundsiebzig an der Zahl. Ich habe gelernt, nie etwas über mich selbst zu verraten, es sei denn, derjenige, dem ich es erzähle, ist nicht imstande, es weiterzusagen oder auch nur zu verstehen. Ich beichte also einer Ziegelwand, mit anderen Worten, jemandem, den man nicht bewegen oder beunruhigen kann. In Wirklichkeit muss ich nur etwas loswerden und denke laut darüber nach, was ich tun soll.

Deshalb wählte ich damals diesen feigen Ausweg und erzählte es einen Tag später Onkel Joe. Er war immerhin taub und tat so, als höre er gespannt zu. (Alles Heuchler, die Chisholms). Ich konnte entschlüsseln, was er sagte, aber das können nur wenige. Der arme Kerl wusste genau, wie es ist, wenn man seinen guten Ruf verliert und in Ungnade fällt. Möglich, dass er mir vergeben hätte.

Ich erzählte ihm, dass die Tür offen stand. Ich hasste geschlossene Türen. Und es war sehr früh und nass, und Harry war widerspenstig. Plötzlich tauchte Tanya auf, sie hatte ihre neue glänzende Jacke an, die sie allen zeigen wollte, weil sie so stolz darauf war. Harry wich nicht von ihrer Seite, das war immer so. Ich drängte sie, zusammen rauszugehen, Herrgott, aber nur bis zum Pier, wo ich sie im Auge hatte, und nicht, lange. Sie wollte raus, und Harry wollte, dass sie bei ihm im Haus blieb, aber die Aussicht, mit Tanya zu spielen, war zu verlockend. So zogen sie los. Endlich Ruhe. Ich weiß nicht, wie lange es dauerte, bis mir klar wurde, dass ich ihn ohne Jacke hatte gehen lassen. Ich nahm seine Jacke und lief die Treppe herunter. Es war ziemlich viel Zeit vergangen, glaube ich. Ich überquerte die Straße. Sie kauerte neben dieser Skulptur und versuchte sich reinzuzwängen. Sie war hysterisch. Hatte sich den Ärmel aufgerissen.

Auf dem Pier lief ein schwarzer Hund herum. Harry konnte Hunde nicht ausstehen.Oft rannten sie ihn um.

Dieser Hund ... Er erinnerte mich daran, wie sie das erste Mal zu uns gekommen war und ich versucht hatte, sie zu fotografieren. Eine ängstliche, verletzliche Wilde, die nichts hatte, das sie ihr eigen nennen konnte und niemandem traute. Orientierungslos wie ein Boot in einem Sturm. Nichts weiter als ein Versprechen. Angela: irgendwo; Neils Angelzeug – es war nicht das erste Mal, dass er es vergessen hatte ...

Ich kann nicht weiter. Niemand von uns sagt jemals die Wahrheit. Es ist besser, wenn ich mich taub und stumm stelle wie Onkel Joe.

FMC

ZWÖLF

»Ich hätte schon früher auf dich kommen sollen«, sagte Henry zu dem Hund. »Deine Augen und Ohren. Schönes Fell.« Der Hund bewegte die Pfoten. Henry streichelte das raue Fell an der Seite und kraulte ihm die Brust. Auf den Knochen saß genügend Fleisch, die Muskeln an den Beinen waren stramm. Obwohl das Tier still saß, war es bereit, jeden Augenblick die Flucht zu ergreifen. »Aber ich werde dich nicht aufhalten«, sagte Henry und zog den Arm zurück. Der Hund rührte sich nicht, drehte nur den großen Kopf, um sein Gesicht zu beschnuppern und lehnte sich dann zufrieden an ihn, während er wieder auf das Meer blickte. Hinter dem Nebel klang das Wasser verdächtig missmutig, als heckte es etwas aus.

Als die Kälte langsam an Henrys Rücken emporkroch und allmählich schmerzhaft wurde, hörte der Hund plötzlich irgendein Signal, schüttelte sich und trottete nach rechts davon. Er hatte eine Gangart, die Henry schon vorher aufgefallen war, langsam, fast gemessen, wie ein Langstreckenläufer, der noch eine weite Strecke vor sich hat und genau weiß, wohin er will. Irgendwer kümmerte sich um den Hund, und irgendwer hatte ihn gelehrt, wie er die Straße überqueren musste. Ein gebildeter Landstreicher, der eine Bleibe zum Schlafen hatte. Also hatten sie etwas gemeinsam, dachte Henry, nur dass der Hund aus der Nähe ein wirklich schönes Tier war und einen Haufen feiner Haare auf seiner Jacke hinterlassen hatte. Als Henry wieder im Haus war und sich im Spiegel in der Halle sah, fragte er sich, wie er sich in so kurzer Zeit äußerlich so hatte verändern können.

Das trübe Licht der Gaslampen im Gang irritierte ihn, auch wenn es ihm den Gefallen tat, sein Spiegelbild ein wenig zu verwischen. Gaslampen im einundzwanzigsten Jahrhundert, um Himmels willen, als wäre das Haus nicht zum Wohnen bestimmt, sondern eine Theaterkulisse. Aber genau das ist es, dachte er, und ließ den Blick über die Einzelheiten streifen, die ihm zuvor entgangen waren. Die Halle und das Treppenhaus waren mit orientalischen Wandteppichen ausgestattet, und darüber hingen Flaggen. Der Spiegel war goldumrandet und wirkte kostbar, bis eine nähere Betrachtung offenbarte, dass die Goldfarbe abblätterte. Es sprach durchaus etwas dafür, das trübe Flackern der Gaslampen in den feinen Wandleuchtern zu erhalten. Henry hörte das leise Murmeln des Radios in der Küche; ansonsten herrschte angenehme Stille.

Er warf einen Blick ins Esszimmer, wo die Wände mit einer Vielzahl von Gemälden geschmückt und die Fenster von schweren, verblichenen Samtvorhängen umrahmt waren. Auf dem Kaminsims standen zwischen zwei großen Kerzenhaltern, die zu den Mahlzeiten in die Mitte des Esstisches gestellt wurden, gerahmte Fotografien. Auf dem Tisch selbst lag ein schweres Tischtuch aus Leinen. Henry befühlte den Stoff mit den Fingerspitzen und ertastete die geflickten Stellen, die unsichtbar blieben, wenn der Tisch mit der ganzen Pracht ihrer diversen Geschirr- und Bestecksammlungen gedeckt war. Jeder Gegenstand für sich war schön, doch nichts passte zusammen. Teppiche und Läufer auf der Treppe waren fadenscheinig und viel zu bunt gemustert. Wenn man das kunstvolle Arrangement zerstörte, würde alles aussehen, als stammte es vom Trödel.

Das Wohnzimmer, im Moment verlassen, war im selben Stil eingerichtet. Es gab schimmernde Feuerzangen und alte Sessel mit handbestickten Deckchen über den abgewetzten Lehnen, ein Teppich lag über dem anderen, ein kleiner Tisch war so glänzend poliert, dass man das geflickte Bein gar nicht bemerkte. Henry sah sich Fotos an, deren Rahmen offenbar aus Treibholz gemacht waren, und entdeckte Schwarzweißabzüge von zwei geschmeidigen jungen Männern in Badeanzügen, die

vor der Brandung posierten und lachten. Alles alte Fotos. Kameras kosteten Geld. Henry überschlug die Summe, die er ihnen für das Zimmer zahlen würde und schämte sich, als ihm klar wurde, wie schmal das Budget sein musste, das ihr Leben diktierte. Kein Telefon, keine einzige Neuanschaffung, außer natürlich das Videogerät, das in der Küche völlig fehl am Platz war und wie ein Gartenspaten im Schlafzimmer wirkte.
Er wusste, woher das Videogerät stammte. Francesca hatte ihren Wagen Angela geschenkt, ihre Bücher der alten Dame überlassen, die sie gar nicht haben wollte, und alles Übrige aus ihrer Wohnung, das noch brauchbar war, an andere verteilt. Waren ihre Geschenke der Versuch gewesen, die Empfänger zu bestechen? Hatten sie einen Preis dafür zahlen müssen, wie Angela, die jetzt Onkel Joe besuchte, oder Peter und Tim, die eine Gedenkkerze für ihren toten Sohn im Haus stehen hatten? Henry wusste die Einrichtung seines Zimmers erst jetzt richtig zu schätzen. Der überladene Stil im Erdgeschoss und im ersten Stock wich ab dem zweiten Stock einer schlichten Klarheit. Kahle Wände und ein Boden aus herrlich duftendem hellem Kiefernholz, ein Läufer auf der Treppe dämpfte seine Schritte, die seidene alte Tagesdecke auf seinem hohen Bett war der einzige Farbfleck im Zimmer, abgesehen von dem türkisfarbenen Sitz eines bequemen Sessels. Ein Raum, den Van Gogh hätte malen können als Huldigung an einen Minimalismus, der nicht steif, sondern beruhigend wirkte. Peter fuhrwerkte am Kamin herum und versuchte, mit Hilfe der Zündspäne die Holzscheite zu entflammen, die er in einem Korb heraufgeschleppt hatte. Ein kleiner Eimer enthielt die Asche, die unter den schwarzen Gitterrost gefallen war. Der Schal, den Henry vermisst hatte, hing ordentlich gefaltet über dem Bettgestell. Peter grinste ihm zu, denn irgendwie war es ihm peinlich, dass man ihn auf den Knien sah.
»Es ist die *billigste* Art zu heizen, wissen Sie«, erklärte er zu seiner Verteidigung. »Vor allem, wenn man das Holz selbst sammelt. Wir haben viel Zeit. Ich glaube, es ist besser, man hat

Zeit zum Werkeln und Reparieren als Geld, was meinen Sie?«
»Wieso hat Ihnen Francesca eigentlich das Video geschenkt?«, fragte Henry, während er die Jacke auszog und sie quer durch den Raum in die Ecke schleuderte. Wie gut es war, eine Jacke zu haben, auf die man nicht aufpassen musste. Er hatte größte Lust, den Inhalt seiner Tasche aus dem Fenster zu werfen, inklusive Vitamine und Mineralien. Peter sah ihn überrascht an.
»Wissen Sie was, ich habe nie verstanden, warum sie das getan hat. Das Video kam einfach an mit all ihren Kassetten. Sie muss gewusst haben, dass wir es nicht oft benutzen, es sei denn, um das Video mit dem kleinen Harry anzuschauen. Wir hatten ja vorher nicht mal ein Fernsehen. Für so etwas haben wir keine Zeit, es ist so *uninspirierend*. Ich kann nicht begreifen, wie man sich hinsetzen und einen Film angucken kann, es sei denn, man kennt jemanden, der darin mitspielt.«
Ein Holzscheit fing Feuer. Peter beobachtete es zufrieden, als sei das Feuer seine Erfindung und ein Triumph, das er es zustande gebracht hatte.
»Gibt es denn noch andere Kassetten?«
»Ja, natürlich. Zeichentrickfilme, Walt Disney. Heimvideos und Zeugs für Kinder. Na ja, *Das Dschungelbuch* mag ich auch, das muss ich gestehen …«
»Darf ich sie mal sehen?«
»Selbstverständlich, Sie brauchen nur zu fragen. Ich bring sie Ihnen hoch, soll ich? Aber ich muss Sie um einen Gefallen bitten. Halten Sie Maggie heute Abend vom Trinken ab. Sonst wird sie wieder depressiv und denkt daran, zu ihrem Mann zurückzukehren.«
»Ich wusste gar nicht, dass sie noch einen hat.« Henry stieß mit der Schuhspitze das Holzscheit tiefer in den Kamin und beobachtete, wie die Funken sprühten.
»Hat sie auch nicht. Aber sie könnte einen aus der Reinigung abholen, wenn sie nur wollte.«
Henry machten all diese Widersprüche wütend. Das Holz knisterte, als wollte es sich über ihn lustig machen. Er fragte sich,

wie viel Trinkgeld er ihnen geben sollte, wenn er abreiste. Dabei wollte er im Grunde gar nicht weg. Er dachte über die Verhaltensregeln relativer Armut nach, und dann fiel ihm ein, dass er sich dieselbe Frage schon auf früheren Reisen gestellt hatte. Er fühlte sich ein wenig benommen.

»Wissen Sie, wo sie stecken könnte?«

Peter warf einen Blick auf seine Uhr. »Die Pubs haben noch auf. Sie könnte im Pub sein.«

»Dann kann ich sie bestimmt nicht vom Trinken abhalten«, meinte Henry. »Ich bin selbst reif dafür.«

Er würde den alten Mann auf der Landspitze mit einer Flasche Whiskey besuchen. So wie in alten und neuen Filmen, in denen man die Kehle verschwiegener Spione lediglich mit etwas Alkohol schmieren muss, und schon hat man sämtliche Informationen, die man braucht. *In vino veritas*. Tolle Aussichten. Bei Maggie würde es nicht funktionieren und noch weniger bei dem blöden Köter. Er aber war immer noch ein Tourist und verpflichtet, alles auszuprobieren, doch abartigerweise brauchte er einen Ort, wo es lauter war als hier, um seine Gedanken zu analysieren.

Henry hatte sich noch nie etwas aus Alkohol gemacht. Er erinnerte sich, dass sein Vater das bedauert hatte. Es sei für die Karriere eines Mannes genauso gut wie schlecht, und es befreie die Seele, hatte er gesagt. Henry hingegen fand, es mache die Seele nur depressiv. Dass er bis heute frei war von Süchten, hatte ihn weder vor Peinlichkeiten bewahrt noch vor den verächtlichen Blicken seiner Zeitgenossen, wenn er über seine eigenen Füße stolperte. Es hatte Augenblicke in seinem Leben gegeben, sagte er sich, da hatte er den Mund nicht aufgekriegt und hätte ebenso gut sturzbetrunken sein können, statt stocknüchtern. Was bist du bloß für ein prüder Kerl, dachte er, während er die hässliche Jacke anzog und auf die Straße trat. Prüde, wenn es um Drogen geht. Er hatte das Zeug nur ein oder zwei Mal probiert und blöd gefunden, wie einsilbig plötzlich alle in der Runde geworden waren. Außerdem verlor er nicht gern die

Kontrolle. Ach, zum Teufel damit! Wenn er die Kontrolle schon verlieren musste, dann sollte es wenigstens schmecken. Er würde in den englischen Pubs auf Sauftour gehen, genauso wie die Einheimischen.

Beim ersten Bier im ersten Pub erschauerte er. Er nippte an dem üppigen Schaum der klaren, warmen Brühe und hätte beinahe gewürgt. Der Pub hieß The Smugglers, aber nichts deutete darauf hin, dass hier dieselben feinen Weinsorten angeboten wurden wie auf der anderen Seite des Kanals, ob nun geschmuggelt oder nicht. Die Leute tranken Spülwasser. Sie mochten es nun mal, und es war ihnen auch völlig egal, was sie außerhalb ihres Zuhauses aßen oder tranken. Man musste nur einen Blick auf das Tagesmenü auf der schwarzen Tafel werfen. LEBER MIT ZWIEBELN, IRISH STEW. Wenn er nach Hause fuhr, würde er diesen Hinweis als ewige Erinnerung mitnehmen und darüber lachen, obwohl die Einheimischen hier HASH BROWNS, eine Art Kartoffelkuchen, genauso abstoßend finden dürften. Der größte Unterschied zwischen den westlichen Kulturen, sagte er sich, lag nicht in der Nationalität, sondern im Essen und Trinken und in der Kluft zwischen den Menschen, die in den Städten wohnten und jenen, die auf dem Land lebten.

Er nippte an seinem halben Pint, um seinen Gedanken auf die Sprünge zu helfen und fragte sich, ob Onkel Joe jemals in den Pub ging und ob er nun als Schwächling galt, weil er nur ein kleines Bier bestellt hatte, während alle anderen vor einem Pint saßen. Da er seine Brille vergessen hatte, war er ein bisschen kurzsichtig und schwindelig, aber hier gab es nichts Besonderes zu sehen, höchstens ihn. Sie starrten ihn an. Nicht immerzu, das musste er zugeben, und auch nicht alle, denn zu dieser frühen Abendstunde gab es nicht viele, die seinem Blick hätten begegnen können, um sich dann wieder dem Schaum auf ihren Gläsern oder der Wand gegenüber zuzuwenden. Die Blicke hatten Ähnlichkeit mit denen, die man einem toten Schellfisch auf dem Fischmarkt zuwirft. Niemand unterhielt sich. Ein Mann kam herein, nuschelte ein Hallo und verzog sich mit seinem Bier in eine Ecke. Es verging eine ganze Weile, stellte Henry fest, bis er sich das nächste Mal rührte, und auch dann nur, um sein Glas auf den Tresen zu stellen und mit einem weiteren halb verschluckten Hallo ein neues zu bestellen, was mit einem Kopfnicken beantwortet wurde. Man hörte das Klimpern des Geldes. Ist das nicht lustig, dachte Henry, sind die immer so, oder liegt das an mir? Der Nebel draußen erschien ihm im Vergleich dazu beinahe spannend. Er ließ das Bier stehen und verließ hastig den Pub, als hätte er es eilig.

So war es auch, aber nicht aus Not. Die Vorstellung, von einem Pub zum anderen zu gehen, nur um Maggie zu finden, gefiel ihm nicht: Er kam sich vor wie ein Vater auf der Suche nach einem eigensinnigen Kind oder, schlimmer noch, wie ein eifersüchtiger Freund. Zugegeben, der Gedanke an diesen reumütigen Ehemann piekste ihn aus unerfindlichen Gründen, wahrscheinlich, weil es wieder etwas war, das sie ihm nicht erklärt hatte, und das wurmte ihn. All diese Geheimnisse zwischen den Zeilen. Henry führte sein Leben wie ein offenes Buch, in dem jeder lesen konnte; deshalb verstand er nicht, warum sich alle anderen nicht in die Karten gucken ließen. Als er im zweiten Pub hinter einer Zeitung versteckt an einem Glas Wein nippte, kam er zu dem Schluss, dass die einsilbige Unterhaltung zwischen den Leuten hier einfach ihrer Natur entsprach. Sie hielten nun einmal nichts davon, sich großartig zu begrüßen und gegenseitig auf die Schultern zu klopfen. Im dritten Pub revidierte er seine Meinung. Die Frau hinter dem Tresen beantwortete seine höfliche Bitte nach einem Drink mit einem finsterem Blick und sagte ihm leise, aber derart entschieden und unmissverständlich, er solle sich zum Teufel scheren, dass er es für besser hielt, sie nicht nach dem Grund zu fragen. Er ging. Ende der Sauftour. Auf der Straße ertappte er sich dabei, wie er den Hund suchte. Henry konnte den Schandfleck auf seiner Stirn förmlich fühlen und erinnerte sich plötzlich an die schrillen Anschuldigungen auf der Straße. Die Fish and Chips, die er auf einer Bank neben der Skulptur am Eingang zum Pier verzehrte, waren köstlich und das vor allem deshalb, weil sie ihm mit spontaner Herzlichkeit serviert worden waren. Es gab nur noch ein Dutzend Pubs, die immer voller wurden, während der Abend allmählich in die Nacht überging, aber die Aussicht darauf war höchst unangenehm. Henry warf wie ein guter Bürger das fettige Papier in einen Abfalleimer und kehrte an den Ort zurück, den er Zuhause nannte.

Er entfernte sich immer mehr von allem, was er als Heim hätte ansehen können. Sein leeres Haus am Stadtrand von Boston kam ihm schrecklich weit weg vor, und der eindrucksvolle Modernismus der Fergusons-Anlage, wo er seine Arbeit möglicherweise forsetzen würde, war ihm genauso fremd. Im so genannten Salon des Hauses war ein Bridgespiel im Gang, und oben in seinem Zimmer fand er den Fernseher, das Videogerät und einen Stapel von Kassetten.

»Das kann ich auch«, sagte Maggie ruhig. »Was fällt dir ein, einen netten, harmlosen Mann in aller Öffentlichkeit mit Dreck zu bewerfen? Genauso gut könnte ich erzählen, dass ich deine Tochter beim Schuleschwänzen ertappt habe, weil ihre Mutter sie vernachlässigt.«

»Du Miststück!«

»Es gibt da noch so eine Anschuldigung, die ich immer wieder zu zerstreuen suche, ohne dass es was bringt – warum wohl?«, sagte Maggie leichthin. »Immerhin habe ich dir eine gute Flasche Wein mitgebracht. Komm endlich von deinem hohen Ross runter. Ich bin keine böse Hexe, genauso wenig wie du. Francesca hätte uns sonst nicht geliebt. Sie war nicht allzu wählerisch, was die Menschen angeht, die sie liebte – man braucht nur an ihren dämlichen Ehemann zu denken –, aber sie hatte trotzdem ein gutes Urteilsvermögen. Na los, trink.«

Angela nahm das Glas, das Maggie gefüllt hatte, und setzte sich an den Küchentisch. Sehnsüchtig starrte sie darauf, wohl wissend, dass sie sich kompromittierte, wenn sie es trank. Sie hatte versucht, Maggie die Tür vor der Nase zuzuwerfen, doch Maggie war stärker gewesen. Tanya schlief und wäre aufgewacht, wenn sie sich angeschrien hätten. Sie saß in der Falle. Sie umfasste das Glas mit den Fingern, um den Rotwein zu wärmen und Maggie nicht sehen zu lassen, dass ihre Hand zitterte.

»Vielleicht solltest du mir mal verraten, warum du Henry Evans über Nacht in der Burg eingesperrt und meinen Schlaf gestört hast. So viel für den Anfang.«

»Neil hätte ... Es war ein Versehen.«

»Nein, war es nicht. Tanya weiß, dass es keines war. Erzähl mir keinen Blödsinn. Was sollte er denn nicht herausfinden? Wieso beantwortest du seine neugierigen Fragen nicht? Wovor hast du Angst?« Angela führte das Glas zum Mund und trank es halb leer. *Na schön, trink den Rest auch noch,* dachte Maggie im Stillen. *Er macht uns alle zu Narren.*

»Er weckt die alten Schuldgefühle in mir, das ist es«, erklärte Angela hastig. »Er erinnert Tanya an Dinge, die sie vergessen sollte. Das ist einfach nicht in Ordnung.«

»Warum solltest du dich schuldig fühlen?«

»Bist du verrückt oder einfach nur blöd?«, schrie Angela und verstummte, als sie sich an das schlafende Kind erinnerte. Sie nahm einen weiteren Schluck Wein und eine von Maggies Zigaretten, betrachtete sie zwischen ihren spröden Fingern und steckte sie wieder in die Packung zurück. »Du weißt doch, warum ich mich schuldig fühle. Ich konnte Harry nie leiden ... er hatte etwas, das ich nicht ertrug, dabei habe ich immer geglaubt, ich könnte alle Kinder lieben. Aber so ist es nicht. Ich liebe nur mein eigenes Kind. Nicht die anderen. Ich wollte Tanya nicht teilen. Ich wollte nicht, dass sie sich mit einem Kind wie Harry abgab. Er war so hässlich. Er brauchte so viel Aufmerksamkeit. Es tut mir Leid, dass ich ihn nicht mochte, deshalb fühle ich mich schuldig. Ist das etwa kein Grund?«

Maggie widerstand der Versuchung, sich eine Zigarette anzuzünden. Die Atmosphäre in diesem Haus war verdächtig rauchfrei. Ein gutes Beispiel für die Kinder. Sie hatte Lust, die

Fenster aufzureißen und etwas von dem gesunden Nebel reinzulassen, um all die Sauberkeit zu neutralisieren.

»Ich finde, gegen eine natürliche Abneigung kann man nicht viel machen. Entweder mag man jemanden oder man mag ihn nicht. Das gilt auch für Kinder«, sagte Maggie. »Es ist nicht so wichtig, was man fühlt, sondern wie man sich verhält. Du warst schließlich nicht gemein zu ihm, oder? Du hast ihn doch nicht geschlagen oder so etwas?«

Ein spürbares Zögern. »Nein … Ich … Nein, natürlich nicht.«

»Hat irgendwer ihn geschlagen? Hatte er vor jemandem Angst?«

»NEIN! Er hatte vor niemandem Angst. Dazu hatte er keinen Grund, alle haben ihn mit Samthandschuhen angefasst, sogar, wenn er schrie. Er hatte nur vor Hunden Angst. Das war das einzige Mal, dass Neil ihn geschlagen hat.«

»*Neil*?« Das Glas war leer. Maggie schenkte schnell nach, wobei sie ein paar Tropfen verschüttete.

»Neil hat Wutausbrüche. Du glaubst doch nicht, ich hätte ihn nur wegen des Sex rausgeschmissen, oder? Wir hatten schließlich Tanya. Ich hab es nicht ausgehalten, wenn er mit Sachen um sich geworfen hat. Und dann wollte er immer zurückkommen … na ja, das hat er damals auch getan. Er versuchte ein besserer Vater zu sein, wollte uns wieder für sich einnehmen. Deshalb hat er uns den Hund geschenkt, verstehst du? Typisch für den dummen Kerl, aber er wusste, dass ich mit dem Gedanken gespielt hatte. Als er den Welpen mitbrachte, war Harry da. Er war oft bei uns, genauso oft wie Tanya bei Francesca.« Maggie wischte mit einem Tuch den Wein vom Tisch und sah zu, wie es sich rot färbte. Harry stieß andauernd Sachen um, hatte Peter gesagt, etwas, das nicht nur Kindern passierte, aber Harry hatte immer Angst, das Gleichgewicht zu verlieren.

»… der kleine Hund war wirklich süß, aber Harry fing an zu schreien, kaum, dass er ihn sah. Er verkroch sich in eine Ecke und wollte nicht mehr rauskommen. Ich sagte ihm, er solle nicht so albern sein, aber es hatte keinen Zweck. Keine Ahnung, warum«, sagte sie, »aber wahrscheinlich meinte Neil, das Hündchen sei seine letzte Chance, wahrscheinlich dachte er, wir würden uns freuen, doch dann sagte ich ihm, wir könnten ihn nicht behalten. Nicht, wenn Harry so reagierte, und Harry war ständig bei uns. Ich sagte, er müsse den Hund zurückgeben, egal, wie viel er dafür bezahlt hatte. Da hat er Harry gepackt und ihm eine Ohrfeige verpasst. Ich glaube, dass er ihn in dem Moment hasste, weil er ihm im Weg war, es war nichts Persönliches. Das war alles, und es war das einzige Mal, dass er ihn geschlagen hat.«

»Damit war der Hund also gestorben«, murmelte Maggie. »Und was ist aus ihm geworden?«

»Neil und die alte Frau, die um die Ecke wohnt, passen auf ihn auf, sie gibt ihm zu fressen. Er reißt immer wieder aus. Neil konnte noch nie jemanden halten.« Sie war jetzt ruhiger. Und das war alles, was du verbergen wolltest?, fragte sich Maggie.

»Na egal, jedenfalls habe ich Francesca damals gesagt, dass wir uns nicht so stark voneinander abhängig machen sollten, sondern lieber etwas Abstand halten. Dass es besser für die Kinder sei. Warum sollte Tanya keinen Hund haben? Aber ich glaube, es hat nicht viel gebracht, dass ich das sagte. Vielleicht hat sie es so aufgefasst, als wollten wir nichts mehr mit ihr zu tun haben, was gar nicht stimmte. Es könnte sie noch mehr in die Enge getrieben haben, deshalb fühle ich mich schuldig, verdammt. Sie war keine Last, im Gegenteil, sie war eine verdammt gute Freundin, und ich weiß nicht, was wir ohne sie getan hätten.«

Maggie wünschte, sie hätte etwas zum Kauen. Sie zerriss das Papiertuch in lauter kleine Fitzel und wusste, dass dies irritierend auf Angela wirken musste.

»Es wundert mich, dass du Neil auf Tanya aufpassen lässt, wenn er diese Wutausbrüche hat.«

»Mir bleibt doch gar nichts anderes übrig! Ich muss unser beider Leben organisieren und nebenher arbeiten, wenn ich kann.

Außerdem war er nie eine Gefahr für Tanya, nie. Er liebt sie. Alle lieben sie.« Sie erhob die Stimme in trotzigem Stolz.
»Natürlich lieben sie alle. Was ist an dem Morgen passiert?«, fragte Maggie sanft. Angela zuckte die Achseln.
»Nichts ist passiert. Wie gesagt, Francesca schlug vor, Tanya in die Schule zu bringen, während ich auf den Elektriker wartete. Ich sagte, sie solle sich keine Mühe machen, ich würde Neil darum bitten. Doch dann verspätete er sich wie üblich, und außerdem hatte Tanya Fieber, so dass letztendlich niemand von uns irgendwohin ging. Danach kam sie wieder vorbei auf der Suche nach Harry. Sie war völlig außer sich. Ich glaube, dass sie selbst nicht begriff, was sie getan hatte.«
Maggie fragte sich, warum ihr das alles auswendig gelernt vorkam und versuchte, sich zu erinnern, wo sie das schon einmal gehört hatte. Ah ja, Mrs. Hulmes Aussage bei der Polizei, wortwörtlich, keine Abweichung, kein Stocken.
»So«, sagte Angela mit kühlem Selbstbewusstsein, während ihre Aggressivität langsam zurückkehrte, »jetzt kannst du deinem blöden amerikanischen Freund all das erzählen, damit er mich endlich in Ruhe lässt. Warum sollte ich die Fragen eines *Perversen* beantworten?«
Sie standen an der Tür. Maggie fühlte sich unwohl, als hätte Angela sie auf dem falschen Fuß erwischt. Sie war auf der Hut, und es kam ihr banal vor, jetzt zu gehen, da sie so wenig erreicht hatte. Für einen Augenblick hatte es einen Funken von beiderseitiger Toleranz gegeben, vielleicht sogar Sympathie, Verständnis dafür, wie sehr Francesca sie bewundert hatte, aber all das löste sich nun in Angelas starrem Abschiedslächeln auf. Angela, nervös aber triumphierend, der Schlüssel zum Geheimnis, obwohl sie ihr weiszumachen versuchte, es gäbe gar kein Geheimnis.
Was sollte sie nun machen? Nach Hause gehen und Henry getreulich Bericht erstatten? Hören, was er über Onkel Joe zu sagen hatte, wenngleich dieser Mensch, der ihr niemals vorgestellt worden war, sie nach wie vor nicht besonders interes-

sierte? Das Leuchtschiff war weit draußen auf dem Meer und blinzelte ihr durch den Nebel verschwommen zu. Die Küste machte den Eindruck, als bereitete sie sich ganz langsam auf die Nacht vor. Maggie fühlte sich schlapp; ihre Nase lief, und sie spürte ein Kratzen im Hals. Anzeichen einer Erkältung. Wie dumm, einfach ins Wasser zu springen. Geschah ihr recht. Sie zündete sich eine Zigarette an. Sie hätte Philip schreiben sollen. Wie schön wäre es, wenn sie ihre Gedanken logisch nach Prioritäten ordnen könnte und vermeiden, dass sie sich dauernd gegenseitig anrempelten wie die Zuschauer eines Fußballspiels, die um die besten Plätze kämpften.

Dieser Blick, das Meer und sonst gar nichts. Das Tor zum Pier war verschlossen, und das überraschte sie. Sie hatte ganz vergessen, das es jemals geschlossen wurde. Sie hatte Lust, an den Eisengittern zu rütteln und Einlass zu verlangen. Sie starrte durch die Gitter auf das verlassene Asphaltpflaster und kam zu dem Schluss, dass niemand das Recht hatte, den Pier zu schließen, nicht mal, um Menschen, die aus den Pubs kamen, davon abzuhalten, sich am anderen Ende ins Wasser zu stürzen.

Neil und seine Wut aus Impotenz, warum nicht? Neil könnte Harry für einen Geist gehalten und ihn getötet haben. Verlust von Liebe und Lust verwandelten sich in Gewalt: Vielleicht hatte er einen Grund, sich vor seinen Geistern zu fürchten. Der Gedanke ließ sie frösteln. Schließlich wäre sie auch nie auf die Idee gekommen, dass er einen Hang zum Diebstahl hatte, und er war da gewesen, nicht wahr, ganz in der Nähe, als Harry ins Wasser geschubst wurde ... Das ist es, was dieser Junge verkörperte: ein Objekt der Liebe und ein Objekt des Hasses. Ich frage mich, ob er es gewusst hat. Und dann blieb noch Angela, die das göttliche Recht der Mutterschaft ausübte, das alles erlaubte und sie durchaus in die Lage versetzt haben konnte, jeden Widerstand aus dem Weg zu schaffen. Und schließlich Francesca, Mutter und Mörderin, die in diesem Augenblick von ihren engsten Verbündeten im Stich gelassen wurde und alle Träume von einer großen Familie begraben musste. Die offensichtlichste Täterin, dreimal unterstrichen. Ich hätte nie damit anfangen dürfen.

Am Strand hatte ein Fischer ein Feuer gemacht. Er drehte sich herum, um etwas aus seinem Rucksack zu nehmen. Sie sah noch einmal hin, zögerte und ging dann hastig weiter. Im obersten Stock des House of Enchantment brannte Licht. In diesem Dachzimmer war man nie anonym. Das Licht war schon von weitem zu erkennen wie das eines Leuchtturms. Am Anfang hatte sie Henrys Zimmer bewohnt, bis sie es gegen ihr jetziges eingetauscht hatte, ein kleines überschaubares Reich mit einer begrenzten Sicht auf die Welt. Ihre Laune hellte sich auf bei dem Gedanken, dass Henry dort oben saß mit seiner ruhigen Geduld, seinem Laptop und seinem reinen, unschuldigen Bewusstsein. Jedes Mal, wenn sie Henry beschrieb, setzte sie ihn herab, fiel ihr auf. Nett, harmlos, gepflegt. Sie machte ihn hilfloser, als er in Wirklichkeit war, als versuchte sie, ihn klein zu halten, um ihn zu beschützen. Während Maggie die Treppen emporstieg, fragte sie sich, woran es wohl lag, dass ihn die einen anziehend und die anderen abstoßend fanden. Sie wusste genau, warum sie ihn attraktiv fand, aber das ging niemanden was an. Vielleicht war es seine Festigkeit, seine klaren moralischen Werte, die strahlten wie das Licht, das aus einem Fenster fällt, vielleicht aber auch die Tatsache, dass er so normal war. Normal zu sein, war etwas, das sie immer für erstrebenswert gehalten hatte; es wäre eine Barriere, ein gewachsener Fels; es bedeutete, dass man jemand war, der die Zehn Gebote befolgte, als ergäben sie tatsächlich einen Sinn. *Du sollst das Weib deines Nächsten nicht begehren, du sollst nicht stehlen, du sollst nicht töten, du sollst nicht vergessen, dein Auto zu waschen und dich nicht selbst bemitleiden.* Davon war er allerdings nicht betroffen.

An diesem Abend hatte sie nichts erfahren, was sie streng genommen nicht bereits wusste, nichts, was nicht in dem Polizeibericht gestanden hatte, den sie auswendig kannte, und da-

her so gut wie nichts, abgesehen von der Sache mit Neil, was sie dem netten normalen Henry hätte berichten können. Aus dem Innern seines Zimmers drang leise Musik; er besaß einen kleinen CD-Player, um den sie ihn beneidete. Die Tür stand einen Spaltbreit auf. Sie klopfte und öffnete sie.
Henry hatte ihr den Rücken zugewandt. Er saß mit gekreuzten Beinen auf dem Boden vor dem Bildschirm, hielt die Fernbedienung in der Hand und starrte auf die Bilder, die vor seinen Augen abliefen. Ein Heimvideo, verwackelte Kamera, ein Amateurvideo von einer Familienszene. Sie trat ins Zimmer, blieb, ohne dass er sie bemerkte, hinter ihm stehen und schaute sich die Bilder an. Es war eine helle Sommeraufnahme, blauer Himmel und grüne Wiesen, auf dem Liegestuhl ein roter Ball. Von rechts trat ein kleines Mädchen ins Bild und setzte sich mit einer Puppe auf den Liegestuhl. Die Kleine starrte herausfordernd in die Kamera, der Träger des Badeanzugs war halb über die Schulter gerutscht, die Beine waren gespreizt, ihr ganzer Körper verriet Aggression und Anspannung. Ein böser Blick. Die Kamera fuhr heran, man sah deutlich die blasse Haut und ihre streichholzdünnen Ärmchen: Sie lächelte, es war nur ein kurzes, fröhliches Lächeln, denn irgendwas am forschenden Blick der Kamera missfiel ihr. Als die Kamera dann noch näher an das Gesicht heranfuhr, verwandelte sich ihr Ausdruck urplötzlich mit erstaunlicher Heftigkeit. Sie spuckte in die Kamera, und man hatte den Eindruck, als träfe ein Schleimklumpen die Linse. Anschließend hielt sie sich die Augen zu. Die Kamera zog sich hastig zurück und wurde auf den Boden gelegt. Die Aufnahme ging noch ein paar Sekunden so weiter, man sah den Rasen, den Himmel und ein paar bloße Füße. Dann brach das Bild ab. Später sah man, wie das Kind auf der Liege schlief, zusammengekuschelt, mit halb nacktem Hinterteil, da der Badeanzug zu groß war. Die kleine Hand der Puppe steckte wie ein Schnuller im Mund. Das Haar war von einem weißen Sonnenhut bedeckt. Der Rest der Puppe lag in lauter Einzelteilen über der Liege verstreut. Die Kamera blieb liebevoll an ihrem

Körper hängen. Auf den Schenkeln erkannte man die Spuren winziger Narben.
Henry spulte das Band schnell vorwärts. Man sah dasselbe kleine Mädchen, wieder war es halb nackt und balancierte über die Kieselsteine vor dem Meer, während es die dünnen Ärmchen ausstreckte und mit einem Fuß die Temperatur des Wassers prüfte. Ängstlich trat es einen Schritt zurück, blieb stehen und prüfte noch einmal, zögernd, bedacht, dann trat es mit dem Fuß gegen das Wasser, um es zu bestrafen. Die Kamera wandte sich von dem Kind ab, ehe es in die Linse blickte und verharrte auf der spiegelglatten See, die den Pier reflektierte. Das schien für einen kurzen Augenblick Henrys Aufmerksamkeit zu wecken, dann spulte er zu dem Mädchen im Badeanzug mit den dünnen Beinen auf dem Liegestuhl zurück und hielt das Bild an. Maggie erkannte jetzt zum ersten Mal, dass es Tanya war, sie war jünger als heute und wilder, bereit, in die Kamera zu spucken. Fasziniert und angewidert zugleich machte Maggie einen Schritt auf Henry zu.
Ein *Perverser*. Er saß allein im Zimmer und sah sich die Bilder eines halb nackten Kindes an, Verlangen nach Kinderhaut. Sie beobachtete, wie er das Band wieder vorspulte, andere Leute tauchten auf, unbekannte Erwachsene, die Szene mit der Geburtstagsparty, bis Tanya wieder zu sehen war. Sie war der Star. Meistens wurde sie von hinten gefilmt, doch ihr lebendiges Haar verriet sie. Er kehrte zu der Szene am Meer zurück. Angela hatte also doch Recht, dachte Maggie plötzlich. Der stinknormale Henry Evans hatte ein abnormes Interesse an Bildern von kleinen Mädchen, pfui. Sie war nah genug, um seinen Rücken zu berühren, aber sie wollte ihn nicht berühren. Er hatte die Arme vor der Brust verschränkt und wiegte sich vor und zurück. Sie hatte das Gefühl, dass sie ihn genauso gut beim Masturbieren hätte ertappen können. Sie trat einen Schritt zurück.
»O Gott«, stöhnte er, »O Gott, o Gott, o Gott, Scheiße!«
Die Stimme holte sie wieder auf den Boden zurück. Sie sah, wie

er sich am Kopf kratzte, dann wandte er sich ab und wischte sich mit der Faust die Tränen aus den Augen. Plötzlich wirkte er beinahe kindlich und völlig normal, wie jemand, der das falsche Fernsehprogramm erwischt hatte und das Ende der Sendung herbeisehnte.

»Was zum Teufel tust du da, Henry?« Ihre Stimme war laut, schien ihn aber genauso wenig zu überraschen wie ihre Anwesenheit, als hätte er die ganze Zeit gewusst, dass sie da war. Er streckte die Beine aus, stützte sich nach hinten auf die Arme und spreizte die Zehen. Vom Fenster her zog es. Seine linke Wange war vom Kaminfeuer erhitzt, das Haar zerzaust. Die Hose war zerknittert, und sie bemerkte, dass er zwei verschiedene Socken trug. »Willst du was trinken?«, fragte er und deutete mit dem Kinn auf eine Flasche Sherry und zwei Gläser, die auf dem Nachttisch standen. »Für eine kalte Nacht gerade richtig. Besser als Bier, aber alles ist besser als Bier. Dabei sollte ich dich vom Trinken abhalten, aber ich hatte keine Lust, mit gutem Beispiel voranzugehen.«

Keine Spur von Schuldbewusstsein in seinem Gesicht, nichts von dem verlegenem Ausdruck eines Mannes, der bei heimlichen sexuellen Phantasien ertappt worden war. Maggie versuchte, sich ihren Verdacht ins Gedächtnis zurückzurufen, ihren rechtschaffenen Widerwillen und die flüchtige Vorstellung, dass Henry mit einer schrecklichen Absicht hier war, die er nicht beichten konnte, dass er gekommen war, um ein Kind wie Tanya zu finden … doch er war bloß der harmlose Henry, den sie bewunderte, mit dem amerikanischen Akzent und den Spuren von Tränen in den Augen, der sich ungeschickt aufrappelte, weil seine Beine vom langen Sitzen steif waren. Während er einschenkte, nahm Maggie seinen Platz auf dem Boden ein. Sherry erinnerte sie an Vikare und die Empfänge ihrer Eltern, Cocktails, Mittagessen, Drinks vor dem Abendessen, die schon damals altmodisch waren, bevor Wein in Mode kam. Sie hatte ganz vergessen, wie beruhigend Sherry wirkte, es war ein Drink zum Entspannen und Besänftigen, nicht zum Berauschen.

»Eine nette kleine Pichelei«, sagte sie.
»Wie bitte?«
»Ach nichts. Vergiss es.« Sie wollte ihn beruhigen. Er sah fiebrig aus. Er verzog das Gesicht und nieste, dann schnäuzte er unbekümmert mit einem tropetenartigen Geräusch in ein Taschentuch. All das stellte ihn wieder her. Er legte ein weiteres Holzscheit auf das Feuer, und setzte sich neben sie und lehnte den Rücken gegen das Bett.
»Sind das alles Francescas Bänder?«, fragte Maggie und zeigte auf die vielen Bänder, die vor dem Fernseher verstreut waren.
»Ich schätze, ja. Auf keinem ist sie selbst zu sehen, daher nehme ich an, dass sie von ihr selbst aufgenommen wurden. Oder es hat sie jemand gemacht, der sie nie gefilmt hat, weil er wusste, dass sie es hasste. Jemand, der die Kinder aufnehmen wollte, ihren Werdegang festhalten, etwas, das man sich später anschauen kann, wenn sie erwachsen und aus dem Haus sind. Um sich zu erinnern, wie sie einmal ausgesehen haben.« Sie nahm ihre Zigaretten aus der Tasche und hielt ihm die Packung hin. »Die kleine Tanya hatte Narben auf den Beinen, weißt du. Irgendjemand muss ihr sehr wehgetan haben.«
»Hab ich dir doch gesagt.«
»Ja, aber ich habe es nicht glauben wollen, bis ich es jetzt mit eigenen Augen gesehen habe. Brandspuren von Zigaretten, da vergeht mir die Lust zu rauchen. Und ich glaube, dass ich nicht viel über die Liebe weiß. Besser gesagt, dass jemand, der keine Kinder gehabt hat, sich mit dieser Art von Liebe nicht auskennt. Im Grunde weiß man überhaupt nichts. Man kennt vielleicht jene zerbrechliche Art von Liebe, die man nach Belieben weglegen und wieder aufnehmen kann, für die man kleine Opfer bringen muss, aber bloß nicht zu viele. Schließlich kann man sie ja gegen eine andere eintauschen.«
Sie merkte, dass er ziemlich angetrunken war. Oder krank. Er hatte sich auf beherrschte Art betrunken, während er die Videos nach Francesca durchforstete, ohne eine Spur von ihr zu finden. Seine Sprache war noch einigermaßen klar, stockend,

aber nicht lallend. Sie fühlte sich ganz und gar ausgeschlossen, beobachtete, wie sich seine Augen schlossen und er sie dann plötzlich wieder aufriss.

»Ich glaube nicht, dass Tanya *ihre* Tochter ist, oder?«

»Nein. Ganz gewiss nicht, irgendwie natürlich schon ihr Schützling, aber nicht ihre leibliche Tochter.«

»Ach, schade. Das hätte einiges erklärt. Ich verstehe diese Art von Liebe nicht«, wiederholte Henry. »Wirklich nicht. Im Vergleich dazu erscheinen alle andere Arten von Liebe so ... unvollkommen, so korrupt.«

»Wie bitte?«, gab sie böse zurück. »Und was ist mit Freundschaft?«

»›*Denn wenn finstre Lügen weichen, strahlen auf vergang'ne Zeichen ...*‹«, sagte Henry verträumt. »Na los, wie geht die nächste Zeile?«

»Wie zum Teufel soll ich das wissen?«

»Wie zum Teufel? ›*Besser ist es zu vergessen, als ein Leben lang besessen ...*‹ Egal, sie kann sich nicht daran erinnern. Armes Ding.«

»Wer ist ein armes Ding, Henry?« Er machte eine ausholende Bewegung, während sein Rücken langsam auf den Boden hinabrutschte.

»Wir alle. Wir alle sind arme Wesen. Wir waren nur zu blöd, um es zu merken. Dabei liegt es auf der Hand. Aber eigentlich weiß ich gar nicht, was ich weiß. Warum tust du so, als würdest du die nächste Zeile nicht kennen?«

Sie beobachtete stumm, wie er sich aufrappelte und sich dann, weil er nicht wusste, was er als Nächstes tun sollte, plötzlich aufs Bett setzte. Gleich darauf stand er wieder auf, trat zum Kamin und lehnte sich gespielt lässig dagegen. Er kam ihr vor wie ein archaischer Gelehrter in seinem Arbeitszimmer, der sich über irgendwelche Feinheiten bei Chaucer ausließ. Er war nicht für die wirkliche Welt gemacht. Anschließend hockte er sich vor den Kamin und wärmte seine Hände über dem prasselnden Feuer.

»Ich habe Angela gesehen«, sagte sie kurz. »Sie bringt auch Neil ins Spiel. Er hat Harry geschlagen, behauptet sie, er mochte ihn nicht. Es war wegen eines Hundes. Er hat ihn *geschlagen.*«

Sie beobachtete ihn vorsichtig und gespannt. Das Feuer übte eine seltsame Faszination aus; wie das Wasser verführte es einen zur Selbstzerstörung und versprach, keinen Schaden anzurichten. Seine Hände näherten sich dem Feuer, er streckte die langen Finger aus wie ein Pianist, der sich aufs Spielen vorbereitet, dann tauchte er zwei Finger in das halb volle Glas mit dem hellen Sherry und spritzte ein paar Tropfen in die Flammen. Das Feuer zischte. Seine Hände umfassten das Glas und hielten es gefährlich schräg. »Spiel nicht mit dem Feuer«, sagte Henry, »hat mein Vater mich gewarnt, aber ich habe es trotzdem getan. Ein Hund, wie? Sie hätten gar keinen Hund halten können.« Seine Augen funkelten: Sie wollte ihn beschwichtigen, ihn auf die Kopfschmerzen vorbereiten, die er am Morgen haben würde, benebelt vom Gift des Sherry, mit schniefender Nase und aufgedunsen von einer Erkältung. Doch gleichzeitig hatte sie den Verdacht, dass er nur Theater spielte.

»Habe ich dir das mit Neil erzählt? Er ist hier eingebrochen auf der Suche nach Viagra. Er war es, der neulich deinen Schal genommen hat, ich habe ihn zurückgebracht … habe ihn auf das Bett gelegt. Möglich, dass Neil an dem Morgen, als Harry unterging, auf dem Pier war, um zu angeln, weißt du …«

»Er ist doch kein Schiff, verdammt!«, fauchte Henry. »Man hat ihn nicht vom Stapel laufen lassen und mit einer Flasche Champagner getauft, Herrgott! Er wurde gestoßen. Und ich habe den Bericht gelesen, ich kann *lesen*. Wäre dein dämlicher Neil dazu imstande, was meinst du? Und wie kommt er auf die Idee, dass ich Viagra habe?« Er kratzte sich die Nase. Allemal besser, als die Finger ins Feuer zu halten. Schuldbewusst rutschte sie hin und her. Sie wollte, dass er aufhörte, auch aufhörte, Gedichte aufzusagen wie ein sentimentaler Trottel, so wie sie es selbst gelegentlich tat, obwohl ihr Geschmack in letzter Zeit etwas gröber geworden war und ihre Erinnerung an Gedichte selektiv. *Oh Liebe, ich geb dir mein Leben, nur, bitte, bleib an mir kleben, wie der Weizen an Spreu – sag, bist du treu?* rief sie sich ins Gedächtnis.

»Ich habe nicht die leiseste Ahnung«, antwortete sie knapp. »Du kannst ihn ja fragen, wenn du willst.« *Steckst du den Schwanz in Pfeffer, erzielst du keinen Treffer, bist das, Liebling, wirklich du?* Woher stammte das? Aus einer leeren Weinflasche, ein Geist aus der Flasche, etwas, das sie für Philip geschrieben hatte.

»Neil fragen?«, wiederholte er benommen, während seine Augen plötzlich wieder nüchtern aussahen und hoffnungsvoll aufleuchteten. »*Neil*? Diesen Kerl. Nichts leichter als das. Wo steckt er? Ich muss mit ihm reden. Wenn er es doch bloß gewesen wäre!«

»Er ist draußen am Strand und angelt. Der Hund ist bei ihm. Der schwarze.«

»Verdammter Mist. Wenn es nur so wäre!«

Die Augen fielen ihm zu, und er stellte das Glas vorsichtig ab. Dann stand er auf und trat zum Bett, wo er sich auf die seidene Bettdecke legte und mit hinter dem Kopf verschränkten Händen an die Decke starrte. Seine Gesichtsfarbe wirkte krank.

»Ja, ich muss mit ihm reden. Aber nicht jetzt, natürlich nicht. Ich will ja nicht meinen guten Ruf ruinieren.« Er lachte. »Tut mir Leid. Ich bin so aufgewühlt. Ich hab keine Ahnung, was ich tun soll. Ich muss wieder nachdenken. Arme Wesen. Wir sprechen morgen früh weiter.«

Sie stapelte die Videobänder aufeinander, betrachtete die Etiketten in Francescas sauberer Handschrift, sammelte Gläser und Flasche ein, schaltete die Deckenbeleuchtung aus, rückte das Kamingitter zurecht und trat zum Fenster, um es zu schließen. Henry murmelte ihr aus dem Mundwinkel zu:

»Maggie, geh nicht zu deinem Mann zurück. Sieh nur, was er dir angetan hat. Er hat dir die Poesie geraubt. Und mach das Fenster *nicht* zu, bitte nicht.«

DREIZEHN

Nachdem sie gegangen war, wartete Henry. Er starrte an die Decke und sah Risse, die er zuvor nicht bemerkt hatte, während er sich an Francescas Gesicht zu erinnern versuchte, so wie er es zuletzt gesehen hatte, vor zwanzig Jahren, in dem Bus, mit dem sie weggefahren war.

Licht verzerrt die Gesichter, es verleiht ihnen ein anderes Aussehen. Wenn er sie jetzt im selben Licht wie damals sehen könnte, würde er sie bestimmt wiedererkennen, aber er hatte sie nie unter dem grauen englischen Himmel betrachtet, der ihren makellosen Teint hervorgebracht hatte. Er konnte sich weder an das Gesicht erinnern noch daran, was ihn von der Integrität überzeugt hatte, die sich dahinter verbarg. Als er im Zug nach Warbling saß, hatte er versucht, sich ihr Gesicht in Erinnerung zu rufen und sich vorzustellen, wie es jetzt wohl aussehen mochte. Doch er hatte sich nur an eine Reihe von unzusammenhängenden Details entsinnen können, auffallende Augenbrauen zum Beispiel, die erheblich dunkler waren als ihr Haar, an sonnengebräunte Wangenknochen, an das Fehlen von Schmuck, an ihr Profil vor der Sonne, daran, wie sie die Hand mit den angeknabberten Fingernägeln ausgestreckt hatte, um sich vor der Kamera zu schützen, die er durch den ganzen Kontinent geschleppt hatte. Die Art, wie sie ihr schönes helles Haar im Nacken zu einem Knoten schlang und wie weich es sich angefühlt hatte, wenn er es berührte. Er erinnerte sich an das Glück, das sie beim Liebesakt ausgestrahlt hatte. *Wann habe ich angefangen, dich zu begehren, Henry? War ich fünf, sechs oder sieben*? Wie typisch für einen Mann, dass er sich an die Details ihres schlanken Körpers besser erinnerte als an ihr Gesicht. Und an die Lust, an das Gefühl, zu ihr zu gehören, die

Gewissheit, dass sie der Mittelpunkt seines Universums war und umgekehrt und dass es nie anders sein würde. Aber wie wenig hatte er ihr letztendlich bedeutet, wie naiv, egoistisch und unsicher war er gewesen, sich über andere Loyalitäten aufzuregen. Er war nicht die Liebe ihres Lebens gewesen, sondern bloß einer von vielen. Francesca hatte ihre in Stein gemeißelten Prioritäten gehabt, genau wie sein Vater. »Dad«, seufzte Henry. »Was würdest du machen?« Seine Stirn war klebrig von Schweiß.

Er stand auf, schlich auf Zehenspitzen aus dem Zimmer und stieg ein Stockwerk tiefer. Vom Treppenabsatz aus warf er einen Blick ins Erdgeschoss. Der Schal hing über dem Treppenpfosten, das Zeichen dafür, dass Maggie ein nächtliches Bad nahm. Er hörte das ferne Dröhnen der Wasserleitung. Er schlich sich in sein Zimmer zurück, griff nach den Schuhen und wühlte in seiner Reisetasche auf der Suche nach dem wasserdichten leichten Regencape, das er so sorgfältig verstaut hatte, dass er seine Existenz beinahe vergessen hätte. Es raschelte, als er die Treppen hinunterstieg. Die Schuhe behielt er in der Hand, bis er die Haustür erreichte.

Es war viel einfacher, so zu tun, als sei man betrunken, wenn man traurig war. Er schmeckte den Alkohol in der Kehle wie Metall mit dem Sherry als letzte Note. Ein einziges Glas aus der Flasche, mit der er die ganze Woche ausgekommen war. Er mochte Sherry nicht besonders. Die leichte Benommenheit blieb, der Schweiß gefror. Die Kälte verscheuchte die letzten Reste von Wein und Bier. Irgendwo zwischen hier und der Burg, ganz allein am Strand, würde er Neil finden, hatte Maggie behauptet. Neil war seine letzte Hoffnung. Er würde nicht freiwillig reden, das würde jetzt niemand tun. Er musste ihn überrumpeln. Henry begann zu laufen.

Der Nebel war feucht. Er zog sich die Kapuze des Regencapes tiefer ins Gesicht. Er fand Dunkelheit im Allgemeinen nicht beängstigend, außer wenn sie von allen Seiten von Wänden umgeben war. Man hätte ihn aus einer Meile Entfernung hören können. Seit Wochen war er nicht mehr gejoggt oder hatte etwas ähnlich Vernünftiges getan, seine Beine protestierten vor Müdigkeit, und seine Lungen befahlen ihm stehen zu bleiben. Er hatte die falschen Schuhe an. Am Strand, der vor ihm lag, konnte er ein Feuer und den Schatten eines schwarzen Regenschirms erkennen. Er verlangsamte seine Schritte. Wenn er jetzt die Straße überquerte und über den Strand lief, würde das Geräusch auf dem Kies Tote aufwecken, und er käme nur langsam voran. Henry blieb auf der dem Land zugewandten Straßenseite und mogelte sich im Schutz der Häuser am Feuer vorbei. In Wirklichkeit war es kein Feuer, sondern eine Camping-Gaslampe, die gerade stark genug war, um die Hände zu beleuchten und zu wärmen. Zwei Gestalten kauerten neben dem Licht. Wenn er die nächstgelegenen Treppen zum Strand hinunter nahm, würde Neil keine Zeit haben, davonzulaufen. Henry würde langsam auf ihn zugehen, wie ein Gleichgesinnter, der ihn begrüßen und sich nach seinem Anglerglück erkundigen wollte.

Doch das Geräusch seiner Schritte auf dem Kiesstrand war laut und der Abstand größer, als er angenommen hatte. Henry kam sich vor wie nach einer Bruchlandung. Die Gestalten mit dem Regenschirm bewegten sich, als er näher kam, lösten sich voneinander und wurden doppelt so groß wie vorher. In der steifen Brise flatterte sein Regencape geräuschvoll. Er ging auf sie zu und war bereit Hallo zu rufen, als sei diese mitternächtliche Begegnung etwas völlig Normales. Er winkte, und das Regencape winkte mit ihm. Dann hielt jemand die Gaslampe hoch, und in ihrem Schein sah Henry aus wie eine riesige Motte, die mit großen Flügeln aus Nylon über den Strand lief. Man hörte ein Keuchen; die Lampe fiel zu Boden, der Hund bellte, und Neil stolperte. Henry erhaschte einen Blick auf den schmerzverzerrten Mund, und dann rannte Neil in einem weiten Bogen an ihm vorbei. Er war den Kies gewohnt und kannte sich am Strand aus. Als er zur Straße kam, stieg er ein paar Stufen empor, die Henry zuvor nicht gesehen hatte. Der Hund folgte

ihm auf den Fersen. »Komm zurück!«, wollte Henry rufen, doch seine Worte blieben nur ein leises Flüstern.
Er lief hinterher, merkte sich die Schritte des anderen, erreichte den Bürgersteig und sah, wie er Richtung Burg und Pier verschwand. Plötzlich packte ihn Wut, als hätte der Mann ihn grundlos geschlagen oder zur Seite geschubst. *Ich will bloß mit dir reden, was hast du denn dagegen*? Niemand wollte mit ihm reden; er hatte es satt. Er setzte sich wieder in Bewegung und beschleunigte seine Schritte in finsterer Entschlossenheit. Neil lief unregelmäßig, das Gewicht seines unsportlichen Körpers behinderte ihn. Der Hund sprang stumm um ihn herum, als sei es ein Spiel: Henry konnte sie im Licht der Straßenlaternen erkennen, ihre unterschiedliche Größe machte sie zu einem selten komischen Pärchen. Dann lief der Hund Neil vor die Füße. Er stolperte über ihn und versuchte noch, das Gleichgewicht zu halten, bevor er stürzte und sich hastig wieder aufrappelte. Doch jetzt hatte er seinen Rhythmus ganz verloren und wurde immer langsamer. Offenbar versuchte der Hund, ihn zu behindern, und Neil schien zu vergessen, welche Richtung er einschlagen wollte. Er blickte sich über die Schulter, und im gleichen Moment blieb der Hund stehen. Einen Augenblick stand er angespannt da, und aus seiner Brust kam ein drohendes Knurren. Dann sprang er los und stürzte auf Henry zu. Je näher er kam, desto größer wurde er, und gleichzeitig verwandelte er sich in einen mächtigen schwarzen Wolf.
Henry erstarrte vor Schreck, richtete die Augen auf den Mann statt auf den Hund, als erwartete er, dass der andere ihn zurückpfiff, bevor das Viech ihm an die Kehle ging. Unter dem Regencape ballte er die Fäuste, doch der Hund bremste ab und blieb japsend vor ihm stehen. Henrys Augen waren immer noch auf den Mann gerichtet, er sah, wie er verzweifelt die Achseln zuckte, als wollte er sagen, du Verräter, du verdammter Verräter, jetzt lässt du mich auch noch im Stich! Henry ging mit langen Schritten weiter, bis er den Mann erreicht hatte. Der Hund stand zwischen ihnen. Als er ihm nah genug

gekommen war, erkannte Henry, dass der andere zitterte. Er zitterte vor Angst, Henry dagegen vor Wut.

»Was soll das?«, fragte er. Sie befanden sich auf gleicher Höhe mit einer der uralten Bushaltestellen, die in unregelmäßigen Abständen die Strandpromenade säumten. Sie sahen aus wie trutzige Betonbunker, die aufs Meer hinaus blickten. Neil stellte sich unter und setzte sich stöhnend auf die Bank; Henry folgte ihm. Es war ein so trostloses Ambiente, dass die übrige Welt plötzlich gar nicht mehr existierte. »Ich habe Sie für einen gottverdammten Geist gehalten«, erklärte Neil. »So wie Sie da angeflattert kamen. Wie eine verdammte Walküre ohne Haar, dafür mit Schwanz.« Dann prustete er vor Lachen. Es klang rau, atemlos, eher wie ein Pfeifen, und enthielt keine Spur von Humor.

Henry schob die Kapuze zurück. Der Bunker war eiskalt, doch er selbst glühte vor Hitze und hatte gar keine Lust, höflich zu sein. Dazu war er viel zu erregt.

»Was für ein Geist?«

»Oh, einer von denen, die da herumspuken ...« Er zeigte auf die Mauern der Burg, die sich schemenhaft unmittelbar vor ihnen abzeichneten. Einer von den Geistern.«

»Blödsinn«, entgegnete Henry. »Sie sind vor mir weggelaufen.« Neil nickte, während sein Zittern nachließ. »Das hätte ich vielleicht getan, wenn ich es gewusst hätte«, gestand er, »aber ich bin wirklich einfach nur weggelaufen. Ich habe immer gewusst, dass die Geister eines Tages rauskommen würden.«

»Eines Nachts«, berichtigte ihn Henry schwer atmend.

»Ja, das meinte ich auch, eines Nachts. Natürlich. Und als der Hund mich im Stich gelassen hat, wusste ich, dass es vorbei war. Jetzt hatten sie mich.« Er lachte erneut. »Gott sei Dank waren nur Sie es.«

Neil rutschte etwas weiter weg und verzog sich in eine Ecke der Bank. Er war sichtlich verlegen, als ihm klar wurde, wer Henry war. *Nur Sie*. Er sah jämmerlich aus.

»Ich glaube, ich muss mich bei Ihnen entschuldigen«, sagte er verdrossen. »Mehrmals. Ich hätte Sie aus der Burg befreien müssen, aber ich konnte es nicht. Ich hätte nicht in Ihr Zimmer einbrechen dürfen, aber ich habe es getan. Das alles tut mir aufrichtig Leid.« Henry zuckte die Achseln. Entschuldigungen entwaffneten ihn, er war stets bereit, sie zu akzeptieren oder selber welche vorzubringen, je nachdem. Er nickte.

»Sie können nicht viel gefunden haben«, antwortete er. »Ich schleppe nur Vitamine mit mir rum, und wenn Sie Viagra wollen, dann ist das sehr leicht. Sie können es per Internet bestellen, so wie jeder andere auch.« Neil lachte erneut, es war ein nervöses, hysterisches Lachen mit einem Hauch von Erleichterung. »Wirklich? Mein Gott, warum bin ich nicht längst darauf gekommen? Lieber Himmel!« Dann beruhigte er sich wieder und seufzte tief. »Aber vielleicht sollte ich lieber beim Angeln bleiben. Da weiß ich wenigstens, was ich tue.«

»Haben Sie was gefangen?«, fragte Henry beiläufig.

»Nein, aber darum geht es mir auch nicht.«

Er würde die Engländer niemals verstehen. Angeln ohne etwas fangen zu wollen?

»Ich stehe in Ihrer Schuld«, sagte Neil. »Sie hätten mich bei der Polizei anzeigen können. Meine Fingerabdrücke sind überall im Zimmer. Sie hätten sich darüber beschweren können, dass ich Sie eingesperrt habe … Maggie hätte mich verpfeifen können, weil ich den Alarm ignoriert habe. Ich stehe in Ihrer Schuld.« Henry hob die Hand, damit er endlich aufhörte mit dem Gequassel. Er würde ihm nicht erklären, dass Fingerabdrücke kein Thema waren, weil Peter und Tim jeden Tag Staub wischten, und er würde ihm auch sagen, dass keine zehn Pferde ihn zur Polizei kriegen würden, aus lauter Angst, selbst eingesperrt zu werden.

»Sie schulden mir gar nichts. Aber ein paar Fakten wären ganz nett.«

»Fakten?«, sagte Neil verächtlich. »Ich handele nicht mit Fakten. Nur mit der Vergangenheit.«

»Das ist Vergangenheit. Ich wollte Sie fragen, ob Sie glauben,

dass Francesca den Kleinen umgebracht hat?« Die Worte waren ihm einfach rausgerutscht. Jetzt hatte er alles vermasselt. »Ich meine, ob es wirklich so übel stand? Sie kannten ja alle Beteiligten, und Ihre Frau will nicht mit mir reden.«
Neil fing wieder an zu zittern. Das Wartehäuschen schützte sie vor dem Wind, der mittlerweile den Nebel auflöste. Dafür flackerte die Angst, die ihn bewogen hatte, vor Henry wegzulaufen, als sei er der mit spitzen Zähnen bewaffnete Geist seiner Alpträume, umso stärker auf. »Nein«, bat er. »Bitte nicht. Das ist nicht fair.«
»Es ist vollkommen fair. Man hat Sie nie vernommen, nicht wahr? Als Sie an die Reihe kamen, gab es keinen Anlass mehr dafür. Man hatte ja bereits alle Antworten. Sie selbst hatte sie ihnen geliefert. Sagen Sie mir nur, was Sie glauben, sonst nichts. Ich werde es niemandem erzählen, ich will es nur wissen.« Henry kreuzte die Finger, um sich selbst vor der Strafe zu bewahren, die auf eine Lüge folgt. Es herrschte Stille, die nur von der Brandung und dem Fiepen des Hundes unterbrochen wurde, der sich neben Henry gesetzt und den Kopf auf sein Knie gelegt hatte. Bei jeder anderen Gelegenheit hätte ihn angesichts dieser unterwürfigen Geste ein absurdes Gefühl von Befriedigung erfüllt, jetzt aber empfand er nur Genugtuung darüber, dass sich das Tier mit ihm verbündete, um seinen Besitzer zu isolieren. Seinen angeblichen Besitzer. Henry hätte Neil Hulme vielleicht sogar Bewunderung entgegengebracht, weil er ein leidenschaftlicher Angler war, wäre nicht dieser Hund gewesen, der zweifellos ihm gehörte und trotzdem den ganzen Tag allein herumlief. Das war grausam. Die Stille setzte sich fort, und das Zittern wurde stärker. Es schien sich den Mauern mitteilen zu wollen.
»Okay, okay«, sagte Henry und beugte sich vor, um die Ohren des Hundes zu kraulen. Sie waren weich wie Samt. Doch kein so schlechter Besitzer. Eher nachlässig als grausam. »Erzählen Sie mir einfach, wie der Morgen verlief, als es passierte. Sie kamen vorbei, um Tanya in die Schule zu bringen ... da waren Sie also.«

»Hat sie das gesagt? Schlampe, diese gottverdammte Schlampe … warum musste sie mich da hineinziehen? Dafür bin ich gut genug. Um ihr ein verdammtes Alibi zu verschaffen … was für eine Hexe.«

»Nein, nicht ganz. Es würde bedeuten, dass Angela auch ihr Alibi wäre. Falls zum Beipiel jemand auf die Idee käme, dass Sie auf dem verdammten Pier waren und angelten, in Gedanken versunken, als plötzlich dieser nervige Bengel auftaucht, Ihre Köder umwirft, sich in der Leine verheddert, und Sie in die Luft gehen, weil Sie noch verkatert sind und letzte Nacht Ärger mit einer Frau hatten und weil Sie das Leben satt haben, Mann, satt bis obenhin.« Henry übertrieb seinen gedehnten amerikanischen Akzent und die fremden Vokallaute, als wollte er sich über seine eigene Herkunft lustig machen. »Ihr Angler seid nun mal ein reizbares Völkchen. Sitzt die ganze Zeit allein da, während die andern Kerls sich mit ihren Freundinnen vergnügen.«

Die Antwort fiel nicht gerade so aus, wie er erwartet hatte. Wenn er überhaupt mit einer Reaktion auf sein improvisiertes Verhör gerechnet hatte, dann mit einem Boxhieb, was ihm nicht viel ausgemacht hätte, vor allem, weil er selbst die Rolle eines zweitklassigen Sheriffs in einem zweitklassigen Hollywoodstreifen spielte. Aber nicht mit einem Seufzer der Erleichterung und dem zögernden Ausbruch eines nervösen, spontanen Lachens, so frei von aller Künstlichkeit, dass ihm das Herz schwer wurde. Neil würde ihm keine neuen Erkenntnisse verschaffen, keine Alternative zu dem, was er bereits zu wissen glaubte.

»Ach, *darum* geht es? Na schön. Dann gestehe ich. Ich hab den kleinen Mistkerl umgebracht. Konnte ihn sowieso nicht leiden. Februar ist eine miese Jahreszeit. Ist mir egal, völlig egal. Damit kann ich leben. Ich *dachte*, Sie wollten sagen, dass … dass … o Gott!«

Er kramte in seiner Jackentasche nach einem vorgedrehten Joint, nahm das Feuerzeug aus der anderen und inhalierte gierig. Henry konnte die Neugier seines prüden Ich nicht ganz unterdrücken und fragte sich, warum der vollgesabberte Stummel, der ihm in einem absurden Akt der Höflichkeit angeboten wurde, eine solche Herausforderung darstellen sollte. Er nahm ihn und zog widerwillig, während er sich an einen Verhaltenskodex erinnerte, den er schon vor langer Zeit aufgegeben hatte. Gib ihn zurück. Lass dir den Ärger über den widerlichen Geschmack nicht anmerken und heuchle Dankbarkeit. Neil hatte zu zittern aufgehört. Wenn das wirklich ausreichte, um sich die Kälte vom Leib zu halten und die Gefühle in eine Ecke zu verbannen, konnte er es schließlich auch probieren. Wieder musste er lange und tief seufzen, als er sich gegen die ungemütliche Betonwand des Wartehäuschens lehnte. Ein Hauch von Moos wuchs an der Stelle, wo er saß. Henry warf einen Blick auf die nichts sagende graugelbe Decke mit schwarzen Flecken, die genauso mitgenommen und befleckt war wie sein Gewissen.

»Ich *dachte,* Sie wollten sagen, es sei klar, dass *sie* es getan hat. Angela. Sie konnte ihn nicht ausstehen, den kleinen Scheißer. Sie hätte auch genug Zeit gehabt, ich war nämlich spät dran, verstehen Sie? *Sehr* spät, soweit ich mich erinnere. Und niemand war da, überhaupt niemand. Sie waren alle schon weg. Die Lichter brannten, aber zu Hause war niemand, genau wie auf der *Marie Celeste,* nur die Tür war abgeschlossen. Dann habe ich auf die Uhr geschaut. O Gott, bin ich spät dran, dachte ich. Geschieht ihnen recht. Die warten nie auf mich, die benutzen mich nur, wollen nicht mal den Hund. Aber den war ich sowieso schon los.« Er dachte kurz nach. »Ja, stimmt. Ich hatte den Hund der Alten gegeben, damit sie auf ihn aufpasst, ein oder zwei Tage. Ich lasse ihn immer mal ein, zwei Tage bei ihr, aber der Köter haut immer wieder ab. Na ja, aber an *dem* Morgen … Lieber Gott, war ich froh, als Franny sagte, sie wär's gewesen, ich glaubte nämlich schon, Angela hätte es getan.«

»Ob Angela den Kleinen durch die kaputten Planken gedrückt haben könnte?«

Neil starrte auf seine Füße. »Ja.« Er nickte bedauernd, aber überzeugt von sich selbst. »Ja, dazu wäre sie fähig. Sie hat einen üblen Charakter, das haben Sie vielleicht schon gemerkt. Wenn sie außer sich ist, dann gibt es kein Halten mehr.«

»Auf dem Pier war ein Angler«, sagte Henry. Ein einziger Zug hatte ihn benebelt und seine Reaktionen verlangsamt, und als der Joint ihm erneut gereicht wurde, zog er nur scheinbar daran und gab ihn zurück.

»Nein, das stimmt nicht«, erwiderte Neil entschieden. »Auf dem Pier waren nur ein Regenschirm und ein Korb mit Ködern. Das weiß ich ganz genau, wie könnte ich es vergessen? Man sollte meinen, dass ich Millionär bin, so, wie ich alles liegen lasse. Immer vergess ich irgendwo was. Na, was soll's. Ich muss jetzt wieder zurück.« Er stand auf, setzte sich dann abrupt wieder hin und betrachtete mürrisch die Decke. »Deshalb hab ich mich ja so verspätet. War früh zum Angeln rausgegangen und hatte die Zeit vergessen. So wie es einem eben geht, wenn der Fang gut ist. Man sieht nicht auf die Uhr, weil man nur darauf wartet, dass sie anbeißen. Dann hat die Alte den Hund rausgelassen. Er lief da rum. Ich hab ihn weggescheucht und bin mit meiner Angel nach Hause. Niemand will den Köter haben, das war schon immer so. Ich wollte den Regenschirm, die Köder und die Joints später holen, aber nachdem das mit Harry passiert war, hab ich's lieber gelassen. Ich würde denen doch nicht sagen, dass sie mir gehörten, oder? Keiner hätte das getan. Dass die *Sachen* von einem Angler da rumlagen, heißt noch lange nicht, dass der Angler tatsächlich da war. Ich war schon lange weg. Haben Sie wirklich geglaubt, ich hätte das Kind ertränkt? Ich hab in der Zeit meine Fische ausgenommen. Verschonen Sie uns mit so was. Ich verstehe mich aufs Angeln, mehr nicht. Und deshalb sollte ich jetzt auch zu meiner Angel zurückgehen.« Streitlustig wandte er sich dem Hund zu, der die Schnauze immer noch auf Henrys Knien liegen hatte und die Augen geschlossen hielt, als habe er Angst, etwas zu hören, dass ihm Schande machen würde. »Kommst

du mit oder nicht?«, fragte Neil. Henry spürte den schweren Kopf des Tieres und wie dessen feuchte Unterkiefer seine hellbraune Hose besabberten. Das anhaltende Kraulen der Ohren verwandelte ihn in ein großes, sanftes Faultier.
»Wo bringen Sie ihn hin?«
»Ich nehme ihn mit zu mir, wenn es zu spät ist, bei der Alten zu klopfen. Machen Sie sich keine Sorgen um ihn. Er hat eine Bleibe und genug zu futtern. Er winselt zwar ständig, aber er hat immer irgendwo ein Plätzchen, wo er unterkommen kann.«
Beim Geräusch seiner Stiefel auf dem harten Zementboden sprang der Hund auf. Henry spürte, wie der Hundeschweif seine Hosenbeine streifte, als Neil ihm rau und gleichgültig den Rücken tätschelte. Der Hund würde ihm niemals trauen.
»Ständig auf der Suche nach irgendwas, wie?«, fragte Neil den Hund. Es klang nicht unfreundlich. »Und jetzt bring mich wieder dahin, wo ich meine verdammte Angel gelassen habe. Und wenn du schon dabei bist, kannst du ihm sagen … ach Scheiße, sag ihm gar nichts.« Er hob die Arme über den Kopf. »Sag ihm, dass ich nie jemandem was antun könnte, der mir egal ist. So wie du. Vielleicht bin ich nicht besonders nett zu dir, mein Kleiner, ich hab dir ja nicht mal einen Namen gegeben, aber weh tue ich nur denen, die ich liebe.«
Der Hund stand unentschlossen zwischen den beiden und sah sie abwechselnd an.
»Ich habe Harry einmal geschlagen«, gestand Neil schroff. Jetzt, da er sich anschickte zu gehen, war er plötzlich gesprächiger. »Aber mehr nicht, und ich kann nicht behaupten, dass es mir Leid getan hätte. Er konnte schreien, dass einem die Luft wegblieb und man alles tat, um ihn zum Aufhören zu bewegen. Aber zu mehr fehlt mir der Schneid. Ich bin nun mal anders als meine Frau.« Er betastete seinen Unterkiefer, als würde er sich an irgendeinen Schlag erinnern und nickte versonnen und staunend, während ein leichtes Grinsen seinen Ausdruck veränderte. »Mir mangelt es an Temperament, im

Gegensatz zu dem Gespann, Fran und Angela. Das sind zwei richtige Furien.« Er blickte hinunter auf den Hund. »Komm schon, Kleiner.«

»Na los«, sagte Henry sanft.

Sie gingen in die Richtung, aus der sie gekommen waren. Der Hund würde bei Neil bleiben, das war klar. Er würde seine Angel im Dunkeln finden und für seine Dienste belohnt werden.

»Alle hörten auf zu lachen, als Harry starb«, erklärte Neil und zeigte auf den Hund. »Ich dachte mir, Tan würde ihn dann doch noch haben wollen, aber nein. Die beiden ließen mich monatelang nicht ins Haus. Tan machte den Mund nicht mehr auf und ging auch nicht in die Schule. Den Sommer verbrachten sie am Strand, weit weg von hier. Erst im Herbst wurde alles wieder einigermaßen normal. Jedenfalls so normal, wie es unter solchen Umständen sein kann. Dann kam Weihnachten, das war nicht schlecht. Und dann tauchten Sie auf, Sie Trottel.« Er sagte es ohne Vorwurf, als wäre es lediglich eine einfache, traurige Tatsache. Dann blieb er unter dem dunklen Giebel des Hotels stehen, stemmte die Hände in die Hüften und musterte Henry.

»Sie machen hier einen Aufstand, weil Sie so sicher sind, dass Francesca keine Mörderin ist. Aber woher wollen Sie das wissen? Wie kann man das überhaupt je wissen?«

Henry nickte zustimmend. Plötzlich hatte er das Bedürfnis, sich rechtfertigen zu müssen, zumindest vor sich selbst.

»Ja, am Anfang bin ich davon ausgegangen, dass sie nicht schuldig sein kann«, sagte er ernst. »Ich hielt sie für absolut tugendhaft. Aber das ist nicht der Grund, warum ich immer weitergebohrt habe. Ich habe nicht locker gelassen, weil die Fakten nicht zusammenpassten … und es ist ziemlich ärgerlich, wenn so etwas passiert. Es stört mich.« Sie gingen weiter, etwas schneller, um die Kälte zu vertreiben. Die Pfoten des Hundes tappten leise neben ihnen her.

»Tja, wenn Sie sie jetzt alle zusammengebracht haben, dann fahren Sie vielleicht ja bald wieder nach Hause.«

Henry blieb stehen. Allein die Vorstellung blockierte und

bekümmerte ihn zutiefst. Auch der Hund blieb stehen, beobachtete sie beide und wartete auf ein Zeichen der Aggression.
»Ja«, sagte Henry langsam. »Ja, wahrscheinlich werde ich das tun.« Das Licht in seinem Zimmer strahlte ihm von weitem entgegen. Der Himmel war verhängnisvoll klar. Peter hatte ihm erklärt, ein klarer Himmel sei der Vorbote eines Sturms, und wenn man von seinem Fenster aus die Küste von Frankreich sehen konnte, seien die Aussichten schlecht. Es war besser, einem Sturm aus dem Weg zu gehen, als sich ihm zu stellen. Er wandte sich Neil zu. »Ich besorge Ihnen Viagra«, sagte er. »Das ist das Mindeste, was ich tun kann.«
»Wofür?« Neils Stimme war überrascht, ja schockiert. Henry zuckte die Achseln.
»Dafür, dass Sie zur Klärung beigetragen haben. Weil Sie mir die Augen geöffnet haben.«
Sie reichten sich nicht die Hand. Es war kein Handel. Es waren zwei Männer, die auseinander gingen, der eine im Besitz eines Tieres, nach dem der andere sich sehnte. Nur der Hund blickte sich noch einmal um.
Als Henry sich dem House of Enchantment näherte, sah er, wie jemand den Kopf aus dem Fenster im obersten Stock streckte. In dieser Stadt gab es wirklich nichts, was unbemerkt blieb, es sei denn, man brachte ein Kind um, warf Steine oder brach Herzen. Als er kurz vor dem Haus nach oben winkte, zog sich der Kopf zurück. Das Fenster blieb offen. Henry ärgerte sich darüber, dass er beobachtet wurde. Genauso blöd war er sich vorgekommen, als sie ihn gerettet hatte. Er wollte ihr eins auswischen, indem er nicht reinkam, sondern einfach weiterging, nur damit sie sich Sorgen machte. So wie er es ein oder zwei Mal als Kind gemacht hatte, wie alle Kinder. Abgesehen von Harry, der wahrscheinlich lieber zu Hause geblieben wäre, als in den Regen rauszugehen, wenn es kalt war. Er war zu klein und zu schwächlich, um sich den Luxus solcher Eskapaden zu erlauben. Henry empfand Mitleid für das Kind und fragte sich, was aus ihm hätte werden können. Francesca hätte ihm gut getan.

Plötzlich wurden seine Beine schwer, und er musste sich hinsetzen. Anscheinend war es sein Schicksal, auf der Mauer an der schmalen Straße gegenüber der großen Eingangstür zu sitzen. Aufs Meer zu starren und sich zu fragen, wie lange er darauf starren wollte. Wann er nach Hause zurückkehren würde und wie, was er machen würde, wenn er dort war, wem er seine Zukunftspläne schreiben, e-mailen oder faxen sollte. Wie immer sie aussehen mochten.

Sie verführte mich
Mit betörendem Charme
Ich merkte nicht, wie tief der Pfeil saß
Und als ich ihn fand, verbarg er die Scham.

Von wem stammte das? Francesca hätte es gewusst. Er rührte sich nicht, vor lauter Erschöpfung und vor der Abneigung, all die Treppen hinaufzusteigen, die entweder in eine von Alpträumen gestörte Nacht oder zu Maggie führen würden. Sie schob Wache und würde mit ihm schimpfen wie eine fürsorgliche Haushälterin, weil er allein ausgegangen war. Soll sie warten, dachte er; schließlich war sie nicht seine Hüterin, und trotzdem empfand er eine gewisse Genugtuung bei dem Gedanken, dass sich jemand um ihn sorgte. Es war ein neues Gefühl, dass jemand darauf aufpasste, wann er ging und wann er kam. Es war lange her, dass er so etwas erlebt hatte. Mit der Zeit hatte er Gefallen daran gefunden, in ein Haus zurückzukommen, das bewohnt war, und er war sicher, dass er allmählich immun gegen die Kälte wurde. Nichts schien ihn zu berühren. Er nahm eine Zigarette aus der Packung und rauchte nachdenklich.
Zehn Minuten? Fünfzehn? Nach der zweiten Zigarette waren seine Finger taub. Erstaunlich, wie unterschiedlich lang man brauchen kann, um eine Zigarette zu rauchen. Bei manchen dauerte es nur zwei Minuten, andere schienen es auf eine halbe Stunde ausdehnen zu können. Erstaunlich, wie die Zeit verging. Wie lange man im Zustand eines vagen Schocks, der

Trauer um ein unbekanntes Kind, der Bewunderung für erbrachte Opfer verharren und sich einbilden kann, man sei zu krank, um sich zu bewegen. Es erinnerte ihn an jemanden, der im Schnee stürzt und merkt, wie schön und gemütlich es wäre, einfach einzuschlafen. Er hätte die ganze Nacht hier bleiben, aufs Meer schauen und darauf warten können, wie der Frost kam. Er könnte alles in peinliche Ordnung bringen, seine Schlüsse ziehen und sie in Flaschen verschließen. Er könnte noch eine rauchen, wenn er wüsste, wo er die Packung gelassen hatte. Dann merkte er einen dumpfen Aufprall auf seinem Rücken, wie ein leichter Schlag. Als Nächstes schwirrte etwas über seinen Kopf und schlug neben ihm auf dem Bürgersteig auf. Er bückte sich, um zu sehen, was es war, und erkannte ein zerbrochenes braunes Fläschen und jede Menge Pillen, deren Größe ihm bekannt vorkam, deren Farbe er jedoch nicht erkennen konnte. Es folgte ein Plastikröhrchen von der Größe einer Filmdose, aber schwerer. Es glänzte, und als er sich vorbeugte, um es aufzuheben, erkannte er anhand der Form, was es war. Henry hatte Mühe, den Kopf zu drehen, um zum Fenster aufzusehen. Er schien festgefroren zu sein. Er fuhr sich mit der Hand übers Gesicht und merkte, dass seine Finger taub waren. Mit zusammengekniffenden Augen starrte er ins Licht und entdeckte ein weiteres Geschoss, das auf ihn zukam. Jetzt wusste er, was sie tat. Sie warf seinen Vorrat an Vitaminen und das übrige Zeug aus dem Fenster. Vielleicht hatte sie auch gerufen, aber er hatte es nicht gehört. Er versuchte, eine der Ginseng-Pillen vom Boden aufzuheben, aber seine Finger schafften es nicht. Schließlich stand er auf und signalisierte seine Kapitulation. Er sah ein, dass sie Recht hatte; er konnte sich kaum bewegen. Er war durchgefroren; alles verlangsamte sich und erstarrte. Das Haus auf der gegenüberliegenden Straßenseite wirkte leicht verschwommen. Er dachte an den Jungen, der mit seiner rechten Hand nicht hatte greifen können.

Dann hörte man das erste Krachen des Donners in der Ferne. Maggie stand an der Tür. Als er reinkam, schloss sie sie leise hinter ihm und drängte ihn die Treppe hoch. Seine Hände waren gespenstisch weiß. Die Treppe erschien ihm endlos. »Man kann auch an einer Lungenentzündung sterben, Henry«, mehr sagte sie nicht. Es klang ruhig, aber ein Hauch von Angst schwang darin mit, den er vielleicht nicht bemerkt hatte. Seine Zähne klapperten, und er konnte es beim besten Willen nicht unterdrücken.

Unter der seidenen Bettdecke kehrte die Wärme allmählich zurück, und später war ihm furchtbar heiß. Seine Brust brannte. Sie ging hinaus, und es dauerte lange, bis sie mit einem Glas Wasser und einer Pille zurückkam, die bitter schmeckte wie Aspirin. Ihre vorübergehende Abwesenheit und die Temperaturschwankungen beunruhigten ihn. Das hatte er nun von seinem Wunsch, allein sein zu wollen; jetzt, da er es war, war es ihm zuwider. »Geh nicht weg!«, sagte er zu ihr. »Bitte, geh nicht.«

»Nein, natürlich nicht. Ich gehe nicht weg. Ich hätte es von Anfang an nicht tun sollen.« Vor der Glut des Feuers war sie nur noch eine Silhouette, ein süß duftendes Geschöpf in einem Herrenmorgenmantel.

»Wo hatte sie bloß ihre Briefe und Tagebücher?«, fragte er störrisch, während ihm die Augen zufielen, vor lauter Anstrengung, sie offen zu halten.

»Im Spielzeughaus. Aber sie helfen auch nicht weiter, glaub mir.«

»Oh.«

Er ertappte sich dabei, dass er ihre Hand umklammerte, und lockerte den Griff. Er konnte sie greifen; er konnte ihre Finger zählen; er konnte Angeln lernen. Ein letztes Mal versuchte er sich Francescas Gesicht vorzustellen und bat sie um Vergebung.

Wo ist Henry?, fragte ich sie. Bei offiziellen Gelegenheiten nannte ich ihn immer Henry. Ich habe ihn geschubst, antwortete sie. Ich hab ihn runtergestoßen. Harry ist ein Wichser, jawohl, er wollte mich nicht in Ruhe lassen. Der Hund kam auf den Pier, da hat er angefangen zu schreien; er hat mich zuerst gestoßen, ja, wirklich. Er ist ein Baby, ein echtes Baby. WO war das?, schrie ich sie an. Ich hatte das Gefühl, man könnte uns noch auf dem Mond hören, aber es regnete, und die Brandung rauschte. Los, zeig mir, WO. Nein, nein und abermals nein. Ich zerrte sie über den Pier, an der Stelle vorbei, wo der Angler gesessen hatte. Wir fingen an zu rennen. Als wir zum Ende des Piers kamen, zeigte sie mir das Geländer, über das sie geklettert war und wo er heulend zurückgeblieben war. Sie sagte, sie habe sich von ihm losmachen wollen, denn er war ja nicht mal halb so schnell wie sie. Sie wollte auf die Plattform gehen, obwohl es verboten war, und über die kaputten Planken hüpfen. Kein Wunder, genau solchen Unsinn hatte ich ihr beigebracht. Er aber hatte Angst und schrie nach mir, als der Hund auftauchte. Und dann wollte er aus schierer Panik auch über das Geländer klettern.
Er ist auf mich zugerannt, sagte sie, dann hat er mich gestoßen und ist ausgerutscht. Es war doch nur ein Hund, MEIN Hund, den ich nicht behalten durfte, seinetwegen. Er ist ausgerutscht und in der Ritze stecken geblieben. Ich habe ihn ausgelacht, und er hat geschrien. Also bin ich hin. Ich wollte ihn rausziehen. Er sah so blöd aus. Er hat sich an mir festgeklammert und in meine Jacke gebissen, meine schöne neue Jacke. Er hat sie mit den Zähnen zerrissen. Da habe ich ihn mit den Füßen weggestoßen. Es war ein verdammt großer Riss. Wo willst du hin, hab ich ihn angeschrien. Willst du schwimmen oder auf den Hund warten? Du beißt ja selbst wie ein Hund! Und dann habe ich ihn mit den Füßen runtergedrückt. Ich wusste nicht mehr weiter, ich hab einfach … Hast du ihn am Kopf getroffen? Ja. Ist er schon beim ersten Mal durchgerutscht, als du die Füße zu Hilfe genommen hast? Nein, aber

ich habe gehört wie er auf den Träger gefallen ist, da unten. Ich hab gehört, wie es Plumps gemacht hat. Ich hab geglaubt, er würde auf der anderen Seite die Treppe wieder hochkommen. Ist er aber nicht. Und der Hund hat die ganze Zeit gebellt, nicht wahr? Du hast ihn wirklich fest gestoßen, oder? JA. JA. Sein Pullover war bis zum Hals hochgerutscht, er wollte einfach nicht durchgehen ... Wie lang ist das her? Sie hatte immer ein gutes Zeitgefühl, wusste, wie lange etwas brauchte. Na ja, sagte sie, ich hab gewartet, dass er wieder hochkommt, und der Hund hat so komisch gewinselt, und ich bin immer wieder rauf und runter. Eine Viertelstunde?

Ich hätte sie am liebsten umgebracht. Ich wusste, dass es zu spät war, um ihn zu retten. Er konnte ein bisschen schwimmen, aber gegen diese Strömung kommt niemand an. Ich riss mir den Mantel vom Leib, um ins Wasser zu springen, aber sie klammerte sich an mich und erinnerte mich daran, dass es keinen Zweck hatte. Es war bitter. Ein Erwachsener kann im Februar etwa fünf Minuten im Wasser überleben, und er war verletzt. Ich kenne dieses Meer; es war mein Spielplatz, mein Freund, mein Feind. Als ich sie nach Hause brachte, ließ ich sie alles noch mal erzählen, Punkt für Punkt, nur für den Fall. Der Hund saß am Ende des Piers und jaulte. Ich wusste, dass er tot war. Und ich wusste, dass das Kind, das ich nun am Kragen gepackt hielt, nicht die geringste Ahnung hatte, was es angerichtet hatte. Niemand war zu sehen; keine Menschenseele weit und breit, bis wir Angela entdeckten, die an der Tür stand. Und da ließ ich Tanya das Ganze noch mal von vorn erzählen.

Ich wusste also, was ich zu sagen hatte, wenn man mich fragte. Ich wusste, wie jede einzelne Verletzung entstanden war. Ich wusste außerdem, dass man ihn bald finden würde. Das Meer bringt die Toten immer zurück. Und dass sie natürlich als Erstes die Familie befragen würden. Morde werden von denen begangen, die vorgeben, einander zu lieben. Wenn sie zu Tanya kämen, wäre es bereits zu spät. Wenn sie

sie ihrer Mutter wegnahmen, wäre alles, was wir bis dahin erreicht hatten, wieder verloren gewesen. Man hätte sie verstoßen und in ein Heim gesteckt; sie wäre nichts als eins von unzähligen verlorenen Kindern. Vielleicht wäre sie zu einem dieser anonymen Mädchen hier in meinem Gefängnis geworden.

Und Harry wäre davon auch nicht wieder lebendig geworden.

Am meisten vermisse ich immer noch das Meer. Es rettet mich vor der Erinnerung, dass niemand mehr da ist, den ich lieben kann. Kein Kind mehr. Und ich habe sie beide geliebt, von ganzem Herzen.

Ich wusste, dass er mir nicht glauben würde, aber der Kaplan meint, eine Katharsis sei gut für die Seele.

So, der erste Jahrestag meiner Ankunft ist vorbei.

Alles hat einen Zweck, und ich habe den meinen erreicht. Alles, was ich erreicht habe, ist, dass man mir meine Lügen glaubt.

FMC

VIERZEHN

Nach dem Regen stieg die Temperatur an. Im Büro war es warm.

»Kein Mensch wird ihm glauben«, sagte Edward. »Ist er denn wieder bei Verstand?«

»Nicht ganz. Wenn man so hohes Fieber hat, kann man nicht bei Verstand sein, aber es geht ihm schon besser. Er spricht nicht mehr so viel wie vorher. Er phantasiert nicht mehr.«

Der Zigarettenrauch kräuselte sich zur Decke hoch. Maggie schien innerhalb von vier Tagen an Gewicht verloren zu haben. Das Markanteste an ihr waren die Goldstecker in den Ohren. Edward wunderte sich, dass sie daran gedacht und auch nicht vergessen hatte, sich das Haar zu kämmen.

»Ich habe mir ernsthafte Sorgen gemacht, ich dachte, wir hätten ihn umgebracht.«

»*Du* vielleicht. Ich habe nur eine kleine Rolle gespielt. Ich habe nur die Sache mit dem falschen Onkel Joe bestätigt.«

»Ja, ich hätte ihn beinahe auf dem Gewissen gehabt. Ich. Margaret F. Chisholm. Ich.«

Sie warf einen Blick auf den Fisch und sein lebloses Profil. Edwards Finger, die heute nicht mehr in schwarzen Halbhandschuhen steckten, trommelten leise auf den Tisch. Er hustete, um die Kehle vom Reiz der letzten Zigarette zu befreien, und zündete sich die Nächste an. In Henrys Krankenzimmer durfte nicht geraucht werden, aber überall sonst qualmte Maggie, als hinge ihr Überleben davon ab.

»Eine altmodische Erkältung kann sich wie eine Lungenentzündung auswirken. Bei seinem Gewicht ist er ziemlich schwer zu bewegen. Er hat es gern, dass man sich um ihn kümmert, und ein sauberes Gewissen fördert die Genesung. Es erinnert mich daran, wie gerne ich für einen Mann sorge und wie sehr ich diese Macho-Typen hasse, die sich keine Blöße geben können.«

»Ich hätte nie gedacht, dass du eine geborene Krankenschwester bist, aber genau das bist du, stimmt's?« Edward hielt inne.

»Du meinst wohl Philip. Er kam hier vorbei, auf der Suche nach einem Rat.«

»Und was ist mit ihm? Er ist zu mir gekommen, ohne sich vorher anzumelden. Ich war mit Henry und seinen hochinteressanten Alpträumen beschäftigt. Philip hat einen Blick auf die Jungs im House of Enchantment geworfen und dann auf mich. Er ist noch blinder als alle anderen, meine Güte, meine Güte.« Sie lachte leise. »Wir haben uns gegenseitig gemustert. Ich hatte ganz vergessen, wie elegant er ist. Er trug einen Anzug, natürlich. Wahrscheinlich ist er in einem Anzug *zur Welt gekommen.*«

»Ich auch«, sagte Edward und streckte die Arme aus, um einen Blick auf die ungleich langen schwarzen Ärmel seines Jacketts zu werfen.

»Nicht in so einem, nicht mal annähernd. Philip würde sich zu Tode schämen in so einem Anzug. Wie auch immer«, fuhr sie gleichgültig fort und inspizierte die Kaffeekanne auf Risse. »Henry hat sich über die Blumen gefreut.«

Edward stand am Fenster und sah auf die geschäftige High Street. Er konnte die Menschen beobachten, die im Gemüseladen ein- und ausgingen, und sich vorstellen, was sie in ihren Einkaufstüten hatten. Beim Gemüsemann kriegte man fünf unterschiedliche Kartoffelsorten, hatte seine Frau ihm erzählt. Die Kirchenuhr schlug durchdringend zwölf und erinnerte an all die unerledigte Arbeit, die noch auf ihn wartete. Er war erleichtert und deprimiert. Die Wahrheit war besser als Fiktion, aber sie war nicht immer lustig, manchmal fühlte sie sich an wie die Erholungspause zwischen zwei Kopfschmerzanfällen. Der Sturm hatte alles sauber geleckt; das Hotel war wieder einmal überflutet worden, aber nicht so schlimm wie zuvor. Der Besitzer wollte es verkaufen. Die stürmische Jahreszeit hatte erst begonnen. An Angeln war dann nicht zu denken. Er wäre lieber draußen gewesen, um das vorübergehend gute Wetter zu genießen.

»Hattest du wirklich keine Ahnung?«, fragte Edward über die Schulter hinweg. Sie schüttelte den Kopf. Sogar ihr Haar sah aus, als wäre es eingelaufen.

»Nein, aber ich hätte sie haben müssen. Ich hätte dahinter kommen müssen, genauso wie Henry, weil es Francesca ähnlich sieht. Es entspricht exakt dem, was sie getan haben würde. Sie hätte die Schuld auf sich genommen, und zwar ehe man Tanya befragte, weil sie wusste, dass sie nicht standhalten würde. Henry hat eine Menge Phantasie, aber vielleicht hat er sie auch nur besser gekannt als wir alle. Auf einer anderen Ebene. Er hat mir die Geschichte erzählt, wie er sie sah, mit allen Details, als wäre er dabei gewesen. Und alles ergibt einen Sinn. Angela, die Tanya so fürsorglich abgeschirmt hat ...«

»... Francesca, die ihre Medizinbücher jemandem zum Aufbewahren gibt, von dem sie weiß, dass er sie nie lesen wird, und die Videofilme anderen, die sie sich nicht ansehen werden, und deshalb nicht merken, wie oft Francesca Tanya gefilmt hat. Liebevoll und neugierig. Niemand sollte sehen, wozu Tanya fähig war. Niemand sollte sehen, wie Harry wirklich war. Wie sehr und wie wenig zugleich sie sich verändert hat. Wie verdammt traurig. *Weiß* Henry, was er dir erzählt hat?«

»Ja, er weiß es. Er hat alles wiederholt, als er kein Fieber mehr hatte, wenn du verstehst, was ich meine. Wäre er aber nicht so krank gewesen, hätte er glaube ich, kein Wort gesagt. Er hätte geschwiegen und gesagt, dass er jetzt nicht darüber reden könne. Und wir können es auch nicht, vermute ich.«

»Nicht ohne ihre Zustimmung. Ich habe an das Gefängnis gefaxt. Es kann nicht lange dauern, bis wir wissen, ob sie ihn sehen will oder nicht. Lass uns doch einen Spaziergang machen, bevor es wieder anfängt zu regnen.«

»Aber nicht am Pier, heute nicht.«

»Nein. In die andere Richtung. Den anderen Weg.«

Er war viel zu bekannt für die High Street. An einem sonnigen Tag Ende Februar, wenn alle Welt unterwegs war, um irgendwelche Besorgungen zu machen, zu denen man sonst nicht kam, brauchte Edward eine halbe Stunde, um die Begrüßungen und Schwätzchen und die bloße Pflicht, lang und breit zu bestätigen, wie gut man sich kannte, über sich ergehen zu lassen. Francesca hatte ihm mal erzählt, dass es ihr genauso ging; sie konnte hier nicht spazieren gehen, ohne einen Elternteil oder ein Kind zu treffen oder zunehmend auch ehemalige Schüler. Sie hoffe zwar, dass es so bliebe, bis sie den ehemaligen Schülern mit ihren Kindern begegnete, aber manchmal ginge sie erst nach Einbruch der Dunkelheit einkaufen, um das Ganze kürzer zu gestalten. Er versuchte sich daran zu erinnern, was er ihr geschrieben hatte, welchen Kode er benutzt hatte, damit nur sie die Botschaft verstand und sonst niemand. Doch dann fiel ihm wieder ein, dass er es aufgegeben hatte, raffiniert zu sein, seit langem schon, weil Worte, die mehr als eine Silbe hatten, nur selten verstanden wurden.

Liebe F.

Ein Detective namens Dr. Henry Evans (ich habe ihn bereits erwähnt) hat die Wahrheit über T enthüllt; nicht nur das Für und Wider, sondern auch das Warum. Er wartet auf weitere Anweisungen, und ich auch. Möchtest du ihn treffen? Ich könnte es einrichten. Ein vertrauenswürdiger Bursche, der zweifellos verschwinden würde, wenn man ihn darum bittet; er ist nicht auf Profit aus. So diskret wie ich selbst. Leider muss ich dir mitteilen, dass Onkel Joseph Chisholm gestorben ist. Mein herzliches Mitgefühl und Verständnis.

»Ich verstehe das nicht«, brach es aus ihm hervor. »Sie könnte anrufen, sie darf telefonieren. Wenn sie Sorgen hatte, konnte sie immer telefonieren. Aber sie tut es nicht.«

»Sie würde zu viel sagen. Sie kann jetzt nicht reden. Sie konnte nie reden, verstehst du das nicht? Henry versteht es. Henry versteht alles.«

»Ich nicht. Wieso laufen hier so viele Kinder rum? Ach ja, verdammt. Schulferien. Sie zertrampeln noch alle Osterglocken.«

Sie näherten sich der Burg von hinten, dort, wo die kleine Zugbrücke über dem ausgetrockneten Graben auf die Straße mündete und das Schild mit den Besucherzeiten stand. Wie ein geducktes Tier, diese Burg. Da stand sie und erinnerte an einen riesigen, trutzigen Pilz. Fast schön in diesem Licht, sagte er, wenn man die verschiedenen Schattierungen von Grau zu schätzen weiß. Sieh sie dir an, sagte Edward, ein finsterer Platz, wie ein Kerker. Ein viktorianisches Gefängnis hätte im selben Stil erbaut worden sein können, mit dem kleinen Unterschied, dass es den Zweck hätte, Menschen einzusperren statt fernzuhalten. Nur eine kleine Ergänzung. Das Innere konnte so spartanisch sein, wie es sein musste, um die Qualen der Seele zu gewährleisten. Zweifellos verfügte Francescas Gefängnis über mehr Annehmlichkeiten, dachte er verdrießlich, Fernsehen, heißes Wasser und Heizung zum Beispiel. Als ob das irgendetwas ändern würde. Wahrscheinlich war sie auf ihre Art und bei ihrer Erziehung Entbehrungen gewohnt. Das redete er sich ein, um sich besser zu fühlen.

»Schäbig«, sagte er. »Sieh dir das an. Ich verstehe nicht, wie man an so was Gefallen finden kann.«

»Es bleibt einem gar nichts anderes übrig. Man kann sie schließlich nicht abreißen, und von allein fällt sie nicht in sich zusammen.«

Sie hatten die Straße verlassen und gingen auf der dem Meer zugewandten Seite, wo eine Wiese die Umgebung von der Burg trennte, die in ihrem eigenen großen Graben versank. Sie gingen am Außengeländer entlang, das zum Schutz für unvorsichtige Besucher errichtet worden war. Auf gleicher Höhe mit dem Meeresspiegel war es dämmrig, unterhalb des Meeresspiegels, in den Runs, dunkler. Edward suchte die

Osterglocken, die gewöhnlich an diesem Fleckchen gepflanzt wurden. Meistens erblühten sie während der Stürme, und er hatte nie verstanden, warum. Jedes vernünftige Ding würde unter der Erde bleiben, bis sie vorbei waren und der Frühling vor der Tür stand. Und das war nie so ganz sicher. Weit und breit grüne Knospen, nur eine einzige gelbe Blüte war zu sehen.

»Wie kannst du sie so hassen, Edward? Sie gehört zu deinem Erbe. Sieh mal.« Sie zog ihn über den Rasen, um sich über das Geländer zu beugen und nach unten in den Graben zu blicken. Dort gab es einzelne Tümpel und Winterkrokusse, die selbst im Schatten blau und gelb leuchteten. Zwergmispel und Strauchveronika, Liguster und Rhododendron, sie alle vertrugen Schatten. »Du kannst hier alles Mögliche pflanzen«, sagte sie, »es wächst und gedeiht.« Sie führte ihn vom Hang weg zurück zu der Bank mit Blick auf den Strand, wo das Meeresrauschen beruhigend wirkte, aber niemand lange blieb, wegen des Windes, der einem von hinten gegen die Beine fegte und die Fahne auf der Burg flattern ließ. »Sei nicht so zynisch, Edward, ich bitte dich. Es war immer herrlich, herzukommen, ja, glaub mir, das war es. Wir standen an *dem* Fenster da oben. Man musste stehen, um rausgucken zu können, aber wir hatten uns daran gewöhnt. In *dem* da.« Sie zeigte auf das Hauptgebäude, das von einem albernen Holztürmchen gekrönt war. Es sah aus wie ein struppiges Nest auf dem Wipfel eines Baums.

»Wie kann man nur an einem so kalten Ort leben? Wer stand denn da?«

»Oh. Ich, Francesca, meine Tante und mein Onkel. Meine Eltern waren schon tot.«

Sie wollte ihm noch etwas erzählen, doch er sprang auf. Er hob die behandschuhte Hand und zeigte auf einen Turm, während er vor Schreck und Wut am ganzen Leib zitterte. »Sieh dir das an! Sieh doch! Herrgott im Himmel, das kann doch nicht wahr sein! Sieh dir das an! Wer hat ihr das erlaubt, zum Teufel?

RUNTER DA!«, schrie er, wobei er die Hände um den Mund legte und die Backen aufblies wie ein Trompetenspieler. »RUNTER DA!«.

Auf der Mauer schwebte eine Gestalt. Der Balanceakt wirkte wie der Tanz eines Schmetterlings in der Sonne, die das vom Wind zerzauste kastanienrote Haar in einen leuchtenden Heiligenschein verwandelte. Sie bewegte sich zu ihrer eigenen Melodie, sprang geschickt von Stein zu Stein, auf der geschwungenen, breiten, leicht abgeschrägten Mauer des nächstgelegenen inneren Bergfrieds, mit gestreckten Armen und der Eleganz einer Ballerina, ohne auf die Höhe, den Hang oder die Überreste des Frostes zu achten. Es war, als wollte sie sich selbst auf die Probe stellen, jetzt wurde sie schneller und versuchte einen kleinen Sprung. Sie rutschte aus und landete auf dem Hinterteil, wobei die langen, dünnen Beine zu beiden Seiten der Mauer baumelten und sie sich mit den Händen abstützte. Mühelos schwang sie sich wieder auf die Füße, breitete erneut die Arme aus und lief weiter, diesmal in einem eleganten Stechschritt, bei dem sie jeweils mit einem Fuß die gegenüberliegende ausgestreckte Hand berührte. Anschließend setzte sie sich auf das letzte sonnige Stück der Mauer, sah ohne die geringste Angst die steile Wand hinab und kramte in der Tasche ihrer Windjacke nach einem Kaugummi. Am Ende legte sie sich auf die Mauer und blickte zum Himmel hinauf, schlug die Beine übereinander wie ein kleiner Sonnenanbeter, sprang jedoch im nächsten Augenblick wieder auf und ging weiter, während die Finger einen unhörbaren Rhythmus schnippten und ihr ganzer Körper dazu vibrierte.

»Das ist Tanya.«

»Aha, jetzt verstehe ich, was sie meinte, lieber Himmel. Das kann ich mir nicht ansehen. Ich ertrage es nicht. Sie wird stolpern. Sie wird ganz bestimmt abstürzen.«

»Nein, wird sie nicht«, entgegnete Maggie und hielt ihn zurück. »Hauptsache, man lässt sie in Ruhe. Wenn man sie in Ruhe lässt, kann sie sich entwickeln.«

In Edwards Büro war es so warm und stickig, dass man es kaum aushielt. Das ganze Gebäude war verlassen; alle waren zum Mittagessen ausgeschwärmt. Ganz oben auf seinem unordentlichen Schreibtisch lag das Fax.

Lieber Edward, liebe Maggie,
darum hast du mich also nicht mehr besucht, Maggie. Du hast dein Versprechen fortwährend gebrochen, und so sehr ich dich deswegen auch liebe, warum kannst du es nicht einfach akzeptieren? Akzeptieren, dass von allen Leuten, die an dem besagten Morgen involviert waren, zweifellos ich die Einzige war, die wusste, was sie tat. Ich habe das Schlimmste hinter mir; ich kann damit leben, wenn auch nur deshalb, weil mir die Alternative wirklich das Herz brechen würde. Besser gesagt, was davon noch übrig ist. Unternehmt NICHTS. ICH WILL KEINE BERUFUNG EINLEGEN. Jedenfalls nicht, bevor sie ein gewisses Alter erreicht hat. Versteht ihr nicht, dass es manchmal auch gut sein kann, gar nichts zu tun?
Henry Evans? Selbstverständlich will ich ihn nicht sehen. Was führt ihr im Schilde? Bring mir ein paar Osterglocken, damit ich etwas zum Ansehen habe. Leg einen Garten an, und erzähl mir davon. Leg dir ein verdammtes LEBEN zu, und erzähl mir auch davon.
Das sind meine offiziellen Anweisungen.
Sagt Henry Evans, er soll wieder nach Hause fahren.

Ich liebe dich sehr, Maggie Chisholm. Du bist besser als eine Schwester. Ich habe dir so manchen dummen Rat gegeben, aber diesmal meine ich es ernst.
Und du, Edward, geh lieber angeln.

FMC

Maggie starrte auf das Fax und fragte sich, was es sie gekostet haben musste, es zu schreiben. Diese Chisholms waren für ihre Selbstbeherrschung bekannt. *Wenn es so ist, dann mach nur so weiter*. Dann merkte sie, dass sie weinte, eine Flut von Tränen, die ganz von selbst flossen.

Henry kämmte sich das Haar und suchte im Durcheinander seiner Reisetasche nach einem Kleidungsstück, das weder von irgendeinem Abenteuer noch von Tims leidenschaftlichen Reinigungsversuchen ruiniert worden war. Tim bemühte sich zwar, war aber weniger geschickt als Peter. Er hatte keinen echten Ersatz für seine alte Mütze gefunden, sonst wäre er jetzt nicht in diesem erbärmlichen Zustand. Die Hälfte der Körpertemperatur verliert man über den Kopf, hatte ihm einmal jemand erklärt, und es wurde allmählich Zeit, dass er es glaubte. In gewisser Weise war es sehr angenehm gewesen, hier zu liegen, den Stürmen zu lauschen und eine Zeit lang zu vergessen, wo man war, sich am Steuer eines großen, sicheren Schiffes zu fühlen, mit dem man durch das Meer auf eine Landspitze zufuhr, statt, wie in anderen Träumen, von Traurigkeit erfüllt in den Fluten zu ertrinken und sich zu wünschen, man hätte angeln gelernt.

In einer bunten Aufmachung aus nicht zusammenpassenden Kleidungsstücken ging er nach unten. Er war bereit, es mit seinen Gastgebern aufzunehmen, wenn es um den Preis für den schlecht gekleidetsten Mann in ganz Warbling ging; es hätte ihm nichts ausgemacht. Er hatte bei Fergusons angerufen und sie gebeten, ihm die Stelle freizuhalten, und auch das machte ihm nichts aus, es ging im Moment nicht anders. In diesem relativ armen Land war er immer noch recht wohlhabend. Er spürte Maggies Hand auf seiner fiebernden Stirn und hörte, wie er mehr redete als je zuvor. Doch so viel er auch redete, er wusste nicht, was er machen sollte. Sein Wissen brachte ihn nicht weiter.

»Es liegt in unserer Natur, wissen Sie«, sagte er in der Küche zu Peter, während er beobachtete, wie dieser ihm Tee einschenkte. Die Teekanne sah aus, als sei sie zu schwer zum Heben. »Wir Amerikaner glauben daran, dass alles sich reparieren lässt. Es gibt nichts, was nicht repariert werden kann. Keine Krankheit, die sich nicht heilen ließe. Keine Tragödie ohne Happy End. Kein Schlamassel, den man durch geschickte Verhandlungen nicht zu einem guten Ende führen könnte. Ich komme einfach nicht los davon. Positives Denken. Das ist das Geheimnis unseres Erfolges. Kompromisse kennen wir nicht.«

»Wie absurd! Das Leben ist eine Kette von Kompromissen, oder etwa nicht? Wozu all dieses Streben? Was Sie nicht akzeptieren können, ist die Tatsache, dass das ganze Leben aus Geheimnissen besteht und der Mensch gar nicht alles ergründen können soll. Der Schlüssel liegt darin, diese Tatsache zu akzeptieren. Es schadet überhaupt nichts, wenn man sich mit ein paar kaputten Dingen arrangiert. Man muss sein Schicksal akzeptieren, genauso wie ein gehöriges Maß an Dummheit. Lassen sie sich treiben, Henry. Sie können ohnehin nichts wirklich *verändern*.«

Henry folgte ihm in den Garten, wo Timothy dabei war, Ordnung zu schaffen. Man hörte das beruhigende Geräusch eines Besens, der auf den Pflastersteinen abgefallene Zweige und verstreute Blätter zusammenfegte. Die Tür zum Spielzeughaus stand offen. Henry warf einen Blick hinein. Das Innere war leer, abgesehen von zwei Ordnern mit Papieren und einer ledernen alten Schreibmappe.

»Ich wollte ein Feuer machen, um das ganze Zeug loszuwerden«, erklärte Tim.

»Was für Zeug?«

»Harrys Sachen. Er ist weg, verstehen Sie? Ich glaube, er ist mit seiner Mutter weggegangen. Ich habe ihm gesagt, dass er uns nicht stört, aber ich glaube nicht, dass er zurückkommt. Na, wir lassen das Spielzeughaus stehen, für alle Fälle. Vielleicht legen wir uns einen Strauß zu, der kann dann darin wohnen.«

»Wieso glauben Sie, dass er weg ist?«, fragte Henry mit einem Kloß im Hals. Timothy schüttelte warnend den Kopf. »Das müssten *Sie* eigentlich besser wissen als wir. Wir wollen es gar nicht wissen. Es geht uns nichts an. Aber irgendwas ist jetzt geregelt. Er spukt hier nicht mehr herum. Ich glaube, er hat endlich begriffen, dass nicht alles umsonst war. Er wollte wissen, warum, verstehen Sie, er suchte nach einem Grund. Ich kenne ihn nicht, und will ihn auch gar nicht wissen, aber er hat ihn gefunden. Ich glaube, er weiß jetzt, dass er … geliebt wurde.«

»Verbrennen Sie aber nicht die Briefe und all das andere, okay?«

»Wir sollen es nicht verbrennen?«

»Nein. Behalten Sie es. Und die Videokassetten auch. Eines Tages wird sie die Sachen haben wollen.«

»Sie?«

»Sie oder irgendwer anders.«

Das Spielzeughaus glänzte vor Sauberkeit, nachdem es zuerst vom Regen und dann noch einmal mit Wasser und Reinigungsmittel geputzt worden war. Die grellen Kunststofffarben waren verwittert und ein wenig verblasst. Henry kam es vor wie ein von Sträuchern halb verborgenes Eistortenhaus, das sich seiner Umgebung vollkommen angepasst hatte. Vielleicht stimmte es sogar, dass alles in der ihm eigenen Umgebung wuchs. Senta streunte verächtlich und ungewöhnlich ruhig durch den Garten und beschnüffelte die Pflanzen. An Henrys Knöcheln schnüffelte sie lebhafter.

»Sie vermisst ihn«, sagte Peter. »Sie haben sich gegenseitig Gesellschaft geleistet, wenn wir zu tun hatten, wissen Sie. So ist es immer gewesen. Wir sind ein bisschen zu alt für sie, wirklich, das ist das Problem, nicht wahr, Senta? Wir können mit dir nicht mithalten, was?«

Henry dachte daran, wie anders er noch vor zwei Wochen gewesen war. Angesichts all dieses Unsinns hätte er den Kopf geschüttelt und sich darüber mokiert, wie rührselig es war, sich mit Tieren und Geistern zu unterhalten. Er hätte die Vorstellung gehasst, schon deshalb, weil er die erschreckende Aufrichtigkeit dieser Unterhaltungen nie in Zweifel gezogen hätte. Er legte den Arm um Peters breite Schultern.

»Was heißt schon alt, mein Alter? In Ihrem Alter erlangt der Mensch seine höchste Würde, seine *pièce de résistance*, es ist das Alter der Weisheit, und man hat noch genug Vitalität, um sich durchzuschlagen. Ich habe eine Idee. Lehnen Sie sie bitte nicht ab. Sie können doch das Spielzeughaus nicht einfach verkommen lassen, wenn Harry nicht wiederkommt. Was halten Sie von einem zweiten Hund? Ich kenne da einen hübschen …«

»Der schwarze Prachtkerl?«, fragte Timothy verträumt. »Er läuft den ganzen Tag allein herum, und nachts verkriecht er sich irgendwo. Den habe ich mir immer gewünscht, können Sie ihn kriegen? Ich weiß nie, wohin er geht. O ja. Woher wusste ich nur, dass Sie das vorschlagen würden?«

»Wahrscheinlich können Sie Gedanken lesen«, antwortete Henry schlagfertig, aber sein Herz schlug in einem seltsamen Takt, *kawumm, kawumm, kawumm*, und er fühlte sich ein bisschen benommen, so dass ihm seine Worte ziemlich gewagt schienen. »Ich glaube, dass ich ihn bekommen kann«, erklärte er. »Oder Maggie dazu bringen, ihn zu bekommen. Ich hab da was zum Tauschen.«

»Fang!«, rief Tim und warf den Besen in die Luft.

Henry holte tief Luft. »Können Sie sich noch an die Nacht erinnern, als ich hier ankam? Woher wussten Sie, dass ich kommen würde? Telepathie?« Peter hatte den Anstand, ein durchtriebenes Gesicht zu machen und starrte dann auf seine Schuhe. Schlichte, auf Hochglanz gewienerte, dunkelbraune Straßenschuhe als Kontrast zu knallgelben Socken. Manche Leute hatten in Gebrauchtläden mehr Glück als andere. Er stand da, die Hände im Rücken verschränkt und starrte dermaßen konzentriert auf die Schuhe, dass Henry glaubte, er könnte jeden Moment nach vorn kippen, und sich innerlich darauf vorbereitete, ihn aufzufangen.

»Maggie muss jeden Tag das Gästebuch und die Reservierun-

gen des Hotels prüfen. Damit dort alles seine Richtigkeit hat, nehme ich an. Vermutlich hatte sie Ihren Namen gelesen und gesagt, man solle Sie zu uns schicken. Und uns davon erzählt.«
Irgendwie überraschte es ihn nicht. Er war erleichtert, auf ein Beispiel listiger Kooperation gestoßen zu sein statt auf irgendeine komische telepathische Erklärung. Andererseits wäre er auch nicht überrascht gewesen, wenn eine solche Erklärung so obskur ausgefallen wäre, dass sie auf eine Botschaft von Gott oder dem Teufel hätte schließen lassen. Henry befand sich in einem Zustand jenseits allen Staunens, das hatte er schon hinter sich.

Er wusste, wo sich der Hund aufhielt, er hatte ihn von seinem Fenster aus beobachtet. Von seinem Fenster aus sah er alles, als würde er jede Szene eigenhändig filmen. Er brauchte nur ans Fenster zu treten und konnte die Menschen beobachten, ohne dass sie ihn sahen. Beobachte den Hund, und du weißt, wo er Schutz sucht. Er wusste, dass er jeden Tag bis zu ihrer Haustür kam und bildete sich ein, zu wissen, wo er sich jetzt aufhielt, an einen halbwegs sonnigen Plätzchen am Kiesstrand.

»Entschuldigung«, sagte er.

Das Licht machte ihn schwindelig, er wusste nicht, warum. Es war ein ziemlich blasses Licht, das nur vom Meer zum Leuchten gebracht wurde. Am Horizont ballten sich dunkle Wolken zusammen, die aussahen, als wollten sie jeden Augenblick spucken, fauchen, knurren, beißen und kämpfen. *Der Donnergott ritt durch das Feld,* rezitierte er, doch die nächste Zeile wollte ihm nicht mehr einfallen. Er überquerte die Straße und pfiff vor sich hin. Das Einzige, was ich wirklich gut kann, dachte er. Ich kann einen Hund herbeipfeifen, den ich niemals besessen habe. Ich kann dem Wind zupfeifen und auf einem anderen Planeten oder von anderen Spezies gehört werden als meiner eigenen. Der Hund kam vom Strand auf ihn zugesprungen und schnüffelte an seinen Knöcheln. Ich würde mein Leben dafür geben, um so schnell laufen zu können wie du, sagte Henry zu ihm. Und wenn wir zu Hause sind, wirst du dich benehmen, nicht wahr? Ich muss später für alles geradestehen, zum Beispiel zehn Jahresrationen Futter für dich. Ein Geschenk für die alte Dame und Pillen für Neil.

Der Hund wollte mit in sein Zimmer. Er sagte, nein, und hörte, wie man ihn in der Küche entzückt begrüßte. Die Treppen schienen länger und immer länger zu werden; auf halbem Weg hörte er eine Tür zufallen, sah sich aber nicht um. Er wollte im Moment nicht mit ihr reden. Maggie hatte ihn immer nur gesehen, wenn er in einer elenden Verfassung war und sie alles im Griff hatte. Immer, wenn es ihm schlecht ging, sah sie aus wie auf einer Geburtstagsfeier; immer, wenn er sich grässlich gefühlt hatte, war sie da gewesen, um ihn zu retten, und jedes Mal, wenn er eine idiotische Idee hatte, war sie ihm zuvorgekommen. Sie hatte ihn immer nur benutzt und manipuliert. Wie konnte eine solche Frau bloß so eine Kusine haben, aber trotzdem …

Aber trotzdem …

Aber trotzdem … Oben angelangt, fühlte er sich schwach. Er warf einen Blick aus dem Fenster, nur um sich zu vergewissern, dass der Hund nicht am Strand herumlief. Auf dem Bett lag die Kopie eines Faxes, schwarz auf weiß und fast noch warm. Henry las es, zwei Mal, drei Mal, saugte die Botschaft auf, lasst mich in Ruhe, *lasst mich in Ruhe, LASST MICH IN RUHE,* bis er meinte, verstanden zu haben. Nun ja, was hatte er erwartet? Dankbarkeit? Wofür? Von wem? Es war nicht mehr so gut wie in den Zeiten, bevor er hier auftauchte und das Fluchen lernte. Es war nicht gut, aber wenigstens kannte man die Wahrheit nun besser als zuvor, und Himmelherrgott nochmal, sie wollten sie gar nicht wissen, und es hätte ihnen auch nichts ausgemacht, wenn sie sie nicht erfahren hätten. Er konnte nichts daran ändern. Konnte nichts ändern? Nein, verdammt, sollte nichts ändern. NICHTS, VERDAMMT, schrie er gegen die Wand.

Die coole Ms. Chisholm. Du kannst jetzt gehen, Henry, damit

wir unser Leben weiterführen können. Sie will dich nicht sehen. Was du als Nächstes tust, liegt ganz bei dir. Vielen Dank. Er sortierte sein Geld zu Häufchen. Die ersten Tage im archaischen Warbling hatten ihn gelehrt, dass Bargeld wichtiger war als alles andere. Er zählte wie besessen: Futter für den Hund, ein Geschenk für die Alte, die Viagrapillen würde er schicken, dazu brauchte er kein Bargeld, der größte Haufen war für P und T, Edward hatte Geld abgelehnt. Er fuhr über den Schal, der mittlerweile etwas schmuddelig war, weil Maggie ihn um seinen Hals gewickelt hatte, als das Fieber so hoch gewesen war und er sie angeschrien hatte, das Fenster offen zu lassen. Er steckte ihn in einen Umschlag und kritzelte ihren Namen darauf. Sie würde schon wissen, was er meinte; sie würde nie um mehr bitten. Er warf einen Blick auf seine Uhr. Um diese Zeit wurde gekocht.

Seine Tasche war erstaunlich leicht. Keine Zaubertränke, keine Mineralien, gar nichts, ein paar Antibiotika in seinem Kulturbeutel und draußen die Seemöwen, die fröhlicher als sonst herumtollten nach allem, was sie ergattert hatten. Mit Vitaminen und Ginseng berauschte Möwen. Er versuchte, sich an dem Gedanken zu erheitern und sah erneut auf die Uhr. Die Züge fuhren normalerweise jede Stunde. Der Himmel war schiefergrau, der Wind Unheil verkündend. Wenn er jetzt in aller Stille aufbrach, würde er warten müssen, wenn er sich aber nicht auf den Weg machte, würde eine andere Art von Wahn ihn packen. Der Schrecken vor dem Handeln, wenn man ein Nichts war.

Kein Hut. Es war mild für die Jahreszeit, Energie sammelte sich für den nächsten Sturm, der unmittelbar bevorstand und schrecklich sein würde. *Schrecklich*: Auf dem Weg zum Bahnhof, dem rückwärtigen Weg, spielte er mit diesem Wort. Es war nicht die passende Beschreibung, und er überlegte, was man stattdessen sagen könnte. *Ehrfurchteinflößend, gewaltig, unglaublich, garstig*. Nicht schön. Der Bahnhof war menschenleer, abgesehen von drei Kindern, die sich um ein Fahrrad versammelt hatten. Das Kleinste saß darauf und trat gegen die Reifen, als wäre das Fahrrad sein Feind statt ein Fortbewegungsmittel. Er wartete auf irgendein Gefühl der Erleichterung. Zählte an den Finger ab, was er getan und nicht getan hatte. Wartete.

FÜNFZEHN

Unter den Giebeln des Bahnhofsvordachs nisteten Stare und kreischten schrill nach ihrer Mutter. Er ging bis zum Rand des Bahnsteigs und trottete an einem gelben Strich entlang, auf dem NICHT ÜBERTRETEN stand. Er sah die Pflanzen, die zwischen den Gleisen nach Osten oder Westen ein jämmerliches Dasein fristeten. Der Zug kam nicht. Er war nicht nur viel zu früh dran, der nächste Zug in die Stadt würde sich auch noch wegen der Witterung verspäten. Der Himmel wechselte von Schiefergrau zu Schwarz, und sogar die Vögel verstummten, als der Wind zu rauschen begann. Henry prüfte die Brusttasche seiner Jacke ein letztes Mal, als wäre es tatsächlich das allerletzte Mal in seinem Leben. Zurück im einundzwanzigsten Jahrhundert, das Warbling zeitweilig aufzuheben vermocht hatte, spürte er, wie er wieder den segensreichen Neurosen alltäglicher Belange und dem Bedürfnis nach alltäglichen Ausweisen anheim fiel.

Eine Frau tauchte auf, offenbar auf der Suche nach dem Kleinen, der gegen das Fahrrad trat, und schimpfte ihn aus. Henry machte eine Bewegung, als wollte er sich einmischen, doch dann hielt er inne, während sie den Kleinen weiter ausschimpfte und ein zerdrücktes Päckchen Kartoffelchips aus der Tasche nahm. Er ging bis zum Ende des Bahnsteigs und setzte sich auf die Eisenbank im Windschatten, zupfte Schal und Handschuhe zurecht und spürte die Wärme in seinen Füßen. Er sah vielleicht aus wie ein Vagabund, aber er war warm eingepackt.

Er hätte sich verabschieden sollen, doch wozu waren Abschiede gut? Um ein Kapitel abzuschließen. Er stellte sich die Reaktion der beiden Männer vor, wenn sie herausfanden, dass er fort war, und vermutete, dass seine großzügige Abfindung sie nicht versöhnen würde. Darum ging es den Engländern, denen er begegnet war, nicht. Ihnen war Geld nicht wichtig; darin waren sie komisch. Und was war mit *ihr*? Würde sie die Achseln zucken und sagen, dass sie genau das von ihm erwartet hatte? Was hatte sie eigentlich von ihm gewollt? Genau das, was er geleistet hatte, ohne dass sie das lächerliche Versprechen hatte brechen müssen, das sie ihrer Kusine gegeben hatte. *Ihn* brauchte sie jedenfalls nicht. Wenn diese Frau überhaupt etwas brauchte, würde sie es bestimmt nicht verraten. Er starrte auf die Bäume am Ende des Bahnsteigs, die hinter den hohen Geländern standen und sich im Wind bogen. Das Meer war heute wahrscheinlich aufgewühlt. Es hatte ihm gefallen, wenn die Wellen so stark waren, dass sie die Kieselsteine bis auf die Straße schleuderten.

Ein Zug fuhr in entgegengesetzter Richtung in den Bahnhof ein, wie ein träges Geschoss aus Licht. Wahrscheinlich der einzige Zug, der auf dieser Strecke verkehrte. Er würde ganz bis zum Ende fahren, dann kehrtmachen und die wenigen geduldigen Fahrgäste aufnehmen, die hier auf dem Bahnsteig warteten. Sie sollten den Zug aus Protest mit Steinen bewerfen. Er würde nie wieder rauchen und sich nur noch gesund ernähren. Wenn er Maggie von außen betrachten würde, so, als wäre er ein Fremder, was würde er dann sehen? Jemanden, der Himmel und Erde in Bewegung gesetzt hatte, um die Wahrheit über eine Kusine herauszufinden, die sie wie eine Schwester liebte. Jemand, der weiterhin den Interessen dieser Person diente, ihr treu blieb, besessen von einem lächerlichen Versprechen, das sie einer selbst ernannten Mörderin gegeben hatte, als spielte das nicht die geringste Rolle für ihre Liebe und Loyalität. Vielleicht war es ja wirklich so. Vielleicht verlor man dadurch jeglichen Rest von Urteilsvermögen. Wenn man jemanden *liebte*, ließ man ihn nicht im Stich, egal, was er getan hatte. Genauso wenig wie Angela ihre Tochter im Stich lassen würde oder Peter seinen Tim. Man würde *alles* tun. Man würde zum Beispiel lügen, man würde Zuneigung und Gefühle missbrauchen. Man würde vielleicht sogar Menschen mit ihrem Anstand erpressen. Man würde sich selbst zurückstellen, sich gänzlich verleugnen.

In einer seiner Jackentaschen spürte er etwas Ungewohntes, das sich in seinen Schenkel drückte, während er auf der Bank saß. Henry tastete danach und fand einen Schokoriegel und eine Rolle extra scharfer Minzbonbons. Er studierte sie eingehend. Wer hatte ihm diese Dinge zugesteckt? Jemand, der wusste, dass er dazu neigte, das Essen zu vergessen, obwohl er in seinem schwachen Zustand etwas für seinen Blutzucker tun musste? Geh nie aus dem Haus, ohne etwas zu essen dabei zu haben, hatte sie ihn erst gestern ermahnt, in dieser fürsorglichen Art, die sie sich ihrem Patienten gegenüber angewöhnt hatte. Er konnte sie nicht dafür verantwortlich machen, dass er krank geworden war, aber irgendwie hatte er es getan. Es war nicht ihre Schuld, dass er die Gefahren von Kälte und Schock ignoriert hatte und prompt krank geworden war, aber schließlich hatte sie das alles in Gang gesetzt. Er versuchte, sich so weit zu bringen, dass er wütend wurde, doch der Schokoriegel hinderte ihn daran.

Er konnte sich nicht darüber beklagen, wie sie sich in den letzten Tagen um ihn gekümmert oder auf seine Worte reagiert hatte. Sie hatte dafür gesorgt, dass er sich nicht schämen musste, weil er so hilflos war, und dass er seine Würde behielt. Sie war unglaublich feinfühlig gewesen, was ihre An- oder Abwesenheit betraf. Er würde sie vermissen, natürlich würde er sie vermissen. Er hatte sie immer vermisst.

Man verlässt Menschen nicht so einfach, Henry, das ist genau das, was du immer tust. Sobald es schwierig oder kompliziert wird oder wehtut, verschwindest du. Die Stimme seines Vaters, Francescas Stimme. Beide sagten dasselbe, aber mit völlig verschiedenem Akzent. Nein, widersprach er sich selbst, das ist *nicht* das, was ich immer tue, nicht mehr. Dieses Mal habe ich es *nicht* getan. Und niemand hat mich *gebeten* zu bleiben; es

steht außer Frage, dass sie mich nicht *wollen*. Francesca will mich nicht; *sie* will mich nicht. *Woher weißt du das? Du hast sie nie gefragt.* Vielleicht *hätte* sie es gesagt, wenn du gewartet hättest, bis man dich fragt. Du bist nicht der Einzige, den man ermuntern muss, damit er seinen inneren Schweinehund überwindet, nicht der Einzige, der vor Konfrontationen zurückscheut wie ein erschrecktes Vollblut vor einem Zaun. Francesca ist genauso. Wie auch immer sie heißt.
Sie hat mich zum Narren gehalten, sagte er sich. Also wirst du sie in ihrem Kummer schmoren lassen. Soll sie allein mit dem Frust darüber fertig werden, nichts getan zu haben, nicht wahr? Sie muss die Suppe auslöffeln. Du Penner. Dein ganzes Leben lang schleppst du die Last nicht abgeschlossener emotionaler Beziehungen mit dir herum und fürchtest dich davor, entdeckt zu werden. Wer bist du eigentlich, das du andere kritisieren könntest? Angst und Lächerlichkeit wiegen schwerer als Vitamine, Wasser oder Kleider. Na los. Es gibt Zeiten, da kann man Menschen einfach nicht in Ruhe lassen, nicht mal dann, wenn sie es so wollen.

Henry bat den Mann am Schalter, auf seine Reisetasche aufzupassen. Ich habe etwas vergessen. Sie werden den Zug verpassen, warnte ihn der Mann. Okay. Dann verpasse ich ihn eben; es wird ja noch andere Züge geben. Es gibt Züge, die sollte man erst gar nicht versuchen zu bekommen, sagte Henry. Es gibt gewisse Busse, die niemals pünktlich abfahren sollten. Er trat aus dem Bahnhof.
Der Wind blies ihm so heftig ins Haar, als versuchte er, es auszureißen. Er steckte die Hände in die Taschen und bahnte sich einen Weg über den Parkplatz. Kein Regen, noch nicht, nur dieser gottverfluchte Wind, der ihn den Hügel hinunterstieß, an den Geschäften vorbei, die dabei waren, zu schließen und sich gegen das Wetter zu verbarrikadieren statt gegen Vandalen. In der tiefer gelegenen Kreuzung, die ihm vorkam wie eine andere Klimazone, herrschte plötzlich Windflaute, und dann

stieg die Straße wieder an und führte zum Meer. Das Wetter ist ein besserer Feind als manch anderer, dachte er. Wenigstens war es völlig unparteiisch, unpersönlich und gleichgültig, und man brauchte keine Zeit damit zu vergeuden, sich mit ihm zu streiten. Die Straßen leerten sich schnell; jedermann eilte nach Hause und beendete den Nachmittag vorzeitig. Und alle wussten, was zu tun war. Niemand stellte sich dem englischen Wetter entgegen, man ging ihm einfach aus dem Weg. Es sei denn, man war Maggie Chisholm, die sich gern hinter dem Haus versteckte und im Freien blieb, wenn es stürmte.

Henry stand in dem Hauseingang gegenüber dem Hotel und dachte über die Richtung nach, die er nehmen wollte. Ohne Gepäck und Regen war der Wind erfrischend. Das Meer war in einem Zustand glorreicher Wut. Er überquerte die Straße, ging auf den Eingang des Piers zu und stellte sich in den Schutz der Skulptur. Sanft berührte er das kalte Metall. Der Pier war ihr Lieblingsplatz, hatte sie erzählt, und trotz seiner schrecklichen Assoziationen war es auch der seine geworden. Vor allem jetzt, als die hohen Wellen gegen die Planken schwappten, an der Konstruktion des Piers saugten und Gischt versprühten. Der ganze Pier vibrierte und summte zum Klang des Meeres. Er fragte sich, warum nicht ein umsichtiger Stadtbediensteter das Tor geschlossen hatte, denn es stand tatsächlich offen. Es sah gefährlicher aus, als es war, und wenn das Ganze einstürzen sollte, dann bestimmt nicht heute. Draußen am Horizont fuhren die großen Schiffe unbeeindruckt weiter. Wenn der Wind drohte, ihn vom Pier zu fegen, müsste er sich nur hinsetzen. Sich hinsetzen und *nachdenken,* aber nachgedacht hatte er zur Genüge. Er ging mit einigermaßen sicherem Schritt die *Titanic* entlang, den Blick auf die dunklen Fenster des Cafés am Ende des Piers gerichtet. Dort erkannte er eine Gestalt, die sich mit dem Rücken zum Meer gegen das Geländer lehnte.

Tss, tss, würde er sagen. *Schau mich an,* würde er sagen. Wenn du hier draußen sitzt, erkältest du dich noch und wirst krank, und das kann ich nicht zulassen. *Du* würdest es schließlich auch nicht zulassen, oder? Du passt auf mich auf, wenn ich krank bin. Das hast du vor zwanzig Jahren schon getan und letzte Woche wieder, und ich sage dir, ich habe es satt. Jetzt bin ich an der Reihe. Hörst du? Das würde er ihr sagen, wenn er die Worte hinausschreien könnte. Ich habe es satt, Francesca.

Da war ihr blondes Haar, feucht von der Gischt. Er konnte sie nun ganz klar vor sich sehen. Henry hätte vor Erleichterung schreien können. Es war noch nicht zu spät. Dieses Mal war er gerade noch rechtzeitig umgekehrt. Als er näher kam, setzte sie sich gerade auf die Bank neben der Tür des Cafés. Sie war relativ geschützt durch den Überhang, unter dem er am ersten Tag seiner Ankunft nach dem späten Frühstück eingeschlafen war, ein Jahrhundert war das jetzt her. Und als er aufgewacht war, hatte er Gefühl gehabt, dass jemand ihn beobachtete. Sie nahm seine Anwesenheit überhaupt nicht wahr. Plötzlich hatte Henry eine deutliche, schreckliche Erinnerung an das Gesicht in dem klapprigen indischen Bus vor zwanzig Jahren. Sie hatte den Schal um den Hals geschlungen und hielt ihn ans Gesicht gepresst, ihre Haut war vom Weinen gerötet und aufgequollen. Sie war nicht gerade in guter Verfassung gewesen, damals, sie hätte sagen sollen, *Bitte, verlass mich nicht; ich brauche dich*, statt *Du musst das tun, was du für richtig hältst, Henry*. Sie hatte um nichts gebeten, genauso wenig wie er. Was für Dummköpfe waren sie gewesen. Er erinnerte sich an sich selbst, wie er hinter dem Bus hergelaufen war und mit der Faust gegen die hintere Scheibe geschlagen hatte. *Warte auf mich. Ich bin nicht irgendein Passagier, ich bin ICH. Ich bin zurückgekommen*. Und auf dieselbe unkoordinierte und ungeschickte Art wie damals lief er jetzt auf sie zu.

Sie drehte sich um, und als sie sah, wie er mühsam näher kam, lächelte sie zittrig. Dann konzentrierte sie sich wieder darauf, wozu sie hergekommen war, das Weinen. Sie schluchzte in ein Taschentuch, das bereits feucht war, ob von Tränen oder Gischt, hätte er nicht sagen können. Er blieb wie angewurzelt stehen, schockiert, als er das Gesicht wiedererkannte. Das weinende Gesicht nahm die Züge eines jungen Menschen an und entfaltete seine ganz eigenen, unverwechselbaren Züge. Es war dasselbe Gesicht, das er hinter der Busscheibe hatte weinen gesehen. Jetzt erkannte er sie daran wieder und fragte sich, wie er jemals hatte zweifeln können; wie es möglich war, dass er sich hatte täuschen lassen, durch ihre Größe, durch die Schuhe mit den hohen Absätzen, den Schliff, den Schmuck, die irreführenden Spuren der Jahre, wie all das sich zusammengefügt hatte, um ihn zu verwirren, als sei ein Mensch nur die Summe seiner äußerlichen Merkmale. Irgendwie hatte er es geahnt, aber ignoriert, denn schließlich war er ein nüchterner Mensch, der dazu neigte, zu glauben, was man ihm sagte. Er war der Wissenschaftler, der an das Zeugnis seiner eigenen Augen, an Berichte aus erster Hand und verlässliche Quellen glaubte. Der Instinkt kam bei ihm an zweiter Stelle, und als er jetzt vor dem dröhnenden Meer neben ihr saß, versuchte er sich daran zu erinnern, wann genau er geahnt hatte, wer sie war, und ob der exakte Moment, an dem er dahinter gekommen und es wieder verdrängt hatte, irgendeine Bedeutung besaß. Er war da; sie war da, und sonst war nichts wichtig. Sie war es. Francesca. Maggie. Francesca. Sie waren ineinander übergegangen, und doch waren sie ganz verschieden.

»Psst«, sagte er. »Pssst. Ich weiß nicht mal die Hälfte, nicht wahr?«

Sie hörte nicht auf zu weinen. Und falls sie irgendwelche Geräusche dabei machte, so gingen sie im Rauschen des Meeres unter.

»Es ist egal«, sagte er und legte den Arm um ihre Schulter. »Du musst nicht denken, dass es mir was ausmacht. Nur weiß ich jetzt nicht, wie ich dich nennen soll. Wirklich nicht. Es ist peinlich. Ich kann dich nicht Fran nennen. Ich weiß, dass du diese Abkürzung nicht magst. Ich bin erstaunt, dass du Maggie akzeptiert hast. Ich hätte Margaret vorgezogen, aber jetzt könnte ich mich nicht mehr umgewöhnen. Noch eine Verwandlung

»Ja«, schrie sie.
»Du bist gerissen und unehrlich.«
»JA! *Schon gut*. Ja.«
Er zog sie sanft am Haar und drückte sie gegen seine Schulter. Langsam hörte sie auf zu weinen. Der Sturm ließ einen Augenblick nach, als wollte er Luft holen.
»Mir tut es Leid, dass ich dich damals verlassen habe«, gestand Henry. »Das hätte ich nicht tun dürfen. Ich habe es niemals vergessen. Ich denke, jetzt sind wir quitt. Glaubst du, dass wir noch einmal von vorn anfangen könnten?«
Sie sah mit ihren verweinten Augen überrascht auf. Ihr Gesicht war aufgedunsen und blass, die Nase rot.
»Sei nicht albern. Warum?«
»Hast du eine Zigarette?«
»Ja, irgendwo.« Sie holte eine Packung aus der Handtasche. Er beobachtete ihre blassen Hände, die die abgeknabberten Fingernägel nicht mehr zu verstecken suchten, beobachtete, wie sie den Kopf unter der schrecklichen Jacke versteckte, die er über sie beide gezogen hatte, um Wind und Regen lange genug aufzuhalten, so dass sie zwei Zigaretten anzünden konnte. »Zigaretten schaden der Gesundheit, Henry«, sagte sie und reichte ihm eine. »Schon vor zwanzig Jahren habe ich dir gesagt, du sollst meine schlechten Gewohnheiten nicht übernehmen. Und überhaupt, warum?«
Er zog an der Zigarette, aber sie schmeckte salzig. Nie wieder. Der Regen durchnässte seine Hand. Er fühlte sich erstaunlicherweise vollkommen sicher und genauso eigensinnig wie das Wetter.
»Weil ich dich schon immer geliebt habe. Ich meine *dich*. Das ist eine verdammt lange Zeit. Und jetzt will ich alles. Den Hund, den Garten, auf deine Kusine aufpassen, all das.«
»Du bist ja übergeschnappt. Ich bin *nicht* Francesca.«
»Ich will nicht Francesca. Ich will dich. Und diesmal lasse ich nicht locker.«
Eine gewaltige Welle krachte gegen das Ende des Piers in der

Nähe des Tores. Am Eingang, von den Umrissen eines Hundes flankiert, stand jemand, winkte ihnen ängstlich zu und schrie gegen das Tosen der Wellen an, das seine Stimme übertönte. Eine Welle zerstob in eine Gischtwolke und fegte mit einem bösartigen Zischen über den Boden, bevor sie sich wieder zurückzog. Eine weitere folgte. Der Beton vor ihnen wurde von Schaum überflutet. Und wieder schlugen die Wellen dagegen, unregelmäßig in ihrem Ansturm, aber mörderisch präzise. Die Flut konnte noch weiter steigen. Henry schnippte die feuchte Zigarette ins Wasser.

»Nun, meine bezaubernde Margaret, entweder wir bleiben die ganze Nacht hier, oder wir laufen um unser Leben. Was meinst du?«

Sie knöpfte zuerst seine Jacke und dann ihren Mantel zu, warf einen Blick auf den Pier und schätzte die Entfernung. Dann schlug sie die Hacken ihrer Stiefel zusammen wie ein Soldat bei einer Parade, testete den Blutkreislauf in den Füßen und griff nach seiner Hand.

»Wir laufen«, sagte sie. »*Jetzt.*«

Danksagung

Ich danke Dr. Ben Lloyd für seine großzügigen Informationen über Hemiplegie. Alle Fehler oder Ungenauigkeiten gehen auf mein Konto. Mein Dank gilt auch John Granville vom Prison Service, der meine Fragen ausführlich beantwortete, sowie George Marriott, Stephen Woolford und Senta dafür, dass es sie gibt. Und schließlich danke ich Joyce für das Lied.

Barbara Won

Ein Paradies im dr

Szenen meiner Kindhei

Barbara Wonschik

Ein Paradies im dritten Stock

Szenen meiner Kindheit und Jugend

Impressum

Die Deutsche Nationalbibliothek verzeichnet diese Publikation in der deutschen Nationalbibliographie; detaillierte bibliographische Daten sind im Internet über http://dnb.d-nb.de abrufbar.

Lektorat: Dr. Peter Wonschik

Umschlaggestaltung
und Buchsatz: Dr. Hartmut Schlattmann

Herstellung und Verlag: BoD – Books on Demand,
Norderstedt

ISBN 9783748128014

Meiner Mutter gewidmet

Inhalt

Vorwort

Von Beginn meines Lebens an war ich an allem interessiert, was ich in meiner Umwelt beobachten konnte. Wenn mir etwas erzählt oder erklärt wurde, hörte ich aufmerksam zu, und ich stellte meinen Angehörigen und anderen Menschen viele Fragen. Gern lauschte ich den Gesprächen der Erwachsenen, wenn sie sich von uns Kindern unbeobachtet wähnten. Über das, was ich erfuhr, dachte ich nach und bemühte mich, es im Gedächtnis zu behalten.

In der Schule beschäftigte ich mich vom ersten Schuljahr an begeistert mit Sprache. Es faszinierte mich, Sprache zu benutzen, sie zu lesen und sie aufzuschreiben, um sie so über die Zeit hinaus zu sichern.

Später, etwa ab 2002 nach dem Tod meines Mannes, begann ich damit, meine Erinnerungen aus der Kindheit und Jugend zu sammeln, zu ordnen und aufzuschreiben. Die Idee, ein Buch darüber zu verfassen, entstand schließlich aus dem Wunsch, meine persönlichen Erlebnisse aus den Jahren 1939 bis 1956 für meine drei Kinder, meine sieben Enkelinnen und andere interessierte Menschen festzuhalten.

Bei der Arbeit wurden mir viele Zusammenhänge klarer, die ich früher gar nicht gesehen hatte. Es war, als setzten sich Einzelteile wie bei einem Puzzle zu einem lebendigen Bild zusammen. So kann ich die fast übermenschliche Leistung meiner Mutter, der ich dieses Buch widme, im Hinblick auf das Überleben der Familie erst jetzt besser verstehen. Sie erscheint mir in der Rückschau fast wie eine Heilige.

Mein Buch besteht aus einzelnen, von ihrem jeweiligen Hauptaspekt her benannten, Kapiteln sehr unterschiedlichen Umfangs. Auf diese Weise schien mir der komplexe Ablauf der Ereignisse leichter darstellbar zu sein. Um jedes Kapitel auch in sich einigermaßen verständlich zu halten, war es gelegentlich notwendig, Ereignisse zu wiederholen, und den Faden der Handlung an einer anderen Stelle aufzunehmen als vorher.

Heute bin ich glücklich, das Buch fertig vor mir liegen zu haben. Diese Arbeit hätte ich nicht leisten können ohne die tatkräftige und einfühlsame Hilfe meines Gefährten Hartmut.

Königsdorf, im September 2018

PS: Fast alles, was ich berichte, entstammt meiner persönlichen Erinnerung, und es ist nichts hinzuerfunden. Lediglich die Kapitel „Meine Eltern“ und „Fluchtversuche“ habe ich durch Zeit- und Ortsangaben aus den Familienchroniken ergänzt.

Ein polnisches Abendlied

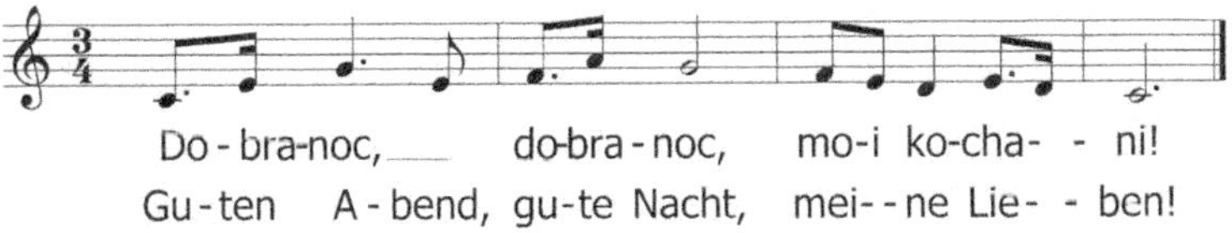

Die ersten sechs Jahre meines Lebens verbrachte ich in einem kleinen Dorf nahe der Stadt Oppeln in Oberschlesien, das heute zu Polen gehört. Zusammen mit meiner Mutter und meinen beiden jüngeren Brüdern verlebten wir die späteren Kriegsjahre dort unter furchtbaren Bedingungen mit Fluchtversuchen in den Westen, Besetzung des Dorfes durch die Russen und schließlich der Vertreibung aus unserer Heimat.

Wir drei Kinder waren durch diese Erlebnisse jahrelang traumatisiert.

Meine Mutter versuchte, uns wenigstens am Abend für kurze Zeit die Illusion einer heilen Kinderwelt zu vermitteln, indem sie uns nach dem Zubettbringen das oben abgedruckte polnische Abendlied sang. Mit ihrer ruhigen, glockenhellen Stimme wiederholte sie für ihre drei Kinder mehrmals hintereinander, fast gebetsmühlenartig, dieses einfache Lied, teilweise gegen das Gegröle der Soldaten auf der Dorfstraße oder das rabiate Klopfen der Gewehrkolben an unsere Wohnungstür.

Sie gab uns mit diesem abendlichen Ritual Geborgenheit und Schutz für die Nacht, sodass unsere

Ängste erträglicher wurden und wir beruhigt einschlafen konnten.

Dieses polnische Abendlied meiner Kindheit ist mir bis heute im Ohr geblieben. Ich habe es später meinen Kindern und Enkeln oft vorgesungen und auch damit das Andenken an meine fürsorgliche und tapfere Mutter bewahrt.

An den Ufern der Hotzenplotz

Die ersten sechs Jahre meines Lebens verbrachte ich in Kerpen. Dieses Dorf liegt etwa 45 Kilometer südlich von Oppeln, und es gehörte damals zum Kreis Neustadt/ Oberschlesien innerhalb des Deutschen Reiches. Die Bevölkerung war deutsch- und polnischsprachig. Die Bauern sprachen außerdem einen wasserpolnischen Dialekt.

Kerpen war ein idyllisches Dorf an der Hotzenplotz, einem Nebenflüsschen der Oder. Sanfte Wiesenhänge, auf denen Gänse, Enten und Hühner ihre Nahrung suchten, reichten zu beiden Seiten bis an die Ufer des Baches, der mitten durch das lang gezogene Dorf floss. Es gab eine einzige Brücke im Zentrum des Ortes.

Um beim Überqueren des Flusses Umwege zu vermeiden, hatten die Bewohner Eisenbahnschienen an verschiedenen Stellen flach von Ufer zu Ufer gelegt, über die sie gehen konnten, wenn sie mutig genug waren. Unsere Mutter verbot uns, diese Abkürzungen zu wählen, worüber ich mich aber oft hinwegsetzte. Am unteren Ende des Dorfes gab es eine Furt, durch die die Bauern ihre Kühe treiben konnten.

In dem Dorf meiner Kindheit stand eine Kirche, deren Innenraum bunt ausgemalt war und die von den Frauen mit Blumen aus den Gärten üppig geschmückt wurde. Die Kirche war von dem Friedhof umgeben. An öffentlichen Gebäuden gab es sonst nur noch die Schule. Kerpen war ein Bauerndorf.

Mein Vater war als Lehrer von Alt-Poppelau/Oberschlesien in dieses Dorf versetzt worden. So zogen meine Eltern Dorothea und Hubert Kruppa, die im Februar 1939 geheiratet hatten, am 1.4.1939 dorthin. Sie wohnten

Die Hotzenplotz in Kerpen, an deren Hängen Gänse und Enten weideten

Meine Brüder Ulrich und Manfred und ich verbrachten hier ihre frühe Kindheit.

im ersten Stock der Schule in einer großen Wohnung, zu der auch ein Gemüse- und ein Obstgarten gehörten.

Diese helle Wohnung war für die damalige Zeit recht gut ausgestattet. In der geräumigen Küche gab es schon einen Ausguss für Brauchwasser, während wir das Trinkwasser aus dem auf dem Schulhof gelegenen Brunnen pumpen und in Eimern in das erste Stockwerk schleppen mussten.

Ich erinnere mich gut an mein Kinderbettchen, den Stubenwagen meines Bruders Ulrich und an unser Abendritual vor dem Zubettgehen: Wir zwei- und dreijährigen Kinder saßen auf dem Boden vor unseren Bettchen, zogen unsere Strümpfe aus und suchten in den Zwischenräumen unserer Zehen nach „Mäusedreckern". Wenn wir schwarze Röllchen gefunden hatten, freuten wir uns unbändig und riefen zur Bestätigung, und um gelobt zu werden, unsere Mutter.

Nach der Flucht in den Westen erzählte meine Mutter immer wehmütig, dass sie schöne Unterwäsche für mich bis zum siebten Lebensjahr im Wäscheschrank aufbewahrt hatte, die nun leider verloren war.

Meine Puppen waren mir sehr wichtig, und ich besaß sogar eine echte Käthe-Kruse-Puppe. Ulrich schaukelte gern auf seinem mit Fell bezogenen Holzpferd. Bei einem Ausflug auf den Schulhof stürzte ich einmal mit einer Wasserflasche die lange Treppe von unserer Wohnung im ersten Stock hinunter und verletzte mich im Gesicht. Meine Mutter wischte das viele Blut ab und verarztete mich. Heute kann ich noch die Narbe auf meiner Stirn fühlen.

Der Schulhof, auf dem morgens die Dorfkinder tobten, war auch für uns ein Spielplatz, auf dem wir manche Abenteuer erlebten.

Manchmal fing meine Mutter oder Tante Mia eins von

Meine Mutter mit mir im Alter von wenigen Monaten

den Hühnern ein, die in Hof und Garten frei herumliefen, legte es auf den Hackklotz und schlug ihm mit dem Beil den Kopf ab. Zu meinem Entsetzen flog der kopflose Körper blutend noch einige Meter weiter. Ich sah zu, wie das Huhn gerupft, die Stoppeln abgeflämmt und die Eingeweide ausgenommen wurden, ehe es oben in der Küche zubereitet wurde. Das alles ekelte mich nicht, sodass ich später ebenfalls solche Arbeiten verrichten konnte.

Das Spalten von Brennholz mit der Axt auf besagtem Hackklotz war für mich sehr spannend. Vorsichtig und geübt verrichtete meine Mutter diese schwere Arbeit. Beim Zuschauen traf mich manchmal ein Holzscheit, und es gab großes Geschrei. Später durfte ich dann helfen, das Holz aufzuschichten, was sehr sorgfältig geschehen musste, damit der Stapel nicht zusammenkrachte.

Da unsere Wohnung sehr groß war und die Familien meiner Mutter und meines Vaters einen engen Zusammenhalt hatten, kamen oft Verwandte zu uns zu Besuch und blieben auch mehrere Tage. Die „Brieger Oma", die Mutter meines Vaters, mochte ich besonders gern. Ich durfte oft auf ihrem Schoß sitzen und ihr weiches Gesicht streicheln. Wir bekamen aber nicht nur häufig Besuch von den Verwandten, sondern reisten in der Zeit, als das noch möglich war, auch zu ihnen.

Am liebsten fuhren wir mit der Bahn nach Brieg, einer Kleinstadt auf halber Strecke zwischen Oppeln und Breslau, dem Heimatort meines Vaters, wo seine Eltern in der Villa „Heimat" wohnten.

Mein Großvater hätte sich als Lehrer bzw. Rektor einer Volksschule normalerweise eine solche „Villa" niemals leisten können. Mit seiner großen Familie, d. h. mit 14 Kindern, hätte er im Schulhaus wohnen bleiben müssen. Eine der Schwestern meines Vaters, Tante Toni, hatte jedoch im Jahre 1926 in der Klassenlotterie etwa 60 000

Mein Vater auf Urlaub von der Front

R-Mark gewonnen. Die Großeltern kauften von dem Gewinn dieses wunderschöne Haus für ihre große Familie.

Ich erinnere mich gut an dieses Haus aus der Jugendstilzeit. Es hatte im Souterrain, in dem die Küche lag, einen Speisenaufzug zum Esszimmer im Parterre, was ich damals sehr spannend fand, weil ich es nicht kannte. Oft stand ich da und schaute beim Transport des fertigen Essens nach oben zu.

Am wohlsten fühlte ich mich allerdings im Wintergarten, von dem eine breite Freitreppe in den Rosengarten führte. In dem lichten Anbau mit einem Glasdach saß nämlich mein Großvater auf einem Rattan-Schaukelstuhl und rauchte seine Pfeife. Das verbreitete für mich eine so gemütliche Atmosphäre, dass ich mich auf den Schoß meines Opas kuschelte und ganz und gar zufrieden war.

Später erzählte mir mein Vater, dass er und alle Geschwister Angst vor ihrem Vater gehabt hätten und seine Gesellschaft möglichst mieden. Umso mehr genoss mein Großvater die Besuche seiner Enkelkinder, die sich ihm vorbehaltlos näherten und ihm ihre Liebe entgegenbrachten. Diese ungewohnte Zuneigung löste in ihm eine jahrelang aufgestaute Spannung, und er bastelte für die Kleinen hübsche Spielsachen aus Holz. Mir zum Beispiel schenkte er einen braun gebeizten Holzdackel zum Nachziehen, der sich in verschiedenen Gelenken bewegen konnte. Ich liebte dieses Spielzeug sehr, es ging aber, wie so vieles andere, in den Kriegswirren verloren.

Das wunderschöne Haus meiner Großeltern lag direkt am Stadtpark von Brieg. Eine der Schwestern meines Vaters, Tante Ruth, erzählte mir noch im hohen Alter mit verklärtem Gesichtsausdruck, dass damals sechs Nachtigallenpärchen dort gebrütet und gesungen hätten.

Während unserer Besuche in Brieg stellten sich auch

Meine Eltern und Tante Hanne freuen sich an mir

Ich erkunde die Umwelt in Garten und Hof

oft die Tanten mit ihren Partnern ein. Das war ein lustiges Völkchen, es wurde viel musiziert, da alle Kruppakinder Klavier spielen und singen konnten.

Zu den Eltern meiner Mutter, die in Hopfental, Kreis Oppeln, lebten, fuhren wir nur selten. Ich habe kaum Erinnerungen an sie. Es war dort keine angenehme Atmosphäre, weil die sehr geliebte Mutter meiner Mutter schon 1938 gestorben war und die Stiefmutter von den Kindern nicht geschätzt wurde.

Es gab noch eine von meiner Mutter bevorzugte Anlaufstelle, in die sie ihrer Einsamkeit in Kerpen kurzfristig entfloh. Ihr Bruder Fridolin, genannt Onkel Friedel, war als Gutsinspektor auf einem der Güter des Fürsten von Hohenlohe tätig. Die Bahnreise dorthin und die Erlebnisse dort waren für uns Kinder ein einziges Abenteuer. Der „Olgahof" wurde für mich zu einem bleibenden Erlebnis. Wenn wir mit der Bahn ankamen, empfing uns immer eine Kutsche mit zwei oder vier Pferden, die uns zum Olgahof brachte. Im schneereichen Winter bekam die Kutsche Kufen, und mehrere Schlitten wurden angehängt, auf denen die größeren Kinder Platz nehmen durften. Wir fuhren dann die verschneiten Wege bis zum Olgahof. In der Kutsche wurden alle warm in Pelzdekken eingepackt und bekamen Fußsäcke übergezogen. Es war ein unvergleichliches Erlebnis für uns Kinder, fast wie ein Rausch, in kalter, schneller Fahrt mit dem Hufgetrappel der Pferde und dem Geläut der Schellen durch die Weite des oberschlesischen Landes zu gleiten.

Im Olgahof angekommen, erwartete uns die Verwandtschaft, nämlich Geschwister meiner Mutter mit Cousinen und Vettern von uns, die etwa im gleichen Alter waren: Onkel Friedel mit seiner Frau Edith und zwei kleinen Kindern, Helga und Hans-Dieter, dazu Tante Rosel, die ältere Schwester meiner Mutter, ebenfalls

Ulrich kam dazu.
Meine Mutter mit ihren beiden Kindern vor der Laube im Garten

mit den kleinen Kindern, Heidemarie und Hans-Ulrich. Tante Rosel war hier auf den Gutshof zu ihrem Bruder geflüchtet, weil sie sich allein zu Hause nicht mehr sicher fühlte, als ihr Mann Hans in den Krieg eingezogen wurde. Dann war da noch Josef Fröschen, ein größerer Junge, der aus seiner Heimat im Kreis Heinsberg mit der Kinderlandverschickung auf den Olgahof nach Oberschlesien gekommen war.

All die vielen Menschen saßen in der riesigen, anheimelnden Gutshausküche um den langen Tisch herum. An der Seite stand der große Kohlenherd, um den herum Messingstangen angebracht waren, über die man verschiedene Tücher und Lappen, auch Socken, zum Trocknen hängen konnte. In den Herd war ein Behältnis mit einer Messinghaube eingelassen, in dem ständig heißes Wasser blubbernd kochte, das für vielerlei Gelegenheiten gebraucht wurde.

Hier fühlten sich alle sicher und geborgen, und niemand ahnte, dass auch diese Idylle am Ende vom Krieg überrollt werden würde. Josef Fröschen, zu dem Tante Rosel Kontakt gehalten hatte, überbrachte in den fünfziger Jahren die traurige Nachricht, dass er auf der Suche nach dem Olgahof diesen nicht mehr finden konnte, weil das Gutshaus beim Vormarsch der Russen dem Erdboden gleichgemacht worden war.

Für meinen Bruder Ulrich und mich waren die Ferientage auf dem Olgahof immer ein besonderes Ereignis. Abgesehen von dem engen Umgang mit den vielen Tieren liebten wir es zum Beispiel, mit Onkel Friedel über die riesigen weiten Felder zu gehen oder uns von den Knechten und Mägden verwöhnen zu lassen.

Die sehr geliebte Tante Mia, die zwölf Jahre jüngere Schwester meiner Mutter, lebte seit 1943 mit in unserem Haushalt in Kerpen und fuhr meistens mit uns zu den

Tante Mia mit uns im Sandkasten

Ulrich und ich im Stubenwagen,
Moseskörbchen genannt

Ulrich probiert Vaters Mütze und Koppel

Verwandtenbesuchen. Sie war für meine Mutter eine tatkräftige Hilfe, Gefährtin und Gesprächspartnerin, da mein Vater die meiste Zeit im Krieg war.

Wenn er zu Hause war, unterrichtete mein Vater an der dreiklassigen Volksschule, war Organist in der kleinen Kirche und zeitweise auch Standesbeamter. Er genoss ein hohes Ansehen bei der bäuerlichen Bevölkerung Kerpens, was ich bei meinen späteren Besuchen 1995 und 2007 selbst spüren konnte. Schon im September 1939 wurde er jedoch zum Polenfeldzug eingezogen und kam in den folgenden Kriegsjahren bis zu seiner Gefangennahme durch die Russen im Herbst 1944 nur wenige Male zum Urlaub in die Heimat.

In dieser Zeit passierte eine tragikomische Geschichte. Mein Vater war im Winter 1940/41 bei uns in Kerpen im Urlaub von der Front. Es hatte geschneit, wie es in den Wintern Oberschlesiens üblich war. Meine Mutter erwartete damals meinen Bruder Ulrich, der im März 1941 geboren werden sollte. Sie schickte deswegen meinen Vater und mich nach draußen zum Schlittenfahren. Ich hatte nach kurzer Zeit keine Lust mehr auf den Ausflug mit meinem Vater, den ich kaum kannte. Trotzig befahl ich ihm, den Schlitten zu tragen und mich zu den Tanten Rack, die im Nachbarhaus wohnten, zu bringen. Er fügte sich und erzählte später meiner Mutter, wie traurig er über dieses Erlebnis gewesen war.

Meine Mutter wurde von den Bauersfrauen verehrt, da sie ein großes Wissen in der Hauswirtschaft und in der Gesundheits- und Kinderpflege besaß und sich der Mütter des Dorfes annahm. Ich erinnere mich sehr gut, dass Frauen mit ihren kranken Kindern zu uns in die Wohnung kamen und meine Mutter sie quasi ärztlich behandelte, da es keinen Arzt im Dorf gab.

Einmal fand sich eine verzweifelte Frau mit ihrem

Ulrich, Cousine Heidemarie und ich mit dem fellbezogenen Schaukelpferd

Baby bei uns ein, das einen Riesenfurunkel auf seiner Wange hatte. Ich war anwesend, als meine Mutter das Kind untersuchte und ihm anschließend das Eitergeschwür mit einem sterilisierten Messer aufschnitt. Da das alles ohne Betäubung geschehen musste, erinnere ich mich noch deutlich des schrecklichen Geschreis … aber das Kind gesundete.

Meine Mutter versuchte auch in ihrer Eigenschaft als respektierte Lehrersfrau den Bäuerinnen eine bessere Hygiene bei der Pflege ihrer Kinder zu vermitteln. Sie plädierte für das Abschaffen des traditionellen „Steckkissens", sodass Luft und Sonne an die Körper der kleinen Kinder gelangen konnten. Diese Methode lebte sie mit ihren eigenen Kindern den Dorfbewohnern vor, indem wir schon als Babys im Kinderwagen an der frischen Luft statt an dem warmen Kachelofen im Zimmer standen und von klein auf draußen spielten.

Wir drei Kinder wurden während des Krieges geboren: Manfred am 22. Januar 1944, ich am 19. Dezember 1939, beide im Krankenhaus in Oppeln/Oberschlesien, und Ulrich am 28. März 1941 zu Hause in Kerpen, als mein Vater gerade einmal auf Urlaub bei seiner Familie sein konnte.

Wir alle hielten uns in den Sommermonaten sehr viel im Garten hinter dem Schulhof auf, in dem sich eine Laube und ein großer Sandkasten befanden. In Oberschlesien herrschte nämlich ein kontinentales Klima: Die Sommer waren durchgängig schön, sonnig und warm und die Winter sehr kalt mit Schneegarantie.

Im Garten baute meine Mutter alle möglichen Gemüsesorten, sogar Spargel, an. Im Sommer bekamen wir täglich Beeren und anderes Obst frisch von Baum und Strauch zu essen. Da der Hauptlehrer der Schule im Nachbargarten ein Bienenhaus hatte, wurden wir auch

Zu Besuch auf dem Olgahof bei Onkel Friedel

Winter in Oberschlesien
Schlittenfahrt mit unserer Mutter und
selbstgestrickten „Teufelsmützchen"

mit Honig versorgt. Ich erinnere mich an köstliche Honigwaben, die beim Auskauen einen unvergleichlich süßen Geschmack entfalteten. Oft kam es vor, dass wir von einer Biene gestochen wurden. Meine Mutter holte dann im Beet schnell eine Zwiebel und drückte die frisch aufgeschnittene Hälfte auf die Einstichstelle, sodass das Gift neutralisiert und ein Anschwellen verhindert wurde.

Da wir fast Selbstversorger waren, litten wir keine materielle Not und spürten bis Ende 1944 kaum etwas vom Krieg, der in Europa tobte. Nur einmal zog ein Bombengeschwader im Tiefflug über unser Dorf, und wir hörten bald darauf die Detonationen. Ich erinnere mich noch gut, wie alle Nachbarn und vor allem die Kinder in sicherem zeitlichen Abstand neugierig an den Dorfrand eilten, wo wir mitten auf einem Feld mehrere Bombentrichter vorfanden. Wir Kinder empfanden das in dem abgeschiedenen, stillen Dorf, in dem die Tage ereignislos vergingen, als spannende Abwechslung und machten uns keine Gedanken, wie unheilbringend die Bomben hätten sein können, wenn sie in das Dorf gefallen wären.

Aus der Rückschau kann ich sagen, dass die ersten Jahre meiner Kindheit in Kerpen für mich sehr glücklich waren. Ich hatte eine fürsorgliche Mutter, zwei Brüder, Tante Mia und viele Verwandte, die mein Leben bestimmten. Meinen in der Ferne tätigen Vater kannte ich kaum und vermisste ihn deshalb auch nicht. Erst heute kann ich nachempfinden, dass meine damals dreißigjährige Mutter in diesem abgelegenen Bauerndorf oft sehr einsam war und sich nach meinem Vater sehnte, den sie doch erst vor wenigen Jahren geheiratet hatte.

Meine Eltern

Mein Vater, Hubert Florian Kruppa, wurde am 5. Mai 1909 in Zawada-Herzoglich/Oberschlesien (OS) geboren. Er war das zehnte von vierzehn Kindern und betonte immer, dass er der Zehnte und Schönste war, was er sogar auf die Rückseite eines Passfotos geschrieben hatte.

Er war in einer dörflichen Lehrerfamilie mit einer liebevollen Mutter, einem distanzierten Vater, drei Brüdern und zehn Schwestern aufgewachsen. Sein ältester Bruder Georg, ein sehr begabter Unterprimaner, fiel bereits zu Beginn des Ersten Weltkriegs 1914 an der Westfront.

Als mein Vater schon zwölf Jahre alt war und immer noch die Gänse auf den Wiesen hütete, bemerkte eines der vielen Familienmitglieder, dass der kleine Hubert wohl allmählich auf das Gymnasium gehen müsste. Er bekam einige Nachhilfestunden und wurde gleich in eine höhere Klasse des Matthias-Gymnasiums in Breslau eingeschult. Diese Schule war hoch angesehen, und viele Angehörige des Adels schickten ihre Söhne dorthin. Das Gebäude stammte aus der Barockzeit und war der Dominsel vorgelagert, weshalb mein Vater immer davon sprach, es läge im Schatten des Domes.

Diese Schule hatte viele Jahre vor ihm schon sein so früh verstorbener Bruder Georg besucht, der ihm von den Lehrern stets als Vorbild hingestellt wurde, worüber sich mein Vater immer wieder ärgerte.

In dieser Zeit lebte mein Vater mehr schlecht als recht bei seiner älteren Schwester Ella, die in Breslau verheiratet war. Er hatte nie Geld zur Verfügung, um einmal mit seinen Freunden auszugehen, und litt sehr darunter.

Mein Vater als Student beim Skifahren in der Hohen Tatra

Meine Mutter, geboren am 18. Mai 1911

Mein Vater liebte dieses Foto sehr und sagte immer, es sei ihr ausdrucksvollstes Porträt.

Meine Mutter als Verlobte im Jahre 1938

Nach bestandenem Abitur im März 1929 wollte er gern Medizin studieren, konnte aber wegen der einsetzenden Weltwirtschaftskrise und seiner wenig zahlungskräftigen Familie das teure und lange Studium nicht beginnen. Also ging er nach Dresden und Beuthen an die Hochschule für Lehrerbildung und legte im März 1932 in Beuthen die erste Lehrerprüfung ab.

Zunächst war er arbeitslos und studierte deshalb in den Jahren 1932 bis etwa 1936 an der philosophischen Fakultät in Breslau. In dieser Zeit schrieb er auch seine Doktorarbeit bei Professor Wellek mit dem Titel: „Der Gemeinschaftsgedanke bei Herder". Er vollendete sie, ohne jedoch das Rigorosum absolvieren zu können.

Im Jahre 1936 bekam er endlich eine Anstellung als Junglehrer in Alt-Poppelau/OS, und er legte dort am 7.12.1937 die zweite Lehrerprüfung ab.

In dieser Zeit lernte er im Freundeskreis der Lehrer meine Mutter kennen. Sie war am 18. Mai 1911 in Schurgersdorf, Kreis Ratibor, ebenfalls in eine große Lehrerfamilie als drittes von zehn Kindern hineingeboren worden und bei ihrem Vater in die Volksschule gegangen. Durch Kurse und Lehrgänge erwarb sie sich die Unterrichtsbefähigung in den Fächern Hauswirtschaft, Handarbeit und Säuglingspflege. Später war sie Wirtschaftsleiterin in einem Jugend-und Altenheim in Klosterbrück, Kreis Oppeln.

Tante Rosel, ihre ältere Schwester, vermittelte die Beziehung. Sie war auf der Sparkasse in Breslau beschäftigt und verwaltete das ständig überzogene Konto meines Vaters. Ich bin sicher, dass sie ein gutes Auge hatte, die beiden für damalige Verhältnisse nicht mehr ganz jungen Menschen zusammenzuführen.

Meine Mutter war nämlich nach einer langen Verlobungszeit mit dem Lehrer Hans Wenzel, der auch ein

Meine Eltern als Verlobte

Hochzeit meiner Eltern am 12. Februar 1939

begabter Musiker war, wieder allein. Sie hatte die Verbindung auf Drängen ihrer Eltern lösen müssen, weil ihr Auserwählter allzu kräftig dem Alkohol zusprach. Außerdem war im Mai 1938 ihre sehr geliebte Mutter im Alter von erst 52 Jahren verstorben und hatte eine Reihe von noch nicht versorgten Kindern hinterlassen.

Diese beiden Schicksalsschläge rissen meine Mutter in eine tiefe körperliche und seelische Krise, aus der sie mein Vater durch seine große Bewunderung und Liebe befreite. Die beiden heirateten recht bald am 12. Februar 1939. Ich frage mich bis heute, wie meine Mutter im ländlichen Oberschlesien im winterlichen Februar an einen Brautstrauß aus weißem Flieder, wie auf dem Hochzeitsfoto zu erkennen, gelangen konnte.

Am 1. April 1939 erhielt mein Vater in Alt-Poppelau seine Verbeamtung auf Lebenszeit, und im Sommer 1939 zog er mit seiner schwangeren Frau in das Schulhaus in Kerpen/Kreis Neustadt/OS. Am 19. Dezember 1939 wurde ich geboren.

Fluchtversuche

Als die Herbstoffensive der russischen Armee zum Winteranfang 1944 unserem Heimatort Kerpen immer näher rückte und wir bei Ostwind schon das Artilleriefeuer hören konnten, waren die deutschen Behörden bestrebt, die Mütter mit ihren Kindern aus diesem höchst gefährdeten Grenzgebiet zu evakuieren.

Onkel Friedel, ein Bruder meiner Mutter, bekam daher einen amtlichen Erlaubnisschein, uns mit seinem Auto aus der Gefahrenzone hinauszubringen. Wir brachen also am 21. Januar 1945 von Kerpen aus auf. Meine Mutter, Tante Mia und wir drei Kinder zwängten uns in das kleine Auto von Onkel Friedel. Dieser hatte große Mühe, die Militärkolonnen zu passieren, und musste oft den Feldgendarmen seinen Erlaubnisschein vorzeigen.

Dem fünfjährigen Mädchen, das ich damals war, wurden durch diesen für mich unverständlichen und überstürzten Aufbruch aus dem behüteten Elternhaus die Sinne geschärft. Da ich die Zusammenhänge nicht verstand, sah ich in jeder Veränderung eine Gefahr für meine Familie und hatte furchtbare Angst. Immer wenn mehrere Erwachsene zusammenstanden, versuchte ich, sie zu belauschen. Ich verstand aber nur wenig, weil sie flüsterten. Doch immer wieder hörte ich einen Namen, der in meinen Ohren wie „Adol Fittler“ klang, und reimte mir zusammen, dass das wohl ein böser Mensch sei, der unser Unglück verschuldet hatte.

Ich hörte von den Erwachsenen auch immer wieder, dass die Verantwortlichen des Krieges jederzeit eine Giftpille mit sich führten, um sich und ihre Familien im Falle einer Niederlage zu töten. Das Wort „Zyankali“

prägte sich mir ein. Ich erinnere mich noch genau an das Drama „Göbbels“, der angesichts des gescheiterten Krieges zusammen mit seiner Frau seine ganze Familie, zu der sechs Kinder gehörten, vergiftete. Durch das Elend und Chaos um uns herum war ich ganz von der Angst besessen, mit meiner Familie auch bald sterben zu müssen. Deswegen bat ich mehr als einmal meine Mutter sehr eindringlich, sich auch solche Giftpillen zu besorgen, aber sie ging nicht so recht darauf ein. Das Thema „Giftpille für den Notfall“ beschäftigte mich damals sehr, und der Gedanke tauchte wieder auf, als sich Anfang der fünfziger Jahre die Kubakrise zuspitzte und die Menschen wegen eines neuen Krieges in Angst leben mussten.

Der Winter war im Januar 1945 besonders streng. Die Menschen auf der Flucht vor der russischen Armee erlitten in der eisigen Kälte Erfrierungen, und besonders die kleinen Kinder waren im höchsten Grade gefährdet.

Deshalb waren wir glücklich, mit Onkel Friedel Ottmachau zu erreichen, wo die Eltern von Tante Mias Verlobtem das Dorfgasthaus betrieben. Alle freuten sich auf eine warme Mahlzeit, die uns auch in der Gaststube serviert wurde. Ich erinnere mich noch heute an den scharfen und unangenehmen Geschmack eines Wildschweinbratens, den ich trotz meines großen Hungers nicht zu essen vermochte.

Hier in Ottmachau trennte sich Tante Mia eine Zeit lang von uns und fuhr auf abenteuerlichen Wegen noch einmal nach Kerpen zurück, um dringend benötigte Kleidungsstücke für uns Kinder zu holen und verschiedene, für die damalige Zeit „wertvolle“ Sachen im Garten hinter der Schule zu vergraben. Sie übergab uns später den Lageplan der versteckten Gegenstände.

Nach einigen Tagen musste meine Mutter mit uns drei

Kindern unsere Zuflucht in Ottmachau verlassen, da die deutsche Gemeindeverwaltung angesichts der gefahrvollen Lage bestrebt war, Mütter mit ihren Kindern ins ruhige Hinterland zu bringen. Mit der Reichsbahn fuhren wir nach Glatz, wo Tante Mias Patentante wohnte, blieben dort aber auch nur einige Tage.

Unser nächstes Ziel war Waldenburg. Hier kamen wir erst am späten Abend an und beabsichtigten, ein Flüchtlingslager aufzusuchen. In einer nur wenig besetzten Straßenbahn fragte meine Mutter die Schaffnerin, wo denn dieses zu finden sei. Da bot uns die freundliche Frau an, in ihrer eigenen Wohnung unser Quartier zu beziehen, da sie ohnehin gezwungen werden würde, eine Flüchtlingsfamilie bei sich aufzunehmen.

Infolge unserer mehrfachen Ortswechsel war es Tante Mia, die aus Kerpen zurückgekehrt war, zunächst nicht möglich, uns ausfindig zu machen. Auf ihrer Spurensuche gelangte sie schließlich nach Waldenburg. Der Zufall wollte es, dass sie in die gleiche Straßenbahn wie wir vor wenigen Tagen einstieg und mit derselben Schaffnerin ins Gespräch kam. Als Tante Mia diese fragte, ob sie nicht zufällig eine blonde Frau mit drei Kindern, die aus dem Dorf Kerpen stammten, gesehen habe, erfuhr sie zu ihrer großen Freude unseren damaligen Aufenthaltsort. Noch heute erinnere ich mich an unsere Begeisterung, als sie plötzlich vor uns stand und wir sie in der Wohnung der hilfsbereiten Schaffnerin begrüßen konnten. Solche Wunder brachten in diesen trostlosen Tagen der Kriegswirren etwas Sonne und Zuversicht in unsere Herzen.

In Waldenburg blieben wir zwei bis drei Wochen. Währenddessen hatte sich die militärische Lage verschärft, und ein Beauftragter des Bürgermeisters forderte uns auf, die Stadt schleunigst zu verlassen, da mit

Bombardierungen zu rechnen sei. Wir sollten mit einem Flüchtlings-Eisenbahnzug nach Dresden evakuiert werden, weil die Stadt bisher vom Krieg verschont worden war und als sehr sicher galt. Meine Mutter, die auch später in verschiedenen Situationen einen siebten Sinn bewies, ahnte Unheil und weigerte sich, der Aufforderung nachzukommen.

Das rettete unserer Familie möglicherweise das Leben, denn es wurde im Nachhinein bekannt, dass viele mit Flüchtlingen voll besetzte Züge im Dresdner Hauptbahnhof standen und von englischen und amerikanischen Tieffliegern bombardiert wurden.

In dem Bombenhagel kamen damals nach aktuellen Recherchen mehr als 200 000 Menschen um, vorwiegend Frauen und Kinder, Bewohner Dresdens, aber auch Flüchtlinge, die in der überfüllten Stadt Schutz gesucht hatten.

Noch in Waldenburg erreichte meine Mutter die Nachricht des Ortsgruppenleiters aus dem Nachbarort Kerpens, dass es an der Front ruhiger geworden sei und wir nach Hause zurückkehren könnten. Diese Mitteilung sollte sich bald als verhängnisvoll erweisen.

Nach unserer Ankunft in Kerpen rollte nämlich nach einigen Wochen der Ruhe vor dem Sturm die russische Offensive, die unaufhaltsam alles vernichtete, in westlicher Richtung vorwärts. Die deutschen, nach jahrelangem Krieg völlig erschöpften Truppen zogen sich zurück. Wir konnten auch in Kerpen den Gefechtslärm der näher kommenden Front hören, und es wurde für uns allerhöchste Zeit, unser Heimatdorf ein zweites Mal zu verlassen.

Meine Mutter packte in aller Eile die ihr für die erneute Flucht wichtig erscheinenden Sachen zusammen und bat den Fahrer eines Heeresmannschaftswagens, sie mit ihren drei Kindern sowie Tante Mia mitzunehmen. Unter großen Bedenken gab dieser sein Einverständnis dazu. Das Elend unseres übereilten Aufbruchs wurde dadurch noch verschlimmert, dass mein einjähriger Bruder Manfred an Brechdurchfall erkrankt war. Als die Soldaten den erbärmlichen Zustand des Kleinkindes sahen, äußerten sie meiner Mutter gegenüber Bedenken, das kranke Kind bei der Kälte überhaupt mitzunehmen. Sie sagten: „Lassen Sie es zurück, da es sowieso sterben wird, und verwenden Sie Ihre Kräfte lieber darauf, die anderen beiden Kinder durchzubringen." Meine Mutter hielt den Kleinen nun umso fester an sich gedrückt.

In dem etwa drei Kilometer von Kerpen entfernten Dorf Mochau sollten sich die allerletzten Flüchtlinge sammeln. Granaten und Geschosse der „Stalinorgeln" detonierten in der Nähe von Mochau, und Schüsse aus Maschinengewehren trafen viele Soldaten. Der nahe Gefechtslärm und der Anblick von toten und verletzten Soldaten versetzten nicht nur die Erwachsenen in Furcht und Schrecken, sondern verursachten auch bei uns Kindern panische Angst. Diese wurde aber immer wieder dadurch gemildert, dass unsere Mutter und Tante Mia uns gegenüber ihre Todesangst leugneten, und die kleine Familiengruppe fasste neuen Lebensmut.

In Mochau angekommen, regnete es in Strömen. Da die Straßen sich in einen unpassierbaren Morast verwandelt hatten, wurden wir aufgefordert, den Mannschaftswagen zu verlassen. Außerdem bekam meine Mutter den Vorwurf zu hören, dass sie es versäumt hatte, uns rechtzeitig evakuieren zu lassen.

Wir hatten jedoch Glück im Unglück, denn ein vorbeikommender Wehrmachtsbus nahm uns Flüchtlinge auf und versuchte, uns aus dem Kampfgebiet in Sicherheit zu bringen.

Inzwischen war bekannt geworden, dass die russischen Truppen dieses Gebiet bereits umzingelt hatten und wir uns in einem „Kessel" befanden. Während der Fahrt wurde der Bus von mehreren Infanteriegeschossen getroffen, sodass der Busfahrer sich entschloss, die Straße zu verlassen und mitten durch das von Panzern zerwühlte, regendurchweichte Feld zu fahren. Da das Fahrzeug nicht besonders geländegängig war, fuhr es sich in dem tiefen Morast des Ackers schnell fest. Dem Fahrer gelang es nicht mehr, den Bus flottzumachen, und so blieb uns nichts anders übrig, als in dem strömenden Regen auszusteigen.

Dadurch wurde für uns die Lage katastrophal, nachdem wir uns im Bus noch verhältnismäßig sicher gefühlt hatten. Meine Mutter hatte uns Kinder darinnen warm eingepackt, und wir alle waren schon voller Vorfreude, bald aus diesem Inferno gerettet zu sein. Nun aber weinten wir angesichts dieser hoffnungslosen Situation, denn wir befanden uns mitten im Kampfgebiet. Leuchtraketen und Kugeln flogen uns um die Ohren und detonierten mit gewaltigem Lärm unweit von uns. Wir waren in höchster Lebensgefahr, und es ist mir bis heute unbegreiflich, wie wir alle lebend und unverletzt diesem Schlachtfeld entrinnen konnten. Soldaten versuchten uns zu trösten, indem sie darauf hinwiesen, dass die Russen Müttern mit Kindern nichts antun würden, dass sie selbst aber einer ungewissen Zukunft entgegengingen.

Das meiste Gepäck mussten wir im Bus zurücklassen, zu meinem großen Leidwesen auch meine neue Käthe-Kruse-Puppe, die ich sehr lieb gewonnen hatte. In dieser lebensbedrohlichen Lage weinte ich fünfjähriges Mädchen unaufhörlich über den schmerzlichen Verlust dieses Spielzeuges.

Es blieb uns nun nichts anderes übrig, als zu Fuß

durch den tiefen, klebrigen Morast in Richtung Deutsch-Rasselwitz weiterzustapfen. Mein Bruder Ulrich verlor dabei einen Schuh. Glücklicherweise hatte meine Mutter in dem letzten uns noch verbliebenen Koffer ein Paar Reserveschuhe, die sie ihm unterwegs anzog.

In dieser fast ausweglosen Situation war uns ein weiteres Mal das Schicksal gnädig, als nämlich zwei pferdebespannte, niedrige Panjewagen auftauchten, die offensichtlich zu einer versprengten Sanitätseinheit gehörten. Sie erbarmten sich unserer Familie, indem sie uns Kinder auf einen der Wagen setzten, während die Erwachsenen nebenher gehen mussten, um das oft im Morast stecken bleibende Gefährt freizuschieben.

Während dieser Fahrt gelangten wir an eine Eisenbahnunterführung, unter der wir vor den Geschossen der Stalinorgeln Schutz suchen wollten. Ein Soldat warnte uns vor der Gefährlichkeit gerade dieses Platzes und führte die Gruppe in einen splittersicheren Bunker. Als wir diesen nach einiger Zeit verließen, stellten wir zu unserem Entsetzen fest, dass die Frauen und Kinder, die sich unter der Eisenbahnbrücke versteckt hatten, alle durch einen Volltreffer den Tod gefunden hatten.

In dieser Situation bekamen wir die Meldung, dass wir zu unserem Zielort Deutsch-Rasselwitz nicht gelangen durften, weil er gerade von den Russen eingenommen worden war. Es blieb der Gruppe nichts anderes übrig, als diese kalte, regnerische Nacht auf freiem Feld zu verbringen. Mein Vater erzählte später, wie sehr sich meine Mutter in der Erinnerung an die in dieser Nacht erlittenen Leiden beim Erzählen gequält hatte. Wir alle waren übermüdet, hungrig, durchnässt und froren entsetzlich. Meine Mutter bekam auf dringendes Bitten vom Fahrer des Wagens aus dessen Sanitätsbeständen Mull, Watte und Verbandszeug, um meinem kleinen Bruder

Manfred die völlig durchnässten Windeln zu wechseln.

In diesem Chaos scheint es unglaublich, dass überhaupt die Information zu uns gelangen konnte, der Ort sei wieder in deutscher Hand. Als der Gefechtslärm also gegen Morgen abebbte, entschloss man sich, Deutsch-Rasselwitz zu erreichen. Ich kann mich noch gut daran erinnern, dass wir auf dem Weg dorthin viele tote Soldaten liegen sahen. Vom Hunger getrieben, entschloss sich die Gruppe, in den Ort zu gehen, um in der Küche eines nahen Hauses ein warmes Essen für die hungrigen und erschöpften Flüchtlinge zu bereiten. In dem leer stehenden Haus begrüßte uns freudig ein einsamer kleiner Dackel, während ich mich in der fremden Küche umschaute, meinen Finger in ein Glas mit Zucker steckte und dankbar diese Köstlichkeit lutschte.

Auf unserer abenteuerlichen Flucht hatte sich uns ein junges Mädchen mit drei kleineren Geschwistern angeschlossen, die ihre Mutter durch einen Granatsplitter verloren hatten. Sie trennten sich erst am nächsten Tag von uns, um auf einem anderen Weg in ihr Heimatdorf zurückzukehren.

Während wir uns noch in der Küche versorgten und aufwärmten, stürzte plötzlich ein deutscher Soldat herein und rief uns zu, sofort das Haus zu verlassen, da sich darin einige Russen befänden. Wir liefen hinaus und mussten zu unserem Entsetzen feststellen, dass der Panjewagen, auf dem sich unser restliches Gepäck befunden hatte, verschwunden war, obwohl der Fahrer versprochen hatte, auf uns zu warten.

Was wir nicht ahnten, war, dass die Deutschen in der Zwischenzeit alle verfügbaren Soldaten zusammengezogen hatten, um mit Panzerfäusten einen Gegenangriff zur Rettung der Brücke zu starten. Bei diesem Angriff sollen fast alle deutschen Soldaten, darunter auch die beiden Fahrer unserer Wagen, gefallen oder in russische Gefangenschaft geraten sein.

Wir flüchteten also in den Kartoffelkeller des Nachbarhauses und verhielten uns auf Anweisung unserer Mutter mäuschenstill. Plötzlich gab es im vorderen Teil des Kellers einen furchtbaren Knall. Russische Soldaten hatten eine Handgranate hineingeworfen, um auszuschließen, dass sich Menschen darin befanden. Das ohrenbetäubende Geräusch, die Druckwelle und der Gestank nach Schießpulver, den ich noch jahrelang in der Nase hatte, betäubten uns eine kurze Zeit. Dann liefen wir in panischer Angst über die zerstörte Kellertreppe auf die Dorfstraße. Dort kamen uns schon mehrere russische Soldaten entgegen, die sehr freundlich waren und uns Kindern Taschentücher schenkten.

Meine Mutter, die unerschrocken auch in schwierigen Situationen immer eine Lösung fand, entschloss sich, entgegen dem Rat der Russen, die uns wieder zurück ins Kampfgebiet schicken wollten, den entgegengesetzten Weg zu wählen, um in unser Heimatdorf Kerpen zurückzukehren. Da unsere Route durch die Hotzenplotz führte, mussten die Erwachsenen durch den Fluss waten. Dabei hielt meine Mutter den kleinen Manfred in ihren Armen, während Tante Mia meinen Bruder Ulrich und mich einzeln auf ihren Schultern ans andere Ufer brachte.

Unser Ziel war zunächst Oberglogau, eine kleinere Stadt in der Nähe von Kerpen, die teilweise zerstört war und an mehreren Stellen brannte. Dort angekommen, fiel einer Frau unser elendes Häuflein auf, und sie geleitete uns zum Haus ihrer Schwester, die uns für die Nacht ihr Schlafzimmer überließ. Nachdem sich alle mit einem warmen Abendessen gestärkt hatten, wurden wir Kinder ins Bett gebracht, das uns trotz des nicht bezogenen

Bettzeugs, in dem vorher sicherlich schon alle möglichen Leute geschlafen hatten, nach langer Zeit wieder Ruhe und Schlaf verhieß. Zur Vorsicht hängte meine Mutter noch eine Wolldecke vor das zertrümmerte Fenster.

Meine Mutter und Tante Mia wollten sich noch in der Küche mit der Wirtin unterhalten, um zu erfahren, was in Oberglogau und vor allem in Kerpen in der Zwischenzeit vorgefallen sei. Da erschien ein Russe an der Tür, der die drei Frauen warnte, nicht so sorglos dazusitzen, da sich in der Umgebung noch viele Russen aufhielten. In jedem Fall sei es aber ratsam, das junge Mädchen, d. h. Tante Mia, die damals zwanzig Jahre alt war, im Bett zu verstecken. Während der Nacht erschienen mehrfach russische Soldaten in unserem Schlafzimmer, und meine Mutter versicherte ihnen jedes Mal, dass hier nur ihre vier Kinder schliefen. Sie hatte Tante Mia ein rotes Schleifchen ins Haar gesteckt, um ihr ein kindliches Aussehen zu geben, und so ließen sie uns in Ruhe.

Ich habe mich in späteren Jahren oft gefragt, warum meine Mutter so ungeschoren durch alle Wirrnisse und Gefahren des Krieges gekommen ist. Sie war damals knapp vierunddreißig Jahre alt und eine bildschöne, junge Frau, die den Männern sicherlich gefiel. Aber sie war eine starke Frau, die unnahbar wirkte und die vor allem als Mutter ihrer Kinder auftrat und auch als solche respektiert wurde.

Mit letzter Kraft machte sich unsere Familie also am nächsten Tag bangen Herzens auf den drei Kilometer langen Weg zu Fuß nach Kerpen, das seit zwei Tagen von den Russen besetzt war. Der kleine Manfred wurde in eine gestrickte Wolldecke, die uns als einzige noch geblieben war, eingepackt und in einen Handwagen gelegt, den uns die Wirtin geliehen hatte.

Als wir Kerpen erreichten, rief uns Frau Kipka, die am

Dorfrand wohnte, gleich in ihr Haus hinein. Sie freute sich mit uns, dass wir dem Inferno der letzten Tage lebend entronnen waren, und sie war sogar der Ansicht, dass wir in Kerpen möglicherweise noch schlimmere Dinge nach dem Einmarsch der russischen Truppen erlebt hätten. Sie informierte uns eingehend über die Situation in unserem Dorf und erzählte von den russischen Soldaten, die Haus für Haus plünderten und junge Mädchen und Frauen vergewaltigten, sofern diese sich nicht versteckt hielten.

In unsere Wohnung im Schulgebäude konnten wir nicht zurückkehren, da die Russen dort ihre Ortskommandantur eingerichtet hatten. Zu unserem großen Glück nahm uns vorerst die Nachbarsfamilie Rack auf, die eine kleine Landwirtschaft betrieb und aus vier, unserer Familie verbundenen Frauen bestand: Mutter Rack sowie den drei unverheirateten Töchtern Maria, Anna und Klara.

Ich kann mich noch an die dunkle Küche mit dem großen Herd der Racks erinnern, die ich in besseren Zeiten als kleines Mädchen mit Freude besucht hatte und in der ich so gern auf den Schoß der schwarz gekleideten, am Herd sitzenden Mutter kletterte, die mich mit Walnüssen und Honig fütterte. Am liebsten hatte ich aber „Tante Klara", die jüngste Tochter, die damals etwa 50 Jahre alt war. Mein Vater erzählte später immer die für ihn traurige Geschichte, als er mich bei einem seiner seltenen Besuche zu Hause mit dem Schlitten durch das Dorf zog und ich ihm in Höhe des Hauses Rack einfach davonlief und ihn allein stehen ließ, um zu „Tante Klara" zu gehen.

Ins Schlafzimmer des Rack`schen Hauses war schon eine Flüchtlingsfamilie einquartiert worden, sodass uns nichts anderes übrig blieb, als uns in einer Ecke der Küche einzurichten. Meine Mutter legte Matratzen auf dem Fußboden zurecht, auf denen sie mit meinen kleinen Brüdern die Nacht verbringen konnte. Ich dagegen zog es vor, reihum bei den Tanten Rack in deren Bett zu schlafen. Ulrich lehnte diesen Schlafmodus kategorisch mit der Begründung ab, dieses zieme sich nicht für einen Jungen und er wolle lieber neben seiner Mutti schlafen. Tante Mia zog es zusammen mit weiteren Mädchen des Dorfes vor, aus Sicherheitsgründen ihr Nachtlager auf dem Heuboden einzurichten.

Nach einigen Tagen verlegten die Russen ihre Kommandantur ins Nachbardorf Repsch, und wir bekamen vom russischen Kommandeur die Erlaubnis, in unsere Schulwohnung zurückzukehren.

Wir waren entsetzt, wie es dort nach dem Chaos der letzten Wochen aussah: Die Russen hatten hier offensichtlich Schießübungen abgehalten, denn der große Spiegel war zertrümmert, und die Ehebetten wiesen mehrere Einschüsse auf. Meine Mutter und Tante Mia hatten nun die vordringliche Aufgabe, diese verwüstete Wohnung wieder in Ordnung zu bringen. Da in unserer Abwesenheit auch Plünderungen durch die Dorfbewohner stattgefunden hatten, holte meine Mutter sich das Bettzeug und die Tischwäsche teilweise von den Wäscheleinen der Bauern zurück.

Die während unseres Fluchtversuchs von Tante Mia im Schuppen und im Garten vergrabenen Sachen waren größtenteils von den Russen entdeckt und gestohlen worden, obwohl Tante Mia ein Loch in den Lehmboden des Holzschuppens gegraben, dort verschiedene Textilien in Einmachgläsern, sogenannten „Krausen", versteckt und auf die Stelle zu Tarnzwecken einen hohen Turm aus Holzscheiten geschichtet hatte. Es war eine vergebliche Arbeit gewesen! Wenn ich heute die Liste der „vergrabenen Schätze" lese, wundere ich mich über die in meinen Augen wenig wertvollen Gegenstände, die mit großem Aufwand gerettet werden sollten.

In der unter uns gelegenen Wohnung des Schulleiters wohnten noch immer einige Russen, für die meine Mutter kochen musste. Dies hatte für die ganze Familie Vorteile, da das überschüssige Essen uns zugutekam. Meine Mutter war mittellos, da sie, nachdem mein Vater in Kriegsgefangenschaft geraten war, kein Gehalt mehr bekam. Tante Mia arbeitete zeitweise in der Metzgerei, die die Russen im Dorfgasthaus provisorisch eingerichtet hatten, und trug auch dadurch zu unserer Ernährung bei.

Meine Mutter umgab sich tagsüber zu ihrem Schutz mit uns Kindern. Sie war dadurch für die Russen, die sehr kinderlieb waren, unantastbar. Ein von uns sogenannter „deutscher Russe", der sich durch freundliches Benehmen von den anderen abhob, hielt auch offensichtlich seine schützende Hand über unsere Familie. Er zeigte uns einmal sehr stolz seinen linken Arm, der vom Handgelenk bis unter die Achsel mit Armbanduhren bedeckt war. Er hatte sie sicherlich irgendwo mitgehen lassen und freute sich kindlich über seine Beute. Im Krieg herrschen eben andere Gesetze, und so etwas konnte man unter die weniger schlimmen Übergriffe einordnen.

Im Gegensatz dazu befanden sich meine Mutter und Tante Mia in großer Gefahr, wenn sie sich am Abend in unsere eigene Wohnung im ersten Stock zurückzogen. Dann machte sich große Angst vor Überfällen in den Herzen meiner Mutter und Tante Mia breit. Jede Nacht wurde nämlich mit dem Gewehrkolben viele Male von Russen an die Etagentür geklopft, und sie begehrten Einlass. Dadurch wurden die beiden Schwestern gezwungen, sich regelrecht zu verbarrikadieren.

Ich erinnere mich des allabendlichen Rituals: Ein

niedriger Schrank wurde innen vor die Tür geschoben und ein Aufbau darauf errichtet, auf den zum Schluss ein gusseisernes Bügeleisen unter die Türklinke geklemmt wurde, damit diese von außen nicht hinuntergedrückt werden konnte. Diese Mühen hatten schon einmal einen gewissen Erfolg, und die Belästigungen ließen vor allem dann nach, als sich unsere Mutter bei der Kommandantur darüber beschwert hatte.

Inzwischen war der Krieg für die Deutschen verloren und zu Ende gegangen. Oberschlesien gehörte nun zu Polen, und entsprechend zogen polnische Bürger, die aus dem Osten des Landes zwangsevakuiert worden waren, nach Westen, und sie begannen, sich in unserer Gegend anzusiedeln.

Im Dorf ging das Gerücht, dass bald ein polnischer Lehrer mit seiner Familie nach Kerpen versetzt werden und in unsere Wohnung ziehen sollte. Meine tatkräftige Mutter fragte deswegen den russischen Kommandanten um Rat, und dieser schlug vor, sie solle bereits vor der Ankunft des polnischen Lehrers im Dorf eine andere Wohnung mieten sowie Möbel und Hausrat bei den Bauern unterstellen.

Der Rat des Russen war sehr gut, denn eine Woche später trafen tatsächlich der polnische Lehrer und seine Familie in unserem Dorf ein und forderten von meiner Mutter die Herausgabe der Möbel und Teile des Hausrates, da diese angeblich Staatseigentum seien. Als sie jedoch merkten, dass meine Mutter ihre Rechte sehr energisch verteidigte und darauf hinwies, die Möbel vor Jahren käuflich erworben zu haben, gaben sie nach. Sie nahmen aber Ulrichs mit echtem Fell bezogenes Schaukelpferd mit, das im Hof stand. Mein Bruder weinte um sein geliebtes Spielzeug genauso, wie ich während der Flucht um den Verlust meiner Puppe getrauert hatte.

Leider war es uns nicht gelungen, aus unserer umkämpften und schließlich von den Russen eingenommenen oberschlesischen Heimat in den Westen zu gelangen. Wir hatten abenteuerliche und schreckliche Dinge erlebt, waren aber schließlich wieder nach Kerpen zurückgekehrt, ohne dass eines der Familienmitglieder Schaden genommen hatte. Wieder am Ausgangspunkt unserer Fluchtversuche zurückgekehrt, mussten wir mit der veränderten Lebenssituation fertigwerden. Deutschland hatte den Krieg verloren, die Russen waren weit nach Westen vorgedrungen, und unser früher deutsches Dorf wurde dem polnischen Staat einverleibt und mit polnischen Staatsbürgern besiedelt.

Aber wenigstens war der Krieg zu Ende, und zumindest für uns Kinder eröffnete sich mit Beginn des Sommers 1945 in unserer vertrauten, ländlichen Umgebung wieder so etwas wie eine heile Welt, die sich allerdings als zeitlich sehr begrenzt erweisen sollte.

Interim

Nach dem für Deutschland verlorenen Krieg wurde unsere oberschlesische Heimat Polen einverleibt. Unsere Familie hatte kein Bleiberecht mehr in der Wohnung im Schulgebäude von Kerpen, da dort der polnische Lehrer mit seiner Familie eingezogen war. Deswegen waren wir glücklich, beim Bauern Josef Nohl, dessen landwirtschaftlicher Betrieb sich auf dem der Schule und Kirche gegenüberliegenden Ufer der Hotzenplotz befand, Unterschlupf zu finden.

Die hilfsbereiten Bauersleute hatten drei Kinder, die Töchter Maria und Hilda und den Sohn Johann, die alle einige Jahre älter als meine Brüder und ich waren. Meine Mutter mit Tante Mia und uns drei kleinen Kindern bewohnten zwei Zimmer im Bauernhaus, in denen wir zum Teil unsere Möbel unterbringen konnten. In einer der Kammern, in der wir auch schliefen, stand in einer Ecke eine Reihe von Säcken mit Getreidevorräten. Diese zogen das Ungeziefer an, und so geschah es oft, dass wir abends Mäuse, die über das Gesicht des schlafenden, zweijährigen Manfreds huschten, vertreiben mussten. Wir entdeckten manchmal morgens blutige Bissspuren der kleinen Nager auf seiner Nase.

Die Küche wurde von beiden Familien gemeinsam genutzt, und wir durften unser großes Küchenbuffet dort hineinstellen. Da die Mitglieder der Wohngemeinschaft sich gut verstanden, gab es nie Streit untereinander. Tante Mia und meine Mutter machten sich vor allem zur Ernte- und Dreschzeit dadurch nützlich, dass sie für alle Hausbewohner und für die Erntehelfer kochten und auch sonst in der Wirtschaft mithalfen.

Ich erinnere mich noch gut des großen, holzgefeuerten Herdes, der im Mittelpunkt der Küche stand. Unvergleichlich köstliche Gerüche stiegen in meine Nase, wenn Scheiben des frisch gebackenen Brotes auf die heiße Herdplatte gelegt und geröstet wurden. Dazu gab es die im Butterfass frisch geschlagene Butter und wohlschmeckende Buttermilch mit Butterklümpchen. Nie mehr im Leben habe ich solche Wohlgerüche und einen solchen Wohlgeschmack erlebt.

Manfred saß bei den Mahlzeiten am liebsten auf dem Schoß des Pfeife rauchenden und meist schweigsamen, oft mürrischen Bauern Nohl, der das offenbar gernhatte. Meine Mutter dagegen war damit nicht einverstanden, weil der alte Mann ungewaschen war und fleckige Kleidung trug. Außerdem war der zweijährige Manfred dem beißenden Pfeifenrauch ausgesetzt. Aber wir waren zu Gast im Hause Nohl und mussten uns den Gepflogenheiten der Bauersleute fügen.

Da meine Mutter in diesem Nachkriegsjahr über keinerlei staatliche Bezüge verfügte, bestand ihre Haupterwerbsquelle darin, für die Frauen und Mädchen des Dorfes Kleider und Blusen zu nähen, wofür sie als Gegenwert Lebensmittel erhielt. Manchmal schickte sie mich zu säumigen Zahlern mit der Bitte um die versprochenen Naturalien. Dies empfand ich als eine Art von Bettelei, und ich konnte nur durch den Hinweis auf unsere Not zu diesen Aktionen motiviert werden.

Zu dieser Zeit gab es keine Wolle zu kaufen, um für uns Kinder warme Kleidung zu stricken. So sollte ich auf das gute Zureden meiner Mutter hin in den Häusern um Wollreste oder wenigstens um einen Wollfaden bitten. Tante Mia strickte mir dann aus diesen kunterbunten Resten einen in meiner Erinnerung einzigartigen Pullover mit vielfarbigen, rechtsmaschigen Rippen, den sie am Halsausschnitt mit Blüten bestickte.

Der kleine Bruder Manfred verbrachte nach den schrecklichen Erlebnissen der Flucht ein vergleichsweise unbeschwertes Jahr seiner frühen Kindheit auf diesem Bauernhof. Er hatte Freude an den Tieren, lief den Hühnern mit seinen ersten tapsigen Schritten hinterher und konnte einmal ein gelb-flauschiges Küken fangen. Voller Freude hielt er es in seinen Händchen, herzte und küsste und drückte es vor Begeisterung so fest, dass er es zerquetschte, was wir Geschwister laut beweinten. Die Nohl`schen Kinder gingen allerdings mit den Kleintieren auf dem Hof gar nicht zimperlich um, sodass wir oft mit ansehen mussten, wie sie die gerade geborenen, noch blinden Kätzchen im Regenfass ertränkten.

Wenn seltene Besucher zu unserem Domizil fanden, brachten sie uns Kindern Süßigkeiten mit, die von Ulrich und mir gierig genommen wurden. Um ihm etwas Gutes zu tun, steckte meine Mutter dem kleinen Manfred auch einmal ein Bonbon in den Mund. Da dieser solche Leckereien überhaupt nicht kannte, verzog er seinen Mund und spuckte die Süßigkeit wieder aus.

Das Gleiche taten wir drei Kinder, als wir das erste Mal in unserem Leben 1949 von Onkel Ernst eine Banane geschenkt bekamen, und diese braun und überreif war. Er hatte für sie eine Mark bezahlt.

Auch Ulrich und ich genossen das Leben auf dem Bauernhof: Wir kletterten im Heuschober halsbrecherisch auf die obersten Balken und sprangen hinunter ins Heu, wir liebten den Aufenthalt in den Kuhställen, und ich durfte sogar unter Anleitung einige Male mit Erfolg melken. Tante Mia beobachteten wir verständnislos beim Vergraben der mit Wäsche gefüllten „Krausen", die in Oberschlesien sogenannten Einmachgläser mit Gummis und Klammern. Es wäre interessant zu wissen, ob die vergrabenen Schätze von einem Dorfbewohner wieder ausgehoben wurden oder ob sie vielleicht noch immer im Gemüsegarten unter der Erde lagern.

Am liebsten spielten Ulrich und ich aber mit einem „Kaufladen", den wir uns aus Kisten, Brettern und Kartons gleich neben der Haustür aufgebaut hatten. Darin verkauften wir allerlei köstliche Dinge: Getrocknete Hasenköttel waren Kaffeebohnen, Stöckchen verschiedener Größe waren Nudeln oder Möhren, und Steine waren Kartoffeln, Brot und Bonbons.

Ulrich, der damals fünf Jahre alt und sehr fromm war, liebte es, vor einem selbst errichteten und mit Blumen geschmückten Altar im „Wohnzimmer" zu knien und zu beten. Meine Mutter prophezeite ihm damals eine Laufbahn als Priester. Er unternahm auch gern allein Spaziergänge über die Brücke zur Dorfkirche, um der sonntäglichen Nachmittagsandacht mit anschließendem Segen beizuwohnen. Eines Sonntags sah ihn „Tante Klara" auf der anderen Seite ihrer Bank Platz nehmen. Bald darauf schlief er jedoch fest ein und wachte erst auf, als alle Kirchenbesucher bereits hinausgegangen waren.

Tante Klara erzählte meiner Mutter noch eine andere Begebenheit: An einem anderen Tag erschien Ulrich wieder allein in der Kirche, dieses Mal außerhalb des Gottesdienstes. Sie selbst stellte sich bei seinem Eintritt hinter eine Säule und hörte ihn laut beten: „Lieber Gott, wenn du nicht bald unseren Vati nach Hause schickst, werde ich überhaupt nicht mehr zu dir beten!"

Seine kleinen Eskapaden im Dorf wären ihm einmal fast zum Verhängnis geworden. Da wir wegen des kontinentalen Klimas schnee- und frostsichere Winter in unserem Heimatdorf hatten, war auch das Flüsschen Hotzenplotz immer zugefroren. Die Kinder vergnügten sich dann mit Schlittschuhen und Schlitten auf der Eisfläche.

An einem frühen Wintertag Ende 1945 waren die Eisverhältnisse noch nicht optimal, und ich höre noch heute die Leute angsterfüllt schreien, als Ulrich sich auf dem Kamm des Uferhanges auf seinen Schlitten setzte und in Schussfahrt über die hauchdünne Eisschicht des Wassers flitzte. Wie durch ein Wunder hielt sie ihn aus, und er gelangte ans andere Ufer, wo hilfreiche Arme ihn in Sicherheit brachten.

Da ich im Herbst 1945 fast sechs Jahre alt war, durfte ich das erste Mal mit Tante Mia an zwei für mich hochinteressanten Veranstaltungen der Bäuerinnen von Kerpen teilnehmen. Im Frühherbst begann in den Bauernhäusern reihum das Stopfen der Gänse. Die Frauen saßen im Kreis, und jede hielt in ihrer ausgebreiteten Schürze eine ausgewachsene Gans. Neben ihnen in einer Blechschüssel lagen die in Streifen geschnittenen polnischen Klöße, die mit grobem Schrot zubereitet worden waren. Nun wurde der Schnabel der Gans mit geübtem Griff durch Druck auf den hinteren Bereich geöffnet und ein Kloßstreifen hineingestopft. Da das Tier den dicken Brocken nicht allein schlucken konnte, wurde ihm durch Herunterstreifen am Hals nachgeholfen. So ging das einige Male, bis die nächste Gans an die Reihe kam. Die Prozedur diente dem Mästen der Gänse und vor allem dem Entstehen der begehrten, fetten Gänseleber.

Ich stand oder saß in der Runde der arbeitenden Frauen und war unmittelbar am Geschehen beteiligt. Ich empfand das Tun nicht als Tierquälerei, und es ängstigte mich auch nicht. Diese Verrichtungen gehörten für mich zum natürlichen Leben im Dorf, die jahreszeitlich immer wiederkehrten.

Die polnischen Gänse waren und sind bei manchen Menschen noch immer ein sehr begehrtes Geflügel zur Weihnachtszeit: Im Fleisch und unter der Haut ist sehr viel Fett eingelagert, was jene beim Braten zart und knusprig macht, und die fette Leber ergibt eine wohlschmeckende und teuer gehandelte Gänseleberpastete. Das Gänseschmalz wurde zum Kochen und mit Schweineschmalz vermischt als Brotaufstrich verwendet.

Die zweite für mich hochinteressante Veranstaltung fand im neuen Jahr statt, also im tiefen Winter, bevor die Feldarbeit beginnen konnte. Wieder ging ich mit Tante Mia in eins der Bauernhäuser, wo die Frauen im Kreis zusammensaßen. Ich erinnere mich an einen sonnendurchfluteten, warmen Raum, in dem Tante Mia sich in die Runde einreihte und am „Federschleißen" beteiligte. Diese Arbeit war angenehm und leicht, sodass nicht nur die Frauen, sondern auch die großen und kleinen Mädchen sie nach kurzer Einweisung verrichten konnten. Dazu wurden deutsche und polnische Volkslieder gesungen. In solch einer anheimelnden Atmosphäre ging die Arbeit rasch von der Hand, und die verschiedenen Körbe füllten sich schnell.

Für das Schleißen stand in der Mitte der Runde ein großer Korb mit unsortierten Gänsefedern. Jede Teilnehmerin nahm sich ein Exemplar und entfernte die „Grannen" vom Kiel, bis dieser nackt und bloß war und in einen gesonderten Korb geworfen wurde. Die kleineren Federn wurden je nach Härte bis hin zu den kostbaren Daunen in die vorgesehenen Behältnisse sortiert. Ich habe mich damals schon gefragt und möchte es heute noch gern wissen, wofür die gesammelten Federkiele verwendet wurden, gehörte doch das Schreiben mit den angespitzten und in Tinte getauchten Federkielen der Vergangenheit an.

Im Dezember 1945 war ich sechs Jahre alt geworden. Meine Mutter bekam die Aufforderung, mich zum Beginn des Schuljahrs Ostern 1946 in die polnische Schule zu schicken. Sie verweigerte dies und stellte auch keinen Antrag auf Erlangung der polnischen Staatsangehörigkeit. Fortan lebten die Erwachsenen in einem für unsere Zukunft ungewissen Zustand, denn wir mussten zu einem nicht bekannten Zeitpunkt mit der Ausweisung nach Westdeutschland rechnen.

Da sich aber im Frühjahr 1946 keine derartige Entscheidung abzeichnete, beschloss meine Mutter, mir im Dorf Privatunterricht erteilen zu lassen. Die Schwester des verstorbenen Pfarrers Schütte, die eine pensionierte Lehrerin war, erklärte sich bereit, mich in den üblichen Grundschulfächern des ersten Schuljahres zu unterweisen. Das war ein abenteuerliches Vorhaben, da niemand im Dorf davon erfahren durfte. Ich ging also zu den vereinbarten Zeiten mit meiner „Schultasche", die meine Mutter mir aus mit Karton verstärktem Stoff genäht hatte, zum Pfarrhaus.

Über meine Schulbücher wurden zur Tarnung Kleidungsstücke oder Stoff gelegt, sodass es so aussah, als machte ich meine üblichen Botengänge für die Kunden meiner nähenden Mutter. Statt über die offizielle Brücke auf die andere Seite der Hotzenplotz zum Pfarrhaus zu gelangen, benutzte ich meist die Abkürzung über eine Eisenbahnschiene, die auf halber Höhe die beiden Flussufer miteinander verband, obwohl es mir streng verboten worden war. Die Schiene lag zwar mit ihrer Breitseite auf, aber sie war doch so schmal, dass ich oft wankte und auf allen vieren das andere Ufer der recht tiefen und wilden Hotzenplotz erreichte.

„Fräulein Schütte" brachte mir bald mit Erfolg die Anfänge des Lesens, Schreibens und Rechnens bei, sodass ich nach unserer Vertreibung aus Kerpen spielend den Anschluss im schon laufenden ersten Schuljahr in Barbis/Kreis Osterode erreichte.

Meine Mutter ahnt vielleicht schon das Ende unserer dörflichen Idylle

Inzwischen war der Sommer 1946 in mein oberschlesisches Heimatdorf Kerpen eingezogen. Die Tage waren ausnahmslos warm und sonnig, und wir drei Kinder kosteten das Leben in der vermeintlich heilen Welt und die Freuden der ländlichen Idylle in vollen Zügen aus. Meine Mutter und Tante Mia belasteten uns auch nicht mit ihren Ängsten um unsere ungewisse Zukunft und ließen uns für diese kurze Zeit noch unsere unbeschwerte Kindheit.

Diese wurde jäh am 12. Juli 1946 abgebrochen, als die fünf Familien, die nicht für Polen optiert hatten und zu denen auch wir gehörten, aus Polen ausgewiesen wurden.

Ich erinnere mich noch genau an diesen Tag. Es war ein heißer Hochsommer-Nachmittag. Ein Gewitter mit einem nachfolgenden Sturzregen war gerade heruntergekommen und überschwemmte die Lehmstraße vor dem Nohl'schen Bauernhaus. Ulrich und ich bettelten wie gewöhnlich um die Erlaubnis, nur mit unseren „Spielhöschen" bekleidet in den warmen Pfützen zu planschen. Unsere liebevolle Mutter gönnte uns dieses lustige Abschiedsspiel. Noch heute habe ich den köstlichen Geruch des dampfenden, lehmigen Regenwassers in der Nase.

Unser Spiel wurde nach kurzer Zeit plötzlich beendet, als unsere Mutter uns mit strenger Stimme ins Haus rief. Dann ging alles ganz schnell, denn wir mussten uns für den sofortigen Abtransport fertig machen. Jeder durfte nur so viel Gepäck einschließlich Reiseproviant mitnehmen, wie er selbst tragen konnte. Ulrich und ich trugen prall gefüllte Rucksäcke, während meine Mutter und Tante Mia die notwendigsten Sachen in zwei aus alten Planen genähten Säcken verstauten. Wegen des überstürzten Aufbruchs nahm meine Mutter als einziges

In unseren geliebten Spielhöschen

Dokument nur Ulrichs Geburtsurkunde mit, über die wir uns später in Westdeutschland bei den Ämtern ausweisen konnten.

Bei unserer Abreise schauten wir sehnsüchtig auf das Nohl'sche Bauernhaus zurück, in dem wir ein ganzes Jahr lang ruhig und glücklich gelebt hatten.

Wasserpolnisch

In Kerpen, dem Dorf meiner Kindheit, sprach die bäuerliche Bevölkerung einen Dialekt, der „Wasserpolnisch" hieß. In meiner Ursprungsfamilie sprach man zwar Hochdeutsch, aber einige wasserpolnische Wörter hatten ihren festen Platz im täglichen Sprachgebrauch.

Das Kerngehäuse eines Apfels oder einer Birne nannten wir *Gripsch,* die Brotkruste *Krumka.* Rotkohl hieß *Blaukraut,* Frikadellen *Fleischbrotel,* Quark *Weißkäse* und Innereien von Geflügel *Gelinge.* Eine Graupenwurst, die aus Blut und Graupen hergestellt wurde und gebraten aus der Pfanne mit Senf oder Mostrich köstlich schmeckte, war ein *Krupniok.* Die Hausfrau kochte zum Mittagessen Kohlrabi oder *Oberrüben,* manchmal Wirsing oder *Welschkraut.* Wenn es schnell gehen musste, gab es statt eines Spiegeleis ein *Setzei.* Der Heißhunger auf einen Leckerbissen hieß *Zieps.* Nach dem Essen wurde das Geschirr nicht abgewaschen, sondern *auf*gewaschen.

Zum Ausrollen des Teiges benutzte man kein Nudelholz, sondern eine *Nudelkulle,* Speck wurde in der Pfanne nicht ausgelassen, sondern *ausgekreescht.* Einen Topfdeckel nannten wir *Stürze* und einen Tontopf aus der Keramikstadt Bunzlau *Bunzeltopf.*

Die Bezeichnungen von Menschen mit verschiedenen Eigenschaften waren vielfältig. Ein Geizhals war ein *Sknyra,* ein modisches Mädchen eine *Schickse,* ein törichter Mensch hatte gleich mehrere Namen, zum Beispiel *Tuleja, Dämlak* oder *Dupa,* ein ungehobelter Mensch hieß *Pamuffel* und ein großer, schlanker Mann *Labander.* Onkel Leo nannte mich immer *Tschippele* statt

Krupniok und Fleischbrotel,
zwei oberschlesische Lebensmittel

Hühnchen, was viel niedlicher klingt.

Das Kinn war die *Broda,* die bei Männern oft mit einem Bart bewachsen war, in dem manchmal Essensreste hängen blieben. Dann gab es noch den Bauchspeck, der *Schmer* hieß, woher sich der Name Schmerbauch ableitet. Dazu passte eine *Pappla,* das ist ein rundes, wohlgenährtes Gesicht, das manchmal von langen *Loden,* das sind ungepflegte Haare, umrahmt wurde.

Mit einer *Plaue* bezeichnete man das Verdeck des Kinderwagens, und das Baby bekam zur Beruhigung einen *Nuppel* statt eines Schnullers. Gern legte man die Füße in warmen *Pootschen,* das sind Hausschuhe, auf eine *Rütsche,* sprich Fußbank, und kurierte seine schmerzende *Spyrka,* also ein Herpesbläschen, aus.

Meine Mutter war eine geborene Teich und wurde deshalb von ihren Freundinnen immer *Lusche,* das heißt Pfütze, genannt. Onkel Paul benutzte gern *Lerge* gleich Lump als Schimpfwort oder fluchte *Pjerunje.* Manchmal drohte er auch *Dresche,* das sind Prügel, an.

An Verben gab es viele, die zum Teil lautmalerisch zu erklären sind: *begratschen* gleich anfassen, *behumpsen* gleich betrügen, *mootschen* oder *mähren* gleich langsam arbeiten, *krimmern* gleich jucken, *uschen* gleich verschwenden.

In Oberschlesien war der Samstag der *Sonnabend,* und die Uhr wurde anders gelesen. *Viertel drei* hieß Viertel nach zwei, *dreiviertel drei* war Viertel vor drei und so weiter. Man hängte ein „e" an die Zahlen und zählte: *achte, neune, zehne.*

In meiner eigenen Familie wurden diese Dialektwörter nicht mehr benutzt. Meine Brüder und ich sprechen manchmal jedoch noch darüber, und dann freuen wir uns an unseren gemeinsamen Erinnerungen.

Vertreibung

Der Zweite Weltkrieg war schon 14 Monate vorüber, und unsere Familie musste in dieser Friedenszeit bitter unter seinen Folgen leiden. Aus politischen Gründen wurden wir aus unserer oberschlesischen Heimat vertrieben, und wir wussten nicht einmal das genaue Ziel der Ausreise.

Zudem war unser Vater immer noch nicht aus russischer Kriegsgefangenschaft zurückgekehrt. Wir hatten mit ihm nur sporadischen Briefkontakt und wussten lediglich, dass er lebte. Später war es dann für ihn eine nervenzermürbende Suche nach seiner Familie, als er uns in Kerpen nicht mehr erreichte und unseren neuen Aufenthaltsort noch nicht kannte. Es existieren einige Feldpostkarten, die er seiner Mutter und seinen Geschwistern nach Bayern schickte, wohin diese schon vor dem Krieg umgezogen waren, und worin er nach seinen Angehörigen fragte.

In dieser schweren Zeit trug meine Mutter ganz allein die Verantwortung für ihre drei Kinder, und sie musste sie noch bis Ende 1955 tragen, als mein Vater endlich nach Hause kam.

Am 12. Juli 1946, dem Tag der Vertreibung aus Kerpen, brachte ein pferdebespannter Leiterwagen die fünf im neuen Polen nicht mehr geduldeten Familien zu einem Sammeltransport nach Oberglogau. Hier wartete ein leerer Güterzug auf uns. Einem Dorfbewohner, Herrn Kipka, gelang es noch, zwei Ballen Stroh zu besorgen und diese in einen Waggon zu schleppen.

Am Bahnhof in Oberglogau mussten wir den ganzen folgenden Tag in brütender Hitze im Zug verbringen

Bei unserer überstürzten Ausreise aus Polen nahm meine Mutter neben anderen diese Gegenstände mit: Ein Tanztäschchen, einen Buttertiegel mit Deckel, ein Obstmesser und zwei Kuchengabeln.
Ich wundere mich darüber, dass meine sonst so praktisch denkende Mutter gerade diese im Alltag so wenig wichtigen Dinge mitnahm.

und wurden von polnischen Milizen bewacht, ehe sich am Morgen des 14. Juli der Güterzug endlich in Bewegung setzte. Er brachte uns zunächst in das nahe gelegene Leobschütz. Dort wurden die Familien von den Polen gründlich kontrolliert. Alle mitgenommenen Gegenstände wurden inspiziert. Von Frau Kipka beschlagnahmten sie das mitgeführte Geld, und von uns wollten sie ein Federbett an sich nehmen. Dieses konnte meine Mutter dadurch verhindern, dass sie behauptete, Tante Mia sei eine Einzelreisende, der ein solches Deckbett zustand.

Auch wir trugen einige hundert Mark bei uns, die unsere Mutter heimlich unter die Watte der Kindermäntel eingenäht hatte. So entgingen sie dem Zugriff.

Am Morgen des 16. Juli 1946 begann dann endgültig unsere Reise in Richtung Westen. An die traurige Fahrt, die sieben Tage und Nächte dauerte, kann ich mich kaum noch erinnern, dafür aber sehr gut an den steten Begleiter, die Angst, die mich auf dieser Reise gefangen hielt. Von irgendeinem Erwachsenen hatte ich nämlich im Gespräch gehört, dass die Brücken, über die die Züge in den Westen fahren mussten, fast alle im Krieg zerstört worden waren und dass für die Waggons die große Gefahr bestand, hinunter in den Abgrund zu stürzen.

In meiner kindlichen Fantasie stellte ich mir ein nacktes Schienenpaar vor, das ohne Stütze über Schluchten führte und über das der Zug in halsbrecherischer Höhe fahren und natürlich verunglücken musste. Ich fragte deshalb immer wieder alle Erwachsenen, wie viele Flüsse wir denn noch bis in den Westen überqueren müssten.

Wie immer beruhigte mich meine Mutter. Sie zeigte uns Kindern nie ihre Ängste, die sie angesichts der ausweglosen Situation mit Sicherheit auch empfunden haben muss. In dem mit Stroh ausgelegten Güterwaggon versuchte sie, uns das Gefühl der Geborgenheit und Normalität zu geben, das wir in ihrer Nähe immer spürten.

Da unser mitgeführter Proviant bald aufgebraucht war, hatten alle bald großen Hunger. Wenn der Zug auf freier Strecke einen Aufenthalt hatte, versuchten daher die Frauen, in der Nähe des Gleisgeländes auf offenem Feuer etwas Warmes zum Essen zu kochen. Dazu bedienten sie sich der Kartoffeln und Möhren, die auf den nahen Feldern wuchsen. Es ist kaum vorstellbar, wie köstlich so eine Wassersuppe mit ein wenig Gemüseeinlage schmeckt, wenn man hungrig ist!

Bei diesen Aufenthalten des Zuges auf freiem Feld mussten die Erwachsenen auf der Hut sein, denn der polnische Zugführer fuhr meist ohne Vorwarnung weiter. Daher standen stets einige Männer und Frauen Posten und beobachteten die Dampflok auf charakteristische Zeichen zur Weiterfahrt. Wenn die Lok nämlich weißen Rauch zur Seite ausstieß, wurden sofort alle ausgestiegenen Mitreisenden alarmiert, unverzüglich in die Viehwaggons zu ihren Angehörigen zurückzukehren.

Bei einer solchen Gelegenheit hatte meine Mutter einmal nicht schnell genug reagiert. Sie erreichte unseren Wagen erst, als der Zug bereits rollte. Sie wurde unter unserem Wehgeschrei in letzter Sekunde von zwei Mitreisenden zu uns hochgezogen. Es ist kaum auszudenken, wenn das misslungen und sie allein in Polen zurückgeblieben wäre!

Wenn die Menschen in ihr Schicksal ergeben und voll abgrundtiefer Trauer dicht gedrängt in dem gen Westen rollenden Güterzug saßen, stimmte oft einer ein Volkslied an, und alle sangen die bekannten Weisen mit, die sie trösteten. Nie vergessen werde ich den Gesang des Liedes „Nun ade, du mein lieb Heimatland ...“, das mit von Tränen erstickten Stimmen mit allen Strophen von den Vertriebenen gesungen wurde.

Nach der etwa einwöchigen Fahrt in sengender Hochsommerhitze in einem staubigen Wagen ohne frisches Wasser, Nahrungsmittel und Toilette erreichten wir unser erstes Ziel in Westdeutschland, die Stadt Uelzen in Niedersachsen. Hier stiegen wir aus und übernachteten in den halbrunden Wellblechhütten eines Durchgangslagers auf Stroh. Schon am folgenden Tag wurde für unsere Gruppe der Aussiedler ein Personenzug bereitgestellt, in dessen Abteilen allerdings alle Fensterscheiben fehlten. Tante Mia fand für uns stattdessen einen leeren Güterwagen am Ende des Zuges, der zwar weder Bänke noch eine Toilette hatte, der uns aber mehr Schutz vor dem Wind bot.

Im Durcheinander des Sich-Orientierens auf dem Bahnsteig war plötzlich Ulrich außer Kontrolle geraten. Meine Mutter und Tante Mia liefen rufend und suchend umher, aber mein Bruder war unauffindbar. Wir malten uns die schlimmsten Dinge aus, die ihm wohl zugestoßen sein konnten, und waren sehr verzweifelt. Zu unserem Glück gab es eine Rotkreuz-Station in dem Bahnhofsgebäude, wo wir den Fünfjährigen dann weinend wiederfanden. Er hatte nach der langen, beschwerlichen Ausreise von Oberschlesien ein wenig seine Freiheit auskosten wollen und sich dabei zu weit von seiner Familie entfernt. Später mussten wir noch oft an diesen Vorfall denken, als wir in den ersten Nachkriegsjahren die Plakate des Roten Kreuzes mit den Fotos vermisster Kinder sahen, die von ihren Eltern gesucht wurden.

Am Abend desselben Tages erreichten wir Osterode im Harz, wo uns ein Flüchtlingslager erwartete. Gleich beim Eintritt in das große Zelt wurde mir zu meinem Entsetzen ohne Vorwarnung eine Schaufel mit weißem Läusepulver über den Kopf geschüttet. Ich hatte lange

Zöpfe, und die Haare verfilzten durch diese Vorbeugungsmaßnahme und die fehlenden Waschmöglichkeiten. Überhaupt herrschten hier katastrophale sanitäre Verhältnisse, sodass wir froh waren, dass der zweieinhalbjährige Manfred in die Säuglingsstation eingewiesen wurde. Hier aber grassierte die „Krätze", von der schließlich unsere ganze Familie befallen wurde.

Diese Hautkrankheit, die durch eine Milbe verursacht wird, ruft kleine Blasen und Knötchen auf der Haut hervor, die besonders nachts in der Bettwärme stark jucken. Wir rieben uns täglich mit einer schwefelhaltigen Salbe ein, die aber wohl nicht genügend Heilkraft besaß, sodass es einige Wochen dauerte, bis die Symptome abgeklungen waren. Noch nicht ganz ausgeheilt bekamen wir den Bescheid, dass unsere Familie Aufnahme in dem Bürstenbinderdorf Barbis, Kreis Osterode, finden sollte. Ein Lastwagen brachte uns dorthin.

In diesem kleinen Dorf am Rande des Harzes mussten wir zweieinhalb Jahre in ärmlichen und kaum zumutbaren Verhältnissen leben, ehe wir im Januar 1949 eine Zuzugsgenehmigung für Köln erhielten und hier unsere zweite Heimat fanden.

Daumenlutschen

Ich bin ein Kriegskind.

Schreckliche Dinge wie Flucht, Vertreibung, eine kriegsbedingt vaterlose Kindheit und bitterste Armut habe ich in meinen frühen Jahren erlebt.

Aber ich hatte einen Tröster, meinen linken Daumen, der immer bei mir war.

Ich war ein Daumenlutscher-Kind. Traumatisiert durch furchtbare Erlebnisse fand ich Ruhe und spürte Geborgenheit, wenn ich an meinem Daumen nuckeln konnte.

Meine Mutter war da anderer Meinung: Das Daumenlutschen widersprach ihren strengen Erziehungsregeln, sie sah unweigerlich eine Fehlstellung meiner Zähne als Folge meines übermäßigen Lutschens am Daumen. Also war sie bemüht, mir diese „Unart" abzugewöhnen.

Um es vorwegzunehmen: Sie hat es nicht geschafft!

Auf vielfältige Art versuchte sie, mir den Geschmack am Daumenlutschen zu vergraulen. Ich erinnere mich an einige vergebliche Handlungen ihrerseits: Als ein Onkel zu Besuch war, strich sie mir die erkaltete Asche seiner Zigarre auf mein linkes Däumchen. Ich versuchte das Nuckeln auf der rechten Seite. Da sich aber das Genießen und Beruhigen nicht einstellen wollten, nahm ich meinen Kissenbezug zu Hilfe, wischte damit die Asche ab und besorgte den Rest mit einem mutigen Ablutschen des Daumens, bis er wieder schmeckte. Genauso verfuhr ich mit frischem Hühnermist und Lebertran, der mir besonders verhasst war.

So blieb mir mein Tröster bis zum 14. Lebensjahr erhalten. Dann brauchte ich ihn nicht länger, weil sich die Lebensverhältnisse normalisiert hatten und ein besseres Leben den Daumen überflüssig machte.

Wenn ich allerdings heute manchmal zum Spaß einen Daumen in den Mund stecke, erkenne ich sofort die Vertrautheit des einstigen Daumenlutscher-Kindes zu seinem linken Daumen. Er schmeckt tatsächlich immer noch gut, aber ich brauche ihn nicht mehr.

Zwischenstation Barbis

Im Juli 1946 wurde unsere Familie nach der Vertreibung aus unserer Heimat Oberschlesien dem kleinen Dorf Barbis zugewiesen. Dieses lag am Rand des Harzes und gehörte damals zum Kreis Osterode.

Der Lastwagen, der uns in Uelzen mit unbekanntem Ziel aufgeladen hatte, brachte uns in dieses Besenbinderdorf, dessen Bewohner ebenfalls arm waren. Dort war der Boden unfruchtbar, und die Menschen lebten von dem, was der Wald hergab: In einer kleinen Fabrik wurden Knöpfe und Kästchen aus Holz gefertigt, und in Heimarbeit banden die Frauen grobe Besen aus Reisern.

Zunächst wurde unsere Familie, zu der auch Tante Mia gehörte, bei der Familie Simon, etwas abseits der Hauptstraße, eingewiesen, und wir bekamen eine Bleibe im Hinterhaus, die über dem Stall lag und mittels einer steilen Holztreppe zu erreichen war. Dort gab es keine sanitären Einrichtungen und kaum Möglichkeiten, die beiden kleinen Räume zu heizen, obwohl es im Winter im Harz sehr kalt war. Die Familie Simon wohnte im Vorderhaus in einem Steinbau, der schon von einem gewissen Reichtum zeugte.

Bei jeder zufälligen Begegnung auf dem Hof ließen sie uns spüren, dass wir bei ihnen unerwünscht waren. Selbst zu uns kleinen Kindern waren sie unfreundlich und abweisend. An einem Samstag wurde ein Blech mit einem „nassen" Kuchen an uns Kindern vorbeigetragen. Der köstliche Geruch stieg uns in die Nase. Wir standen bescheiden da und hätten gern ein Stück davon bekommen, aber wir gingen leer aus. Ich erinnere mich an die Geburt einer Tochter, die den Namen „Astrid" erhielt,

Unsere erste Behausung im Hinterhof bei Familie Simons in Barbis

den wir und auch meine Mutter noch nie gehört hatten. Als wir unter uns waren, kicherten wir beim Aussprechen des Namens und nannten das kleine Mädchen „Arschtritt“.

Wir mussten einen langen Winter in dieser unzumutbaren Unterkunft ausharren, ehe meine Mutter vom Bürgermeisteramt eine neue Wohnung zugewiesen bekam. Diese lag an der Hauptstraße des Dorfes im Hause Dehne, einer freundlichen Familie, und war über eine lange Treppe zu erreichen. Sie bestand aus zwei kleinen Zimmern mit Fenstern zur Straße hin. Der vordere Raum war eine Wohnküche mit einem Kohleherd, einem Tisch und einer alten Couch, deren Sprungfedern sich durch den schäbigen Bezug gebohrt hatten.

Als Onkel Paul, der Verlobte von Tante Mia, aus dem Krieg heimkehrte, zimmerte er uns ein Schränkchen für zwei Wassereimer. Das Wasser musste nämlich über die lange Treppe vom Brunnen auf der Hauptstraße geholt werden. Dort gab es eine lange Stange mit einem Haken, an den der Eimer gehängt und in den Brunnen herabgelassen wurde, wo er sich mit Wasser füllte. Das war eine schwere und gefährliche Arbeit, weil immer die Gefahr bestand, kopfüber in den Brunnen zu fallen. Deswegen durften selbst die größeren Kinder diese Arbeit nicht verrichten.

Neben der Wohnküche gab es noch eine winzige Kammer, etwa zweieinhalb mal drei Meter groß. Rechts und links standen durch einen schmalen Gang getrennt zwei Kiefernbetten, in denen wir zu zweit schlafen mussten: Ulrich und ich zu Kopf und zu Füßen und meine Mutter mit dem kleinen Manfred im Arm.

Vorn links war ein wenig Platz für einen improvisierten „Kleiderschrank“ und rechts für ein Regal mit drei Brettern. Meine gute Mutter wollte uns den Luxus einer

Wir drei mit unserer vom Schicksal gezeichneten Mutter

Unsere zweite Wohnung in Barbis bei Familie Dehne

Privatsphäre schaffen, indem jedes Kind auf seinem Brett seine persönlichen Dinge ablegen konnte, die keins der Geschwister verschieben oder wegnehmen durfte.

An der Stirnseite der Schlafkammer befand sich der Ziegenstall. Wir wurden beim Schlafen ständig vom Rasseln der Ketten gestört, und der Geruch der Tiere war sehr belästigend. Hinter dem Haus gab es ein „Plumpsklo" mit klein geschnittenem Zeitungspapier, das an einem langen Nagel aufgespießt war. Meine Brüder mochten ungern allein dorthin gehen, weil die Toilette ein Tummelplatz der Ratten war, die auch dann nicht alle verschwanden, wenn einer der Jungen sein Geschäft verrichtete.

Am sonnigen Hang hinter dem Wohnhaus bekam meine Mutter ein kleines Stück Garten zugewiesen, auf dem sie mit Hilfe von Tante Mia Gemüse anbauen konnte, das wegen des kargen Bodens mehr schlecht als recht gedieh. Wenn daher ein Pferdefuhrwerk am Hause vorbeitrabte und eine Hinterlassenschaft zurückließ, rief meine Mutter sofort nach mir, die Pferdeäpfel mit Handfeger und Kehrschaufel in einen Eimer zu füllen, die dann als Dünger für den Gemüsegarten verwendet wurden.

Ich erinnere mich noch gut an den Tag des Umzugs in die Wohnung im Hause Dehne. Die wenigen Möbel waren schnell aufgestellt, und meine Mutter mixte aus allen möglichen Salbenresten – Manfred hatte immer großen Bedarf an Salben wegen seiner Krätze an den Beinen – eine Paste zusammen, mit der sie wie mit Bohnerwachs die rauen Dielenbretter der Wohnküche einrieb. Ich lief unterdessen auf die nahe Wiese und pflückte einen Feldblumenstrauß, den meine Mutter auf den Tisch stellte. Alles sah jetzt so wohnlich und adrett aus, und wir fühlten uns das erste Mal seit unserer Vertreibung aus der

Heimat wieder glücklich in unserem neuen Heim und lachten und weinten vor Freude.

Das Leben außerhalb unserer vier Wände gestaltete sich allerdings sehr schwierig: Wir wurden als Flüchtlinge gemieden und genossen keinerlei Akzeptanz bei der Bevölkerung.

Meine Mutter nähte zum Beispiel – in Ermangelung einer Nähmaschine – mit der Hand für mich ein Kostümchen und für meine Brüder kleine Anzüge aus Soldatenuniformen. Dazu trennte sie diese sorgfältig auf, wendete den Stoff, bügelte die Nähte aus und nähte die Stoffstücke nach einem selbst entworfenen Schnitt passend für jeden von uns zusammen. Zum Schluss bestickte sie die Reverskragen mit Edelweißsträußchen. Das fanden wir alle wunderschön! Wenn wir drei Kinder aber mit unserer Mutter so angezogen über die Dorfstraße gingen, fühlten wir uns wie beim Spießrutenlaufen und hörten die Leute in unserer Fantasie hinter uns herreden: „Schaut euch die armen Flüchtlinge an, wie sie sich herausgeputzt haben!“

Ein Foto der Familie in dieser neuen Aufmachung ließen wir in Bad Lauterberg von einem Fotografen machen, und meine Mutter schickte es an die alte Feldpostadresse meines Vaters. Die Karte hat ihn dort nie erreicht.

Vom 30. April 1948 bis zum 28. Februar 1951 war der Postverkehr meines Vaters nämlich unterbrochen. Fast drei Jahre lang galt er als vermisst, und niemand wusste, ob er vielleicht, wie so viele, in der Kriegsgefangenschaft gestorben war. Viele wohlmeinende Menschen rieten damals meiner Mutter, ihn für tot erklären zu lassen, da die Familie in diesem Fall eine Witwen- und Waisenrente erhalten hätte. Die bisherige „Überbrückungsbeihilfe“ reichte kaum für die vierköpfige Familie aus, sodass wir in äußerst armen Verhältnissen leben mussten. Meine Mutter lehnte es aber kategorisch ab, diesen Schritt zu gehen, da sie auf die Rückkehr ihres fernen Mannes warten wollte.

Wie später bekannt wurde, befand sich mein Vater in diesen Jahren in einem Straflager in Workuta/Sibirien, wohin er transportiert wurde, als er von einem russischen Gericht zu 25 Jahren Zwangsarbeit verurteilt worden war, weil er einem Befehl folgend gegen Partisanen gekämpft hatte. In diesem Lager hatte er absolutes Schreibverbot.

Die Stadt Workuta liegt im Norden der Westsibirischen Tiefebene am Fuß des Uralgebirges, fast am nördlichen Eismeer. Die Gegend hat ein extremes Klima. Im Sommer herrscht dort wegen des umgebenen Sumpflandes eine feuchte Hitze bis plus 60 Grad, die das Ausbreiten der Stechmückenschwärme begünstigt, im Winter dagegen gibt es Fröste bis zu minus 60 Grad.

Mein Vater musste dort unter furchtbaren Bedingungen in einem Bergwerk unter Tage arbeiten. Er stand an manchen Tagen bis zu den Oberschenkeln im eiskalten Wasser, ohne die nötige Schutzkleidung zu besitzen und ohne die Möglichkeit, sich zwischendurch aufzuwärmen und mit trockenen Sachen zu versorgen. Da auch die Verpflegung in den Lagern völlig unzureichend war, waren alle Gefangenen, auch mein Vater, stark unterernährt. Überlebenschancen hatte er nur durch seinen bis dahin guten Gesundheitszustand sowie seine Zähigkeit und Genügsamkeit.

Zu den unmenschlichen Lebensbedingungen kam noch der tägliche Umgang mit gewalttätigen russischen Strafgefangenen, die zusammen mit den Kriegsgefangenen in diesem Straflager untergebracht waren. Mein Vater lebte in ständiger Furcht vor Überfällen. Einmal

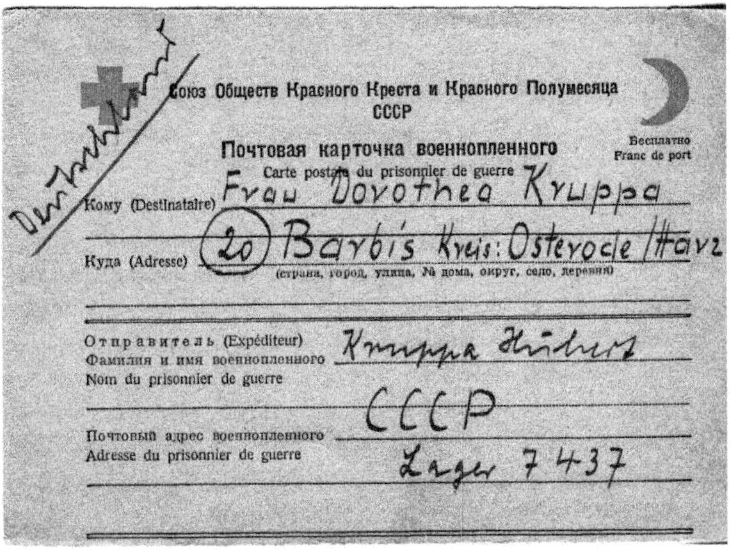

Союз Обществ Красного Креста и Красного Полумесяца СССР

Почтовая карточка военнопленного
Carte postale du prisonnier de guerre

Бесплатно
Franc de port

Кому (Destinataire) Frau Dorothea Kruppa

Куда (Adresse) (20) Barbis Kreis: Osterode/Harz
(страна, город, улица, № дома, округ, село, деревня)

Отправитель (Expéditeur)
Фамилия и имя военнопленного
Nom du prisonnier de guerre
Kruppa Hubert

Почтовый адрес военнопленного
Adresse du prisonnier de guerre
CCCP
Lager 7437

Deutschland

Letztes Lebenszeichen unseres Vaters vor der dreijährigen Schreibpause im Straflager Workuta

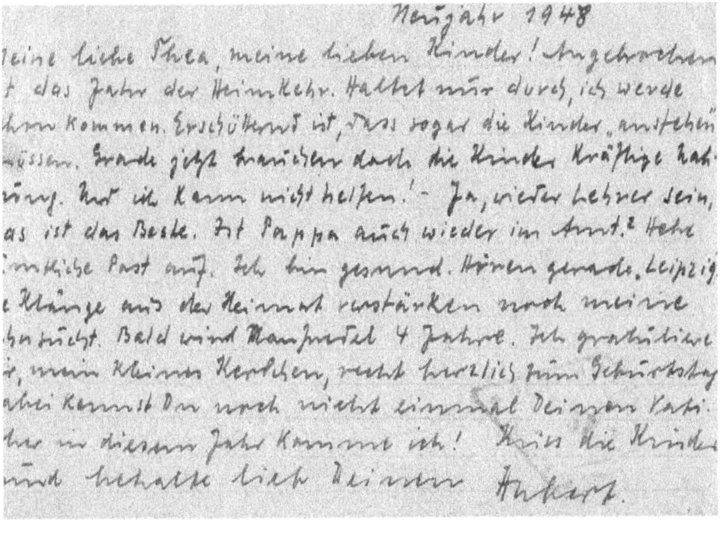

Neujahr 1948

eine liebe Thea, meine lieben Kinder! Angebrochen t das Jahr der Heimkehr. Haltet nur durch, ich werde timmt kommen. Erschütternd ist, dass sogar die Kinder „anstehen" müssen. Gerade jetzt brauchen doch die Kinder kräftige Nahrung. Und ich kann nicht helfen! – Ja, wieder Lehrer sein, as ist das Beste. Ist Pappa auch wieder im Amt? Hebe ämtliche Post auf. Ich bin gesund. Hören gerade Leipzig Klänge aus der Heimat verstärken noch meine hnsucht. Bald wird Manfred 4 Jahre. Ich gratuliere ir, mein kleines Herzchen, recht herzlich zum Geburtstag abei kennst Du noch nicht einmal Deinen Vati. ber in diesem Jahr komme ich! Küss die Kinder und behalte lieb Deinen Hubert.

griff ihn ein Häftling mit einer Eisenstange an. Es war unter Tage ein Kampf um Leben und Tod, bei dem beide Männer wie durch ein Wunder mit dem Leben davonkamen. Dieses war übrigens das einzige Erlebnis, das er uns nach seiner Heimkehr erzählte.

Vor dem Hintergrund dieser erschütternden Erlebnisse im fernen Sibirien ist auch die Resignationshaltung zu verstehen, die in seinen Briefen nach Februar 1951 enthalten ist. Er vergaß auch in diesen drei Jahren, in denen er völlig von der Heimat abgeschnitten war, die Adressen seiner Mutter und seiner Geschwister. Trotz der grausamen Enttäuschung, dass er im Jahre 1948 nicht nach Hause entlassen worden war, womit er fest gerechnet hatte, lässt sich auch in den Jahren nach 1951 immer wieder die Hoffnung auf ein Wiedersehen in der Heimat aus seinen Briefen herauslesen.

Er musste sich noch bis zum 13. Dezember 1955 gedulden.

Für meine Mutter war das Leben in Barbis in dieser Zeit kaum zu ertragen, weil sie drei Jahre lang um ihren vermissten Mann bangen musste. Hinzu kam noch eine weitere schwere Belastung. Tante Mia, die all die Jahre mit uns gelebt hatte und meiner Mutter eine wichtige Gefährtin gewesen war, zog im Oktober 1947 mit ihrem aus Russland heimgekehrten Mann Paul aus Barbis fort.

Meine Mutter, allein lebend mit uns drei Kindern, war nun völlig einsam in dieser freudlosen Umgebung. Vor diesem Hintergrund ist es verständlich, dass sie, sooft es eben ging, mit uns verreiste.

Da im Sommer des Jahres 1948 die Währungsreform in Deutschland stattgefunden hatte, besaß sie etwas Geld. Sie bekam in zwei Raten als Haushaltungsvorstand einmalig 60 DM und jedes ihrer Kinder 20 DM. Das ermöglichte ihr, sicherlich zusätzlich auch mit Hilfe

Dieses Holzkästchen ließ mein Vater von einem Kameraden in der Gefangenschaft für meine Mutter anfertigen. Auf der Rückseite ist eingraviert: „Meinem Theachen zum neunten Hochzeitstag
Dein Hubert".

Gemeint ist der zwölfte Februar 1948, das Jahr, als er fest mit seiner Heimkehr rechnete. Ein entlassener Freund meines Vaters überbrachte meiner Mutter in Barbis das kostbare Geschenk. Sie entdeckte sehr schnell darin einen doppelten Boden, in dem ein langer Brief und einige Geldscheine versteckt waren.

Auch ich bekam auf diesem Weg ein Holzkästchen mit der Widmung „Meinem Bärbele".

ihrer Geschwister, diese Reisen zu finanzieren.

Wir fuhren mehrere Male mit der Bahn zu ihrer Schwester Rosa, die in Floverich, im heutigen Kreis Heinsberg, nach der Vertreibung aus Oberschlesien eine Bleibe gefunden hatte. Interessant ist, dass der ehemalige Feriengast Josef Fröschen, der bei der Landverschickung während des Krieges dem Olgahof zugewiesen worden war, nach dem Krieg die Familie meiner Tante bei sich aufnahm. Tante Billa, seine Mutter, schloss auch unsere Familie in ihr Herz, und wir durften in ihrem gemütlichen Haus, in dem wir uns in der Gemeinschaft so wohlfühlten, viele Wochen bleiben. Da ich schon schulpflichtig war, ging ich in diesen Wochen in die Volksschule nach Loverich. Hier möchte ich anmerken, dass ich damals meinem späteren Mann schon ganz nahe war, der mit seiner Familie in Wassenberg, Kreis Heinsberg, wohnte.

Als auch Ulrich schulpflichtig war, fuhren wir nur in den Ferien zu den Verwandten, so etwa zu einer jüngeren Schwester meiner Mutter, Tante Grete, die später Onkel Ernst heiratete, nach Köln. Dort erlebte ich im Jahre 1948 eine unvergessene Prozession zum 700-jährigen Gedenken der Grundsteinlegung des Kölner Doms. Wir standen in der Zülpicher Straße, als Kardinal Frings in seinem Ornat mit der Monstranz in beiden Händen mit seinem großen Gefolge durch das noch immer weitgehend kriegszerstörte Köln schritt. Mich hat dieses Ereignis so tief beeindruckt, dass ich noch heute die eindrucksvollen Bilder vor Augen habe.

Auch mindestens einen Karnevalszug sahen wir, von Barbis angereist, in Köln. Ich begeisterte mich für die bunt kostümierten Menschen, und wir Kinder sammelten, damals noch nicht an anspruchsvollere Süßigkeiten gewöhnt, die „Kamellen" in unsere Beutel. Viele Karnevalslieder, zum Beispiel „Wir sind die Eingeborenen von

Trizonesien", „O Mosella" oder „Heidewitzka, Herr Kapitän", konnte ich mitsingen. Ich war zwar nie ein aktiver „Karnevalsjeck", mochte aber die Stimmung auf den Straßen und mischte mich gern unter das lustige Völkchen der Kölner.

Zu Hause in Barbis nahm die Schule dann einen großen Raum in meinem Leben ein. Ich war, von Oberschlesien kommend, ins laufende erste Schuljahr eingeschult worden. Da ich schon in Kerpen Privatunterricht bei Fräulein Schütte gehabt hatte, fiel mir der Einstieg nicht schwer. Meine Lehrerin hieß Fräulein Kulack, und sie unterrichtete insgesamt 52 Mädchen und Jungen in einer Klasse.

Ich war sehr ehrgeizig, wollte vor allen Dingen immer schön schreiben. Das war manchmal nicht so leicht, weil ich mit einem Federhalter und Tinte auf holzhaltigem Papier schreiben musste. Oft gab es Tintenkleckse oder verrutschte Buchstaben. Ich erinnere mich an eine Schönschreibarbeit, die benotet werden sollte und bei der sich der Kopf eines kleinen e wegen eines Holzspanes mit Tinte ausfüllte. Vor Kummer konnte ich eine Nacht lang nicht schlafen! Später machte mir das Schreiben große Freude, weil es Hefte mit holzfreiem Papier zu kaufen gab.

Meine Mutter saß schon damals mit uns Schulkindern am Küchentisch und überwachte unsere Hausaufgaben, und sie half uns gern.

Mein Bruder Manfred ging in dieser Zeit in den Kindergarten. Er war sehr oft krank und wurde von der Gemeindeschwester betreut. Einmal schickte mich meine Mutter zu ihr, um ein Medikament für Manfred zu holen. Diese fragte mich, ob mein Bruder heute schon „Stuhlgang" gehabt habe. Ich schaute sie ganz verständnislos an, da ich diesen Ausdruck noch nie gehört hatte.

Solche Botengänge waren für mich an der Tagesordnung. Jeden Abend holte ich in einer alten Blechmilchkanne, die noch aus Kerpen stammte, die Milch für die Familie von einem Bauern. Oft schwenkte ich leichtsinnig die volle Kanne in schnell kreisenden Bewegungen, und manchmal verschüttete ich dabei die ganze Milch für die Familie. Meine Mutter schimpfte mich dann verständlicherweise aus, da die Milch ein kostbares Nahrungsmittel für uns war. Bis heute in unguter Erinnerung ist mir ein gewisser August. Dieser lauerte mir oft auf, verprügelte mich und goss manchmal triumphierend auch noch die Milch aus.

Wenn ich im Dorf einkaufen musste und dabei aus dem Spiel gerissen wurde, rannte ich manchmal die Dorfstraße hinunter, um wieder schnell zu meinen Freunden zurückzukehren. Bei einer dieser Gelegenheit verfolgte mich ein kleiner weißer Spitz und biss mich in die Wade, sodass ich hinfiel. Ich schrie fürchterlich, und bis in die heutige Zeit sind mir Begegnungen mit einem Spitz nicht angenehm.

Auf einem meiner Einkaufsgänge sah ich eines Tages eine lange Menschenschlange vor der Bäckerei. Ich stellte mich ans Ende und erfuhr, dass die Amerikaner, zu deren Verwaltungsbezirk Barbis gehörte, der Bevölkerung weißes Mehl für weiße Brötchen gespendet hatten. Da ich noch etwas Geld im Portemonnaie hatte, brachte ich meiner Familie stolz die ersten weißen Brötchen unseres Lebens nach Hause.

Der Nachmittag nach der Schule gehörte in der Regel dem Spielen in der freien Natur. Ich liebte das selbsterfundene Spiel „Sachen suchen". Den Blick auf den Boden geheftet, fand ich oft Dinge, die wir brauchen konnten, wie Kämme, ein Zopfspängchen oder sogar gebrauchte Stofftaschentücher. Ich brachte alles nach Hause, und meine Mutter säuberte und wusch die Fundsachen. Manchmal fand ich auch Geld, und ich bückte mich für jeden Pfennig auch in der Vorstellung, dass dies ein Glücksbringer sei.

An manchen Tagen fuhr ich das Baby einer Nachbarin spazieren, was mir große Freude machte. Am liebsten aber spielte ich mit meinen Brüdern im nahen Wald. Es kam uns zugute, dass meine Mutter nicht ständig ängstlich über uns wachte, sondern sich ganz auf mich verließ. Ich musste versprechen, immer bei Einbruch der Dunkelheit zu Hause zu sein, und so ließ sie mich mit meinen beiden Brüdern zum Spielen nach draußen. Wir setzten den kleinen Manfred in einen Rollwagen, von der Familie „Rollfix" genannt und als universales Transportmittel unentbehrlich bei verschiedenen Unternehmungen. Ulrich und ich zogen ihn, bis wir im Wald ankamen. Meine Mutter gab uns immer ein kleines Picknick mit, das wir auf einer Lichtung und auf einer Decke ausbreiteten und genossen, sodass wir drei den Nachmittag gut überstehen konnten.

Einmal erwischte uns meine Mutter mit über alle Finger gestülpten Fingerhutblüten. Ich hatte das bei meinen Brüdern angeregt, weil es so lustig aussah. Sie war sehr erschrocken, wusste sie doch, dass diese Blüten sehr giftig waren und uns hätten schaden können, wenn wir zum Beispiel die Finger abgeleckt hätten, was im Spiel durchaus passieren konnte.

Mit meiner den Menschen zugewandten Art fand ich schnell Kontakt zu den Mädchen des Dorfes. Wir spielten damals viel mit Puppen, hegten und pflegten sie und trugen sie spazieren. Ich besaß eine alte Puppe aus Pappmaschee, deren Gesichtsfarbe vollkommen abgeblättert war, sodass nur noch der graue Karton sichtbar war. Trotzdem liebte ich diese Puppe über alles und sah

Klasse drei der Volksschule in Barbis mi
Reihe als zweite von rechts, v

räulein Kulack, ich sitzend in der ersten
immer mit weißen Söckchen

gar nicht mehr deren Makel, zumal meine Mutter wunderschöne Kleidchen für sie nähte.

Am wichtigsten war mir die Freundschaft zu meiner Klassenkameradin Beate. Sie war die Tochter des Besitzers der kleinen Knopffabrik in Barbis. Die Familie wohnte auf einer Anhöhe über dem Dorf in einer weißen Villa, die von einem großen Park mit einer Laube umgeben war. Da wir damals im dritten Schuljahr ganz im Märchenalter versunken waren, studierten wir dort mit einigen Kindern des Dorfes Märchenspiele ein. Ich dachte mir Spielabläufe aus und verteilte die Rollen. An Sommernachmittagen probten wir täglich, meine Mutter nähte uns Kostüme für das Märchen „Dornröschen", an das ich mich besonders gut erinnern kann. Schließlich veranstalteten wir Aufführungen im Garten der Villa, zunächst für die Gastfamilie, aber auch für interessierte Eltern der anderen Mitspieler. Manchmal schrieben wir Programme und verteilten sie im Dorf, um auf uns aufmerksam zu machen. Wir ernteten immer großen Applaus mit unserem Märchentheater.

Ich lebte damals in einer verzauberten Welt und fühlte mich inzwischen in Barbis durchaus wohl. Hier erlebte ich im Alter von acht bis neun Jahren eine unbeschwerte Kindheit, da meine Mutter ihre persönlichen Probleme von uns weitgehend fernhielt.

Im Hintergrund aber spann sie die Fäden für einen Wegzug der Familie aus dieser Einöde, in der sie nicht leben konnte und wollte.

So führte uns unser weiterer Lebensweg am 21. Januar 1949 nach Köln, wo wir alle endlich eine neue Heimat nach der Vertreibung aus Oberschlesien fanden. Dort war ich, neun Jahre alt, aus meiner engeren Kindheit herausgewachsen und musste mich neuen Forderungen stellen.

Wir drei Kinder kurz vor unserem Umzug nach Köln

Dieses Bild wurde von einem Fotografen in Bad Lauterberg für meinen fernen Vater erstellt; es hat ihn aber nie erreicht.

Tante Mia

Tante Mia war ein ganz wichtiger Mensch für mich in meiner Kindheit und Jugend. Sie war mit unserer damals vaterlosen Familie sehr eng verbunden und spielte eine bedeutende Rolle über eine lange Zeit.

Wenn ich heute an sie denke, dann erinnere ich mich an eine Frau mittleren Alters. Ich sehe ihr liebes, wettergegerbtes, oft auch sonnengebräuntes Gesicht vor mir, das nicht eigentlich schön, aber doch ungeheuer sympathisch war. Sie trug ihre dünnen, glatten, blonden Haare straff zurückgekämmt und in einen kleinen Knoten geschlungen. Immer war sie ungeschminkt und einfach und praktisch gekleidet, eine unscheinbare Frau, die keinen Wert auf modische Äußerlichkeiten legte.

Ihre Fröhlichkeit und ihr Lachen, ihre positive Lebenseinstellung und ihre Warmherzigkeit verliehen ihr aber eine besondere Ausstrahlung, die alle Menschen ihrer Umgebung in ihren Bann zog und sie so beliebt machte.

Es gibt ein Foto von Tante Mia, das sie als junge Frau zeigt und auf dem sie in einem aparten, Paisley gemusterten Jackenkleid zu sehen ist. Ihre schulterlangen, blonden, lockigen Haare sind der damaligen Mode entsprechend über der Stirn hochgesteckt und umrahmen ein sehr hübsches Gesicht. So habe ich Tante Mia wohl als Kind gesehen, und so hat sich sicher auch Onkel Paul in sie verliebt.

Ein Foto aus ihrer Kinderzeit liegt auch vor mir: Man sieht sie als Fünfjährige im Kreise ihrer Eltern und sieben ihrer Geschwister. Sie trug damals einen hellblonden, akkurat geschnittenen Pagenkopf und zeigte schon ihr unverwechselbares, fröhliches Lächeln.

Tante Mia im Alter von 27 Jahren

Tante Mia hatte nur ein begrenztes Schulwissen, da die persönlichen und gesellschaftlichen Umstände der Vorkriegs- und Kriegszeit eine anspruchsvolle schulische Ausbildung verhindert hatten.

Aber sie besaß Herzensbildung und ein Gespür für die Nöte und Sorgen anderer Menschen. Ihre Lebensphilosophie bezog sie aus ihrer großen Nächstenliebe, in der das Denken an die eigene Person kaum Platz hatte. Wenn sie den Menschen ihrer Umgebung Zuwendung und Hilfe geben konnte, war das für sie Lohn und Freude genug.

Tante Mia, die jüngste Schwester meiner Mutter, war die mir liebste Tante. Sie begleitete mein Leben bis zu ihrem frühen Tod am 20. Januar 1972, als sie im Alter von nur 48 Jahren an den Folgen von Brustkrebs starb.

Sie hinterließ ihren Mann und drei halbwüchsige Söhne, die sehr um sie trauerten. Ihre vielen Geschwister und deren Familien fühlten sich der verwaisten Familie in tiefer Trauer eng verbunden, und alle beweinten den allzu frühen Tod der lieben Schwester, Schwägerin und Tante, die ihnen sehr viel bedeutet hatte.

Tante Mias Mann konnte den Tod seiner geliebten, zehn Jahre jüngeren Frau nicht verwinden. Er starb bereits zwei Monate später plötzlich an Nierenversagen.

Zwar zogen die beiden unverheirateten Schwestern des Vaters, Maria und Gertrud, in das Haus und übernahmen die Haushaltsführung, aber sie konnten den drei verwaisten Söhnen die Eltern nicht ersetzen.

Die beiden älteren Söhne Uwe und Norbert meisterten trotz des schweren Schicksalsschlages ihr Leben. Sie absolvierten beide ein Hochschulstudium: Uwe wurde Studienrat in München und Norbert Arzt im Bayrischen Wald, und sie gründeten Familien.

Der jüngste Sohn Bernhard dagegen litt jahrelang

unter dem frühen Tod beider Eltern. Er war damals erst fünfzehn Jahre alt, fühlte sich einsam und auch von seinen beiden Brüdern allein gelassen. Er wurde Speditionskaufmann in München, fand aber nie die richtige Frau zum Heiraten. Erst der Kauf eines Hauses in Portugal und die Aussicht, in späteren Jahren einmal dorthin ziehen zu können, gaben ihm wieder neuen Lebensmut.

Tante Mia war als Marie-Luise Teich am 11. Juni 1923 in Kadlub/Kreis Groß Strehlitz in Oberschlesien geboren worden. Sie gehörte zu den Kleinen innerhalb der Geschwisterreihe von zehn Kindern, während meine Mutter Mitglied in der Gruppe der Großen war.

Da ihr Vater Lehrer war, lebten sie immer in geräumigen Wohnungen im Schulhaus. Die große Strenge und die preußische Disziplin des Vaters, die er nicht nur sich selbst, sondern auch seinen Kindern abverlangte, fanden einen Gegenpol in seiner sehr warmherzigen Frau. Diese leitete mit hausfraulichem Geschick den großen Haushalt, und an ihr hingen alle Kinder mit inniger Liebe. Bis ins hohe Alter sprachen diese, wenn sie von ihr erzählten, immer nur von der „Mama".

Natürlich übernahmen, wie damals in den Familien üblich, auch die älteren Geschwister Erziehungsaufgaben bei den jüngeren. So entstand schon in der Kindheit von Tante Mia die sehr enge Verbundenheit zu ihrer zwölf Jahre älteren Schwester Dorothea, genannt Thea, meiner Mutter.

Die Harmonie dieser großen Familie zeigt sich in folgender Episode, die uns Kindern immer gern erzählt wurde. Wenn eine gemeinsame Mahlzeit bevorstand, wurde einer aus der Geschwisterreihe dazu bestimmt, den in Haus und Hof verstreuten Familienmitgliedern Bescheid zu sagen. Derjenige rief dann laut: „Mama, Papa, Lieze, Rosa, Thea, Friedel, Grete, Elhard, Puppe,

Bubi, Mia, Männi ... essen kommen!" Diese Namenslitanei wurde auch gerufen, wenn sich nicht alle Geschwister im Hause befanden, so sehr hatte sie sich in den Sprachgebrauch eingeprägt.

Ein unerbittliches Schicksal, welches später auch den drei Söhnen von Tante Mia viel zu früh die Mutter nahm, raubte den zehn Kindern am 14. Juni 1938 die geliebte „Mama". Sie, die am 18. Oktober 1885 geboren worden war, starb im Alter von erst 52 Jahren infolge einer Herzkrankheit an einer Thrombose.

Ein Jahr später, im Juli 1939, heiratete der Vater die verwitwete Cousine seiner ersten Frau, die ihre vier Kinder mit in die Ehe brachte. Die neue Stiefmutter wurde von den zehn Kindern nie als Mutter akzeptiert. Trotzdem respektierten sie sie als Frau ihres Vaters, die ihn in den schweren Kriegs- und Nachkriegsjahren bis zu seinem Tod am 3. April 1959 versorgte.

Die zehn Geschwister, die alle die Kriegswirren unbeschadet überstanden hatten, hielten weiter engen Kontakt zueinander, besuchten sich oft und halfen sich gegenseitig.

Tante Mia war beim Tode ihrer Mutter erst fünfzehn Jahre alt. Sie hatte gerade die Volksschule beendet und eine Ausbildung als Kindergärtnerin begonnen. Als meine Mutter am 12. Februar 1939 heiratete und am 1. April desselben Jahres mit meinem Vater nach Kerpen/Kreis Neustadt in Oberschlesien zog, nahm sie ihre Schwester Mia bei sich auf. Diese beendete im dortigen Kindergarten ihre Ausbildung und bekam dort auch ihre erste Anstellung.

Ich wurde am 19. Dezember 1939 geboren, und ich erinnere mich noch sehr genau an meine Kindergärtnerin in Kerpen, die Tante Mia hieß, und an der ich sehr hing. Meine Mutter brachte mich, später auch zusammen mit meinem Bruder Ulrich, mit dem Fahrrad – ein Kind auf dem Gepäckträger, eins vorn im Körbchen sitzend – jeden Morgen in den Kindergarten, der am Ortsende von Kerpen lag. Einmal wackelte der kleine Ulrich vorne so stark, dass wir alle drei im Straßengraben landeten.

Tante Mia hatte bei einem Besuch auf dem „Olgahof", einer Domäne des Fürsten von Hohenlohe, auf der ihr Bruder Friedel als Verwalter tätig war, ihren späteren Mann Paul kennengelernt, der dort als Gutsinspektor arbeitete. Mit ihm verlobte sie sich während der ersten Kriegsjahre.

Sie blieb aber weiter bei meiner Mutter in Kerpen wohnen, zumal mein Vater inzwischen zur Wehrmacht eingezogen worden war. Tante Mia und meine Mutter meisterten zusammen die schweren Jahre, in denen sie ohne ihre Männer allein ihr Leben führen und die drei Kinder meiner Mutter unter schwierigen Bedingungen aufziehen mussten.

Die beiden Frauen hatten eine sehr enge und liebevolle Beziehung zueinander, die ein abruptes Ende nahm, als die so viel jüngere Schwester Mia so früh starb. Meine Mutter haderte damals mit Gott und mochte nicht mehr zur Kirche gehen.

Eine große Bewährungsprobe für die Schwestern wurde die Flucht vor der anrückenden russischen Front aus Kerpen, die Anfang 1945 stattfand und die meine Mutter mit ihren drei kleinen Kindern allein nie durchgestanden hätte.

Mein jüngster Bruder Manfred, der zu der Zeit an Brechdurchfall litt, wurde hauptsächlich von Tante Mia liebevoll betreut und am Leben erhalten. Deswegen hob der kleine Kerl ihre Stellung auf die gleiche Stufe wie die seiner Mutter, indem er beide Frauen „Tante Mia" oder „Tante Mutti" nannte, von denen aber Tante Mia eine

Tante Mia, vorne links, im Kreis
zweite von lin

ihrer großen Familie, hinten als
meine Mutter

noch etwas höhere Position einnahm. Jahrelang schleppte er in seiner Hosentasche ein Passbild seiner Tante Mia mit sich herum, und er wurde sterbenskrank, als sie mit ihrem Mann in die damalige DDR zog.

Auf der Flucht vor den Granaten und Geschossen der Front hatte sich Tante Mia mit ihrer ganzen Kraft für das Überleben der Familie ihrer Schwester eingesetzt. Ich erinnere mich an eine Szene, wie sie mit ihren braunen, hohen Lederstiefeln in einem Bachbett stand und uns alle nacheinander durch das Wasser ans andere Ufer trug. Dafür wurde sie von meiner Mutter wie ein eigenes Kind beschützt. Als wir während dieser Schreckenstage in einem von Russen besetzten Dorf Unterschlupf fanden, band meine Mutter ihrer zwanzigjährigen Schwester Mia ein rotes Schleifchen ins Haar, um ihr ein kindliches Aussehen zu verleihen und sie vor einer Vergewaltigung durch die Russen zu bewahren.

Sie versteckte die Schwester außerdem bei uns drei kleinen Kindern im Bett und versicherte den russischen Soldaten, die während der Nacht mehrfach erschienen, dass dort nur ihre vier Kinder schliefen.

Da die Flucht in den Westen zu diesem Zeitpunkt nicht mehr möglich war, beschlossen die beiden Frauen, nach Kerpen zurückzukehren.

Hier begann für Tante Mia eine weitere Leidenszeit, da sie wegen der Gefahr russischer Übergriffe mit anderen jungen Mädchen des Dorfes im Taubenschlag oder auf dem Heuboden ihre Nächte verbringen musste. Das war allerdings ebenfalls sehr gefährlich, denn die Russen benutzten eine Holzstange mit einer Stahlspitze, mit der sie in das Heu hineinstachen, um die sich dort versteckt haltenden Mädchen ausfindig zu machen. Und wehe, wenn sie eines fanden ...!

Tante Mia entging, wie durch ein Wunder, dieser

Gefahr, nur musste sie in der folgenden Zeit ein heimliches Leben führen. Da wir nicht mehr im Schulhaus wohnen durften und beim Bauern Nohl Unterkunft gefunden hatten, kochte sie dort für die Bauernfamilie und für uns. Sie half auch in Haus und Hof mit, immer in der Angst, gesehen und dann missbraucht zu werden.

Dieses heimliche Leben währte für sie so lange, bis wir alle nach Kriegsende im Juni 1946 nach Westdeutschland ausgewiesen wurden, und sie gelangte zusammen mit unserer Familie in das Besenbinderdorf Barbis.

Für ihre vierköpfige Familie bekam meine Mutter von der Gemeinde monatlich 79 RM, von denen sie 10 RM Miete zahlen musste. Tante Mia konnte durch ihre Arbeit in der örtlichen Knopffabrik das sehr karge Familienbudget aufbessern.

Sie war auch eine äußerst emsige Sammlerin von Ähren, Bucheckern, Kartoffeln, Beeren und Holz. Aus den von ihr gesammelten Kräutern bereitete sie Tees und Wundsalben zu, mit denen sie uns „verarztete". Damals weckte sie in mir die bis heute erhaltene Sammelleidenschaft für verschiedene Dinge, und mir fällt es immer noch schwer, Gegenstände wegzuwerfen, die vielleicht noch einmal gebraucht werden könnten. Das rührt sicher aus dieser armseligen Zeit her, die uns „Kriegskinder" geprägt hat.

Das Leben von Tante Mia und meiner Mutter hatte in den Nachkriegsjahren neben der Sorge um das tägliche Brot noch eine andere Gemeinsamkeit: Sie bangten beide um den Verlobten bzw. den Ehemann, die noch nicht aus dem Krieg heimgekehrt waren.

Während wir von meinem Vater ab und an Gefangenenpost bekamen, wusste Tante Mia damals nicht, ob ihr Paul überhaupt noch am Leben war. Folgende Geschichte ist dazu überliefert: Sie befragte eines Tages eine Wahrsagerin, die zufällig nach Barbis gekommen war, nach dem Verbleib ihres Verlobten. Diese soll gesagt haben, dass er lebe und im Augenblick immer auf- und absteige. Tatsächlich fand uns Onkel Paul bald in dem Dorf am Harz. Er erzählte, dass er auf dem Weg in den Westen zuletzt bei einem Bauern gearbeitet und bei der Apfelernte geholfen hatte. Er war also die Leiter auf- und abgestiegen ...!

In der bescheidenen Wohnung in Barbis wurde Tante Mias und Onkel Pauls Hochzeit „gefeiert". Nachdem sie sich bald ein Zimmer genommen und einen eigenen Hausstand gegründet hatten, arbeiteten beide noch eine kurze Zeit in der Knopffabrik. Im Oktober 1947 verabschiedeten sie sich von uns und zogen nach Hildburghausen in Thüringen, wo Onkel Friedel seinem Schwager eine Beschäftigung besorgt hatte. Dort wurde im Jahre 1949 auch der erste Sohn Uwe geboren.

Meine Mutter und wir drei Kinder blieben traurig in dem von uns wenig geliebten Barbis zurück. Wir alle, besonders mein Bruder Manfred, vermissten Tante Mia, die meiner alleinstehenden Mutter eine wichtige Hilfe und moralische Stütze gewesen war.

Umso größer war unsere Freude, als kurz nach unserem Umzug nach Köln im Januar 1949 Tante Mia eines Tages mit ihrem kleinen Sohn bei uns auftauchte. Ihr Mann kam wenig später nach, da er in Thüringen doch nicht die erhoffte berufliche Tätigkeit gefunden hatte.

Auch in Köln gab es für ihn als gelernten Gutsinspektor keine geeignete Arbeit, und er blieb arbeitslos, bis er 1951 mit dem Mann meiner Cousine Inge in Niederbayern einen Holzhandel begann. Vorher hatte er auf Anraten eines Bekannten ernsthaft erwogen, nach Kuwait auszuwandern, um dort in einer Ölraffinerie zu arbeiten. Tante Mia hat wohl diese Pläne vereitelt, und sie genoss es noch für eine kurze Zeit, mit uns zusammenzuleben.

Wieder wurde Tante Mia für meine Mutter und uns Kinder eine große Stütze. Sie half im Haushalt, wodurch meine Mutter Zeit gewann, durch Nähen etwas für die Familie hinzuzuverdienen.

Vor allem kümmerte sich Tante Mia wieder um meinen jüngsten Bruder Manfred, der nach wie vor sehr an ihr hing und nicht allein zur Schule in der Lochnerstraße gehen wollte. Sie brachte ihn also morgens dorthin und holte ihn mittags wieder ab, und das bei einem Schulweg von jeweils einer halben Stunde! Wenn sie ihn aus Zeitmangel manchmal nur ein Stück auf den Weg brachte, drehte er um und rannte wieder nach Hause zurück.

Mir machte sie damals, im Jahre 1950, eine Riesenfreude, indem sie mich nach der Rückkehr aus einem von Heimweh überschatteten, sechswöchigen Erholungsaufenthalt in Hennef/Sieg mit einer wunderschönen Trachtenjacke überraschte. Diese war von ihr aus roter Wolle handgestrickt und mit bunten Stickereien und goldenen Knöpfen verziert worden. Das war damals eine Kostbarkeit, und ich hatte so etwas Schönes noch nie besessen. Ich kann mich heute noch an meine übergroße Freude erinnern, als ich diese Strickjacke das erste Mal tragen durfte.

Tante Mia strickte auch in den folgenden Jahren für ihre und unsere Familie und später sogar für meine Kinder alle Wollsachen, die immer gern getragen wurden.

Im Jahre 1959 lernte ich meinen Mann kennen. Als ich ihm zur Verlobung eine Jacke im Patentmuster stricken wollte, erbarmte sie sich meiner und vollendete das riesige Strickteil mit einer Perfektion, die ich nie geschafft hätte. Mein Mann hat damals von der heimlichen Hilfe nichts erfahren ...!

Als Onkel Paul mit seinem Holzhandel Fuß gefasst

hatte, holte er seine Familie zu sich. Sie mieteten ein kleines Haus in einem Weiler in Niederbayern, in Georgenzell. Das war, wie der Name schon sagt, eine ehemalige Einsiedelei, in dem außer dem Häuschen nur eine Kapelle, ein Gasthaus und ein Bauernhaus standen. Der Ort lag äußerst einsam, es gab in der Umgebung verstreute Einödhöfe, und der nächste Marktflecken, Velden, mit Einkaufsmöglichkeiten war etwa sechs Kilometer entfernt.

Ich fuhr das erste Mal im Jahre 1952 nach Georgenzell, und ich erinnere mich an drei wunderschöne, erlebnisreiche Sommerferienwochen.

Für mich als Stadtkind war hier alles anders: Felder, Wiesen und kleine Tannengehölze, aber auch Hochwald in unmittelbarer Nähe prägten die Landschaft. Die wenigen Häuser waren durch schmale Wege verbunden und abends war ohne Straßenlaternen alles dunkel. Dafür gab es aber duftende Wiesen mit unzähligen, vielfarbigen Blumen, summende Bienen, saubere Luft, und jeden Tag schien die Sonne von einem strahlend blauen Himmel. Ich durfte mit dem Bauern ins Heu fahren, und ich schaffte es nach einigen Tagen schon recht gut, die Heugarben, die mit der Gabel zu mir hinaufgereicht wurden, fachgerecht immer höher zu stapeln. Ich erinnere mich noch an die wohlige Müdigkeit, die mich nach einem solchen Feldarbeitstag überfiel, und ich nahm die juckenden kleinen Verletzungen in Kauf, die das trockene Heu auf meiner Haut hinterlassen hatte.

Darüber hinaus war ich glücklich, mich in dem ländlichen Haushalt von Tante Mia nützlich machen zu können. Am frühen Morgen nahmen wir eine Zinkbadewanne und gingen damit auf die hinter dem Haus gelegene Kuhweide. Dort sammelten wir große Mengen der makellos weißen, in freier Natur gewachsenen

Champignons.

Noch heute habe ich den Geschmack dieser Köstlichkeit auf der Zunge, wenn Tante Mia die frischen Pilze in ein wohlschmeckendes Mittagessen verwandelte. Nie wieder habe ich solch lecker zubereitete Champignons gegessen, da die heute verbreiteten alle aus Zuchten stammen und eher fade schmecken.

Die nicht frisch verzehrten Pilze schnitt Tante Mia in Scheiben und breitete sie auf dem Dachboden des einstöckigen Hauses aus. Dort trockneten sie neben Kamillenblüten, Huflattich, Schafgarbe und anderen Heilkräutern, um im Winter für die Familie verarbeitet zu werden.

Tante Mia lehrte mich auch, keine Angst vor allerlei Getier zu haben. Auf ihrer Wiese hinter dem Haus liefen nämlich Hühner, ein Hahn, Gänse und Puten frei herum. Ich traute mich nach kurzer Zeit sogar, Frösche jeglicher Größe mit meinen Händen zu fangen und sie in einem Wasserbecken zu sammeln. Wie enttäuscht war ich jedes Mal, wenn am nächsten Morgen alle Frösche das Weite gesucht hatten!

Auch zwei Ziegen gehörten zu dem kleinen Anwesen. Eine von ihnen hieß Schocki. Jahre später wurde sie geschlachtet, ihr Fell wurde bearbeitet und lag als Teppich im späteren Haus in Taufkirchen/Vils vor dem Kachelofen. Ich war damals zufällig zu Besuch, als Onkel Paul seinen neuen Rasenmäher ausgerechnet auf Schockis Fell ausprobierte. Noch heute habe ich Tante Mias schrillen Entsetzensschrei im Ohr, als von dem Flor des Ziegenfells eine Bahn sauber kurz geschoren wurde.

Als ich im Sommer 1952 in Georgenzell war, hatte sich dem dreijährigen Uwe inzwischen sein Brüderchen Norbert zugesellt, das damals ein Baby von etwa einem halben Jahr war. Der jüngste Sohn Bernhard wurde meines Wissens im Jahre 1955 auch noch in Georgenzell geboren.

Zu meiner großen Freude durfte ich Norbert, sooft ich wollte, versorgen. Er war ein kerngesundes, pausbackiges Kind, das den ganzen Tag im Garten unter einem schattigen Baum lag, eine entsprechend rosig-bräunliche Hautfarbe hatte und seinen Bewegungstrieb frei entfalten konnte.

Die Familie des Kompagnons von Onkel Pauls Holzgeschäft bewirtschaftete den Hanszeller Einödhof. Ihr ältester Sohn Hans war nach den damals üblichen Hygieneregeln von der Hanszellerin aufgezogen worden, das heißt, das Baby wurde auch im Sommer immer warm eingepackt, mit einem Daunenkissen zugedeckt und in die Küche an den Ofen gestellt, wo weder Licht noch Luft seinen kleinen Körper erreichen konnten. Dazu bekam das Baby einen Schnuller in den Mund gesteckt, der entweder mit Mohn gestopft oder mit Starkbier getränkt wurde. Entsprechend war das Kleinkind ruhiggestellt, damit seine Mutter in den Stillpausen ihrer Haus- oder Feldarbeit nachgehen konnte. Die Entwicklung des kleinen Hans war sehr verzögert, und er wirkte schon mit zwei Jahren geistig zurückgeblieben.

Es war für Tante Mia schwer, inmitten dieser fast mittelalterlich denkenden Bevölkerung Niederbayerns zu leben und zu wirken. Dennoch versuchte sie es und hatte auch Erfolge: Mit ihrem Sohn Norbert spazierte sie im offenen Kinderwagen zu der Hanszellerin und klärte sie über eine moderne Säuglingspflege auf. Gott sei Dank war die Bäuerin einsichtig, und fortan durfte ich das zweite Kind der Bäuerin, Siegfried, oft spazieren fahren, es trockenlegen und strampeln lassen.

Dieser Fall von Rückständigkeit war aber nicht der einzige, mit dem Tante Mia in Georgenzell konfrontiert wurde. Sehr gut erinnere ich mich an einen Vorfall im Zusammenhang mit der benachbarten Bauernfamilie. Ich freundete mich in jenen Sommerferien mit den wenig älteren Bauernmädchen Anni und Marl an, die in mir, der Zwölfjährigen aus der Großstadt, etwas ganz Besonderes sahen. Wir verbrachten gemeinsam viele herrliche Stunden, wenn die beiden ihre Arbeit beendet hatten, am Feldrain sitzend. Ich musste ihnen dann von meinem Leben in Köln erzählen, und ich weiß, dass sie sich vieles gar nicht vorstellen konnten, da sie fast noch nie aus ihrem Weiler hinausgekommen waren. Sie sahen mich so sehr als eine Exotin an, dass Anni einmal in ihrer Einfalt meinte, ich würde sicherlich noch eines Tages Königin von England werden ...!

Die Mutter der beiden Mädchen war seit Jahren sehr krank. Sie lag Tag und Nacht in ihrem Bett, das in der Ofenecke der großen Küche aufgestellt war, und sie war schwach und totenblass. An welcher Krankheit die arme Frau litt und ob je ein Arzt nach ihr sah, weiß ich heute nicht mehr. Umso mehr kann ich mich aber daran erinnern, dass Tante Mia die kranke Bäuerin jeden Tag besuchte und sie pflegte und versorgte. Sie half auch den beiden jungen Mädchen bei der Haushaltsführung. Von den drei Frauen, aber auch von dem Bauern und seinen zwei Söhnen, die die Arbeit auf dem Hof und auf den Feldern verrichteten, wurde Tante Mia sehr geschätzt. Ich erwähne das deshalb, weil vor diesem Hintergrund der folgende Vorfall kaum zu verstehen ist.

Eines Morgens ging Tante Mia wie gewohnt fröhlich zu dem Bauernhaus, um die Kranke zu versorgen und die nötigsten Hausarbeiten zu verrichten. Sie merkte sofort, dass ihr eine Welle der Ablehnung entgegenschlug und dass alle sie mit großer Angst und Verzweiflung anstarrten. Natürlich fragte Tante Mia nach dem Grund

Die beiden Bauernmädchen Anni und Marl mit mir in der Mitte während meines Sommerurlaubs bei Tante Mia in Georgenzell

des Sinneswandels, und sie hörte folgende unglaubliche Geschichte: In der letzten Nacht war im Stall eine Kuh verendet, und allen war klar, dass der erste Mensch, der morgens den Hof betrat, die Hexe war, die das Tier verhext hatte, sodass es sterben musste.

Etwa im Jahre 1956 begann ein neuer Abschnitt im Leben von Tante Mias Familie. Sie zogen ins nur zehn Kilometer entfernte Taufkirchen/Vils, Kreis Erding. Onkel Paul fand dort eine Arbeit in der im Dorf ansässigen Polstermöbelfabrik „Himolla", deren Firmenname eine Zusammensetzung aus den Adjektiven himmlisch, mollig, angenehm bedeutete. Zuletzt hatte er dort eine verantwortungsvolle, gut bezahlte Tätigkeit.

Tante Mia war mit Leib und Seele Ehefrau, Mutter und Hausfrau. Sie hatte sich und den Ihren ein gemütliches Zuhause geschaffen und hatte nie das Bedürfnis, mit ihrer Familie in Urlaub zu fahren. Sie liebte es aber sehr, Besuch von ihrer großen Verwandtschaft zu empfangen.

Im Hause am Bergplatz ging es mit den drei Jungen und deren Freunden immer sehr lebhaft zu, und ich weiß heute nicht mehr, wie Tante Mia es schaffte, ihren Besuchern immer einen Schlafplatz mit einem ruhigen Rückzugsgebiet zu reservieren. Ich denke, dass die eigene Familie in diesen Zeiten eng zusammenrückte, weil es ihre Gastfreundschaft so wollte.

Das Familienglück wurde durch Tante Mias Krebskrankheit, die etwa Ende der sechziger Jahre ausbrach, und ihren anschließenden Leidensweg zerstört.

Durch meine Heirat und die Geburt meiner drei Kinder konnte ich nur noch wenige Male, meist auf der Durchreise in die Ferien, in Taufkirchen Station machen. Ich habe deshalb den Ausbruch von Tante Mias Krankheit und das Leid, das dadurch über die Familie hereinbrach, nur durch die Erzählungen meiner Mutter nachempfinden können.

Das letzte Mal habe ich Tante Mia nach der Geburt meiner jüngsten Tochter Bettina im Sommer 1969 gesehen, als sie, wie immer in solchen Notfällen, trotz ihrer Krankheit meiner Familie zu Hilfe eilte. Sie reiste von Bayern mit einer Menge herrlicher Stricksachen für meine Kinder an und unterstützte mich in den ersten Tagen, als ich mit dem Baby aus dem Krankenhaus nach Hause kam, bei der täglichen Arbeit in meiner großen Familie. Sie bereitete frische, duftende Marmelade, bügelte die Wäsche und kochte hingebungsvoll.

Tante Mia war eine jener besonderen Persönlichkeiten, die die Seelen ihrer Mitmenschen erwärmen und in deren Gegenwart man sich wohlfühlt.

Angekommen in Köln

Heimatliche Gefühle überfielen uns, als wir am 21. Januar 1949 nach Köln in die Sülzburgstraße/Ecke Kerpener Straße zogen. Wir, das waren meine Mutter, meine beiden jüngeren Brüder, sieben und fünf Jahre alt, und ich, neun Jahre alt. Nach zweieinhalbjähriger Odyssee waren wir aus dem oberschlesischen Kerpen/Kreis Neustadt über Barbis am Harz schließlich dank einer Zuzugsgenehmigung nach Köln gekommen, wo wir zunächst in Sülz eine Bleibe fanden.

Die Sülzburgstraße war 1949 noch ein Trampelpfad, der über einen Trümmerberg führte. Rechts und links standen, eng bebaut, drei- oder mehrstöckige Stadthäuser, die zum damaligen Zeitpunkt teilweise zerstört, ausgebrannt oder ganz eingestürzt waren. Wir bezogen dort eine primitive Souterrainwohnung, die wir möbliert mieten konnten. Sie war feucht und dunkel, und durch das Fenster zur Straße sahen wir nur die Beine der Vorübergehenden.

So schlimm waren die Kriegs- und Fluchterlebnisse für uns Kinder gewesen, dass wir nachts laut um Hilfe riefen und keine Minute ohne unsere Mutter in der unheimlichen Wohnung bleiben mochten. Wenn wir aber aus unserer Kellerwohnung ins Freie stiegen, hellte sich unser Gemüt auf, denn uns empfing ein kleiner, eingezäunter Vorstadtgarten mit einem Rasenstück, einer Teppichklopfstange und einer buschigen Fichte in der hinteren Ecke. Dort erwartete uns eine heile Welt, und kein Hausbewohner hinderte uns daran, nach Herzenslust Fußball zu spielen und an der Stange zu turnen.

Köln trat uns Flüchtlingen, entgegen unserer

Die vergitterten Fenster unserer Kellerwohnung zur Sülzburgstraße

Wenn meine Mutter uns abends einmal allein lassen musste, um etwa zu einem Elternabend zu gehen, hatten wir furchtbare Angst. Wir standen im Zimmer vor diesen Fenstern und warteten auf ihre Rückkehr. Sobald wir ihre Schritte hörten, fiel uns ein Stein vom Herzen. Wir fielen ihr um den Hals und konnten dann ruhig einschlafen.

bisherigen Erfahrung im Harz, sehr freundlich und großzügig entgegen. Wir Kinder und besonders meine Mutter genossen das Gefühl, willkommen zu sein und nicht wie dort als unerwünscht gemieden zu werden. Als mich eine Hausbewohnerin bei der ersten Begegnung nach meinem Namen fragte und ich „Bärbel" antwortete, juchzte sie gleich: „Ach et Bärbelche vum Hännesche mit den langen blonden Zöpfen!" Das ausgelassene Karnevalstreiben der Kölner lag unserer Familie allerdings nicht so sehr, aber wir feierten mit, um keine Außenseiter mehr zu sein.

Viele Beispiele dieser uns ungewohnten Herzlichkeit bekamen wir von Anfang an zu spüren. Unsere Vermieterin schenkte uns gleich einen Küchenschrank und machte uns, die wir all unser Hab und Gut in unserer alten Heimat hatten zurücklassen müssen, damit wieder zu Eigentümern eines Möbelstückes. Dieses Geschenk war uns umso wertvoller, als wir erfuhren, dass unsere Vermieterin einen von ihren zwei zusammengehörenden Küchenschränken weggegeben hatte, sodass ihre Einrichtung jetzt nicht mehr vollständig war.

Auch zu den Familien, die in den oberen wieder notdürftig hergerichteten hellen und geräumigen Wohnungen des Mehrfamilienhauses lebten, bekamen wir guten Kontakt. Besonders beliebt war bei uns eine sehr herzliche, rheinische Frohnatur, deren Mann Schiedsrichter bei Fußballspielen war und die von diesem immer nur als „Minge Mann" sprach. Sie hieß deshalb bei uns fortan auch nur „Minge Mann". Wenn wir heute manchmal noch im Familienkreis von ihr erzählen, fällt immer noch dieser Name.

„Minge Mann" hatte die Angewohnheit, während eines Gesprächs an der Kleidung ihres Gegenübers zu nesteln. Sie spielte z. B. mit den Knöpfen oder Bändern,

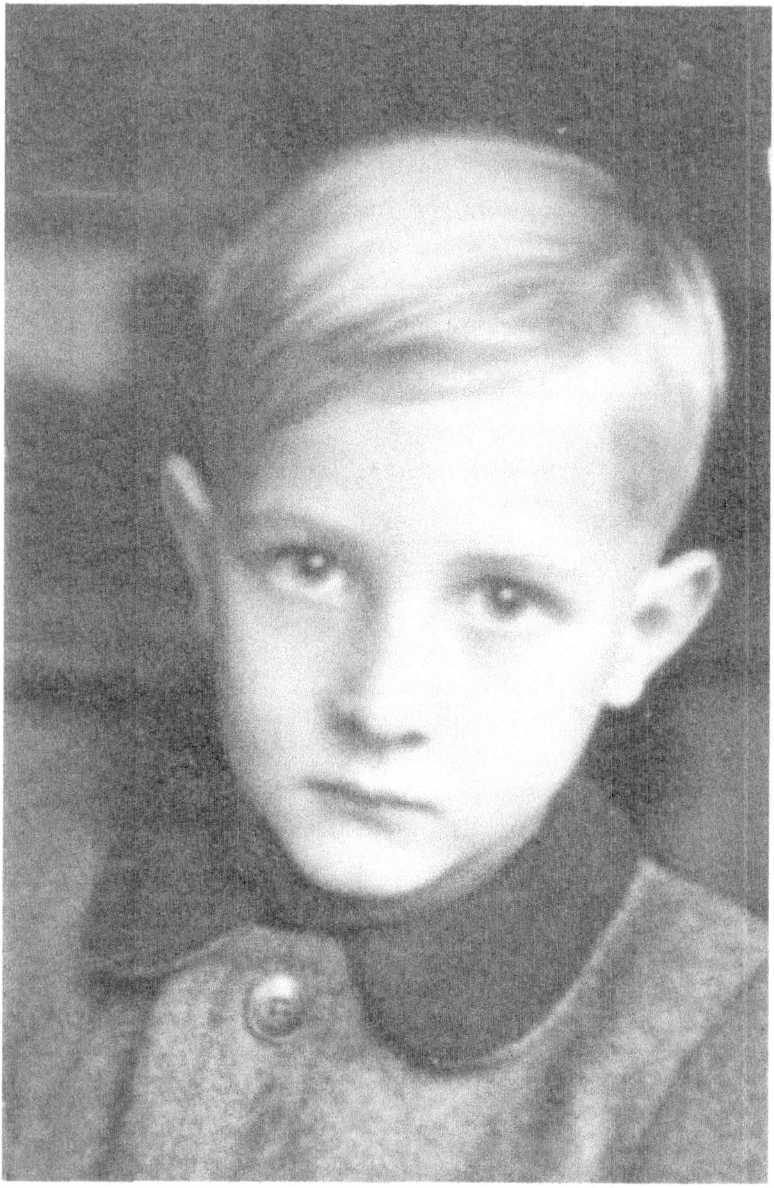

Mein Bruder Manfred im Alter von fünf Jahren

entfernte Fusseln oder zupfte den Kragen zurecht. Das war eine Art der Kontaktaufnahme, die schnell eine Vertrautheit zum Gesprächspartner herstellte und die sehr sympathisch, allerdings zunächst für uns Nicht-Kölner gewöhnungsbedürftig war.

Ein einschneidendes, glückliches Erlebnis hatten wir, die in äußerster Armut lebenden Kinder, am ersten Ostertag in der Sülzburgstraße. Als wir frühmorgens aus unserem Küchenfenster in den Garten schauten, glaubten wir, einem Wunder zu begegnen: Dort stand an der kleinen Fichte der leibhaftige Osterhase! Er war in meiner Kindheitserinnerung mindestens einen Meter groß und bestand aus reiner und dicker Vollmilchschokolade! Wie war diese Kostbarkeit nur dorthin gekommen?

Meine Mutter war vom Spender dieses wunderbaren Geschenks eingeweiht worden: Ein im oberen Haus wohnender Arzt, der sich um die angegriffene Gesundheit von uns drei Kindern sorgte, hatte uns eine Freude machen wollen, und es war ihm hervorragend gelungen. Wir legten den Osterhasen – nach gebührender Bewunderung – sorgsam auf die Küchenfensterbank und genossen jeden Tag andächtig ein kleines Stück Schokolade.

Dieser Arzt trug mich wenig später, als ich mir beim Spielen den Fuß verstaucht hatte und nicht mehr laufen konnte, auf seinem Rücken bis zur nahen „Lindenburg“, der heutigen Universitätsklinik, wo er meine ärztliche Versorgung überwachte, ehe er mich auf die gleiche Art wieder nach Hause schleppte.

Die „Lindenburg“ grenzte mit ihrem weitläufigen Gelände damals und auch heute noch an die Kerpener Straße. Im Jahre 1949 war das Areal allerdings noch von einer hohen Mauer umgeben. Das reizte uns Kinder natürlich in besonderem Maße, und wir spielten

8.7.1949

ie Gemeinschaft der Straßenkinder in der
ülzburgstraße – ich in der ersten Reihe
dritte von rechts mit Puppe

Die Klasse vier der Volksschule Red
der ersten Reihe, dritte von links,

zstraße mit Fräulein Planta, ich in
ie immer mit weißen Söckchen

am liebsten in den verwilderten Anlagen zwischen den einzelnen Krankenstationen, die meist noch vom Krieg beschädigt waren. Wir mussten zwar mühsam über die hohe Mauer klettern, aber dann störte uns dort niemand bei unseren Spielen, die wir mit gelegentlichem Kochen von Erbswurstsuppe auf offenem Feuer krönten.

Abenteuerliche Spielplätze gab es in dieser Zeit ja zuhauf: Sehr beliebt war ein in den Kriegswirren abgestorbener Kletterbaum auf einem verwahrlosten Gartengrundstück, und sehr gefährlich waren unsere täglichen Erkundungspartien in den Trümmern ausgebrannter Häuser. Teilweise waren nur deren Außenmauern stehen geblieben, und an ihnen „klebten" bröckelige Treppen ohne Geländer. Wir spielenden Kinder entwickelten den Ehrgeiz, möglichst halsbrecherisch bis in die obersten Stockwerke zu gelangen. Dabei entspannen sich Rivalitäten, die oft genug in verantwortungslosen Mutproben endeten. Einmal war ein fünfjähriges Mädchen aus unserer Nachbarschaft ihrem großen Bruder bis in den dritten Stock einer Ruine gefolgt und von dort oben abgestürzt. Es hatte sicherlich einen guten Schutzengel gehabt, denn es landete auf einem Ascheberg, woraufhin es von dem eilig herbeigerufenen, eben schon erwähnten Arzt wiederum auf dem Rücken in die „Lindenburg" getragen wurde, wo die Ärzte aber keinerlei Verletzungen an dem Kind feststellen konnten.

Die Kinder der unteren Sülzburgstraße waren eine verschworene Gemeinschaft, wie es auch das Bild zeigt, das ein reisender Fotograf im Sommer 1949 aufgenommen hatte. Bei gutem Wetter trafen wir uns jeden Tag auf der Straße, und ich erinnere mich noch des ersten Frühlings dort, der unsere schwere Kindheit wieder in glückliche Bahnen lenkte.

Bis heute sind mir die Spiele der Straße unvergesslich,

die alle in der Gemeinschaft ausgetragen wurden. Es gab nur wenige und preiswerte Requisiten, aber der Spieleffekt war groß. Wir lernten, mit Fassung zu verlieren, und waren sehr viele Stunden an der frischen Luft, die kaum durch Autoabgase verpestet war.

Als Frühlingsspiel war das „Pröbchen" besonders beliebt, ein Geschicklichkeitsspiel mit dem Ball, der mit der flachen Hand, einzelnen Fingern, der Faust oder verschränkt hinter dem Rücken gegen die Hauswand „getitscht" werden musste. Wem der Ball aus der Hand fiel, der war „ab" und musste sich an das Ende der Schlange stellen, bis er wieder an der Reihe war.

Beim Ömmele-Spiel – das war das Rollen von Ton-Murmeln bzw. „Klickern" in mit der Hand gegrabene Erdkuhlen auf den Trümmergrundstücken – konnte man große Mengen von Spielkugeln gewinnen, wenn man geschickt die „Ömmel" des Mitspielers berührte. Kostbar war für uns Kinder der Besitz der Säckchen mit den Spielkugeln, zu denen sich manchmal als besonderer Glücksfall eine seltene Glasmurmel gesellte.

Auch damals war das „Hüppekästchen" schon sehr beliebt. Manche Kinder benutzten dabei statt eines Steines, der mit dem Fuß ins nächste Feld geschoben werden musste, ein aus vielen, meist runden Fundgegenständen, wie z. B. Schlüsselringen, zusammengebundenes Gebilde, um das ich sie von Herzen beneidete. Wer auf die Kreidelinien trat, musste ausscheiden.

Meine Familie lebte nur zwei Frühlinge und zwei Sommer in der Sülzburgstraße, ehe wir im Herbst 1950 in eine größere, hellere Wohnung in der Innenstadt zogen. Dort herrschten andere Bräuche, und es gab keine Gemeinschaft der „Straßenkinder", die mir in Sülz den Einstieg in mein Kölner Leben so erleichtert hatte. Aber dennoch schritt unsere Integration weiter fort, und in den folgenden Jahren verwischten sich die Grenzen zwischen den in Köln Geborenen und den Zugereisten. Die Liebe zu Köln hat bis heute einen festen Platz in meinem Herzen behalten.

Der Weiße Sonntag

Am Weißen Sonntag 1950 feierte ich meine erste Heilige Kommunion.

Im Jahre 1945 hatte der Zweite Weltkrieg geendet, und meine Familie wurde aus ihrer Heimat Oberschlesien vertrieben. Wir zogen nach einigen traurigen Jahren im Harz am 21. Januar 1949 nach Köln, wo wir uns gleich sehr wohlfühlten. Mein Vater war nach dem Krieg allerdings noch nicht zu seiner Familie zurückgekehrt, da er in russischer Kriegsgefangenschaft festgehalten wurde. So lebten meine Mutter, meine beiden jüngeren Brüder Ulrich und Manfred und ich allein in einer kleinen dunklen Kellerwohnung in Köln-Sülz.

Ich kam damals ins dritte Schuljahr der Volksschule in der Redwitzstraße und hätte von meinem Alter her am Weißen Sonntag 1949 zur ersten Heiligen Kommunion gehen sollen. Das wäre jedoch schwierig gewesen, weil die Vorbereitungen zu diesem großen kirchlichen Fest schon in vollem Gange waren. Ein anderer Grund war, dass wir es uns finanziell nicht leisten konnten, in zwei aufeinanderfolgenden Jahren meine Erstkommunion und die meines Bruders Ulrich zu feiern. Wir waren damals sehr arm, und so ein Fest mit vielen Gästen kostet immer viel Geld. Deshalb machte meine Mutter aus der Not eine Tugend und beschloss, meinem Bruder Ulrich und mir am Weißen Sonntag 1950 eine gemeinsame Kommunionfeier auszurichten. Bis dahin war auch genügend Zeit zur Vorbereitung auf dieses wichtige Fest meiner Kindheit.

Die Vorbereitungszeit dauerte lange und war nicht sehr angenehm. Einmal in der Woche trafen sich alle Kommunionkinder am Nachmittag in unserer

Der weiße Sonntag 1950, Einzug in die Kirche

Unsere Familie im Festtagsstaat

Pfarrkirche St. Karl Borromäus, die von unserer Wohnung in der Sülzburgstraße eine halbe Stunde Fußweg entfernt lag.

Diese Kirche war aus dunklem Backstein gebaut und wirkte abweisend und kalt auf mich. Auch der Innenraum war eine riesige Halle, weiß gekälkt und bis auf den Kreuzweg ohne jeden Schmuck. Fünf Beichtstühle waren an der linken Seite in Nischen eingelassen. In dieser für uns Kinder gar nicht angenehmen Atmosphäre fand also unser Kommunionunterricht statt.

Herr Pastor Hochmann stand vor uns und las uns die Glaubenssätze aus dem Katechismus vor, die wir nachsprechen und bis zum nächsten Mal auswendig lernen mussten. Er war streng und schimpfte viel, sodass manche Träne vergossen wurde. Ich erinnere mich noch, dass wir immer ganz unbeweglich und schweigend in den Kirchenbänken sitzen mussten und nur zuhören durften.

Zum Kommunionunterricht gehörte die Vorbereitung zur ersten Beichte. Auch daran habe ich keine guten Erinnerungen. Wir mussten die Zehn Gebote auswendig aufsagen – das war der sogenannte Beichtspiegel – und unsere Sünden zu dem entsprechenden Gebot bekennen.

Ich beichtete damals meistens Folgendes:

- Du sollst den Sonntag heiligen: Ich habe die heilige Messe am Sonntag nicht andächtig mitgefeiert.
- Du sollst Vater und Mutter ehren: Ich war zu meiner Mutter manchmal ungehorsam und habe sie belogen.
- Ich habe mich mit meinen Brüdern gezankt.
- Ich habe genascht.
- Zum Schluss folgte immer der Satz: Dies sind alle meine Sünden, ich bereue sie von ganzem Herzen.

Wenn ich dann aus dem Beichtstuhl trat und in der Kirchenbank die vom Herrn Pastor aufgegebenen Bußgebete gesprochen hatte, empfand ich jedes Mal eine große Freude und hatte ein helles Gefühl in meinem Innern, weil mir meine Sünden vergeben worden waren. Ganz beschwingt und mit reiner Seele kehrte ich nach Hause zurück.

Die Fastenzeit musste von den Kommunionkindern streng eingehalten werden. Wir durften die ganzen sechs Wochen lang keine Süßigkeiten essen. Meine Mutter hatte ein großes Glas mit Deckel auf dem Küchenschrank stehen, in dem wir alle Bonbons, die wir in dieser Zeit geschenkt bekamen, sammelten. Damals waren die Bonbons noch nicht in Papier eingepackt, und so befand sich am Ostersonntag in dem Glas ein süßer, klebriger Klumpen, der gar nicht mehr appetitlich aussah, aber von uns Kindern doch mit Heißhunger stückweise gelutscht wurde.

In der Fastenzeit mussten die Kommunionkinder zusätzlich zu den Vorbereitungsnachmittagen noch zu Kreuzwegandachten in die Kirche kommen. Meine Mutter war nicht glücklich, dass wir – manchmal bei schlechtem Wetter – so oft die weiten Wege gehen mussten.

Die Vorfreude auf das große Fest der Erstkommunion wuchs bei mir von Tag zu Tag. Da ich damals schon fast zehneinhalb Jahre alt war, blieben mir jedoch die vielen Probleme bei der Vorbereitung zum Fest nicht verborgen.

Meine Mutter nähte für mich ein weißes Kleid mit kurzen Puffärmeln und einem Jäckchen zum Darüberziehen und für meinen Bruder einen dunkelblauen Anzug. Wo mag sie nur die kostbaren Stoffe herbekommen haben? Es gab doch nach dem Krieg fast nichts zu kaufen, und wir hatten wenig Geld. Dennoch fehlte es bei meiner Garderobe an nichts. Ich trug einen weißen Blütenkranz im Haar, schwarze Lackschuhe, eine weiße Strumpfhose und ein Beuteltäschchen, und ich fand mich wunderschön. Meine gute Mutter hatte für alles unter großen Schwierigkeiten gesorgt.

Ab der Karwoche mussten wir Kinder jeden Tag zur Kirche gehen, um für die Messe am Weißen Sonntag zu proben. Links im Kirchenschiff saßen die Mädchen, während die Jungen auf die rechten Bänke verteilt wurden. Ich hatte meinen Platz neben meiner besten Freundin Helga Fröhlich. Wir übten auch den Einzug in die Kirche, bei dem die Hände ganz streng gefaltet sein mussten. Einmal spreizte ich die kleinen Finger ein wenig ab und wurde sofort von einer Lehrerin ermahnt, diese geschlossen zu halten.

Am Samstagmorgen vor dem Weißen Sonntag beichteten die Kommunionkinder das letzte Mal vor dem großen Fest. Bevor wir am Abend gebadet wurden, durften meine beiden Brüder und ich uns nach dem Mittagessen noch ein wenig im kleinen Garten hinter der Wohnung die Zeit vertreiben, damit die aufregenden Stunden schneller vorbeigingen. Dabei passierte meinem Bruder Ulrich ein unglaubliches Missgeschick.

Damals war das „Landabstechen" ein beliebtes Spiel. Wir standen um eine in den weichen Boden gezogene Kreislinie und versuchten reihum, ein offenes Taschenmesser in dieses begrenzte Areal zu schleudern. Ulrich traf beim Messerwerfen das Knie unseres jüngeren Bruders Manfred, und das Messer blieb dort stecken. Der kleine Kerl schrie vor Schmerz, er war verletzt und blutete. Am schlimmsten jedoch war es für Ulrich, dass er am Morgen gebeichtet hatte und am nächsten Tag zur ersten Heiligen Kommunion gehen sollte. Er war untröstlich, glaubte er doch, eine Todsünde begangen zu haben und deshalb den Weißen Sonntag nicht miterleben zu dürfen. Unsere Mutter, die eilig herbeigelaufen kam, tröstete meinen Bruder, dass durch dieses Vorkommnis seine Teilnahme am morgigen Fest nicht gefährdet sei.

Die letzte Nacht vor dem Weißen Sonntag schlief ich ziemlich schlecht. Da man früher nüchtern zur Kommunion gehen musste, das heißt, alle Kommunionkinder vor dem Gottesdienst kein Frühstück zu sich nehmen durften, hatte ich Angst, dass es mir vielleicht schlecht werden würde und ich umfallen könnte. Früher sind bei jeder Sonntagsmesse viele – vor allem Mädchen – ohnmächtig geworden, weil sie vorher nichts gegessen hatten. Diese Regelung wurde später abgeschafft. Heute kann man vor der Sonntagsmesse ein gutes Frühstück zu sich nehmen.

Der Weiße Sonntag wurde dann für mich ein ganz großes Erlebnis. Wir Kommunionkinder zogen in nach Mädchen und Jungen getrennten Reihen, in den Händen lange Kerzen und begleitet von der Rektorin unserer Schule, über den weiten Vorplatz in die Kirche ein.

In der Messe fieberte ich nun dem Empfang der ersten Heiligen Kommunion entgegen. Bei diesem ersten Mal geschah das nicht kniend vor der Kommunionschranke am Fuße der Treppen zum Chor, wie es normalerweise üblich war, sondern am Hochaltar. Wir mussten also die sieben Stufen überwinden und, ohne zu stolpern, in Gruppen ganz nach oben gehen, wo wir uns vor dem Hochaltar aufstellten. Dort knieten wir nieder, und der Priester legte uns die geweihte Hostie auf die Zunge, wo sie sich von selbst auflösen sollte. „Ihr dürft den Leib des Herrn auf gar keinen Fall mit den Zähnen berühren oder gar zerbeißen!“, hatte man uns eingeschärft.

Die Kommunionkinder des Vorjahres geleiteten uns mit einer brennenden Kerze dann wieder zu unserem

Platz. Das war in Köln so üblich. Mein Patenonkel, der aus Bensheim an der Bergstraße angereist war, kannte das nicht. Er wunderte sich über die Funktion des größeren Kerzenmädchens und fragte leise: „Bist du auch ein Kommunionkind?" „Ich bin doch ein Führengelchen, du Blödmann!", antwortete es frech.

Das feierliche Geschehen dieses Festgottesdienstes ist mir heute noch gut in Erinnerung. Ich war sehr fromm und mit dem ganzen Herzen bei der Zeremonie. Deshalb ist mir das anschließende Familienfest wohl nicht mehr so genau in Erinnerung geblieben.

Die Familien meiner Mutter und meines Vaters hatten durch das gemeinsame Kriegsschicksal einen sehr guten Zusammenhalt. Alle halfen sich so gut sie konnten, und sie unterstützten vor allem meine Mutter, die allein für uns drei Kinder sorgen musste. Daher waren sehr viele Verwandte zu dem Fest gekommen: Tante Rosel und Onkel Hans mit ihren Kindern Heidemarie, Hansel und Tristan, Tante Grete und Onkel Ernst, Tante Mia und Onkel Paul, alle aus Köln; mein Patenonkel Bubi aus Bensheim; Onkel Leo mit Sohn Georg aus Amberg und Cousine Inge aus Coburg.

Meine Mutter, eine Meisterin der Organisation und der Kochkunst, hatte für die Großfamilie in unserer bescheidenen Wohnung einen hufeisenförmigen Tisch gestaltet, und alle hatten bei diesem Festmahl gut zu essen und zu trinken.

Wichtig waren für mich natürlich auch die Geschenke. Einige wenige sind mir in Erinnerung geblieben: Neben einem Gebetbuch und einem Rosenkranz bekam ich von meinem Patenonkel meine erste Uhr, ein kleines vergoldetes Schmuckstück mit einem roten Lederarmband. Sie war mein ganzer Stolz, so etwas Schönes hatte ich noch nie besessen. Ich krempelte die Ärmel meines weißen

Ulrich und ich feiern gemeinsam die erste Heilige Kommunion.

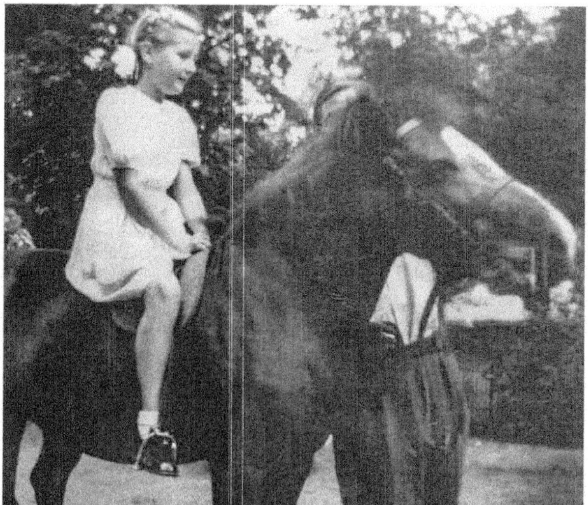

Mit großer Angst auf großem Pferd

Jäckchens ein bisschen auf, damit alle Leute sie sehen konnten. Am Nachmittag in der Dankandacht zeigten sich alle Mädchen ihre neuen Uhren, und jede wollte die schönste geschenkt bekommen haben. Leider hatte meine kleine Uhr nur eine kurze Lebensdauer und konnte nicht mehr repariert werden.

In Köln gab es die Sitte, auch noch den Montag nach dem Weißen Sonntag, den Zweittag, mit der Familie, der Nachbarschaft und einigen der auswärtigen Gäste zu begehen. Die Kommunionkinder und deren Geschwister hatten natürlich schulfrei. Manche Mädchen bekamen für diesen Tag ein zweites, meistens buntes Kleid. Ich dagegen zog nur mein Jäckchen aus, weiße Kniestrümpfe an und war auch so ganz glücklich und zufrieden.

Wir machten an diesem Tag, so wie es Tradition war, eine kleine Tour mit dem Schiff auf dem Rhein und gingen anschließend in den Zoo. Dort durfte ich das erste Mal im Leben eine Runde auf einem Pferd reiten, was mir ziemlich große Angst machte.

Leider wurde meine erste Heilige Kommunion dadurch beeinträchtigt, dass mein Vater nicht bei uns sein konnte. Er war nämlich fünf Jahre nach dem Ende des Zweiten Weltkrieges noch immer nicht zu uns zurückgekehrt. Meine Mutter und wir drei Kinder vermissten ihn schmerzlich, und er fehlte uns jeden Tag und besonders an so einem großen Familienfest.

Auch viele andere Kinder mussten damals ihre Erstkommunion ohne ihre Väter feiern, weil diese im Krieg gestorben oder vermisst waren oder noch in Gefangenschaft festgehalten wurden.

Noch heute bin ich meiner guten Mutter dankbar, die mir in dieser schweren Nachkriegszeit ein so schönes Kommunionfest bereitet hatte, das immer eindrucksvoll in meiner Erinnerung bleiben wird.

Ein Paradies im dritten Stock

Da Köln im Zweiten Weltkrieg sehr stark zerstört worden war und der Wohnraum deswegen rar war, wurden einige Stadthäuser, die vermeintlich relativ unbeschadet den Bombenhagel überstanden hatten, wenig fachgerecht, aber möglichst schnell wieder hergerichtet.

Das Haus „Am Weidenbach 33" war 1949 schon wieder bewohnt, als es eines Nachts in sich zusammenstürzte und einige Hausbewohner unter sich begrub. Die meisten von ihnen konnten gerettet werden, bis auf den einzigen – sechsjährigen – Sohn eines Ehepaares im ersten Stock, das eine kleine Speditionsfirma betrieb, und den alten Metzgermeister im Parterre, der dort seinen Laden hatte.

Von dem Unglück erfuhr meine Familie durch die Presse, da wir zu diesem Zeitpunkt noch in unserer Souterrainwohnung in der Sülzburgstraße wohnten. Wie das Schicksal manchmal so spielt, bekamen meine Mutter und wir drei Kinder von der Stadt Köln eine Wohnung in ebenjenem Haus zugewiesen, nachdem es erneut aufgebaut worden war.

Ich erinnere mich noch, wie meine Mutter sich anfänglich sträubte, in dieses „Unglückshaus" zu ziehen. Es blieb uns aber keine andere Wahl, denn die Wohnung war für uns eine erhebliche Verbesserung gegenüber dem „Kellerloch" in Köln-Sülz, das uns Kinder krank gemacht hatte.

Der sechsjährige Manfred, als der Kleinste und Empfindlichste, hatte dort mehrmals eine Lungenentzündung durchlitten und wurde zur Erholung in Kinderheime nach Wangerooge und Adenau verschickt, wo es ihm einigermaßen gefiel und er sich auch immer ein wenig erholte. Wenn es ihm gesundheitlich an manchen Tagen nicht so gut ging, bedauerte er sich selber, indem er von sich als „Amansched", das heißt „armer Manfred", sprach.

Das „neue" Haus war ein dreigeschossiges Mietshaus und hatte bis einschließlich des zweiten Stocks eine solide, grau-weiße Fassade aus der Gründerzeit, die im Krieg erhalten geblieben war, weil eine Brandbombe nur das Innere zerstört hatte. Der dritte Stock wurde später niedriger aufgestockt und mit einem neuen Dach versehen.

Diese obere Wohnung bezogen wir im Sommer 1950. Sie war über ein dunkles Treppenhaus mit in meiner Erinnerung unendlich vielen Stufen zu erreichen.

Jedoch oben angelangt, empfanden wir sie als Paradies, ein Paradies im dritten Stock!

Sie hatte zwei geräumige Zimmer, die durch eine Tür miteinander verbunden waren und zur Straße hin, das heißt nach Südwesten, lagen. Die Räume hatten jeweils zwei große Fenster und waren hell und freundlich. Wir genossen die Aussicht von oben auf das langsam neu entstehende Wohngebiet, und wir freuten uns, dass wir nicht nur die Beine der Vorübergehenden sehen konnten, wie in der Souterrainwohnung in der Sülzburgstraße.

Das Viertel, in dem wir nun wohnten, war im Krieg fast vollständig zerstört worden. Täglich gingen wir an vielen Baustellen vorbei. Wir erlebten die Neubauten des Finanzamtes Süd gegenüber von St. Pantaleon und des Bahnhofes der Köln-Bonner Eisenbahn, kurz KBE, am Barbarossaplatz, dazu die Eröffnung der Reh-Apotheke.

Unsere Wohnung „Am Weidenbach 33" gehörte zum Bezirk Köln-Innenstadt und lag innerhalb der Ringe im Südwesten des Stadtkerns. Bis zur City, also bis zum

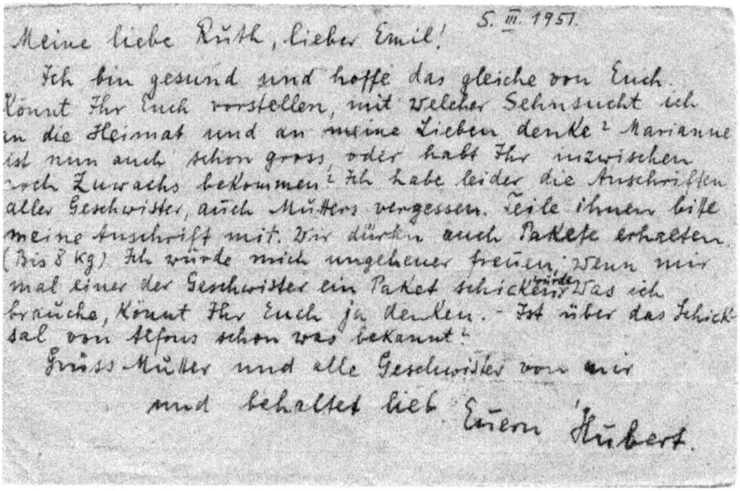

5. III. 1951.

Meine liebe Ruth, lieber Emil!

Ich bin gesund und hoffe das gleiche von Euch. Könnt Ihr Euch vorstellen, mit welcher Sehnsucht ich an die Heimat und an meine Lieben denke? Marianne ist nun auch schon gross, oder habt Ihr inzwischen noch Zuwachs bekommen? Ich habe leider die Anschriften aller Geschwister, auch Mutters vergessen. Teile ihnen bitte meine Anschrift mit. Wir dürfen auch Pakete erhalten. (Bis 8 kg). Ich würde mich ungeheuer freuen, wenn mir mal einer der Geschwister ein Paket schicken würde. Was ich brauche, könnt Ihr Euch ja denken. – Ist über das Schicksal von Alfons schon was bekannt?

Grüss Mutter und alle Geschwister von mir

und behaltet lieb Euern Hubert.

Die ersten beiden Feldpostkarten meines Vaters nach dreijährigem Schreibverbot im Straflager Workuta

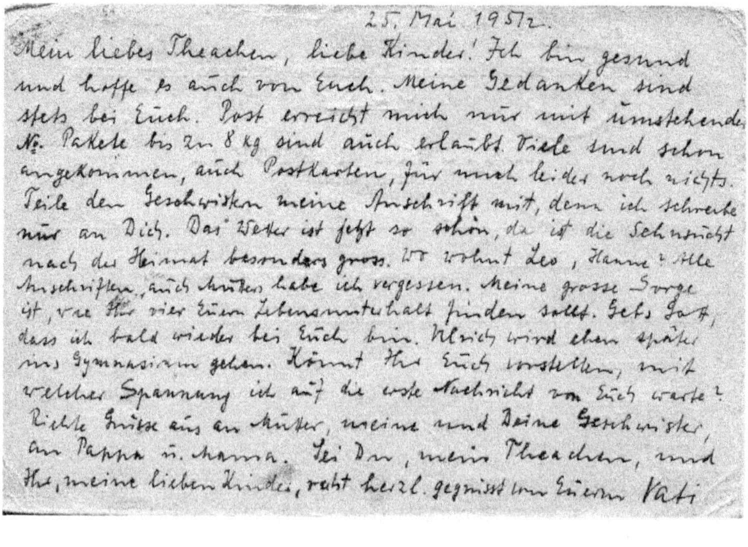

25. Mai 1952.

Mein liebes Theachen, liebe Kinder! Ich bin gesund und hoffe es auch von Euch. Meine Gedanken sind stets bei Euch. Post erreicht mich nur mit umstehender №. Pakete bis zu 8 kg sind auch erlaubt. Viele sind schon angekommen, auch Postkarten, für mich leider noch nichts. Teile den Geschwistern meine Anschrift mit, denn ich schreibe nur an Dich. Das Wetter ist jetzt so schön, da ist die Sehnsucht nach der Heimat besonders gross. Wo wohnt Leo, Hanne? Alle Anschriften, auch Mutters habe ich vergessen. Meine grosse Sorge ist, wie Ihr vier Euren Lebensunterhalt finden sollt. Gebe Gott, dass ich bald wieder bei Euch bin. Ulrich wird eben später ins Gymnasium gehen. Könnt Ihr Euch vorstellen, mit welcher Spannung ich auf die erste Nachricht von Euch warte? Richte Grüsse aus an Mutter, meine und Deine Geschwister, an Pappa u. Mama. Sei Du, mein Theachen, und Ihr, meine lieben Kinder, recht herzl. gegrüsst von Euerm Vati

Derartige Fotos schickten wir regelmäßig unserem Vater nach Russland. Meine Mutter nähte sie auf die Feldpostkarten, und meistens wurden sie sogar zugestellt.

langsam entstehenden Einkaufszentrum rund um den Neumarkt, waren es nur etwa 15 Gehminuten.

Die Geschäfte und Kaufhäuser der Innenstadt waren für meine Mutter eine große Freude. Sie genoss das großzügige Warenangebot, das sich zu Beginn der fünfziger Jahre schon zu entfalten begann. Obwohl sie nur sehr wenig Geld zur Verfügung hatte und äußerst sparsam wirtschaften musste, erfüllte sie schon das großstädtische Fluidum, nach dem sie sich in den oberschlesischen Dörfern nach eigenen Äußerungen immer gesehnt hatte, mit großem Wohlbehagen. Ebenso empfand sie die durch Straßenlaternen zunehmend erleuchteten Straßen als sehr angenehm, denn sie wollte nie mehr wie in ihrer Kindheit durch dunkle Gassen gehen müssen, in denen sie sich sehr gefürchtet hatte.

Meine Mutter und auch wir Kinder konnten auf dem Weg zur Stadt von Monat zu Monat miterleben, wie das im Krieg völlig zerstörte Griechenmarktviertel bald wieder flächendeckend mit eng aneinanderstehenden Mietshäusern aufgebaut wurde. Straßenzüge entstanden, in deren Gewirr ich mich kaum noch zurechtfinden konnte.

Innerhalb unserer neuen Wohnung gab es neben den beiden zur Straße gelegenen Zimmern auch noch eine schmale Diele, eine geräumige Wohnküche und ein richtiges Badezimmer mit einer weißen Emaillebadewanne mit Füßen, einem großen Boiler, einem Waschbecken und einer Toilette mit Wasserspülung. Wir fühlten uns das erste Mal seit vielen Jahren privilegiert gegenüber den Hausbewohnern in den unteren Etagen des Altbaus, die lediglich ein gemeinsames Klosett auf halber Höhe von zwei Stockwerken hatten.

Jeden Samstag war Badetag, wie früher in den meisten Familien üblich. Der große Wasserboiler wurde mit

Holz und Briketts viele Stunden lang geheizt, um das Wasser für die ganze Familie zu erwärmen. Meine Mutter entfaltete dann eine ihr eigene Badezeremonie, die sie wohl noch aus der heilen Welt in Kerpen übernommen hatte, als wir kleine Kinder waren. Sie übersprang dabei die zweieinhalb Jahre Barbis, wo wir nach unserer Vertreibung in ärmlichsten Verhältnissen ohne Badezimmer gelebt hatten. Hier in Köln konnte sie im Hinblick auf die Pflege ihrer Kinder wieder an Kerpen anknüpfen, indem sie in der Küche aus dem Esstisch mit Decken und Badetüchern eine Art von Wickelkommode bereitete. Sie wusch jeden von uns dann sorgfältig in dem angenehm warmen Wasser der großen Badewanne und trug uns der Reihe nach in ein Badetuch gehüllt auf ihren Armen zu dem Tisch, wo sie uns abtrocknete, einen frischen Schlafanzug anzog, das Gesicht mit Nivea eincremte und um die nassen Haare eine Mullwindel band. Diese Angewohnheit habe ich später auch bei meinen eigenen kleinen Kindern gern praktiziert.

Ich erinnere mich noch heute des herrlichen Gefühls von Sauberkeit und Wärme, und ich freute mich immer schon auf den nächsten Samstag. Nach dem Baden bekamen wir einen Teller mit Grießbrei, Zimt und Zucker, den ich im Gegensatz zu meinen Brüdern nicht sehr mochte. Dann wurden wir ins Bett gebracht.

Ich war damals neun Jahre alt und habe mich nur ein einziges Mal auf den Armen meiner Mutter zum „Wickeltisch" tragen lassen. Dann erklärte ich ihr sehr bestimmt, dass ich viel zu schwer für sie sei und die Prozedur allein schaffen könne.

Für die Pflege meiner Haare blieb meine Mutter aber weiter zuständig. Ich hatte damals bis zum Alter von fast 13 Jahren lange, dicke, blonde Haare, die mir bis zur Taille reichten und zu Zöpfen geflochten oder mit weißen Schleifen zu „Affenschaukeln" hochgebunden wurden. Das Waschen dieser Haarpracht war sehr aufwendig und wurde nur etwa alle vier Wochen vorgenommen, weil ich mit meinen nassen langen Haaren stundenlang vor dem Küchenherd sitzen musste, bis sie endlich halbwegs trocken waren. Eine Trockenhaube oder einen Föhn hatten wir noch nicht.

Zur gründlichen Haarpflege massierte mir meine Mutter ein verquirltes Eigelb in die nassen sauberen Haare und spülte diese mit dem Sud aus römischer Kamille, die ich in der Reh-Apotheke holen musste, nach einigen Minuten wieder heraus. Danach glänzten meine Haare immer goldblond. Als ich später eine Kurzhaarfrisur bekam, schüttete sie mir einmal zum Abschluss der Haarwäsche etwas Bier über die Haare, was wie ein Festiger wirkte, aber für mich unangenehm roch.

Das Schönste in unserem „Paradies im dritten Stock" aber war der Küchenbalkon, der sicherlich sechs Quadratmeter groß war und dessen Abschluss ein dekorativ verschlungenes Eisengitter bildete, das mir nie ganz geheuer war, weil es nicht sehr stabil wirkte und wackelte.

Der Balkon zeigte nach Osten, hatte also nur Morgensonne. Da er deshalb meist schattig und kühl war, diente er uns in den ersten Jahren als Kühlschrank: Meine Mutter verstand es geschickt, dort kurzfristig Lebensmittel zu bevorraten. Außerdem zog sie auf dem Balkon in Kästen und Töpfen Küchenkräuter, aber vor allen Dingen Feuerbohnen, die unter ihrer Pflege hervorragend gediehen. Während der Zeit, als sie rot blühten, waren sie für uns eine Augenweide, wurden aber im Sommer als durchaus essbare Bohnen von uns verspeist.

Der Balkon blickte auf einen Hof und ein rechtwinklig angebautes Hinterhaus, in dem wenig später Tante Mia für kurze Zeit mit ihrer Familie wohnte. Von ihm aus konnte man aber auch auf den Schulhof der damaligen Volksschule „Trierer Straße" sehen, in die mein Bruder Manfred umgeschult wurde, als sie wieder aufgebaut worden war, sodass er nicht mehr den langen Schulweg bis zur Lochnerstraße zurücklegen musste.

Meine Mutter konnte uns Kinder vom Balkon aus beobachten, wenn wir in der ersten Zeit nachmittags auf dem Schulhof spielten. Dieser war damals allerdings noch mit Rollsplitt bedeckt, und wir zogen uns oft Schürfwunden oder blutende Verletzungen zu, wenn wir beim Ballspielen oder Rollerfahren hinfielen.

In dieser Zeit bekamen wir zu unserer Freude zwei Goldhamster, „Gina" und „Götz", geschenkt, die besonders von meinem Bruder Manfred umsorgt und in den Sommermonaten auch auf den Küchenbalkon gestellt wurden.

Ich erinnere mich auch an einen Lindenbaum in der hinteren Ecke des Schulhofes, dessen jahreszeitliche Veränderung ich als Stadtkind sehr interessiert beobachtete und in dessen Zweigen die Vögel bis in den dritten Stock hörbar zwitscherten. Als ich eines Tages in der Quinta einen Besinnungsaufsatz „Über das Leben in einem Baum" schreiben musste, regte mich der Lindenbaum zu einem Stimmungsbild an. Ich weiß noch heute, dass mir dieser kurze Aufsatz sehr gut gelungen war und entsprechend bewertet wurde.

Das besonders beeindruckende Erlebnis mit Blick von unserem Balkon war die Aufführung des Schauspiels „Jedermann" von Hugo von Hofmannsthal im Jahre 1955. Ich muss nämlich noch erwähnen, dass wir von der äußersten linken Seite des Balkons einen Teil der Kirche St. Pantaleon, durch Bäume etwas verdeckt, sehen konnten. Vor deren intaktem Westportal der sonst bis auf das rechte Seitenschiff zerstörten romanischen

Kirche wurde im Sommer an einigen Abenden das für mich unvergessene Schauspiel vom Leben und Sterben des reichen Mannes dargeboten. Ich saß an diesen Abenden immer ganz versunken auf dem Balkon und lauschte den Stimmen der Schauspieler.

Wenn wir mittags aus der Schule kamen, stand meine Mutter in der Etagentür und begrüßte uns liebevoll. Nach ihren Aussagen freute sie sich nach dem langen Vormittag immer, uns wiederzusehen. Noch in der Diele stehend, sprudelten wir die wichtigsten Ereignisse des Schulmorgens aus uns heraus. Unsere Mutter hörte uns immer zu, wenn wir von unseren Nöten und Freuden sprachen, denn sie nahm uns mit all unseren Problemen sehr ernst.

Nach dem gemeinsamen Mittagessen in der Wohnküche räumten wir das Geschirr ab, und der Küchentisch wurde unser aller Schreibtisch. Jedes Kind saß an einer Seite, und unsere Mutter nahm am Kopfende Platz. Wir mussten schweigend unsere Hausaufgaben verrichten, während sie die Aufsicht hatte und an einer Näharbeit stichelte. Fragen bei Verständnisschwierigkeiten waren natürlich erlaubt. Wenn alle Kinder mit ihren Hausaufgaben soweit fertig waren, hörte uns meine Mutter Vokabeln je nach Bedarf in Englisch, Französisch und Latein ab, obwohl sie nie eine Fremdsprache erlernt hatte.

Es mag befremdlich klingen, dass meine Mutter in puncto Schule so viel Strenge walten ließ. Tatsache an unseren Gymnasien war, dass Schülerinnen und Schüler mit einem guten Zeugnis nicht nur das damals übliche Schulgeld erlassen bekamen, sondern auch beträchtliche Erziehungsbeihilfen erhielten.

Da unsere Familie so arm war, strebten wir an, dieses zusätzliche Geld durch unseren Fleiß zu erwerben. Wir fühlten uns unserer guten Mutter verpflichtet, die ihr

Leben ganz auf das Wohl ihrer Kinder ausgerichtet hatte, und wollten sie nicht enttäuschen und ihr noch mehr Kummer bereiten. Denn sie war die wichtigste Person auf der Welt für uns, an der wir drei Kinder mit großer Liebe hingen.

Meine Mutter und wir drei Kinder waren eine verschworene Schicksalsgemeinschaft, die eng zusammenhielt. Jene verstand es, ihre traumatisierten Kinder zu heilen und ihnen trotz der Armut und der schrecklichen Kriegserlebnisse das Gefühl einer glücklichen Kindheit zu geben.

Unsere Wohnung war ursprünglich unmöbliert und hatte nichts außer kahlen Wänden und hässlichen Linoleumböden. Sie wurde von Kohleöfen beheizt, deren Feuerungsmaterial wie Briketts oder Koks wir Kinder unter großer Angst und daher meistens mit lautem Gesang aus dem dunklen tiefen Keller in den dritten Stock holen mussten.

Seit der Anfangszeit in der Sülzburgstraße besaßen wir zwar das „Kölner" Küchenbuffet, aber für die vorderen Räume keinerlei Möbel.

Von besonderer Bedeutung wurde jetzt wieder Schwester Maria aus einem kleinen Nonnenkloster am Rathenauplatz, die uns arme Flüchtlinge als Pfarrschwester schon in Köln-Sülz betreut hatte und die uns nun auch für die neue Wohnung mit dem Allernötigsten an gebrauchten Möbeln und Wäsche versorgte. So standen im Schlafzimmer bald zwei schmale Betten aus Kiefernholz, die wir zusammenrückten und in denen wir drei Kinder schliefen. Meine Mutter hatte ihr einzelnes Bett an die Wand gestellt. Es war breit und kastenartig, ein altes Vorkriegsmöbelstück mit einem hohen Kopf- und Fußende, so wie man die Betten aus den vergangenen Jahrhunderten heute noch etwa im Eifeler Museumsdorf

Kommern besichtigen kann. Früher schliefen in solchen Betten meistens die Eheleute, manchmal aber auch noch zusätzlich einige Kinder.

Ähnlich war es auch bei uns: Oft kuschelte sich mein jüngster Bruder in das Bett unserer Mutter, oder ein anderes von uns Kindern durfte dort schlafen, wenn es krank oder „seelisch bedürftig" war. Und wir drei Kinder hatten wegen der schrecklichen Erlebnisse der letzten Kriegsjahre oft Trost nötig.

Jahrelang hatten wir Albträume, Schlafstörungen und Angst vor dem Alleinsein, und wir riefen jede Nacht laut um Hilfe. Hundertmal fragten wir angstvoll unsere Mutter, ob es wohl wieder Krieg gäbe. Ich sehe uns noch alle vor dem Radio voller Sorgen die Nachrichten verfolgen, als sich die Kuba-Krise zuspitzte und der Ausbruch eines neuen Krieges durchaus realistisch war. Dank der fürsorglichen und Sicherheit verströmenden Art unserer Mutter konnten wir uns nach und nach beruhigen und entspannen.

Im Schlafzimmer gab es noch einen alten, geschenkten dreitürigen Kleiderschrank und eine große Holztruhe, die viel Stauraum für Kleidung, Wäsche und Ersatzbettzeug bot, das für die häufigen Familienbesuche gebraucht wurde.

Etwas später wurde vor das für drei Kinder allmählich zu schmale Doppelbett eine einfache Liege gestellt, auf der ich fortan schlief, sodass nun jedes Familienmitglied sein eigenes Bett hatte. Nach wenigen Jahren wurde für mich ein Klappbett angeschafft, das seinen Platz in der relativ großen Wohnküche etwas verdeckt hinter der Tür bekam, als es nämlich nach der Meinung meiner Mutter für mich nicht mehr schicklich war, mit den Brüdern in einem Zimmer zu schlafen.

Da sie immer sehr darauf achtete, dass die Familie

bei aller Einschränkung und Beengtheit einen gewissen Schlafkomfort hatte, war auch die erste größere Anschaffung ein komplettes Doppelschlafzimmer in Eiche mit geschnitzten Schnörkeln am viertürigen Kleiderschrank und an den Betten sowie einer Kommode mit einem dreiteiligen Spiegel, das die ganze Familie zusammen aussuchte und traumhaft schön fand. Dieses neue Schlafzimmer war für uns ein ungeheurer Luxus und eine tägliche Freude und gab uns das Gefühl, auch ein bisschen am beginnenden Wirtschaftswunder teilzuhaben.

Ich weiß, dass meine Mutter die neuen Möbel auf Raten gekauft hatte, die sie sehr gewissenhaft abbezahlte, bevor eine neue Anschaffung getätigt wurde.

Im Wohnzimmer sah es immer noch sehr ärmlich aus: Ich erinnere mich an ein Blumengestell aus Sperrholz, auf dem fünf Grünpflanzen Platz fanden und das von meiner Mutter immer scherzhaft als „Fünfzimmereinrichtung" bezeichnet wurde. Es war zunächst alles, was in diesem relativ großen Raum stand. Wenig später kamen ein einfacher Tisch und Holzstühle dazu, die, wie es früher üblich war, mitten in den Raum gestellt wurden. Dazu stellten wir eine flache Liege als Sofaersatz in eine Ecke des Wohnzimmers.

Meine Mutter hatte trotz aller Armut immer viele Ideen, um uns eine behagliche Atmosphäre zu schaffen: Sie nähte einen Überwurf und bunte Kissenbezüge für die Liege sowie Gardinen aus billigen Stoffresten, die sie im Schlussverkauf fand. Außerdem suchte sie eine farbige, großblumige Tapete aus, die dem Nachkriegsgeschmack entsprach, um das Wohnzimmer gemütlicher zu gestalten.

So lagen oder saßen wir an den Samstagabenden, auf die wir uns die ganze Woche freuten, immer alle zusammen auf der Wohnzimmerliege und hörten im Radio

„Das ideale Brautpaar“ oder andere familiengerechte Unterhaltungssendungen. Gern schalteten wir auch das Wunschkonzert am Sonntag um 14 Uhr im Radio an, in dem von den Hörern oft rührselige Musikstücke gewünscht wurden, die sie in Erinnerung an ihre im Kriege vermissten, gefallenen oder noch nicht heimgekehrten Männer und Väter gespielt haben wollten. Da unsere Familie in der gleichen Situation war, erinnere ich mich noch gut an einige traurige Male, wenn das Lied „Es steht ein Soldat am Wolgastrand“ ertönte und wir alle zusammen weinten.

Zu Herzen gehend waren auch jene Stunden an den Heiligen Abenden, in denen wir, wie es damals in Köln üblich war, brennende Kerzen in die Fenster stellten, um den noch im Krieg verbliebenen Lieben symbolisch heimzuleuchten.

Eine der ersten Anschaffungen, die meine Mutter nach den Schlafzimmermöbeln tätigte, als sich die finanzielle Lage der Familie besserte, war ein Klavier. Sie kaufte es von einem Freund ihres Vaters, einem Herrn Türke, für 600 DM, die für sie ein Vermögen bedeuteten. Diesen Betrag zahlte sie monatlich in Raten von 20 DM ab.

Für meine Mutter war es sehr wichtig, ihren Kindern eine gute musikalische Ausbildung zu ermöglichen, so wie es auch unser in Russland festgehaltener Vater gewollt hätte.

Durch die Vermittlung der Mutter meiner Freundin Uscha, die Studienrätin an meinem Gymnasium war und viele einflussreiche Persönlichkeiten Kölns kannte, engagierte sie eine hervorragende Klavierlehrerin für uns, die auch in den reichen Häusern Kölns Unterricht erteilte. In Kenntnis unserer finanziellen Situation war diese zu einem Sonderpreis von 25 DM pro Monat für den Unterricht aller drei Kinder bereit, weil ihr meine

Mutter zum Ausgleich die wunderschönsten Kleider nähte.

Es entwickelte sich zwischen dieser jungen Frau, deren in Düsseldorf wohnenden Eltern und unserer Familie ein freundschaftliches Verhältnis, das auch noch anhielt, als wir schon lange den Klavierunterricht aufgegeben hatten.

Eigentlich hatte nur mein Bruder Ulrich eine Begabung für das Klavierspielen, er schaffte es bis zu den Beethoven-Sonaten. Manfred hingegen spielte nur sehr widerwillig Klavier. Trotzdem beherrschte er nach einiger Zeit drei leichte Stücke relativ sicher, mit denen er bei jedem Vorspielen vor Besuchern zu brillieren verstand. Ich hätte gern sehr gut Klavier gespielt, aber es gelang mir nicht so recht. Mit einigen Sonatinen von Mozart, mit dem Marsch alla Turca und den leichteren Moments Musicaux stieß ich an meine Grenzen. Allerdings konnte ich zusammen mit Ulrich bei vierhändigen Stücken recht gut mithalten. Unser schwierigstes war das Grand Rondeau von Schubert, das wir bei einem Vorspielabend in der Aula des Gymnasiums durchaus passabel zu Gehör brachten.

Unser schönstes gemeinsames Klavierstück war allerdings die Weihnachtsfantasie „Die Domglocken von Köln", die wir bis heute, wenn es eben geht, an meinem Geburtstag kurz vor Weihnachten immer noch mit mehr oder weniger Erfolg den Gästen vorspielen.

Die Möblierung des Wohnzimmers schritt Jahr für Jahr entsprechend der Finanzlage unserer Familie voran. Wir Kinder hatten durchaus ein Mitspracherecht bei der Auswahl der Möbel. So wurde ein revolutionär gelb bezogenes Sofa angeschafft, das in eine Schlafcouch verwandelt werden konnte, und außerdem zwei damals hochmoderne, rot gemusterte Sessel mit Holzstäben an

Manfred am Klavier und in den Armen meiner Mutter

Arm- und Rückenlehnen. Mit einem dieser Sessel kippte mein Bruder Manfred wenige Jahre später in den mit brennenden Kerzen besteckten Weihnachtsbaum, sodass ein hinterer Holzstab zerbrach, der nie ersetzt wurde.

Die neue Sitzgarnitur wurde durch einen sogenannten „Rauchtisch" aus einfachem, braun gebeiztem Sperrholz ergänzt. Später kam noch ein Wohnzimmerschrank aus dunkel poliertem Holz hinzu, der in der Mitte eine Glasvitrine enthielt, in die wir nach und nach einige Gläser, Vasen und Sammeltassen stellten.

Meine Mutter und wir drei Kinder fanden das alles wunderschön und waren stolz und glücklich über unseren bescheidenen Wohlstand. Umso enttäuschter war ich, als eine Klassenkameradin, deren Vater Fabrikant war und die in Brühl bei Köln mit ihrer Familie eine hochherrschaftliche Villa bewohnte, bei einem Kindergeburtstag sehr herablassend auf unser bescheidenes Geschirr blickte. „Wir besitzen Meißener Porzellan", betonte sie angeberisch, das ich damals gar nicht kannte. Darüber ärgerte mich ganz furchtbar.

Wir fühlten uns in der Wohnung und in der Gegend von St. Pantaleon sehr wohl. Die Schulen von uns drei Kindern, das Apostelgymnasium bzw. die Hildegardis-Schule in der Lotharstraße in Köln-Sülz, waren zu Fuß oder später mit dem Fahrrad gut zu erreichen. Spielmöglichkeiten für die lernfreien Nachmittagsstunden gab es in dem verwunschenen Immunitätsbereich des ehemaligen Klosters St. Pantaleon, das damals noch in Schutt und Asche lag.

Allerdings gab es hier keine Straßenfreundschaften, wie ich sie noch in der Sülzburgstraße erlebt hatte. Da wir älter wurden und viel für die Schule arbeiten mussten, verlagerten sich unsere Aktivitäten bald mehr in die Wohnung.

Wir erobern die Welt

Für damalige Verhältnisse war es ungewöhnlich, dass für eine gewisse Phase unser relativ großes Wohnzimmer für uns drei Kinder und unsere Freunde zur Sportstätte umfunktioniert wurde.

Unsere Mutter hatte nichts dagegen, wenn wir am zweimal ausgezogenen Wohnzimmertisch vorschriftsmäßig mit gespanntem Netz Tischtennis spielten. Es wurden wahre Meisterschaften ausgefochten, war es doch nur eine Frage der Gewöhnung, auf der kleinen Tischfläche genauso gewitzt das Bällchen zu schlagen wie auf einer Original-Tischtennisplatte.

Als ich etwa in der Quinta für den Sportunterricht das Radschlagen lernen musste, schoben wir am Nachmittag den Esstisch von der Mitte an die Seite des Wohnzimmers und übten mit den Freundinnen, die immer gern zu uns kamen, ein ordentliches Rad zu schlagen. Ebenso schafften wir bald den Hand- und Kopfstand, sowohl freistehend als auch gegen die Wand gelehnt.

Der Großzügigkeit und dem liebevollen Verständnis meiner Mutter ist es auch in dieser Hinsicht zu verdanken, dass ich meine objektiv sehr armselige Kindheit nie als bedrückend, sondern auch im Nachhinein als glücklich empfunden habe.

Als mein Bruder Ulrich und ich 13 bzw. 14 Jahre alt waren, begannen wir, Köln mit dem Fahrrad zu erkunden. Wir kannten schließlich jeden Winkel zunächst der Innenstadt. Ich war immer neugierig und entdeckte manch hübsches Plätzchen, einen Brunnen, eine gut erhaltene Jugendstilfassade eines Hauses, einen gotischen Torbogen inmitten der Trümmer oder eine der vielen Kirchen und Kapellen, die im Aufbau begriffen waren.

Später erweiterten wir unsere Radtouren bis zu den Vororten Kölns, wobei wir Sülz, Lindenthal und Klettenberg bevorzugten. Wir fuhren recht schnell über die damals noch autoleeren Straßen, sodass wir ins Schwitzen gerieten und sehr durstig waren. Ich steuerte dann ein „Büdchen“ an, das vor allem in den Vororten häufig anzutreffen war und manchmal heute noch ist. Dort kaufte ich für Ulrich und mich für zehn Pfennige ein Glas Sprudel. Kein Glas Champagner dieser Welt kann köstlicher schmecken als so ein kühles, prickelndes Mineralwasser nach einer langen Fahrradtour.

Durch solche Unternehmungen mutig geworden, unternahmen wir eines Tages einen Ausflug zum Schloss Augustusburg nach Brühl. Ich hatte mich kundig gemacht und zwei Fahrkarten mit der Köln-Bonner Eisenbahn vom Barbarossaplatz zum Bahnhof Brühl besorgt, von dem es nicht weit bis zu den herrlichen Gärten und dem imposanten Barockschloss des Fürstbischofs Clemens August war. Meine Mutter erlaubte uns solche Dinge und verließ sich wie immer ganz auf mich. Glücklich wieder zu Hause angekommen, erzählten wir unsere Erlebnisse sehr begeistert, und unsere Mutter hörte uns wie immer interessiert zu.

Im Alter von 14 bzw. 15 Jahren entdeckten mein Bruder und ich das kulturelle Leben Kölns. Da wir oft von den Musiklehrern der Schule Freikarten für den Gürzenich bekamen, saßen wir dann auf den nicht begehrten, das heißt nicht verkauften Plätzen in der ersten Reihe und lauschten einem Konzert des Gürzenich-Orchesters unter der Leitung von Günther Wand.

Auch die Oper, die damals noch in der Aula der Universität untergebracht war, besuchten wir oft. Wir hörten unter anderen den „Freischütz“, „Martha“ oder „Carmen“. Völlig begeistert schwärmten wir für die Sopranistin Anny Schlemm und den Tenor Albert Weikenmeier. Oft eilten wir nach der Vorstellung an den Bühnenausgang, um die Künstler aus der Nähe zu sehen und von

Am 13. Dezember 1955 begrüßten wir unseren nach so vielen Jahren der Kriegsgefangenschaft heimgekehrten Vater.

ihnen ein Autogramm zu bekommen.

Da uns auch in der Schule ausschließlich die klassische Musik nahegebracht wurde, begannen Ulrich und ich uns bald für englischsprachige Schlagermusik zu interessieren. Wir begegneten im British Council dem Discjockey Chris Howland, der dort für den BFN die Radiosendung „Studio B" moderierte, in der nur englischsprachige Musik zu hören war. Das war damals ein Novum in der deutschen Radiolandschaft. Ulrich und ich waren dabei, wenn er donnerstags um 18 Uhr auf einem kleinen Plattenspieler live die Schallplatten mit englischsprachiger Musik auflegte und den kleinen Zuhörerkreis begeisterte. Es war immer ein lustiges Stündchen mit Chris Howland, der sich selbst oft den Spitznamen „Heinrich Pumpernickel" gab. Ab sofort verschmähten Ulrich und ich deutsche Schlager oder überhaupt deutsches Liedgut.

Die Unternehmungen mit meinem Bruder Ulrich hörten allerdings im Herbst des Jahres 1955 langsam auf, da er sich zunehmend mehr seinem Freundeskreis zuwandte und ich durch den Besuch der Tanzstunde ein ganz anderes Umfeld kennenlernte, das mich sehr beschäftigte.

In der Wohnung „Am Weidenbach 33" hießen wir schließlich unseren Vater willkommen, der erst am 13. Dezember 1955 aus russischer Kriegsgefangenschaft heimkehrte. Wir verbrachten dann noch ein halbes Jahr in dieser mit fünf Personen recht eng gewordenen Wohnung, ehe wir im Sommer 1956 in eine größere nach Köln-Nippes, Baudristraße 7 zogen.

Hans Hielscher

Als ich kürzlich las, dass Max Schmeling im hohen Alter von fast 100 Jahren verstorben war, stand mir gleich das Bild „unseres“ Max Schmeling wieder vor Augen. Dieser hieß im wirklichen Leben Hans Hielscher, hätte aber das Double des Weltmeisters im Schwergewichtsboxen sein können.

Er hatte schwarze, mit glänzender Pomade zurückgekämmte Haare und ein rundes Gesicht mit sehr lieben, manchmal schalkhaft aufblitzenden Augen. Seine Statur war nur mittelgroß, eher untersetzt, wobei sein Oberkörper muskulös und sportlich durchtrainiert wirkte.

Einmal sahen meine Brüder und ich „unseren“ Max Schmeling mit nacktem Oberkörper, als er sich nach getaner Arbeit im Badezimmer wusch. Wir, die wir in einem vaterlosen Haushalt aufwuchsen, liefen völlig entsetzt zu unserer Mutter, denn wir hatten noch nie einen Menschen gesehen, der auf Brust und Rücken so dicht schwarz behaart war.

Hans Hielscher war einer der Wohltäter unserer Familie, ohne die wir zu Beginn der fünfziger Jahre ein noch armseligeres Dasein geführt hätten. Er war ein weitläufiger Bekannter von Onkel Paul und kam in regelmäßigen Abständen nach Köln. Hier mietete er sich für einige Tage in unsere Wohnung „Am Weidenbach 33“ ein und zahlte dafür meiner Mutter ein ansehnliches Entgelt.

Er brauchte zur Ausübung seiner Tätigkeit das Badezimmer, den Flur und die tatkräftige Hilfe meiner Mutter, die, mit einem weißen Kittel ausgestattet, seine perfekte Assistentin war.

Hans Hielscher war nämlich ein orthopädischer

Spezialist, der sich der Menschen annahm, die an durch Rachitis hervorgerufenen Deformationen der Wirbelsäule in unterschiedlichen Schweregraden litten. Ich sah damals Bucklige, durch Skoliose Verkrümmte und gnomenhaft entstellte Menschen, die es heute im Straßenbild nicht mehr gibt. Diese waren von der Gesellschaft ausgegrenzt und griffen mit Verzweiflung in den Augen nach jedem Strohhalm, der sich ihnen zur Linderung ihrer Leiden bzw. ihres Aussehens bot.

Hans Hielscher, der von Hause aus Sattler war, hatte sich auf die Herstellung von individuell angepassten Korsetts spezialisiert, die einerseits den verkrüppelten Körper stabilisierten, ihn andererseits aber auch durch verstellbare Lederbänder in eine geradere Position zwängten. So wie uns damals gesagt wurde, war das eine schmerzhafte und unangenehme Methode, die aber wohl Erfolg hatte.

Die gepeinigten Menschen, die vorwiegend durch Werbung auf seine Aktivität aufmerksam geworden waren, kamen aus verschiedenen Orten der näheren und weiteren Umgebung zu den von Hans Hielscher anberaumten Sprechtagen in unsere Wohnung. Sie schleppten sich mühsam die vielen Stufen hinauf in den dritten Stock, wo meine Mutter unseren langen Flur zu einem Wartezimmer umfunktioniert hatte. Im Badezimmer half sie dann Herrn Hielscher bei der Anfertigung eines individuellen Gipsabdruckes der jeweiligen Patienten. Wenn der Gips abgebunden hatte und fast trocken war, wurde die Grundform für das anzufertigende Korsett vorn mit einer scharfen Schere durchgeschnitten und zum vollständigen Trocknen im Flur aufgestellt.

Ich erinnere mich noch gut an mein Entsetzen, als ich eines Mittags völlig ahnungslos aus der Schule nach Hause kam und den Flur unserer Wohnung mit

Gipstorsos vollgestellt vorfand.

Wir Kinder empfanden diese Art der Vermietung unserer Wohnung als sehr unangenehm und störend, aber unsere Mutter sah den wirtschaftlichen Nutzen für uns alle und verschwieg uns auch konsequent im Vorfeld die anstehenden Termine.

Die Tage mit Herrn Hielscher waren aber trotzdem für die ganze Familie eine große Freude. Er und seine Frau, die wir später auch kennenlernten, hatten keine eigenen Kinder, waren aber besonders kinderlieb.

Wenn meine Mutter uns alle in diesen Tagen des Besuchs zum Abendessen um den Küchentisch versammelte, erlebten wir köstliche Minuten mit Anekdoten und Späßen, die wir in dieser Art bisher gar nicht kannten.

Einmal gab es Kompott zum Nachtisch, und meine Mutter und wir Kinder löffelten brav die Früchte und den Saft. Da unterbrach Herr Hielscher plötzlich die Stille und flüsterte uns Kindern zu: „Passt gut auf, ich mache jetzt etwas, das ihr nie tun dürft!" Daraufhin hielt er das Kompottschüsselchen an den Mund und trank auf diese Weise genüsslich den Saft. Wir Kinder starrten ihn bewundernd mit offenem Mund an und glaubten, dass es ihm vor allem um unsere Erziehung ging.

Ein Höhepunkt eines seiner Besuche war seine Einladung der ganzen Familie in das neu eröffnete Eiscafé „Campi" in der Schildergasse. Wir saßen an einem kleinen Tisch und bekamen verschiedene Eissorten in silbernen Schalen serviert: ein ungewöhnliches Erlebnis für Kriegskinder zu Beginn der fünfziger Jahre, das uns in Hochstimmung versetzte.

Als unser Vater Ende 1955 aus russischer Kriegsgefangenschaft in die kleine Wohnung Am Weidenbach 33 entlassen wurde, hörten die Sprechstunden „unseres" Max Schmeling auf. Ich hätte ihn schon fast vergessen, wenn ich nicht durch den aktuellen Anlass in der Presse an ihn erinnert worden wäre, und ich wollte ihn in dieser kleinen Geschichte wieder lebendig werden lassen.

Dechant Diefenbach

Im Sommer 1950 zogen wir von Köln-Sülz in die südwestlich gelegene Straße „Am Weidenbach 33", die zur Kölner Altstadt gehört. Unsere Pfarrkirche war St. Pantaleon, die älteste der zwölf romanischen Kirchen Kölns. Die Immunitätsmauer, die das Kirchengelände umgibt, erinnert noch an die einstige Benedinktiner-Abtei. Leider wurde St. Pantaleon im Krieg sehr zerstört; nur das gewaltige Westwerk und das rechte Seitenschiff blieben weitgehend erhalten.

Durch einen imposanten Torbogen von Westen oder über eine kleine Treppe durch die Mauer von der Straße „Am Pantaleonsberg" aus gelangte man in das ehemalige Klostergelände, wo sich auch das Pfarrhaus von Herrn Dechant Diefenbach befand, der das Dekanat Köln-Mitte verwaltete.

Auf der Suche nach Hilfe in unserer neuen Umgebung und wegen der besonders ärmlichen Situation unserer Familie machte meine Mutter bald nach dem Umzug einen Besuch im Pfarrhaus.

Ich weiß nichts über den Inhalt und Verlauf dieses Gesprächs, aber ich merkte sehr bald, dass der Priester zum Wohltäter unserer Familie wurde.

Aus meiner heutigen Sicht würde ich vermuten, dass Dechant Diefenbach meine Mutter sehr mochte. Sie war eine gut aussehende Frau von Ende dreißig, er ein stattlicher Mann von Anfang sechzig mit vollem grauen Haar und einer gütigen Ausstrahlung. Er wusste, dass meine Mutter noch immer auf ihren in russischer Kriegsgefangenschaft festgehaltenen Mann wartete. Aus Rücksicht auf diesen Umstand hat er meines Erachtens nie etwas von seiner persönlichen Sympathie für sie durchblicken

Dechant Diefenbach von St. Pantaleon

lassen; stattdessen hat er ihren Kindern, also mir und meinen beiden Brüdern, viel Gutes zukommen lassen.

Für Manfred, damals sechs Jahre alt und immer kränklich, kaufte er aus eigenen Mitteln einen wunderschönen roten Roller mit Ballonreifen, mit dem der Junge viel an der frischen Luft herumfahren konnte.

Als er hörte, dass Ulrich im Kölner Rundfunkchor sang, bat er ihn um Mitwirkung bei einer Primizfeier in St. Pantaleon. Ulrich war wegen seiner glockenhellen Stimme von dem Musiklehrer am Apostelgymnasium, Herrn Kegelberg, an den Rundfunkchor vermittelt worden und hatte etwas Geld dafür bekommen. Davon konnte er sich sein erstes neues Fahrrad für 220 Mark kaufen.

Dechant Diefenbach half uns Kindern auch, wenn nötig, bei den Schularbeiten. Wenn ich zum Beispiel einen Hausaufsatz über einen längeren Zeitraum schreiben musste, durfte ich ins Pfarrhaus gehen. Er beriet mich bei der Gliederung und korrigierte zum Schluss den Aufsatz, sodass ich ihn beruhigt zum festgesetzten Termin abgeben konnte.

Das Schönste für meine Familie waren aber die Einladungen ins Pfarrhaus zum Mittagessen nach der Sonntagsmesse. Dechant Diefenbachs Haushälterin kochte sehr aufwendig und schmackhaft mit viel Fleisch, was wir uns zu Hause nur selten leisten konnten. Oft war im Pfarrhaus außer uns auch noch anderer Besuch eingeladen. Nach dem Essen wurden wir Kinder dann freundlich zum Vorspielen am Klavier aufgefordert. Manfred spielte wie immer fehlerfrei seine drei eingeübten Stükke, während Ulrich und ich Vierhändiges am Klavier darboten. Das Lob des Herrn Dechanten über unsere Fortschritte hörten wir gerade von ihm besonders gern.

Sehr deutlich sind mir die Einladungen ins Pfarrhaus

an den Weihnachtsfesttagen im Gedächtnis geblieben. Ulrich und ich spielten zu diesem Anlass jedes Jahr eine Weihnachtsfantasie zu vier Händen mit dem Namen „Die Domglocken zu Köln", die immer aufs Neue großen Eindruck machte und nicht nur meine Mutter zu Tränen rührte.

Die Rückkehr meines Vaters erlebten wir in dieser Zeit in unserem „Paradies im dritten Stock". Ich war damals schon fast sechzehn Jahre alt und ging oft in die Kirche, um für eine glückliche Heimkehr meines Vaters zu beten. Mit dem lieben Gott habe ich sogar einen Pakt geschlossen, der beinhaltete, dass ich einen größeren Betrag opfern wollte, wenn er meinen Vater bald nach Hause zu seiner Familie kommen ließe. Am 13. Dezember 1955 war endlich dieser Tag gekommen, den unsere Familie so lange herbeigesehnt hatte. Jetzt, da mein Vater zu Hause war, wich der Druck von mir, und ich sah diesen geschlossenen Pakt weniger streng. Ich ging mit mir zurate, wie viel Geld ich opfern wollte. Schließlich warf ich zwei Mark in den Klingelbeutel, für mich damals zwar viel Geld, aber sicher als Opfer nicht ganz angemessen. Dennoch fühlte ich mich an besagtem Tag sehr gut, weil ich mein Gelübde erfüllt hatte.

Als die schließlich fünfköpfige Familie aus der beengten Wohnung Am Weidenbach 33 in eine größere in Köln-Nippes, Baudristraße 7 umziehen musste, bedauerten meine Mutter und wir Kinder das sehr. Wir vermissten Herrn Dechant Diefenbach und das angenehme kirchliche Leben in und um St. Pantaleon schmerzlich.

Onkel Ernst

„Wer ist Onkel Ernst?“

Das fragte uns mein Vater auf einer Feldpostkarte im Jahre 1950.

Er hatte viele Wochen zuvor ein Foto bekommen, das einen fremden Mann zwischen seinen Kindern Bärbel und Ulrich zeigte. Meine Mutter hatte ihm dieses Foto, die Folgen nicht bedenkend, auf die Antwortkarte seiner Feldpost genäht, die ihn in seiner schon viele Jahre dauernden Kriegsgefangenschaft in Russland erreichte.

„Wer ist Onkel Ernst?“

Das fragte mein Vater verzweifelt seine Kameraden. „Das nennt man heute Onkel Ernst“, antworteten diese zweideutig! Es mussten wieder viele Wochen vergehen, ehe er die erlösende Antwort meiner Mutter bekam.

Wer war Onkel Ernst?

Er war der Ehemann einer der jüngeren Schwestern meiner Mutter.

Meine beiden Brüder Ulrich und Manfred und ich liebten Onkel Ernst, da er sich oft mit uns vaterlosen Kindern beschäftigte. Dieses tat er allerdings auf eine recht ungewöhnliche Art: An Sonntagnachmittagen gingen wir auf Spaziergängen neben ihm und bekamen von ihm Fragen über Gott und die Welt gestellt. Wir Kinder,

Onkel Ernst mit Ulrich und mir – das Foto, das bei meinem Vater so große Verwirrung auslöste

etwa sechs bis zehn Jahre alt, versuchten, so gut es ging, diese zu beantworten, wobei er unserer Meinung nach die Antworten auf alle Fragen wusste und uns immer wieder in Staunen versetzte. Das auffällig innige Verhältnis von uns drei Kindern zu unserer Mutter, auf deren Schoß wir uns oft flüchteten, bezeichnete er, als verstandesbetonter Mensch, abwertend einmal als „Affenliebe".

Für meine Brüder und mich war Onkel Ernst „der klügste Mann" der Welt!

Er war am 4. Februar 1900 als ältestes Kind der Eheleute Karl Knoch und Margarethe, geb. Trautmann in eine großbürgerliche Familie hineingeboren worden. Sein Vater Dr. Karl Knoch war Verwaltungsjurist bei der Post. Auch seine Mutter stammte aus einer Juristenfamilie. Sie war Jüdin. Ihm folgten die Schwestern Dora und Irmgard. Diese war mit einem „unfreundlichen" Arzt kinderlos verheiratet. Ihr Bruder spöttelte immer, die Ehe sei wohl nie vollzogen worden.

Nach unserem Umzug nach Köln 1949 hatte sich meine Mutter zunächst mit Tante Irmgard angefreundet und mit ihr viele kulturelle Veranstaltungen besucht.

Onkel Ernsts Familie führte zu Beginn des 20. Jahrhunderts ein gesellschaftlich aufwendiges Leben in großzügigen Wohnungen und hatte Dienstboten, die etwa mittels einer Klingel über dem Esstisch herbeigerufen wurden, um die Herrschaften zu bedienen. Diese Einrichtung ließ Onkel Ernst auch in seiner zweiten Ehe mit meiner Tante Grete nach dem Zweiten Weltkrieg wieder aufleben, als auch dort eine Klingel über dem Esstisch angebracht wurde.

Erwähnenswert ist noch, dass Onkel Ernst, wie es damals in den großbürgerlichen Kreisen üblich war, bis zu seinem sechsten Lebensjahr weiße Kleidchen mit Rüschen und Spitzen trug.

Nach Kriegsende zog Onkel Ernst zurück in seine Heimatstadt Köln. Dort ließ er sich als Rechtsanwalt nieder. Mit großem Erfolg bearbeitete er die Wiedergutmachungsanträge seiner Klienten, die in der Mehrzahl Juden waren. Eine davon, Anita Masur, war eine sehr reiche, humorvolle und äußerst imponierende Dame, die jede Geburtstagsgesellschaft unserer Familie erheiterte. Sie bezeichnete sich selbst als die liebste Freundin von Onkel Ernst.

In Köln lernte der Witwer die jüngere Schwester Margarethe, genannt Grete, meiner Mutter kennen, die in seiner Kanzlei Sekretärin geworden war. Onkel Ernst und Tante Grete wurden bald ein Paar. Er war von Gestalt eher klein, korpulent, dazu sehr kurzsichtig mit einer dicken Brille, die die Augen klein erschienen ließen. Aber er hatte eine charismatische Ausstrahlung, war hochintelligent, schlagfertig und humorvoll. Wohl vor allem mit seiner Zuverlässigkeit und Hilfsbereitschaft, die ihr nach dem Kriegschaos Geborgenheit und Wohlstand schenkten, gewann er das Herz von Tante Grete.

Da Onkel Ernst durch seinen Beruf Beziehungen zu den Kölner Behörden hatte, erwirkte er für meine Mutter und uns drei vaterlose Kinder im Jahre 1948 die Zuzugsgenehmigung ins kriegszerstörte Köln. Zusätzlich besorgte er für uns eine möblierte Wohnung im Souterrain in Köln-Sülz, Sülzburgstraße 234. Hierhin waren wir am 21. Januar 1949, am Vortag von Manfreds fünften Geburtstag, gezogen. In dieser weltoffenen Stadt begann für uns – mit Onkel Ernsts Hilfe – ein neuer, glücklicherer Lebensabschnitt.

Die „Kellerwohnung“ war zwar armselig, aber meine Mutter verstand es, dort für Onkel Ernst und Tante Grete am 27. August 1949 eine unvergessliche Hochzeitsfeier zu gestalten. Die beiden zogen bald in eine

Parterrewohnung in der Aduchtstraße 7, nahe dem Oberlandesgericht, an dem Onkel Ernst als Rechtsanwalt zugelassen war. Die Wohnung hatte fünf Zimmer, eine große Küche mit einem Küchenbalkon, ein Gäste-WC und eine geräumige Diele, in der auch große Schränke standen. Ich erinnere mich noch, dass zweimal in der Woche ein Eismann zwei Stangen Eis brachte, die in den Kühlschrank in der Küche geschoben wurden. Im repräsentativen Herrenzimmer wurde zunächst das Büro von Onkel Ernst eingerichtet, bevor es in einen gegenüberliegenden Neubau verlegt wurde.

Am 9. Oktober 1950 kam Tochter Jutta zur Welt. Onkel Ernst erzählte immer, dass er nach einem Vornamen für seine Tochter gesucht hatte, den man nicht so leicht verniedlichen konnte. Nichtsdestoweniger rief er oft: „Da kommt ja die Jutta aus Kalkutta!“ Am 7. Januar 1952 wurde der Sohn Wolfgang geboren. Beide Kinder wurden teilweise von einem jungen Mädchen betreut, da Tante Grete in der Kanzlei mitarbeitete.

Einmal ließ dieses junge Mädchen den Säugling Wolfgang von der Wickelkommode fallen, sodass er eine Wunde an der Unterlippe davontrug, die genäht werden musste und heute noch zu sehen ist. Das Mädchen wurde sofort entlassen. Onkel Ernst liebte seine beiden Kinder über alle Maßen. Er war ja schon ein relativ alter Vater. Wenn wir mit der Großfamilie bei Geburtstagsfesten zusammensaßen, schloss er oft die Augen, lächelte selig und flüsterte: „Juttachen!“ Oder „Wölfchen!“.

Wie Jutta erzählte, war er kein Vater zum Anfassen oder Spielen. Die Beziehung zu seinen jungen Kindern fand eher auf einer intellektuellen Ebene statt. Er war überhaupt kein praktischer Mensch; Tante Grete managte den Alltag und hatte auch als Einzige einen Führerschein, sodass sie ihren Mann zu auswärtigen, beruflichen Terminen chauffieren konnte.

Für meine Mutter und uns drei Kinder war er ein großherziger Wohltäter, als unsere alleinerziehende Mutter mit uns in großer Armut lebte. Wie oft schnaufte er, gekleidet in einen wehenden Staubmantel, meist gegen Ende des Monats, mit einer großen braunen Tüte voller Lebensmittel zu uns in den dritten Stock des Hauses „Am Weidenbach“. Wie nötig brauchten wir seine Gaben! Meine Mutter sagte dann meist unter Tränen: „Wo die Not am größten, ist Gottes Hilf am nächsten!“ Er hatte aber auch ein Gespür für die besonderen Geschenke, die nicht nur den Hunger stillten, sondern auch ein bisschen Luxus in unser armseliges Leben brachten und die uns an dem beginnenden Wirtschaftsaufschwung teilnehmen ließen.

Onkel Ernst war damals schon herz- und zuckerkrank. Da er ziemlich übergewichtig war, machte er mit Hilfe von Tante Grete eine Schlankheitsdiät, während der er nur Gemüsebrühe trank. Er nahm stark an Gewicht ab, aber auch sein geschädigter Herzmuskel erschlaffte.

Am 15. November 1964 starb er im Alter von erst 64 Jahren.

Unter großer Anteilnahme seiner Familie und seiner Klienten, für die er viel Geld in den Wiedergutmachungsverfahren erstritten hatte und die ihn sehr schätzten, wurde er auf dem Friedhof „Melaten“ beigesetzt. Es existierte noch das Grabmal seiner jüdischen Großeltern Trautmann, die um die Wende vom 19. zum 20. Jahrhundert verstorben waren. Ein sehr markanter, schwarzer, relativ hoher Obelisk, der der Mode der damaligen Zeit entsprach, stand auf dem Familiengrab.

Viele Menschen trauerten um ihn. So auch meine Ursprungsfamilie, die ihm zutiefst dankbar für seine Hilfe in schwerer Zeit war.

Tante Irmgard

„Der Jahrgang 09 ist ohne Frage ein ganz besonderer!“

Das sagte mein Vater immer voller Stolz, wenn er einem Menschen begegnete, der wie er im Jahre 1909 geboren worden war. Auch Tante Irmgard, die jüngere Schwester von Onkel Ernst, gehörte zu den 09-Geborenen. Sie war eine Frau, deren Leben sich nach fast einem Jahrhundert im Jahre 2008 vollendete. Ihr langes Leben war gekennzeichnet vom Schweigen über ihre persönlichen Angelegenheiten.

Tante Irmgard hatte sich seit 1950 mit meiner Mutter angefreundet, und sie hatten ein herzliches Verhältnis. Zusammen gingen sie in die Oper, die damals in Köln noch in die Aula der Universität ausgelagert war, und zu anderen kulturellen Veranstaltungen. Durch Tante Irmgard kam meine Mutter zu vorher nie gekannten kulturellen Erlebnissen. Als im Nachkriegsköln der Spielbetrieb der Oper in der Aula der Universität wieder aufgenommen wurde, saßen die beiden Frauen oft begeistert im Zuhörerraum und lauschten den bekannten großen Arien. Meine Mutter war von Hause aus sehr musikalisch und konnte viele Melodien mitsingen.

Auch die Konzerte des Gürzenich-Orchesters, die bis zum Bau der Philharmonie im Gebäude des ehrwürdigen Gürzenichs stattfanden, besuchten beide regelmäßig. Tante Irmgard lud meine Mutter stets zu diesen Veranstaltungen ein, und diese revanchierte sich bei ihr mit dem Schneidern von individueller Garderobe. Mir bereitete es damals eine große Freude, dass meine Mutter wenigstens stundenweise aus ihrem ärmlichen Umfeld

Tante Irmgard, die Schwester von Onkel Ernst

entfliehen konnte.

Meine Mutter, die immer sehr viel Sinn für gepflegte Gastlichkeit und stilvoll gedeckte Tische hatte und die das in unserer armseligen Situation nie ausleben konnte, genoss die „Kaffeekränzchen“ in der Wohnung von Tante Irmgard, ganz besonders in der Zeit, als deren Mutter noch lebte. Irmgard und ihre Mutter in ihrer beengten Wohngemeinschaft verfügten über kostbares Porzellan und Spitzen- oder gestickte Damastdecken, die sie irgendwie über den Krieg gerettet hatten.

Ich habe Tante Irmgard im Jahre 1949 kennengelernt, als sie zum Zeitpunkt der Heirat von Onkel Ernst und Tante Grete in unsere Familie kam. Obwohl ich damals ein Kind von neun Jahren war, hat mich ihr Aussehen beeindruckt. Sie war eine aparte, dunkelhaarige Schönheit, die auffiel.

Tante Irmgard wurde Sachbearbeiterin bei der „Central“ am Hansaring, dem ersten „Hochhaus“ in Köln nach dem Krieg. Sie warb alle möglichen Familienmitglieder für diese private Krankenversicherung, und so gehörten auch meine Eltern bis zu deren Tod zum Kundenkreis der Versicherten.

In der Central-Versicherung lernte sie den Maler Jupp (Johannes) Lückeroth kennen, einen Vertreter der sogenannten Informellen Malerei. Für ihn eröffnete sie im Jahre 1974 eine Galerie in ihrer Wohnung.

Die Frage bleibt offen, in welchem Verhältnis Tante Irmgard zu Jupp Lückeroth stand. Waren sie befreundet oder ein Paar? Wie sehr sie an ihm hing, wurde klar, als ihr nach seinem Tod am 3. Mai 1993 sehr viel von ihrer Lebensfreude genommen wurde.

Schon im Jahre 1969 wurde Tante Irmgard bei der Central-Versicherung vorzeitig verrentet. Der Grund dafür war eine Augenkrankheit, die im Laufe der Jahre zur völligen Erblindung führte. Trotz dieser starken Behinderung hörte man sie nie klagen. Sie suchte sich Beschäftigungen, die sie auch mit schwindendem Sehvermögen durchführen konnte. Da Tante Irmgard eine hochintelligente und gebildete Frau war, interessierte sie sich für alles, was in der Familie und der Weltgeschichte passierte. Sie las viel, und als ihre Augen das nicht mehr zuließen, griff sie zu Hörbüchern.

Tante Irmgard starb 2008 im Alter von fast 99 Jahren. Jutta erzählte mir, dass sie beim Versenken der Urne viele Frühlingszwiebeln in die Grube gelegt hatte. In jedem Frühjahr blühen nun an dieser Stelle duftende, bunte Frühlingsboten, die die Erinnerung an Tante Irmgard, diese bemerkenswerte Frau, auf wunderschöne Weise wachhalten.

Essen und mehr

In Kerpen/Oberschlesien war „Essen" abwechslungsreich und ganz einfach zu beschaffen. Meine Mutter ging in den Garten hinter der Schule und erntete das von ihr in großer Vielfalt angebaute Gemüse – sogar Spargel gedieh unter ihren fachkundigen Händen –, das sie schmackhaft zubereitete. Saisonales Obst und viele Beeren bereicherten unseren Speisezettel. Auch Honig stand unserer Familie zur Verfügung, weil der Lehrerkollege meines Vaters im angrenzenden Garten seinen Bienenstock pflegte. Für meinen Babybruder Manfred zog meine Mutter täglich frische Möhren aus dem Erdreich, schabte sie, rieb sie fein auf einer Glasreibe, drückte das Mus durch eine Mullwindel und gab den Saft teelöffelweise dem Kleinen. Ich erinnere mich, dass das Kerlchen am ganzen Körper eine gesunde Möhrenfarbe annahm.

Auch in dem Jahr nach Kriegsende beim Bauern Nohl hatten wir reichlich zu essen. Hier gab es ebenfalls einen gut sortierten Gemüsegarten, Eier von frei laufenden Hühnern, Milch und Fleisch. Wenn eins von uns Kindern krank war, wurde ein Täubchen geschlachtet, und aus dem zarten Fleisch und den inneren Organen eine köstliche Suppe gekocht, die zu einer schnellen Genesung verhalf. In dem Bauernhaus bereitete meine Mutter jede Woche in einem riesigen Backtrog das Sauerteigbrot für beide Familien im Haus vor, das in großen runden Laiben im Backhaus gebacken wurde. Jedes Mal, bevor meine Mutter ein frisches Brot anschnitt, hielt sie es vor die Brust und zeichnete ein Kreuz auf die Rinde.

Wir alle waren gesund und wohlgenährt, als wir im Sommer 1946 aus Kerpen vertrieben wurden. Das war

Meine Mutter beim Spargelstechen im Garten hinter der Schule in Kerpen

Rechts Tante Rosel mit Tochter Heidemarie, Ulrich und mir

vor allem für uns Kinder ein großes Glück, da wir auf der Ausreise im Güterzug eine Woche lang fast nur von dem wenigen von zu Hause mitgenommenen Proviant leben mussten.

In dem Besenbinderdorf Barbis am Harz begann dann für uns zunächst eine Zeit der Entbehrungen, denn hier war „Essen" schwierig zu bekommen und eintönig. Für uns als nicht willkommene Flüchtlinge war unsere Versorgung zunächst sehr bescheiden. In meiner Erinnerung aßen wir in dieser Zeit ausschließlich „Klacken", das sind Steckrüben, die scheußlich schmeckten, obwohl meine Mutter versuchte, sie abwechslungsreich zuzubereiten. In den folgenden Jahren weigerte ich mich, Steckrüben überhaupt zu probieren. Nach vielen Jahren habe ich noch einmal einige Knollen sorgfältig gekocht und zubereitet, und sie schmeckten mir – wie nicht anders zu erwarten war –, scheußlich!

Als einziges Highlight in dieser Tristesse sind mir die Hefeklöße in Erinnerung, die meine Mutter auf einem mit einer Mullwindel bespannten Topf im Dampf garte und die wir mit einer Schokoladenpudding-Soße gern verspeisten. Die Milch für diese Köstlichkeit holte ich täglich frisch vom Bauern in der Milchkanne, die noch aus Oberschlesien stammte.

In unserer zweiten Wohnung in Barbis gab es dann einen kleinen Gemüsegarten auf einem sonnigen Hang hinter dem Haus, der trotz des kargen Bodens einige Erträge abwarf, sodass die Ernährung unserer Familie wieder etwas üppiger wurde.

Auch der Rübensirup dort war eine Bereicherung unseres Speiseplans. Meine Mutter stellte diese süße, klebrige Köstlichkeit aus Zuckerrübenschnitzen selbst her. Dabei stand sie tagelang in einer Ecke der Diele an einem großen Kupferkessel und rührte mit einem langen

Holzlöffel, bis der Sirup fertig war. Ich bin sicher, dass sie die große Menge an Rübensirup für alle im Haus wohnenden Menschen zubereitete.

Meine Mutter war immer besonders erfinderisch, um die schwierige Ernährungssituation unserer Familie aufzubessern. Sie besorgte sich zum Beispiel einen Berechtigungsschein für das „Kartoffelklauben". Im Herbst gingen wir mit ihr über die abgeernteten Äcker und sammelten die übrig gebliebenen Kartoffeln in mehreren kleinen Säcken ein. Sie nahm immer alle drei Kinder mit, damit diese ihr halfen, zusätzlich aber auch Freude an einer sinnvollen Arbeit empfinden konnten.

Außerdem gab es Aktionen in Barbis, bei denen die armen Familien in die Wälder zogen, um Bucheckern zu sammeln. Das war recht mühsam, bis so ein Sack gefüllt war, aber wir halfen alle. Meine Mutter verstand es, uns zu motivieren, indem sie im Wald eine hübsche Lichtung oder Mulde suchte, in der wir auch spielen und ein von ihr mitgebrachtes Picknick verzehren durften. Für die beim Bürgermeisteramt abgegebenen Bucheckern bekamen wir eine gewisse Menge an Öl oder Margarine eingetauscht, was unseren Speiseplan wiederum bereicherte.

Dann gab es noch das „Ährenlesen", zu dem wir als arme Flüchtlinge zugelassen wurden. Tante Mia war bei der Suche der auf den Stoppelfeldern liegen gebliebenen Kornähren besonders fleißig, denn das bedeutete für unsere Familie eine Extraration an Mehl.

Jetzt konnte meine Mutter am Samstag den ersten Kuchen seit Kerpen backen. Sie bereitete einen Hefeteig, drückte diesen auf ein Backblech und streute Zucker darauf. Ich lief dann über die Dorfstraße zu dem Bäcker, der den Kuchen abbackte. Dieses war der sogenannte „trockene" Kuchen, für uns eine Köstlichkeit, aber doch armselig gegenüber dem „nassen“ Kuchen, den die reicheren Leute sich leisten konnten. Bei diesem wurde neben Zucker auch Sahne und Butter auf dem Hefeteig verteilt, und er roch nach dem Backen sehr verlockend und schmeckte himmlisch. Ich erinnere mich, dass ich einmal eine Glückwunschkarte zur Konfirmation des Fabrikantensohnes bringen durfte und mit einem großen Stück „nassen“ Kuchens belohnt wurde.

Eines Tages machte im Dorf das Gerücht die Runde, beim Bäcker gäbe es besondere Brötchen zu kaufen. Mit ein paar Groschen in der Tasche rannte ich dorthin und stellte mich in eine lange Schlange von Menschen, die gierig waren, die ersten weißen Brötchen aus von den Amerikanern gespendetem Mehl zu kaufen. Das war eine Sensation, so etwas hatte ich noch nie gesehen oder gar geschmeckt. Für mich bedeutete dieses weiße Gebäck den Luxus schlechthin. Ich sah darin eine Wende zum Besseren für meine Familie. Bald darauf ließen wir auch tatsächlich das elende Leben in Barbis zurück und brachen zu neuen Ufern nach Köln auf.

Hier änderten sich unsere Essgewohnheiten grundlegend. In Köln war „Essen“ sehr vielfältig, aber teuer. In der Großstadt mussten wir alles kaufen, denn wir hatten keine Möglichkeiten, in einem Garten Gemüse anzubauen und zu ernten.

Ich erinnere mich noch gut, wie mir meine Mutter am Tag nach unserer Ankunft in Köln das Portemonnaie mit dem wenigen Geld, das wir besaßen, in die Hand drückte. Mich Neunjährige schickte sie allein in die unbekannte Stadt, um etwas Essbares für die Familie einzukaufen! Ich fand an der Ecke Sülzburgstraße/Zülpicher Straße ein Kaiser´s-Kaffee-Geschäft, das mich mit seiner roten Reklame sehr beeindruckte. Dort suchte ich unter den Sonderangeboten nach preiswerten Lebensmitteln.

Meine Mutter lobte mich damals, als ich mit einer Einkaufstasche voller Esswaren für die Familie nach Hause kam.

Als ich im Einkaufen etwas geübter war und den Überblick über die Preise hatte, genehmigte ich mir ab und zu selbst eine Belohnung, indem ich mir ein klebriges Himbeerbonbon für einen Pfennig aus einem hohen Deckelglas im „Büdchen" kaufte. Ganz selten gestattete ich mir eine Lakritz-Schnecke für fünf Pfennige und noch seltener eine Kugel Eis für zehn Pfennige. Da ich bei meiner Mutter immer ganz sorgfältig abrechnen musste, fielen ihr meine kleinen Belohnungen schon auf, aber sie ließ sie geschehen, weil ich ihr eine große Hilfe war.

Zu unserem Speiseplan in Köln kann ich sagen, dass meine Mutter nur Gerichte kochte, die sie auch selber mochte und schätzte. Da sie Wirsing und Weißkohl nicht vertragen konnte, hatten sie auch keinen Platz in ihrer Küche.

Die Gerichte, die meine Mutter zubereitete, waren in Zutaten und Kombination festgelegt. Ich denke, dass sie dies aus der Haushaltsschule in Oberschlesien mitgebracht hatte. Zum Sonntagsbraten aus preiswertem Kalbsnieren- oder Schweinerollbraten, selten Rouladen, gab es Rot- oder Rosenkohl mit selbst gemachten Klößen und einer pikant schmeckenden Soße, die mit saurer Sahne verfeinert wurde. Zum Blumenkohl passten hart gekochte Eier, die schon immer preiswert waren, in einer weißen Soße, manchmal mit Schnittlauch.

Die Grundlage für alle diese köstlichen Soßen war die sogenannte „Einbrenne", die aus Butter, Mehl und Mich oder Wasser bestand und auch „Mehlschwitze" heißt. Da der Einfluss der italienischen Küche nach dem Krieg noch nicht bestand, gab es nur wenige Nudelgerichte. Wir kannten „Krausbandnudeln", die Vielfalt der

Nudeln gab es noch nicht.

Stattdessen kochten wir als Beilage hauptsächlich Kartoffeln, die gut sättigten. Zu Zeiten des großen Appetits von uns drei Kindern wurden pro Mahlzeit zweieinhalb Kilo Kartoffeln geschält und verspeist. Dazu gab es immer Gemüse: zum Beispiel Möhren mit Erbsen, grüne Bohnen, Spinat, manchmal aus der Dose, meistens frisch. Oft wurde auch grüner Salat zubereitet. Er wurde mit braun zerlassener Butter, Zucker, Salz und Zitronensaft angemacht, so wie es in Oberschlesien üblich gewesen war. Öl gab es in der Nachkriegsküche meiner Mutter nicht.

Zu Gemüse und Salat briet unsere Mutter saftige „Fleischbrotel", das sind Frikadellen, die durch die Beigabe von eingeweichten alten Brötchen beliebig verlängert werden konnten. Auf der Suche nach preiswerten Eiweißträgern geriet sie manchmal auf Abwege: Sie setzte uns Bratheringe mit braun verschrumpelter Haut vor, die wir Kinder kategorisch ablehnten, ebenso Schnitzel aus Euter, die wie Gummi schmeckten. Einmal kamen wir aus der Schule nach Hause, und es roch im ganzen Treppenhaus nach Urin. Die „sauren Nierchen" wurden uns nie wieder angeboten, gebratene Leber dagegen fast jede Woche am Dienstag.

Die Nachkriegsküche war sehr sparsam, Reste wurden generell verwertet. Übrig gebliebene Klöße vom Sonntag wurden am Montag in der Pfanne geröstet und mit klein geschnittenem, durchwachsenem Speck in Butter gebraten serviert, dazu gab es Salat. Aus den Salzkartoffeln wurden Bratkartoffeln zubereitet. Mein Vater erzählte aus seiner Kindheit, dass es in seiner großen Ursprungsfamilie jeden Abend „Bratkartoffeln mit spitzig heißem Tee" gab. Um so viele Mäuler zu stopfen, hätten Brote und Aufschnitt ein Vermögen gekostet.

Als Brotaufstrich kannten wir Kunsthonig und „Vierfruchtmarmelade", da diese am billigsten waren. Gleich nach dem Krieg wurde die Marmelade noch offen im Fass angeboten, aus dem mit einem großen Holzlöffel die gewünschte Menge in mitgebrachte Gefäße geschöpft wurde. Später wurde sie in breiten Gläsern verkauft, ihr eher fader Geschmack blieb uns noch einige Jahre erhalten.

Preiswerte Milchgerichte, die uns Kindern angeboten wurden, die ich aber nicht mochte, waren Grießbrei mit Zimt und Zucker, süßer Reis aus der „Kochkiste" mit verschiedenem Kompott, Milchsuppe mit Bandnudeln und Mehlsuppe mit „Klümpchen". Da ich lieber hungerte, als eine solche Suppe zu essen, passierte sie meine Mutter durch ein feines Sieb und fügte ein Stück Butter hinzu, damit sie mir erträglicher schmeckte. „Eingebrocktes" dagegen fand meine Zustimmung. Trockenes, am liebsten weißes Brot wurde mit Zucker bestreut und in heißer Milch eingeweicht.

In unserer Familie sehr gern gesehen waren Eierkuchen mit Apfelmus oder die sogenannten „Käseklatschen", die aus einem Teig von Quark, Eiern, eingeweichten Brötchen und Rosinen bestanden, die in der Pfanne knusprig gebraten wurden und herrlich schmeckten. Ich trank schon damals keine Milch, weil mein Körper sich dagegen sträubte.

Die „Schlickermilch" aber, die meine Mutter selbst zubereitete, mochte ich sehr. Sie schüttete dafür die damals noch nicht pasteurisierte Milch in Glasschüsseln, die sie auf die Küchenfensterbank stellte. Nach wenigen Tagen war die Rohmilch zu einer wohlschmeckenden Dickmilch mit Sahneschicht geworden, die wir mit Zukker gern verspeisten. Auch Kochkäse mit Kümmel stellte meine Mutter, mehr für sich selbst, her.

Als es uns etwas besser ging, gab es auch Hühnerfrikassee mit Reis, manchmal auch Zunge in Madeira, die wir Kinder im Hinblick auf die Herkunft des Fleisches ablehnten. Aus meiner heutigen Sicht muss ich anerkennen, dass meine Mutter, wenn möglich, ein an Vitaminen, Mineralstoffen und Nährstoffen ausgewogenes Essen zubereitete, sodass bei den Familienmitgliedern keine Mangelerscheinungen auftreten konnten.

Wurstwaren gab es damals die Woche über in unserer Familie so gut wie nie. Der Samstag war deshalb für uns eine Riesenfreude, wenn meine Mutter zum Metzger Müller an der Ecke ging und für uns eine bescheidene Menge an Aufschnitt kaufte: zwei Scheiben gekochten Schinken, ein Viertel Pfund aufgeschnittene Fleischwurst und ein Stück Leberwurst. Fast zelebrierend legte sie diese Köstlichkeiten auf einen Teller, und wir verspeisten sie sehr bewusst als große Ausnahme zum Abendessen am Samstagabend.

Eine Spezialität meiner Mutter war die „selbst gemachte Nudelsuppe". Diese gab es nur zu Fest- oder Geburtstagen, weil sie so viel Arbeit machte. Das bezog sich vor allem auf die Herstellung der Nudeln. Zunächst stellte meine Mutter einen Nudelteig her, der in vielen Platten ganz dünn ausgerollt wurde. Die einzelnen Fladen legte sie über die Lehnen der Küchenstühle zum Trocknen, um sie dann in etwa fünf Zentimeter breite Streifen zu schneiden, die übereinandergelegt wiederum in schmale Streifen geschnitten wurden. Zusammen mit Stücken von Beinfleisch und zerkleinertem Wurzelgemüse wurde die köstliche „selbst gemachte Nudelsuppe" fertiggestellt. Wenn ich mir zum Geburtstag etwas zum Essen wünschen durfte, war es immer eine selbst gemachte Nudelsuppe.

Da meine Mutter selber keine Suppenfreundin war,

gab es nur selten Eintöpfe in ihrem Speiseplan, vielleicht manchmal eine Gemüsesuppe, aber nie einen Linsen-, Erbsen- oder Graupeneintopf. Einmal kochte sie für die Familie aus alten Brotresten eine Brotsuppe mit einem Schuss Bier gewürzt, die uns Kindern gar nicht schmeckte.

Als Bäckerin hatte ich meine Mutter schon in Oberschlesien beim Brotbacken und in Barbis beim Backen des trockenen Kuchens erlebt. In Köln, wo es in der fortschreitenden Nachkriegszeit alles zu kaufen gab, konnte sie variationsreicher backen. Sie griff auf die traditionellen Rezepte ihrer Heimat zurück und backte Streusel-, Mohn- und Käsekuchen auf dem Blech, auch einen Bienenstich ohne Creme, alles auf einem lockeren Hefeteig.

Zu den Geburtstagen von uns Kindern bereitete sie am Vorabend eine Buttercremetorte zu. Ich wünschte mir immer eine mit Ananas. Sie war so köstlich und gehörte uneingeschränkt zu meinem Geburtstag, dass ich sie in späteren Jahren sehr vermisste, als meine Mutter sie aus Krankheitsgründen nicht mehr backen konnte.

Eine weitere Spezialität waren die Berliner, die zu Silvester gebacken wurden. Meine Mutter nahm dazu einen nur etwa zehn Zentimeter hohen schwarzen Topf und ließ die Teigbällchen in siedendem Palmin goldbraun backen. Manchmal füllte sie diese mit Marmelade und wälzte sie in Zucker, zu Feiern versteckte sie darin kleine Überraschungen.

An Getränken gab es in unserer Familie in jenen Jahren nur Pfefferminz- oder Hagebuttentee. Ich träumte oft davon, dass wir uns Mineralwasser in Kästen kaufen konnten, was die meisten meiner Freundinnen in der Schule ganz normal fanden. Manchmal gab es eine Flasche Bier für meine Mutter, Wein gab es nie.

Wenn meine Mutter, was leider nur selten vorkam,

am Nachmittag das Haus verließ, machte ich für meine Brüder und mich immer ein Fest daraus: Ich nahm eine große eiserne Pfanne, dazu Butter, Zucker und, wenn vorhanden, Sahne. Daraus versuchte ich, Karamellbonbons herzustellen. Manchmal gelangen sie wunderbar mürbe, manchmal, besonders wenn nur Milch statt Sahne verfügbar war, klebte die süße Masse untrennbar am Pfannenboden fest. Ich konnte sie oft so schnell nicht wegschrubben und bekam großen Ärger mit meiner Mutter. Die einfachere Variante und mir war das Kochen von Maggisuppen mit Fadennudeln aus der Tüte.

In der Kriegs- und Nachkriegszeit mit ihrer Mangelversorgung, die ich sehr intensiv erlebt habe, gehörte schon eine tüchtige Portion Erfindungsgeist der Mütter dazu, um ihre Familien ausreichend, gesund und vielleicht sogar schmackhaft zu versorgen.

Frauen, Frauen, Frauen

Bereits die Familie meines Vaters hatte eindeutig einen Frauenüberschuss. Er hatte zehn Schwestern und drei Brüder, von denen einer schon im Ersten Weltkrieg gefallen war. Auch heute hat meine eigene Familie weitaus mehr Frauen als Männer. Alle meine sieben Enkel sind Mädchen.

Die Schwestern meines Vaters waren eine besondere Spezies von Frauen: Mein Vater nannte sie „Wolken". Er wollte damit ausdrücken, dass sie wenig realistisch dem Leben gegenüber eingestellt waren. Stattdessen hatten alle eine musische Begabung, konnten Klavier spielen, singen und tanzen. Sie wählten ihre Lebenspartner nicht nach finanziellen Gesichtspunkten, sondern nahmen denjenigen zum Mann, der zum Beispiel am besten Klavier spielen konnte.

Alle zehn Schwestern waren ausnehmend hübsch und heiter, und sie verbreiteten eine angenehme Atmosphäre, wo immer sie auch waren. Als sie ins heiratsfähige Alter kamen, gab es daher einen Run auf die „Kruppa-Sisters", sie waren sehr begehrt. Tante Christa war eine besonders attraktive junge Frau. Wenn sie ein Rendezvous hatte, „lieh" sie sich bei einer ihrer Schwestern ungefragt Schmuckstücke aus und behängte sich damit. Einmal vermisste eine der Schwestern eine Kette und hatte gleich Tante Christa im Verdacht. „Ja", gab diese ganz unschuldig zu, „ich habe sie gedreht, immer schneller, immer schneller, und dann ist sie in den Himmel geflogen!"

Onkel Sepp, der Bayer aus München, hatte bereits im Jahre 1937 Tante Toni zur Frau gewonnen. Sein Freund

Emil wollte unbedingt ebenfalls eine Frau aus dieser Familie ehelichen und hatte sein Auge auf Tante Dora, die jüngste, geworfen, die sehr kapriziös war und ihn ablehnte. Später heiratete sie einen amerikanischen Soldaten, mit dem sie nach Santa Monica/Kalifornien zog. Sie lebte dort unbeschwert mit ihrem Mann und drei Kindern, spielte bis ins hohe Alter täglich Golf und wurde fast 100 Jahre alt. Das Einzige, womit sie sich in der Ferne nicht anfreunden konnte, war das Fehlen der aus Deutschland vertrauten Jahreszeiten.

Da Onkel Emil nicht lockerließ, erhörte ihn schließlich die etwas ältere Tante Ruth. Ihre Ehe lief zwar nicht so sehr gut, hielt aber bis zum Ende.

Tante Toni und Tante Ruth waren also die beiden Schwestern, die schon vor dem Krieg in Bayern das Nest für die später vertriebenen Familienmitglieder vorbereiteten. Auch mein Vater hatte uns bei seiner Suche aus der Gefangenschaft in Bayern vermutet.

Die Schwestern meines Vaters waren im heutigen Sinne starke Frauen. Außer Tante Hanne, die Lehrerin wurde, hatte zwar keine studiert. Aber mit ihrer Heiterkeit, Herzensbildung, Liebenswürdigkeit und nicht zu beschreibender Gastfreundschaft waren sie alle Lichtgestalten in ihren Familien und stellten ihre Männer in den Schatten.

Last but not least möchte ich die Mutter dieser Großfamilie, meine unvergessene „Brieger Oma", nennen. Sie bekam von einem ungeliebten Mann 14 Kinder und behielt trotz dieser freudlosen Ehe ihre Gelassenheit, die ihr in die Wiege gelegt worden war und die sie in ihrem Elternhaus, einem Forsthaus mitten im Wald, weiter pflegen konnte. Nichts konnte sie aus der Ruhe bringen!

Mittags kochte sie sich einen Teller Grießbrei und begab sich ins Schlafzimmer, das sie hinter sich abschloss.

Dort verbrachte sie ganz entspannt zwei Stunden allein, abseits ihrer turbulenten Familie, und tankte Energie für den Rest des Tages auf. Die großen Geschwister passten derweil auf die kleinen auf, wie es in den kinderreichen Familien damals üblich war.

In diese so geartete Großfamilie väterlicherseits wurde ich am 19. Dezember 1939 hineingeboren. Aber auch in meiner kleinen Ursprungsfamilie dominierten wieder die Frauen. Die ersten sechzehn Jahre meines Lebens wurde ich dort ausschließlich von Frauen erzogen, nämlich von meiner Mutter mit temporärer Unterstützung von Tante Mia. Mein Vater, der während des Krieges nur manchmal als mir fremder Mann zum Urlaub nach Hause kam, hat damals nie erfolgreich in meine Erziehung eingreifen können.

Meine Mutter und auch Tante Mia hatten eine andere Wesensart als die Schwestern meines Vaters. Aber obwohl sie so verschieden waren, verstanden sie sich gut und schätzten sich.

Vor allen Dingen meine Mutter war durch und durch eine Preußin: genau, gewissenhaft, verlässlich, pünktlich. All diese Eigenschaften verband sie aber mit großer Liebe. Diese Liebe, mit Strenge gepaart, hat uns drei Kinder die harten Jahre der Kriegs- und Nachkriegszeit ohne große seelische Schäden überstehen lassen und uns eine subjektiv glückliche Kindheit beschert.

Als ich dann im polnisch besetzten Kerpen schulreif wurde und meine Mutter mich nicht in die polnische Schule gehen lassen wollte, war meine erste Lehrerin Fräulein Schütte, die Schwester des verstorbenen Pfarrers, die mich privat unterrichtete. Ich habe an sie keine Erinnerung mehr, nur weiß ich noch, dass ich im Harz dank ihrer Vermittlung der Grundkenntnisse in Lesen, Schreiben und Rechnen ohne Probleme ins laufende erste Schuljahr integriert werden konnte.

Meine Lehrerin dort hieß Fräulein Kulack; sie war klein, hatte eine Hochsteckfrisur und krumme Beine. Ich habe viel bei ihr gelernt, und sie hat meine Liebe zur Sprache gefördert. Meine vielen kleinen Geschichten, später auch die Texte zu Märchenspielen, hat sie immer interessiert und lobend angeschaut und die Illustrationen bewundert, die mit Hilfe meiner Mutter am Küchentisch entstanden, indem sie aus einem Märchenbuch abgepaust und dann koloriert wurden.

In Köln wurde ich im Januar 1949 wieder ins laufende dritte Schuljahr, in eine große Mädchenklasse, aufgenommen. Es war die Volksschule in Köln-Sülz, Redwitzstraße, die unserer Wohnung in der Sülzburgstraße zugeordnet war. Trotzdem hatten wir dorthin einen ziemlich langen Schulweg, der mehr als eine halbe Stunde dauerte und den ich zusammen mit meinem Bruder Ulrich zurücklegte. Dabei wurde uns von unserer Mutter eingeschärft, niemals durch die Palanterstraße zu gehen, die man die „Kratenstraße" nannte. Hier wurde man nämlich verprügelt, und es gab ein gefürchtetes „Bandenwesen" unter den Kindern der Straße.

Damals endeten die Schuljahre vor Ostern. Meine erste Lehrerin in Köln hieß Fräulein Planta. Sie war eine hübsche junge Frau, hatte etwas Städtisch-Elegantes an sich und hob sich deutlich vom Aussehen der Lehrerin meines Bruders ab, die ungepflegt war und sich die Schuhe mit Bindfäden zuband.

Unsere Klasse bestand aus etwa 30 Schülerinnen, alles brave, mit Tollen und Schleifen frisierte, Mädchen. Ich trug immer weiße Söckchen. Die großen Klassen waren damals kein Problem für die Lehrkräfte, denn wir mussten still sitzen und lernen, sonst gab es Strafarbeiten, Nachsitzen und schlechte Noten.

Ich hatte den Druck von zu Hause, zum Gymnasium gehen zu müssen. Um dort aufgenommen zu werden, musste ich eine mir bis heute in Erinnerung gebliebene, schwere Aufnahmeprüfung, die mehrere Tage dauerte, über mich ergehen lassen. Ich weiß noch heute, dass ich eine schlaflose Nacht hatte, als ich nicht mehr wusste, ob ich die Wörter „Geländer“ und „Möwe“ in einem langen, unbekannten Diktat richtig geschrieben hatte. Ich bestand mit zwei weiteren Mädchen meiner Klasse die Aufnahmeprüfung zur staatlichen Hildegardis-Schule, wo ich nach Ostern 1950 in die Sexta aufgenommen wurde.

Die Schule lag ebenso in Köln-Sülz, in der Lotharstraße. Sie war ein imposantes Gebäude aus dem 19. Jahrhundert und hatte damals mehrere Fabriken, darunter eine Strohhutfabrik, beherbergt. Infolge des fehlenden Schulraums nach dem Krieg musste sich die Hildegardis-Schule das Gebäude mit dem für Jungen zuständigen Apostelgymnasium teilen. Erst im Jahre 1960 konnte sie, mittlerweile in Hildegard-von-Bingen-Schule umbenannt, in ihr neu errichtetes Gebäude am Weißhaus umziehen.

Das alte Schulgebäude litt damals noch unter den Zerstörungen des Krieges, was mir aber nach den Erfahrungen in den Vorjahren gar nicht so sehr auffiel, zumal die Schule Anfang der fünfziger Jahre recht schnell saniert wurde.

Die Separierung der Hildegardis-Schule vom Apostelgymnasium wurde damals sehr rigoros vorgenommen. Zwischen den Räumen beider Gymnasien waren Eisentüren angebracht, die immer verschlossen waren, und auch der Schulhof wurde von einer hohen Mauer geteilt. Lediglich die Aula durften beide Gymnasien als Turnhalle, aber auch als Feierraum benutzen. Orchester und

Chor wurden aus Schülern beider Schulen gebildet. Der Hausmeister meiner Schule hieß „Herr Pinkelmann“, was wir albernen Mädchen wenn überhaupt, dann nur mit Kichern aussprechen konnten.

Die Hildegardis-Schule war ein reines, dreizügiges Mädchengymnasium: Die Klasse A begann mit Latein als erster Fremdsprache, die B begann mit Englisch. Dann war da noch als dritter Zweig die Frauenoberschule, von uns despektierlich „Puddingklasse“ genannt. Ich begann meine gymnasiale Laufbahn in der B und war dort neun Jahre lang bis zum Abitur sehr glücklich.

Weil ich es in der Schule fast nur mit Lehrerinnen zu tun hatte und weil zu meiner Familie kein Vater und nur jüngere Brüder gehörten, hatte ich Defizite im Umgang mit dem männlichen Geschlecht. Das erhöhte in mir die Neugier und Spannung schon recht früh und führte zu harmlosen kleinen Freundschaften zu Jungen, die mir sehr wichtig waren.

Die wichtigste Persönlichkeit, die damals in mein Leben trat, war Frau Dr. Beermann, die Oberstudiendirektorin der Schule, die alle Neuankömmlinge begrüßte und kritisch in Augenschein nahm. Sie war aus meiner damaligen Sicht eine alte korpulente, wenig anziehende Dame mit einem Knoten im Nacken und einem Krückstock in der Hand. Ich sehe sie bei der Einschulung noch auf einem Katheder sitzen, der erhöht auf einem Podium stand. Mit ihrem Stock klopfte sie ab und zu energisch auf das Holzpodest, was ihr eine ungeheure Wichtigkeit verlieh. Frau Dr. Beermann beeindruckte mich nicht nur am ersten Tag, sondern auch später immer wieder. Sie wirkte mir menschlich entrückt und unnahbar. Zu Hause erzählte ich meiner Mutter, die Direktorin sei wohl der liebe Gott!

Frau Dr. Beermann trat weniger als Lehrerin in

Frau Dr. Beermann, Oberstudiendirektorin der Hildegardis-Schule

Erscheinung, sondern als Verwaltungsexpertin, die das Schicksal der renommierten Hildegardis-Schule in den schwierigen Jahren nach dem Krieg mit großem Geschick leitete. Sie setzte sich für die höhere Bildung der Mädchen ein, wohl wissend, dass in den meisten Familien zu wenig Geld für Schulgeld und Bücher vorhanden war und dass dann die Jungen den Vorrang hatten. Sie war es, die den Schülerinnen bei guten Leistungen sowohl Schulgelderlass als auch zum Teil beträchtliche Erziehungsbeihilfen zukommen ließ. Diese wurden nicht als Almosen, sondern als Ehrung vergeben. Es wurden von ihr insbesondere die begabten Flüchtlingskinder bedacht, was meiner Mutter über manche finanzielle Durststrecke half.

In dieser Hinsicht habe ich Frau Dr. Beermann als eine menschlich herausragende, gütige Frau erlebt.

In der Unterstufe bekam ich als Klassenlehrerin Fräulein Mertmann. Sie war eine riesige Frau, sicher zwei Meter hoch und einen Meter breit mit großen Händen und Füßen. Ich liebte diese Frau vom ersten Tag an, weil sie ein warmes Lächeln hatte und uns zehnjährige Mädchen mit Güte und Verständnis behandelte.

Sie unterrichtete in erster Linie das Fach Deutsch. Dabei war sie in der Auswahl der Themen sehr variabel, und ihr Angebot reichte vom Besinnungsaufsatz über themengebundene Arbeiten jeglicher Art, bis zu Grammatik und Orthografie.

Ganz im Gegensatz zu ihrem groben Äußeren war sie eine wunderbare Lyrikerin. All die vielen Gedichte durch die literarischen Epochen hindurch besprachen wir bei ihr und lernten sie mit der von ihr vorgegebenen Betonung auswendig, um sie einzeln vor der Klasse zu rezitieren. Die langen Balladen, die dann folgten, mussten wir seitenweise auswendig lernen. Dabei war meine

Mutter mir eine große Hilfe, indem sie nicht müde wurde, die vielen Strophen der Gedichte immer und immer wieder abzuhören, bis sich mir die Abfolge eingeprägt hatte.

Von bleibendem Wert war die dicke Kladde, in die wir alle Gedichte in Schönschrift eintragen mussten und die als Ausdruck des Besonderen einen im Handarbeitsunterricht kunstvoll gestickten Leinenumschlag bekam. Ich besitze dieses Heft noch heute, und verfolge gerne, wie sich meine Handschrift über die Jahre verändert hat.

Bei Fräulein Mertmann hatten wir auch am Samstagvormittag „Anstandsunterricht“. Die guten Umgangsformen wurden von ihr angesprochen, und zusammen mit der häuslichen Erziehung verfestigten sie sich in mir, sodass ich heute noch auf diesen verlässlichen Schatz zurückgreifen könnte, wenn sich die Zeiten bezüglich der Benimmregeln nicht so verändert hätten.

Einmal hatte Fräulein Mertmann erfahren, dass ich gut stricken und Hüttenschuhe mit Ledersohlen anfertigen konnte. Sie bat mich auch um ein solches Exemplar. Mit großem Eifer begab ich mich an die Arbeit, und ich durfte ihr die fertigen Hüttenschuhe in ihre Wohnung in der Nähe der Schule bringen. Aber welches Unglück! Ich hatte kein Größenmaß ihrer Füße gehabt, und die Hüttenschuhe waren ihr viel zu klein. Ich weiß noch heute, wie ich damals beschämt und zugleich ratlos war. Jedoch half mir meine Mutter bei der Anfertigung eines riesigen Exemplars Hüttenschuhe, die Fräulein Mertmann wie auf ihre großen Füße maßgeschneidert waren.

In der Mittelstufe wurde Fräulein Nidurni unsere Deutschlehrerin. Sie war eine extravagante Erscheinung: Gerade von einem fünfjährigen Lehrauftrag am Goetheinstitut in Madrid zurückgekehrt, sah sie selbst aus wie eine spanische Adelige. Sie hielt sich hoheitsvoll

Fräulein Mertmann, meine vielgeliebte Klassen- und Deutschlehrerin in der Sexta

Klassenbild mei
erste Reihe, Zweite und
Gerhilde Weigt, i

r Untersekunda,
Dritte von links Ute und
letzte Reihe links

aufrecht, ihre kastanienbraunen Haare trug sie zu einer großen Rolle nach innen geschlagen.

Auch bei Fräulein Nidurni mussten wir viel auswendig lernen. Seitenweise konnten wir Wilhelm Tell zitieren, aber auch den Prolog zu Antigone von Sophokles aufsagen.

Einmal hat sie mich vor der Klasse sehr blamiert. Sie las einen Teil meines Klassenaufsatzes vor, in dem ich von „zuenen" Augen geschrieben hatte. Ich wurde von ihr und den Kameradinnen regelrecht ausgelacht! Im Moment fühlte mich wohl beschämt, hatte die Situation aber schnell vergessen. Früher waren die Lehrer nicht so ängstlich besorgt um die Seelen der Kinder, die manche Bloßstellung in der Schule verkraften mussten.

In der Oberstufe gab es dann wieder eine Klassenlehrerin, die aus Bonn an die Hildegardis-Schule für das Fach Deutsch versetzt worden war. Äußerlich entsprach Fräulein Elberskirch nicht unbedingt meinem Sympathiebild: Sie war eine gewöhnliche Erscheinung mit aschblonden Dauerwellen, ewigen weißen Blusen und Schuppenflechte an den Ellenbogen. Aber sie brachte uns die gesamte klassische Literatur nahe, indem sie an die Schülerinnen Referate verteilte, die vor der Klasse gelesen und besprochen wurden, sodass wir ein breites Spektrum von literarischen Werken kennenlernen konnten.

Einige der Frauen, die zu meiner persönlichen Entwicklung in den entscheidenden Jahren bis zum Abitur beigetragen haben, möchte ich noch benennen.

Da war Fräulein Beatrice Engel, spätere Frau Bode. Sie war unsere Französischlehrerin in der Unterstufe, hübsch anzusehen mit einem dunklen Lockenkopf. Eines Tages stellte sie sich ganz unbefangen vor die Klasse, hielt ihre Taille umfangen und gab uns zu verstehen,

Jährlicher Klassenausflug zur Abtei Hildegard von Bingen, vorn Fräulein Elberskirch, ich klein dahinter

dass sie „enceinte", das heißt schwanger, war. Wir kleinen Mädchen waren schockiert, wurden rot und wussten nicht, wohin wir schauen sollten.

Fräulein Schreiber, die Musiklehrerin der frühen Jahre, war sichtlich bemüht, uns mit dem Liedgut von Franz Schubert vertraut zu machen. Sie setzte sich an den Flügel und begleitete sich zu den Liedern „Heideröslein" oder „Die Forelle". Das war zu viel für uns pubertierende Gören, und so saßen wir bald kichernd unter den Tischen.

Anders war es dagegen im späteren Musikunterricht bei Fräulein Irmgardis Dohr. Sie führte uns sehr gekonnt in die klassische Musikliteratur ein, sorgte durch kostenlose Karten für Konzertbesuche und erweckte in mir eine bis heute andauernde Begeisterung für klassische Musik.

Die Französischlehrerin der Oberstufe dagegen war ein Negativbeispiel einer Lehrerin. Sie stellte sich uns als „Fräulein Milde", vor, versäumte aber nicht, sofort hinterher zu betonen, sie sei genau das Gegenteil von dem, was ihr Name verspräche. Wir mochten sie nicht.

Dann gab es da noch Frau Dr. Neumann. Ihr Verlobter war als Pilot im Krieg abgeschossen worden, und sie ist nie mehr eine Beziehung eingegangen, sondern wurde recht wunderlich. Als Religionslehrerin versuchte sie, Einfluss auf uns auszuüben, indem sie uns Ehrfurcht vor jedem Wesen in Gottes Schöpfung nahelegte. Auf den Schulausflügen mussten wir auf ihr Betreiben allerlei Getier aus dem Weg räumen, das von unseren Füßen nicht zertreten werden sollte. Später wurde sie sogar wichtig für mich, als sie mir als zuständige Schulrätin eine angenehme Stelle als Grundschullehrerin in ihrem Bezirk zuwies.

Meine Freundin Uscha

Als ich im Jahre 1950 in die Sexta der Hildegardis-Schule, des staatlichen Mädchengymnasiums in Köln-Sülz, eingeschult wurde, gewann ich in meiner Klassenkameradin Uscha die beste Freundin für die nächsten sechs Jahre.

Wir waren unzertrennlich und verbrachten neben den Schulstunden sehr viel Freizeit miteinander. Unser gemeinsamer Schwarm damals war die junge Sportlehrerin Fräulein Finke. Offenbar durchlebten wir beide im Alter von elf Jahren eine lesbische Phase, denn wir liebten und verehrten sie über alle Maßen. Wir fuhren z. B. mit den Fahrrädern zu ihrem Wohnhaus in Junkersdorf, warteten dort stundenlang hinter Büschen, nur um sie einen kurzen Augenblick beim Verlassen des Hauses zu sehen.

Ich war von uns beiden wohl die treibende Kraft für solche Unternehmungen. Deswegen arrangierte Uscha in wohlmeinender Absicht einen Platz für mich neben der Angebeteten bei der nächsten Weihnachtsfeier. Ich erinnere mich noch gut, dass ich diese Nähe gar nicht wollte und neben ihr vor Scham und Schüchternheit am liebsten gestorben wäre.

Uschas und meine Familie waren sich in objektiver Hinsicht sehr ähnlich: Beide Väter waren nach dem Krieg noch nicht heimgekehrt, Uschas Vater war in Russland als vermisst gemeldet, meiner noch in dortiger Kriegsgefangenschaft, und die Angehörigen warteten auf beider Rückkehr. Unsere Mütter mussten allein für ihre Kinder sorgen, sie erziehen und die Verantwortung für sie übernehmen. Uscha hatte wie ich noch zwei Brüder, Klaus

Das umschwärmte Fräulein Finke auf einem Wandertag mit Schülerinnen der Hildegardis-Schule

und Konrad.

Bei näherem Hinsehen unterschieden sich beide Familien allerdings beträchtlich. So wollte meine Mutter nicht außerhalb des Hauses einer Arbeit nachgehen, um ganz für ihre Kinder da zu sein. Diese Entscheidung bedingte allerdings, dass wir in sehr ärmlichen Verhältnissen leben mussten, da wir nur eine Art von Sozialhilfe bekamen, die sie durch ihre Schneiderei etwas aufbesserte.

Viele Mütter meiner Freundinnen nähten damals die Garderobe ihrer Kinder selbst, aber meine Mutter war als Schneiderin eine wahre Künstlerin. Sie hatte sich nach dem Krieg in den neu erschienenen Modezeitschriften „Der neue Schnitt“ oder „Burda“ viele Raffinessen zu ihren Grundkenntnissen erarbeitet und stellte Modellkleider nach dem „Dernier Cri“ her. Die Stoffe hierzu erwarb sie für wenig Geld im Schlussverkauf. Ich hatte immer die schönsten Kleider, Blusen und Röcke, was mich vor meinen Freundinnen etwas über meine Armut zu Hause hinwegtröstete.

Viele Bekannte unserer Familie wollten die Kunden meiner Mutter sein, weshalb sie oft bis in die späte Nacht an der Nähmaschine saß. Die Abrechnungen für ihre Kundinnen, auf denen alle Zutaten vermerkt wurden, durfte immer ich schreiben: Knöpfe, Garn, Reißverschluss, Schrägband und schließlich der „Machelohn“. Dieser betrug für ein wunderschönes, individuelles Kleid nur 25 DM.

Im Gegensatz zu uns lebte Uschas Familie im Wohlstand. Die Mutter unterrichtete an „unserem“ Gymnasium als Studienrätin die Fächer Deutsch, Englisch und Französisch. Sie verdiente für damalige Verhältnisse sehr gut und konnte sich und ihren Kindern ganz andere Lebensverhältnisse schaffen, als sie in meiner Familie möglich waren. Zum Beispiel bekam meine Freundin im entsprechenden Alter eine Zahnspange angepasst, was sich meine Mutter für mich nicht leisten konnte. Auch meine Zähne hätten nämlich reguliert werden müssen, da mein rechter Eckzahn aus der Reihe tanzte und von meinen Brüdern boshaft „Hexenzahn“ genannt wurde. Erst viele Jahre später konnte dieser gerichtet werden.

Die großbürgerliche Lebensart war für Uschas Mutter sehr wichtig, denn sie stammte aus einer angesehenen Familie der Stadt und war an Wohlhabenheit gewöhnt. Deswegen empfand sie es sicherlich als Verpflichtung, ihren Kindern und sich selbst die Rahmenbedingungen für ein entsprechendes Leben zu bieten. Mit Haltung trug sie ihr Schicksal einer alleinerziehenden Mutter, die mit vielen Problemen ihrer drei heranwachsenden Kinder fertigwerden musste, und sie wahrte den schönen Schein einer Dame der guten Gesellschaft.

Sie war eine stattliche und gut aussehende Frau, die immer schick frisiert und elegant gekleidet war. An ihrer aufrechten und stolzen Haltung und ihrem unerschrokkenen Blick konnte man ihr Selbstbewusstsein ablesen. Sie verkörperte damals schon die emanzipierte Frau, die überzeugend ihre Rolle im öffentlichen Leben spielte. Wie ich später erfuhr, war sie als Studentin eine herausragende Persönlichkeit gewesen und durch Klugheit und Weltgewandtheit aufgefallen.

Sich selbst nannte sie, von ihrem Vornamen Elisabeth abgeleitet, Isa Bella, die schöne Isa. Sie mietete in einer damals noblen Gegend eine Wohnung in einer der vom Krieg verschonten Altbauten in der Moltkestraße. Zur Straße hin waren zwei ineinander übergehende, sehr repräsentative Wohnzimmer angeordnet, in denen sie, wie wir das damals nannten, „Hof hielt“. Sie hatte einen „Jour fixe“, an dem sich Persönlichkeiten der Stadt bei ihr trafen, und hatte entsprechend viele Beziehungen.

Da sie voll berufstätig war und ihre drei Korrekturfächer ihr viel häusliche Arbeit machten, beschäftigte sie auch eine Haushälterin. Frau Bastian kam täglich aus der Eifel angereist, versorgte den Haushalt und kochte der Familie das Mittagessen. Uschas Mutter zog sich nach dem anstrengenden Schulmorgen gern zu einem erfrischenden Mittagsschlaf zurück, um danach bis zum Abend, wenn ihre gesellschaftlichen Verpflichtungen begannen, Nachhilfeunterricht zu geben.

Zu mir war sie immer sehr freundlich. Im Jahre 1954, als mein Vater noch nicht zu Hause war, vermittelte sie mir über die Schule für wenig Geld einen dreiwöchigen Aufenthalt in einem Schülercamp in England. Das waren für mich besonders erlebnisreiche drei Wochen, an die ich heute noch gern denke.

Uschas Vater war ein höherer Beamter im auswärtigen Dienst gewesen. Seine Ursprungsfamilie lebte in Memmingen/Allgäu. Dort verbrachte Uscha jedes Jahr im Sommer die großen Ferien bei ihren Verwandten, vom ersten bis zum letzten Tag. Ich bedauerte das damals sehr, weil ich in den Ferien nur wenige Tage verreisen konnte und gemeinsame Unternehmungen mit meiner besten Freundin in der unterrichtsfreien Zeit vermisste. Leider erzählte sie mir nie etwas über diese Wochen, obwohl sie sonst sehr mitteilsam war, aber ich fragte auch nie nach.

Später erfuhr ich, dass alles, was mit Uschas Vater zusammenhing, ein Tabuthema war und wie so vieles aus den Jahren vor und im Krieg totgeschwiegen wurde. Weil das Grauen dieser Zeit sowie auch der Erste Weltkrieg in den frühen fünfziger Jahren noch nicht aufgearbeitet waren, endete unser Geschichtsunterricht im Gymnasium mit dem Deutsch-Französischen Krieg von 1870/71.

Uscha verbrachte in den ersten Jahren unserer Gymnasiumszeit regelmäßig viele Stunden in meiner Familie. Ihr gefiel die behagliche Atmosphäre, und sie genoss es, wenn uns meine Mutter, die ja immer zu Hause war, einfache aber köstliche Speisen zubereitete, die wir uns alle am großen Tisch in der Küche schmecken ließen.

Trotz aller Vertrautheit führte Uscha aber zunehmend ein anderes Leben als ich. Zu Beginn der fünfziger Jahre, als fast alle Menschen noch in irgendeiner Weise unter den Folgen des Krieges litten, spielte sie in einem der teuersten Klubs Kölns Tennis und bekam auch Trainerstunden. Sie lernte dort eine Menge junger Leute aus wohlhabenden Kreisen kennen und verbrachte in der folgenden Zeit immer öfter mit ihnen ihre Freizeit.

Gelegentlich war sie gesundheitlich schwerwiegend beeinträchtigt. Zweimal lag sie mit Magengeschwüren im Krankenhaus und wurde durch eine Sonde ernährt.

Als Uscha und ich 15 Jahre alt waren, begann die damals übliche Tanzstundenzeit. Während für Uscha und ihren neuen Kreis ein Tanzkränzchen mit einem privaten Tanzlehrer arrangiert wurde, durfte ich mich in der neu eröffneten Tanzschule „Schulerecki" anmelden. Im Jahre 1955 hatte die später renommierte Tanzschule Kölns noch keine eigenen Räume, sondern mietete einen kleinen Saal in den Räumen der Freimaurer in der Overstolzenstraße in der Südstadt.

Trotzdem hatten Uscha und ich weiterhin ein herzliches, freundschaftliches Verhältnis zueinander. Wir tauschten unsere Tanzstundenkleider, und meine Mutter nähte ihr ein bildschönes, hellblaues Taftkleid für den Schlussball.

In den folgenden Monaten wurden in den wohlhabenden Häusern regelmäßig Hausbälle veranstaltet, zu denen ich aber nicht eingeladen wurde. Damals habe ich

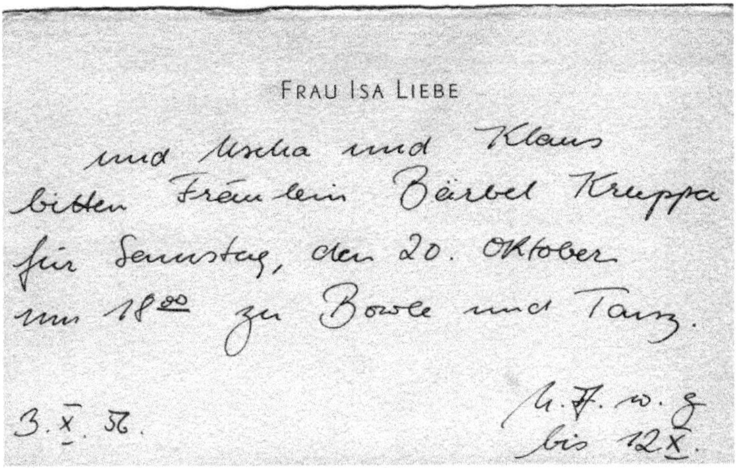

FRAU ISA LIEBE

und Uscha und Klaus
bitten Fräulein Bärbel Kruppa
für Samstag, den 20. Oktober
um 18^{00} zu Bowle und Tanz.

3. X. 56.

u. A. w. g.
bis 12 X.

Hausball bei Uscha

sehr darunter gelitten, nicht dazuzugehören. Ich empfand die Armut meiner Familie, wegen der ich ausgegrenzt wurde, als sehr belastend. Das war für mich so schwerwiegend, dass ich mich erst viele Jahre später davon befreien konnte.

Allerdings war ich bei den Hausbällen in Uschas Familie und im Freundeskreis ihres älteren Bruders Klaus ein gern gesehener Gast, nur konnte ich mich nicht revanchieren, da wir ja in beengten Wohnverhältnissen lebten.

Als mein Vater am 13. Dezember 1955 aus russischer Kriegsgefangenschaft heimkehrte, begann für meine Familie ein neuer und glücklicherer Lebensabschnitt.

Uschas Vater dagegen blieb weiter verschollen und kehrte nie nach Hause zurück.

Das Leben meiner Freundin Uscha geriet vollends aus den Fugen, als sie die Untersekunda wiederholen musste. Sie zog es vor, auf eine andere Schule zu wechseln, wo sie auch ihr Abitur machte.

In dieser Zeit freundete ich mich enger mit zwei Schwestern aus meiner Klasse an: Gerhilde und Ute Weigt, deren Familie in einer über sehr viele Treppenstufen zu erreichenden, schäbigen Altbauwohnung in der Eifelstraße, ganz in der Nähe meiner Wohnung, lebte. Wir hatten einen gemeinsamen Schulweg. Der Vater der beiden Mädchen war Professor für Geografie an der Universität zu Köln. Bedingt durch den Beruf des Vaters war Gerhilde, die Ältere, in Bumbuli/Ostafrika geboren worden, was für mich damals sehr exotisch und aufregend klang. Sie wurde von der jüngeren Schwester Ute dominiert, die sehr intelligent war, später in die 68er-Szene eintauchte und sich den Eltern und der Schwester entfremdete.

Ich war sehr gern in dieser Familie, in der es neben

der Mutter auch einen Vater gab, der sich oft zu uns drei jungen Mädchen gesellte und mit uns diskutierte. Wir befanden uns damals in der Sturm-und-Drang-Zeit mit entsprechend revolutionären Ideen, und wir verehrten vor allem den Dichter Friedrich Schiller in seinen frühen Dramen.

Als der Vater einen Ruf als Professor an die Universität Erlangen erhielt, zog die Familie dorthin in eine sonnige Neubauwohnung. Dort habe ich sie einmal besucht und einige erlebnisreiche Tage mit ihnen verbracht. Später wurde daraus eine temporäre Brieffreundschaft. Ich verlor die beiden Schwestern Weigt schließlich aus den Augen, was ich im Nachhinein sehr bedauere.

Uscha studierte später an der Universität Würzburg unter anderem auch Germanistik, ohne allerdings ein Abschlussexamen abzulegen. Ich hatte damals kaum noch Kontakt zu ihr, hörte aber, dass sie stark rauchte und Aufputschmittel nahm. Da sie schon immer ein sehr zartes Mädchen mit vielen gesundheitlichen Problemen gewesen war, führten diese Gewohnheiten dann zu einem totalen Zusammenbruch.

Aus diesem holte sie ein junger Student heraus, der sich zum Kommunismus bekannte und aus Norwegen stammte. Die beiden liebten sich und wurden unzertrennlich. Sie heirateten bald und lebten in bescheidenen Verhältnissen in Brühl bei Köln. Damals hatte ich wieder Kontakt zu Uscha und besuchte sie einige Male in ihrer neuen Wohnung mit dem auffallend rot-gelb gestrichenen alten Küchenbuffet.

Sehr lustig fanden wir beide es, als wir uns Anfang Januar 1964 im St.-Anna-Krankenhaus in der Herderstraße in Köln-Lindenthal trafen, wo sie gerade ihre erste Tochter Desiree geboren hatte und mir ihr Zimmer für die Geburt meines Sohnes übergab.

verlobt gewesen wäre.

Auf meinen Wunsch hin spazierten wir danach gemeinsam durch Kerpen. Wir konnten in das gut erhaltene Schulhaus gehen und die Räume unserer ehemaligen Wohnung anschauen. Ich erkannte vieles wieder, so auch den Schulhof mit dem Holzschuppen und den dahinter gelegenen Gemüsegarten mit der Laube. Das alles war für mich sehr bewegend. Später gingen wir über die Brücke der Hotzenplotz. Ich wollte das Bauernhaus wiedersehen, in dem wir nach dem Krieg ein Jahr lang gewohnt hatten. Dieses war das Haus Nohl, eines Namensvetters unseres Gastgebers.

Es war schon dämmrig, als wir den Nohl'schen Hof betraten. Plötzlich kam uns aus dem Grau eine Gestalt entgegen, die furchterregend und finster dreinblickte und ein Messer aufrecht in der Hand hielt. Als der Mann unsere Gruppe erblickte, ging plötzlich ein Aufleuchten durch sein Gesicht, er lief auf mich zu, ließ das Messer fallen und schloss mich fest in seine Arme. Er rief immer wieder glücklich: „Bärbele, Bärbele!" Dieser Mann war Johann Nohl, der Sohn des mürrischen Bauern, der damals etwas älter als ich gewesen war.

Nach 50 Jahren hatte er mich wiedererkannt!

Im Jahre 2008, also 13 Jahre später, wollte ich noch einmal in meine alte Heimat fahren. Dieses Mal leider ohne meinen Mann, der 2001 verstorben war. Also schloss ich mich einer geführten Reisegruppe an, die verschiedene polnische Städte auf ihrem Programm hatte. Dabei gelangten wir auch in die mir vertrauten Gebiete. Als wir in meiner Geburtsstadt Oppeln angekommen waren, ließ ich mich an einem frühen Sonntagmorgen zusammen mit einigen interessierten Mitreisenden von einem Taxifahrer zu dem 45 km entfernten Kerpen bringen.

Wieder fand ich das Dorf nach nunmehr 60 Jahren fast

unverändert vor. Es war ein sehr hübsches und freundliches Dorf mit Vorgärten voller leuchtender Sommerblumen. Die Straße war für den Sonntag sauber gekehrt worden. Allerdings war unser Schulhaus in einem desolaten Zustand. Es beherbergte keine Schule mehr und war auch nicht mehr bewohnt. Die Haustür war mit Brettern vernagelt.

Das einstmals schmucke Haus unseres Kindermädchens Pella war ebenfalls verfallen und von Bäumen und Sträuchern überwuchert. Pella war in den achtziger Jahren mit ihrem Mann in den Westen, ganz in die Nähe von uns, gezogen und hatte meine, von ihr sehr verehrte, Mutter noch eine Zeit beim Sterben begleitet.

Auf der Suche nach dem Tierarzt Nohl, der uns im Jahre 1995 so gastfreundlich bewirtet hatte, klopfte ich an diesem frühen Sonntagmorgen an die vermutete Nohl'sche Haustür. Ein Mann schaute aus einem Fenster der oberen Etage zu unserer kleinen Gruppe herunter, und ich trug ihm mein Anliegen vor. In Windeseile war er unten bei uns, stürzte auf mich zu, schloss mich fest in seine Arme und rief immer wieder: „Bärbele, Bärbele, da bist du ja!“ Und nach einer Weile: „Ich wollte dich immer haben!“ Zu meinem Begleiter gewandt: „Wenn du sie nicht mehr willst ... ich nehme sie sofort!“

Er war damals ein von mir nicht beachteter etwa vier Jahre älterer Nachbarsjunge gewesen und hatte seine Kinderliebe nach 60 Jahren wiedererkannt!

Heute war er Ortsvorsteher von Kerpen und zeigte uns mit Stolz sein Dorf und vor allem die zu dem Patrozinium herausgeputzte Kirche. Auch er sprach ein gutes Deutsch und erzählte uns, dass fast alle Dorfbewohner einen deutschen Pass besäßen.

Den Tierarzt Nohl konnten wir nur mehr auf dem Friedhof besuchen, da er unter tragischen Umständen drei Jahre zuvor in einem Oppelner Krankenhaus verstorben war. Seine Witwe, der wir dann auch noch begegneten, war seitdem dem Wahnsinn verfallen. Mit irrem Blick und schmerzverzerrtem Gesicht schrie sie immer wieder: „Sie haben ihn ins Krankenhaus abgeholt, und dort haben sie ihn geschlachtet!"

Mich drängte es dann, das Nohl'sche Bauernhaus, das ich schon 1995 besucht hatte, noch einmal aufzusuchen. Auf dem Weg dorthin, auf der anderen Seite der Hotzenplotz, sah ich einen sehr alten Mann im schwarzen Sonntagsanzug auf einer Bank sitzen, den ich sehr freundlich begrüßte und ihn fragte:„ Können Sie uns den Nohl´schen Hof zeigen, in dem meine Familie nach dem Krieg ein Jahr lang gewohnt hat?" In seine alten Augen traten Wärme und Leben, als er uns den Weg dorthin zeigte. „Dann sind Sie ja Frau Kruppa", kam ihm eine plötzliche Erinnerung. Verblüfft gab ich zurück: „Nein, nicht Frau Kruppa, aber deren Tochter Bärbel." Er ergänzte noch, bevor wir weitergingen: „Ich bin bei Ihrem Vater in der Klasse gewesen und habe viel bei ihm gelernt."

Weihnachtszeit

Das erste Mal erlebte ich das nahende Weihnachtsfest in Kerpen, dem Dorf meiner Kindheit. Als ich etwa drei Jahre alt war, wurde im Kindergarten unter der Leitung von Tante Mia der Nikolaustag begangen. Wir Kleinen waren sehr gespannt, zumal uns der Besuch des heiligen Mannes angekündigt worden war. Mit lautem Stapfen seines Stabes erschien dann auch der Nikolaus im Brokatgewand und in der Mitra eines Bischofs und begann zu uns Kindern zu sprechen. Sehr schnell bemerkte ich etwas, und meine ängstliche Spannung verflog: „Der Nikolaus ist ja meine Mutti!", rief ich freudig erregt. Ich hatte sie an ihren Händen erkannt.

In den darauffolgenden Jahren ist die Weihnachtszeit aus meinem Gedächtnis verschwunden, strömten doch zu viele schreckliche Ereignisse in der Kriegs- und Nachkriegszeit auf mich kleines Kind ein, die das Fest überlagerten.

Nachdem wir im Januar 1949 nach Köln gezogen waren, erfuhren wir zu gegebener Zeit, dass es den Heiligen Abend am 24. Dezember, wie in Oberschlesien üblich, hier nicht gab. Im „hillige" Köln begann das Weihnachtsfest erst nach der Christmette in der Nacht, und die Bescherung erfolgte am Morgen des ersten Weihnachtstages. Unsere Familie hat sich dieser Tradition aber nicht angeschlossen.

Der Heilige Abend blieb für unsere Familie der wichtigste Tag des Weihnachtsfestes mit seinen immer wiederkehrenden Riten, mit Geschenken und gutem Essen. In der Folgezeit verwischten sich dann die beiden Gepflogenheiten der Einheimischen und der Zugereisten, und auch in Köln begann das Weihnachtsfest mit dem Heiligen Abend. Ein Relikt aus vergangener Zeit blieb jedoch übrig: In vielen Kölner Familien gab und gibt es wegen des Fast- und Abstinenztages am 24. Dezember abends nur einen bescheidenen Heringssalat, und das Festessen folgte an den beiden Weihnachtstagen.

Die ganze Weihnachtszeit, beginnend mit dem ersten Advent, wurde in unserer Familie immer besonders intensiv gestaltet. Beim Sonntagsfrühstück lag z. B. neben jedem Kinderteller eine Mandarine, eine Kostbarkeit, die wir damals nur zu diesem Anlass bekamen. In den folgenden Wochen fanden wir auf der Treppe manchmal eine kleine Süßigkeit, einen Streifen Lametta oder ein Zweiglein duftenden Tannengrüns und befragten unsere Mutter, wer das wohl verloren haben mochte. „Das kann nur das Christkind gewesen sein", flüsterte sie geheimnisvoll und erhöhte damit unsere Vorfreude auf das Fest.

Leider war ich einmal sehr neugierig und hielt die Spannung bis zu den Geschenken am Heiligen Abend nicht aus. Ich nutzte die kurze Abwesenheit meiner Mutter und schnüffelte auf der Suche nach den Geschenken für uns Kinder in der Wohnung herum. In der großen Holztruhe im Schlafzimmer, die nicht verschlossen war, wurde ich auch fündig und entdeckte dort die Geschenke, unter anderem einen für mich bestimmten hellblauen, weichen Pullover, den ich wunderschön fand. Am Heiligen Abend musste ich meine Freude heucheln und hatte mich selbst durch meine Neugier bestraft. Nie mehr in meinem Leben habe ich so etwas getan.

In der Adventszeit holte das Christkind unter viel Geheimnistuerei meiner Mutter auch meine Puppen ab, die dann am Heiligen Abend zu meiner großen Freude mit neu genähter Kleidung unter dem Tannenbaum saßen.

Als ich aus dem Puppenalter heraus war, gab es für mich zum Beispiel zwei von meiner Mutter selbst genähte Kissenbezüge in den Farben Blau und Grün, wie es damals modern war. Ich erinnere mich bis heute daran, dass ich mich unbändig darüber gefreut und sie lange Zeit auf meinem Bett liegen hatte. Mein Bruder Manfred wünschte sich Jahr um Jahr zu Weihnachten eine elektrische Märklin-Eisenbahn. An jedem Weihnachtsfest war er enttäuscht, denn meine Mutter konnte ihm diesen Wunsch nie erfüllen.

Als meine Brüder und ich noch kleine Kinder waren, wurden wir am Heiligen Abend gebadet, bekamen einen Grießbrei und sollten dann einen Mittagsschlaf halten, der uns vor lauter Aufregung meist nicht gelang. Danach zogen wir uns festlich an und warteten, am Fenster stehend und den Himmel beobachtend, auf das Licht des Sternes von Bethlehem, oft vergeblich, wenn der Himmel bewölkt war. Der erlösende Augenblick trat ein, wenn das Christkind klingelte und damit die Bescherung eingeleitet wurde.

Als mein Vater ab dem Jahre 1955 endlich mit uns Weihnachten verbringen konnte, gab es auf seinen Wunsch am Heiligen Abend – und auch nur dann – Eisbein mit selbst gemachtem Erbsenpüree, Stampfkartoffeln und viel Senf. Mein Vater genoss dieses fette Essen nach den vielen Jahren der Entbehrung in Russland. Er liebte besonders die Schwarte des Eisbeins und freute sich immer nachdrücklich, wenn ihn die Borsten auf der Haut seines Gaumens kitzelten.

Als Ulrich und ich etwa zwölf Jahre alt waren, durften wir am Morgen des 24. Dezembers den Tannenbaum schmücken. Wir halfen damit sicher unserer Mutter, genossen aber auch die zwei Stunden geschwisterlicher Zweisamkeit. Dabei hörten wir im Radio immer den englischen Sender BFN, Schlager in deutscher Sprache mochten wir nämlich nicht. Unsere Mutter allerdings hätte lieber deutsche Weihnachtslieder gehört.

Wir hatten beim Schmücken des Tannenbaums unseren eigenen Stil entwickelt, den wir von Jahr zu Jahr meist nur sehr wenig variierten. Zunächst stellten wir eine mittelgroße einfache Fichte in die Ecke des Wohnzimmers und behängten diese mit silbernen Kugeln in den ersten Jahren in bescheidener, später in größerer Anzahl. Das Wichtigste war uns das Lametta. Ulrich wollte immer nur einen Streifen neben den anderen sorgfältig über die Zweige legen, ich dagegen plädierte aus ökonomischen Gründen für drei Streifen auf einmal, und so wurde es auch gemacht.

Die gleichmäßigen Lamettabehänge glänzten dann am Heiligen Abend zusammen mit den silbernen Kugeln und dem natürlichen Kerzenlicht in einer wunderschönen Harmonie. Für ein vollkommenes Bild hatte ich mir damals immer eine verschnörkelte, silberne Spitze für den Tannenbaum gewünscht, aber wir konnten uns keine kaufen. Trotzdem gelang Ulrich und mir ein geschmückter Baum in schlichter Eleganz, den die ganze Familie sehr bewunderte.

Die mir in Erinnerung gebliebenen Jahre zu Weihnachten ohne meinen Vater waren sicher für meine Mutter eher traurig. Ihr wurde das Alleinsein auch noch bewusster, wenn wir damals, wie es in Köln und anderswo üblich war, brennende Kerzen in die Fenster stellten, um den noch in Gefangenschaft festgehaltenen Lieben symbolisch heimzuleuchten.

Ich kann mich nicht daran erinnern, dass meine Mutter jemals klagte oder missgestimmt war. Sie freute sich mit uns Kindern, die trotz der wenigen Geschenke glücklich waren. Wir saßen nach der Bescherung gemütlich beisammen. Meine Mutter nahm vier Nüsse aus der Schale – eine Nuss für jede Jahreszeit des kommenden Jahres – und knackte eine nach der anderen, eine Sitte, die sie wohl aus ihrem Elternhaus übernommen hatte. Wenn eine Nuss faul war, bedeutete das für die jeweilige Jahreszeit Unglück. Mir hat diese weissagende Tätigkeit schon als Kind nicht gefallen, und ich habe sie in meiner eigenen Familie nie praktiziert.

Der Heilige Abend verlief dann ruhig mit Klavierspielen, Singen und Ausprobieren der Geschenke. Wenn die kleineren Brüder zu Bett gingen, blieb ich noch eine Zeit lang bei meiner einsamen Mutter sitzen. Noch vor Kurzem sagte Ulrich zu mir: „Du hast damals unserer Mutter immer beigestanden."

Am ersten Weihnachtstag gingen wir alle zusammen in das Hochamt. Meine Blicke waren durch das Betrachten der festlich gekleideten Mädchen abgelenkt. Ich sah viele mit neuen hübschen Mützen und Schals, manchmal auch mit Pelzkrägelchen ausstaffiert. Mein sehnlichster Wunsch war es damals, auch einmal so etwas Kostbares geschenkt zu bekommen.

Als wir etwas größer und selbstständiger waren, gingen Ulrich und ich gerne die wenigen Meter vom Weidenbach in die mitternächtliche Christmette nach St. Pantaleon, die von Dechant Diefenbach zelebriert wurde, während unsere Mutter zu Hause bei Manfred blieb. Wir standen dann die zwei Stunden tapfer in dem Seitenschiff, in dem es nur sehr wenige Sitzplätze gab, da die Kirche im Krieg weitgehend zerstört und erst 1985, im Jahr der romanischen Kirchen, wiederhergestellt wurde.

Verwandtschaft

„Verwandtschaft" spielte im Leben meiner Familie immer eine große Rolle. Da meine Mutter neun und mein Vater zwölf lebende Geschwister hatten, zu denen auch noch die Eltern zählten, war diese entsprechend sehr groß. Alle Familienmitglieder hatten einen engen Zusammenhalt und pflegten ein liebevolles Miteinander. Ich bin mit dieser großen Verwandtschaft von Kind an aufgewachsen.

Zwei der zehn Schwestern meines Vaters, Tante Ruth und Tante Toni, hatten schon im Jahre 1937 einen Bayern geheiratet und waren nach München gezogen. Dadurch hatten die Angehörigen der Familie Kruppa nach der Vertreibung einen Anlaufpunkt im Westen. Nach und nach siedelten sie sich in München und Umgebung an. Auch mein Vater vermutete seine Familie zunächst in Bayern.

Als nach dem Krieg eine gewisse Ruhe und Normalität in das Leben der Menschen zurückkehrten, erwachte auch in meiner großen Verwandtschaft wieder der Wunsch, sich gegenseitig zu besuchen.

Obwohl wir „Am Weidenbach 33" nur in einer Zweizimmerwohnung lebten, hatten wir oft Besuch. Meine Mutter war sehr gastfreundlich und begrüßte die Gäste mit einer sogenannten „Schweinevesper". Diese bestand aus einem Blechkuchen zum Kaffee mit anschließendem herzhaften Teil. Leber- und Blutwurstbrote wurden geschmiert und genüsslich in der Runde verspeist. Später am Abend gab es für die Männer Bier und Schnaps, für die Frauen Likör, zum Beispiel Danziger Goldwasser oder Eckes Kirschlikör.

Wenn Tante Toni, Onkel Sepp und die Kinder Marianne und Wolfgang, die mittlerweile in Kaiserslautern wohnten und als fünftes Familienmitglied die „Brieger“ Oma aufgenommen hatten, zu uns kamen, brachten sie immer Feldbetten und das gesamte Bettzeug für alle mit. Bevor die Lager zur Nacht aufgebaut wurden, saßen wir alle dann im Wohnzimmer im Kreis zusammen. Tante Toni spielte auf der Gitarre, und Onkel Sepp, der Bayer, sang mit seiner sonoren Bassstimme das Lied von den alten „Rittersleut“.

Eines Tages reiste aus dem fernen Amberg der älteste Bruder meines Vaters, der geliebte Onkel Leo, zu uns. Wir alle mochten ihn sehr, weil er liebevoll und großzügig war. Mich nannte er immer „Tschippele“, das heißt Hühnchen. Er kam Anfang der Fünfziger in seinem Goggomobil, das wir „Leukoplastbomber“ nannten, nach Köln.

Das Auto hatte im hinteren Raum zwei längs verlaufende, parallele Holzbänke, auf denen seine Kinder Rita und Rainer und wir drei Platz fanden. Mit meiner Mutter auf dem Beifahrersitz ratterten wir dann über die schon fertiggestellte Autobahn von Köln nach Bonn. Dort besichtigten wir in aller Ausführlichkeit das Regierungsgebäude und nahmen sogar an einer Sitzung des Bundestages teil. Dieser Ausflug, der mit dem Besuch eines Cafés endete, hat mich damals sehr beeindruckt.

Einen sehr unangenehmen Beigeschmack hinterließ dagegen der zweiwöchige Ferienaufenthalt eines jüngeren Bruders meiner Mutter, Onkel Bubi, mit seiner Frau und den einjährigen Zwillingsmädchen. Meine Mutter hatte der Familie unser Schlafzimmer überlassen, und wir mussten uns mit Behelfsbetten im Wohnzimmer begnügen.

Die beiden kleinen Mädchen waren sehr laut und

wild, und um sie mittags zum Schlafen zu bringen, wurden die Fenster zur Verdunkelung mit Decken verhüllt.

Eines Mittags war es erstaunlich ruhig im Schlafzimmer. Beim Öffnen der Tür sahen wir dann die Bescherung. Die beiden Kleinen hatten die Steckdosen an den Betten auseinandergenommen, und es war nur ein glücklicher Zufall, dass sie beim Spielen mit den elektrischen Drähten keinen Stromschlag erlitten hatten.

Meine Mutter verlor kein Wort über dieses Geschehen, aber Onkel Bubi kam später immer nur allein zu uns zu Besuch.

Die Gastfreundschaft meiner Mutter bewirkte auch Gegeneinladungen. So holten mich zum Beispiel schon 1950 meine Cousine Inge mit ihrem Mann Günther in einem Cabriolet aus der Sülzburgstraße ab und fuhren mit mir nach Rottach-Egern an den Tegernsee, wo sie damals für kurze Zeit lebten. Die Fahrt im offenen Auto war für mich ein unvergleichliches Erlebnis. Wir sangen laut, veranstalteten Picknicks und besichtigten die Kirche Vierzehnheiligen.

Auch Tante Mia, die mit ihrer Familie mittlerweile in Taufkirchen/Vils lebte, wurde von meinem Bruder Ulrich und mir in den großen Ferien besucht. Wir genossen dort das einfache Landleben mit seinen vielfältigen Möglichkeiten zum Spielen als Kontrast zu unserem eingeschränkten Leben in der Stadt.

Einen der Höhepunkte unserer frühen Reisen in die Sommerferien bildete eine längere Fahrt unserer gesamten Familie nach Bayern im Jahre 1952. Dort wurden wir in der Verwandtschaft der Familie Kruppa regelrecht herumgereicht. Die Stationen waren München, Augsburg und Amberg, wo die Geschwister meines Vaters wohnten. Es waren für uns alle herrliche Tage mit den liebenswerten Tanten und Onkeln. Wir schauten uns die fremden Städte an und freuten uns an einem Besuch im Münchner Tierpark Hellabrunn.

Unter der Aufsicht von Tante Ruth durfte ich mir dann endlich bei ihrem Augsburger Friseur die langen Zöpfe abschneiden lassen.

Ein zweiter Höhepunkt war unsere Reise im Sommer 1953 nach Stralsund. Dort wohnte eine jüngere Schwester meiner Mutter, Tante Edith, von allen nur Tante Puppe genannt, mit ihrem Mann Onkel Horst. Dieser war ein Geheimnisträger des Staatssicherheitsdienstes der DDR. Er durfte keine Post aus dem Westen direkt empfangen, sondern man musste sich an eine spezielle Adresse wenden.

Tante Puppe und Onkel Horst waren selbst kinderlos, liebten uns drei aber über alle Maßen. Gleich zu Anfang bekamen wir ein größeres Taschengeld, über das wir frei verfügen durften. Allerdings waren die Möglichkeiten, in der DDR einzukaufen, beschränkt. Außer Büchern und Schallplatten fanden wir nichts Interessantes.

Onkel Horst konnte mit einem Federhalter und Tusche kalligraphieren, und er signierte alle von uns gekauften Bücher, oft noch mit einem persönlichen Spruch.

Täglich gingen wir alle zum Ostseestrand und spielten – für uns völlig ungewohnt – im weißen Sand. Dort fand ich auch meine Freundin Sabine, mit der ich noch viele Jahre in Kontakt stand, da sie später zum Studium der Medizin nach Köln gekommen war.

Die politische Problematik zwischen der Bundesrepublik Deutschland und der DDR wurde mir eines Abends bewusst, als meine Mutter und meine Verwandten hinter geschlossenen Türen lautstark und heftig diskutierten. Glücklicherweise blieb es bei dem einen politischen Gespräch; Tante Puppe und Onkel Horst waren für uns in erster Linie liebe Menschen, die wir sehr mochten.

Als Onkel Horst gestorben war, durfte Tante Puppe zu Besuch in den Westen reisen. Sie gab sich sehr bescheiden und betonte ihre hohe soziale Stellung in der DDR nicht. Sie pflegte sogar meine Mutter in deren letzten Lebenstagen, was die beiden Schwestern wieder näher zusammenbrachte.

Mein fremder Vater

Wir hatten schon wochenlang die Berichte im Radio über die Rückkehr der Spätheimkehrer aus russischer Kriegsgefangenschaft verfolgt, die durch die Vermittlung des Bundeskanzlers Konrad Adenauer mehr als zehn Jahre nach Kriegsende in die Heimat entlassen wurden.

Die Familie bangte, ob unser Vater endlich bei einem dieser letzten Transporte dabei sein würde. Bis zur letzten Stunde waren wir im Ungewissen, als das erlösende Telegramm mit der kurzen Nachricht „Ankomme Brest, Hubert" eintraf.

Das war ein unfassbarer Moment nach so vielen Jahren des Wartens! Wir fielen uns in die Arme und weinten vor Freude.

Nach den ersten emotionalen Ausbrüchen begann meine anpackende Mutter sofort das Nötigste zu arrangieren: Sie besorgte einen Fahrer und Begleiter aus dem Bekanntenkreis, mit dem sie allein ins Durchgangslager Friedland fuhr, wo sie meinen Vater in Empfang nehmen wollte.

Sie erzählte uns später, wie schwer es für sie war, ihn in der Schar der entlassenen Kriegsgefangenen zu identifizieren. Viele Menschen standen auf dem Bahnsteig, nicht nur benachrichtigte Angehörige, sondern auch Frauen, die bei jedem der ankommenden Züge mit ein wenig Hoffnung ihre Schilder hochhielten, auf denen ihre vermissten Männer, Väter oder Söhne abgebildet oder mit Namen genannt waren und die sie wie durch ein Wunder dort zu treffen hofften.

Alle ankommenden Männer sahen gleich aus, denn

sie waren allesamt alt und grau geworden. Außerdem waren alle gleich gekleidet; sie waren in „Wattuffkas“ gehüllt und trugen Ohrenschützer gegen die Kälte, die in Sibirien notwendig und an die sie gewöhnt waren.

Meine Mutter hatte meinen Vater als gut aussehend und jung in Erinnerung, aber sie nahm ihn jetzt so, wie das grausame Schicksal ihn ihr nach so vielen Jahren zurückbrachte, in die Arme.

Am 13. Dezember 1955 war mein Vater also glücklich zu seiner Familie zurückgekehrt, und er fand Platz bei uns in unserer kleinen Zweizimmerwohnung Am Weidenbach 33.

Er wurde gleich ins reale Leben der Familie hineingeworfen, denn am 16. Dezember sollte mein Schlussball der Tanzstunde in der Flora stattfinden. Meine Mutter hatte für sich als Tischherrn meinen Patenonkel eingeladen, was nun durch die rechtzeitige Heimkehr meines Vaters überflüssig geworden war. Trotzdem wollte dieser gern an meinem schönen Fest teilnehmen und den so lange entbehrten Schwager neu kennenlernen.

Mein Vater hatte also keine Zeit, sich in unseren Breiten zu akklimatisieren. Er kaufte mit meiner Mutter einen dunklen Anzug und feines Zubehör für den Ball, zog aber wegen der aus Russland gewohnten Kälte im Dezember dreifache Unterwäsche an. Da er immer ein guter Tänzer gewesen war und das in all den Jahren auch nicht verlernt hatte, tanzte er auch auf meinem Schlussball sehr ausgelassen – sehr zu meiner und zur Freude meiner Mutter.

Als Folge musste er fortlaufend seine überflüssige Unterwäsche in der Toilette ablegen, worüber wir uns köstlich amüsierten.

Es war für meine Mutter und meinen Vater wohl ein unvergesslicher Abend, endlich wieder beisammen zu sein, und sie strahlten sich glücklich an.

Das Schlussballereignis war nur eine einzelne Episode. Im Weiteren ging es dann um die Eingliederung meines fremden Vaters in unsere Familie und in das alltägliche Leben mit all seinen Schwierigkeiten und Anforderungen.

Bei seiner Rückkehr waren mein Vater 46 und meine Mutter 44 Jahre alt: Sie hatten in der Mitte ihres Lebens zwölf Jahre nicht zusammen sein können! Ich war fast 16, mein Bruder Ulrich fast 15 und Manfred fast zwölf Jahre alt.

Als mein Vater an jenem 13. Dezember in unsere kleine Familie kam, war er uns fremd, ein fremder Mann, der plötzlich auftauchte und blieb, weil er zu uns gehörte. Durch den regen Briefwechsel war die Beziehung zu seiner Familie zwar immer aufrechterhalten worden. Trotz der Ferne und obwohl die Antworten auf unsere Fragen manchmal monatelang auf sich warten ließen, wurde er in seiner Eigenschaft als Vater zu allen wichtigen Entscheidungen herangezogen. Auch zu nebensächlichen Dingen des Alltags baten wir ihn um seine Meinung, die von uns voll respektiert wurde. So durfte ich meine Zöpfe mit fast 13 Jahren 1952 abschneiden lassen, während meine Mutter ihre langen Haare, die sie zu einem Knoten zu schlingen pflegte, bis an ihr Lebensende behielt. Auf unsere Anfrage bezüglich des Abschneidens der Haare hatte mein Vater nämlich kurz und bestimmt geantwortet: „Bärbel ja, Mutti nein!"

Auch mein Besuch einer Tanzstunde wurde erst durch den fernen Vater abgesegnet. Selbstverständlich informierte ihn meine Mutter via Feldpost auch laufend über unsere schulischen und musikalischen Fortschritte. Die Zufriedenheit des fernen Vaters über gute Leistungen war uns jedes Mal Freude und Ansporn. Da er fast auf

Meine Mutter und mein Vater, drei Tage nach seiner Rückkehr aus der Gefangenschaft auf meinem Schlussball in der Flora

keiner Karte versäumte, uns Kinder zum Fleiß und zum Durchhalten bis zum Abitur zu ermahnen, wollten wir ihn nicht enttäuschen und gaben unser Bestes, unterstützt von unserer ehrgeizigen Mutter, die damals noch allein für uns verantwortlich war. So kam mein Vater nach der langen Zeit der Abwesenheit in eine intakte Familie, von der er immer noch sehnlichst erwartet wurde.

Viele seiner geheimen Wünsche konnten allerdings nicht mehr realisiert werden. Er hätte so gern seine drei Kinder aufwachsen sehen und ihre Entwicklung begleitet, aber selbst Manfred war schon dem „Schoßalter" entwachsen, wie er traurig meinte.

Und doch konnte mein jüngster Bruder zu ihm ein inniges Verhältnis aufbauen, weil er noch ein Kind war. Bei Ulrich und mir war das schon schwieriger; wir waren älter und pflegten schon viele aushäusige Beziehungen und Aktivitäten. Wir besuchten inzwischen alle das Gymnasium.

Auch der Wunsch meines Vaters nach einem vierten Kind musste der Vernunft weichen, da der angegriffene Gesundheitszustand meiner Mutter und ihr fortgeschrittenes Alter dies nicht mehr zuließen.

Heute frage ich mich manchmal, ob sich meine Eltern nach so langer Zeit der Trennung überhaupt noch verstanden. Dazu muss ich sagen, dass ich das nicht weiß und mir auch früher niemals Gedanken darüber gemacht habe.

Ich erinnere mich aber noch gut an die quälende Eifersucht, die ich zeitweise meinem Vater gegenüber empfand. Er stellte Ansprüche an unsere Mutter, die früher immer ganz zu uns gehört hatte. In unserer beengten Wohnung sah ich jeden Abend missbilligend, wie meine Eltern eine Liege ins Wohnzimmer schleppten, damit sie beieinander schlafen konnten. Es wurde von ihnen nicht darüber gesprochen, und ich fragte auch nie nach dem Grund der Umräumung.

Mein Vater ließ sich sein Leben trotz aller Schwierigkeiten nicht verdrießen. Er packte alles so an, wie es sich ihm in seinem neuen Leben darbot.

Unsere Familie musste völlig neu strukturiert werden. Meine Mutter kam dabei meinem Vater mit ihrer liebevollen und praktischen Art verständnisvoll entgegen. Sie, die so lange die Geschicke der Familie ganz selbstständig gelenkt hatte, ließ sich von heute auf morgen in die zweite Reihe zurückfallen, als ob sie sich von der großen Verantwortung, die sie all die Jahre fast überfordert hatte, erholen müsste. So erhielt mein Vater den Platz des Familienoberhauptes zurück.

Nur das Finanzressort behielt sie bis zu ihrem Tod. Sie hatte als alleinerziehende Mutter bewiesen, dass sie das Geld, auch wenn es noch so wenig war, gut einteilen konnte. Sie hatte wohl auch kein Vertrauen in die Verlässlichkeit meines Vaters in finanziellen Dingen. Mein Vater akzeptierte dieses, da er selber zum Geld eine ganz andere Einstellung hatte und sehr großzügig war.

In der ersten Zeit nach Vaters Rückkehr war die Familie finanziell ziemlich beengt. Es wurden zwar vom deutschen Staat 6 000 DM als Entschädigung für die Spätheimkehrer gezahlt, aber da mein Vater bis zu seiner Einstellung als Lehrer im Sommer 1956 noch kein reguläres Gehalt bekam, musste einiges davon für die täglichen Bedürfnisse der großen Familie genommen werden. Mit dem Rest erfüllte mein Vater sich und damit auch uns einige Luxuswünsche. So wurden zum Beispiel ein moderneres Radio und ein Schallplattenschrank mit einem beleuchteten und verspiegelten Gläser- und Flaschenfach angeschafft. Welches Gefühl von beginnendem Wohlstand für die ganze Familie!

Meine Eltern kurz nach Vaters Heimkehr

Statt einer „Wattuffka" trägt er einen modischen Trenchcoat.

Außerdem bestand mein Vater darauf, im Keller ein großes Vorratslager an Konserven anzulegen, damit die Familie nie mehr hungern müsste. Er traute dem beginnenden Wirtschaftswunder und unseren Beteuerungen nicht, dass die Läden voller Waren lägen und jederzeit alles gekauft werden könnte.

Die 6 000 DM waren bald verbraucht. Meine Mutter war manchmal verbittert über einen Satz, der damals oft in den Medien im Hinblick auf die Spätheimkehrer zu lesen war: „Der Dank des Vaterlandes wird euch gewiss sein!" Sie empfand die Zahlung von 6 000 DM als Entschädigung für mehr als elf Jahre Kriegsgefangenschaft und den damit verbundenen Verdienstausfall in der Heimat als viel zu gering.

Das Klima im Rheinland war für meinen Vater nach seiner Rückkehr im Winter 1955 ein großes Problem. Die winterliche Kälte mit Schnee und Frost, an die er in Russland gewöhnt war, erschien ihm hier in Köln als sehr gemäßigt, und er konnte zunächst nicht gut damit umgehen. Einmal spazierte ich mit ihm in seinem neuen modischen Wollmantel und einem schicken passenden Hut, unter dem er aber seine alten Ohrenschützer trug, über die Ringe. So stolz ich auch war, endlich an der Seite meines Vaters gehen zu können, so schämte ich mich doch seiner, bis er schließlich nach meinem langen Drängen die Ohrenschützer endlich abnahm. Das war offenbar der Durchbruch. Er hat sie nie mehr getragen, und er hat auch nie mehr dreifache Unterwäsche angezogen.

Insgesamt ist es erstaunlich, wie gut mein Vater den Wechsel von dem rauen Klima in Russland einschließlich der drei Jahre extremer klimatischer Bedingungen in Workuta/Sibirien in unsere gemäßigten Breiten vertrug. Ich kann mich nicht daran erinnern, dass er in den ersten Jahren überhaupt einmal krank war. Er härtete sich täglich zu Hause ab, indem er kalte Waschungen vornahm und bei jedem Wetter auf dem Balkon seine Freiübungen machte. Im Übrigen war für meinen Vater „Krankheit gleich Schwäche", ein Grundsatz, den er auch auf uns Kinder übertrug. Leichtfertiges Fehlen in der Schule durch Unpässlichkeit ließ er nicht zu.

Diese Härte gegenüber seinem eigenen Körper hat ihm in den langen Lagerjahren vielleicht das Leben gerettet.

Die Zeit bis zu seiner Berufstätigkeit nutzte mein Vater, um sich auf sein Rigorosum vorzubereiten. In den Studienjahren in Breslau hatte er bei Professor Wellek seine schriftliche Doktorarbeit mit dem Titel „Die pädagogische Bedeutung des Gemeinschaftsgedankens bei Johann Gottfried Herder" vollenden können, die mündliche Prüfung aber wegen der Kriegswirren nicht mehr abgelegt.

Auf seinen Karten aus der Gefangenschaft gab er daher sehr häufig der Sorge um den möglichen Verlust seiner Dissertation Ausdruck. Umso glücklicher war er, als er nach seiner Entlassung seinen Doktorvater Professor Wellek tatsächlich an der Universität Mainz wiederfand und dieser ihm auch die Anerkennung seiner Arbeit bestätigte.

Mit großem Ehrgeiz betrieb mein Vater nun seine wissenschaftlichen Studien zur Vorbereitung des Rigorosums. Er bewies einmal mehr, dass er sich auch in den beengten Verhältnissen einer Zweizimmerwohnung, in der fünf Personen lebten, sehr gut konzentrieren konnte, sodass er bald den erforderlichen Stoff beherrschte.

Einmal gab es einen unliebsamen Zwischenfall, der zeigte, dass seine Nerven blank lagen: Onkel Herbert, der Mann seiner Schwester Ella, bei denen er während seiner Schulzeit am Matthias-Gymnasium in Breslau gewohnt hatte, ekelte er förmlich aus der Wohnung, weil dieser den ganzen Tag Klavier spielte und ihn beim Lernen hinderte.

Am 23. Juni 1956 bestand mein Vater dann das Rigorosum zum Dr. phil. an der Universität zu Köln mit „cum laude“, was er immer stolz hervorhob.

Bald nach seiner Rückkehr hatte er sich um die Wiedereinstellung als Lehrer gekümmert und wurde im Sommer 1956 an die Volksschule nach Köln-Ossendorf berufen. Er arbeitete sich dort schnell ein und hatte Freude an seinem Lehrberuf.

Im Sommer 1956 zog unsere Familie auch in eine größere Wohnung in den Kölner Norden nach Nippes, Baudristraße 7.

In der Rückschau muss ich sagen, dass mein Vater in der kürzesten Zeit alle seine Träume realisiert hat, nach denen er sich in der Gefangenschaft so anhaltend gesehnt hatte. Das Tüpfelchen auf dem i war dann noch im Jahr 1968 die Ernennung zum Rektor der großen katholischen Volksschule in Köln-Deutz, Gotenring.

Ich erinnere mich der großen Freude, die ich damals empfand, als sich der Lebensplan meines Vaters trotz der ungeheuren Schwierigkeiten zu diesem späten Zeitpunkt doch noch erfüllt hatte!

Last but not least war es für meinen Vater wichtig, gleich im ersten Jahr seiner Rückkehr den Führerschein zu erwerben. Nach bestandener Fahrprüfung kaufte sich die Familie ihr erstes Auto, einen Ford Taunus M 12 in der Farbe Hellblau mit einer bunten Weltkugel im Kühler. Wir alle fanden ihn wunderschön; er entsprach der damaligen Mode.

Zur sehnlichst erwarteten Jungfernfahrt stieg die ganze Familie in das neue Auto ein, und mein Vater fuhr vom Weidenbach auf die Ringe. Er trug im Auto immer einen Hut und rauchte seine Zigarre, die meine Mutter ihm später auf längeren Fahrten anzünden musste.

Schon am Zülpicher Platz merkten wir, dass das Auto gar nicht auf Touren kam. Am Rudolfplatz schlichen wir nur noch und erkannten, dass wir von Rauch umgeben waren. Panik machte sich in der Familie breit, wir schrien alle und hatten Angst vor einer Explosion des Autos. Mein Vater behielt indes immer noch die Ruhe, aber in Höhe des Friesenplatzes sprangen wir anderen dann aus dem Auto heraus und blieben in gebührendem Abstand auf dem Bürgersteig stehen. Nun stieg auch mein Vater völlig konsterniert und ratlos aus dem rauchenden Auto. Als wir alle verängstigt zusammenstanden, näherte sich ein freundlicher junger Mann unserem Auto und löste die Handbremse. Danach ist mein Vater noch lange unfallfrei Auto gefahren.

Wir Kinder hatten in der Folgezeit viele Gelegenheiten, unseren fremden Vater weiter kennenzulernen. Nach seiner Rückkehr holte er nämlich in der Familie vieles nach, auf das er in den vergangenen Jahren wegen der widrigen Umstände hatte verzichten müssen. Er kümmerte sich mit rührender Liebe um die schulischen Belange von uns drei heranwachsenden Kindern und verteidigte uns, wenn es nötig war, gegen allzu strenge Lehrer.

Als wegen allzu vieler außerschulischer Aktivitäten meine Versetzung in die Unterprima gefährdet war, weil ich in den Fächern Geschichte und Französisch ein „Mangelhaft“ bekommen sollte, sprang er ohne zu zögern in die Bresche.

Er meldete sich in der Hildegardis-Schule bei meiner Französischlehrerin Fräulein Milde an und hatte mit ihr wohl ein derart gutes Gespräch, dass ich die Versetzung erhielt.

Später fragte ich ihn, was Fräulein Milde wohl dazu

bewogen hatte, das „Mangelhaft“ zurückzunehmen. Er lächelte und meinte, das sei ganz einfach gewesen, da sie beide im Gespräch Gemeinsamkeiten aus Breslau gefunden hätten. Fräulein Milde hatte das Mädchengymnasium neben dem Matthias-Gymnasium „im Schatten des Domes“ besucht, und beide verstanden sich auf Anhieb und schwelgten in Erinnerungen an die gemeinsame Schulzeit.

Wir Kinder genossen das neue Leben mit meinem Vater, war er doch im Gegensatz zu unserer Mutter nachgiebiger und großzügiger, und er erklärte uns, dass die Note „Ausreichend“ ausreichend wäre.

Seine Freizeit gehörte ganz der Familie. Am liebsten versammelte er seine Lieben um den Esstisch im Wohnzimmer, wo wir miteinander spielten und viel erzählten. Er interessierte sich für alles, was meine Mutter und uns Kinder betraf.

Von seiner langen Zeit als Kriegsgefangener berichtete er jedoch fast gar nichts!

Allerdings wollte er uns drei Kindern unbedingt Stenografie und Russisch beibringen. Er setzte uns ziemlich unter Druck, weil er meinte, das sei für unsere berufliche Laufbahn wichtig. Eine kurze Weile ertrugen wir das Lernen dieser ungeliebten und in unserer Zeit bald auch gar nicht mehr brauchbaren Fächer, ehe wir uns nach und nach unter einem Vorwand oder auch durch Missfallensäußerungen seinen Lehrstunden entzogen, was er ohne Murren akzeptierte.

Sportliche Aktivitäten mit meinem Vater dagegen wurden von allen Familienmitgliedern gern unternommen. So fuhr die ganze Familie, wenn es zeitlich eingerichtet werden konnte und das Wetter trocken war, jeden Tag mit den Fahrrädern an eine bestimmte Stelle im Grüngürtel, um dort mehrere Stunden engagiert

Federball zu spielen.

Ein Netz wurde aufgebaut, und unsere Leistungen, selbst die unserer Mutter in einem gemischten Doppel, wurden durch die Anfeuerungsrufe unseres Vaters immer besser. Das fünfte Familienmitglied übernahm jeweils die wichtige Rolle des Schiedsrichters. Wir alle betrieben mit Begeisterung dieses Familien-Federballspiel, bis unser Platz einem städtischen Bauvorhaben zum Opfer fiel und wir diese Betätigung aufgeben mussten.

Gemeinsamkeit spielte aber noch weiter eine große Rolle in der Familie. Eine kuriose Tätigkeit wurde in bestimmten Abständen samstags unserem neuen Auto gewidmet. Es war ein „heiliges" Auto und wurde sehr gepflegt. Die ganze Familie musste mit, wenn wir zum Polieren des Autos an einen geeigneten Ort am Stadtrand fuhren. Mehrere Kanister Politur und riesige Mengen Watte wurden jedes Mal verbraucht.

Jeder von uns bekam seinen Teil am Auto zugewiesen, den er zu bearbeiten hatte. Wer schon größer war, musste sich um das Dach kümmern. Ich mochte diese Samstagsarbeit nicht leiden, polierte wenig fleißig und lustlos. Ansporn für uns alle aber war die große Freude meines Vaters nach getaner Arbeit, wenn er das wieder sauber glänzende, hellblaue Auto streichelte.

Meine Mutter krönte auch diese gemeinsame Unternehmung der Familie, indem sie uns mit einem ihrer köstlichen Picknicks verwöhnte.

Durch die vielen intensiven Gemeinsamkeiten der Familie beschleunigte sich der Prozess des Kennenlernens, und der anfangs fremde Vater wurde schnell integriert. Schon bald führte die Familie ein normales, relativ sorgenfreies und unbeschwertes Leben.

Es war nachvollziehbar, dass mein Vater seine Familie, die er so lange entbehrt hatte, ganz für sich haben

Unser frisch poliertes Auto und das Picknick danach

wollte. Das bedeutete für meine Mutter, den Freundeskreis, den sie sich in seiner Abwesenheit aufgebaut hatte, nicht mehr recht pflegen zu können. Die Kontakte zu Tante Irmgard, Fräulein Kipper und deren Eltern in Düsseldorf, zu einem Ehepaar Jahnberg und selbst zu Dechant Diefenbach schliefen nach und nach ein.

Stattdessen wurde das Verhältnis von meinem Vater und uns allen zu seiner Verwandtschaft intensiviert. Da er seiner Mutter und seinen vielen Geschwistern durch die von Onkel Leo veranlassten, regelmäßigen Paketsendungen in die Gefangenschaft sehr zu Dank verpflichtet war, nahm er bald nach seiner Rückkehr den persönlichen Kontakt zu ihnen wieder auf. Mit meiner Mutter reiste er zu seiner betagten Mutter nach Kaiserslautern, wo sich fast alle Geschwister trafen und das Wiedersehen mit ihm feierten.

In den folgenden Jahren gab es aus den verschiedensten Anlässen immer regelmäßige Familientreffen, zu denen die Mitglieder der Großfamilie von nah und fern anreisten. Diese Feiern waren immer sehr ereignisreich und intensiv. Es wurde musiziert, gesungen, viel gelacht und erzählt. Auch meine Mutter liebte diese Feste an der Seite meines Vaters sehr. Dieser trug nämlich in seiner humorvollen Art entscheidend zum Gelingen der Veranstaltungen bei. Oft gab er einen selbst verfassten Reim oder einen fröhlichen Trinkspruch zum Besten, und er begleitete den Gesang seiner Schwestern am Klavier.

Manchmal war er auch unberechenbar und missachtete die gängigen Benimmregeln, was meiner Mutter nicht behagte. Sie pflegte ihn dann, für andere unbemerkt, unter dem Tisch anzustoßen oder leicht zu treten. Er aber nahm das nicht so schwer und konterte regelmäßig, für alle hörbar: „Theachen, warum trittst du mich denn?“

Mein Vater hatte, nach seiner Rückkehr aus russischer

Wiedersehen meines Vaters mit seiner Mutter und seinem älteren Bruder Leo

Meine Mutter probiert an meinem Vater den neuen elektrischen Rasierapparat aus. Seine Mutter und Vetter Wolfgang amüsieren sich.

Kriegsgefangenschaft, noch 34 meist gute Jahre. Mit meiner Mutter und in den ersten Jahren auch mit uns Kindern unternahm er einige schöne Reisen mit dem Auto ins benachbarte Ausland, später folgten jährliche Kuraufenthalte in deutschen Bädern.

Nach gründlichen Recherchen schrieb er mit großem Eifer das Buch „Deutz – ein Kölner Vorort", das im Bachem Verlag erschien und sehr beachtet wurde.

Er erlebte das Abitur von uns drei Kindern, und er begleitete unser Hochschulstudium und den Berufseinstieg mit Rat und Tat.

Alle drei Hochzeiten seiner Kinder konnte er mitfeiern, und zu seinen Schwiegerkindern hatte er stets ein herzliches Verhältnis. An seinen acht Enkelkindern holte er vieles nach, was er seinen eigenen Kindern nicht hatte geben können. Diese liebten ihn sehr und besuchten ihn später oft in seinem Altersruhesitz in Brühl bei Köln, den er sein „Paradies" nannte, sein „Paradies im 13. Stock". Er meisterte sein Alleinsein im betreuten Wohnen der Residenz „Haus Wetterstein".

In den letzten Jahren seines Lebens beschäftigte sich mein Vater noch regelmäßig mit geistigen Dingen. Neben religionskritischen und psychologischen Büchern las er russische und englische Literatur, und dabei schrieb er sich ihm unbekannte Vokabeln heraus, die er lernte. Dazu machte er dreimal täglich je zwölf Minuten gymnastische Übungen. Durch diese Selbstdisziplin war er bis zuletzt geistig und körperlich gesund.

Er konnte auf sein bewegtes Leben ohne Bitterkeit zurückblicken und strahlte immer Zufriedenheit aus.

Mein Vater überlebte seine geliebte Frau, die am 21. Juni 1982 an Krebs starb, um sieben Jahre. Er zeigte uns nie seine große Trauer, bis auf einmal, als er bei der Begrüßungsrede seiner Gäste zu seinem 75. Geburtstag sein Theachen im Himmel erwähnte und bitterlich in Tränen ausbrach.

Er selbst verstarb am 15. Dezember 1989 ohne Krankenlager in einem Anfall von Angina pectoris.

Ich denke heute noch jeden Tag an meine Eltern.

An meine Mutter, die mit großer Liebe und Umsicht viele Jahre allein die Geschicke der Familie geleitet hat und uns Kindern trotz aller Widrigkeiten eine glückliche Kindheit ermöglicht hat. In großer Dankbarkeit für ihr Lebenswerk bin ich ihr immer noch tief verbunden.

Und ich denke auch an meinen Vater, dem ich für seine Liebe und Güte, für sein Verständnis und seine Hilfsbereitschaft, die er nach den vielen Jahren der Abwesenheit von seiner Familie noch entfalten konnte, danke.

Meine Eltern – nach mehr als elf Jahren Trennung wieder ein glückliches Ehepaar

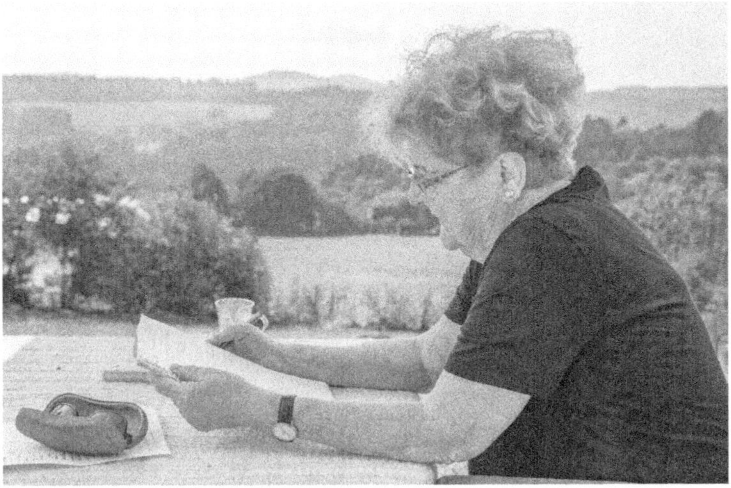

Lebenslauf

Geboren am 19.12.1939 in Oppeln/Oberschlesien

Aufgewachsen in Kerpen/Oberschlesien, Barbis/Harz und seit 1949 in Köln

Studium der Erziehungswissenschaften

Tätigkeit als Grundschullehrerin

Heirat und Geburt von drei Kindern

Seit 1965 lebend in Königsdorf bei Köln